# LE TRAIN VERT

## Du même auteur

AUX MÊMES ÉDITIONS

Nécropolis
*Grand Prix de littérature policière 1978*
*coll. « Points Roman », 1981*

La Traque
*roman, 1979*
*coll. « Points Roman », 1980*

Trois Heures du matin à New York
*roman, 1983*
*coll. « Points Roman », 1986*

La Maison près du marais
*roman, 1984*
*coll. « Points Roman », 1988*

La Nuit du solstice
*roman, 1985*
*coll. « Points Roman », 1987*

AUX ÉDITIONS DENOËL

La Huitième Case
*roman, 1975*

*HERBERT LIEBERMAN*

# LE TRAIN VERT

roman

TRADUIT DE L'AMÉRICAIN
PAR MARIE-FRANCE DE PALOMÉRA

*ÉDITIONS DU SEUIL*
*27, rue Jacob, Paris VI$^{e}$*

Titre original : *The Green Train*.
ISBN 0-399-13127-2, G. P. Putnam's Sons, New York.


ISBN 2-02-010152-1.

Pour Judy et Zoey, avec une mention spéciale pour la drôle-de-dame-du-deuxième-étage, Dolores « Skip » MacCarthy — non seulement pour son inestimable bon sens de conseiller littéraire et son généreux concours, mais aussi parce qu'on a bien ri.

*Pourquoi ces nations en tumulte,*
*Ce vain grondement des peuples ?*

*Psaumes*, 2.

On ne naît pas humain,
On le devient.

Ievgueni Evtouchenko,
*Sois un homme.*

# I

Une brusque embardée. Le grincement du métal ripant sur le métal. Instantanément réveillé, Stern se sentit tomber sur le côté. Il entrouvrit un œil dans le soleil aveuglant, tandis que les images de pics, d'escarpements, de névés glacés et de prairies polaires s'enfuyaient comme un vol d'oiseaux effarouchés devant ses paupières clignotantes.

L'espace d'une seconde, il se crut encore dans le petit train à crémaillère qu'on appelait le « Troll », le lutin. Il l'avait pris à la gare terminus du fjord pour aller de Flam à Myrdal, et continuer ensuite jusqu'à Oslo. Le train gravissait deux mille sept cents mètres en quelques minutes, jusqu'à l'extrême pointe de la Norvège, où, sur ces sommets immaculés, l'air cristallin de la fin juillet était soudain passé de 15 à 4°. Dans la petite gare, au sommet, ils étaient descendus de train et avaient bu du café dans des verres en carton ; une cataracte de neige fondue avait dévalé en rugissant les rochers qui les surplombaient, imposant silence par son grondement de tonnerre à leur joyeux bavardage de vacanciers.

Des voix à l'accent chantant, hautes et mélodieuses, s'insinuèrent dans la conscience indolente de Stern. Une cascade de rires fusa du compartiment voisin où le « quatuor italien » s'esclaffait devant les cartes d'un jeu de tarots — la Force. La Mort. Le Mat. Le Bateleur. Le Pendu. L'Ermite. Le Diable. L'Amoureux. Roi des Épées. La Maison-Dieu.

Peu à peu la lumière se faisait dans son esprit embrumé. Il n'était pas dans le Troll. Pas du tout. Ça, c'était trois semaines plus tôt. Non, un autre train. Celui qu'il avait pris ce matin-là, un matin blême et sans joie, le train qui avait quitté Leningrad à 11 heures et devait arriver à Helsinki cinq heures et cinquante-cinq minutes plus tard.

Une mosaïque d'impressions nouvelles lui bombarda les yeux. Son regard clignotant descendit lentement du filet à bagages où il s'était posé et rencontra le trio de visages immobiles alignés en face de lui.

Paul Blanton se pencha et lui toucha le bras :

« Ça va ?

— On ne peut mieux. »

Stern se redressa, tentant de reprendre ses esprits :

« Le train est arrêté ? »

Avec une grimace de réprobation, Frau Kunkel rectifia la cravate de son fils :

« Ces gens-là ne sont pas réputés pour leur rapidité... »

Stern tourna la tête vers la fenêtre, où les rideaux de toile plastifiée pendaient mollement dans l'air chaud non ventilé. Une fente laissait passer un bruit de voix, et il aperçut la visière noire et luisante d'une casquette d'officier qui passait, suivie d'un crissement de bottes sur le gravier.

Nell Blanton lui sourit :

« Vous avez bien dormi ? »

Stern s'adossa à la banquette et passa la main dans ses cheveux poivre et sel :

« Trop de vodka hier soir !

— Vous n'avez pas raté grand-chose.

— Nous avons changé tous nos roubles à Vyborg, l'informa Frau Kunkel.

— J'ai toujours les miens.

— Je sais, répondit-elle d'un ton qui en disait long.

— Pour la monnaie, il n'y a pas de problème, mais tu ferais mieux de te débarrasser des billets, lui conseilla Thomas. Jette-les dans les toilettes ou donne-les à l'inspecteur quand il passera. »

Stern, vidé de son énergie, fit rouler sa tête contre le dossier de la banquette.

« Où sommes-nous ?

— A la frontière, je suppose », dit Nell, qui avait sorti son tube de rouge à lèvres comme si elle voulait faire bonne impression.

« Très exactement entre Vyborg du côté russe et Vainikkala du côté finlandais, expliqua Thomas, les dents serrées sur la tige froide d'un fume-cigarette éteint. Tu as tes papiers ? Ils montent. »

Paul Blanton avait déjà sorti son passeport et son visa. Comme on lui avait dit que les Russes se montraient parfois tatillons, il les avait préparés trois quarts d'heure plus tôt. Ce juriste de Lexington aimait à se croire un homme efficace, organisé — un voyageur averti et chevronné, chez lui dans le monde entier.

Nell Blanton, son épouse, avait la quarantaine aimable et confortable. Une de ces femmes de la bonne société dont émanait une sensualité rêveuse qui s'attardait dans le froissement de tissu et le parfum d'héliotrope de ses vêtements lorsqu'elle passait.

Stern se leva ; dans un équilibre instable, il tendit les bras vers le filet pour attraper le petit sac qu'il réservait à ses chèques de voyage, ses médicaments et ses papiers, auxquels s'ajoutait la bonne demi-douzaine de Maigret qu'il avait accumulés au fil des kiosques et des aéroports pour lire pendant le trajet.

« De quoi ai-je besoin ?

— De votre déclaration de douane », dit Karl Heinz. Agé de dix-sept ans, le fils de Frau Kunkel affichait une raideur polie. « Ils vous font passer un mauvais quart d'heure si tout n'est pas en règle.

— Je n'ai rien acheté.

— Parfait, dit Thomas. Tu n'as qu'à le mentionner sur ta déclaration. »

Il y eut une bruit de voix à l'extérieur. Stern écarta le rideau collant et malodorant — et resta médusé par le spectacle qui s'offrait à ses yeux. Il lui fallut une seconde ou deux pour tout assimiler — les barbelés, la guérite de la sentinelle, les gros chiens de berger gris fumée montant la garde près des rails, les miradors découverts surmontés de gardes armés, les baraquements verts et bas dans les arbres proches, derrière lesquels on distinguait des soldats qui allaient et venaient.

Thomas observait avec un sourire la stupéfaction de Stern.

« C'est toujours déconcertant la première fois. Ils ne peuvent s'empêcher d'en rajouter un peu pour le monde libre. »

Stern marmonna quelque chose d'indistinct et fouilla avec un peu plus de conviction dans son sac pour trouver ses papiers.

Thomas — Anthony Beech-Thomas, comme il était connu par d'innombrables Anglais qui lisaient ses articles — ne faisait pas, à proprement parler, partie du groupe Intourist 409. C'était un journaliste britannique et un soviétologue de renom au sein de la presse internationale et du corps diplomatique. Correspondant de son journal au Kremlin, il avait établi son quartier général à Leningrad, la ville soviétique la plus élégante et la moins austère. Il parlait couramment russe et tirait orgueil de ses relations au plus haut niveau au Politburo. Son sourire en coin mais sympathique découvrait une denture jaune en piètre état.

Thomas logeait au Prebaltiskaïa, un hôtel de construction relativement récente et assez tape-à-l'œil, où Stern, embarqué sans enthousiasme dans un voyage organisé — « Les trésors de Leningrad », comme l'avaient intitulé les tour opérators —, avait fait par hasard sa connaissance la semaine précédente.

Le soir, on pouvait toujours trouver Thomas à une table bruyante dans un angle du bar de l'hôtel, le Dollar Bar (ainsi dénommé parce qu'on n'y acceptait surtout pas de roubles, seulement des devises occidentales — francs, marks, lires, mais de préférence des dollars), où il tenait salon et buvait des quantités redoutables de vodka d'un bout à l'autre de longues nuits blanches.

Physiquement, il était grand et mince, avec une sorte d'émaciation élégante. Le foulard à impressions cachemire noué d'une main négligente autour de son cou et la cigarette qui pendait à ses lèvres faisaient partie intégrante de cet air de délabrement soigneusement cultivé. Ses complets de Savile Row, de dix ans d'âge et avachis, empestaient la Latakia. Il était capable de travailler dix heures d'affilée sans lever le nez, mais passé 7 heures du soir il cherchait avec rage son réconfort dans la vodka. Il s'était taillé une réputation méritée de coureur impénitent, en particulier parmi ses collègues femmes du corps diplomatique.

A sa table attitrée du Dollar Bar, on trouvait inévitablement à côté de sa main droite le gobelet de vodka en verre soufflé qu'il vidait avec lenteur, tandis que ses yeux perpétuellement en mouvement exploraient la salle par-dessus le bord du verre. A mesure que la nuit avançait, il devenait de plus en plus volubile, levant un long doigt tremblant jauni par le tabac qu'il agitait comme une baguette de chef d'orchestre, tout en pérorant devant un auditoire de diplomates et de journalistes auxquels se joignait, à l'occasion, l'aléatoire étranger de passage — tous envoûtés par le panache dont s'accompagnait cette débâcle enjouée.

« Je les connais tous », grondait Thomas d'une voix avinée, avec un large mouvement de bras qui manquait d'éjecter plusieurs verres de la table. « Sakharov, Soljenitsyne, Roy Medvedev... Je les ai tous interviewés ! » Il gratta une allumette qu'il dut guider avec précaution de sa main tremblante jusqu'à l'extrémité de sa Balkan Sobranie. « Toutes les huiles. Les maréchaux et les grands mamamouchis du Politburo. La vieille clique et la nouvelle. Pratiquement tous les régimes depuis Khrouchtchev ! J'ai traîné mes fesses dans leurs Tchaïka et leurs interminables Zil noires. Je suis allé chez eux aussi. Chez les apparatchiks. Leurs grandes vieilles datchas de Crimée ou de Pitsunda... J'ai chassé l'ours à Zavidovo avec le vieux Kossyguine. J'ai séjourné dans toutes ces vieilles villas somptueuses, planquées derrière leurs hautes clôtures et leurs massifs d'arbres au cas où les malheureux prolos jetteraient un œil et se vexeraient. Des maisons bourrées de meubles occidentaux qui coûtaient la peau des fesses ! Je me suis gavé de caviar et de vodka, ceux qu'on réserve à l'exportation. De viande non congelée, de fruits et de légumes frais. Tout ce qu'on veut ! Des cigarettes américaines. Du vin et du cognac français. Des platines japonaises. On a tout, même la lune, quand on fait partie de cette bonne vieille bande. Un de mes regrettés collègues, soviétique, les appelait " notre splendide noblesse communiste "... »

Il ouvrait alors les yeux comme s'il se réveillait, et son regard malin faisait le tour de la table. « Je dis " regrettés " parce que ça va faire huit ans que ce pauvre con s'est volatilisé et qu'on n'a jamais plus entendu parler de lui ! » Il tapait alors sur la table avec un éclat de rire en hurlant au serveur d'apporter de la vodka.

Un chien aboya au bout du couloir. Il y eut une explosion rauque de rires russes, et un bruit de bottes claqua en haut des marches du train.

« Je crois qu'on est bon », déclara Thomas avec un clin d'œil entendu. Le visage de Paul Blanton était blanc comme de la craie. On entendit un glissement de portière à l'avant du wagon, et tous affichèrent brusquement une gaieté forcée, telles des poupées mécaniques dont on aurait remonté le ressort.

Frau Kunkel sortit son tablier de backgammon. Thomas planta une de ses infernales Balkan Sobranie dans un fume-cigarette et l'alluma, exhalant des nuages suffocants de ianidzé dont l'odeur n'était pas sans rappeler celle du fumier sec.

Quant à Nell Blanton, elle se lança dans le récit totalement dépourvu d'humour de ses difficultés pour trouver les toilettes « Dames » dans les grands magasins Ptimorska, sur la perspective Nevski. Stern pensa soudain qu'elle parlait trop vite et un peu trop fort, et que le sourire plaqué sur son visage donnait à penser qu'elle ne se sentait pas la conscience tout à fait tranquille.

Il était arrivé six jours plus tôt à Leningrad par le Train Vert, en provenance d'Helsinki. Comme toujours, c'était une décision de dernière minute, une idée qui lui était venue après coup sans souci d'éventuelles conséquences fâcheuses.

Terminant un voyage touristique en Scandinavie, Stern s'était retrouvé par une fin d'après-midi devant un dépliant publicitaire affiché dans l'entrée de son hôtel : « Les Trésors de Leningrad par le Train Vert. Six jours et six nuits. ETUMATKAT, Kaisaniemenkatu 4A,

00100 Helsinki 10. » Il avait aussitôt téléphoné à l'agence de tourisme.

Rien ne le pressait de rentrer, loin de là. New York était au plus fort de l'été. Au début du printemps, après trente ans de mariage, le couple qu'il formait avec sa femme s'était défait sans bruit. Celle-ci était maintenant remariée et installée avec un ami de toujours, un de ses vieux camarades de fac à lui, veuf depuis peu. Leur séparation s'était effectuée sans amertume. Elle menaçait depuis plusieurs années et, quand l'heure avait fini par sonner, elle s'était faite sans remous, entre gens civilisés, avec une absence de passion presque démoralisante.

Sa fille, âgée maintenant de vingt-sept ans, et son fils de vingt-quatre ans avaient terminé tous deux leurs études et poursuivaient des carrières sinon brillantes du moins sûres — la première en tant qu'avocate spécialisée dans les brevets, le second comme maître de conférences de chimie dans une grande université du Middle West.

C'étaient à peu près les seuls liens personnels ou matériels qui pouvaient le retenir chez lui. Cela faisait une bonne dizaine d'années qu'il n'était pas allé à l'étranger. Lors d'un dîner, quelques mois plus tôt, un diplomate suédois des Nations unies lui avait longuement vanté les beautés de sa terre natale. Avec son impulsivité habituelle, il décida de s'y rendre cet été-là. Le lendemain, il passait à son agence de voyages, et le périple s'était vite transformé de « quelques jours de vacances » en Suède en un tour complet de la Scandinavie. « Pourquoi pas ? » Le vendeur s'emballait. « Les pays sont petits, les distances négligeables. Les gens sont merveilleux. Le paysage est merveilleux. Le climat est merveilleux. La cuisine est merveilleuse. Tout est merveilleux ! »

Commençant par Copenhague, où il était resté une semaine, il avait pris l'avion jusqu'à Bergen, puis de là un petit paquebot qui avait remonté pendant sept heures le Sonnenfjord, en direction d'un village minuscule portant le nom vaguement déplaisant de Flam *. Le bateau était rempli de groupes de touristes, essentiellement des Japonais entortillés dans les courroies de leurs appareils photo, qui grouillaient sur le pont comme une invasion de sauterelles.

Pendant la plus grande partie du trajet, il était resté sur le pont arrière, mouillé par une bruine froide, légèrement nauséeux à cause des bouffées tièdes de vapeur de diesel expulsée par les moteurs et qu'il recevait en pleine figure. Un drapeau norvégien rouge et bleu claquait à la lisse de couronnement, et juste au-dessous était accroché

* *Flam* : en anglais, « arnaque ». (*N.d.T.*)

un pavillon portant la devise SOLI DEO GLORIA inscrite sur champ de sable.

A Flam, il descendit dans le petit hôtel qui donnait sur le fjord, juste en haut du quai où accostait le ferry et au terminus de la voie ferrée. C'était un hôtel sans prétention, dont l'austérité frôlait la pénurie. Les chambres ignoraient des commodités telles que la radio ou le téléphone. Les repas étaient rudimentaires, mais effroyablement chers. Au petit déjeuner, le jus d'orange était allongé d'eau, le café de la vraie lavasse, le lait en poudre, et les tartines grillées rassies et froides. Les repas se composaient principalement de poulet froid et de légumes surgelés, auxquels s'ajoutait une bouteille de vin ou de bière vendue à prix d'or. Et, même si le prix n'était pas un problème en soi, on ne pouvait décemment l'acheter sans avoir le sentiment de contribuer d'une façon ou d'une autre à une monstrueuse et maléfique entreprise.

Plus dérangeant, la salle à manger était infestée de mouches, ce qui semblait incompatible avec l'altitude et la rigueur du climat. Même le maître d'hôtel, une femme glaciale à l'air légèrement réprobateur dont les cheveux blonds étaient ramassés en un chignon serré, paraissait gênée par leur nombre et prête à s'excuser.

Flam n'était pas l'endroit où venir chercher des distractions ou une vie mondaine intense. Le village tenait davantage d'un havre pour des gens relevant de dépression nerveuse. Certes, le décor de montagnes et de fjords était d'une beauté à couper le souffle. Mais on n'avait rien d'autre à faire qu'à s'installer à la terrasse de l'hôtel pour regarder le ferry arrivant chaque après-midi de Bergen décharger sa poignée de passagers. Et puis, bien sûr, il y avait le petit train rouge à crémaillère, le Troll, qui partait chaque matin pour une excursion d'une journée à Myrdal, à 3000 mètres. Après quoi on se baignait et on faisait de longues promenades, histoire de tuer le temps. Au bout d'un moment, vous ne souhaitiez plus qu'une chose, sombrer dans le sommeil et tout oublier, mais les longues nuits blanches et un soleil qui semblait ne jamais se coucher vous refusaient même cette douceur.

Le petit balcon de sa chambre donnait sur un énorme pic. Fatigué après une journée de randonnée en montagne, il passait des heures à siroter une bière ou deux et à l'observer, le visage étrangement tendu.

L'aiguille avait une beauté farouche. Sa hauteur terrifiante, son tonnage impressionnant, la proximité du minuscule refuge construit au pied de la paroi, si proche d'elle que sa présence s'expliquait à peine, à moins d'y voir le résultat d'un caprice ou d'un défi particulièrement insensé.

Où que vous vous tourniez, elle vous dominait, elle vous écrasait, oppressante et implacable, lourde de menaces informulées. Plus vous la regardiez, plus elle vous empoignait, vous attirait dans son champ sombre et séducteur, prête à vous anéantir dans ses mystères.

Et plus il la scrutait, plus il discernait dans ses longs plans inclinés de lumière et d'ombre le modelé d'un visage façonné par les déformations et les contractions d'un bouleversement géologique survenu des éternités plus tôt.

Tout y était, le front proéminent, le nez taillé à la serpe, le menton sévère et implacable. De part et d'autre du visage on reconnaissait les joues creuses et décharnées sur lesquelles les massifs et les bosquets de sapins prenaient des allures de barbe hérissée, jaillie du roc sur des centaines de mètres. Très haut, en surplomb, des lambeaux de nuages gris tourbillonnaient rageusement au travers d'une ligne de sapins corrodés qui auréolaient l'aiguille tels les cheveux raides et sales d'une vieillarde décrépite.

Oui, c'était bien un visage — pas un visage humain, mais les traits qu'on peut prêter à quelque divinité préhistorique taillée dans le roc par un peuple depuis longtemps disparu. Un visage qui exprimait l'absence d'expression ; un visage ancestral nullement adouci par son âge vénérable. Il était au contraire marqué d'une impassivité glaçante qui, malgré l'infinité des temps, ne diffusait aucune sagesse, sauf peut-être celle de l'indifférence.

Un petit incident fâcheux — petit parce qu'il ne le touchait en rien — le décida à se secouer enfin et à reprendre la route. Un homme qui tentait d'escalader la paroi avait dévissé.

La femme qui tenait la réception de l'hôtel, une Norvégienne à la peau récurée fleurant le savon, lui conta toute l'histoire sans se départir une seconde de son sourire. A ce qu'il semblait, on avait découvert le corps la veille, au premier quart de la pente. Les autorités locales avaient conclu que l'homme était simplement parti se promener au pied de la montagne, car rien dans ses vêtements ne laissait supposer un projet plus ambitieux, et il n'avait emporté aucun matériel. Alpiniste visiblement amateur, il était arrivé jusqu'à un point où il ne pouvait plus avancer. Plus troublant, il ne pouvait pas redescendre non plus. Il avait dû faire plusieurs tentatives, s'énerver et s'affoler. Il avait dévalé sur une centaine de mètres la pente jonchée de pierraille, son corps rebondissant interminablement contre les rochers et les énormes débris de pierre déchiquetée, avant de s'arrêter, les os rompus et inconscient, quelque part en bas. L'homme était mort de froid durant la nuit.

La femme relata l'incident à Stern d'une voix égale que ne troublait aucune émotion perceptible. On ne sentait pas cette horreur respectueuse ni ce mystère que les gens réservent habituellement au récit détaillé d'une mort soudaine et prématurée. Pour la femme, c'était simplement une information, sans importance particulière. Elle permettait de meubler le silence, fournissait un sujet de conversation avec un client de l'hôtel et lui était donc utile à ce titre.

Le lendemain matin, Stern fit sa valise et prit le Troll jusqu'à l'extrême pointe de la Norvège, pour redescendre ensuite sur Oslo, où il traîna un peu, puis loua une voiture et traversa le Warmland suédois jusqu'à Stockholm.

Son idée était de reprendre l'avion dans la capitale et de rentrer chez lui, au lieu de quoi, sur un coup de tête comme toujours, il était monté à bord d'un ferry en partance pour Helsinki, passant toute la nuit dans le *sitsky,* car il n'était pas question d'obtenir une cabine en réservant à la dernière minute. Ses compagnons de voyage étaient pour la plupart de jeunes Suédois et Finlandais mal dégrossis, voyageant avec guère plus que leur sac à dos, qui profitaient d'une nuit de traversée dans le golfe de Botnie pour absorber de respectables quantités de whisky écossais et de vodka finlandaise achetés en détaxe.

Son arrivée en Finlande ce matin-là coïncida avec une forte tempête. Elle balaya la Baltique, secouant les grandes baies de sa chambre d'hôtel qui donnaient sur la mer et les faisant vibrer dans leur cadre. Les hauts trembles duveteux plièrent et frémirent toute la nuit en émettant un étrange crépitement qui montait et retombait à chaque rafale.

Bien que la mer fût grosse et glaciale, il se baigna le matin suivant, avec le sentiment que cette immersion était à la fois salubre et mystique, une purge spirituelle qui marquait la fin d'une chose mais aussi le début d'une autre. En tout cas, elle lui parut de bon augure.

Mais sa brusque décision de pousser jusqu'à Leningrad n'était guère plus réfléchie que les autres — elle tenait davantage d'une fuite en avant que d'une guérison spirituelle.

Le sourire rêveur du señor Gonzaga apparut dans l'embrasure de la portière. Il resta un moment à les dévisager d'un air interrogateur, les dominant de toute sa hauteur, comme déconcerté de les voir là. Vêtu d'un costume tropical blanc en laine peignée, une paire de pantoufles aux pieds, grattant ses cheveux blancs en désordre, il avait l'allure de quelque chevalier à la triste figure à l'esprit légèrement dérangé.

« Il semblerait que nous subissions un siège », déclara-t-il d'une voix aux funèbres accents castillans.

Nell Blanton se pencha vers la silhouette oscillante comme si elle craignait de le voir basculer :

« Je crois comprendre qu'ils sont montés. En tête de la voiture suivante. Ils ont commencé par Miss Blaylock. »

Les yeux de Thomas, rivés au tablier de backgammon, s'éclairèrent d'une lueur perverse :

« Je donnerais cher pour être une petite souris et voir ça.

— Je vous comprends ! » fit le señor Gonzaga avec un clin d'œil.

Il semblait savoir exactement ce que le journaliste voulait dire.

« Peut-être va-t-elle passer à l'Est.

— Nous pouvons toujours vivre d'espoir, opina le señor Gonzaga d'un air solennel. Mais les Russes ne sont pas des idiots. »

Sa déclaration déchaîna des rugissements d'hilarité.

Enrique Gonzaga était un homme distingué, grand et mince, doté d'une épaisse crinière blanche qu'il coiffait en arrière sans raie. Ses yeux d'un bleu délavé rappelaient ceux d'un oiseau de proie, avec quelque chose d'à la fois perçant et enfantin. Ce Madrilène était parti pour Buenos Aires après la guerre dans la vague intention de produire du riesling sur les contreforts andins. Mais il s'accrochait à son patrimoine castillan et comptait parmi ses ancêtres toute une kyrielle de Bourbons qu'il citait volontiers. A la différence d'une bonne partie de l'aristocratie putative européenne, ses prétentions étaient authentiques.

Pour l'instant, il n'avait produit aucun vin digne de retenir l'attention et ne semblait exercer aucune autre profession ; quand on lui demandait ce qu'il faisait dans la vie, il souriait d'un air vague et répondait d'une voix douce et musicale : « Je suis poète. » Car il s'estimait réellement appartenir aux cercles littéraires les plus influents de son pays d'adoption, comptant au nombre de ses intimes García Marquez, Cortázar et Borges. « Ah, Borges... » Ses yeux pétillaient d'un air coquin. « Ce vieux simulateur. Il sait qu'il les a tous menés en bateau. »

Malgré les embarras qu'il causait, et ils étaient nombreux, on ne pouvait pas vraiment prendre en grippe le vieux comte.

« Comment vous sentez-vous, señor Gonzaga ? demanda Peter Stern.

— Mais... bien, très bien. » La question sembla l'étonner, mais son regard était légèrement imprécis. Il fit mine de repartir, puis se retourna. « Il semblerait que j'aie égaré mes papiers quelque part. Vous ne les auriez pas vus ? »

Il posait la question comme s'il s'attendait presque à ce que tout le monde lui réponde par l'affirmative.

Thomas leva les yeux du backgammon :

« Quels papiers ? Tout de même pas votre passeport et votre visa ?

— Eh bien si, ça aussi, plus ma déclaration de douane. Tout. »

Il éclata d'un rire dans lequel on notait une touche de jubilation, comme s'il avait accompli un exploit peu ordinaire.

Nell Blanton leva les yeux au ciel.

« Les aviez-vous en quittant l'hôtel ce matin ? s'enquit Frau Kunkel.

— Bien sûr. Je les garde dans ce petit fourre-tout qui ne me quitte jamais.

— Et vous l'aviez bien avec vous, demanda Thomas, quand vous êtes monté dans le train ? »

Le regard de Karl Heinz fit le tour des occupants du compartiment .

« Je le lui ai vu à la main ce matin dans le car arrivant de l'hôtel. »

Un moment de silence inquiet régna. Mais s'ils se faisaient tous du souci pour le señor Gonzaga, lui traitait par un mépris hautain cette péripétie. De dehors parvint la voix tonitruante d'un sergent-major soviétique qui aboyait des ordres à l'intention d'une section des transports militaires par rail assignée au contrôle des frontières.

« Je vous en prie, ne vous en faites surtout pas pour moi, déclara le señor Gonzaga avec un sourire espiègle. Je vais sûrement les retrouver. La señora Gonzaga a pris les choses en main. »

Pas très loin de leur propre compartiment, une portière glissa, et ils entendirent soudain qu'on parlait en russe aux occupants du compartiment.

Une employée du train apparut ; avec de grands gestes de la main elle s'adressa à l'Espagnol dans un russe abrupt et péremptoire.

« Que dit-elle ? demanda Gonzaga, avec une expression à la fois amusée et déconcertée.

— Elle veut que vous retourniez dans votre compartiment, expliqua Thomas. Vous devez vous y trouver quand les douaniers arriveront.

— Parfait. Mais je dois d'abord aller aux toilettes.

— Impossible, intervint Paul Blanton. Ils les ont fermées à clé le temps de la visite. Vous n'avez pas lu les instructions de la douane ? »

L'Espagnol, que sa haute taille obligeait à se tenir légèrement courbé, secoua la tête d'un air incrédule en regardant Blanton avec la douce indulgence qu'on réserve aux esprits un brin dérangés :

« Ils ne peuvent pas faire une chose pareille ! Si je ne pisse pas, il va se produire un petit accident... »

Il pouffa de rire comme un gamin malicieux.

Thomas s'adressa en russe à l'employée, essayant de lui expliquer la situation. Elle l'écouta, le visage fermé, et resta inflexible : toutes les toilettes étaient fermées ; tout le monde avait été avisé de prendre ses précautions en conséquence ; elle regrettait, mais ce monsieur devait absolument regagner sa place.

Il y eut un instant de flottement, jusqu'à ce que la femme saisisse le señor Gonzaga par le bras pour essayer de le propulser vers son compartiment. L'Espagnol écarta sa main d'une chiquenaude, telle une mouche importune, et, se redressant de son impressionnant mètre quatre-vingt-dix, posa un regard furibond sur la malheureuse, qui parut enfin intimidée. Sans bouger d'un pouce, il déchaîna sur sa tête un chapelet de ces injures castillanes propres à vous éclaircir la gorge, dans la dernière desquelles Stern crut reconnaître quelque chose comme *hija de puta,* puis tourna les talons et fit une sortie pleine de dignité.

Un instant plus tard, Jatta, leur guide finlandaise, passait la tête par la portière pour compter les occupants du compartiment. C'était une jeune femme blonde, froide, avec des yeux bleus acérés ; elle portait un survêtement de jogging en tissu brillant et translucide qui laissait voir ses sous-vêtements :

« Tout va bien ici ? »

Elle cochait les noms sur son bloc et paraissait d'assez bonne humeur, mais on percevait un petit tremblement inusité dans sa voix.

« Combien de temps cela dure-t-il en général ? » s'enquit Paul Blanton.

L'accompagnatrice consulta sa montre.

« Il est midi juste. Avec un peu de chance, nous devrions avoir fini vers 1 h 15, 1 h 30. Tout le monde a ses papiers ?

— De quoi avons-nous besoin exactement ? demanda Stern.

— Passeport, visa, déclaration de douane, et votre déclaration de devises indiquant très exactement où et comment vous avez dépensé votre argent.

— Il me reste des roubles.

— Vous ne les avez pas changés à Vyborg ?

— J'ai bien peur d'avoir dormi au moment où nous avons traversé Vyborg. »

L'accompagnatrice finlandaise mordilla sa lèvre inférieure :

« Le mieux, c'est encore de les déclarer. Remettez-les aux inspecteurs dès qu'ils entreront dans le compartiment. Sinon ils risquent de croire que vous leur cachez quelque chose. » Elle jeta un bref regard par-dessus son épaule, en direction des douaniers soviétiques qui se trouvaient à l'autre bout du couloir. « Ils peuvent se montrer parfaitement désagréables.

— Le señor Gonzaga a perdu tous ses papiers », déclara Nell Blanton.

Jatta afficha une patience lasse :

« Oh... celui-là. Il passe son temps à tout perdre, notre... » — elle chercha son mot — « notre grand d'Espagne. »

Elle prononça ce titre avec une répugnance enjouée.

« Que vont-ils faire ? demanda Stern.

— Rien, fit Jatta avec un soupir. La señora Gonzaga a les papiers de son mari dans leur compartiment. Pour plus de sûreté, je lui avais demandé de les lui prendre avant notre départ ce matin. Il faut que j'aille vérifier les autres compartiments. Restez à votre place et, je vous en prie, ne bougez pas. Ils n'aiment pas ça. »

La minute suivante, elle avait disparu.

Le « Train Vert », comme on l'appelait, n'était pas équipé pour les grosses chaleurs. Il ignorait la climatisation, et le train de jour qui assurait la liaison quotidienne entre la gare centrale de Rautatieasma à Helsinki et la gare de Finlande à Leningrad, terminus de la ligne, ne comportait qu'une seule classe — avec le confort de la seconde. Il existait bien un wagon-restaurant, mais pas de service à proprement parler. Les repas étaient rudimentaires et irréguliers — dans le meilleur des cas. Les plats froids comme de simples salades arrivaient tièdes, les plats chauds tiédasses ou froids. Mieux valait se rabattre sur un sandwich sans prétention et une tasse de thé pâlichon tiré aux samovars ternis et cabossés qu'on trouvait en tête de chaque voiture, et dont le contenu avait un goût déplaisant de métal. Aussi les gens qui prenaient le train de jour préféraient-ils se munir de provisions et demander une tasse de thé au porteur en espérant que l'eau avait au moins été renouvelée.

Les wagons laissaient eux aussi à désirer. Chaque voiture comptait neuf compartiments, de six voyageurs chacun. Les compartiments étaient poussiéreux ; les banquettes en bois manquaient de rembourrage, et les filets vissés aux parois, avec leur pesant chargement de bagages, semblaient curieusement proches de la tête des voyageurs. L'unique concession en matière de décoration consistait en une paire de rideaux imprimés d'un vague motif floral qui dégageaient une désagréable odeur de toile cirée. Les fenêtres elles-mêmes étaient sales, teintées en jaune, et formaient une véritable carte routière de crasse et de rouille à laquelle s'ajoutaient les traînées laissées par la pluie. La plupart refusaient de s'ouvrir. Celles du couloir, en revanche, étaient toutes ouvertes et dispensaient une maigre aération.

Le trajet de nuit entre Helsinki et Moscou, avec un arrêt à Leningrad, offrait nettement plus de confort. On disposait de wagons-lits de première classe, comportant chacun dix compartiments, avec des toilettes à chaque extrémité et un compartiment réservé au service par wagon.

Là aussi, la restauration présentait une amélioration considérable. Au dîner, on trouvait un assortiment très convenable de zakouskis — cela allait des sandwichs au caviar, saucisses, fromage, œufs mayonnaise et sardines, aux entrées d'esturgeon frit et au steak d'une qualité correcte. Pour deux roubles, soit en gros trois dollars la bouteille d'un litre, on pouvait se procurer de l'excellente vodka russe ou finlandaise titrant à 100°, et, pour la somme dérisoire de quatre-vingt-dix kopecks, un litre de champagne russe tiède et douceâtre.

Le train lui-même se composait de six wagons et d'une locomotive électrique. Les voitures étaient d'un morne vert métallique. Au milieu de chaque wagon, sur l'encadrement d'une fenêtre, était apposé l'emblème soviétique officiel, une guirlande rouge au-dessus d'une faucille et d'un marteau croisés, le tout surmonté du sigle CCCP en lettres cyrilliques. Sous l'emblème figuraient le numéro du wagon et, encore au-dessous, les lettres SZD. Venait enfin une plaque blanche indiquant la destination, « MOSKOVA-HELSINKI » ou « LENINGRADIN-HELSINKI », « FINNSOV-EXPRESS WLABm ».

L'encadrement supérieur des fenêtres de chaque wagon arborait en lettres d'or des indications cosmopolites : MOKBA, SCHLAFWAGEN, WAGON-LITS, VOITURE. Les wagons étaient russes, de même que tout le personnel roulant — contrôleurs, serveurs et serveuses, employés et porteurs. Toutefois, les locomotives électriques qui effectuaient la navette entre Helsinki et Vainikkala, la gare frontière, étaient conduites par des Finlandais.

Cette exploitation conjointe du train, rappelée par la mention FINNSOV-EXPRESS, était précisément le type d'entrave à une gestion efficace que seule peut créer une bureaucratie fonctionnant à plein rendement. Elle constituait aussi une source d'irritation permanente pour les Finlandais, qui, vivant dans la proximité immédiate de l'imprévisible et capricieux ours soviétique, avaient appris à avaler bien des couleuvres.

La construction du premier tronçon de voie ferrée d'Helsinki à Hämeenlinna remontait à 1862. Le second devait relier la Finlande à la capitale de toutes les Russies, Saint-Pétersbourg (l'actuelle Leningrad). On s'y attaqua en 1868. Des milliers de Finlandais et de Russes faméliques en quête de travail affluèrent. Beaucoup moururent de malnutrition et de maladie, mais les trois cent cinquante kilomètres de voie ferrée furent achevés en un temps record, et prêts à fonctionner en 1870.

La ligne de Saint-Pétersbourg rejoint le tronçon Helsinki-Hämeenlinna à Riihimäki, en formant un bizarre virage vers le nord-ouest, si l'on consulte la carte. Une des raisons de ce tracé tient de toute évidence au fait que la voie ferrée longe, de Riihimäki à Viipuri, une corniche sablonneuse, la Salpausselkä, formée à la dernière période glaciaire, soit douze mille ans plus tôt. Cette corniche simplifia considérablement le travail des constructeurs.

Dès le départ, la ligne de Saint-Pétersbourg fut exploitée par les chemins de fer d'État finlandais, y compris le terminus de Saint-Pétersbourg, la gare de Finlande. Elle devint l'une des principales artères d'un commerce florissant entre la Finlande et la Russie, et son importance grandit encore en 1914, lorsque éclata la Première Guerre mondiale.

Pendant la Seconde Guerre mondiale, l'extrémité orientale de la ligne reliant Viipuri et Leningrad fut témoin de plusieurs des plus féroces combats du conflit. La guerre obligea la Finlande à céder à la Russie la ville de Viipuri ainsi que les territoires situés à l'est de celle-ci. De plus, elle dut payer aux Soviétiques quelque six cents millions de dollars de dommages de guerre ; les versements s'effectuant sous la forme de divers produits industriels, la voie connut soudain une circulation très intense. Le trafic de passagers entre Helsinki et Leningrad, fonctionnant à plein temps et avec des horaires réguliers, démarra à plein rendement en 1953, et il ne s'est jamais ralenti depuis.

Pour le moment, le Train Vert était à l'arrêt, attendant le contrôle de la douane et des passeports à la frontière finno-soviétique, dans une prairie plate entourée de bois de pins bas et maigrichons, quelque part entre Vainikkala et Vyborg. Il était 13 h 15, heure finlandaise ; il faisait anormalement chaud pour ces latitudes — 30° — et la température ne cessait de monter. Au cours des trois dernières semaines, une vague de chaleur s'était abattue sur la majeure partie du nord de l'Europe .

Stern, qui se trouvait le plus près de la fenêtre, jeta un coup d'œil par la vitre zébrée de jaune et vit les soldats russes qui allaient et venaient le long de la voie. Ils se déplaçaient par petits groupes dans un but apparemment bien précis, discutant d'une voix sonore et faisant des gestes en direction d'un invisible fonctionnaire des chemins de fer, un peu plus loin sur la voie.

Le regard de Stern rencontra un décor de barbelés et de guérites. Tous les cinquante mètres environ, perpendiculairement à la voie, s'alignaient des miradors surmontés de gardes armés.

Mais c'étaient surtout les barbelés qui lui causaient une impression de malaise. Il n'avait pas l'habitude de les voir ainsi utilisés. Dans les prairies du Middle West de sa jeunesse, ils servaient à délimiter un terrain ou à contenir le bétail. Ces fils, qui couraient aussi loin que portait le regard et continuaient certainement bien au-delà de la ligne d'arbres, n'avaient rien du caractère bucolique et rassurant d'une clôture. C'étaient des fils tendus entre de gros pylônes de béton solidement amarrés au sol, des fils fixés sur une hauteur de quatre mètres et qui se poursuivaient sur un plan incliné large d'une soixantaine de centimètres, en formant un angle de 45°. Des fils épais à double torsion, munis de pointes acérées faites pour percer et déchirer les chairs. Tout ce dispositif n'était pas destiné à parquer des animaux ou à circonscrire un territoire, mais bien à piéger des êtres humains, à restreindre leur liberté de mouvement. Jamais encore Stern n'avait éprouvé une impression si déplaisante.

Une minute plus tard, un bruit de pas résonna dans le couloir, suivi de l'apparition soudaine d'un officier soviétique flanqué d'une escorte de fonctionnaires en civil et d'un employé du train au visage terreux qui les suivait d'un air inquiet en traînant les pieds.

Sans paraître remarquer leur présence, les yeux profondément enfoncés de l'officier explorèrent le compartiment, remontant du sol au filet à bagages et au plafond, où ils s'attardèrent sur les bouches d'aération. Les autres l'observaient avec une sorte de fascination muette, comme s'ils craignaient d'interrompre le fil de ses pensées.

C'était un homme petit et trapu, avec un cou de taureau, qui réussissait à porter son uniforme trop large avec beaucoup de panache. Il avait les pommettes marquées et les yeux en amande d'un Tartare, et l'on pouvait dire à l'éclat de ses bottes qu'on n'était pas là pour plaisanter.

Dans le compartiment, seul Tony Thomas reconnut, aux trois étoiles et aux barrettes de ses épaulettes, qu'il s'agissait d'un colonel. Les insignes ornant son bras, sa manche et son col, tous pourvus de roues ailées fixées sur un losange de tissu, indiquaient qu'il appartenait au corps d'élite connu sous le nom de garde armée des frontières, elle-même placée sous le contrôle de la police de sécurité de l'État, plus célèbre quant à elle sous le nom de KGB. Les deux larges chevrons d'or de sa manche proclamaient qu'il comptait plus de vingt années de service.

Thomas avait saisi tous ces détails d'un coup d'œil. Les autres pouvaient seulement déduire, à son allure et à l'attitude déférente de ses acolytes, qu'il s'agissait d'un personnage important.

Ils examinaient maintenant les photos des passeports, s'assurant que les individus présents dans les compartiments étaient bien ceux qui figuraient sur le cliché. Un sergent-major pénétra d'un pas brusque et belliqueux dans le compartiment sans se faire annoncer et entama sans autre formalité l'examen des passeports.

Debout derrière lui, le colonel observait sa façon de procéder, et il était clair, à son attitude sévère et pleine de suffisance, que son subalterne entendait bien tirer le meilleur effet de ces minutes de gloire.

Il s'attardait sur chaque photo, inspectant sous tous les angles l'original en chair et en os. La procédure était pénible et d'une lenteur insupportable. D'une façon générale, elle réussissait à plonger certains voyageurs dans une profonde anxiété, comme si leurs papiers n'étaient pas en ordre ou s'ils avaient fait quelque chose de mal.

Dans le cas de Nell Blanton, la vérification s'éternisa au point que les occupants du compartiment commencèrent à échanger des regards inquiets.

Jusqu'au moment où le sergent-major, visiblement peu satisfait du résultat d'une simple comparaison entre le sujet et la photo, fit comprendre à Nell par une série de gestes de la main qu'elle devait se lever. A peine fut-elle debout, face à lui, qu'il tendit le bras et lui ôta sans autre avertissement ses lunettes de soleil. Ôter n'est pas le mot : il les lui arracha, d'un mouvement si brusque et si agressif que tous les occupants du compartiment en restèrent suffoqués. Il y eut une exclamation étouffée. Blanton se souleva à moitié, mais Thomas l'obligea à se rasseoir. Le colonel se pencha et glissa quelques mots à l'oreille du sergent-major. Toujours aussi peu satisfait, l'homme marmonna une phrase indistincte et, avec une mauvaise grâce évidente, tendit d'un geste brutal son passeport et ses lunettes à Nell. Tout cet épisode fut étrangement tendu et pénible.

Le contrôle terminé, le colonel fit un signe semblant signifier que tout était en règle et salua d'une courte inclination de la nuque, avec une élégance raide appartenant à l'Ancien Monde qui vous le rendait presque sympathique. L'instant suivant, il tournait les talons et disparaissait, suivi de son escorte. Seul l'employé au costume fripé et à l'air vanné s'attarda dans l'ouverture de la porte, hésitant, se tordant nerveusement les mains. A cette minute précise, le visage de Blanton avait la couleur du parchemin.

« S'il vous plaît, ne pas quitter place pendant inspection, dit l'employé d'une voix étouffée. Nous finir vite. Avec aimable coopération. »

Lui aussi fit une courbette très russe, puis il sortit à reculons dans le couloir et suivit le colonel dans le compartiment voisin où se répétait la même scène.

De sa place, Stern entendit dans le couloir la voix de Mrs. Mukherjee ; elle tentait de se faire comprendre du colonel dans son anglais haut perché qui avalait la moitié des syllabes. L'Indienne semblait protester. « M$^{me}$ Muk », comme ils avaient fini par la surnommer, passait son temps à se plaindre. A en croire la réponse sèche qui vint non du colonel, mais du sergent-major debout à côté de lui, elle ne paraissait guère avoir gain de cause.

« S'il vous plaît, ne pas quitter place pendant inspection... » Éreinté, l'employé renouvela son exhortation après que le colonel eut fini. « S'il vous plaît ne pas quitter compartiment ni aller dans couloir. Nous compter sur coopération pour finir vite. »

Puis il disparut dans le compartiment 6, où plusieurs adolescents de la chorale espagnole grignotaient des figues et des noix, riant et discutant de leurs voix volubiles.

Stern leva les yeux et découvrit le regard légèrement amusé de Nell Blanton posé sur lui. Pendant la semaine qui venait de s'écouler, il avait eu l'occasion de le croiser avec une fréquence déconcertante.

« A votre avis, cela rime à quoi ? demanda-t-elle.

— C'est de la mise en scène. Ces gens-là adorent le théâtre. »

D'un geste, Thomas écarta l'incident, bien qu'il fût déjà sur le qui-vive, intrigué par la présence d'un officier de si haut rang dans ce qui n'aurait dû être qu'un contrôle douanier de routine.

« Tu veux dire qu'ils ont terminé ? demanda Stern, surpris.

— Mon cher » — Thomas étudia le tablier du backgammon — « je crains bien qu'ils n'aient même pas commencé. Disons qu'ils ont juste planté le décor. Pour nous mettre dans l'état d'esprit approprié.

— Mais enfin, dans quel but ? » dit Paul Blanton, encore secoué par l'épisode des lunettes.

Thomas agita les dés dans le gobelet noir, puis, avec un sourire, il les lança d'un geste large sur le plateau.

L'enfant solidement calé dans le giron de Mrs. Mukherjee pleurait. Il avait démarré timidement, avec de petits gargouillis qui avaient pris de l'ampleur et s'étaient transformés en hurlements stridents et prolongés. Avec son crâne rasé au sommet duquel ne subsistait qu'un tortillon de cheveux noirs, son front proéminent, son petit nez aquilin, sa mâchoire en avant et son absence de menton, l'enfant ressemblait à une tortue. Pourtant, cette laideur parachevée vous inspirait presque de la tendresse. C'est-à-dire, jusqu'au moment où il se mettait à pleurer, une activité qu'il affectionnait et à laquelle il était précisément en train de se livrer.

Une bulle de morve restait accrochée à son nez. Katrina Van Meegrin regarda par la fenêtre du compartiment poussiéreux en faisant de son mieux pour l'ignorer. C'était une fille jeune, à peine sortie de l'adolescence, d'une beauté assez fragile et mariée depuis peu à Kyle Van Meegrin, de plusieurs années son aîné et biochimiste de profession. Tous deux étaient de Rotterdam. Ce couple extrêmement séduisant s'était acquis sans peine la sympathie unanime du groupe. Tout le monde, ou presque, les aimait.

Les Mukherjee, une famille fortunée de Bombay appartenant à une caste supérieure, se montraient de par leur éducation impérieux, méprisants et, d'une façon générale, discourtois avec tous ceux qu'ils savaient — ou subodoraient — être de plus basse extraction. Mais, quand ils rencontraient une personne « bien-née », ils se répandaient en amabilités. Dès le départ, ils avaient fait comprendre aux Van Meegrin qu'ils ne les tenaient pas en très haute estime. Ils partageaient également leur compartiment avec un jeune couple, une Américaine et un étudiant français en droit de toute évidence absorbés l'un par l'autre.

M^me^ Muk mettait un point d'honneur à les ignorer. Ce principe lui avait été inculqué par ses grands-parents, qui l'avaient eux-mêmes appris des Anglais « au bon vieux temps » de l'Empire, où traiter les gens par le mépris constituait une obligation sociale.

M^me^ Muk était une créature informe et cuivrée, mesurant un mètre cinquante tout au plus, enroulée dans un sari pâle qui laissait apparaître le bas de son buste et d'où ressortait un renflement de chairs tremblotantes et marbrées. Une pierre semi-précieuse rouge était incrustée dans le creux d'une de ses narines. A présent, avec ce bébé qui braillait et ce colonel russe qui venait de la rembarrer, M$^{me}$ Muk était manifestement d'une humeur massacrante.

Elle tenait son mari pour responsable de l'inconfort de la situation. Mr. Mukherjee lui avait juré dès le départ qu'il prenait en main l'organisation du voyage. Et le fait est qu'il avait bien fait les choses, convoyant sa petite famille en première classe à travers tout le continent pendant six semaines de luxe et de prodigalités. Si elle subissait maintenant l'indignité d'une voiture de seconde dans un train de jour, c'était lui le fautif. Que les Soviétiques n'aient prévu aucune voiture de première pour le train en question n'entrait pas en ligne de compte.

Tandis que le bébé s'époumonait et gigotait sur ses genoux, elle lançait à l'infortuné des regards venimeux : il ne perdait rien pour attendre et elle le lui ferait sentir dès qu'elle réussirait à le coincer. Le silence régna soudain pendant quelques minutes bénies. L'enfant s'était momentanément tu, mais l'instant d'après il expédiait une claque à sa mère de sa petite paume bien ouverte avant de laisser échapper un gloussement baveux.

Le visage de M$^{me}$ Muk enfla d'une manière inquiétante ; elle jeta un œil assassin à son époux. Ce dernier s'appelait Nagu, mais en société elle optait pour George. Dans les rares occasions où elle souhaitait faire étalage d'un soupçon de tendresse à son égard, elle roucoulait « Babu ».

« Babu » — ses lèvres s'incurvèrent dans un sourire crucifié — « prenez Bébé. Soyez gentil, laissez maman se reposer deux minutes. »

Son anglais était mélodieux, mais ses yeux flambaient de colère.

« Mais bien sûr, mon cœur ! »

Mr. Mukherjee se leva et saisit avec précaution le précieux fardeau glapissant que lui tendait sa femme. Ce faisant, son regard tomba par inadvertance sur les séduisants genoux de Katrina Van Meegrin.

Mr. Mukherjee admirait les femmes en général et les jeunes femmes en particulier. Il partait du principe, ou tenait pour acquis, que cette admiration était payée de retour. Ce petit homme fat, coiffé d'un hari noir de jais en équilibre instable, arborait un sourire froid et étincelant qu'il répétait de toute évidence devant sa glace. Lorsqu'il marchait, on aurait dit un oiseau paradant devant sa femelle. Il avait du ventre et portait un pantalon à pattes d'éléphant et des mocassins à glands soigneusement astiqués. Ses doigts boudinés étaient chargés d'une ribambelle de bagues visiblement de pacotille, et il laissait derrière lui un écœurant parfum de vanille. Il était affligé de plusieurs manies, la plus déconcertante étant, de loin, son habitude de se gratter toutes les cinq minutes l'entrejambe avec une parfaite inconscience.

Ce changement de position avait eu les plus heureux effets sur Bébé Muk. Pendant plusieurs minutes, il resta assis contre son père sans émettre un son, à se curer le nez d'un air rêveur, tandis que Mr. Mukherjee émettait de tendres gazouillis et le couvait d'un regard empli de fierté rayonnante. Mais l'instant suivant les hurlements reprirent de plus belle, atteignant un niveau de décibels jusque-là inégalé. Les nerfs des occupants du compartiment 5 frémirent douloureusement.

Kyle Van Meegrin se pencha pour attraper le sac en papier calé entre ses pieds. Il contenait le repas cadeau offert, avec ses compliments, par le Prebaltiskaïa aux membres du groupe. Chaque sac contenait deux sandwichs de pain noir rassis, l'un garni de salami fort empestant l'ail, l'autre d'une viande grise de nature indéterminée. A cela s'ajoutaient une pomme et une orange, une bouteille d'eau de Vichy et une canette de bière russe.

Van Meegrin demanda à sa femme si elle voulait un sandwich. Elle lui lança un regard de détresse, comme prête à vomir. La chaleur du compartiment, conjuguée au vacarme de Bébé Muk, avait eu raison de la jeune femme.

Son mari lui tapota affectueusement le bras et lui adressa un clin d'œil. Puis il sortit une canette de bière et l'ouvrit avec le décapsuleur en cuivre vissé à la paroi du compartiment. Tout en versant quelques centilitres dans un verre, il observa, de l'œil froid du spécialiste, plusieurs particules de matière inconnue qui s'enfonçaient sans hâte dans les profondeurs glauques et inquiétantes du liquide. Renonçant à boire, il repoussa le verre et entama une discussion avec la fille américaine et son ami français.

Durant tout le voyage, le couple s'était appliqué à rester à l'écart du groupe. Personne n'aurait pu dire exactement leurs noms, sinon qu'on les avait entendus s'appeler « Kate » et « Claude ». Tout ce qu'on savait, c'est que la fille était diplômée de l'université de Georgetown et passait une année à Paris, et que lui faisait son droit à la Sorbonne.

Leur envoûtement réciproque faisait l'objet d'innombrables plaisanteries. Le jour, ils participaient à toutes les visites guidées, mais le soir, après dîner, ils ne s'étaient jamais joints aux autres pour aller voir le cirque de Moscou ou les ballets du Kirov, ou pour faire un bridge dans la salle de jeu de l'hôtel. Ils préféraient regagner directement leur chambre.

Cet été-là les couples de ce genre pullulaient en Europe. Il s'agissait essentiellement de jeunes Américaines qui s'étaient trouvé un ami français ou scandinave. Toutes « vivaient pleinement » leurs pérégrinations, munies de vêtements solides et de sacs à dos « bourrés de livres sérieux » qui ne contenaient que des accessoires très rudimentaires. Visiblement instruites, ostensiblement spartiates, mais manifestement bardées de chèques de voyage, elles mettaient toute leur fierté dans un équipement sans concessions — couverture roulée, alpenstock, grosses chaussettes de laine et chaussures montantes résolument prolétariennes, le tout acheté dans les meilleurs magasins de sport de Londres, Rome et New York. Beaucoup avaient parcouru à pied la région des fjords, ainsi que les bois et les lacs du Warmland suédois.

Le jeune couple du compartiment 5 était arrivé, comme Stern, à Leningrad par le ferry en provenance de Stockholm, après avoir passé toute la nuit sur les dures banquettes du *sitsky,* et pris le Train Vert le matin suivant à Helsinki. Ils étaient calmes et réservés. D'une politesse irréprochable, mais décidés à préserver leur intimité. Ils parlaient peu, observaient beaucoup, et il émanait d'eux cette complicité propre aux vieux ménages, une conjugalité démodée que Stern trouvait curieusement émouvante.

Les Van Meegrin étaient de ceux dont l'âge et, sans conteste, l'allure se rapprochaient le plus des leurs. Bébé Muk hurlant maintenant sans aucune retenue, Mr. et Mrs. Mukherjee se lançant des regards furibonds, tous étant confinés pour le moment dans un compartiment qui semblait une étuve, on ne pouvait s'étonner que les deux jeunes couples cherchent l'un auprès de l'autre un réconfort.

Le professeur Shapley fut le premier à apercevoir l'hélicoptère. Il tournait si bas autour du train qu'il ressentait le bruit de ses pales au creux de l'estomac. A un moment, l'appareil s'inclina légèrement sur le côté, telle une baleine mettant bas, et le professeur distingua l'étoile rouge et l'inscription en lettres cyrilliques apposées sur la porte coulissante de la cabine. Sur le moteur qui encapuchonnait le cockpit, il réussit à voir nettement les chiffres arabes — 1355.

Selon toute probabilité, c'était un hélicoptère de l'armée de l'air soviétique — un MI26 utilisé pour le transport des détachements motorisés ou des troupes d'assaut aéroportées. Pourquoi l'hélicoptère ne cessait de décrire des cercles au-dessus de leur tête, il l'ignorait.

Grant Shapley était un de ces hommes à l'ironie désabusée et à la peau tannée qui parlent peu. Quand il le faisait, c'était en général pour lâcher une remarque teintée d'humour, mais souvent pénétrante. Il était président du département de paléontologie de l'université du Wyoming. Solide, grisonnant, rude, mais plein de dignité, il faisait songer au Teddy Roosevelt des dernières années ; conscient de cette ressemblance, il arborait des chapeaux à larges bords avachis et une canne en rotin luisante, sans doute pour l'accentuer encore.

« Ils mettent vraiment le paquet ! » déclara-t-il, le visage dur.

Mrs. Shapley prit à témoin les autres occupants du compartiment :

« Nous n'allons pas être déçus, croyez-moi. »

Elle semblait parler en connaissance de cause. C'était, tout compte fait, son quatrième séjour en Union soviétique en quatre ans. Son mari — le professeur, comme elle l'appelait volontiers — portait un intérêt tout particulier aux vestiges fossiles de la troisième période glaciaire qui abondaient dans les formations rocheuses des lointaines chaînes du Kazakhstan.

Comme son mari, Mrs. Shapley était originaire de l'Ouest américain, native des terres d'élevage du Montana. Osseuse et solidement charpentée, la peau rose et récurée, elle diffusait une odeur de linge propre fraîchement amidonné. Bien qu'elle frôlât la soixantaine, elle avait la peau d'une femme de trente ans. Elle souriait facilement, et il émanait d'elle cette bonne humeur bourrue qu'on imagine aux femmes qui traversèrent le continent américain en chariot bâché.

« Ils ne nous ont rien demandé à voir », dit la petite Serja Inusen, visiblement intriguée.

Elle se leva et vint se poster derrière Shapley, observant par-dessus son épaule l'activité qui se déployait en contrebas.

Serja était une jeune femme d'environ vingt-cinq, vingt-six ans, désespérément quelconque, mais dotée des cheveux de lin et de la peau superbe des femmes finlandaises. Elle avait passé le plus clair de sa vie d'adulte à travailler comme caissière au Stockmann's d'Helsinki, et mis péniblement quelques sous de côté sur son maigre salaire pour faire ses six heures de train jusqu'à Leningrad.

« Je m'attendais à pire. »

Wilma Shapley se leva et commença à s'affairer :

« Si nous sommes là pour un moment, je pense que nous devrions manger quelque chose. Que diriez-vous d'un sandwich, professeur ? »

Chacun sortit les provisions données par l'hôtel, et bientôt Mrs. Shapley parut présider un pique-nique dominical animé.

Le dernier occupant du compartiment 1 était un certain Junji Asawa, un garçon au teint pâle originaire de Sapporo ; il avait un regard furtif et tenait les yeux perpétuellement baissés. Il se disait étudiant à l'université de Tokyo mais paraissait considérablement plus jeune que ses dix-neuf ans. Il passait son temps à lire et ne parlait que si on lui adressait personnellement la parole.

Mrs. Shapley tira son mari par la veste.

« Dites donc, professeur, que sont-ils en train de nous mijoter ? »

Légèrement penché en avant, les mains sur les genoux, il observait à travers la vitre crasseuse les cercles décrits par l'hélicoptère.

« Difficile à dire, mais en tout cas ça ne me semble guère un contrôle douanier. Il doit bien y avoir un escadron de rassemblé dans le coin. »

Les compartiments 6, 7 et 8 étaient occupés par une chorale de Valladolid. Les chanteurs avaient visité l'URSS en vertu d'un programme d'échanges culturels. Ils étaient dix-sept en tout — dix filles et sept garçons chaperonnés par un directeur irascible doté d'un énorme nez et d'oreilles larges comme des soucoupes d'où jaillissaient des touffes de poils hirsutes d'un gris presque blanc. Le voile laiteux de la cataracte recouvrait la pupille de son œil droit. Il donnait ses instructions au groupe dans un espagnol bourru et incisif auquel ses élèves obéissaient au doigt et à l'œil, avec cette docilité émaillée de fous rires propre aux enfants. Il s'appelait señor Madariaga, mais derrière son dos la jeune classe le surnommait « El Cangrejo », le Crabe.

Les Espagnols n'avaient pratiquement pas cessé de grignoter depuis qu'ils étaient montés dans le train ce matin-là, à Leningrad, ouvrant avec des exclamations excitées des sacs en papier bourrés de bretzels, de gâteaux et de limonade, et avalant tasse sur tasse de café lyophilisé additionné d'eau chaude qu'ils tiraient du gros samovar placé en tête de wagon.

Tout, ou presque, venait d'Espagne. Il est vrai qu'on n'aurait guère trouvé ces douceurs en Union soviétique. Les employés du train russe, sidérés par tant d'abondance, leur vouaient un mépris grandissant à mesure que le sol du compartiment se couvrait d'épluchures de cacahuètes et de papiers de bonbon.

Dès que le train s'était ébranlé, ils s'étaient mis à chanter et à taper des mains tous ensemble en guise d'accompagnement. Parmi ces chants, il y avait des *jotas* et des *zapatongas* endiablées, mais surtout des airs mélancoliques pleins de « *mi vida* » et « *mi corazón* » qui témoignaient d'un profond et inconsolable mal du pays. Ils ne s'arrêtaient presque jamais de chanter, mais c'était loin d'être déplaisant.

Lorsque le colonel Dounskoï et ses acolytes arrivèrent pour procéder à l'inspection préliminaire, les Espagnols, indifférents à leur présence vaguement menaçante, continuèrent à chanter et à se moquer en douce des soldats.

Le compartiment 2 était occupé par ce que le groupe avait fini par baptiser le « quatuor italien » — en réalité deux couples de jeunes mariés de Milan, les Conti et les Lambrusto. Ils étaient amis intimes et prenaient leurs vacances ensemble. On spéculait beaucoup à leur sujet, et les bruits les plus juteux en faisaient un ménage à quatre qui traversait le continent en changeant activement de partenaires.

Les deux couples étaient séduisants, sympathiques et d'une impeccable élégance. Leur garde-robe quotidienne suscitait l'émerveillement sans cesse renouvelé des voyageurs. A côté d'eux, tout le monde se sentait atrocement minable. Leurs bagages en cuir puaient le fric. Maximiliano Conti était un avocat d'affaires. Grand, d'une minceur cinglante, les cheveux blonds coupés ras, ses traits adriatiques classiques lui donnaient un profil de médaille. Il portait des lunettes teintées qui abritaient des yeux toujours mobiles. Le jour, sa garde-robe se composait le plus souvent de pantalons blancs et de vestes en lin élégamment froissé jetées négligemment sur les épaules à la façon d'une cape. Le soir, il s'habillait invariablement pour le dîner.

Sa femme, Sonia, était jolie et riait beaucoup, même quand cela ne s'imposait pas. C'était encore le mot de volupté qui la décrivait le mieux ; charnue sans être grosse, d'une gentillesse inébranlable, et absolument incapable de fourberie. Malgré cette apparente simplicité, toutefois, elle ne se faisait guère d'illusions sur le mariage et la fidélité, en particulier dans le cas de Max. Après tout, c'était un mari italien, n'est-ce pas ?

Sandro Lambrusto, arbitragiste pour le compte d'une grande banque italienne, était un homme jeune et timide, aux manières distantes et courtoises. Sa femme, en revanche, Silvana, se montrait pleine de vivacité et aimait la fête. D'une minceur de liane, elle avait la beauté diaphane et évanescente d'un mannequin vedette de haute couture. C'était une beauté romaine, aux traits hardis et au modelé saisissant, avec de grands yeux verts sertis dans des pommettes hautes et une peau mate ivoirine.

Sans être ouvertement provocante, Silvana aimait plaire. Les hommes se méprenaient souvent sur les intentions de cette femme enjouée et d'une beauté si attirante. Cet aspect de sa personnalité était devenu une source constante de conflit entre elle et son mari.

Un autre occupant partageait le compartiment du quatuor, un jeune homme d'Ottawa du nom de Keith Wales. A vingt ou vingt-deux ans, il possédait une sorte de séduction dégingandée et inexpérimentée. Il ne se départait jamais de la susceptibilité maussade propre aux adolescents qui imitent un acteur de cinéma. Et il affectionnait le style western — bottes, jean et cuir patiné.

Le jeune Wales venait d'obtenir son diplôme de McGill et ne savait pas encore très bien ce qu'il allait en faire. Ses parents lui avaient offert un voyage à l'étranger pour — pensaient-ils — lui permettre de gagner du temps et de prendre du recul. De toute façon, c'était certainement plus simple que d'avoir à le supporter à la maison tout l'été.

Six jours plus tôt, quand le groupe s'était retrouvé pour la première fois au complet sur le quai, à Helsinki, Keith s'était arrangé pour ne pas lâcher d'une semelle les Italiens, en particulier Silvana, de quatre ou cinq ans son aînée. Étrangement, elle ne l'avait pas découragé. Si bien que, pendant les cinq jours du circuit, Wales, invariablement à son côté, lui avait voué une admiration de plus en plus ardente, et cela malgré l'attitude de Sandro qui parlait de moins en moins et se repliait sur lui-même d'une manière inquiétante. Plusieurs membres du groupe laissaient activement entendre que Wales était déjà parvenu à ses fins. Et Wales se gardait bien de les en dissuader.

Le sixième voyageur du compartiment 2 était Jane Blaylock — new-yorkaise, la trentaine, diplômée d'une petite université féminine du Massachusetts. Bien qu'elle en eût quitté les bancs depuis dix années bien sonnées, elle affectait encore les tics des jeunes étudiantes.

Jane aimait à se poser en théoricienne, encore qu'elle n'eût guère de théories politiques personnelles. Quand elle parlait, elle émaillait son discours de noms qui revenaient comme une rengaine, Marx, Mills, Keynes — qu'elle n'avait jamais étudiés dans le texte —, et elle citait volontiers, en veillant à se faire entendre de tous, les œuvres de Marcus Garvey et de Herbert Marcuse.

Championne inconditionnelle des classes laborieuses, elle n'avait elle-même jamais travaillé. Quand on lui demandait ce qu'elle faisait, elle se décrivait en général sous les traits d'un écrivain engagé, d'une révolutionnaire dans la veine de, disons Tom Paine. Elle était une propagandiste, disait-elle, chargée de réveiller les masses somnolentes et de les conduire à un vertueux militantisme. Elle vivait en haut de la Cinquième Avenue dans un triplex que lui avait laissé son père — il avait fait fortune dans la récupération de métaux — et ne voyait rien de particulièrement déplacé à cela.

Si tous s'accordaient à la trouver exaspérante, on ne lui en reconnaissait pas moins un bon caractère et de la générosité, et elle manquait rarement d'amis.

Sa présence à ce moment précis dans le compartiment 2 attisait une situation déjà explosive. Elle n'avait que faire des Italiens. Elle les trouvait plutôt sympathiques, mais fondamentalement futiles. Les femmes symbolisaient le vide intellectuel, les hommes étaient les ultimes vestiges corrompus et vénaux d'une aristocratie européenne en proie aux derniers spasmes de l'agonie.

Pour elle, Keith Wales émergeait à peine de la puberté — tant sexuelle qu'intellectuelle. Max Conti, en revanche, assis en face d'elle, entortillé dans toutes ces fringues dessinées par quelque styliste bourgeois, avec leurs répugnants petits emblèmes de statut social — poneys de polo, crocodiles et autres crétineries du même acabit —, n'éveillait que son mépris.

Pour le moment, Jane s'ennuyait à périr, comme d'ailleurs depuis qu'ils étaient montés dans le train ce matin-là. A dire vrai, ce qu'elle avait vu à Leningrad l'avait ennuyée au plus haut point, et ce contact avec l'Union soviétique avait été une déception sur toute la ligne. Mais la proximité des soldats russes, si nombreux et apparus si brusquement, lui remontait un peu le moral.

Lors de son inspection du compartiment 2, le sergent-major avait ignoré les autres mais demandé d'un ton lourd de sous-entendus à voir son passeport. Un peu inquiète tout en s'efforçant de le dissimuler, elle fouilla dans son sac, consciente de tous les regards posés sur elle. Quand elle le trouva enfin, elle le lui tendit d'un geste sec en prenant soin de clairement manifester son agacement. Il y jeta un bref coup d'œil, puis le passa au colonel debout juste derrière lui.

Le colonel tenait le passeport à bout de bras, à la hauteur de son ventre, examinant tour à tour la photographie et le visage de Jane tout en plissant ses yeux profondément enfoncés. Lorsqu'il eut fini, il dit quelque chose d'un ton peu amène, puis glissa un mot à l'oreille du sergent-major. Une seconde plus tard, il tournait les talons et, suivi de son escorte au grand complet, s'éloignait dans le couloir.

« Mon passeport ! » s'exclama Jane, qui se leva pour le rattraper.

Agitant une large paume dissuasive devant son visage, l'employé du train lui barra le passage.

« Mais il a mon passeport, bafouilla Jane en écartant la main de l'homme. Je veux mon passeport !

— Vous assise, s'il vous plaît », croassa l'employé d'une voix apaisante, bien que lui-même parût un peu déconcerté. « Eux revenir vite », lui assura-t-il avant de se précipiter d'un pas vacillant à la suite des autres.

Le brusque départ des Russes laissa dans son sillage un silence lourd de menaces. Les occupants du compartiment 2 se dévisageaient alternativement, les yeux pleins de questions troublantes qu'ils ne se résolvaient pas à formuler.

« Merde ! » fit Jane. Elle eut un sourire de bravade, mais elle était consciente que son cœur battait à tout rompre. « Quel était ce foutu livre qu'ils consultaient ?

— J'ai vu qu'il était rempli de chiffres, dit Keith Wales.

— Sans doute des numéros de passeports », marmonna Max.

Il paraissait excédé.

« Naturellement, dit Sandro. C'était une simple contre-vérification. Vous n'étiez jamais venue en Union soviétique ?

— Jamais. » Jane émit un rire bizarre et se renfonça dans son siège. « Mais pourquoi moi ? »

Leur conversation fut interrompue par le grincement aigu d'un moteur de camion et un fracas de métal lourd.

Max Conti écarta du doigt les rideaux et glissa un regard à l'extérieur. Ce qu'il vit le laissa coi. Trois transports de troupes blindés s'étaient hissés en bringuebalant en haut du remblai. Leurs moteurs couinant en seconde, ils s'immobilisèrent bruyamment dans un grand nuage de poussière, presque perpendiculairement à la voie. L'instant d'après, des soldats sautaient de la cabine de chaque véhicule, fonçaient vers l'arrière, défaisaient les lourdes chaînes et abaissaient les hayons. Soudain, sans raison apparente, trois escadrons de troupes de choc soviétiques équipées de fusils automatiques jaillirent de l'arrière des engins et se mirent en devoir d'encercler le train.

Conti se tourna vers les autres, qui avaient observé la scène pardessus son épaule. Un silence plutôt inquiet était tombé sur le compartiment.

« *Che cosa* », chuchota Sonia à son mari avec un petit rire étouffé.

L'expression qu'elle lut sur son visage l'arrêta net.

De son compartiment, Grant Shapley avait assisté à la même scène. Il l'examinait avec ce détachement objectif qu'on associe à l'observation scientifique. Son regard semblait compter, classifier, collationner et stocker des données auxquelles il pourrait se reporter plus tard.

Il regarda les soldats se déployer en éventail d'est en ouest le long de la voie ferrée, puis contourner l'arrière du train et finalement encercler celui-ci comme un énorme nœud coulant. Le tout exécuté avec une technique et une promptitude impressionnantes.

Mû par un sentiment de curiosité assez insolite chez lui, Junji Asawa se leva et s'approcha de la fenêtre.

« Que font-ils ? demanda-t-il, la voix assourdie par une stupéfaction teintée de respect.

— Je n'en sais fichtre rien », répondit le professeur en émettant un drôle de petit sifflement désinvolte entre les dents.

Dans le compartiment 4, Tony Thomas étudiait le tablier de backgammon. Il tétait le tube froid de son fume-cigarette, affichant une indifférence exagérée pour ce qui se passait dehors. Debout près de la fenêtre, Peter Stern regardait. L'hélicoptère qu'ils avaient aperçu un peu plus tôt avait continué à décrire des cercles au-dessus d'eux ; il volait plus bas à présent, à une trentaine de mètres du sol, et s'était immobilisé au-dessus du Train Vert.

« Ils ne font tout de même pas ça pour tout le monde ? » réfléchit-il tout haut.

Thomas le gratifia de son sourire en coin :

« Il semblerait en effet que nous ayons droit au grand jeu.

— On dirait des manœuvres militaires », observa Paul Blanton.

Thomas tapota le haut de son crâne où un épi de cheveux s'obstinait à pointer. Il paraissait mijoter une tactique pour son prochain coup. Blanton se tourna vers lui :

« Qu'en pensez-vous ? »

Les yeux de Thomas comptèrent les points, son index en suspens au-dessus des cases. Il resta un moment silencieux, comme s'il n'avait pas entendu la question.

« Je ne suis pas du tout sûr de ce que je pense », dit-il enfin, et il avança son pion de trois cases.

En réalité, il savait fort bien ce qu'il pensait. Dans des circonstances normales, il n'aurait jamais pris ce train. Mais on pouvait difficilement parler de circonstances normales. Le matin même, il avait reçu une lettre confidentielle de son bureau de Londres par la valise diplomatique. Un tuyau — rien de plus, s'empressait de souligner son rédacteur en chef, mais un tuyau en béton, si l'on voulait bien considérer que la source n'était autre que le Kremlin.

Deux jours plus tôt, un sous-marin soviétique avait été pris en flagrant délit d'espionnage dans les eaux norvégiennes juste au large de la grande base navale de Hammerfest, sur la mer de Barents. C'est là que l'OTAN procédait à certaines de ses plus importantes et plus secrètes opérations radar.

Le sous-marin avait été arraisonné et retenu dans un chantier naval de Sorgy, non loin de là, et tout l'équipage emmené en garde à vue à la base. Le plus piquant, dans cette information en sous-main, c'est qu'elle spécifiait sans ambiguïté que les Soviétiques cherchaient désespérément un prétexte pour des représailles et que, si elle était exacte, ils avaient choisi le Train Vert pour frapper un grand coup. Voilà pourquoi Thomas se trouvait là, à ce moment précis, au lieu de savourer les charmes du Dollar Bar, au Prebaltiskaïa.

L'idée l'avait effleuré qu'il était peut-être moralement tenu d'avertir ses compagnons, au cas où la situation leur aurait porté préjudice ou aurait remis en question leurs projets immédiats. Mais il avait préféré s'abstenir. D'abord, ils pouvaient fort bien se passer de la panique qui suit inévitablement ce genre de révélation. Ensuite, lui-même risquait de se retrouver dans une position délicate, si l'on apprenait qu'il connaissait le plan des Soviétiques et n'avait pas prévenu ses quarante-neuf compagnons de voyage pour qu'ils modifient aussitôt leur itinéraire de retour à l'Ouest. Enfin, même s'il avait du mal à l'admettre, il n'entendait pas compromettre la chance de sa vie.

Car, pour un journaliste, être retenu dans un train à la frontière finno-soviétique n'allait pas sans avantages, en particulier pour un journaliste proche de la soixantaine, plutôt fatigué, et dont la réputation — à ce qu'on disait dans Fleet Street — déclinait sérieusement. Quelque chose d'inhabituel allait se passer dans ce train. Quelque chose d'important. Il le sentait dans toute sa moelle de reporter. Et pas une simple histoire de passage à l'Ouest. On ne jouait pas bêtement à la petite guerre. On venait bel et bien de les prendre en otages, en cet endroit précis, même si personne ne semblait encore vouloir se rendre à l'évidence. L'atmosphère, à bord du train, restait résolument courtoise.

Mais Thomas connaissait assez les Soviétiques pour faire la part du bluff et de la réalité. Les soldats et les blindés l'intriguaient cent fois moins que la présence, dans le train, de ce colonel glacial en grand uniforme. Il n'entrait pas dans les habitudes des Russes de dépêcher des officiers de si haut grade pour un simple contrôle de douane. La présence de ce type signifiait qu'on n'était pas là pour plaisanter.

Thomas était sur un coup, un gros coup. S'il ne se trompait pas, et après douze années d'observation imperturbable il ne doutait pas de connaître leur tactique, ce wagon bourré de ressortissants étrangers, des Occidentaux pour la plupart, allait être gardé en otage à la frontière et retenu là jusqu'à ce que la situation déclenche la restitution du sous-marin et de son équipage. Autrement dit, ils allaient devenir la monnaie d'échange des Soviétiques.

Bientôt, toutes les capitales du monde libre auraient connaissance de la situation délicate dans laquelle ils se trouvaient. Le ministère soviétique de l'Information, il en aurait mis sa main au feu, interdirait les abords immédiats de l'endroit aux regards indiscrets des médias occidentaux — télévision, radio, magazines et tout le tremblement. Et lui était là, en plein dedans. Une veine pas croyable. Il aurait monté lui-même toute l'affaire que cela n'aurait pas aussi bien marché.

Dans le compartiment 3, le señor Gonzaga s'était assoupi. La chaleur qui montait lentement dans cet espace confiné avait eu raison de lui. Le menton sur la poitrine, affaissé sur la banquette, il piquait régulièrement du nez avec un ronflement volubile. Une petite perle apparue à la naissance d'un de ses favoris glissa sans hâte le long de sa joue.

La señora Gonzaga, qui paraissait toujours gênée ou prête à excuser son époux, le couvait d'un regard inquiet. Elle avait retrouvé tous les papiers qu'il avait si étourdiment égarés. Mais là n'était pas le problème. *El conde,* le comte, comme elle l'appelait, même dans l'intimité du foyer, avait toujours été un peu inconséquent. En d'autres temps, on y aurait vu une charmante excentricité. Mais à présent, et dans ce voyage en particulier, sa négligence prenait des proportions nouvelles et alarmantes.

Le colonel russe, qui avait quitté le compartiment quelques minutes plus tôt, avait encore ajouté à son anxiété. Elle n'aurait pu dire pourquoi. Il s'était montré d'une parfaite courtoisie, et même plein de sollicitude. Mais les beuglements du sergent-major à l'extérieur, les aboiements des chiens, l'atroce raffut des moteurs et des grincements de lourds engins la terrifiaient. Elle ne craignait rien pour elle ni pour son mari. Mais elle appartenait à une autre époque et, en voyant des soldats, elle s'inquiétait pour Isabel et Consuelo, ses deux filles célibataires qui frôlaient la trentaine. Jeune fille, elle avait connu la guerre civile à Barcelone et s'était cachée dans les caves des fermes, à la campagne, pour échapper non seulement aux communistes, mais aux phalangistes. Elle avait lu comment s'étaient comportés les Japonais à Nankin et les Russes à Berlin, à la fin de la guerre, et son âme simple redoutait le pire.

Outre la famille Gonzaga, le compartiment 3 abritait Mr. et Mrs. Ralph Keck, d'Ames, Iowa. Les Keck formaient un de ces couples à problèmes qu'on rencontre immanquablement dans les voyages organisés. En autocar, ou lors des excursions de la journée, personne ne recherchait leur compagnie. Le soir, dans la salle à manger de l'hôtel, personne ne s'asseyait à leur table. On leur préférait une compagnie plus agréable. Après le dîner, quand les autres se dirigeaient vers le Dollar Bar ou la salle de jeu pour faire un bridge avant de se coucher, les Keck n'étaient jamais de la partie. Il ne fallait voir là aucune exclusion cruelle ou consciente. C'était une ségrégation subliminale, comme si les gens flairaient quelque émanation déplaisante et, sans même y réfléchir, prenaient leurs distances.

Mrs. Keck était un professeur de biologie en retraite, toujours prête à vous sortir une remarque acide ou des discours vertueux et naïfs. La prière et l'esprit d'économie figuraient en bonne place sur la liste des vertus qu'elle tenait pour cardinales. Pas méchante au demeurant, mais capable de vous faire périr d'ennui sans le moindre remords. Toute sa personne diffusait une insistante odeur de camphre. Bien qu'elle fût à la retraite depuis dix bonnes années, elle se vantait de recevoir de nombreuses visites de ses anciens élèves.

Mr. Keck était lui aussi retraité. Il avait amassé une fortune modeste grâce à une chaîne de magasins de chaussures partie d'une minuscule boutique d'Ames et qu'il avait transformée en véritable institution du Middle West. Pour peu que vous lui tendiez la perche, il vous récitait de A jusqu'à Z l'historique de Keck Shoes. Il avait fait œuvre de pionnier en lançant la première semelle à voûte plantaire en caoutchouc et en utilisant le moulage dans la confection de chaussures orthopédiques. Il avait trimé sa vie durant et se considérait comme le vivant paradigme du « rêve américain ». Travailler dur, ne compter que sur soi, avoir un solide bon sens : telles étaient les vertus qui lui avaient valu la réussite, et il recommandait la formule à tous ceux qui voulaient « décrocher le gros lot ». Il était diacre de l'Église épiscopale et manquait rarement de vous en informer. Moyennant quoi, il guettait la moindre occasion de « faire le bien ».

Malgré ses soixante-dix printemps bien sonnés, Mr. Keck avait l'apparence de la vigueur et de la santé, encore que la teinte colorée qui marquait son cou au-dessus du col avant de gagner ses joues parût un peu trop vive. Il avait des yeux chassieux et une arborescence de capillaires se déployait sur les ailes de son nez. Ses cheveux, raides et ternes, aussi blancs qu'une toison d'agneau, plaqués vers la nuque, laissaient entrevoir des sillons de cuir chevelu rose. On ne le voyait jamais autrement qu'en complet-veston et cravate, et, pour un homme qui avait consacré sa vie à une « idylle avec la chaussure », il ne portait que des Oxford noires résolument classiques.

Ses manières exsudaient la déférence ; avec des inconnus, il était capable de manifester un effacement des plus gênants, se confondant en excuses serviles sur sa sauvagerie et son inculture. Chaque fois qu'il émettait un avis ou une observation quelconque, il jetait un regard furtif en direction de son épouse pour voir s'il recueillait son approbation.

Ils étaient allés partout depuis que Ralph avait pris sa retraite, aimait à dire Mrs. Keck, partout sauf en Russie. On leur avait beaucoup parlé des Russes, précisait-elle avec une flamme de fierté patriotique au fond des prunelles, et ils étaient venus s'en faire par eux-mêmes une idée.

En tête de train, dans le compartiment 9, on trouvait l'accompagnatrice du groupe, la Finlandaise Jatta Palmunan, ainsi que les Kariolainen, une famille californienne d'origine finlandaise également. Ils étaient quatre : le père, la bonne soixantaine ; Mrs. Kariolainen, de près de vingt ans sa cadette — ils s'étaient mariés sur le tard — ; leur fille Corrie, une délicieuse adolescente qui terminait sa dernière année de *high school,* merveilleux mélange de cette blondeur radieuse propre aux Finlandaises et de la beauté épanouie, dorée de soleil et éprise de grand air des jeunes Californiennes ; le fils, Christopher, surnommé Buddy, douze ans, était petit, d'une gaucherie touchante et toujours prêt à sourire.

La famille Kariolainen formait un groupe chaleureux et gai. Ils irradiaient la santé comme un chaud soleil. En leur présence, les esprits inquiets se sentaient tranquillisés, les âmes mesquines s'ouvraient à la générosité, les mélancoliques à la gaieté. Eux-mêmes n'avaient absolument pas conscience de leurs vertus bénéfiques. Ce qui expliquait leur popularité. Les gens de tout bord se sentaient automatiquement attirés par eux.

Mr. Kariolainen possédait et exploitait des vergers prospères au nord de San Francisco, dans le coin de Shasta. Quelque soixante-dix années plus tôt, ses parents, émigrant aux États-Unis, avaient acheté l'exploitation pour une bouchée de pain. Aujourd'hui, le terrain seul — près de quatre cents hectares — valait des millions, et les cerises et les abricots de Mr. Kariolainen étaient les plus appréciés de tout l'État californien. Sur le papier, les Kariolainen étaient indiscutablement millionnaires, mais ils ne l'affichaient guère.

C'était leur premier voyage à l'étranger, et lui bien sûr voulait emmener femme et enfants en Finlande, où il lui restait encore de la famille. « Il m'a fallu soixante-trois ans pour y mettre les pieds », avait-il confié à Peter Stern une nuit au Dollar Bar, alors que l'heure était bien avancée, et après plusieurs Heineken. « J'ai l'intention de rentrer au pays. »

L'accompagnatrice, Jatta, avait décidé de partager leur compartiment, d'abord par simple affinité nationale, ensuite par affection.

Jatta devait avoir tout juste entamé la trentaine. Elle était mince et blonde, d'une séduction froide, avec des yeux largement écartés qui pouvaient être insolents ou aguichants. Une fille sportive, toute en muscles et tendons. Mariée à un policier, elle habitait Helsinki et avait deux enfants. Mais, lorsqu'elle séjournait à Leningrad avec un groupe de touristes, ce qui se produisait deux fois par mois, elle passait toutes ses soirées et son temps libre avec un attaché naval soviétique qui avait à peu près le même âge qu'elle.

Elle se leva, tira sur le haut de son jogging et passa la tête par la porte du compartiment pour inspecter le couloir. Cela faisait presque douze ans que Jatta accompagnait des groupes à Leningrad par le Train Vert. Elle avait vu des voyageurs retenus à la frontière ; elle avait vu des pellicules photographiques, des devises, des appareils photo et autres articles être confisqués sans autre forme de procès. Plusieurs fois déjà, elle était restée coincée à Vyborg, à attendre qu'un membre de son groupe, retenu pour des raisons inexpliquées, reçoive enfin l'autorisation de repartir.

Elle savait les gardes-frontière méfiants, imprévisibles, d'une stupidité impénétrable et, quand l'envie leur en prenait, sinistrement retors. Vous ne pouviez pas leur cacher grand-chose. Il leur arrivait de se montrer d'une efficacité ahurissante comme d'une lenteur exaspérante, ce qui était le plus souvent le cas. Ils connaissaient les voitures du Train Vert comme leur poche et pouvaient passer au peigne fin les moindres coins et recoins des six wagons et expédier dans la foulée la corvée de douane, de fouille des bagages et de vérification des passeports en un peu plus d'une heure.

Capables de la conduite la plus arbitraire et bureaucrates jusqu'au bout des ongles, ils savaient inventer toutes sortes de prétextes dans le seul but d'inquiéter les voyageurs les plus inoffensifs. Ils entortillaient leur victime dans la toile du règlement et des formalités pour la noyer ensuite dans un océan fétide de paperasses. Tout dépendait de leur humeur du moment, qui elle-même dépendait immanquablement de l'état précis des relations de l'Union soviétique avec le reste de la planète.

Jatta croyait avoir fait le tour, au cours de ces douze années, de tous les imprévus du trajet Helsinki-Leningrad. Mais ce qu'elle voyait à présent — les transports blindés de troupes, les unités de chasseurs motorisés, l'hélicoptère qui, juste à ce moment-là, planait à quelques centimètres au-dessus de l'herbe haute du champ voisin, l'air pulsé par les pales de son hélice couchant les longues tiges, la manœuvre rapide et ordonnée des soldats encerclant le train... non, elle n'avait encore jamais vu une chose pareille.

L'œil exercé de Jatta s'attardait sur ce spectacle. Malgré son visage impassible, elle avait l'impression qu'une main lui étreignait le cœur.

« Attendez-moi ici, lança-t-elle aux autres par-dessus son épaule. Je vais tâcher de savoir ce qui se passe. »

Elle sortit vivement du compartiment et disparut dans le couloir.

Vingt minutes plus tard, elle était de retour, visiblement bouleversée cette fois.

« Je ne sais pas, fit-elle avec un haussement d'épaules. Ils disent que quelqu'un cherche à passer à l'Ouest. »

Elle connaissait plusieurs des gardes-frontière, parlait couramment russe, et voilà ce qu'ils lui avaient dit.

Mrs. Kariolainen parut étonnée :

« Dans notre groupe ?

— Ça peut être n'importe qui. Il y a six autres wagons pleins à craquer !

— Que vont-ils faire alors ? » demanda Mr. Kariolainen.

Avec un soupir, Jatta tira le rideau de la fenêtre :

« Probablement fouiller le train de fond en comble. »

# II

Debout dans l'herbe haute qui bordait la voie ferrée, à moins de vingt pas du Train Vert, le colonel Dimitri Dounskoï surveillait les opérations. Il s'était déniché un coin frais sous l'un des hêtres majestueux qui devaient déjà se dresser là du temps de Pierre le Grand.

Il avait chaud, et la serge épaisse de son uniforme n'arrangeait rien. Il n'en gardait pas moins sa casquette, ses hautes bottes et sa tunique boutonnée jusqu'au col, résolu à ne faire aucune concession à la chaleur. Le violet des hauts phlox contrastait vivement avec le kaki de sa culotte militaire.

Un homme dans les cinquante ans, le colonel, dont trente passés au service de l'armée. Il habitait une datcha près de Leningrad avec sa femme et ses deux filles, qui poursuivaient respectivement leurs études de microbiologie et de médecine à l'université de Leningrad. L'armée lui avait bien réussi. Il avait servi avec honneur, et le bruit courait qu'il allait être élevé sous peu au grade de général de division de l'armée soviétique.

Seul, en retrait sur le côté, observant les manœuvres de quatre escadrons de chasseurs motorisés et les divers mouvements des véhicules blindés qui encerclaient le train, il éprouva une bouffée de satisfaction. Ce sentiment de sérénité qui naît d'une parfaite synchronisation avec soi-même. Il ne ressentait cette harmonie intérieure que sur le terrain, avec ses hommes ; pas chez lui, pas avec sa femme ni ses filles au sein de l'univers familial, pas avec des amis en train de boire un verre dans un café du coin. C'était un soldat jusqu'au bout des ongles — un descendant du légendaire héros moscovite du XIVe siècle, Dimitri Dounskoï, de qui il tenait son nom, qui avait porté un coup fatal à Tamerlan, libérant ainsi la Russie du joug mongol. Comme cet ancêtre distingué, le colonel Dounskoï n'était en paix avec lui-même que sur le terrain, dans la compagnie rude et virile d'autres soldats. Il aimait l'uniforme ; il aimait le règlement et l'organisation, la transmission des consignes et la prompte exécution des ordres.

Un peu plus tôt, il avait donné ses instructions, toutes exécutées avec une remarquable diligence. Lui-même agissait en vertu d'un ordre venu de très haut — l'ordre de prendre les mesures nécessaires pour retenir le Train Vert à la frontière finlandaise. Cet ordre n'émanait pas de Leningrad, du quartier général de la base, comme on aurait pu raisonnablement s'y attendre, mais d'un centre de décision autrement inquiétant : de la Stavka, le haut commandement suprême soviétique de Novogorsk, une instance considérablement plus élevée.

L'ordre, arrivé au tout début de la matinée, l'avait laissé à la fois stupéfait et perplexe, et il avait aussitôt demandé une confirmation par télex. Toutefois, aucun doute ne subsistant, il n'avait pas hésité une seconde à le mettre à exécution.

De son poste d'observation sous les arbres, dans l'air dense et lourds, ses yeux obliques parcoururent toute la longueur du train. Ainsi immobilisé sur la voie, il ressemblait à une bête de trait épuisée par la chaleur et l'effort qui se serait arrêtée dans l'herbe pour se rafraîchir. Les papillons voletaient devant la locomotive électrique aux allures de jouet. Le colonel les voyait buter contre les pare-chocs en fer et monter et descendre joyeusement entre les grosses roues motrices. Deux cheminots finlandais étaient descendus de la cabine et bavardaient tranquillement le long de la voie, les poings sur les hanches.

Le colonel Dounskoï avait parfaitement rempli sa mission. Mais il se heurtait à un problème. Que faire à présent ? Il se retrouvait avec un train qu'on lui avait demandé de retenir jusqu'à nouvel ordre. Un train bondé de voyageurs, presque six wagons pleins. La plupart étaient des ressortissants soviétiques, qui ne posaient aucune difficulté. Mais il y avait aussi des étrangers, des civils qui effectuaient la navette entre l'URSS et l'Ouest pour leurs affaires, plus un groupe d'une cinquantaine de touristes. Là, les choses se compliquaient. Non seulement les escarmouches de ce genre pouvaient se révéler dangereuses, mais elles risquaient de mettre le gouvernement dans l'embarras. Combien d'officiers de premier ordre ne connaissait-il pas, dont la carrière avait été définitivement compromise parce qu'ils s'étaient trouvés bien involontairement mêlés à l'un de ces épisodes...

Le colonel entendait éviter à tout prix ce genre de situation. La moindre maladresse pouvait vous coûter terriblement cher. Par ailleurs, dès qu'il s'agissait de l'intégrité territoriale de l'Union soviétique et de son peuple ou de sa sécurité nationale, aucune autre considération n'entrait plus en ligne de compte pour lui.

Le problème immédiat du colonel n'était pas tant le fait qu'il retenait des ressortissants étrangers. On pouvait rapidement inventer toutes sortes de prétextes pour les garder dans le secteur aussi longtemps que nécessaire. La vraie difficulté, c'était de maintenir confinés, pour une durée indéterminée, un si grand nombre d'individus dans un lieu dépourvu des commodités indispensables. L'expérience lui avait appris que ce genre d'action ne pouvait en aucun cas s'éterniser, et il s'expliquait mal la présence des quatre escadrons de troupes de choc, auxquels s'ajoutaient les hélicoptères venus de la base aérienne située à la périphérie de Leningrad. Quant à la raison pour laquelle il avait lui-même reçu l'ordre de faire une apparition sur le terrain, personne n'avait pris la peine, pour l'instant, de l'en informer.

On approchait de 15 heures. Le train était immobilisé à la frontière depuis 13 h 15 environ. Durant tout ce temps, les voyageurs avaient reçu l'interdiction de bouger. Dans les compartiments, la température atteignait maintenant 30°, et la plupart des fenêtres étaient bloquées. On ne trouvait plus grand-chose à manger au wagon-restaurant, et l'eau était tiédasse, à peine potable si l'on se reportait aux normes d'hygiène occidentales.

Beaucoup de voyageurs s'étaient munis de bouteilles de limonade, de jus de fruits et de bière, mais ces réserves personnelles seraient vite épuisées et les assoiffés devraient se rabattre sur l'eau du train, qui, même un Soviétique l'aurait admis, rendait les gens, surtout les Occidentaux, malades comme des bêtes.

Le colonel avait déjà fait une concession, une seule, au confort : il avait ordonné de rouvrir les toilettes. Pas toutes, surtout pas, mais une sur deux ; autrement dit, deux wagons pleins devaient se débrouiller avec un seul WC.

On allait donc vite se heurter à un problème d'hygiène. L'état des toilettes s'était déjà dégradé pendant ces trois premières heures d'attente à la frontière. L'ordre d'en fermer la moitié faisait que celles qui restaient accessibles se trouvaient dans un état à peine tolérable, le sol jonché de feuilles de papier, les chasses d'eau ne laissant couler qu'un filet d'eau et vidant à peine les cuvettes de leur contenu. Et, comme le train n'avançait pas et que ce contenu se vidait directement sur la voie, l'état de celle-ci deviendrait bientôt innommable.

Rude problème que celui qui se posait au colonel Dounskoï. Il lui fallait exécuter les ordres de l'état-major général sans exposer les ressortissants étrangers à des conditions dangereuses ou inhumaines. Un point surtout le tracassait : il n'avait pas la moindre idée de ce qui avait motivé cette action peu ordinaire ni du temps qu'elle pourrait durer.

Dans le train régnait un climat d'exaspération à peine contenue. La chaleur et l'impossibilité de bouger avaient atteint la limite du supportable. Près de trois heures venaient de s'écouler, et les gardes-frontière n'avaient pratiquement pas entamé les contrôles habituels. Personne n'avait vérifié les feuilles de douane. Les déclarations de devises attendaient d'être ramassées, et l'on n'avait toujours pas fouillé les bagages ni les compartiments.

Le train ne partirait pas avant que toutes ces formalités ne soient réglées. Dans des conditions idéales, cela prenait parfois une petite heure. Le soleil commençait à basculer vers l'ouest. L'heure avançait. Une bonne quantité de voyageurs avaient leur place retenue dans des avions qui devaient décoller de Finlande dans quelques heures. D'autres, des réservations dans des hôtels d'Helsinki ou des cabines sur le ferry de nuit à destination de Stockholm. Des amis et des parents attendaient dans les gares et les aéroports, ou dans la quiétude benoîte des salons, ne se doutant de rien, tout à la joie de retrouver bientôt ceux qu'ils aimaient.

« Le gouvernement indien sera informé ! »

Stern, dont les pensées dérivaient dans une douce somnolence, fut brutalement tiré de sa torpeur par la voix perçante de M^me^ Muk. Les hurlements de Bébé Muk reprirent, vrillant l'air brûlant et fétide comme les imprécations d'un augure.

« S'il vous plaît, vous rasseoir. Espérons partir dès que possible. »

La voix lasse, lénifiante de l'employé du train flotta dans le couloir. Sa patience semblait douloureusement éprouvée.

« Elle remet ça », observa Nell Blanton.

Tony Thomas leva les yeux :

« Qu'a-t-elle inventé, ce coup-ci ?

— Elle veut qu'on la laisse descendre. » Frau Kunkel émit un bruit déplaisant avec sa langue. « Elle dit qu'elle doit absolument aller à l'hôpital. Sa tension monte.

— C'est nous qui allons avoir une attaque, si elle continue comme ça.

— Au moins, elle les fait souffrir autant que nous, remarqua Frau

Kunkel avec satisfaction, avant de grimacer lorsqu'un des glapissements de Bébé Muk déchira l'air.

— Vous croyez qu'ils me laisseraient passer un coup de fil? demanda Stern. Je dois prendre l'avion pour New York ce soir.

— Ça m'étonnerait, répondit Thomas.

— Qu'ils me laissent téléphoner ou que j'attrappe ce vol?

— Les deux. » Thomas fit une drôle de petite grimace et se concentra sur le tablier de backgammon. « Quelqu'un veut-il faire une partie, ou un whist? »

Avec un soupir, Nell Blanton se cala contre l'appui-tête de la banquette. Elle avait défait les deux premiers boutons de son chemisier, juste là où sa chair dodue et piquetée de taches de rousseur amorçait le renflement des seins. Elle se tamponnait la gorge avec un petit mouchoir de dentelle roulé en boule dans le creux de sa main. « On se croirait à Lexington au mois de juillet. » Elle parlait d'une voix rêveuse, les yeux clos. « Si je reste assise ici sans bouger, pour un peu je sentirai le parfum des glycines et du *scuppernong**. La première chose que je fais en arrivant à l'hôtel ce soir, c'est prendre une douche et une bière bien fraîche. »

Peter Stern se rongeait les sangs en silence. Il songeait à sa fille et se demandait ce qu'elle allait penser en ne le voyant pas descendre du Finn Air Stratoliner le lendemain, à Kennedy Airport. Elle patienterait aux arrivées pendant un moment, croyant s'être trompée ou qu'il avait été retardé, s'attendant à le voir apparaître d'un instant à l'autre.

Lorsqu'elle comprendrait qu'il n'était pas à bord, elle irait au guichet de la Finn Air et demanderait au commissaire de bord de vérifier la liste des passagers du vol. En apprenant que son père n'avait jamais mis les pieds dans l'avion, elle câblerait ou téléphonerait à son hôtel, à Helsinki. On lui dirait, bien sûr, qu'il n'était jamais venu récupérer ses bagages à l'hôtel, où il avait préféré les laisser provisoirement plutôt que de s'en encombrer pendant ses cinq jours de voyage à Leningrad.

Elle serait intriguée, mais pas forcément inquiète. Il y avait sûrement une explication tout à fait plausible — ils avaient été retardés ou avaient décidé de rester un ou deux jours de plus. Il lui avait sans doute envoyé un télégramme qui n'était pas encore arrivé jusqu'à elle. Elle attendrait un jour ou deux et, s'il n'avait toujours pas reparu, elle contacterait l'ambassade américaine à Helsinki, le consul à Leningrad, le département d'État. Oui, elle ferait sûrement

* Espèce de raisin originaire de la Caroline du Nord. (*N.d.T.*)

ça. A ce stade, elle commencerait à sérieusement s'inquiéter, mais elle agirait.

« Où vas-tu encore ? » lança Frau Kunkel, d'un ton exaspéré, à Karl Heinz.

Le garçon s'immobilisa, gauche et un peu gêné :

« Aux toilettes.

— Mais tu y es allé il n'y a pas vingt minutes », s'énerva-t-elle.

Le garçon était mortifié. Il avala plusieurs fois sa salive :

« Je n'ai pas pu entrer. La queue n'en finissait pas. »

L'impatience de Frau Kunkel monta d'un cran.

« C'est bon, vas-y, si c'est vraiment indispensable. » Elle le congédia d'un geste de la main. « Mais presse-toi. Et, pour l'amour du ciel, si tu les entends commencer l'inspection, reviens tout de suite ! »

Les passagers du compartiment 4 restèrent un moment silencieux, mal à l'aise ; les questions non formulées et la nervosité qu'engendraient les craintes à demi imaginées troublaient l'air épais et chaud.

« Ils pourraient tout de même nous dire quelque chose, déclara Paul Blanton.

— Pas nécessairement, fit observer Thomas.

— Vous conviendrez que tout cela n'est pas très normal ? »

L'Anglais lui décocha un de ses exaspérants sourires d'autosatisfaction :

« Pas très.

— D'après Jatta, intervint Stern en changeant de position sur la banquette, ils croient que quelqu'un chercherait à passer à l'Ouest.

— Elle n'en sait pas plus que nous », marmonna Frau Kunkel.

Stern croisa les bras et s'appliqua à paraître calme :

« Ça me ferait tout de même sacrément plaisir que quelqu'un dans le coin sache quelque chose. »

« Je veux qu'on me rende mon passeport, et tout de suite ! »

Jane Blaylock, debout dans l'encadrement du compartiment 2, invectivait l'employé du train. C'était un homme grisonnant, las, au visage fripé. Elle le dominait d'une bonne dizaine de centimètres et criait au-dessus de sa tête comme si elle avait voulu réveiller un monde endormi. De minces demi-cercles de transpiration marquaient ses aisselles ; sous son chemisier, une ligne irrégulière de sueur courait le long de sa colonne vertébrale en traçant un zigzag fulgurant. Elle parlait vite et fort, les mains mobiles. On aurait dit une guêpe furieuse, prête à piquer :

« Vous n'avez pas le droit...

— S'il vous plaît, vous rentrer dans compartiment.

— Pas avant de savoir pourquoi on m'a confisqué mon passeport !

— S'il vous plaît, vous rasseoir. » L'employé répéta les mots d'un air épuisé. « Vous obéir commandant.

— Il peut aller se faire foutre, votre commandant ! »

L'homme n'eut pas un battement de paupières :

« S'il vous plaît, vous rentrer... »

Max Conti tenta de tirer Jane à l'intérieur du compartiment, mais elle écarta sa main d'un geste violent :

« Épargnez-moi vos " s'il vous plaît ", mon brave. Je ne rentrerai pas dans cette étuve avant d'avoir récupéré mon passeport ! »

Alertés par le bruit de l'altercation, les voyageurs s'étaient levés et passaient la tête par les portes des compartiments.

« Je ne bougerai pas d'un pouce tant que je n'aurai pas mon passeport ! »

Flairant les ennuis, l'employé du train fit demi-tour et s'éloigna. Jane entreprit de le suivre, puis aperçut les deux soldats au bout du couloir ; ils venaient vers elle. La jeune femme se retourna et, pour une raison incompréhensible, se mit à courir dans la direction opposée. Un des soldats lui cria quelque chose en russe et se précipita à sa suite.

Ils la rattrapèrent à la portière du wagon, au moment précis où elle descendait bruyamment les marches métalliques qui donnaient sur la voie. L'un d'eux l'agrippa et, tandis qu'elle se tortillait et gigotait comme un poisson au bout d'un hameçon, commença à l'injurier. Il la saisit par le bras, essayant de la faire rentrer dans le wagon. Elle se mit à hurler et à le bourrer de coups de pied.

Cette fois, les gens affluaient dans le couloir pour voir ce qui se passait. Le second soldat leur cria quelque chose, leur ordonnant sans doute de regagner leurs compartiments. Comme ils ne bougeaient pas, pour la bonne raison qu'ils ne comprenaient pas, l'homme saisit son fusil à deux mains et tenta sans douceur de les faire reculer en masse vers le bout du couloir.

Le soldat qui s'évertuait à faire rentrer Jane dans le train peinait. Jane aussi d'ailleurs, mais le soldat semblait le plus mal parti des deux. Plus il la bousculait, plus elle hurlait, et plus l'inquiétude des autres passagers montait.

Une foule en effervescence, au bord de la panique, encombrait à présent le couloir. Jatta, l'accompagnatrice, jouant des coudes, avait réussi à s'ouvrir un passage jusqu'à l'endroit où se déroulait la scène ;

parvenue à la hauteur du compartiment, elle cria quelque chose en russe au soldat.

L'homme sentit alors que le contrôle de la situation lui échappait. Il marqua un temps d'arrêt, une expression de stupéfaction sur le visage.

« Connard ! »

Ivre de rage, Jane lui cracha à la figure.

Le soldat la gifla avec une force telle qu'elle parut virer de quatre-vingt-dix degrés.

L'incident se produisit juste à l'extérieur du compartiment 4, sous les yeux de tous ses occupants.

Le soldat s'apprêtait à la frapper de nouveau. Stern, peu téméraire au demeurant, pour une raison inexplicable et dont il fut le premier surpris, se rua dans le couloir, saisit le bras du soldat au moment précis où il se détendait et l'immobilisa :

« Ne faites pas ça. » Sa voix était étrangement calme. « C'est inu... »

Il n'eut pas le temps de finir sa phrase. L'autre soldat, celui qui repoussait les gens dans les compartiments avec le canon de son fusil, posa sa paume bien à plat sur la poitrine de Stern et s'arc-bouta. Stern eut l'impression qu'on venait de sauter à pieds joints sur sa cage thoracique. Il sentit ses poumons se vider brutalement de leur air et, l'espace d'une seconde, éprouva un sentiment bizarre, presque agréable, d'apesanteur. Il virevolta dans le compartiment, heurta violemment la paroi du fond et s'effondra au milieu d'une avalanche de verres et de fruits variés qui étaient posés sur la table escamotable. Sa vision s'obscurcit ; il crut qu'il allait vomir.

Les voyageurs regardaient la scène, pétrifiés d'horreur. L'autre soldat avait empoigné Jane par les cheveux et la traînait dans le couloir. Une seconde plus tard, quelqu'un saisissait l'homme par le col, l'obligeant à reculer. Le soldat émit un gargouillis étouffé, mugit tel un taureau blessé et se tourna d'une pièce vers son agresseur. Son bras partit comme une fusée, puis s'immobilisa, tremblant, comme retenu par une main invisible. Le bras redescendit avec la légèreté d'une feuille tombant à terre, tandis que le soldat, interdit, fixait le visage furieux du colonel Dounskoï.

L'officier le tint un moment sous son regard flambant de colère, puis, du revers de la main, le frappa durement au visage. Il aboya des ordres en russe ; étourdi et penaud, le soldat fit demi-tour et s'éloigna d'un pas mal assuré sans demander son reste, Dounskoï sur les talons, essayant d'échapper aux poings du colonel qui le bourrait de coups.

Peu après Dounskoï revenait, remontant lentement le couloir où les gens s'attardaient, encore sous le choc, commentant l'incident à voix basse.

Malgré sa petite taille, le colonel semblait dominer la foule des voyageurs. Sa présence eut un effet salutaire. Les gens se calmèrent. Il avait gagné leur confiance. Eût-il adopté la tactique inverse, pris le parti du soldat, que la situation risquait de se détériorer rapidement.

Suivi de ses propres officiers, il se dirigea aussitôt vers Jane Blaylock, qui était assise par terre en boule et paraissait étrangement menue et enfantine. Sa joue était enflammée et enflée à l'endroit du coup. La jeune femme était au bord des larmes. On sentait qu'elle les retenait au prix d'un énorme effort. Le colonel se pencha et voulut l'aider à se relever. Elle repoussa vivement ses mains et se remit debout toute seule, chancelante.

« Je suis navré, lui dit-il en russe. Absolument navré. »

Incapable de comprendre un mot, elle lui lança un regard furibond :

« Mon passeport. Où est mon passeport ?

— Êtes-vous blessée ? poursuivit le colonel, plein de sollicitude. Y a-t-il quelque chose que je puisse faire pour vous ? Je tiens à vous présenter des excuses pour mon...

— Allez vous faire foutre ! »

L'expression de Dounskoï se modifia. S'il ne comprenait pas les mots, il semblait en revanche parfaitement en saisir le ton. Il pencha la tête et murmura quelque chose au capitaine qui l'escortait. Le jeune homme lui chuchota quelque chose à l'oreille.

L'instant suivant, le colonel reprenait son port militaire, saluait de sa petite inclination de tête courtoise, faisait brusquement demi-tour et se dirigeait vers le compartiment suivant. C'était le compartiment 4, où Stern, que Thomas et le jeune Karl Heinz avaient aidé à reprendre place, était encore hors d'haleine et luttait pour retrouver son souffle.

Le colonel s'arrêta dans l'encadrement de la porte, avec l'air d'attendre qu'on l'invite à entrer. Comme personne ne réagissait, il pénétra dans le compartiment sans y être convié et alla vers Stern. Il se pencha, prit sa main et la lui serra avec une cordialité déconcertante. Puis il se mit à parler en russe, toujours flanqué du capitaine, qui traduisait mot à mot, dans un anglais impeccable.

« Le colonel vous exprime toute sa sympathie et vous adresse ses regrets sincères pour tout tort ou blessure dont vous avez eu à souffrir en raison de la brutalité impardonnable du soldat.

« Le colonel souhaite que vous sachiez qu'une telle conduite de la part de personnes servant dans les forces armées de l'Union soviétique est extrêmement rare, et il désire en outre que vous sachiez que le soldat responsable d'une conduite aussi repréhensible sera puni. »

Le colonel continuait sur sa lancée, enchaînant les mots d'une façon mécanique, comme un texte qu'il aurait débité en de nombreuses occasions. Mais, à bien y réfléchir, cela semblait peu probable. Ces excuses ne pouvaient être qu'improvisées, et Stern en éprouva un sentiment de gratitude.

« Le colonel veut savoir, poursuivit le capitaine, si vous souhaitez qu'un médecin vous ausculte. »

Stern déclina l'offre avec un geste mou du poignet :

« Merci. C'est presque fini. »

Le corps généreux de Nell Blanton se pencha sur lui :

« Vous devriez peut-être accepter...

— Ce ne serait pas une mauvaise idée », renchérit Thomas.

Il se tourna et s'adressa en russe au colonel. Tous deux entamèrent une discussion à voix basse.

Stern tenta de les interrompre.

« Tony... sincèrement, je ne pense pas...

— Il dit qu'il y a un médecin militaire à Vyborg... à une quarantaine de kilomètres d'ici. Il serait heureux de t'y faire conduire par un chauffeur.

— Je n'ai pas besoin de médecin. »

Une note d'impatience se glissa dans la voix de Stern.

« Tu es sûr ?

— Absolument certain. »

Le colonel attendait. Son regard exprimait une sympathie compatissante.

Thomas lui dit de nouveau quelques mots en russe. Le colonel sourit, porta la main à la visière galonnée de sa casquette, puis il fit demi-tour d'un mouvement vif, sortit du compartiment et disparut dans le couloir suivi de ses officiers.

Thomas adressa un sourire radieux à ses compagnons.

« Que lui racontiez-vous ? demanda Paul Blanton.

— Nous avons parlé de Stern et du médecin de Vyborg, bien sûr, et puis je lui ai demandé quand il pensait que nous repartirions. »

Peter Stern, qui semblait très fatigué, leva soudain les yeux :

« Qu'a-t-il dit ?

— Qu'il n'en avait pas la moindre idée, mais qu'il espérait que ce ne serait pas long. » Thomas eut une grimace amusée. « Je lui ai demandé s'il y avait un problème, et il m'a répondu que non. »

Grant Shapley demeurait impassible, les vêtements humides de transpiration, ses manches de chemise roulées au-dessus des coudes. Sa main puissante s'arrondissait autour de la tête de canard en cuivre qui coiffait la canne appuyée contre sa jambe.

L'incident Blaylock avait mis à vif les nerfs de tout le monde dans le compartiment, en particulier ceux de la pauvre petite Serja Inusen. Elle tremblait.

Tout en jouant avec le pommeau de sa canne, Shapley prenait de plus en plus conscience du tremblement de sa jambe. Cela avait en fait commencé un peu plus tôt ce matin-là, pendant le petit déjeuner à l'hôtel, un tremblement d'abord imprécis, et intermittent, puis dont la durée et l'intensité avaient peu à peu augmenté au cours de la matinée. Le médecin l'avait prévenu que cela se passerait ainsi, chaque spasme apparaîtrait à des intervalles de plus en plus rapprochés. Viendrait enfin l'insensibilité totale, comme si le membre lui-même avait disparu et qu'il ne restât rien entre son torse et le sol, sinon de l'air.

Assis là, faisant lentement tourner sa canne, prétendant s'intéresser à ce que les autres disaient autour de lui, il minutait les spasmes avec sa montre. Ceux-ci se déclenchaient en gros toutes les seize minutes. Le dernier avait duré juste un peu moins de deux minutes. Le précédent, cinquante-huit secondes. Il continuait à les enregistrer, vaguement conscient du regard observateur de Mrs. Shapley posé sur lui, alerte et lucide ; mais elle ne disait rien, respectant son désir d'intimité.

Le professeur s'aperçut qu'il pouvait raccourcir un spasme en soulevant son talon du sol tout en appuyant fortement son orteil vers le bas et en gardant cette position. Peu après, une onde d'activité musculaire involontaire, semblable à la première vibration hésitante qui accompagne une anomalie, remontait toute la longueur de la jambe, du mollet à la cuisse.

« Je n'ai jamais rien vu de pareil, murmura Serja d'une voix étouffée et craintive.

— De pareil à quoi ? »

Shapley leva les yeux, désireux de se changer les idées. Il craignait qu'on ne remarquât les ondes de ces tremblements sous son pantalon.

« Cette histoire entre le soldat et Miss Blaylock. J'en suis malade.

— C'est une sacrée gourde, bougonna Shapley. Se comporter comme ça ! Ce sont des soldats. Ils ne savent pas réagir autrement.

— Il n'avait pas à la frapper, s'insurgea Wilma Shapley. Nous ne sommes pas en guerre, que je sache. J'aimerais tout de même bien savoir ce qu'ils mijotent. »

Serja jeta un regard abattu par la vitre jaune et crasseuse de la fenêtre, et observa les soldats et les camions en contrebas :

« Combien de temps vont-ils encore nous garder, à votre avis ? »

Wilma Shapley se mit à rire :

« On ne sait jamais avec ces gens-là ! » Voyant la terreur qui s'inscrivait sur le visage de Serja, elle regretta aussitôt ses paroles. Une seconde plus tard, elle entourait les épaules de la fille de son grand bras charnu et la serrait rudement contre elle. « Pas très longtemps maintenant. Vous ne croyez pas, professeur ? » Elle lança un regard d'avertissement à son mari, et aperçut aussitôt le frémissement à peine perceptible de son pantalon. « Ce ne devrait plus être très long, n'est-ce pas, Grant ? »

Il lui adressa un coup d'œil maussade. Il savait qu'elle essayait de rassurer la fille :

« Nous les embêtons autant qu'eux-mêmes nous embêtent. »

Durant tout ce temps, le jeune Junji Asawa n'avait pas desserré les dents. Il semblait plongé dans une sorte de transe. Par intermittence, il jetait un coup d'œil par la vitre, prenant un intérêt morose à l'activité des soldats. Mais, la plupart du temps, il gardait les yeux rivés au sol, étudiant ses compagnons de voyage sous ses sourcils mobiles, contemplant, aurait-on dit, une ample vision encore incomplète.

Malgré les tremblements de sa jambe, Grant Shapley trouva que l'expression vague et furtive du visage du jeune Asawa avait quelque chose d'étrangement perturbant.

Le señor Madariaga était attendu à Madrid dans la soirée. Il avait quitté Valladolid deux mois plus tôt avec dix-sept jeunes de la chorale du lycée local. Et il entendait bien n'en laisser aucun en route.

Ils avaient parcouru toute l'Union soviétique, de l'Estonie à la Géorgie, de la Lituanie à l'Ukraine. Ils avaient traversé et retraversé l'immensité sans limites de ce vaste territoire, en train, en car, en avion, portant les chants ardents de leur patrie ensoleillée jusqu'aux villages perchés sur les hauteurs de l'Oural ou profondément enfouis dans les steppes grises et fertiles de l'Asie centrale, de Samarkand et Tbilissi à Kiev et à Mourmansk. Ils s'étaient produits à Moscou avant de finir par ce qui avait constitué le couronnement de leur voyage : chanter dans le chœur de la cathédrale Saint-Isaac de Leningrad.

Le señor Madariaga se sentait fatigué et aspirait à rentrer. Professeur de musique au lycée de Valladolid, il travaillait dix mois de l'année avec ses jeunes élèves. L'été, afin d'arrondir les revenus avec lesquels il élevait ses huit enfants, il organisait plusieurs tournées musicales pour ses étudiants les plus doués. Il aimait les jeunes, en particulier ceux qui avaient du talent — ceux qui chantaient ou jouaient d'un instrument. Mais dix mois de cours par an, plus un mois de voyage organisé qui l'emmenait d'un bout à l'autre du continent, se révélaient parfois éprouvants.

Ses élèves avaient encore toute l'effervescence, et souvent l'inconséquence, de la jeunesse. Il leur arrivait de faire preuve de dissipation en public et de manquer de retenue entre eux. Les filles étaient déjà nubiles. Si les garçons n'étaient encore, pour la plupart, que de jeunes chiens fous et chahuteurs, certains se montraient néanmoins plus précoces que leurs camarades, et on ne pouvait les laisser seuls en toute confiance avec les filles.

Il fallait tenir l'œil ouvert, et c'était épuisant. Deux ou trois de ses élèves, il le savait, avaient réussi à déjouer sa surveillance la nuit, à l'hôtel, et à se glisser dans les chambres les uns des autres. Ils avaient imaginé un système de signaux avec une lampe de poche et de coups frappés au mur pour échapper à sa vigilance. Bon, et alors ? Il pouvait seulement espérer qu'ils avaient eu l'intelligence de prendre des précautions. Mais il ne souhaitait pas en faire toute une histoire. Il était professeur, pas duègne.

D'ailleurs, d'autres sujets d'inquiétude retenaient son attention, nettement plus graves. Il leva les yeux, conscient que les jeunes assis près de lui le dévisageaient.

« Pourquoi font-ils ça ? » demanda une des filles, Celina, les yeux écarquillés.

Le señor Madariaga feignit l'indifférence :

« Font quoi ?

— Entourer le train, avec des soldats.

— Du calme, du calme, fit Madariaga, un doigt sur les lèvres pour la faire taire. Moins de bruit, pour l'amour du ciel ! Ils sont en train de réparer, c'est évident. D'où ce retard. »

Le señor Madariaga n'en croyait pas un mot. A son avis, les troupes en armes qui encerclaient le train participaient à une opération bien plus alarmante que de simples réparations. Quoi exactement, il n'en avait aucune idée.

Son imagination s'emballait. Ils devaient prendre un vol d'Iberia Helsinki-Madrid à 20 heures ce même soir. Il était maintenant

16 heures bien sonnées. Même si l'on donnait au train l'autorisation de repartir tout de suite, jamais ils ne réussiraient à être à l'aéroport à temps.

Trouveraient-ils des places dans l'avion du lendemain, à supposer qu'ils aient la chance d'être à Helsinki le lendemain ? Et puis, y avait-il un vol ? Sinon, il leur faudrait attendre l'avion suivant. Lui restait-il assez d'argent pour couvrir le coût supplémentaire d'un hôtel pour dix-sept adolescents et lui-même jusqu'à ce qu'ils obtiennent des places à bord ? Son budget ne couvrait pas les imprévus.

Autant de questions qu'il s'était à peine posées. Un homme consciencieux que ce Madariaga, réfléchi, organisé. Il croyait avoir tout prévu, même les circonstances exceptionnelles. Mais ça, qui aurait pu l'envisager ? Si quelqu'un l'avait pris à part, à cet instant précis, en lui demandant anxieusement ce qu'il pensait de leurs chances de sortir vite de cette situation, Madariaga, esprit fataliste et mélancolique, lui aurait répondu, en son âme et conscience, qu'il n'avait pas bon espoir du tout.

Ralph Keck avait observé les soldats, lui aussi. Il n'avait pas le choix : ils se trouvaient juste au-dessous de sa ligne de vision. Il faisait des boulettes de papier. Il les roulait lentement entre ses doigts avec un air d'abstraction rêveuse, comme s'il eût été à des millions de kilomètres de ce lieu. Impression trompeuse, car il était bel et bien là, comme les autres, et ne perdait pas une miette de ce qui se passait autour de lui.

Mrs. Keck bavardait avec la señora Gonzaga. A cause du vacarme qui continuait dehors, elle avait mis sa main en porte-voix autour de sa bouche et semblait hurler dans son oreille. Bien élevée, distinguée, le raffinement personnifié, la señora cillait à ces braiements, mais faisait de son mieux pour paraître attentive.

Mr. Keck regardait sa femme. Un sourire bienveillant flottait sur ses lèvres, mais en son for intérieur il bouillait. Paradoxalement, l'objet de sa rogne n'étaient pas ses geôliers, mais bien plutôt son épouse qui discutait aimablement avec cette Espagnole, alors que les menaces les plus graves, il en aurait mis sa main au feu, pesaient sur leur vie et sur tout ce qu'ils possédaient en ce bas monde.

Elle semblait savourer l'expérience avec une perversité exaspérante. Calme et maîtresse d'elle-même, elle n'avait pas le sentiment d'un danger. Visiblement, elle s'imaginait déjà dans plusieurs mois, à l'automne, de retour chez eux à Ames, à ses soirées musicales et à ses réunions littéraires où elle conterait avec des détails piquants à un groupe de femmes extasiées, flagorneuses, ce que c'était que d'être prisonnière des Russes. Peut-être écrirait-elle un article pour le *Daily Eagle* d'Ames, un récit à la première personne de ses impressions aux mains des communistes.

Il la vit renverser la tête en arrière pour s'esclaffer d'une remarque de l'Espagnole. Son rire dominait le vacarme ambiant. Léger, cristallin, insouciant, on aurait pu le surprendre dans une *garden party*, au crépuscule d'un été touchant à sa fin. Cela le mit hors de lui. S'il avait eu son mot à dire, jamais ils ne se seraient trouvés dans une situation pareille ! N'avait-il pas tenté de la mettre en garde ? De lui dire ce qu'étaient ces gens-là ? De quels actes impies on les savait capables ? Des brutes barbares, sans scrupules. Des hordes mongoles. Tenez, presque aussi sauvages que les Japonais. Spécialistes du pillage et du vol.

Et voilà qu'ils étaient prisonniers de ces individus. Complètement à leur merci. Ils pouvaient faire d'eux ce qu'ils voulaient. Leur voler leur argent. Sodomiser les femmes. Les expédier en bloc au goulag, où l'on disparaissait pour toujours dans ces terres désolées et sans fin. Dieu sait à quelles horreurs ils devaient s'attendre ! Et tout ça par la faute de Myra.

Les filles Gonzaga s'ignoraient. Mais il n'y avait là rien de très remarquable. Elles se parlaient rarement. Pour qui eût étudié leurs personnalités, elles étaient le jour et la nuit.

Âgée de trente et un ans, Consuelo était l'aînée, mais paraissait plus jeune que sa sœur de quatre ans sa cadette, Isabel. Consuelo était la « bonne petite ». La fille douce, docile, infiniment malléable, celle qui allait à la messe tous les dimanches matin et priait Dieu de lui donner la force de plaire à ses parents. Elle n'avait pas en tête de souci plus pressant qu'une robe neuve ou la vie privée des vedettes de cinéma racontée dans l'édition espagnole de *Cinémonde.*

Isabel, en revanche, soupe au lait et renfrognée, prenait un malin plaisir à être l'antithèse de sa sœur. Elle n'allait pas à l'église, elle ne s'intéressait pas à la mode ni aux stars. Légèrement masculine d'aspect, mais ne manquant pas de séduction pour autant, elle portait en elle le poids d'une rancune dirigée non contre sa sœur, qu'elle jugeait hors du coup, mais contre ses quatre frères, qui étaient tous allés à l'université, ce qu'on lui avait refusé. Pour couronner le tout, ses frères avaient été nommés à des postes de responsabilité dans l'affaire de sherry hautement lucrative de la famille — postes qu'elle était bien plus à même d'occuper. Aucun d'eux, elle le savait, ne lui arrivait à la cheville quant aux aptitudes ou à l'intelligence.

Aurait-on posé la question aux parents d'Isabel sur ce point qu'ils l'eussent volontiers confirmé. Mais telle était la tradition au sein des grandes familles de Castille en matière d'éducation de la progéniture féminine. Dans la bonne société espagnole, les jeunes filles devaient être élevées dans un cadre terriblement étriqué. Il allait de soi qu'elles se contenteraient de se marier et de porter des enfants.

Consuelo n'avait jamais contesté le système. Au contraire, elle y souscrivait avec joie et de tout son cœur. Isabel, en revanche, à un âge aussi tendre que sept ou huit ans, lui avait déclaré une guerre ouverte. Cette hostilité se traduisait par de féroces batailles avec ses frères — distribuant coups de pied et coups de griffes, leur crachant au visage, défiant leur tyrannie quotidienne, leur certitude innée que, dans l'ordre des choses, ils passaient avant elle.

Comme on pouvait s'y attendre, Isabel était devenue en grandissant une sorte de rebelle. Elle surnommait intérieurement sa sœur « la Vache ». Consuelo plaignait Isabel et voyait en elle la croix de la famille et sa source personnelle d'affliction et de honte.

Isabel entretenait des amitiés qui sortaient considérablement des normes familiales de respectabilité — des acteurs, des artistes, des intellectuels, des habitués des bars et des piliers de café qui passaient des après-midi entiers devant un verre de sangria ou de *fino,* à parler poésie et à défendre des théories d'un genre dangereux et résolument déplaisant.

Consuelo n'avait pas d'amis. Elle ne sortait jamais sans chaperon, et, une fois hors de la maison, trouvait le monde incompréhensible et terrifiant. Faut-il le préciser, elles avaient peu de points communs, les demoiselles Gonzaga, hormis leur lignage et le fait que le hasard les avait amenées à partager leur espace vital sous un même toit. Consuelo ne s'était jamais posé la question de savoir si elle voulait ou non passer l'été à voyager avec ses parents. Cette idée avait révolté Isabel ; elle était partie en guerre contre ce projet dès qu'il avait été lancé, et n'avait fini par céder qu'après en avoir été instamment priée par sa mère, sur qui, elle ne l'ignorait pas, on ne pouvait trop compter comme alliée.

Isabel aimait tendrement sa mère. C'était la seule chose qui la retenait encore à la maison. Son père l'exaspérait. Elle le considérait comme le grand d'Espagne typique, incapable et autocrate, avec ses prétentions illusoires de *poète artiste ;* sous prétexte qu'il avait commis quelques malheureux articles dans une poignée de revues ésotériques, il se croyait une figure avec qui il fallait compter parmi les *cognoscenti* de la littérature latino-américaine. Pour elle, il était un pitoyable imbécile qui s'était contenté de réduire sa femme et ses enfants — les filles surtout — à l'état de serfs, qu'il régissait en seigneur féodal.

A la différence du reste de la famille, Isabel ne se montrait pas distante. Quand elle rencontrait des gens, elle ne faisait pas de cérémonies. Si une personne lui plaisait, elle l'abordait directement, avec un mélange d'agressivité et d'humour merveilleusement désarmant. Aussi s'était-elle fait plusieurs amis au cours du voyage. A Leningrad, elle s'était prise d'amitié, en particulier, pour les jeunes Van Meegrin, une amitié payée de retour. Elle aimait bien aussi l'étudiante américaine et son *caballero* de la Sorbonne.

Lors des excursions quotidiennes, ces cinq-là avaient toujours formé un groupe particulièrement animé. Peter Stern aussi plaisait à Isabel. Ils partageaient un même intérêt pour le roman policier et un même amour de la musique. En revanche, aucun membre du quatuor italien ne trouvait grâce à ses yeux. Elle les jugeait « médiocres » et vaguement dégénérés. Elle aurait pu s'accommoder de la dégénérescence, estimait-elle, pas de la médiocrité. Et elle détestait cordialement Jane Blaylock, qu'elle qualifiait de « poseuse » entichée de théories politiques et qui n'était guère plus, en réalité, qu'une aventurière en quête de partenaires sexuels.

Et puis il y avait Tony Thomas, dont elle avait fait la connaissance au Dollar Bar, au Prebaltiskaïa, puis qu'elle était allée rejoindre une nuit dans sa chambre. Elle n'aurait pu dire qu'elle l'aimait — ce cynisme mondain, cette sombre aura de libertinage, cette affectation insupportable de la haute bourgeoisie anglaise —, mais il l'attirait, et elle s'en voulait des raisons qui expliquaient cette attirance.

En face d'elle, son père s'était assoupi. Un exemplaire du *Llanto por Ignacio Sánchez Mejías* de Lorca avait glissé sur ses genoux, une main longue, cireuse, marquée de l'épais réseau veineux de la vieillesse reposant mollement sur la page qu'il lisait.

« *A las cinco de la tarde...* »

A intervalles réguliers, il marmonnait les mots, piquant du nez, le menton sur la poitrine.

« *Un niño trajo la blanca sábana...* »

Avec ses cheveux blancs décoiffés, son costume en désordre, son col ouvert pointant au-dessus des revers de sa veste et ses drôles de petites pantoufles en velours aux pieds, il paraissait petit, une sorte de poupée, et très vieux.

En le regardant, Isabel sentit la pitié lui nouer soudain la gorge, mais elle écarta vite ce sentiment avec humeur et reporta ses regards sur l'atroce Mrs. Keck en train de brailler dans l'oreille de sa mère. Fermant les yeux, elle s'appuya contre le dossier de la banquette et essaya de faire le calme en elle dans la touffeur du compartiment. L'image de Thomas et de la nuit précédente au Dollar Bar s'imposait par intermittence à son esprit ; comment il l'avait amenée à ses fins en lui faisant boire de la vodka, et comment elle ne s'était que trop volontiers laissé séduire — d'abord par l'alcool, ensuite par sa connaissance impressionnante de l'histoire russe, et enfin, dans sa chambre, par ses mains et ses lèvres, lui ne doutant pas une seconde de l'avoir pleinement soumise. Oui, soumise, et c'était bien pourquoi elle se méprisait tant.

Mais elle ne pouvait rien lui reprocher. Il n'avait rien fait qu'elle n'eût souhaité, et elle se serait sans doute sentie bien plus détestable s'il l'avait ignorée. D'une certaine façon, elle attendait plus d'elle-même, et, quand l'occasion de ce « plus » s'était présentée, elle n'avait pas été tout à fait à la hauteur.

Ce matin-là au petit déjeuner, à l'hôtel, elle avait obstinément évité son regard, ignorant même son « Bonjour » allègre. Une bonne humeur qui, pour elle, empestait le contentement de soi. Qui ressemblait à une gifle en pleine figure. Elle ne lui adresserait plus jamais la parole.

Pendant la première heure de leur détention, les voyageurs avaient simplement manifesté un peu de nervosité, attendant que les gardes-frontière et les douaniers montent dans le train et entament leur longue et assommante procédure. Pendant les deux heures qui suivirent, comme aucun contrôle ne semblait s'amorcer, les plaisanteries et les remarques désobligeantes tournèrent à l'incrédulité et à la consternation. A 17 h 30, après l'incident Blaylock-Stern, et comme le soleil commençait à disparaître derrière la cime des arbres et que rien ne se produisait, cette inquiétude avait fait place à une peur larvée et vigilante.

Bravant les ordres, les voyageurs avaient quitté leurs compartiments et allaient et venaient librement dans les couloirs, dont les fenêtres au moins avaient été ouvertes et où l'air était un peu moins confiné. Les contrôleurs semblaient avoir oublié la consigne — ou décidé de passer outre. Peut-être s'étaient-ils rendus à l'évidence, reconnaissant qu'elle était peu fondée, compte tenu de la situation, et impossible à faire respecter en l'absence de mesures énergiques et déplaisantes.

Les gens s'agglutinaient dans les couloirs, chacun avançant son explication personnelle de ce retard. Plusieurs passagers avaient voulu descendre du train pour se dégourdir les jambes, mais les soldats qui avaient aussitôt convergé vers eux, fusil brandi, les en avaient sérieusement dissuadés.

Mr. Kariolainen offrit une cigarette à Paul Blanton :

« Il paraît que quelqu'un voudrait passer à l'Ouest ?

— C'est en effet ce que nous avons entendu dire », déclara Kyle Van Meegrin.

Blanton secoua la tête :

« Ils n'ont rien dit de précis. »

Par bonheur, Bébé Muk avait sombré dans un sommeil profond et ronflait contre le sein de sa mère. Mr. Mukherjee en avait profité pour se glisser dans le couloir et se mêler en toute liberté à ses compagnons de voyage. A la différence des gens qui l'entouraient, il ne semblait pas le moins du monde inquiet et prenait toute l'histoire comme une sorte d'aventure. Ses yeux vifs et brûlants ne quittaient pas Consuelo Gonzaga, qui se tenait à l'écart devant une des fenêtres ouvertes. Les bras pendant à l'extérieur du wagon, elle respirait avec avidité, comme si elle craignait de s'évanouir. Elle avait retiré sa veste ; son chemisier collait à son dos moite et marquait sa poitrine généreuse.

Un petit sourire assez insolent voleta sur les lèvres de Mr. Mukherjee. Il se gratta les testicules à travers sa poche de pantalon, puis s'approcha sans se presser :

« Que pensez-vous de tout ce remue-ménage, Miss Gonzaga ? »

Son regard vagabondait ouvertement sur le chemisier de la fille.

Il n'était pas difficile de lire ses pensées. Elle le regarda, choquée, et pourtant étrangement flattée par l'éclat de ses yeux.

« Je meurs de chaud. Je me sens affreusement mal. »

Mr. Mukherjee ne fut plus soudain que sollicitude. Il la prit par le bras :

« Peut-être pourrions-nous aller au bout du couloir et trouver un coin plus frais ? »

Jane Blaylock était devenue l'héroïne de l'heure. Entourée d'un groupe de voyageurs, elle les régalait d'une description, coup par coup, de son accrochage avec le soldat soviétique.

« J'entends bien récupérer mon passeport, plastronnait-elle. Ne vous inquiétez pas. Ces salauds auront de mes nouvelles ! »

Tony Thomas, qui passait par là, l'entendit :

« Ça vous a plu, cette petite escarmouche avec Big Brother ?

— Il ressemble comme deux gouttes d'eau au Big Brother de New York. Ou de Londres, d'ailleurs ! Tous les mêmes. Tous pourris ! »

Thomas eut un petit claquement de langue :

« Grand Dieu, Jane, j'aurais cru que vous comprendriez mieux ce genre de choses.

— Quel genre de choses ?

— Le règlement. L'autorité. »

Elle saisit la note moqueuse de sa voix.

« L'autorité n'est pas un problème pour moi.

— Non, bien sûr. » Il devint plus venimeux. « Vous n'y attachez pas d'importance particulière quand elle va dans votre sens. »

Jane mordit à l'hameçon :

« Je ne céderai pas aux brutalités policières, si c'est ce que vous voulez dire. Pas plus dans un contexte socialiste que dans ce fichu régime qu'on dit démocrate. Si un de ces gorilles approche, je lui fous mon pied dans les couilles. »

Thomas partit d'un grand rire heureux et s'éloigna dans le couloir, se frayant un passage au milieu de la foule des voyageurs. Il souriait, adressait de petits signes de tête, mais était vexé comme un pou.

Tout en poursuivant son chemin, l'air canaille et parfaitement content de lui-même, il aperçut Isabel debout près d'une fenêtre ouverte qui discutait avec les Van Meegrin.

« Bonjour ! » Il se faufila à côté d'elle et montra d'un geste le champ de phlox pourpres qui déferlait de la forêt jusqu'à eux. « Joli, non ? »

Elle se tourna vers lui et le fixa droit dans les yeux. Un regard lent, superbement prolongé, totalement neutre, qui exprimait le léger étonnement d'un individu incapable de situer d'emblée le visage de la personne qui venait de s'approcher.

Thomas resta planté là, son sourire laissant place à la perplexité, jusqu'au moment où sa décontraction soigneusement exercée l'abandonna ; il s'éclaircit la gorge, marmonna une excuse et battit en retraite.

Le répit offert par la fuite fut de courte durée. A mi-couloir, il se heurta à la haute silhouette du señor Gonzaga. Thomas était un homme de belle stature — un mètre quatre-vingt-cinq au moins —, mais il se sentit petit à côté de la haute silhouette élégante et courbée de Gonzaga.

« Elle vous a rembarré, pas vrai ? » fit-il en regardant sa fille regagner leur compartiment.

Il y avait une note d'amusement dans sa voix.

« J'en ai bien peur.

— Quand elle était petite, elle pleurait pour un oui ou pour un non, poursuivit Gonzaga, le visage tourné vers la silhouette disparue de sa fille. Un rien la bouleversait — la souris que le chat attrapait, un conte de fées absurde qui ne finissait pas comme elle le souhaitait.

— Elle n'aime pas les histoires qui finissent mal ?

— Il lui arrivait de pleurer même si elles étaient gaies. » Gonzaga éclata de rire et se tourna vers lui. « *La tristesse* *. Elle est de celles qui ont décidé d'être tristes. Que dit donc le poète : " Éprise des chagrins paresseux... "

— De la mort. »

Le vieil homme émergea de quelque profonde rêverie :

« Je vous demande pardon ?

— De la mort. " Éprise de la mort paresseuse ". »

Gonzaga médita un instant le vers, puis haussa les épaules :

« De toute façon... » Il agita un bras languissant en direction des soldats qui se rassemblaient en contrebas de la voie et se crispa soudain. « Je hais les militaires », dit-il, comme répondant à la remarque de quelqu'un d'autre.

Ce brusque changement d'humeur surprit Thomas. Le vieil homme lui saisit le bras comme pour s'appuyer sur lui et entreprit de le piloter vers le bout du couloir :

« Quand on vit dans la partie du monde qui est la mienne, on apprend à se méfier de l'armée. » Tout en parlant, Gonzaga laissait son regard aller de droite à gauche, cherchant une brèche parmi la foule des voyageurs. « Les soldats russes ne sont pas différents des soldats argentins. Dès que vous leur donnez un fusil, ils s'empressent de promulguer des lois stupides qu'ils pourront faire appliquer à la pointe de leurs armes. Montrez-moi un général — je vous signale en passant que j'en ai connu beaucoup —, et je vous montrerai la violence inhérente à la société. La lie de la terre. Costumés en appariteurs et élevés à la stature de héros ! »

Thomas, avec son œil simplificateur de journaliste entraîné à classer les gens en catégories faciles et exploitables, avait depuis longtemps

* En français dans le texte. (*N.d.T.*)

catalogué Gonzaga dans l'emploi de gentilhomme espagnol décadent, de poète manqué qui griffonnait des vers de mirliton et des épigrammes habiles dans un petit carnet à spirale, pour les publier ensuite à compte d'auteur sous des titres du genre *Pensées, Rêveries* ou autres *Vérités éternelles.* Mais ce brusque accès d'indignation le déconcertait.

« Veillons donc à ne surtout pas leur donner l'occasion d'utiliser ces fusils », déclara Thomas avec la condescendance doucement apaisante des gens sains d'esprit s'adressant à des fous.

Gonzaga leva les sourcils :

« Êtes-vous toujours aussi indulgent pour vos bourreaux ? »

Thomas voulut répliquer, mais le vieil homme l'en empêcha :

« Baissez-vous toujours votre pantalon de si bonne grâce en leur tendant le cul pour qu'ils vous baisent ? »

Il y eut soudain une forte détonation, et le train vacilla. Une commotion se produisit à l'avant de la voiture, et une seconde plus tard les voyageurs affluaient dans cette direction. Ils bousculèrent Thomas et le vieil homme qui n'avaient pas bougé, absorbés par leur discussion. Thomas saisit l'occasion au vol et suivit les autres.

« Mr. Thomas ! »

Gonzaga ne le lâchait pas.

Il se retourna. Le vieil homme se tenait à trois mètres derrière lui, oublieux des gens qui se précipitaient vers l'avant du wagon.

« Je crois que vous vous apercevrez, Mr. Thomas » — il parlait lentement, un peu essoufflé — « que ma fille déteste l'injustice, au niveau de l'État comme à celui de l'individu. Le fascisme n'est pas seulement une maladie de gouvernements. Sachez-le ! »

Il y eut une secousse soudaine, et Thomas bascula dans un amas de bras et de jambes qui s'agitaient dans tous les sens. Autour de lui, les gens criaient et hurlaient. Quelqu'un a dû tomber, pensa-t-il. C'était une femme. Il l'entrevit fugitivement, à genoux par terre, son bas déchiré, plusieurs personnes essayant de la relever.

On entendit des cris et des vociférations. Des silhouettes tentaient de retrouver leur équilibre.

« Que s'est-il passé ?

— Elle n'est pas blessée ?

— Quelqu'un d'autre est tombé là-bas aussi. »

On avait remis Wilma Shapley sur ses pieds et l'on époussetait ses vêtements. Plusieurs soldats étaient montés dans le train et se frayaient un passage en même temps que les employés.

Thomas aperçut Peter Stern à côté de lui :

« Que se passe-t-il ?

— Je n'en ai pas la moindre...

— Quelqu'un a dit qu'on détachait ce wagon du reste du train. »

Paul Blanton les rejoignit. Il était essoufflé :

« Vous n'auriez pas vu Nell, par hasard ?

— Elle était là avec les Conti il y a une minute », dit Stern.

Sans un mot, Blanton tourna les talons et repartit d'un pas rapide dans la direction indiquée. Frau Kunkel s'approcha. Elle s'accrochait à la manche de Karl Heinz :

« J'ai entendu quelqu'un dire, dans l'autre wagon, qu'ils envoyaient chercher un autre train à Leningrad.

— Comment ça ? » demanda Thomas, mais déjà l'ébauche peu engageante d'un scénario prenait forme dans son esprit.

« S'il vous plaît, vous asseoir », glapit l'employé. « S'il vous plaît, vous rentrer dans compartiments. S'il vous plaît. » Il se taillait laborieusement un chemin dans la foule, juste derrière les soldats qui s'efforçaient de disperser le groupe de voyageurs effrayés, massés à la tête du wagon, en les refoulant avec leur fusil en travers et le poids de leur propre corps. « Assis s'il vous plaît. S'il vous plaît vous asseoir...

— Je ne bougerai pas tant qu'on ne nous aura pas dit ce qui se passe ici ! » explosa Ted Kariolainen.

Escorté de plusieurs de ses officiers, le colonel Dounskoï poussa soudain la porte en verre qui séparait l'entrée du wagon et le couloir. Sa présence massive et menaçante fit reculer les gens qui se trouvaient là. Le capitaine qui se tenait à son côté entreprit de s'adresser au groupe dans son anglais parfait, dépourvu de toute intonation.

« Comme vous l'avez appris, nous sommes en train de détacher cette voiture du corps principal du train. Dans quelques minutes » — il regarda sa montre —, « six très exactement, une nouvelle locomotive arrivera de Vyborg pour ramener les autres wagons à Leningrad. Tous les ressortissants soviétiques seront transférés, avec leurs bagages, dans ce train. Les voyageurs qui ne sont pas en possession d'un passeport soviétique resteront dans ce train-ci jusqu'à nouvel ordre. Le gouvernement soviétique regrette profondément les inconvénients que peut vous occasionner ce retard. Pendant la période où vous resterez immobilisés ici, à la frontière, vous serez les invités du gouvernememt soviétique. Toutes les toilettes ont été rouvertes et remises en état. On procède actuellement au remplissage des réservoirs d'eau du train, et les samovars, bien entendu, sont toujours à la disposition de ceux d'entre vous qui désirent du thé.

« Le wagon-restaurant sera ouvert après 18 heures et l'on y servira des repas chauds jusqu'à 21 heures. Des couchettes seront préparées peu après.

— Des couchettes ? » s'exclamèrent plusieurs voix.

Un court murmure de protestations étouffées s'éleva du groupe.

« Bon Dieu ! jura Grant Shapley. C'est la meilleure ! »

Le visage aimable et plutôt banal de Paul Blanton avait viré au rouge violacé.

« On n'arrête pas les gens comme ça ! Que se passe-t-il ? Dites-nous au moins où est le problème ! »

Jatta, l'accompagnatrice finlandaise, dans un russe rapide comme un tir de mitraillette, soumit alors Dounskoï à un feu nourri de questions.

Si le colonel soupçonnait la profondeur de l'indignation générale, il n'en laissa rien paraître. Il affichait un calme glacial. Son regard allait d'un membre du groupe à l'autre, comme celui d'un spectateur qui aurait débouché par inadvertance sur la scène, non comme celui du régisseur de toute la pièce. Ce qu'il était de toute évidence.

# III

*Bonsoir. Ici Dan Rather pour* CBS News *à New York. Une mystérieuse affaire retient l'attention ce soir. Un train rempli de centaines de vacanciers s'est purement et simplement volatilisé. Le train, qui a quitté la gare de Finlande de Leningrad à 11 heures ce matin, était attendu à la gare centrale d'Helsinki à 17 heures, heure locale. Interrogées sur ce retard, long de sept heures maintenant, les autorités finlandaises disent n'avoir aucune idée de l'endroit où se trouve le train.*

*Le train devait subir les formalités de douane et de contrôle des passeports à 13 h 45 à Vainikkala, la ville finlandaise la plus proche de la frontière russe. Des porte-parole du réseau national des chemins de fer finlandais affirment que le train n'est jamais arrivé à destination, conduisant ainsi les autorités à conclure que le convoi est toujours en territoire soviétique. Les autorités soviétiques déclarent ne rien savoir de l'itinéraire suivi par ce train, dénommé le « Train Vert », mais confirment qu'il est bien parti de Leningrad ce matin, à l'heure prévue.*

*On ignore, à l'heure où je vous parle, si des Américains figurent parmi les voyageurs.*

*... un acte de banditisme international. La Norvège, État inféodé aux États-Unis, retient toujours en garde à vue illégale un sous-marin soviétique et tout son équipage, cela malgré les avertissements répétés du gouvernement soviétique. Le sous-marin, qui a pénétré par inadvertance dans les eaux norvégiennes il y a une semaine, a été endommagé en heurtant un récif et a dû être remorqué jusqu'à la base navale de Hammerfest, sur la mer de Barents.*

*Les autorités norvégiennes ont refusé de laisser le sous-marin et son équipage repartir, demandant qu'un groupe d'experts de l'OTAN soit autorisé à inspecter le carnet de bord du navire ainsi que le matériel d'observation hautement secret qu'il renferme.*

*Le gouvernement soviétique refuse catégoriquement une telle procédure et prévient la Norvège ainsi que les responsables de l'OTAN qu'il prendra les mesures nécessaires pour récupérer ce qui lui appartient et garantir la liberté de tout le personnel naval soviétique.*

*C'était Vremya,* l'URSS ce soir.

*La BBC a appris ce soir, de sources haut placées au Kremlin, que le « Train Vert », qui avait disparu un peu plus tôt dans la journée sur son trajet normal entre Leningrad et Helsinki, avait été dirigé, avec ses passagers, sur un embranchement désaffecté de la Finn-Sov. Cet embranchement, qui, selon les autorités finlandaises, n'est plus utilisé depuis des années, est situé à l'ouest de Vyborg, en pleine forêt. Les Soviétiques ont sans doute choisi cet endroit pour son isolement et le fait qu'il est inaccessible à l'observation aérienne à haute altitude.*

*Le Kremlin dément vigoureusement l'existence d'un lien quelconque entre l'immobilisation de ce train et la capture récente d'un sous-marin soviétique et de son équipage, surpris en train d'effectuer une mission d'espionnage très à l'intérieur des eaux territoriales de la Norvège.*

*Le colonel Kadhafi est arrivé aujourd'hui à Tunis, où il doit rencontrer les ministres du pétrole et les dirigeants arabes afin de...*

A 20 heures, on avait éclairé le wagon-restaurant, bien que ce ne fût guère nécessaire. Les longues nuits blanches de l'été russe fournissaient un éclairage suffisant jusqu'à 22 heures au moins, la lumière s'estompant graduellement bien après minuit encore. A ce moment précis, le ciel était d'un gris laiteux ; le soleil brûlant avait depuis longtemps disparu, mais la chaleur, qui n'avait cessé de monter à un rythme régulier dans le train durant tout le jour, continuait d'irradier du sol, des banquettes et du plafond des wagons.

On avait baissé les vitres du wagon-restaurant, mais il n'y avait pas de vent à proprement parler. L'air frais et parfumé venu de la forêt franchissait sans conviction les appuis poussiéreux, taquinant l'air moite et confiné de la journée.

Le léger soulagement apporté par cette aération s'accompagnait toutefois d'un inconvénient majeur. Les voyageurs durent avaler leur repas au milieu d'un tourbillon de moustiques, phalènes et autres créatures du crépuscule qui s'étaient engouffrés par les fenêtres à la seconde même où l'on avait allumé.

Le dîner ce soir-là fut absolument sinistre. Il démarra peu après 19 heures, une fois qu'on les eût répartis en deux services, le premier à 19 h 15, le second à 21 heures. Le repas avait été préparé dans les services de l'intendance militaire, à la gare frontalière de Vyborg, et acheminé par camion jusqu'à la voie désaffectée. En l'absence de personnel de restauration, il fut servi par des soldats russes, pour la plupart des caporaux et des sergents, appartenant aux unités de transport ferroviaire de l'armée. Des garçons râblés qui paraissaient encore des gamins, sanglés dans leur tunique militaire marron, et qui vaquaient d'un air solennel à leur tâche consistant à plonger les louches dans les hautes cuves en aluminium et à remporter les assiettes sales. Ils se montraient en général polis et corrects, parfois même attendrissants.

La nourriture était sinon appétissante, du moins convenable. On posa sur les tables des assiettes de tranches de pain noir, un peu rassis, ainsi que des pichets à moitié remplis de sirop épais et tiédasse — un nectar de prune ou de poire si douceâtre et sirupeux, si visqueux, qu'il collait au palais et augmentait la soif plus qu'il ne l'étanchait. Une bouteille de vin rouge bulgare sucré, assez proche du porto, fut également placée sur chacune des tables. Ceux qui le souhaitaient pouvaient obtenir un demi-litre de vodka, mais la chaleur de la journée avait trop anéanti les voyageurs pour qu'ils eussent envie d'alcool.

Le dîner se déroula dans un silence presque total. La camaraderie facile, les taquineries amicales et les plaisanteries enjouées qui caractérisaient jusque-là le voyage avaient disparu. Il régnait une ambiance lugubre, à couper au couteau. Les gens s'étaient installés par petits groupes nerveux ; l'inquiétude marquait clairement leur visage.

La rumeur de la présence parmi eux d'un éventuel espion ou transfuge s'était propagée comme une traînée de poudre dans tout le train, et, bien qu'elle eût été hautement taxée d'absurdité, chacun commençait en son for intérieur à considérer ses compagnons de voyage sous un jour sinon déplaisant, du moins nouveau. La source de ces bruits restait non identifiée, mais sa seule existence créait entre les gens un climat d'hostilité et de méfiance inconnu auparavant. Personne ne semblait encore avoir entendu parler du sous-marin soviétique retenu à Hammerfest.

Plus tard dans la soirée, comme ils quittaient le wagon-restaurant et regagnaient leurs compartiments, plusieurs voyageurs avaient voulu descendre du train pour se dégourdir un peu les jambes et respirer l'air frais de la nuit. Une fois de plus, les gardes postés à chaque extrémité du train leur intimèrent l'ordre de remonter dans le wagon. Ce fut aussi à ce moment qu'ils s'aperçurent que les unités de chasseurs motorisés, dont la présence avait été si ostentatoire quelques heures plus tôt à la frontière, bivouaquaient à présent à couvert, dans la forêt. Depuis les fenêtres du train, ils voyaient un mince cordon de petits feux luire à intervalles réguliers dans les bois qui les entouraient.

Les voyageurs n'eurent donc d'autre choix que de reprendre place dans leur compartiment et d'essayer de tirer le meilleur parti de la situation. Au même moment, un wagon-lits, envoyé en toute hâte de Leningrad et raccordé au wagon de jour, avait été préparé pour la nuit. Quelques parties de whist s'étaient organisées vaille que vaille, sans conviction, et bientôt les tabliers de backgammon et de pachisi * avaient fait leur apparition. Un peu plus loin, dans le groupe du señor Madariaga, quelqu'un avait sorti une guitare et le groupe s'était mis à chanter. Des chants en sourdine, sans grand élan, mélancoliques et plaintifs. Des chants à peine audibles, même au seuil du conscient, mais le son de ces voix lointaines et murmurantes emplissait le wagon d'une tristesse douce et indicible.

« Votre attention. Votre attention, s'il vous plaît. » Une voix rauque crépita dans les haut-parleurs graillonnants du train. « Votre attention... Votre attention, s'il vous plaît. »

Les gens sortirent dans le couloir juste à temps pour voir le minable employé de train franchir sans enthousiasme les portes vitrées situées en tête du wagon. Il resta planté là un moment, les yeux papillotant dans le chiche éclairage, inspectant la foule maussade qui s'agglutinait peu à peu dans le couloir.

« Votre attention, s'il vous plaît. Nous être heureux vous informer que couchettes maintenant prêtes dans wagon-lits juste derrière wagon-restaurant. S'il vous plaît, mettre vous en rang. » Un bloc pendait mollement à son poignet fatigué. « Nous attribuer maintenant places dans wagon-lits, s'il vous plaît. »

Il était minuit passé, et le ciel argenté de la nuit d'été russe avait viré à un gris d'étain. Stern était allongé sur sa couchette, encore tout

* Jeu indien assez voisin du backgammon. (*N.d.T.*)

habillé à l'exception de sa chemise, qu'il avait retirée dans l'espoir de conserver une sensation de fraîcheur. Un peu plus tôt, il avait essayé, en vain, de localiser un pyjama dans le fouillis de ses bagages sans les défaire complètement.

Par la fenêtre ouverte près de sa couchette, il entendait le grésillement des grillons et le caquetage affolé d'un oiseau de nuit traversant la forêt. Une brise légère apportait sur ses courants indolents le souffle un peu âcre, mais pas déplaisant, des feux de pin mourants là où les soldats dormaient autour du train, invisibles dans les ombres longues et obliques, empiétantes, de la forêt. De la couchette inférieure lui parvenaient les ronflements agités de Tony Thomas ; il haletait et soufflait comme un homme qui a couru trop longtemps. Sur toute sa longueur, d'ailleurs, le wagon n'était qu'un concert de bruits nocturnes incessants — toux, soupirs, craquements de ressorts de matelas, gens qui se tournaient et se retournaient sur leurs couchettes étroites avant de sombrer dans le sommeil.

Un peu plus loin dans le wagon, Isabel Gonzaga, couchée sur le ventre, les bras en croix, sans force, seulement vêtue d'un slip, ne réussissait pas à trouver le sommeil. Le souffle doux de l'air nocturne effleurait son dos nu, caressant son front avec la légèreté de lèvres fraîches. Comme Stern, elle écoutait quelque chose qui venait de la fenêtre — un son lointain et évanescent, porté par la brise de la nuit, s'enfonçant dans les profondeurs les plus secrètes de la forêt.

Elle entendait son père marmonner dans son sommeil, pas très loin, et, juste au-dessous, les ronflements paisibles de Consuelo, qui rappelaient ceux d'un chien repu dans un coin de cuisine. Elle ne se faisait aucun souci pour ces deux-là, ni pour elle-même d'ailleurs. Depuis sa plus tendre enfance, elle avait grandi avec la conviction que ses désirs ou son bien-être personnel ne comptaient guère. Souvent, elle avait essayé de se rappeler la raison ou l'incident qui auraient pu expliquer pourquoi, au fil des ans, elle en était venue à éprouver ce sentiment. En tout cas, jamais le sujet n'avait été directement abordé.

En revanche, elle s'inquiétait pour sa mère — cette créature craintive, d'une douceur infinie, dont l'âme avait été façonnée en d'autres temps, plus aimables. A soixante-cinq ans, elle gardait l'apparence heureuse et confiante d'une enfant capable de faire bon accueil à des inconnus et de partager avec eux ses jouets et ses bonbons. Elle ne pensait que le plus grand bien de son prochain.

Sous la couverture, la jambe de Grant Shapley se contractait. Il se dit que s'il arrivait à dormir, les spasmes et les tremblements se calmeraient. Mais il n'y parvenait pas. S'ajoutant à l'inconfort de l'espace confiné de la couchette, une agitation étrange s'était emparée de son esprit. Non que l'inconfort de la situation l'énervât à ce point. Il avait la certitude qu'elle n'était que provisoire et prendrait bientôt fin. A la différence de ses compagnons de voyage, il n'éprouvait pas cette méfiance xénophobe à l'égard des Soviétiques dont sont affligés tant de voyageurs occidentaux en URSS et qui, si l'on creuse, n'est rien d'autre que de la peur.

Shapley ne redoutait pas les Soviétiques. Il avait effectué plusieurs missions scientifiques dans leur pays au cours des vingt années qui venaient de s'écouler, et il avait cessé depuis longtemps de considérer ce vaste territoire comme quelque chose d'étranger ou de mystérieux. Shapley était apolitique, moyennant quoi il se sentait tout à fait chez lui en Union soviétique. Les amitiés qu'il y avait nouées, et elles étaient nombreuses, comptaient essentiellement des scientifiques ; des hommes qui se consacraient pour la plupart aux mêmes passions et disciplines que lui-même, tous unis par un même besoin et une même détermination : rassembler et partager leurs informations. Pour ces hommes, l'identité nationale et le dialogue politique cédaient le pas, d'une façon très caractéristique, à l'enquête scientifique.

Shapley faisait figure de héros parmi ses pairs. Ce pionnier de la paléontologie glaciaire était presque entré dans la légende. Ses écrits constituaient le point de départ obligatoire de toute histoire de la Terre. Connu seulement d'un réseau étroit, mais international, de savants, il faisait l'objet d'innombrables articles et monographies. Une période du cénozoïque qu'il avait identifiée et classifiée portait son nom. Ses livres avaient été traduits en des dizaines de langues.

Ce n'était certainement pas la Russie ni l'absurdité apparente de sa bureaucratie qui agaçaient tant Shapley cette nuit-là. Mais bien sa propre nature de mortel qui se reflétait dans les spasmes et les contractions périodiques de sa jambe. Lorsque la cause de ces tremblements avait été diagnostiquée, il s'était fait un point d'honneur, naturellement, de lire tout ce qui existait sur le sujet. Il savait donc parfaitement à quoi s'en tenir sur l'évolution probable de ces contractions à mesure que la maladie progresserait en lui.

La mort ne viendrait pas rapidement. Sinon, il aurait été grandement soulagé. Paléontologiste de métier, dont les chronologies couvraient des milliards d'années, il se sentait en terrain connu avec la notion d'éternité. Savoir, avec une certitude de savant, que sa mort se perdrait dans la nuit des temps, constituait pour lui un profond réconfort.

Alors qu'il cherchait en vain le sommeil sur sa couchette, cette nuit-là, c'était autre chose qui le tourmentait. Quand le diagnostic avait été enfin posé à l'école de médecine de l'université du Wyoming, puis confirmé à Scripps *, il avait fait promettre une chose à sa femme : lorsque la mort se déciderait à l'emporter, elle ferait incinérer sa dépouille et confierait ses cendres aux vents qui fouaillaient les hautes vagues de la Prairie cernant sa cabane de rondins de Grand Teton **. A onze mille kilomètres de là, séquestré dans une pinède étrangement primordiale de la forêt russe, un pressentiment l'envahissait : il n'aurait pas la chance de mourir chez lui.

Jane Blaylock bourra de coups de poing son oreiller. Elle avait ôté son chemisier et son pantalon et s'était allongée en slip et soutien-gorge sur les draps rêches, essayant rageusement de dormir. Mais les chuchotements et les petits rires occasionnels qui fusaient derrière le rideau poussiéreux séparant sa couchette de celle du quatuor italien l'en empêchaient. A un moment, elle entendit Silvana éclater de rire, puis quelqu'un qui lui intimait de se taire. Elle se demanda si c'était Sandro ou Keith. Cela ne changeait pas grand-chose, d'ailleurs : elle les méprisait tous.

Elle réussit pendant quelques minutes à ignorer les petits bruits licencieux et sombra enfin dans le sommeil. Lorsqu'elle se réveilla un peu plus tard, les chuchotements et les rires avaient cessé, et elle frissonnait.

Elle avait besoin d'aller aux toilettes, mais reculait à l'idée de descendre de sa couchette et de traverser toute la longueur du wagon. Pour être honnête, le silence de mort qui régnait la terrifiait. Elle ne parvenait pas à oublier, non plus, le visage du soldat pendant qu'il la frappait. Ce n'était pas un visage déplaisant — juvénile, rose, mal rasé. En d'autres temps et en d'autres lieux, il aurait même été attirant. C'était bien ce qui le rendait si haïssable. Cet éclat de l'innocence, alors même que sa main se levait et la frappait à plusieurs reprises, que ce bras déchaîné cisaillait l'air. De nouveau, elle vit la peur abjecte affoler son regard, et puis les yeux enfoncés du colonel russe parcourir lentement, attentivement, son passeport, ses lèvres

* Université californienne. (*N.d.T.*)
** Point culminant de la Teton Range, dans le Wyoming. (*N.d.T.*)

mobiles dévorer les renseignements qui y étaient consignés, l'expression de sévérité soupçonneuse masquer peu à peu ses traits, et enfin le bref éclat de la petite fiche blanche qu'il rendait à la main sans corps d'un être invisible posté juste derrière eux. Et puis le passeport s'éloigner de la main qu'elle tendait, hors de portée. Comme elle s'était sentie soudain seule et vulnérable sans lui ! Autant d'images et de sentiments qui lui traversaient l'esprit tel un vol d'oiseaux effrayés.

Plus elle y repensait, plus sa rage montait. Étendue bras en croix dans la fraîcheur moite précédant l'aube, elle composait mentalement une série de textes vengeurs, un « article spécial » pour *The Nation,* ou peut-être un papier un peu plus étoffé pour *Harper's* ou *The New Republic.* Très exactement dosés. Elle n'entendait pas se rétracter ni conter par le menu comment elle reniait la stricte idéologie marxiste. Bien trop de ses collègues et de ses anciennes condisciples avaient déjà suivi ce parcours, lâché la cause en prenant soin de conclure des arrangements confortables avec les grandes banques et sociétés avant de retourner leur veste. Et puis il y avait ceux et celles qui en faisaient des livres et des articles. Une méprisable engeance. Des chiens qu'on fouette. Ne souhaitant qu'une chose, effacer leur faute, confesser leurs erreurs passées, les livrer en pâture au public moyennant finances. Comment ramper et entrer dans la société de consommation friquée ! Ramper et gagner un pactole et la célébrité ! Le public adore une bonne histoire de repentis. Au pied, cette belle jeunesse arrogante !

Eh bien non, elle n'entendait pas se rétracter, ne serait-ce que d'un mot. Elle ne s'avilirait pas. Elle était allée voir une image du socialisme à la source. Cinq jours seulement ? Et alors ? Elle avait vu le système, observé ses limites. Elle continuait à croire qu'il constituait le seul espoir de l'humanité. Bien sûr, il y avait toutes ces conneries bureaucratiques, ces responsables raides comme des pantins, cette prédisposition déplaisante à chercher des victimes pour faire un exemple — elle pouvait écrire des volumes là-dessus, maintenant. Et puis, naturellement, l'indolence de bourrique dont faisait preuve la main-d'œuvre, la docilité stupide et réflexe des masses, et la méfiance quasi paranoïaque qui régnait parmi la police.

Son admiration pour le système sortait à peine ébranlée de l'expérience. Il évoluait encore et conservait assez d'idéalisme pour rectifier le tir — à la différence de l'Ouest, qui avait renoncé à faire semblant de corriger les inégalités et avait tout bonnement sombré dans le sybaritisme et le désespoir.

Quelque part au cœur de la forêt, l'oiseau de nuit gloussa. Jane s'enfouit sous la couverture de laine râpeuse et étouffante fournie par l'employé du wagon-lits. Malgré la chaleur de la nuit, elle frissonnait.

Sur la couchette adjacente, Serja Inusen était recroquevillée dans son sac de couchage. Les yeux grands ouverts, elle fixait l'obscurité. A force de se tourner et retourner, elle s'était entortillée dans son drap comme dans un suaire, et, ainsi allongée sur le dos, les mains croisées sur sa poitrine plate, elle ressemblait plus que jamais au résultat des manipulations d'un embaumeur particulièrement peu doué.

Il devait encore être très tôt à Helsinki. Dans le petit appartement de Munkholmen, près du front de mer, sa mère ne s'était sans doute pas couchée. La pauvre femme devait être terrorisée à présent, hésitant encore, trop craintive pour appeler le commissariat ou la gare afin d'avoir des nouvelles.

Serja se maudissait d'avoir entrepris ce voyage, d'avoir eu l'imprudence et l'égoïsme de laisser cette femme âgée seule pendant plusieurs jours, même si cette dernière l'avait poussée à partir. Elle était impardonnable. Elle méritait d'être punie. Les Russes allaient venir et lui faire ouvrir ses bagages, et ils trouveraient au milieu de ses modestes possessions des éléments hautement compromettants. Les serviettes de toilette, le cendrier et le papier à lettres, tout ce qu'elle avait volé dans sa chambre du Prebaltiskaïa. A ce qu'on disait, les Russes n'étaient pas tendres avec les voleurs. Ils croupissaient des années durant en relégation, disparaissaient sans laisser de traces dans l'immensité glacée de la Sibérie, tout cela pour des manquements des plus anodins à la loi.

Ses larcins seraient immanquablement découverts le lendemain, et on la ferait monter dans une voiture officielle noire, banalisée. Où l'emmènerait-on ? Que lui ferait-on ? Que ferait sa mère ? Ce n'était pas tant le châtiment qu'elle redoutait. Elle savait qu'elle le méritait. Mais plutôt l'humiliation d'être convaincue de vol devant tous ces gens « bien » qu'elle vomissait.

Serja entendit le bruit de la chasse d'eau au bout du couloir. Elle porta son poing à sa bouche et le mordit violemment pour étouffer le bruit de ses sanglots.

> ... et c'est pourquoi, noble père... je vous supplie de croire que mon acte n'était pas un coup de tête. Je sais combien vous avez désiré... compté sur... le mal que vous vous êtes donné pour moi...

Les mots se formaient sans bruit sur les lèvres du jeune Junji Asawa, alors même qu'il en inscrivait fiévreusement les lettres sur son bloc. « J'ai essayé... essayé... d'être le fils que vous souhaitiez... » Il écrivait à plat ventre sur sa couchette, éclairé par la lueur parcimonieuse d'un stylobille lumineux. « J'ai essayé... essayé... essayé... »

Les mots jaillissaient par saccades, coulant tumultueusement de la pointe de son stylobille comme un courant électrique, tangible et vivant, quelque chose qu'il pouvait à peine retenir.

Cela le terrifiait. Jamais il n'avait eu le cran de parler ainsi à son père. Une telle spontanéité était indispensable. Seul le truchement du stylo et du papier lui permettait cette libération soudaine.

> ... Ces deux dernières années à l'université... vous le savez, je pense... ont été un cauchemar. La décision de partir n'est venue que de moi, et j'en assume la pleine et entière responsabilité. Je l'ai envisagée bien avant de passer à l'acte, ne connaissant que trop votre sentiment à ce sujet.
> Pourquoi ai-je cru être doué pour la technologie, cela reste un mystère pour moi. J'assiste aux cours submergé par l'apathie, par une indifférence à ce qui m'entoure qui m'effraie parfois. Pire encore est le mépris que m'inspirent mes professeurs et mes condisciples captivés, dociles, passifs, tels des fainéants, qui attendent tous d'être programmés pour effectuer la corvée que leur aura assignée la société.

Tout en écrivant, il jetait des regards furtifs par la vitre, comme s'il avait craint d'être observé. Au-delà de l'obscurité de la vitre crasseuse, il voyait les feux pâlissants qui dessinaient autour du train le cercle étroit où les forces motorisées avaient été déployées. Leur proximité éveillait en lui une excitation bizarre, et, tandis qu'il se hâtait de finir sa lettre, il sentit monter en lui une bouffée d'exultation. Le sentiment de briser ses liens. Un acte irrévocable et sublime. La fin d'une chose et le début d'une autre

Jusque-là, il avait toujours pensé rentrer à Tokyo, trouver un compromis quelconque avec son père et vivre comme il l'entendait. Mais à présent qu'il avait écrit cette lettre, confiant sa décision irréversible au papier, il comprenait que les mots avaient donné un caractère définitif à celle-ci et qu'il se savait désormais suffisamment libre pour ne plus jamais revenir.

Il irait à Paris; plusieurs de ses amis, déçus comme lui par l'université et par leur patrie, l'y avaient précédé. Ces amis avaient eu une activité politique sur le campus. Il leur vouait une admiration sans bornes. Quand le moment venait de manifester contre le gouvernement, contre la police, contre la participation du Japon aux visées occidentales en Extrême-Orient, on les retrouvait invariablement aux premières lignes de l'opposition.

Ils n'étaient pas bien vus des autres étudiants, qui bouillaient d'impatience de vendre leur âme à l'État et aux nouveaux Goliath du monde des affaires nippon. Ils se posaient en outsiders dont on n'ignorait pas que les théories seraient hostiles aux aspirations et aux objectifs nationaux. On savait qu'ils se rencontraient périodiquement, que leurs réunions étaient clandestines, contrevenant au règlement de l'université, qu'elles se déroulaient à l'extérieur du campus, la nuit, en général dans un quartier misérable et malfamé de la ville, près des quais.

On adhérait au groupe comme on serait entré dans les ordres. Il y avait quelque chose d'ésotérique dans le processus d'admission. Il comportait une longue période d'études et de renoncement qui aboutissait à un examen extrêmement minutieux, dont n'était pas exclue la violence physique, conduit par les membres du groupe. Il fallait aussi assimiler un énorme catéchisme. Pas un ensemble de simples préceptes moraux, mais plutôt une dialectique économique suivie, qui préconisait une large redistribution des richesses de la terre et proposait un nouvel ordre économique mondial. Ordre qui serait instauré par des moyens pacifiques, à défaut par la violence. Mais qui verrait le jour. De cela, il était convaincu.

> Père-san. Vous seriez horrifié par ce qu'on m'a appris durant ces deux dernières années... Je ne suis plus le fils que vous avez envoyé à l'université. Vous seriez étonné de voir ce que je suis devenu.

Lorsqu'il eut fini sa lettre, il la plia avec soin et la glissa entre les pages d'un recueil de nouvelles de Mishima dont il avait entrepris la lecture pendant le voyage.

Ensuite, il fourragea dans un petit sac de voyage de la JAL bourré d'un fouillis de chaussettes et de sous-vêtements sales. Lorsqu'il en déversa le contenu sur la couchette étroite, il trouva enfin ce qu'il cherchait. Une petite boîte de métal d'un demi-litre, sans étiquette. A l'aide d'un kopeck en cuivre qui traînait encore dans une de ses poches, il souleva le couvercle, plongea délicatement un doigt dans l'espèce de gelée rouge qu'elle contenait et le respira avec précaution.

Pendant un instant, il parut réfléchir. Puis il referma le couvercle et inséra la tranche du kopeck dans la vis d'une des plaques de métal vert qui recouvraient la cloison au-dessus de sa couchette. Il répéta plusieurs fois l'opération, jusqu'au moment où la plaque se détacha, découvrant, juste au-dessous, une ouverture d'où sortait un enchevêtrement de gaines et de fils électriques qui dégageait une vague odeur de caoutchouc roussi. Il y avait quelque chose de félin dans ses gestes rapides et silencieux. Il glissa la boîte dans un petit renfoncement derrière les gaines, avant de finalement remettre la plaque en place et de la revisser.

Kyle et Katrina Van Meegrin dormaient dans les bras l'un de l'autre. Juste au-dessus d'eux, Kate Dubbin et Claude Desfargue, éveillés, chuchotaient dans le noir.

Tout à côté, Mr. Mukherjee ronflait par intermittence, des images lascives traversant de leur éclat embrasé son sommeil fiévreux.

Bébé Victor s'était endormi du sommeil bienheureux des tout-petits. Il était niché contre le sein maternel. Les grimaces rageuses qui avaient marqué tout le jour son visage avaient disparu. Un sourire rêveur adoucissait ses traits. M^me^ Muk l'avait emmailloté dans un petit peignoir de nankin rêche dont émanaient des effluves sucrés de patchouli. Le sommeil et l'apaisement rendaient l'enfant presque attirant.

Le silence et l'obscurité avaient enfin eu raison du Train Vert. Immobile sur la voie herbeuse, cerné par la forêt, il ressemblait à un animal tapi dans sa tanière, épuisé par les fatigues de la journée, jouissant de l'air nocturne qui rafraîchissait ses flancs d'acier.

Le dais formé par les cimes des arbres s'ouvrait sur des cieux fantomatiques que traversaient les étoiles mobiles et le disque blafard de la lune. Les bruits de toux, les soupirs et les grincements des matelas, toute la gamme des bruits précédant le sommeil s'étaient enfin calmés pour la nuit.

Dehors, postés à chacune des portières, les gardes veillaient dans les grandes ombres tremblantes projetées par les lanternes du wagon. Plus loin, bivouaquant autour de ce périmètre, les soldats des unités motorisées s'agitaient dans leurs sacs de couchage et se rapprochaient, dans leur sommeil, des feux mourants.

A plusieurs kilomètres de là, dans le petit poste militaire de la frontière, le colonel Dounskoï peinait sur une pile de dépêches récemment arrivées du haut commandement. Remontant ses lunettes, il frotta ses yeux voilés par la fatigue et dicta plusieurs messages au radio, qui les codait et les transmettait simultanément à la Stavka. Ils comportaient la description détaillée, point par point, des forces dont disposait le colonel à ce moment précis, des réserves de vivres, ainsi qu'un inventaire des équipements hospitaliers et des médicaments. Il demandait qu'un médecin à plein temps soit rattaché à son unité tant que durerait l'état d'alerte.

Il se pencha de nouveau sur la pile de dépêches décodées envoyées par la Stavka. Ses lèvres remuaient doucement tandis que ses yeux impatients parcouraient avec fébrilité l'étroite feuille jaune et qu'il relisait une fois de plus les instructions émanant du haut commandement.

> Il est de la plus haute importance de créer un sentiment d'incertitude en ce qui concerne le sort de ces voyageurs. Tout doit paraître, à tous égards, enveloppé du plus grand secret. Bien entendu, nous veillerons, quant à nous, à laisser filtrer des bribes d'information propres à entretenir la tension. Juste assez pour accroître l'inquiétude. Cela, plus l'imagination active des médias occidentaux et leur insatiable appétit de sensationnel, fera le travail à notre place...

# IV

*Ici* NBC News, *New York, Tom Brokaw au micro. Bonsoir. Les Soviétiques font état de problèmes d'ordre mécanique pour expliquer le retard de près de trente heures d'un train retenu avec ses passagers à la frontière finno-soviétique.*

*Les porte-parole du département d'État à Washington avouent leur perplexité quant à...*

*... tandis que les autorités norvégiennes continuent d'affirmer que, malgré l'immobilisation récente d'un train et de ses cinquante-trois passagers, elles persistent dans leur intention d'inspecter le sous-marin soviétique qui s'est récemment échoué dans la mer de Barents, exactement en face de la base de Hammerfest où la marine norvégienne abrite ses installations radar hautement secrètes.*

*C'était David Craig, pour l'Australian Broadcasting Corporation, à Sydney. Merci, bonsoir.*

Couché sur le dos dans une couchette supérieure, le señor Madariaga dormait encore lorsque le bruit commença. Il semblait venir d'un point situé à quelques centimètres seulement de son visage. Le señor ouvrit un œil, aussitôt ébloui par un rayon de soleil empli de particules de poussière qui filtrait par la fenêtre du wagon.

Il crut être victime de son imagination, jusqu'au moment où le bruit résonna de nouveau — un choc puissant et sourd, massif, vigoureux, accompagné de la détonation creuse et percutante d'une grosse caisse en acier qu'on aurait frappée. Il semblait jaillir du plafond du wagon, ou plus exactement du toit, puis rayonner à travers l'espace étroit situé entre le toit et la paroi. Comme si quelqu'un était debout sur le train, juste au-dessus de sa tête.

Toujours couché, Madariaga fixa le plafond du compartiment ; ses yeux suivirent le bruit étouffé des pas, dont le trajet semblait couper son corps en deux et se perdre au loin. Cela fut suivi, à intervalles réguliers, d'autres coups incisifs, sonores, portés par une masse ou une barre à mine.

Tout à fait réveillé maintenant, il prit soudain conscience d'un brouhaha de voix à l'extérieur du train. Se soulevant sur un coude, il regarda par la fenêtre. D'abord, il ne vit que la forêt, qui conservait encore les ombres et la fraîcheur de la nuit. Il leva les yeux vers le dais des arbres, au travers duquel filtrait le rayon vert pâle du soleil matinal. Il y avait quelque chose de primal dans ce décor — les vieux arbres énormes, noueux, la clairière luisante de rosée, les mouchetures du soleil, la beauté pure, immaculée, de la préhistoire.

C'est alors qu'arrivèrent les soldats. Il les aperçut dans l'angle de son champ visuel. D'abord un, puis un autre, et un troisième ; ils avançaient dans les hautes herbes le long de la voie, précédés de leurs voix brutales.

Il y eut un autre bruit sourd au-dessus de sa tête, puis un nouveau bruit de pas. Cette fois, ceux-ci paraissaient faire le chemin en sens inverse et revenir à leur point de départ. Ils furent aussitôt suivis d'un cliquetis sonore, qui venait de dessous le wagon. Madariaga se pencha par la fenêtre et vit une fois de plus les trois soldats. Ils tenaient une sorte d'immense axe de bois qu'ils agitaient comme une baguette magique le long du châssis du wagon-lits, frappant les patins et martelant les pistons et les roues.

« *Maestro ! Maestro !* »

Madariaga se retourna. Son regard tomba sur le visage brun, endormi et inquiet, de Fantine, le jeune hautboïste de Valladolid. Sa tête, qu'il avait glissée par la porte entrouverte, semblait privée de corps. Il regardait le professeur.

« Vous entendez, *maestro ?* »

Madariaga posa un doigt sur les lèvres du garçon, puis ajouta aussitôt dans un souffle :

« Je crois qu'il y a quelqu'un sur le toit.

— Et aussi sous le train. Je l'ai vu ! »

Avec un signe d'assentiment impatient, Madariaga fit passer ses jambes grêles par-dessus le bord de la couchette et se retrouva, dans un cliquetis, au bas de l'échelle :

« Va vite réveiller les autres.

— Ce n'est pas la peine, on est tous debout. Ça fait quatre heures qu'on ne dort plus. »

Les coups et les bruits de métal continuèrent pendant tout le petit déjeuner dans le wagon-restaurant, où on leur servit des petits pains et du café, le seul autre bruit étant le tintement anxieux des petites cuillères maniées fébrilement dans les tasses fumantes. Muets, aussi distants que des robots, les soldats allaient et venaient dans l'allée centrale avec des raviers de beurre et de confiture et des corbeilles remplies de petits pains plus ou moins rassis lâchés sans cérémonie dans les assiettes par des pinces qui ressemblaient à un davier de dentiste. A quoi s'ajoutait, bien sûr, l'inévitable nectar de prunes, si tiède et sucré qu'il agaçait les dents de ceux qui l'avalaient.

Jatta apparut soudain. Elle remonta le wagon d'un pas énergique en tapant dans ses mains ; on aurait dit une monitrice de colonie de vacances :

« Nous allons tous descendre du train. Terminez votre petit déjeuner. Puis regagnez aussitôt votre compartiment et laissez tous vos bagages à votre place, ouverts. »

Frau Kunkel écarquilla les yeux.

« Je ne vais tout de même pas laisser mes affaires comme ça, sans surveillance...

— Ou-verts », répéta Jatta, plus fort cette fois et en s'adressant directement à Frau Kunkel. Le ton de sa voix laissait clairement entendre que ce n'était pas le moment de rouspéter. « Veuillez aussi laisser tous vos appareils photo, pellicules, nécessaires de correspondance, papier à lettres, stylos et crayons sur vos couchettes. Nous attendrons dehors, à proximité de la voie, poursuivit l'accompagnatrice d'un ton pressé. Vous pouvez marcher un peu, mais restez bien à l'intérieur du périmètre établi par les soldats. Munissez-vous de vos passeports ainsi que de vos visas et déclarations de devises. Je répète : passeports, visas, déclarations de devises. Gardez-les tout le temps avec vous. Vous m'entendez, señor Gonzaga ? » Elle adressa un regard chargé de sous-entendus au gentilhomme médusé. « Ils seront contrôlés après que le train aura été complètement fouillé. Des questions ?

— Pourriez-vous nous dire ce qui se passe ? demanda Isabel.

— J'aimerais bien, mais je n'en ai malheureusement pas la moindre idée.

— Combien de temps cela va-t-il prendre ? s'enquit Paul Blanton.

— A ce qu'on m'a dit, de deux à trois heures.

— Et nous pourrons repartir ? demanda le señor Madariaga.

— D'après moi, oui. » Jatta jeta un bref regard autour d'elle pour voir s'il y avait d'autres questions.

L'expression de ses yeux ne les encourageait guère. « Parfait. Terminez votre petit déjeuner, regagnez vos compartiments et ouvrez vos bagages. Ne laissez rien de fermé à clé. Ah, oui, prenez vos précautions maintenant, si c'est nécessaire. Les toilettes seront fermées et leur accès sera interdit pendant toute la durée de la fouille et du contrôle douanier. Vous m'avez entendue, señor Gonzaga ? »

Malgré les silhouettes disparates et bizarres, les vêtements incongrus, le groupe de voyageurs éparpillés au hasard dans le champ herbeux et poussiéreux avait tout d'une bande d'oiseaux en quête de nourriture. Mais pas une bande ordinaire. On aurait plutôt dit une volière remplie de spécimens exotiques.

Dans son costume blanc chiffonné, le señor Gonzaga glissait majestueusement dans les herbes qui lui arrivaient à mi-cuisse, plus échassier que jamais — une cigogne ou une aigrette arpentant un marais. La señora Gonzaga tanguait derrière lui, courte sur pattes et jabot en avant, un vrai macareux de l'Arctique.

Tony Thomas, avec sa vanité et ses goûts vestimentaires dispendieux, tenait à merveille le rôle du cacatoès, tandis que Stern évoquait l'image d'un faisan distrait. Frau Kunkel, qui progressait laborieusement, de l'herbe jusqu'à la taille, avait la vivacité et la couleur terne d'un étourneau. Irrités par cette promiscuité et soucieux de garder leurs distances, les Mukherjee faisaient songer à un couple de vautours bistre flanqué de sa progéniture. Craintif et fuyant comme l'engoulevent, Junji Asawa longeait sans se faire remarquer le bord extérieur du cercle, silhouette fantomatique presque invisible sur la toile de fond de la forêt, présence plus devinée que vue.

A mi-chemin entre la circonférence et le centre, le quatuor italien riait et jacassait à une allure vertigineuse. Il faisait des effets de toilette, ces dames en grand canotier blanc à larges bords, les hommes en veste de lin légère, pantalon tilleul et espadrilles. Une cage de perruches.

Jatta, tout en sautillements et petits bonds, rassemblait sa nichée avec l'agitation d'une mère poule. Son ensemble blanc de jogging, habituellement impeccable, paraissait gris et avachi comme si elle l'avait gardé pour dormir. Près de la locomotive, bavardant avec les mécanos finlandais, Grant Shapley paraissait courtaud et sans grâce ; un de ces grands oiseaux cloués au sol, casoar ou pingouin, spoliés du don de voler mais d'autant plus provocants et agressifs.

Donnant le bras à son mari, Nell Blanton était une créature au plumage étincelant et au chant mélodieux, un cardinal peut-être, tandis que Ralph Keck, sanglé dans un de ses immanquables costumes sombres, ressemblait à un corbeau sinistre. Quant au señor Madariaga, escorté de sa petite troupe de choristes, on aurait pu le comparer à un jars en vadrouille avec ses oisons.

Tous déambulaient donc nerveusement dans le champ, longeant le ballast latéral envahi par les herbes folles, allant et venant, respirant l'air à pleins poumons comme il est d'usage après un copieux petit déjeuner de vacances.

Ils faisaient ainsi toute la longueur du train, traversaient la voie et passaient de l'autre côté, où ils refaisaient le même chemin en sens inverse. De temps à autre, ils marquaient un temps d'arrêt pour échanger un mot ou deux avec d'autres voyageurs, s'appliquant à ignorer les soldats maintenant partout en évidence — sur le toit du train, puis frappant et explorant son châssis avec leurs longues tiges de bois. On les voyait aussi derrière les vitres du wagon, penchés sur les bagages ouverts, tirant les banquettes ou vérifiant les bouches d'aération, et disséminés sur toute la lisière du large champ hirsute, là où il rejoignait la forêt.

Le colonel Dounskoï était également présent. Il se tenait dehors, à l'ombre des arbres proches, avec trois membres de son état-major. Ceux-ci se penchaient obséquieusement à sa droite et à sa gauche, risquant à l'occasion une remarque. Il semblait écouter, mais ses yeux enfoncés et imperturbables de Tartare ne quittaient pas le train et trahissaient la concentration d'acier de l'esprit qui les animait.

A 9 heures du matin, le temps semblait au beau. Pas trop chaud encore, mais pas pour longtemps. Le jeune Bud Kariolainen avait déniché un frisbee. Le disque rouge vif flottait dans l'air immobile, formant un contraste aigu avec l'azur du ciel. Les phlox sauvages qui croissaient dans le champ, encore luisants de rosée, semblaient d'un pourpre plus vif et plus intense que la veille. Toutefois, avec la chaleur et à mesure que la journée avancerait, leur éclat pâlirait pour virer au gris terne.

Autour du train, la température conservait l'agréable fraîcheur de la nuit. Mais, vers 11 heures, un soleil inexorable commencerait a taper, transformant l'intérieur du Train Vert en fournaise.

Stern s'était mis en quête d'un coin frais. Sur le flanc nord du train, le côté le plus ombragé, il s'était retrouvé complètement seul, avec, sous les yeux, une clairière diaprée entourée d'immenses hêtres et de trembles argentés. Il n'y avait personne en vue. Il s'arrêta dans les ombres fraîches et humides près de la locomotive, humant l'air qui embaumait le pin et la résine, et observa le tremblement des feuilles à la cime des arbres. On ne sentait pas un souffle de vent, mais elles frémissaient comme si un fantôme leur avait susurré quelque chose au passage. Pendant un moment, tout devint parfaitement immobile, sauf ces feuilles. Stern n'osait remuer, de crainte de faire voler en éclats la perfection étrange de cet instant.

Comme il tournait la tête, un scintillement bref capta son regard, jailli d'un point indéterminé dans les ombres obliques de la clairière. Il bougea, et de nouveau quelque chose brilla, un éclair blanc et étincelant. Stern fit quelques pas dans cette direction et découvrit de quoi il retournait.

Non loin de là brillait la ligne discontinue d'un étang. Comme il s'en approchait, sa forme se précisa. C'était un étang de taille respectable, dont la surface miroitait au soleil.

Il était beau à en mourir. Mais ce qui bouleversa Stern, plus encore peut-être que le décor lui-même, ce fut la vieille chambre à air que quelqu'un avait suspendue là au bout d'une longue corde, à une branche au-dessus de l'eau. Une chose qu'il avait connue dans le Missouri de son enfance, lorsqu'il nageait dans les étangs où s'abreuvait le bétail et dans les lacs, parmi les rudes petits paysans avec lesquels il avait grandi. Qu'il aurait crue typiquement américaine, du pur Huckleberry Finn. Retrouver ça maintenant, ici, au cœur de la vieille Russie, n'était pas seulement insolite, mais étrangement rassurant.

Désireux d'en avoir le cœur net, il s'avança vers l'étang. C'est alors que quelque chose, dans son champ de vision, attira son attention. D'abord perçus comme un simple mouvement léger, puis se matérialisant soudain hors des taillis, silencieux et figés, arme à la hanche, deux gardes. Ils se trouvaient à une dizaine de mètres, dans cette immobilité absolue des chasseurs qui découvrent soudain leur proie. Pour improbable et dément que cela lui parût, Stern ne douta pas qu'ils attendaient l'instant où il bondirait vers la forêt et la liberté. Il comprit, avec lucidité, à en vomir, qu'il s'en fallait d'un cheveu qu'ils ne tirent. C'était à se tordre de rire. Mais terrifiant. Il ne s'était alors pas cru prisonnier, jusqu'à cette seconde précise où il lui apparut, avec une clarté hallucinante, qu'il se trompait.

S'appliquant à prendre un air normal, il leur sourit et les salua de la main. Ils gardèrent un visage impassible, ne le perdant pas un instant de vue. Avec une lenteur étudiée, Stern fit demi-tour et rebroussa chemin, le souffle presque coupé par la peur, conscient à chaque seconde de leurs yeux qui lui transperçaient le dos.

Son algarade avec le soldat dans le train, la veille, ne l'avait pas vraiment marqué. Un épisode désagréable, certes, mais vite oublié. Celui-ci, en revanche, lui laissait un bizarre sentiment de terreur. Une terreur existentielle.

Parvenu à l'extrémité du train, il enjamba la voie herbeuse et repartit de l'autre côté ; il tomba aussitôt sur ses compagnons de voyage, dispersés à découvert dans le champ.

A l'extrême bord du cercle, là où le champ rencontrait le bois, les soldats, postés à distance régulière, patrouillaient la vaste circonférence, certains avec de grands chiens de berger en laisse.

Serja Inusen s'était arrêtée à trois mètres de là environ. Seule, les yeux levés vers le train, elle semblait fascinée par la fenêtre située juste au-dessus d'elle.

Elle sursauta quand il s'approcha.

« Excusez-moi. Je ne voulais pas vous faire peur. »

Elle ne répondit rien ; il regarda alors ce qu'elle contemplait, les yeux écarquillés, et vit ce qui la préoccupait tant. Un représentant de la police militaire s'agitait derrière la vitre poussiéreuse d'une des fenêtres du wagon. La tête penchée, le dos courbé derrière le couvercle ouvert d'une valise, ses mouvements se détachaient nettement dans la lumière oblique du matin. Une deuxième silhouette, vague et indéterminée, bougeait à l'arrière-plan.

Stern jeta un coup d'œil vers la fille. Elle lui parut livide et curieusement petite :

« C'est votre compartiment ? »

Elle ne dit rien, se contentant d'acquiescer en silence, incapable de détacher son regard de la fenêtre.

« Je suis sûr qu'il n'y a pas de quoi s'inquiéter », enchaîna Stern d'un ton réconfortant qui sonnait faux — il la sentait à deux doigts des larmes.

D'autres soldats étaient montés sur le toit du wagon, juste au-dessus d'eux. D'autres encore continuaient d'aller et venir sur la voie. Pendant le bref laps de temps qu'il avait passé de l'autre côté du train, de nouveaux transports de troupe avaient fait une apparition bruyante sur le terrain pour déverser des détachements frais et récupérer les soldats qui avaient été de garde durant la nuit. Les véhicules repartirent en cahotant dans le champ, laissant derrière eux des nuages de poussière tourbillonnante.

A une petite distance de l'endroit où il se tenait, Stern reconnut le colonel russe qui lui avait manifesté tant de sollicitude la veille. Toujours flanqué de ses officiers, il n'ouvrait pas la bouche et se contentait d'observer l'activité. Ses traits restaient impassibles. A un moment, son regard rencontra celui de Stern, mais aucune étincelle ne s'alluma dans ces yeux profondément enfoncés, strictement rien ne montrait qu'il le reconnaissait.

Pas très loin du colonel et de ses hommes, Junji Asawa rôdait, décrivant des cercles incessants et irrités. Il faisait songer, dans tout ce va-et-vient, à une petite créature féline enfermée dans une cage. Pour qui aurait pris soin de l'observer un moment, il aurait paru se rapprocher dangereusement du groupe du colonel, comme pour tenter de saisir leur conversation. Mais sa totale ignorance du russe rendait cette hypothèse peu probable.

Asawa avait pleinement conscience que des dizaines de policiers grouillaient maintenant à l'intérieur du train, passant les bagages au peigne fin, démantelant les banquettes pour en examiner le socle, explorant les bouches d'aération avec de longues tiges de métal. Sans compter les chiens dont il connaissait l'odorat puissant, dressés à détecter la drogue de contrebande et autres produits chimiques. Il se demandait s'ils étaient arrivés à sa couchette et ce qu'allait donner la fouille.

Ce qu'ils risquaient d'y découvrir ne l'inquiétait pas. Si la chose se produisait, il savait avec précision ce qu'il ferait. « Vous ne reconnaîtriez pas votre fils, honoré père, si vous pouviez le voir en ce moment. » Les mots rebondissaient comme un volant dans son esprit enfiévré. C'était une satisfaction sans nom que d'imaginer son père en train de les lire.

Asawa obliqua et remonta lentement vers le colonel et ses hommes. Lorsqu'il les dépassa, il saisit un mouvement du coin de l'œil et frissonna de plaisir. Il savait qu'ils l'avaient vu.

Le temps filait ; on approchait de 11 heures. Cela faisait bien deux heures qu'ils attendaient dans le champ, et la fouille continuait toujours. La température avait largement dépassé les 25°, et le ciel pâle et brumeux laissait présager qu'elle monterait encore.

L'hélicoptère qu'ils avaient aperçu la veille, à la gare frontalière, apparut au-dessus du champ ; il volait bas et s'immobilisa à l'aplomb du train, ses pales battant l'air et soulevant des rafales de poussière brûlante qui les enveloppèrent. Ils virent le pilote, près de sa porte ouverte, pencher la tête pour les regarder. Et puis il disparut.

Une nervosité et une irritation croissantes s'étaient emparées des voyageurs. A quoi s'ajoutait un sentiment d'inconfort physique aigu — la chaleur, les mouches, l'absence de lieux d'aisances convenables dans le champ. Le señor Gonzaga dut à plusieurs reprises être emmené sous bonne garde dans les bois afin de pouvoir se soulager. Les voyageurs éprouvaient maintenant une impression de méfiance grandissante, non seulement à l'égard des Russes, mais aussi de leurs voisins.

« Mais enfin, que se passe-t-il ? » s'écria Ralph Keck à l'adresse du colonel lorsque celui-ci réapparut à la portière du wagon. « Nous avons le droit de savoir ! »

Blanton se fraya un passage à travers les hautes herbes : « Quand avez-vous l'intention de nous laisser repartir ?

— Nous avons des avions à prendre, des bateaux. Des rendez-vous d'affaires, tenta d'expliquer Ted Kariolainen.

— C'est inhumain », fulmina Frau Kunkel.

Le colonel jeta un regard sur le groupe — un regard qui les ignora et passa au-dessus de leur tête, comme si quelque chose dans les bois avait attiré son attention. Son indifférence à leurs préoccupations les glaça.

Jane Blaylock se porta en avant d'un pas décidé et s'immobilisa juste au-dessous de lui. Tel un petit coq de combat, elle releva le menton et le défia d'un air rageur :

« Vous m'avez subtilisé mon passeport et mon visa. Cela sans la moindre explication. Vous agissez en violation des règlements internationaux, et je vous jure bien que, dès que je serai sortie d'ici, je porterai l'affaire devant la Cour internationale de justice, je... »

Tout en parlant, elle remontait vers lui. Deux soldats, fusils en travers, se placèrent devant le colonel. Thomas tira la jeune femme en arrière pour l'obliger à regagner l'espace de sécurité offert par le groupe :

« Ça ne vous a rien appris, l'histoire d'hier ? »

Jatta lui lança un regard exaspéré.

Elle fit mine de repartir vers le colonel, mais cette fois Stern s'interposa.

« Non, Jane. Il ne s'agit pas de jouer les héros. Nous ne sommes pas en guerre. »

Ses yeux étincelant de colère firent le tour du groupe et se posèrent de nouveau sur Stern.

« A vous voir, je l'aurais pourtant cru. »

Elle tremblait de rage, mais ne semblait pas désireuse, pour l'instant du moins, de déclencher un nouvel incident.

« Colonel, le moment est venu de nous dire de quoi il retourne. » La voix partait de l'arrière du groupe, calme, posée, mais avec un accent d'autorité que même Dounskoï daigna reconnaître. C'était Shapley, carré et puissant, en manches de chemise et coiffé de son chapeau à larges bords, sa veste sur le bras. « Vous nous devez une explication. Car il est évident que nous n'avalons pas cette histoire de transfuge. »

Le capitaine qui se tenait à côté du colonel lui glissa deux mots à l'oreille. Ils discutèrent un moment à voix basse. Puis Dounskoï fit un pas en arrière, et le capitaine s'avança. Il fit un petit signe de tête ; son regard ignora le groupe pour se porter directement sur Shapley.

« Le colonel regrette profondément ce retard, professeur Shapley. »

La mention de son nom surprit le professeur lui-même.

« Malheureusement, il ne se sent pas en droit de vous apporter plus d'éclaircissements à l'heure actuelle.

— Trop aimable », marmonna Jane de façon audible.

Le capitaine négligea l'interruption.

« Quoi qu'il en soit, soyez assurés », continua-t-il, tandis qu'un sourire las bizarrement sympathique éclairait son visage, « que nous ferons tout ce qui est en notre pouvoir pour vous rendre la vie aussi confortable que possible le temps que vous resterez ici. En revanche, nous sommes obligés de vous rappeler que, tant que vous êtes avec nous, vous devez vous plier aux instructions des services douaniers et de la police des frontières. Toute infraction au règlement ou insoumission à l'autorité seront rigoureusement poursuivies par le gouvernement soviétique. »

Sur ce, au milieu d'un brouhaha de phrases indistinctes, Dounskoï descendit les marches du wagon. Le groupe s'ouvrit, laissant un espace que son état-major et lui-même traversèrent d'un pas rapide.

Le soleil brillait à présent à son zénith. Le champ réverbérait des ondes de chaleur. Plantés là, le regard fixé sur la voiture d'état-major qui s'éloignait en cahotant dans un nuage de poussière jaune, les membres du groupe Intourist 409 se rassemblèrent près du train, indécis, comme s'ils attendaient des instructions. Avec le départ du colonel, la tension retomba, laissant dans son sillage un sentiment de désolation presque tangible.

Plusieurs banquettes avaient été dévissées de leur socle et gisaient au bord de la voie. Les voyageurs erraient au milieu des détritus qui jonchaient le champ envahi par les herbes folles et les mouches. Beaucoup portaient encore leurs vêtements gais de vacanciers et semblaient plus perdus et plus déplacés que jamais. Ceux qui, jusque-là, ne s'étaient pas laissé gagner par la peur se sentaient à présent complètement terrifiés. Une seconde plus tard, ces idées noires furent interrompues par le vacarme d'une poêle qu'on frappait avec une louche pour annoncer que le déjeuner allait être servi.

Stern chipotait d'un air morne. C'était du saumon froid, si salé qu'il lui brûlait la gorge quand il tentait de l'avaler. Au bout d'un moment, il renonça et se contenta de pain accompagné de thé glacé déjà tiède.

Dans le wagon-restaurant, la température atteignait maintenant 32° — il faisait plus chaud que dehors. Bien entendu, la voiture était dépourvue de toute climatisation, et les employés du train, pour quelque raison diabolique, interdisaient d'ouvrir les fenêtres. Il y avait de quoi être malade à rester là, et encore plus à essayer d'avaler quelque chose.

Les jeunes soldats serveurs allaient et venaient dans l'allée centrale sans prononcer un mot, armés de plateaux et de pichets. Un silence presque total régnait. On entendait seulement le léger tintement des couverts heurtant les assiettes.

« La place est prise ? »

Fortement préoccupé, Stern n'avait pas entendu la question.

« Pardon, mais cette place est-elle occupée ? »

Stern leva les yeux :

« Ah, Tony ! Non, non, il n'y a personne. Assieds-toi. »

Thomas tenait un plateau. Baigné de sueur, il avait ôté son foulard, révélant un cou rouge et ridé, étonnamment vieux :

« Un vrai hammam !

— Ils pourraient tout de même ouvrir une fenêtre.

— Eux ? Ils préféreraient crever plutôt que de te voir trop bien installé. C'est leur façon de te faire comprendre qu'ils te tiennent et que les choses iront nettement plus mal si tu as des velléités d'indépendance. » Thomas jeta un coup d'œil à l'assiette de Stern. « Alors, on n'aime pas le saumon ?

— Je croyais l'aimer. Mais il y a assez de sel là-dedans pour étouffer un cheval.

— Pauvres diables ! Ils n'en sont pas encore à l'ère de la réfrigération. Tu ferais tout de même mieux d'avaler quelque chose. Pour garder tes forces. » Les yeux de Thomas firent le tour du wagon-restaurant ; il baissa soudain la voix. « Ils ont trouvé quelque chose.

— Quoi ?

— Je tiens ça directement d'un garde-frontière. Dans une des toilettes. »

Stern se redressa sur son siège et examina son saumon.

Thomas poursuivit sur le ton calme et anodin de la conversation, les yeux baissés sur son assiette :

« Un plan. Un microfilm. Quelque chose de ce genre. Je n'ai pas bien saisi. Coincé dans la tuyauterie.

— Bon Dieu. Tu y crois ? »

Thomas eut un soupir las :

« Je ne suis pas sûr de savoir encore ce que je crois.

— Ce que je veux dire, poursuivit Stern d'un ton interrogateur, c'est qu'ils ont très bien pu le mettre là eux-mêmes, non ?

— Je suppose. » Thomas étudia la question. « Mais, bon sang, dans quel but ?

— A mon avis, pour avoir un prétexte.

— Un prétexte pour quoi ?

— Comment le saurais-je ? s'énerva Stern. Pour faire pression. Pour autre chose. »

Thomas leva un sourcil avec ce qui parut à Stern une grimace des plus étranges.

C'est alors que Jatta fit de nouveau son apparition, l'air décomposé et éreintée. Elle était escortée d'un jeune lieutenant et d'un sergent-major. Pour attirer l'attention générale, elle frappa sur un verre avec une cuillère :

« S'il vous plaît ! Veuillez m'écouter, je vous prie ! »

Les conversations décrurent rapidement, tandis que les têtes se tournaient vers l'extrémité du wagon.

« Je vous ai dit hier soir que nous aurions quitté cet endroit aujourd'hui. Je dois reconnaître que je me trompais. Il semblerait que nous soyons ici pour quelque temps encore. »

Une onde d'exclamations étouffées parcourut la voiture. L'accompagnatrice semblait épuisée tandis qu'elle parlait. Ses épaules s'étaient affaissées et sa voix tremblait. Elle avait perdu sa vivacité habituelle.

« Dès que vous aurez fini, poursuivit-elle avec une répugnance manifeste, vous regagnerez directement vos compartiments et vous n'en bougerez sous aucun prétexte.

— Vous plaisantez ! s'exclama Blanton. C'est un vrai sauna là-dedans ! »

Keck jeta autour de lui un regard triomphant.

« Ne pouvons-nous au moins rester dehors ? » demanda Nell Blanton d'une voix implorante.

Jatta la dévisagea d'un air sombre. On aurait dit qu'elle se tenait pour personnellement responsable de ce qui leur arrivait.

« Je crains bien que non, finit-elle par répondre avec un geste négatif de la tête. Nous devons tous regagner nos compartiments.

— On ne peut tout de même pas demander à mon père de... » s'écria Isabel. Gonzaga l'arrêta d'une main doucement autoritaire.

« Ne te fais pas de souci pour ton père, mon enfant. Il n'est pas question que je remette les pieds dans un compartiment. »

En l'espace de deux jours, le costume tropical d'un blanc immaculé du señor Gonzaga avait viré au gris et pris l'aspect flasque et flétri d'un œillet en train de se faner. Le corps qu'il recouvrait, toutefois, paraissait plus solide et plus volumineux, et à ce moment précis son visage était empreint d'une sérénité radieuse.

Pour beaucoup, ce jour-là, le fait de se retrouver consignés dans les compartiments fut une vraie torture. L'absence d'air, la chaleur accablante, et ces soldats en armes postés aux deux extrémités du wagon, apparemment indifférents à leur situation déplaisante, qui leur interdisaient non seulement le simple réconfort d'une bouffée d'air pur dehors, mais aussi leur liberté de mouvement à l'intérieur du train... Une fois qu'ils eurent regagné leurs places, ils s'aperçurent que leurs appareils photo et pellicules, ainsi que leurs nécessaires à écrire — papiers à lettres, stylos et autres — avaient été confisqués.

Le haut-parleur grésilla. Les voyageurs reçurent l'ordre de ne pas quitter leurs compartiments. Ceux qui tenteraient de passer outre seraient enfermés à clé. Pour des gens qui n'avaient qu'une très vague idée de ce que signifiait le mot « détention », la situation restait incompréhensible. Elle ne les renvoyait à rien de ce qu'ils connaissaient.

Pour le moment aussi, cette séquestration avait pour effet de séparer les voyageurs de leurs compagnons de route. Exception faite des quatre ou cinq autres passagers qui partageaient son compartiment, chacun était coupé de ses voisins. Personne n'avait la moindre idée de ce qui se passait dans le reste du wagon. Tous commençaient à comprendre, en revanche, que leur liberté de parler et de se déplacer à leur guise s'amenuisait rapidement. Une fois lancé, le processus semblait irréversible.

L'activité déployée dehors n'était guère plus rassurante. Depuis la nuit précédente, au moins trois nouvelles unités de chasseurs motorisés avaient pris position à la lisière des bois. Elles ne cherchaient pas à dissimuler leurs mouvements. On aurait dit, au contraire, qu'elles en faisaient ostensiblement étalage. De petites zones de bivouac s'étaient multipliées tout autour d'eux, et dans le champ proprement dit plusieurs de ce qui paraissait être des contingents d'artificiers de l'armée soviétique creusaient à présent une série de rigoles d'écoulement et édifiaient des structures aux formes bizarres dont la destination demeurait un mystère.

Les voyageurs ne cachaient pas leur perplexité devant ce qu'ils apercevaient par les fenêtres. En tout cas, quelle que fût la raison d'être de ces travaux, ils n'avaient rien de très encourageant. De toute évidence, l'intermède semblait devoir se prolonger.

Les membres du groupe 409 essayaient pour la plupart de contrer l'adversité avec les moyens du bord. Physiquement, la situation était à peine tenable. Cloués à leur place dans leurs vêtements trempés de sueur, ils haletaient, cherchant le moindre souffle d'air. Certains étaient plongés dans un état semi-comateux, abrutis de chaleur, et, à mesure que l'après-midi avançait et que toute règle vestimentaire finissait par être abandonnée, on assistait à un effeuillage progressif.

Un déjeuner composé de poissons en saumure n'avait guère arrangé les choses. On ne pouvait s'empêcher de voir un élément de perversité dans le fait qu'il eût été servi par une telle canicule. Les affamés qui s'étaient jetés sur le saumon souffraient à présent le martyre. Ils auraient donné n'importe quoi pour boire de l'eau fraîche, mais celle mise à leur disposition était à peine potable. Ceux qui voulaient acheter de l'eau de Vichy ou de l'eau minérale aux employés du train se heurtaient à un refus.

D'autres essayaient de jouer aux cartes ou à n'importe quoi. Certains, comme Stern, tentaient de lire. Mais même le commissaire Maigret ne le soulageait pas dans son inconfort. Stern s'appliquait à suivre le brave commissaire dans le dédale des ruelles tortueuses et des impasses du XVIIIe arrondissement à la recherche d'un tueur psychopathe, mais un sentiment de malaise grandissant frémissait comme une bouilloire surchauffée sous son calme apparent, prêt à affleurer.

Dans chacun de ces neuf compartiments, au cœur de chaque individu, d'innombrables conflits intérieurs s'amorçaient. Ralph Keck, toujours sanglé dans son costume sombre, l'air d'un corbeau décrépit, les lunettes légèrement de guingois, avait amplement glosé sur son interprétation personnelle de la situation et poursuivait sur sa lancée. La señora Gonzaga, qui se tamponnait la gorge de son mouchoir roulé en boule, lui adressa un long regard épuisé.

« Dans ce pays, vous disparaissez sans laisser de traces. Ils vous prendront tout, votre argent, vos bijoux, votre...

— Pour l'amour du ciel, Ralph, ferme-la ! » l'interrompit sa femme d'un ton exaspéré.

Keck la regarda d'un air sidéré :

« Tu ne vois donc pas ce qu'ils cherchent ? A quoi ils jouent ? »

C'est alors que le señor Gonzaga se leva et, dans un équilibre instable, entreprit de se dévêtir.

Compartiment 5, M^me^ Muk, le khôl débordant au coin de l'œil, son mari maculé d'auréoles de sueur sous les bras, informa les occupants qu'une paire de boucles d'oreilles de prix, des saphirs, avait disparu de son sac de voyage.

La réaction la plus évidente aurait consisté à soupçonner la police des frontières, qui avait passé la matinée dans le compartiment à inspecter les bagages. S'ils confisquaient les appareils photo, pourquoi pas les boucles d'oreilles ? Mais M^me^ Muk avait l'esprit plus retors. Cela faisait des heures qu'elle pestait intérieurement devant les attentions que son époux prodiguait à Trina Van Meegrin. Sa jalousie se mua en accusation non déguisée. Trina en fut humiliée au point de rester muette. Incapable de se défendre. Les larmes lui montèrent aux yeux. Il s'ensuivit une âpre altercation entre Kyle Van Meegrin, Kate Dubbin et le couple Mukherjee, monsieur étant obligé de se ranger dans le camp conjugal — le tout malgré les hurlements perçants de Bébé Muk, qui s'élevèrent comme une sirène, dominant le vacarme.

Lorsqu'ils avaient tous regagné leur place après le déjeuner, Nell Blanton s'était retrouvée par hasard dans le compartiment 2, avec Sonia Conti. Jane Blaylock, qui avait quitté le wagon-restaurant en même temps que Stern, dut rester avec lui dans le compartiment 4. Une fois installés, les voyageurs n'avaient plus le droit de bouger.

L'atmosphère fut d'abord à la courtoisie, mais après une petite dose de chaleur et de relégation, le mélange Jane-Thomas se révéla par trop explosif.

« Admirable, l'efficacité de ces États policiers, lança Thomas, mine de rien.

— Il y a plus de forces de police en Angleterre qu'en Union soviétique. Chez vous, tout le monde est flic ! A commencer par le Premier ministre.

— Mais ils ne se trimbalent pas avec des Kalachnikov.

— Non, juste des matraques pour vous briser le crâne. Surtout si vous êtes antillais et habitez Brixton. Ou ouvrier en grève.

— Essayez donc de faire la grève en Russie ou en Pologne ! Ils vous apprendront une chose ou deux en matière de matraquage. »

Jane émit un bruit désobligeant à l'intention de Thomas, qui eut un petit rire de mépris :

« Enfin, Jane, rendez-vous à l'évidence ! Vous êtes un de ces compagnons de route au sac bourré de cartes de crédit, au cas où les choses se gâteraient. Toutes vos théories sont de seconde main et à côté de la plaque.

— Tony... »

Stern tentait de désamorcer la querelle, mais Jane s'empressa de mordre à l'hameçon :

« Ça vous va bien de parler de compagnons de route, vous et votre foulard en soie, votre fume-cigarette et votre accent maniéré de la bonne société. N'allez pas me dire qu'on parlait comme ça à Chiswick quand vous êtiez môme ! » Elle éclata de rire devant son air ahuri. « Eh bien oui, j'en sais long sur vous. Un de vos collègues de la presse m'a mise au parfum à l'hôtel, un soir.

— Et qu'avez-vous appris encore ? »

Stern et les autres voyageurs observaient la scène avec une fascination écœurée.

« C'est une biographie très mince, enchaîna Jane avec une absence de tact pleine d'allégresse. Pas d'antécédents à proprement parler. Juste un gosse de la classe ouvrière dévoré d'ambition, assez intelligent pour apprendre tout seul le russe à l'armée et suffisamment malin pour se tailler son chemin dans Fleet Street, qui augmente sa mise et se retrouve au bout d'un ou deux ans à un poste de correspondant à l'étranger, réussit à se faire nommer au bureau du *Times* à Moscou, devient du jour au lendemain kremlinologue, affecte de grands airs, fait ostensiblement étalage de ses foulards et fume-cigarette et de son ennui monumental, et qui se comporte comme une mauvaise doublure de Noel Coward. »

Le silence régna. On attendait la réponse de Thomas.

« Suis-je censé avoir honte de tout cela ? demanda-t-il enfin.

— A ta place j'en serais fier ! intervint Stern avec un enthousiasme marqué. Ça m'a tout l'air d'une réussite. »

Jane ignora cette remarque :

« C'est à croire qu'il ne recule devant rien pour dissimuler ses origines de prolo.

— Tout le monde ne peut pas se vanter d'un bon passé de prolo, n'est-ce pas, Jane ? persifla Blanton.

— Mes origines prolétariennes valent les siennes ! » rétorqua Jane sans le moindre sens de l'humour.

Ils éclatèrent tous de rire.

On entendit soudain des cris dans le couloir, suivis de coups frappés à une porte et d'un bruit de course.

Karl Heinz fut le premier debout, suivi de Stern. Ils tirèrent violemment la porte coulissante, au moment précis où d'autres portes s'ouvraient avec la même violence et que le bruit de ces détonations successives se répercutait sur toute la longueur du couloir. Plusieurs gardes passèrent en courant, se ruant vers le point d'où venait le vacarme.

La porte du compartiment 2 s'ouvrit brutalement et révéla la vaste silhouette informe de Myra Keck, dont la bouche crispée laissait échapper un cri à vous faire dresser les cheveux sur la tête. On eut le temps de distinguer derrière elle le mouvement d'une masse confuse et brunâtre, tandis qu'elle jaillissait du compartiment et s'enfuyait dans le couloir en poussant de petits jappements aigus.

Les soldats qui s'étaient précipités en l'entendant crier firent un bond sur le côté pour l'éviter. C'était une femme de taille respectable, et ils comprirent vite qu'il était imprudent d'essayer de l'arrêter. Comme ils se lançaient derrière elle, le señor Gonzaga fit son apparition, blanche forme lépreuse qui s'encadra dans la porte, un sourire angélique aux lèvres, nu comme un ver.

Malgré sa nudité, Gonzaga sortit du compartiment avec nettement plus de dignité que Mrs. Keck. Il jeta un coup d'œil à droite, puis à gauche, leva une jambe et posa le pied dans le couloir avec un port presque royal. Ce mouvement avait toute la pompe et la grandeur d'une marche du couronnement. Le soldat russe le plus proche de lui s'effaça d'un pas avec une surprenante expression de déférence.

Pour être absolument exact, il convient de préciser que le señor Gonzaga n'était pas entièrement nu. Il avait conservé ses chaussettes et ses chaussures, et, comme il enfilait le couloir en tanguant avec majesté, Stern capta l'expression d'un des gardes-frontière tout juste visible sous la visière vernissée de sa casquette. On n'y lisait aucun étonnement. Bien au contraire, ses traits s'étaient figés dans une impassibilité de roc, tandis qu'il suivait du regard les mollets ornés de fixe-chaussettes de Gonzaga et ses fesses étrangement juvéniles qui s'éloignaient dans le couloir.

La dernière fois qu'ils l'aperçurent, le vieil homme était flanqué de deux malabars un peu gênés qui le fourraient sans cérémonie à l'arrière d'un camion immobilisé. Le visage ravagé de la señora Gonzaga apparut à une fenêtre. Même derrière la vitre crasseuse, on pouvait entendre son gémissement pathétique, un chant funèbre qui rappelait la mélopée des muezzins à l'aube.

Des visages se matérialisaient à présent à toutes les fenêtres des compartiments, muets, sidérés. Claude Desfargue avait réussi à forcer la vitre et à la descendre, et il contemplait le bizarre spectacle offert par un señor Gonzaga à poil que les gardes emmenaient à vive allure.

Au poste-frontière de Vyborg, le colonel Dounskoï était à sa table de travail. Pour le bureau d'un haut fonctionnaire soviétique, l'installation était inhabituellement spartiate. La pièce, qui faisait partie d'un groupe miteux, peu avenant, de baraquements, constructions en bois et châteaux d'eau plantés là au hasard, péchait par son système d'aération, glaciale en hiver, étouffante en été. On aurait pu jurer qu'à ce moment précis le colonel souffrait du même inconfort, ou presque, que ses prisonniers du Train Vert. Mais, dans le cas de Dimitri Dounskoï, cet inconfort était plus ou moins volontaire.

Ce matin-là, après avoir inspecté le site où était retenu le train et consciencieusement noté l'état général des voyageurs, il avait adressé un câble au quartier général de Gatchina :

> ... Il sera difficile de maintenir l'ordre encore longtemps, sans parler de l'état de santé et du bien-être général des voyageurs. Je relève, dans mes observations personnelles, la présence de plusieurs passagers d'un âge avancé, dont un ou deux me paraissent de santé fragile.
> C'est pourquoi je suggère respectueusement qu'il serait plus prudent de renvoyer sans plus attendre tout le groupe à Leningrad et de le consigner dans des locaux plus convenables, où sa détention serait plus facile à assurer et considérablement plus humaine.

Cela faisait plusieurs heures que Dounskoï avait expédié le câble. Il avait déjà la réponse sur son bureau, devant lui. Sa lecture le plongeait dans un profond découragement.

> Pour des raisons qui devraient t'être évidentes, camarade, la Stavka ne souhaite pas pour l'instant le retour du groupe Intourist 409 aux joies et aux commodités de la civilisation. Il est préférable pour nos objectifs de maintenir la pression en prolongeant la période de détention. Nous pouvons en contrôler les conditions dans le train, rendre celles-ci plus ou moins rigoureuses selon ce qu'exigera la situation.
> L'affaire fait actuellement la une de la presse mondiale. Nous recevons déjà des demandes d'information, officieuses mais « fortement préoccupées », de la part des légations suédoise, française, finlandaise et américaine à Leningrad.
> A présent que l'idée d'espionnage a été instillée avec succès parmi les membres du groupe, tu procéderas à leur interrogatoire. La procédure en soi suffira à t'occuper pendant plusieurs jours, tandis que la pression internationale se fera plus pressante en vue d'un règlement.
> Il est vital que, lorsque tu auras finalement choisi ton suspect, ce choix soit plausible — plausible signifiant « pas trop évident », pour mieux être crédible auprès de tous. Il est également indispensable qu'il se porte sur un individu « sympathique », c'est-à-dire une personne généralement appréciée et dont le sort suscitera l'angoisse des autres.

Après avoir lu cette directive, le colonel Dounskoï fixa pendant quelques minutes le mur en bois blanc, vide, qui lui faisait face. Bien qu'il ne fût que 3 heures de l'après-midi, le bureau était obscur, rempli d'ombres accumulées par les doubles rideaux tirés qui le protégeaient de la chaleur diurne.

Les coudes sur la table, le menton appuyé sur les paumes de ses mains, il paraissait profondément absorbé dans ses pensées. Au bout d'un moment, il sortit de son tiroir une feuille de papier ordinaire ainsi que le dossier en plusieurs exemplaires des voyageurs du Train Vert, et entreprit de dresser une liste.

| *Passager* | *Nationalité* | *Détermination* |
|---|---|---|
| Asawa, Junji | japonaise | négative |
| Blanton, Paul | américaine | négative |
| Blanton, Eleanore | américaine | négative |
| Blaylock, Jane | américaine | négative |
| Conti, Maximiliano | italienne | négative |
| Conti, Sonia | italienne | négative |
| Desfargue, Claude | française | négative |
| Dubbin, Katherine | américaine | positive |

| *Passager* | *Nationalité* | *Détermination* |
|---|---|---|
| Gonzaga, Enrique | argentine | négative |
| Gonzaga, Margarita | argentine | négative |
| Gonzaga, Consuelo | argentine | négative |
| Gonzaga, Isabel | argentine | positive |
| Inusen, Serja | finlandaise | négative |
| Kariolainen, Theodore | américaine | positive |
| Kariolainen, Janet | américaine | négative |
| Kariolainen, Corine | américaine | négative |
| Kariolainen, Christopher | américaine | négative |
| Keck, Ralph | américaine | négative |
| Keck, Myra | américaine | négative |
| Kunkel, Irma | allemande | négative |
| Kunkel, Karl Heinz | allemande | négative |
| Lambrusto, Alessandro | italienne | négative |
| Lambrusto, Silvana | italienne | négative |
| Madariaga, Augusto | espagnole | négative |
| Mukherjee, Nagu | indienne | négative |
| Mukherjee, Rashi, plus enfant Victor | indienne | négative |
| Palmunan, Jatta | finlandaise | négative |
| Shapley, Pr. Grant | américaine | positive |
| Shapley, Wilma | américaine | négative |
| Stern, Peter | américaine | positive |
| Thomas, Antony Beech | britannique | négative |
| Van Meegrin, Dr. Kyle | hollandaise | positive |
| Van Meegrin, Katrina | hollandaise | négative |
| Wales, Keith | canadienne | positive |

Sur une feuille de papier indépendante figuraient les dix-sept noms des membres de la chorale espagnole. Le colonel les barra d'un même long trait oblique.

Lorsqu'il eut achevé sa liste, il resta un moment dans la quiétude crépusculaire de son bureau, frottant ses yeux irrités de ses paumes. La plupart des membres de son état-major avaient quartier libre, et, à l'exception d'une ou deux ordonnances et de quelques gardes, il était seul. Cela ne le gênait pas. Il aimait assez la solitude, le plaisir de l'inaction.

Mais cette oisiveté fut vite interrompue par la sonnerie du téléphone. Celle de sa ligne privée. L'espace d'une seconde, il fut tenté de ne pas répondre. Il savait que l'appel venait de sa femme, Katerine Ivanovna. Et le sachant, il se sentit agacé d'être dérangé pendant ses heures de service ; elle l'appelait rarement là, sauf en cas d'urgence. Il s'attendit aussitôt à des ennuis.

Pendant un moment, ils bavardèrent tranquillement, la voix feutrée, pleine de tendresse et d'intimité, lâchant çà et là quelques bribes d'information anodines. Une fois ou deux, ils éclatèrent même de rire. Elle s'y prenait toujours ainsi, il la connaissait. Et puis, mine de rien, presque comme si elle venait d'y penser, elle mentionna Masha, leur fille cadette, et le fait que des membres de la police étaient encore passés à la maison dans l'après-midi pour l'interroger, courtoisement bien sûr, sur les activités de leur fille à l'université et sur ses rapports avec des individus connus comme dissidents ou qu'on soupçonnait de l'être. Ces activités et ces amitiés, tenaient-ils à l'informer avec tout le respect qu'ils lui portaient, devaient être soigneusement surveillées par les autorités. Ils regrettaient infiniment d'avoir à lui faire part de nouvelles peu agréables, mais, compte tenu de la position du colonel, ils préféraient pour le moment ne prendre aucune mesure spéciale. Néanmoins...

Lorsque Dounskoï raccrocha, de petits croissants blancs marquaient les jointures de ses doigts, si forte avait été la crispation de ses poings. Son premier mouvement fut d'appeler sa fille à Leningrad pour la prévenir, en termes bien sentis, que, si elle s'attirait le mécontentement des autorités du fait de ses activités, elle ne devait pas compter sur lui pour intercéder en sa faveur, comme il l'avait fait plusieurs fois déjà. En outre, il souhaitait lui faire savoir que, si sa propre promotion de général de division se trouvait compromise de quelque façon que ce soit, elle en porterait la pleine et entière responsabilité.

Quand il se décida à tendre la main vers l'appareil, la colère couvait en lui, mais, lorsqu'il commença à composer le numéro, ses doigts tremblaient. L'effronterie, l'ingratitude, l'inconséquence de cette gamine ! Le mettre dans une situation si gênante, compromettre une réputation qu'il s'était forgée avec tant de soin depuis vingt ans ! Elle ne comprenait donc pas ? Elle s'en fichait ?

Finalement, incapable de terminer le numéro, il reposa violemment le récepteur sur son support et quitta la pièce d'un pas raide.

Pendant tout le repas, un soldat joua de l'accordéon — surtout des airs entraînants du folklore russe, puis il proposa d'interpréter ce qu'on lui demanderait. Le service avait un peu perdu de sa rigidité, et le menu lui-même, du poulet rôti, marquait une nette amélioration. Les vitres du wagon-restaurant avaient été baissées, et l'on fit circuler, à la fin du repas, de la slivovitz et du cognac. Des excuses en quelque sorte, réticentes encore que tacites, pour l'inconfort de la journée, et peut-être une manière de réparer. Thomas ne voyait pas les choses sous cet angle.

« Méfie-toi des cadeaux des russkoffs », glissa-t-il en aparté à Stern tout en vidant d'un coup son verre de cognac. « Chez eux, la générosité prélude souvent au massacre. »

Comme ils s'attardaient devant le café et les alcools, Dounskoï apparut brusquement à l'avant de la voiture, escorté de plusieurs de ses officiers. Il parcourut l'allée centrale d'un pas tranquille, saluant de la tête et s'arrêtant à l'occasion pour bavarder, par le truchement des interprètes, avec les voyageurs.

Désarmés par cette attitude, ils se sentirent un instant rassurés. L'aimable présence du colonel dans le wagon garantissait que tout allait bientôt rentrer dans l'ordre. On repartirait sûrement le lendemain à la première heure. Jatta rayonnait. Beaucoup d'entre eux éprouvèrent même une bouffée d'affection pour le colonel.

Mais, après avoir arpenté le wagon sur toute sa longueur, il se retourna. Ce qu'ils lurent alors sur son visage formait un contraste brutal avec la cordialité tranquille de la minute précédente. Lorsqu'il se mit à parler, traduit par le capitaine, la transition fut stupéfiante :

« Comme vous l'avez sûrement observé, nos hommes ont travaillé toute la journée sur ce train. Par une information interceptée ces jours-ci, la police militaire des frontières de Vyborg a été prévenue que des documents renfermant des données hautement confidentielles ont été subtilisés à la station navale de Polyarnyy, sur la mer de Barents. Nous disposons à présent de nouvelles précisions, et nous avons toutes les raisons de penser qu'une ou plusieurs personnes actuellement présentes dans ce train sont en possession de ces documents. Je suis maintenant autorisé à vous faire savoir que c'est la raison pour laquelle vous avez été retenus ici pendant ces dernières quarante-huit heures. »

Il marqua une pause et observa le groupe d'un air plein de sous-entendus.

« Les documents auxquels je fais allusion ont été découverts dans les toilettes de ce train. Ils étaient dissimulés dans un tuyau de vidange inutilisé, derrière un lavabo. Seul quelqu'un connaissant bien l'aménagement de ces wagons a pu savoir que cette canalisation n'était pas en service, donc sèche, et parfaite pour cacher des documents.

« Les plans des ouvrages de plomberie et des installations sanitaires de ces wagons étant conservés dans des dossiers confidentiels au ministère des Transports de Leningrad, nous sommes forcés de conclure à une forte probabilité de complicité entre la personne qui a placé les documents dans la canalisation et les employés de la ligne de chemin de fer ou du ministère de Leningrad.

« J'ai déjà dit que je regrettais cette découverte. Ma vie, et la vôtre à n'en pas douter, aurait été considérablement simplifiée si nous n'avions rien trouvé. Certes, nous sommes en possession des documents volés, mais il semble qu'à présent je sois obligé de ne pas bouger d'ici tant que je n'aurai pas mis la main sur la ou les personnes qui ont tenté de faire sortir ces documents d'Union soviétique.

« Vous êtes pour la plupart d'entre vous, je l'admets, entièrement innocents. Vous avez déjà été retenus deux jours entiers et dû supporter des conditions que je reconnais être... » — il inspecta le plafond, cherchant les mots qui convenaient — « ... disons, peu idéales. »

Un frémissement d'hilarité narquoise parcourut le wagon, brutalement interrompu par la suite de la harangue.

« Compte tenu de la situation présente, j'ignore quand vous pouvez espérer quitter cet endroit. Dans une certaine mesure, cela dépend beaucoup de vous. J'ai donné des ordres à mes hommes pour qu'ils procèdent demain à une première série d'interrogatoires. C'est une procédure parfois déplaisante et qui, malheureusement, peut être très longue. »

Le colonel attendit que le brouhaha et les exclamations étouffées se calment.

« Par ailleurs, elle serait considérablement simplifiée si la ou les personnes responsables venaient d'elles-mêmes me trouver — maintenant même ou, si elles le jugent préférable, en privé dans mon bureau. La porte reste ouverte. »

Le regard contrit du capitaine fit le tour de l'assemblée :

« Il fait chaud dans ce wagon, nous en sommes parfaitement conscients, et nous ne souhaitons pas vous retenir plus longtemps qu'il n'est absolument nécessaire. »

Tout le temps que dura la traduction du capitaine, Dounskoï garda les yeux fixés droit devant lui, contemplant quelque paroi éloignée, comme s'il eût été à peine présent. Son visage arborait une expression d'indifférence totale, et, s'il s'attendait à voir quelqu'un se lever et se dénoncer, rien dans son attitude ne le laissa transparaître.

Cet appel invitant le coupable à se dévoiler fut suivi d'un silence qui ne laissait présager rien de bon. Dounskoï n'avait pas besoin d'autre réponse. Se raidissant, il rejeta la tête et les épaules en arrière :

« Bien... Puisque c'est ainsi, les interrogatoires débuteront demain matin, à 9 heures précises. »

Le colonel et ses officiers tournèrent les talons et quittèrent le wagon sans autre forme de cérémonie.

A 10 heures du soir, Stern, calé en travers de la banquette de son compartiment, les pieds en l'air, était plongé dans un de ses Maigret. Il éprouvait une grande tendresse pour le commissaire du Quai des Orfèvres. Une sorte d'affinité les rapprochait. Il s'imaginait volontiers buvant une bière ou un petit calva avec le commissaire à la brasserie Dauphine, vers les 11 heures du soir, juste avant que le commissaire ne regagne son appartement sans ascenseur du boulevard Richard-Lenoir, bourré de ses drôles de petits meubles *fin de siècle** de facture plutôt modeste. Fanfreluches léguées par des générations de parents depuis longtemps disparus, perles et satins brochés, fauteuils en velours rembourrés au siège à ressorts, des taches de brillantine luisant sur les appuis-tête.

Cela rendait Stern nostalgique de penser à eux deux, le commissaire et madame, seuls dans l'appartement, avec ses hauts plafonds et le mugissement occasionnel d'un avertisseur dans la rue en contrebas, attablés devant leur cassoulet, à moins que ce ne fût devant le plat favori du commissaire, un civet de lapin. Avec, en bruit de fond, le tintement discret de l'argenterie, le glouglou périodique du vin que versait Maigret. Les silences prolongés, mais sans rien de déplaisant, qui rythmaient la conversation.

Il leva soudain la tête en entendant un bruit de voix dans le couloir. On aurait dit deux, trois voix peut-être, quelque part en tête de wagon. Elles n'étaient pas très fortes, mais quelque singulière propriété acoustique des wagons faisait qu'elles portaient et se répercutaient sur toute la longueur de la voiture. Ce n'était pas le ton d'une altercation ; plutôt celui d'une discussion serrée.

Stern garda les yeux baissés sur son livre et fit semblant de lire. Mais les voix devenant plus volubiles, plus impatientées, il fut de nouveau obligé de lever les yeux, et s'aperçut avec étonnement que les autres membres du compartiment écoutaient aussi.

« Je n'ai pas dit ça.

— Alors qu'avez-vous dit exactement ?

— J'ai dit : “ Et s'ils ne le font pas ? ”

* En français dans le texte. (*N.d.T.*)

— Mais ils sont obligés ! Ils ne peuvent pas juste...

— Qui les retiendrait ?

— D'abord l'opinion internationale.

— Comme si l'opinion internationale avait jamais empêché quoi que ce soit !

— Mais il existe des lois, des traités internationaux...

— Les lois et les traités sont quantité négligeable quand deux superpuissances règlent leurs comptes. »

Les yeux amusés de Nell Blanton sourirent à Stern :

« C'est Paul, avec Ted Kariolainen.

— De quoi discutent-ils ?

— Du moment où nous sortirons de tout ça. Paul dit bientôt. Ted soutient que ce ne sera pas si rapide. »

Tony Thomas déplaçait sans conviction ses pions sur le tablier de backgammon :

« Je rejoins Mr. Kariolainen sur ce point. »

Stern vit les Shapley passer dans le couloir. Très vite, il y eut de nouvelles voix, de nouveaux bruits de pas.

Karl Heinz se leva d'un bond et passa sa tête par la portière. A dix-sept ans, il conservait encore toute sa vivacité enfantine.

« J'ai l'impression qu'il y a une réunion à l'avant », déclara-t-il avant de sortir dans le couloir et de partir d'un pas nonchalant dans cette direction.

Ce qui se disait là-bas ne l'intéressait pas outre mesure, mais il avait aperçu Corrie Kariolainen et voulait la rejoindre.

« Si on allait voir ? » proposa Nell Blanton.

Stern soupira, glissa un marque-page dans son Maigret et se leva :

« Tout plutôt que de moisir là-dedans. »

On s'entassait à l'avant du wagon. Les gens allaient et venaient dans le couloir, restaient debout aux portières des compartiments, suivant l'essentiel de la conversation et ajoutant leur grain de sel au passage.

« ... mais quel choix avons-nous ? dit Kyle Van Meegrin, réussissant tant bien que mal à dominer le brouhaha.

— Si vous voulez mon avis, aucun », répliqua Ted Kariolainen. « Vous êtes coincé ici aussi longtemps qu'ils auront envie de vous garder. »

Silvana Lambrusto se fraya un chemin jusqu'à eux. « Mais nous avons le droit d'avertir notre consul de la situation. Nos familles doivent être informées !

— Bien entendu. » La voix traînante de Shapley avait quelque chose de rassurant. « Le recours au consul ou à l'ambassadeur en cas de détention est garanti par la convention de La Haye, et il a été élargi il y a quelques années lors des accords d'Helsinki. »

Les yeux de cocker de Ralph Keck flambèrent un bref instant :

« Alors, il n'y a plus de problème !

— Attention, précisa Shapley. Même un ambassadeur, à supposer qu'on vous autorise à en contacter un, n'impressionnerait guère les Soviétiques. En particulier s'ils se sont fourré dans la tête que quelqu'un, à bord de ce train, cherche à quitter illégalement l'Union soviétique. »

Il y eut une explosion de protestations et manifestations diverses :

« C'est ridicule !

— Parfaitement d'accord. Mais ces gens sont ainsi faits. Ils passent beaucoup de temps à soupçonner les autres.

— Ils ne croient tout de même pas que nous allons gober cette absurde histoire d'espion ?

— Que vous la gobiez ou non, ils s'en foutent comme de l'an quarante ! rétorqua Shapley.

— Gardez-vous de juger trop vite, intervint soudain Thomas. Rien n'est trop bizarre dans cette partie du monde. Je vous l'accorde, cette histoire d'espion semble des plus improbables, mais le fait est qu'il se prépare quelque chose. Ces gens-là n'agissent pas sur un coup de tête. Ils ne déclencheraient pas une telle opération pour un rien. Voilà un peu plus de deux jours que nous sommes retenus ici. La plupart d'entre nous semblent persuadés que la cause de ce retard, quelle qu'elle soit, sera vite éliminée. Moi je dis qu'une telle hypothèse relève peut-être d'un optimisme peu justifié. »

Thomas dévisagea l'assistance comme s'il s'attendait à être contredit. Ce que sous-entendaient ses paroles était par trop ahurissant. Une impression sinistre planait à présent sur le groupe.

« Je vous en prie ! s'exclama Jatta. Vous alarmez tout le monde !

— Je dis simplement ce que je pense.

— Franchement, signor Thomas » — la voix de Max Conti s'éleva à l'arrière du groupe — « vous pensez à quelque chose de précis ?

— J'ai déjà dit à quoi je pensais, répliqua Thomas. Le malheur veut que nous nous trouvions pris, sans l'avoir le moins du monde souhaité, dans une affaire plus vaste et plus complexe que nous n'en avons conscience.

— D'accord, d'accord, lui concéda Ted Kariolainen avec impatience. Mais de quelle façon cela nous touche-t-il ?

— D'une façon qui, j'en ai peur, ne vous plaira guère. »

Il y eut un petit silence inconfortable.

« Je ne sais pas, répondit enfin Thomas.

— Bon Dieu, Tony, s'énerva Blanton, videz votre sac ! »

Thomas eut un sourire infiniment las :

« Disons, pour être réaliste, que nous pourrions bien être les invités du gouvernement soviétique pour une période considérablement plus longue qu'aucun de nous ne l'aurait souhaité.

— Surtout si quelqu'un a eu l'idiotie de... » commença Keck, mais Isabel le coupa net :

« Par pitié, ne nous ressortez pas cette histoire de documents volés !

— Qui n'a rien d'extraordinaire dans cette partie du monde, Miss Gonzaga, intervint Thomas. Ici, les informations secrètes s'échangent dans les deux sens, comme sur un marché de produits de consommation, et cela tous les jours. »

L'agacement d'Isabel devant cette hypothèse devenait de plus en plus manifeste ; et qu'elle fût émise par Thomas n'arrangeait pas les choses.

« Dans ce cas, explosa-t-elle, mais dites-vous bien que je n'y crois pas une seconde, que suggérez-vous exactement que nous fassions ? »

Elle avait posé la question à Keck, pas à Thomas. Keck la regarda se frayer lentement un chemin vers lui. Il avait une expression méfiante, vigilante, comme s'il observait l'approche d'un reptile venimeux.

« Je suggère, répondit-il d'une voix mal assurée, ce qui nous a déjà été suggéré ce soir. S'il se trouve réellement parmi nous une telle personne, elle, ou il, peut nous éviter bien des désagréments et des problèmes en dévoilant son identité sans plus attendre. Quelqu'un du groupe a déjà eu son passeport confisqué... »

Jane Blaylock vira au cramoisi :

« J'aurais juré que c'était là que vous vouliez en venir !

— Le fait est qu'ils vous ont bel et bien pris votre passeport, Jane », lui rappela Myra Keck.

A l'arrière du groupe, Stern bouillait :

« Vous n'insinuez tout de même pas que, sous prétexte qu'on lui a pris son passeport, c'est une espionne ?

— C'est bien le seul qu'ils aient confisqué, non ? » répliqua Keck avec une sollicitude particulièrement insupportable, comme si cela lui fendait le cœur d'articuler ces mots.

C'en était trop pour Jane.

« Ne fatiguez pas votre cervelle de moineau à réfléchir sur mon passeport, Mr. Keck. Je ne vais pas tarder à le récupérer ! »

Elle s'étranglait d'indignation.

La sympathie parut se reporter massivement sur Jane. Même Keck sentit qu'il avait dépassé les bornes ; il se hâta de réparer, dans la mesure du possible, les dégâts.

« Je n'accuse personne de quoi que ce soit. Je dis simplement que, s'il existe un danger précis... »

Les bras de Jatta Palmunan battirent l'air vicié :

« Quel danger ? Pourquoi parler sans cesse de danger ? De retard, oui. De désagréments, d'accord. Mais de danger ? Je peux vous garantir qu'il n'y en a aucun ! Mr. Thomas, et vous n'avez pas à alarmer les gens...

— Je n'alarme personne », s'insurgea Thomas. Il paraissait blessé. « On m'a demandé mon avis, je l'ai donné. »

L'accompagnatrice l'ignora.

« Je vous le répète à tous encore une fois : nous allons repartir très, très vite. » Elle avait le feu aux joues et sa voix frémissait de conviction. « Je suis certaine qu'en ce moment précis des négociations sont amorcées...

— J'espère que vous avez raison, Miss Palmunan, intervint le señor Madariaga en secouant la tête d'un air dubitatif. Mais cela fait deux jours que vous nous dites “ très vite ”... »

Personne ne parla pendant un moment ; les regards s'affrontaient dans l'air raréfié et lourd d'inquiétude.

« Je dois dire, déclara enfin Stern, rompant le silence, que toute cette histoire de documents volés me semble de plus en plus un prétexte pour nous retenir ici.

— Mais dans quel but ? s'inquiéta Nell Blanton. Pour quelle raison ? »

Grant Shapley s'éclaircit la gorge :

« Parce que, comme l'a dit Mr. Thomas, cela sert visiblement un objectif d'une tout autre envergure. »

Ted Kariolainen se tourna d'une pièce vers l'Anglais :

« Tony, savez-vous quelque chose que nous ignorons ? »

Thomas parut un moment désarçonné, puis secoua négativement la tête :

« Rien de plus que tout le monde.

— Autant nous rendre à l'évidence, déclara Paul Blanton. Notre satut n'est plus celui de voyageurs. Ni même de personnes provisoirement retenues. Nous sommes des prisonniers. »

Son regard fit le tour du groupe pendant qu'il prononçait ces mots.

« Et moi, je vous dis que non ! s'emporta l'accompagnatrice. Toutes ces discussions ne mènent à rien !

— Alors que sommes-nous ? contre-attaqua Keck. Cette immobilisation dépasse un simple délai de routine. Nous sommes des otages ! Et n'allez pas prétendre le contraire.

— Une chose m'inquiète davantage que notre statut » — Ted Kariolainen parcourut le groupe d'un regard méditatif — « c'est l'état d'esprit qui semble être le nôtre à présent. Il suffit que quelqu'un, je ne sais même plus qui, lâche un mot à propos de documents volés, et soudain nous cherchons des espions et des traîtres parmi nous.

— Qui a lancé cette histoire absurde ? demanda Isabel.

— Les Soviétiques, dit Keck. Ils nous l'ont dit ici même, et pas plus tard que ce soir.

— Non, rectifia Nell. Nous en avons entendu parler avant qu'on ne nous l'annonce officiellement.

— C'était hier, précisa Blanton, exaspéré. Mais il s'agissait de gens qui voulaient passer à l'Ouest.

— Vous voyez ce que je vous disais ! » Kariolainen sourit à la ronde comme pour prouver le bien-fondé de ses affirmations. « Nous ignorons tout du contexte ou de la légitimité de ces accusations, mais nous sommes prêts à livrer n'importe qui, juste pour pouvoir repartir chacun de notre côté. Et ça après deux jours seulement de séquestration ! Où allons-nous si la situation s'éternise, ce que je ne souhaite pas ? »

Isabel applaudit avec un soulagement intense. Elle semblait aux anges :

« Merci, Mr. Kariolainen. Merci infiniment ! D'abord de ne pas être aussi crédule qu'une bonne partie d'entre nous. Ensuite, d'avoir assez de force de caractère pour refuser d'obliger séance tenante quelqu'un de notre groupe à se sacrifier bêtement. » Elle fustigea Keck de tout son mépris. « Cela vous arrangerait peut-être, pour la bonne continuation de votre voyage, que quelqu'un joue les boucs émissaires, Mr. Keck. Je trouve ça abject, et pour ma part je préfère croupir indéfiniment dans cet horrible train plutôt que d'enjoindre à qui que ce soit, même à un espion, et croyez bien que j'exècre les espions, de quelque bord qu'ils soient, de se poser en martyr pour moi. »

Physiquement, Isabel était un petit bout de femme, un mètre soixante tout au plus, mais elle pouvait dégager une impression de dignité offensée des plus spectaculaires. A ce moment précis, la ferveur morale lui empourprait les joues. Toute sa petite silhouette drue frémissait. Lorsqu'elle se tut, le son de sa voix, jamais forcée, mais superbement rauque, continua de vibrer dans le couloir étouffant comme une corde de violon qu'on venait de pincer.

Elle ne bougeait pas, affrontant Mr. Keck sans ciller, ses yeux exigeant réparation. Se sentant isolé, Keck paraissait déconfit et mal à l'aise. Il chercha un appui, apparemment sans succès. Finalement, Myra vint vers lui. Elle le prit par le bras ; il fit d'abord mine de résister, puis s'autorisa à se laisser reconduire dans leur compartiment.

Il avait accompli ce qu'il jugeait être son devoir à l'égard de son prochain. S'ils n'y étaient pas sensibles, s'il n'avait pas réussi à gagner la partie, il s'en lavait les mains. Il avait fait ce qu'il pouvait pour eux. Il les abandonnait à la miséricorde divine.

# V

*Le Kremlin a révélé aujourd'hui que des documents hautement secrets subtilisés à la base navale de Polyarnyy venaient d'être découverts dans des toilettes de l'express finno-soviétique. On pense que l'individu responsable de cet acte d'espionnage, sans doute un agent de la CIA, se trouve encore dans le train. D'après les autorités, l'espion doit être arrêté d'un moment à l'autre. Le train est actuellement immobilisé… (*Izvestia*)*

*… que l'incident du sous-marin soviétique repéré dans les eaux territoriales norvégiennes n'est pas le premier du genre, mais s'inscrit dans une longue série d'incursions analogues, en particulier au voisinage de la base navale norvégienne de Hammerfest. Le premier remonte à mai 1981, époque à laquelle le gouvernement norvégien mit en garde l'attaché naval soviétique à Oslo…*

*La majeure partie du nord de l'Europe continue à souffrir d'une chaleur caniculaire atteignant 40°, qui serait due en grande partie à une énorme arrivée d'air chaud venu d'Afrique du Nord et remontant vers le nord par le détroit de Gibraltar… Ici Per Vosko, pour* la Norvège aujourd'hui.

« Dois-je comprendre que vous m'accusez ?

— Je ne vous accuse de rien. Je vous informe simplement que vous êtes suspect.

— C'est incroyable…

— Vous ne nierez pas que vous avez eu largement l'occasion de…

— De quoi ? De voler des documents ? Cela ne tient pas debout ! »

Il était un peu plus de 9 heures. Le colonel Dounskoï et Grant

Shapley se renvoyaient impitoyablement la balle. La tension physique engendrée au cours du dernier quart d'heure ne cessait de monter. Sans parler de la stupéfaction du professeur en découvrant que le colonel s'adressait à présent à lui dans un anglais tout à fait acceptable.

Ils étaient venus chercher Shapley à 8 h 30 précises, juste quand il finissait son petit déjeuner dans le wagon-restaurant. Après avoir attendu qu'il termine son œuf et son thé, ils l'avaient conduit dans une voiture d'état-major jusqu'au poste frontière de Vyborg. Lorsqu'on l'avait introduit dans le bureau du colonel, celui-ci compulsait une pile de documents.

« Pourquoi pas ? C'est parfaitement plausible. Ce n'est pas votre premier contact avec l'Union soviétique. » Dounskoï prit le rapport qui coiffait la pile et le parcourut, les yeux plissés. « Vous connaissez intimement de nombreux scientifiques soviétiques. Vous avez accès à leurs recherches. Les gens qui détiennent des informations secrètes peuvent eux aussi vous contacter.

— Ma discipline est la paléontologie. Je ne connais rien au domaine naval. Et cela ne m'intéresse pas. Je peux vous assurer que ce sujet m'assommerait à mourir !

— Néanmoins, s'obstina Dounskoï, vous pourriez vendre très cher ces informations à l'Amérique.

— Mais à qui, bon Dieu ? »

Shapley faisait de son mieux pour se contenir.

« A un complexe militaro-industriel. Au gouvernement. Pourquoi pas ? Pourquoi serait-ce si absurde ? C'est monnaie courante en Amérique. »

Shapley eut une expression d'ahurissement. Ses grands yeux clignèrent d'incrédulité derrière ses lunettes :

« Je ne travaille pas pour le complexe militaro-industriel. Ni pour le gouvernement. J'enseigne. »

Le colonel Dounskoï sourit. Un sourire slave infiniment désabusé :

« Tous les savants américains travaillent pour le gouvernement ou pour l'industrie militaire. Surtout ceux qui enseignent.

— Mon... mon cher colonel » — Shapley en bégayait — « je n'essaierai pas de vous dire combien vous me paraissez incroyablement mal informé. Le domaine dans lequel il se trouve que j'ai quelque compétence ne connaît, grâce au ciel, aucune application militaire pratique. Aux yeux du complexe militaro-industriel, du Pentagone, de la Rand Corporation, du Brookings Institute, tout ce que vous voudrez, il ne vaut pas un pet de lapin !

— Vous vous énervez beaucoup trop, dit Dounskoï d'un ton apaisant en allumant une cigarette.

— Je... je proteste... C'est inadmissible... Vous n'avez absolument pas le droit... »

Laissant le professeur à son indignation, Dounskoï reporta son attention sur le dossier ouvert devant lui ; ses lèvres bougeaient tandis qu'il parcourait la page.

« Si je dois être officiellement accusé... »

Shapley reprit sa tirade, mais le colonel le coupa net d'un geste autoritaire :

« Votre dernier séjour en Union soviétique remonte bien à quatre ans ?

— Exact, répondit Shapley, un instant dérouté. En 1982. J'assistais à une conférence.

— A Kiev.

— Oui. »

Son étonnement grandissait. Il se sentit gêné quand le colonel le surprit en train de se tordre le cou pour essayer d'entrevoir la feuille que celui-ci avait entre les mains.

« Vous aimez ces voyages en Union soviétique ? s'enquit Dounskoï.

— Beaucoup. Cela fait vingt ans que je viens de temps à autre.

— Toujours pour des raisons scientifiques ? »

Comme si on venait chez vous pour le plaisir ! faillit répondre Shapley, mais il préféra s'abstenir :

« C'est exact.

— Quelles sont vos opinions politiques ? »

De nouveau, le professeur perdit pied :

« Je ne vois vraiment pas où est le rapport... »

Les yeux de Dounskoï pétillèrent de malice :

« Histoire de bavarder un peu. Répondez-moi. En Amérique, vous êtes démocrate ? Républicain ? Conservateur ? Libéral ?

— Je me fiche de la politique ou du gouvernement. Du moment qu'ils n'empiètent pas sur mon travail. Mais si vous voulez savoir, je suis inscrit sur les listes démocrates. »

Les yeux lents et enfoncés de Dounskoï l'observaient derrière un léger voile de fumée. Shapley continua, incapable de s'arrêter, et conscient que sa jambe avait commencé à se contracter sous son pantalon :

« Mais un gouvernement n'est rien d'autre, à mon sens, qu'un cirque peuplé de créatures mues par une conduite compulsive à faire des cabrioles devant une caméra pour attirer l'attention du public !

— Par exemple » — les yeux de Dounskoï continuaient à explorer le dossier — « retenir pendant plusieurs jours un train rempli de voyageurs ?

— Puisque vous abordez le sujet, répliqua vivement Shapley, oui, surtout quand vous êtes obligés d'inventer de faux prétextes pour le faire, alors qu'en réalité vous avez un autre objectif. »

Dounskoï haussa les sourcils :

« Ah ! Quoi, par exemple ?

— Je n'en ai pas la moindre idée. Tout ce que je sais, c'est que cette histoire de documents volés et d'espions est parfaitement absurde. »

Le colonel le dévisagea d'un air grave à travers le mince écran de fumée. Soudain, il renversa la tête, ferma les yeux et rit sans bruit en direction du plafond :

« Quel dommage que le monde n'ait pas été fait par des professeurs et des intellectuels.

— Si tel avait été le cas, on ne verrait pas des gens être séquestrés dans des trains des jours durant et subir l'infamie d'un interrogatoire de ce genre !

— Bien entendu, tout fonctionnerait admirablement ! »

Le colonel lui lança un coup d'œil vindicatif.

« Je ne prétends pas que ça fonctionnerait, mais en tout cas nous n'aurions que faire de mystères ; et les connaissances ainsi que l'information circuleraient librement entre les individus, sans le poids mort que représentent des fonctionnaires bornés. Mais à quoi rime tout ce bavardage ? » Shapley tapa du poing sur le bureau. Sous son pantalon, sa jambe frémissait. « Vous m'avez amené ici pour m'accuser d'avoir volé des documents secrets à l'Union soviétique. »

Dounskoï l'arrêta d'un geste :

« Je ne vous ai pas accusé. Pas encore. Je vous ai fait savoir que vous étiez suspect.

— Alors montrez-moi ces prétendus documents que j'aurais cachés dans les toilettes !

— Ce n'est pas dans mes intentions », rétorqua le colonel.

Shapley se redressa :

« Dans ce cas, en l'absence de preuves concrètes, je ne répondrai à aucune autre question. »

Penchant sa large carrure, le professeur entreprit de se lever en prenant appui sur sa canne. Une fois debout, il vira d'un quart de tour. Une expression d'étonnement traversa son regard, et il éprouva en même temps une étrange impression de vide entre son torse et le sol. Il s'effondra avec un bruit mat.

« Vous êtes étudiante en sciences politiques ?
— C'est exact. Étudiante de deuxième cycle.
— A Georgetown University, à Washington ?
— C'est bien ça.
— De nationalité américaine ?
— Oui.
— Et vous vous destinez aux affaires étrangères ?
— Si je réussis, oui », répondit Kate Dubbing.

Le colonel Dounskoï leva les yeux des papiers étalés sur son bureau et examina d'un œil circonspect la charmante jeune femme assise en face de lui :

« Vous ne correspondez pas à l'idée que je me fais d'un diplomate, déclara-t-il d'un ton réprobateur.

— Ah bon ? » Elle haussa les sourcils. « Et à quoi ressemble un diplomate ? »

Dounskoï ignora la question :

« J'ai une fille de votre âge. Elle fait des études de microbiologie à l'université de Leningrad.

— Et elle ressemble à une spécialiste en microbiologie ? » ne put s'empêcher de demander Kate.

Le colonel se rembrunit :

« Je me demande bien à quoi elle ressemble. J'ai l'impression qu'elle n'arrête pas de changer. Un jour, elle fait de la physique ; le lendemain... allez donc savoir. »

Il haussa les épaules.

Kate sourit, un peu intriguée ; ce n'était sûrement pas pour discuter de problèmes domestiques que le colonel l'avait convoquée.

« C'est typique des jeunes du monde entier. »

Il la regarda d'un air interrogateur.

« De changer.

— De mon temps, ça n'existait pas. Mon père était militaire. Je n'ai jamais envisagé d'autre carrière.

— Et vous êtes heureux ?
— Heureux ?
— De votre choix. »

De nouveau, un pli sévère marqua le front de Dounskoï, comme s'il sentait que l'interrogatoire prenait un tour inhabituel :

« Heureux n'est peut-être pas le mot, mais je n'aurais jamais été capable de faire autre chose.

— Comment le savez-vous, puisque, semble-t-il, vous n'avez jamais eu la possibilité d'envisager d'autre choix ? »

Il la jaugea à travers ses yeux mi-clos. Elle lui rendit son regard. Ses yeux intelligents, tranquilles, peut-être même amusés, brillaient doucement dans son visage cuivré par le soleil estival.

« Vous nous aviez bien caché que vous parliez anglais, ajouta-t-elle.

— Si nous reprenions cet interrogatoire ? dit-il avec une dureté soudaine.

— Je vous en prie. Vous disiez qu'en tant qu'étudiante en sciences politiques...

— Je sais ce que je disais. » Dounskoï l'observa par-dessus l'arc formé par ses mains réunies. « Il est de mon devoir de vous informer que, en tant que personne ayant une formation touchant aux affaires internationales, vous figurez parmi les principaux suspects de ce vol de documents.

— J'étudie l'art de gouverner, précisa Kate avec une détermination tranquille. Cela ne signifie pas pour autant que je suis employée par le gouvernement. Le rapprochement que vous effectuez me paraît un peu simpliste. »

Les doigts de Dounskoï pianotèrent doucement les uns contre les autres. Tout en pesant sa réponse, il paraissait siffloter à part lui. Une sonnerie de téléphone retentit dans le bureau donnant accès au sien ; sur sa table, un interphone bourdonna. Il décrocha, lança une série de phrases rapides en russe, et reposa le récepteur :

« Quel est l'objet de votre voyage en Union soviétique ?

— Certainement pas l'étude des sciences politiques », répliqua-t-elle avec un éclat de rire qu'elle regretta aussitôt en voyant son expression. « Ce n'était même pas prévu. Il s'est trouvé que j'ai voyagé cet été en compagnie d'un garçon... »

Les yeux de Dounskoï parcoururent la liste des voyageurs :

« M. Desfargue ?

— C'est cela. Nous nous trouvions à Helsinki et nous nous sommes dit que, puisque nous étions si près, cela valait la peine d'aller jeter un coup d'œil.

— Et ce que vous avez vu vous a plu ? »

Pour la première fois depuis le début de l'interrogatoire, elle parut mal à l'aise ·

« Certaines choses, oui, dit-elle d'un ton hésitant. Pas tout.

— Par exemple ? » Le pianotement des doigts s'accéléra légèrement, mais, sous les paupières tombantes, les yeux du colonel semblaient plus impassibles que jamais. « Étaient-ce les gens ? Leur aspect misérable ? Leur dénuement ? La morne uniformité de l'ensemble ? L'absence de jolies choses à acheter dans les magasins ? L'ivrognerie partout présente dans les rues ? La presse contrôlée par l'État ? Et... Ah oui. Bien sûr ! L'absence totale d'authentiques droits de l'homme ? »

Le ton s'était fait de plus en plus mordant à mesure qu'il énumérait la litanie des tares bien connues. Peut-être s'était-il rendu compte que le ton presque anodin de leurs premiers échanges lui avait fait perdre un peu de l'allant et de l'avantage psychologique de l'inquisiteur de métier. Quoi qu'il en soit, la brutalité et l'attitude cinglante qu'il affichait à présent rétablirent vite l'ordre normal des choses. La jeune femme était visiblement déconcertée, pas assez pourtant pour se laisser intimider :

« En effet. Tous ces éléments nous ont troublés. Mais vous l'avez déjà entendu dire, bien sûr.

— Souvent », répliqua-t-il d'un ton sec.

Elle sentit la chaleur affluer à son visage :

« Je suis désolée si...

— Je dois de nouveau vous avertir, enchaîna-t-il sans l'écouter, que vous êtes suspecte. Notre enquête nous porte à conclure que vous pouvez fort bien figurer parmi les responsables du vol des documents secrets.

— Mais j'aimerais...

— L'entretien est terminé. Vous pouvez disposer. »

Les fossés d'écoulement et les structures en pin sur lesquels s'étaient escrimés la veille les artificiers et les unités du génie s'étaient révélés être, au matin, un îlot de cabanes basses à toit plat servant à la fois de douches et de lieux d'aisances. Une moitié était réservée aux hommes, une autre aux femmes.

On avait creusé des fosses provisoires sous les toilettes ; de chaque côté de l'enclos, des tranchées évacuaient les eaux usées dans les champs, qui les absorbaient avec une avidité de sangsues, et un système de pompage amenait l'eau depuis l'étang situé en contrebas.

« Ah... tu es là ! » Tony Thomas entra en coup de vent dans les nouvelles installations. « Je t'ai cherché partout au petit déjeuner.

— Les joies du rasage l'ont emporté sur le nectar de prune et le thé tiède.

— Termine et suis-moi. »

Stern rinça sa lame sous le paresseux filet d'eau :

« Que se passe-t-il ?

— La Gonzaga. Elle ne va pas fort. »

Stern ne parut pas autrement ému :

« Qu'a-t-elle ? C'est à cause du vieux ?

— On lui refuse l'autorisation de le voir. Ils ne lui disent rien, sinon qu'il se porte comme un charme. Elle se fait un sang d'encre. »

Stern rinça les dernières traces de savon qui lui restaient sur le visage et s'essuya bruyamment avec sa serviette.

« Elle n'a rien avalé depuis hier midi, continuait Thomas, et elle se plaint ce matin de douleurs dans la poitrine. Elle a du mal à respirer. »

Stern boutonna sa chemise :

« Quelqu'un a demandé un médecin ?

— C'est toi qu'elle veut voir.

— Moi ? Pourquoi diable ?

— Elle veut que tu ailles trouver le colonel. Elle est persuadée que tu peux en tirer quelque chose.

— Elle rêve !

— L'incident de l'autre jour. Ce bidasse qui t'a expédié au tapis et le colonel qui s'est répandu en excuses après avoir botté le cul du gars. Elle a vu la scène et elle pense à présent que cette vieille baderne t'écoutera d'une oreille plus indulgente que les autres. D'après elle, il te doit une faveur. » Thomas lança à Stern son nécessaire de rasage pour qu'il le range dans sa trousse. « Active, Peter. La pauvre vieille est dans un triste état.

— Mais bon sang, qu'attend-elle de moi ? Dis-leur d'appeler un médecin ! Demande à Jatta d'aller voir le colonel !

— Elle y est déjà allée deux fois. Impossible de le faire céder d'un pouce. Tout ce qu'on peut espérer, c'est qu'ils autorisent la vieille à voir son mari. J'ai proposé mes services, mais c'est toi que réclament les Gonzaga. Si, si, je te jure. Inutile de prendre cet air incrédule. Je tiens tout ça d'Isabel. Et je n'essaie pas de me placer. Si tu veux savoir » — sa voix ne fut plus qu'un chuchotis — « ce serait même le contraire. Nous ne nous sommes pas adressé la parole depuis Leningrad, et j'aimerais autant que les choses en restent là. Mais c'est une autre histoire. Sans blague, Stern, la vieille dame est très mal en point. Des problèmes de circulation, à ce que j'ai compris, aggravés par la tension nerveuse. Isabel m'a demandé de t'en parler parce qu'elle nous croit amis. »

Stern jeta sa serviette de toilette sur son épaule, saisit sa trousse et se dirigea vers la porte. Thomas se précipita sur ses talons.

Dehors, le soleil, déjà haut au-dessus de la cime des arbres, les aveugla un instant. Les voyageurs avaient fini le petit déjeuner et restaient plantés sans objectif précis sur la voie ferrée, à proximité du wagon-restaurant. Plusieurs camions de troupes fraîches, arrivés depuis peu, se déployaient dans le périmètre. On déchargeait du matériel, tandis qu'une autre unité de chasseurs motorisés qui avait été de garde pendant plusieurs jours montait à son tour dans les véhicules.

« Entre juste une minute, insista Thomas. Ça ne sera pas long.

— Je te répète que je ne peux rien pour elle.

— Tout à fait d'accord. Mais par simple gentillesse à l'égard d'une vieille dame, tu peux au moins montrer que tu compatis. »

Stern hésitait, exaspéré.

« S'il lui arrivait quoi que ce soit, Peter, tu en porterais la responsabilité.

— Bon Dieu ! Et puis d'abord, où est-elle ?

— Ah, ça c'est un chic type ! » Un sourire narquois s'amorça au coin des lèvres de l'Anglais. « Suis-moi, je vais te montrer. »

Stern fut sérieusement alarmé quand il vit la vieille comtesse. Elle était allongée sur la banquette, un oreiller sous la tête, une couverture sur elle. On devinait, aux bretelles en soie d'une combinaison qui avaient glissé de ses épaules charnues, qu'elle ne s'était pas encore habillée.

Lorsqu'ils entrèrent dans le compartiment, Isabel les accueillit avec un regard préoccupé. Consuelo, assise au bout de la banquette opposée, gémissait dans un mouchoir.

« Merci d'être venus », murmura Isabel.

Elle s'effaça pour les laisser passer.

Stern adressa un petit signe de tête à Consuelo ; ses grands yeux bovins étaient cernés de mascara.

« Comment vous sentez-vous ce matin, señora ? » Stern reconnut dans sa voix la fausse jovialité d'un médecin effectuant sa tournée quotidienne. « J'ai entendu dire que ce n'était pas la grande forme ? »

L'inquiétude de Stern grandissait à mesure qu'il parlait. La vieille dame avait la couleur cireuse du parchemin, et, bien que la chaleur fût à peine tenable dans le compartiment, elle frissonnait sous la couverture de laine. Elle lui adressa un faible sourire, puis murmura quelque chose. Il se pencha pour mieux entendre.

« *Siento mucho perturbarle...* »

L'odeur légèrement fétide de son dentier monta de ses lèvres violacées. Stern leva des yeux interrogateurs vers Isabel.

« Elle est désolée de vous avoir dérangé », traduisit-elle.

Stern reporta son regard vers la vieille dame. Il lui sourit :

« Ne vous inquiétez pas, señora. Je vais aller trouver aujourd'hui même le colonel Dounskoï au sujet de votre mari. »

Les mots lui étaient venus spontanément à la bouche ; il tenta de les retenir. Mais il se sentit incapable de résister à l'expression de gratitude pathétique qu'il lut sur le visage de la vieille dame. A présent qu'il s'était engagé, il allait de l'avant avec la noblesse d'un auguste personnage capable de changer d'un trait de plume le cours du destin.

Comme il s'apprêtait à partir, la vieille dame lui baisa la main. Même Consuelo renonça une minute à ses sanglots étouffés.

« J'ai demandé qu'un médecin passe la voir », glissa Thomas à Isabel à voix basse quand ils sortirent.

Elle l'ignora et se tourna vers Stern :

« Croyez à la profonde reconnaissance de mon père. »

Une fois que la porte du compartiment se fut refermée derrière eux et qu'ils s'éloignèrent dans le couloir, Stern prit soudain conscience de l'énormité de ce qu'il avait promis :

« Et maintenant, je suis censé faire quoi ?

— Aller voir Dounskoï, ce me semble. » Thomas lui réserva un de ses sourires biscornus. « Ne t'inquiète pas. Je t'accompagnerai, si ça peut te faire plaisir.

— Nous ferions mieux de prendre rendez-vous.

— Inutile, vieux, triompha l'Anglais par-dessus sa moustache. C'est déjà fait. Cet après-midi, 14 heures. »

Keith Wales avait toujours plu aux femmes. L'idée qu'il pût en être autrement ne l'avait jamais effleuré. Ce garçon relativement jeune — vingt-deux ans — avait amassé plus que son lot de trophées, et, en ce qui concernait Silvana Lambrusto, il n'avait aucune raison de penser que ses efforts ne seraient pas couronnés de succès. Qu'elle fût mariée ne semblait guère entrer, pour lui, en ligne de compte.

Aussi, lorsque Silvana demeura insensible aux nombreux signaux et indications muettes qu'il envoyait dans sa direction — stratégie qui s'était révélée jusque-là sans défaut —, il fut déconcerté, puis furieux, un peu comme si elle l'avait trompé.

A Leningrad, il l'avait suivie partout ; mais ses attentions n'avaient conduit à aucun résultat. Il avait néanmoins des raisons de croire, du moins l'imaginait-il, qu'il existait entre eux une certaine complicité.

A présent, dans cette haute et noire forêt de hêtres aux confins de la Russie et de la Finlande, son ardeur croissait au même rythme que sa frustration. Il clopinait sur les talons de la jeune femme avec la maladresse d'un lièvre blessé. En sa présence il affectait une attitude boudeuse ou lointaine, arborant un air maussade qu'il jugeait séduisant et propre à attirer l'attention de la belle.

En pure perte. Vive et observatrice, elle remarquait beaucoup de choses, sauf Keith. Son indifférence presque joyeuse aux humeurs soigneusement étudiées de ce jeune homme, auxquelles des femmes plus jeunes et moins expérimentées ne restaient jamais insensibles, le rendait prêt à toutes les audaces. Le fait est que Keith Wales éveillait à présent chez Silvana un ennui non déguisé, comme si toutes ses poses de « jeune homme boudeur », si amusantes d'abord, avaient fait leur temps et qu'il fût en passe de devenir parfaitement assommant.

L'infortuné Keith manquait de la perspicacité ou, en l'occurrence, de l'esprit voulus pour admettre sa disgrâce. Il voyait dans l'attitude de Silvana un stratagème féminin destiné à renforcer sa flamme, de telle sorte que son antidote à ce qu'il estimait être des coquetteries de femme qui se refuse frôlait maintenant la témérité. L'idée qu'ils se trouvaient retenus en otages, situation qui pouvait devenir extrêmement périlleuse, ne paraissait pas lui avoir pénétré l'esprit. Pour lui, cette péripétie constituait un désagrément passager, mais qu'il pouvait transformer à son avantage. Bref, Keith était un jeune homme éperdument amoureux, entiché d'une femme que tous s'accordaient à trouver très séduisante, de dix ans son aînée, et il s'étonnait qu'elle ne fût pas encore tombée à ses pieds de reconnaissance.

Alors qu'ils faisaient quelques pas sans but précis, Keith et Silvana étaient parvenus à l'extrémité du train — là où la forêt montait presque jusqu'aux fenêtres. C'était à peu près l'endroit précis où, le matin précédent, Stern avait rencontré les deux gardes armés.

Sandro et Sonia avaient été emmenés avec d'autres voyageurs à Vyborg, pour y être interrogés. Silvana ne doutait pas qu'on la convoquerait dans l'après-midi. Elle précédait Keith de quelques pas, bavardant avec vivacité pour maîtriser dans la mesure du possible son appréhension à l'idée de rencontrer le colonel.

Elle n'aimait pas le colonel, disait-elle. « Celui-là », comme elle l'appelait. Il la rendait mal à l'aise avec ses yeux « lents » et sa voix de basse rocailleuse.

Keith répondait par monosyllabes, ponctuant à l'occasion d'un hochement de tête les paroles de la jeune femme. Son regard ne cessait de fouiller les bois, et il jetait régulièrement un coup d'œil pardessus son épaule pour voir si on les observait. Ravissant, idyllique, l'endroit semblait anormalement désert.

Marchant derrière elle, faisant semblant de suivre ce qu'elle disait, il laissait ses yeux s'attarder sur le léger balancement de ses hanches sous sa jupe. Une sandale à fines brides soulignait l'élégance de sa cheville, et le vernis rose pâle de ses ongles d'orteil éveillait en lui une étrange excitation.

Sa main se posa sur l'épaule de Silvana. Elle se retourna. La force physique du garçon la surprit quand leurs deux corps se rencontrèrent. Il l'embrassa avec violence. Un de ces baisers qui meurtrissent les lèvres, un baiser sans grâce, accompagné de sons étranglés et de la lutte des mains.

Emprisonnée dans les bras de Wales, Silvana se débattait, lui expédiant des coups de pied dans les chevilles et essayant de se dégager de son étreinte. Il laissa échapper une série de gémissements. La jeune femme n'avait pas fermé les yeux, et elle avait l'impression d'être obligée d'assister à quelque chose de comique et de vaguement gênant. Tout en luttant pour s'échapper, elle aperçut avec horreur, juste par-dessus l'épaule de Wales, la silhouette solitaire de Max Conti qui contournait le train et entrait dans son champ de vision.

Il se trouvait à une cinquantaine de mètres d'eux ; il venait dans leur direction, mais ne les avait pas encore vus. Comme elle le regardait figée d'horreur, son corps cessa de résister aux bras de Wales. Voyant là le signe de la reddition, le garçon devint encore plus passionné. C'est alors que Max les aperçut. Il s'arrêta net, et elle vit distinctement l'expression de ses yeux. Ce n'était pas de la surprise qu'elle y lut, ni même de l'embarras. Plutôt du dégoût, comme s'il venait d'assister à la plus vile forme de trahison.

S'arc-boutant de toute la force de ses paumes contre la poitrine de Wales, elle le repoussa et s'arracha à ses lèvres avides.

« Max ! » cria-t-elle, mais il avait déjà fait demi-tour et s'éloignait à grandes enjambées.

« Max ! Max ! »

Elle savait qu'il l'avait entendue, mais ne daignait pas se retourner.

Du revers du poignet, elle s'essuya la bouche et dévisagea Wales d'un air incrédule. Elle cracha plusieurs fois par terre comme pour essayer de se débarrasser d'un goût déplaisant.

« Salaud ! » Elle le frappa à plusieurs reprises de ses poings frêles tandis qu'il essayait de se protéger le visage. « Pauvre con ! »

Il parut sidéré, vexé, et soudain très jeune. Il voulut dire quelque chose, mais c'était trop tard. Elle s'enfuyait déjà sur la voie, dans la direction où Max avait disparu.

Serja Inusen pleurait. Le jeune lieutenant russe assis en face d'elle semblait à bout de patience. Elle avait été convoquée ce matin-là pour être interrogée et en avait conclu, bien sûr, qu'on allait l'accuser officiellement de vol.

Elle était arrivée avec un sac en papier contenant le savon, la serviette de toilette et les feuilles de papier à lettres qu'elle avait pris dans sa chambre, à l'hôtel. Elle était prête à rendre ces objets, à faire amende honorable et s'en remettre à leur merci.

Mais, une fois que l'interrogatoire eut commencé dans le minuscule et étouffant bureau de la caserne, il apparut que le lieutenant souhaitait seulement des explications sur sa déclaration de devises. Cela faisait trois fois qu'ils l'épluchaient sans que Serja pût retomber juste dans ses comptes. Elle avait beau reprendre ses calculs dans tous les sens, il en ressortait invariablement qu'il lui restait en poche près de trente dollars en marks finlandais dont on ne trouvait aucune trace dans sa déclaration.

A leur entrée en Union soviétique, tous les visiteurs sont priés de remplir une déclaration indiquant le montant exact de l'argent qu'ils emportent avec eux et précisant la forme sous laquelle cette somme se présente — chèques de voyage, types de devises et décompte exact des coupures. Les douaniers exigent ensuite une description détaillée de tous les bijoux introduits dans le pays. Après quoi, ils vérifient, article par article, l'exactitude de cette description.

Au moment de repartir, le voyageur devra se faire rembourser tous ses roubles en coupures à la douane de Vyborg. Les touristes conservent souvent quelques kopecks de bronze à titre de souvenir, mais aucun billet ne doit quitter le territoire, les Soviétiques ayant une peur panique qu'on imite leur monnaie.

Les douaniers additionneront ensuite l'argent liquide dont dispose le voyageur pour vérifier que ce montant correspond exactement à ce qu'il a déclaré en entrant dans le pays, moins les roubles qu'il aura changés au taux officiel, et pour lesquels il devra produire des bordereaux. Tout cela pour voir si vous avez changé illégalement de l'argent au marché noir qui sévit abondamment dans les rues de

Moscou et de Leningrad, délit que les Soviétiques punissent avec une extrême sévérité.

C'est cette comptabilité que Serja ne parvenait pas à équilibrer. Elle avait beau additionner ses bordereaux et les soustraire de la somme initialement déclarée, sans oublier les roubles non dépensés qu'elle avait convertis en marks finlandais au petit guichet de change de la gare de Vyborg, elle ne parvenait toujours pas à expliquer comment elle quittait l'Union soviétique avec trente-neuf marks de plus que ne le justifiaient les dépenses de son séjour.

Chaque fois qu'elle reprenait sa déclaration sous le regard sévère et réprobateur du lieutenant, sa panique grandissait. Il examina ses bordereaux et les tickets de caisse des quelques objets dérisoires qu'elle avait achetés comme souvenir dans les magasins d'État et dans l'énorme grand magasin Pitmorska sur la perspective Nevsky. A chaque décompte, le ton du lieutenant devenait plus cinglant. Il émit finalement l'idée qu'elle avait dû changer quelques-uns de ses marks dans la rue, à un taux plus élevé que le taux officiel. C'est là qu'elle s'était mise à pleurer.

« Vous êtes sûre d'avoir changé de l'argent uniquement à votre hôtel ? répéta-t-il pour la énième fois.

— Mais oui, je vous l'ai déjà dit !

— Alors comment expliquez-vous la présence de ces trente-neuf marks dans votre porte-monnaie ? »

Elle secoua la tête avec désespoir :

« Je ne sais pas. »

Ils s'exprimaient en russe. Comme beaucoup de Finlandais, Serja parlait couramment cette langue.

« Peut-être qu'un bordereau de change est resté dans votre poche ? s'obstina le lieutenant. Regardez.

— Mais j'ai déjà regardé ! lui répondit-elle avec véhémence tandis que ses larmes ruisselaient, choquée de sa propre audace. Je vais encore vérifier. »

Elle fouilla dans son sac. C'était un grand cabas en paille, bourré à craquer d'une quantité ahurissante d'objets hétéroclites sans utilité apparente. Il comportait plusieurs poches intérieures, avec une fermeture à glissière. Elle les ouvrit et en recensa fiévreusement le contenu. Elle avait un portefeuille, lui aussi plein de séparations et de poches secrètes. A mesure qu'elle bouleversait le contenu du sac, terriblement consciente de l'impatience croissante de l'officier, elle s'affolait, au point qu'à un moment elle faillit tout renverser sur le bureau.

« Je ne trouve rien ! » s'écria-t-elle.

Il aperçut le sac en papier :

« Qu'avez-vous là-dedans ?

— Là-dedans, où ? »

Cette fois, elle coulait.

« Dans ce sac en papier. Là, juste à côté de votre main. Le seul que vous ayez apporté.

— Oh... » fit-elle d'un ton vague, comme si sa présence était pour elle aussi un mystère.

Elle prit le sac en papier et le vida sur le bureau. La serviette de toilette et le savon tombèrent avec bruit sur la table. Le papier à lettres plana doucement avant d'atterrir à proximité des autres articles. Tous portaient, bien en vue, le monogramme et l'en-tête reconnaissables de l'hôtel Prebaltiskaïa.

Le jeune officier dévisagea la jeune fille d'un air entendu et secoua la tête. Elle laissa échapper un gémissement venu du plus profond de son être. Une plainte pitoyable qui remplit la pièce d'une impression d'inconsolable chagrin. En une seconde, la petite silhouette maigrichonne fut ravagée de sanglots hoquetants.

« Mais taisez-vous ! » pesta le garçon.

Il était gêné et à vrai dire un peu alarmé. Il y avait des gens dehors, des voyageurs qui attendaient d'être interrogés. Il s'inquiétait de l'effet que pourrait produire sur eux cette plainte déchirante.

« Bon Dieu, supplia-t-il, calmez-vous ! »

Elle entreprit de remettre toutes ses affaires dans le sac en paille, mais ne réussit qu'à en renverser davantage.

« Restez tranquille, s'énerva le garçon. Ne bougez pas, ne touchez à rien, je m'en charge. Donnez-moi simplement votre déclaration. »

C'est à peine si elle put lui tendre le papier. Il le lui arracha des mains, sortit un formulaire vierge du tiroir de son bureau et, devant la fille effondrée sur son siège, remplit une nouvelle déclaration en utilisant en partie ses chiffres à elle, qu'il compléta de façon à obtenir un total satisfaisant.

« Signez. »

Il lui fourra sous le nez le formulaire accompagné d'un stylo. Elle voulut le lire.

« Inutile. Tout est en ordre. »

Elle acquiesça de la tête et, avec de petits gémissements étouffés, gribouilla son nom sur la ligne en pointillé. Quand elle eut fini, il récupéra la déclaration d'un geste vif, l'apostilla d'un cachet imposant et la lui rendit avec la même brusquerie.

« Et maintenant rangez-la bien, sinon vous ne rentrerez jamais chez vous ! »

Comme elle tentait de le remercier, il lui montra la porte :

« Allez ! »

Sans lui laisser le temps d'ouvrir la bouche, il se leva et la poussa doucement vers la sortie. Elle avançait mécaniquement, comme un robot.

« Au suivant ! » beugla-t-il à l'adresse du sergent-major en faction dans le couloir.

« Je ne suis pas sûr de vous avoir bien compris.

— Je vous en prie.

— Vous dites que, sous prétexte que je suis chimiste, je viens automatiquement parmi les principaux suspects de ce... ce vol de documents secrets ?

— Pas un simple chimiste, s'empressa de rectifier le colonel Dounskoï. Un chimiste qui se trouve être un spécialiste de la synthèse des carburants — des carburants nucléaires pour être plus précis, du type utilisé dans les sous-marins les plus modernes.

— C'est parfaitement exact », concéda Kyle Van Meegrin.

Dounskoï sourit avec une satisfaction évidente :

« Bien sûr que c'est exact. Cela figure ici, sur votre demande de visa, ainsi que dans le dossier vous concernant.

— Bon, c'est vrai, je l'admets. » Van Meegrin parut légèrement contrarié. « Mais si j'étais un espion, pourquoi irais-je mentionner ça sur ma demande de visa ?

— Précisément ! » Triomphant, Dounskoï rejeta la tête en arrière. « La voilà, l'idée de génie ! Qui irait soupçonner quelque chose de si évident ?

— Je vous assure que c'est juste une coïncidence.

— Une coïncidence ? » La tête de Dounskoï repartit en arrière. Il se tapa le genou et éclata de son rire slave, brusque, râpeux, assez musical. « Une coïncidence géniale, ajouterai-je. Génialement conçue ! Génialement exploitée ! Voyez-vous, Mr. Van Meegrin... »

Le colonel poursuivit sur sa lancée, comme il n'avait cessé d'ailleurs de le faire depuis plusieurs heures, improvisant au fur et à mesure, impressionné par sa puissance d'invention somme toute peu commune. De temps à autre, il baissait la voix comme pour souligner la gravité de l'heure. Ses manières étaient d'une exquise courtoisie, et même empreintes de compréhension. Van Meegrin songea à un chirurgien informant son patient d'un pronostic sans appel.

Tout en tissant inlassablement sa toile compliquée, Dounskoï avait parfaitement conscience que tout ce qu'il disait au jeune Hollandais était en contradiction directe avec ce qu'il avait déclaré à Grant Shapley un peu plus tôt ce matin-là. De la même façon, une grande partie de ce qu'il dirait aux voyageurs qu'il lui restait à voir viendrait réfuter tout ce qu'il laissait entendre à Van Meegrin.

Convaincu qu'à la première occasion tous ceux qui avaient été interrogés compareraient leurs notes, il entendait bien ne leur fournir aucun enchaînement logique auquel se raccrocher. Après tout, c'était son boulot de semer la confusion, et, d'ici quelques heures, estimait-il, la chaleur et la séquestration aidant, leur perplexité le plongerait dans les plus parfaites délices.

Il poursuivit sur le même ton d'aimable bavardage :

« Posez-vous la question, cher monsieur. A supposer qu'un agent occidental ait pour mission de soustraire à l'Union soviétique des documents secrets sur les combustibles de synthèse, qui serait, aux yeux des autorités de ce pays, le passeur le plus vraisemblable : un spécialiste de ces combustibles ou un individu travaillant dans un domaine absolument différent ?

— Ce dernier, bien sûr », répondit aussitôt Van Meegrin.

Le sourire de Dounskoï exprima un intense contentement de lui-même :

« Précisément ! De votre propre aveu, c'est vous-même qui vous condamnez. »

Dire que, lorsqu'il sortit du bureau vingt minutes plus tard, Van Meegrin paraissait soucieux serait très au-dessous de la vérité.

« Je n'ai jamais rien entendu de si grotesque de ma vie », déclara Jane Blaylock. Elle avait pris place sur la chaise récemment libérée par Van Meegrin. « A propos, comment avez-vous découvert que j'appartenais au Parti socialiste américain ?

— Très simple. Le siège du parti à Washington nous communique les noms de tous les membres.

— Et c'est pour ça que vous m'avez confisqué mon passeport ? Parce que mon nom figure sur votre liste ?

— Exactement. Mais votre passeport n'a pas été confisqué. Nous voulions simplement vérifier que vous étiez bien la même personne du nom de Blaylock que celle de notre liste. Il vous sera rendu en temps voulu, à condition...

— ... que j'aie été lavée de cette accusation démente touchant au vol de documents secrets. »

Le colonel Dounskoï éprouvait les premiers élancements d'un violent mal de tête.

« Je vous l'ai déjà répété » — il articulait chaque mot avec beaucoup de soin et une expression d'intense lassitude — « on ne vous accuse de rien. Mais vous n'en demeurez pas moins un des principaux suspects.

— Vous n'allez tout de même pas me sortir une connerie pareille ! »

Le colonel cligna plusieurs fois des yeux, comme pour se débarrasser d'un corps étranger gênant :

« Quoi de plus logique, Miss Blaylock ? Ou de plus malin ? Réfléchissez. Qui irait penser que la CIA utilise les services d'une socialiste notoire, inscrite au parti, pour faire sortir des documents secrets d'Union soviétique ? Où trouver quelqu'un de moins suspect, je vous le demande ? »

Les bras croisés, Jane sourit avec impudence et changea de position :

« Des conneries. »

La petite pulsation vibra de nouveau au-dessus des sourcils du colonel. Cette fois, ses yeux aux paupières lourdes se fermèrent. Il soupira :

« Ce mot que vous affectionnez tant, Miss Blaylock... » Il parlait d'une voix infiniment patiente et lasse. « Pardonnez-moi, mais mon anglais est assez limité. Je suppose que ce mot que vous aimez si souvent répéter est un terme utilisé par les bas-fonds de la société américaine ?

— Détrompez-vous, répliqua Jane, dont le sourire devint encore plus insolent. Il l'est par la meilleure société.

— Ah... je vois. Nous n'avons pas de mot de ce genre en russe. L'équivalent le plus proche serait, je crois, *gavno*. » De la façon dont il le prononça, le mot prit une texture de régurgitation, presque de vomissure. « Mais ici on ne l'entend que dans la lie de la société. Et jamais dans la bouche d'une femme. »

Pas un instant, il n'éleva la voix. Mais il y avait une note non déguisée d'avertissement dans sa phrase, sur laquelle Jane ne se méprit pas.

« Je tiens compte du fait que vous êtes une femme occidentale et libérée, poursuivit Dounskoï sur le même ton tranquille, modéré. Mais, dans la discussion qui nous retient ici, je vous suggère d'éliminer ce type de vocabulaire en ma présence. Voyez-vous, je ne suis pas aussi libéré que vous, et, si vous persistez à vous exprimer ainsi, je serai alors obligé de vous traiter sans le respect traditionnellement accordé en Union soviétique à une femme de la bonne société. »

Jane changea de nouveau de position. L'amusement qu'elle affichait si ostensiblement dans son sourire quelques instants plus tôt parut entamé.

« Est-ce la politique officielle du parti ? » demanda-t-elle, agressive.

Le colonel eut un sourire galant :

« C'est la politique officielle du colonel Dounskoï. Celle de ce bureau. »

Sa politesse imperturbable commençait à avoir raison de Jane.

« Je n'ai pas l'habitude d'être censurée.

— C'est évident, à en juger par votre langage d'adolescente. »

Elle ignora la pique :

« Puis-je vous demander quelle preuve vous avez que j'ai volé ces prétendus documents ?

— Aucune.

— Vos soupçons reposent uniquement sur le fait que j'appartiens au Parti socialiste américain ?

— Vous ne seriez pas la première militante à vendre vos services à un État ennemi moyennant bon prix.

— De toute façon, je ne suis plus socialiste. Ni communiste d'ailleurs.

— Mais vous êtes inscrite au Parti socialiste américain.

— J'ai adhéré quand j'étais à l'université, en signe de protestation.

— De protestation contre quoi ?

— Contre la politique américaine en Asie du Sud-Est. Nous l'avons tous fait. C'était une nécessité à l'époque. Depuis, j'ai modifié ma façon de voir. »

Dounskoï pianota sur son bureau de ses doigts courts et grassouillets :

« Dans quel sens ?

« Je ne suis plus socialiste au sens formel du terme. Je me vois plutôt comme une sorte de théoricienne du socialisme à venir. D'un socialisme qui est encore en gestation.

— Une théoricienne ? »

Dounskoï fit semblant d'être impressionné.

Jane se hérissa :

« Ça vous amuse ?

— Ça m'amuse toujours de voir des gens riches, qui n'ont jamais connu de privations, se poser en champions des opprimés.

— Les opprimés n'ont jamais reçu l'instruction suffisante pour savoir qu'ils le sont.

— Pour une socialiste — et même une socialiste repentie —, enchaîna Dounskoï avec le même calme exaspérant, vous adoptez une position des plus élitistes. »

Le sourire crâneur de Jane commençait à s'effriter, et sa voix tremblait légèrement.

« Le seul espoir des opprimés doit venir de ceux qui ont joui de certains avantages.

— Comme vous, par exemple. »

Elle marqua un temps, comme hésitant à prendre nettement position :

« Soit. Comme moi, puisque vous y tenez. »

Dounskoï sourit. Il parut un instant songer à autre chose. Puis il fut de nouveau présent dans la pièce — une présence solide, imposante, la compétence personnifiée.

« Pardonnez-moi, Miss Blaylock, mais je crains que vous ne soyez trop lucide pour être une théoricienne vraiment crédible.

— Que croyez-vous donc que je sois, alors ? rétorqua-t-elle, furieuse. Un agent double, une espionne ?

— Pourquoi pas ? Vous êtes suffisamment naïve pour cela. » Il la vit sur le point de répliquer, mais enchaîna aussitôt. « J'ai rencontré des dizaines de personnes de votre genre, surtout aux États-Unis, qui sont un pays riche et qui peuvent s'offrir le luxe d'une certaine dose d'excentricité. Pour ma part, je vous vois comme une nantie insatisfaite, une... comment dites-vous... une râleuse professionnelle. Vous désapprouvez le *statu quo* par principe. Comme une enfant gâtée, vous méprisez toute autorité et êtes incapable de faire la différence entre l'autorité qui est utile et nécessaire et celle qui est simplement répressive. Vous aimez suffisamment votre confort et avez l'argent voulu pour vous offrir une adolescence prolongée. Et comme une adolescente aussi, vous vous tenez atrocement mal en public. » Il eut un sourire inattendu et désarmant. « Sinon, je suis sûr que vous seriez quelqu'un de très sympathique. »

Elle resta un moment silencieuse à l'observer, réorganisant ses pensées et rassemblant ses forces. Elle avait le sentiment d'avoir perdu du terrain et de devoir à tout prix le regagner :

« Je refuse d'être réduite à un stéréotype par quelqu'un comme vous. » Elle s'efforçait de contrôler sa voix. « Le fait que j'aie la chance d'avoir un peu d'argent ne signifie pas que je doive me taire ou que mes idées soient sans valeur. A mon sens, vous êtes cent fois plus élitiste que la plupart des capitalistes conscients des distinctions de classe et cupides. Vous et votre égalitarisme de pacotille, avec ses privilèges pour une classe de privilégiés. Aux États-Unis, au moins, nous ne sommes pas des hypocrites. Nous sommes une société de classes et ne prétendons pas être autre chose. »

Dounskoï, imperturbable, attendit qu'elle eût fini. Lorsqu'elle se tut enfin, Jane sentit les larmes lui monter aux yeux. Elle les écrasa d'un poing rageur.

« Vous figurez parmi les personnes suspectées de délit contre l'Union soviétique. J'aurai de nouveau à vous interroger. »

Elle ne pleurait plus mais bouillait à présent de colère rentrée :

« Quand me rendra-t-on mon passeport ?

— En temps voulu. » Dounskoï se désintéressait d'elle et fourrageait dans les papiers qui encombraient son bureau. « Vous pouvez disposer.

— Je veux mon passeport !

— Vous pouvez disposer. »

Son ton était brusque et sec.

Jane se leva d'un coup.

« Rendez-moi mon passeport ! » s'écria-t-elle.

Dounskoï pressa un bouton placé à côté de son bureau. Un malabar apparut aussitôt.

« Reconduisez cette jeune femme », ordonna Dounskoï au garde avec son autorité toute militaire et sans appel, avant de rugir, avec une violence inhabituelle : « Au suivant ! »

Le Train Vert empestait, en particulier le wagon où les voyageurs étaient contraints de passer le plus clair de leur temps. Au-dessus des espaces où les individus vivaient dans une étroite promiscuité planait un voile jaunâtre presque palpable — un véritable arc-en-ciel d'exhalaisons multiples. Cela allait de l'air vicié et de la sueur humaine au linge sale, aux corps douteux, aux revêtements de banquettes putrides et aux toilettes surchargées et mal entretenues.

La chaleur n'arrangeait rien. Les parois des compartiments suintaient, l'air ambiant pesait comme du plomb, immobile. Une cacophonie d'effluves écœurants dont la puanteur prenait des proportions quasi épiques, dantesques.

A 11 heures du matin, le soleil devint meurtrier. Parfaitement conscients de l'animosité suscitée chez les passagers par leur séquestration de la veille, les Soviétiques parurent vouloir lâcher un peu de lest. Comme ils ne pouvaient afficher de fléchissement dans leur attitude, car c'eût été reconnaître leurs torts, ils se contentèrent de les autoriser à aller et venir à leur guise et à se promener librement à proximité du train, à condition qu'ils ne s'aventurent pas au-delà du périmètre clairement délimité par les unités de chasseurs motorisés.

Les gardes armés et les chiens policiers, tout en restant présents, se fondirent dans le paysage. Non qu'ils fussent moins nombreux, bien au contraire ; les voyageurs avaient compté trois nouveaux camions venus décharger des troupes fraîches tôt dans la matinée. Mais elles s'étaient déployées dans les sous-bois de façon moins ostentatoire et, à n'en pas douter, moins horripilante pour les otages.

Plusieurs voyageurs s'étaient laissés tomber dans l'herbe, à l'ombre d'une rangée d'arbres.

« A propos, quel jour sommes-nous ? » s'enquit Grant Shapley.

Paul Blanton sortit son portefeuille et consulta un petit calendrier :

« Jeudi 18. Je devrais être à la cour fédérale de New York en train de juger une affaire de trust. Au rythme où vont les choses, c'est MacGruder qui va la récupérer. »

Il se réfugia dans un silence morose.

Shapley jeta un coup d'œil à sa montre.

« Dans une vingtaine de minutes, je démarre un séminaire pour les candidats au doctorat de géologie paléontologique.

— J'espère que vos élèves ne vous attendront pas, professeur, plaisanta Wilma Shapley.

— Oh, ils en seraient capables : ils feraient n'importe quoi pour avoir leur doctorat. Je ne donnerais pas cher de leur jugeote ! »

Shapley partit d'un grand éclat de rire. Un rire si franc et si plein de goût de vivre que ses compagnons en rugirent de plaisir.

« Nous étions censés arriver à San Francisco avant-hier, déclara Janet Kariolainen d'un ton mélancolique. Notre fille doit accoucher demain. » Soudain, sans que rien n'ait pu le laisser prévoir, elle fondit en larmes. « Je ne comprends pas. » Elle secoua la tête avec désespoir, ravalant ses sanglots. « C'est simple, je ne comprends pas. »

« Un tel comportement est inacceptable en Union soviétique.

— Mais vous avez certainement des gens qui ont un petit accès de folie à l'occasion ?

— Bien sûr. Seulement, nous ne les imposons pas aux autres comme vous le faites. Nous ne les laissons pas traîner dans les rues.

— Pas dans toutes. »

Le colonel Dounskoï haussa les sourcils.

« Excusez-moi, dit Thomas avec un sourire idiot. C'était juste un aparté.

— Un quoi ?

— Non, non, rien. Rien du tout. »

Mal à l'aise, Stern se rendait compte que l'atmosphère continuait à se détériorer.

« Le fait est, colonel, intervint-il d'un ton calme, que nous sommes tous très inquiets pour la señora Gonzaga. Elle ne veut pas quitter son compartiment, et cela fait près de deux jours qu'elle refuse toute nourriture. C'est une femme âgée, qui ne jouit pas d'une très bonne santé. »

Dounskoï farfouilla dans les papiers de son bureau. Il ne se sentait pas d'humeur conciliante. Encore piqué au vif par sa récente algarade avec Jane Blaylock, il avait reçu un second coup de téléphone de sa femme l'avertissant que la situation, en ce qui concernait leur fille, avait empiré au cours des dernières vingt-quatre heures — non du fait des autorités, mais bien de l'imprudence de l'intéressée elle-même.

« De quoi souffre-t-elle ? grommela-t-il tout en signant ostensiblement des papiers officiels.

— Quelque chose au cœur, à ce que je comprends, répondit Thomas. Il serait tout à fait regrettable qu'il lui arrive quelque chose alors qu'elle est retenue prisonnière ici.

— Prisonnière ? se hérissa Dounskoï. Comment ça, prisonnière ? Personne n'est prisonnier ici !

— Non, bien sûr, bégaya Thomas. Loin de moi, l'idée...

— Elle est libre d'aller et venir. De parler à ses amis. Comment ça, prisonnière ? »

L'Anglais devint écarlate, mais il s'était fait clairement comprendre. Et il ne faisait aucun doute que le colonel avait saisi le message.

« Et regrettable pour qui ? continuait Dounskoï d'un ton irrité. Regrettable pour elle ou pour moi ? » Il avait compris la menace implicite des mots de Thomas. « Plus pour elle que pour moi, il me semble.

— Je ne faisais allusion à aucun désagrément précis, se hâta d'expliquer Thomas.

— Désagrément ?... » Le colonel le dévisagea comme s'il avait perdu la tête. « De quel désagrément parlez-vous ?

— Eh bien... » Thomas s'agita sur sa chaise, mal à l'aise. « Des accusations. Des récriminations. Ce genre de choses.

— Des accusations de quoi ? Il ne s'est produit aucun délit. Aucun fait répréhensible.

— Je voulais seulement dire » — Thomas avala avec peine sa salive — « qu'il pouvait être regrettable... difficile d'expliquer... si quelque chose devait...

— Expliquer à qui ? » Le ton de Dounskoï montait au même rythme que son irritation. « Je n'ai d'explications à donner à personne ! »

Thomas avait viré au cramoisi :

« Il n'était absolument pas dans mes intentions de laisser entendre... »

Sur ce, il risqua un stratagème qu'il crut diplomatique et continua en russe. Mais le colonel l'arrêta vite.

« Veuillez vous exprimer en anglais. Nous sommes trois dans cette pièce.

— Oh, bien sûr. » Thomas essaya de prendre un air dégagé. « Naturellement. Toutes mes excuses, Peter. »

Thomas s'enlisait. Lui-même s'en rendait compte. C'est à peine s'il protesta quand Stern, de son plein chef, résolut de se jeter à l'eau.

« Je crois que ce que Mr. Thomas essaie de dire, c'est que cette pauvre femme est rongée d'angoisse et qu'il serait simplement humain de la rassurer. »

Dounskoï, penché sur son bureau, garda le silence pendant ce qui parut un temps inusité. Il paraissait soupeser les mots de Stern, les mener chacun à leur conclusion en fonction de quelque scénario compliqué qu'il avait en tête. L'irritation, l'immense écœurement qu'éveillait en lui cette affaire sautaient aux yeux. Finalement, il poussa un soupir et pivota d'un quart de tour dans son fauteuil :

« Je suis excédé d'entendre ce mot, “ humain ”. »

D'un même mouvement, Stern et Thomas se penchèrent vers lui.

« Qu'est-ce qui vous fait croire qu'il vous appartient de me dire ce qui est humain et ce qui ne l'est pas ? Comme si je ne le savais pas aussi bien que vous ! Pourquoi estimez-vous que vous seuls savez ce qui est humain et vous sentez-vous obligés de venir nous l'apprendre chez nous ? »

Thomas voulut clarifier les choses :

« Je ne pense pas que la remarque de Mr. Stern soit à prendre dans ce sens.

— Je parlais seulement au niveau personnel, renchérit Stern. Je ne faisais aucunement allusion à un contexte politique plus vaste.

— Je sais parfaitement à quoi vous faisiez allusion, fulmina Dounskoï, toujours tourné vers le mur nu. Quand j'ai passé trois ans aux Nations unies en qualité d'attaché militaire, je me rappelle avoir vu des gens manger des ordures dans les poubelles de New York et coucher dans la rue au plus fort de l'hiver. Mais vous trouvez qu'il est logique, qu'il n'y a aucune hypocrisie à nous dire ce qui est humain et ce qui ne l'est pas ! »

Il agita la main comme pour chasser un air vicié.

Stern baissa la tête et examina le sol :

« Ce que vous dites est la pure vérité. Il y a des gens qui n'ont pas de quoi manger en Amérique. Mais ils ne représentent qu'une petite fraction de la population.

— Quand ils ne seraient que deux, ce serait encore deux de trop ! » Le poing de Dounskoï s'abattit sur le bureau. « Deux de trop ! » Des crayons roulèrent, des papiers volèrent devant ce poing vengeur. Il pivota brutalement et leur fit de nouveau face, pointant un doigt accusateur en direction de Stern. « En Union soviétique, nous sommes plus démunis que vous. Mais personne — vous m'entendez, personne — ne dort dans le caniveau ni ne fouille les poubelles pour trouver à se nourrir ! Alors ne venez pas me parler de ce qui est *humain.* Commencez donc par balayer devant votre porte ! »

Un profond sentiment d'impuissance submergea Stern. S'attendant à être prié d'une minute à l'autre de quitter les lieux, il entendit vaguement le cliquetis du numéro composé sur un téléphone, puis la voix du colonel aboyant dans un russe rapide, essoufflé, dans le récepteur. Le tout avait duré une trentaine de secondes au plus. Dounskoï raccrocha et les fusilla du regard :

« Le señor Gonzaga regagnera le train cet après-midi même. »

Trop ahuris pour parler, n'en croyant pas leurs oreilles, Stern et Thomas retinrent leur souffle tandis que le colonel poursuivait sa harangue. Il s'adressait à Stern :

« Vous... » — de nouveau il agita un doigt légèrement crochu dans sa direction — « je vous tiens pour personnellement responsable de son comportement.

— C'est avec le plus grand plaisir que j'assume cette responsabilité.

— S'il se reproduit un incident de cette sorte, ou si ses actes encouragent les autres à faire les idiots, c'est vous qui en répondrez !

— C'est entendu. »

Avec un bel ensemble, Stern et Thomas se levèrent.

« Merci infiniment, colonel. »

Thomas reprenait du poil de la bête :

« La señora Gonzaga et ses filles seront transportées de joie à l'annonce de cette nouvelle. »

Tous deux tournèrent les talons et se dirigèrent vers la porte.

« Attendez... » La voix de Dounskoï les arrêta à mi-parcours. « Mr. Thomas, vous pouvez disposer. Quant à vous, Mr. Stern, je vous demanderai de bien vouloir rester. »

Lorsque la porte se referma sur l'Anglais et que Stern se retrouva seul, assis en face de Dounskoï, un climat tendu régna dans la pièce. Stern sentit son estomac se contracter ; il se rappela ce qu'il éprouvait à l'école, gamin, avant la composition de maths. L'impression d'avoir envie, d'avoir besoin d'aller aux toilettes.

Le colonel avait étalé devant lui ce qui semblait être plusieurs formulaires remplis et un dossier. Ses lèvres remuaient doucement tandis qu'il lisait. Juste au-dessous de la main droite de Dounskoï, Stern reconnut son propre visage — une Photomaton au grain apparent, agrafée n'importe comment, qui le montrait figé dans un sourire grimaçant, presque crétin.

« A ce que je lis sur votre visa et votre passeport, Mr. Stern, vous êtes à la retraite ?

— C'est exact.

— Or vous n'avez que cinquante ans. N'est-ce pas un peu prématuré ?

— J'ai décidé que j'avais passé assez de temps à travailler pour les autres. J'ai envie de voyager à présent. De lire des livres. Écouter de la musique. »

Stern était conscient de la maladresse avec laquelle il affectait l'insouciance.

Dounskoï cala ses coudes sur le bureau. Sous les sourcils broussailleux, velus comme deux grosses chenilles, les yeux tartares conservaient toute leur vivacité :

« Quel genre de travail faisiez-vous, si ce n'est pas indiscret ?

— Je m'occupais d'études de marché. » Stern s'aperçut que ces mots ne disaient pas grand-chose au colonel : « J'étais chargé d'établir des fichiers... »

Le colonel dressa l'oreille.

« ... des fichiers de noms de clients éventuels pour de grandes maisons de publicité. Mon travail consistait à définir tout ce qui touchait à ce marché potentiel pour pouvoir l'investir avec des chances de succès. »

La curiosité de Dounskoï était éveillée :

« Par exemple ?

— Eh bien... L'âge. Le revenu. Le degré d'instruction. La religion... »

La voix de Stern faiblissait; il était conscient d'avoir détourné les yeux du regard inquisiteur de Dounskoï.

Celui-ci agita la main avec impatience :

« Je vois, je vois... Continuez, je vous prie. Vous aviez besoin de toutes ces informations, hautement personnelles, pour vendre à ces gens des... » — il chercha le mot avec un geste agacé de la main — « ... des produits ? »

Lorsque le mot sortit enfin de ses lèvres, ce fut avec mépris.

« C'est cela.

— Et comment recueilliez-vous ces informations ?

— En envoyant aux gens des questionnaires à remplir. Ou en les démarchant par téléphone. Nous appelons ça une enquête.

— Et ces gens... ils vous communiquaient d'eux-mêmes ces renseignements ?

— La plupart du temps, oui. » Stern s'amusait de la stupéfaction du colonel. « Et ceux qu'ils gardaient pour eux, eh bien, nous les obtenions d'autres sources. »

Dounskoï haussa les sourcils :

« D'autres sources ?

— La Sécurité sociale. Le bureau d'enregistrement des cartes grises. Le service des impôts. Les dossiers de l'armée. Les sociétés de cartes de crédit. Les compagnies d'assurances. Les banques. Nous achetions le droit d'accès à leurs fichiers.

— Pour constituer des dossiers sur les individus ? »

Stern sourit :

« Pas des dossiers à proprement parler. »

Dounskoï lui adressa un long regard oblique :

« Des dossiers, des dossiers ! » Il fit un geste vers les formulaires qu'il avait sur son bureau. « Exactement le même type de renseignements. Vous avez un autre mot pour ça ? »

Stern se sentit progresser sur le sol instable d'un bourbier sémantique :

« Nous parlons de " profil du consommateur ". »

Le regard en biais du colonel se fit de plus en plus moqueur :

« " Profil du consommateur " ? Vous collectez des informations sur une personne privée afin de pouvoir agir sur elle, non ? »

Stern eut un sentiment d'impuissance :

« Mais nous ne voyons pas ça comme une mainmise sur cette personne qui nous permettrait d'atteindre quelque objectif dangereux.

— Seulement de lui vendre quelque chose dont elle ne veut pas ?

— Heu... dans un sens.

— Et ce n'est pas dangereux ?

— Non. »

Le colonel médita un moment cette réponse :

« Je vois. Pouvoir agir sur la vie de cet individu hypothétique à des fins politiques est dangereux, le faire à des fins commerciales est bénéfique ? »

Frappé par la justesse de la comparaison, Stern sourit :

« Tout est dans l'intention.

— L'intention ?

— Oui. Dans ce que vous entendez faire de l'information que vous aurez recueillie sur cet individu.

— Afin d'agir sur lui ! » Dounskoï se donna un grand coup sur le genou et éclata de rire. « Ça rappelle assez les méthodes du KGB ou du GRU, non ? Voire du FBI. »

Stern commençait à flancher :

« Mais pas du tout ! »

Dounskoï paraissait ravi de cette petite joute. Il saisit le formulaire officiel qu'il avait devant lui et entreprit de le lire à haute voix, s'arrêtant de temps à autre pour regarder Stern par-dessus ses lunettes :

« Peter Stern. Age : cinquante ans. Domicile : 258, 63e Rue Est, New York. Nationalité : américaine. Parents nés à Wurzburg, Allemagne. Ayant émigré aux États-Unis en 1922. Situation familiale : Divorcé, deux enfants. Vous avez fait votre service dans l'armée américaine de 1955 à 1957 et obtenu le grade de capitaine. Cela en Allemagne, en qualité de spécialiste du matériel et des dépôts de l'armée... » Le regard de Dounskoï passa au-dessus de la monture de ses lunettes. « Spécialiste du matériel et des dépôts de l'armée ?

— C'est bien ça.

— Des démolitions ?

— Parfois.

— Vous avez travaillé pendant dix-huit ans pour une grande agence de publicité à New York. Pris votre retraite il y a trois ans. Divorcé depuis peu de votre femme, Constance, âgée de quarante-six ans...

— D'où tenez-vous toutes ces informations ? demanda Stern.

— Ça vous agace, hein ? » Dounskoï eut un petit rire allègre.

« Vous avez eu la bonté de nous en fournir vous-même une partie sur votre passeport et votre demande de visa. Quant au reste... » — il eut un sourire madré — « nous aussi, nous avons nos méthodes.

— Je vois », répliqua Stern d'un ton sec.

Conscient de son irritation, Dounskoï se radoucit.

« Franchement, votre naïveté me surprend, Mr. Stern. Il est évident que nous vérifions très en détail les antécédents de toute personne qui demande un visa pour l'Union soviétique. Compte tenu du climat politique mondial actuel, nous serions des idiots si nous ne le faisions pas. » Le colonel lui sourit. « Je vois que cela ne vous plaît guère d'apprendre que vous avez fait l'objet d'une... enquête. » Sa voix railleuse traîna sur le mot. « Pourquoi n'avez-vous pas répondu à certaines questions sur votre demande de visa ?

— Certaines questions ?

— Concernant votre appartenance religieuse. »

Il montra le formulaire à Stern en lui désignant la ligne laissée en blanc.

D'abord perplexe, Stern rougit.

« Et alors, ça change quoi ? lâcha-t-il. C'est une question hors de propos, et, de toute façon, ça ne vous regarde pas ! »

En s'entendant parler, il fut ahuri par la vivacité de sa réaction.

Dounskoï aussi. Bouche bée, il dévisagea Stern avec une expression étrange :

« Votre appartenance religieuse m'importe peu. En ce qui me concerne, vous seriez hottentot que je n'en aurais rien à faire. J'ai simplement relevé ce fait parce que, à part cette unique omission sans importance, le reste de votre dossier est bourré d'informations que vous avez fournies de vous-même. » Dounskoï lui adressa un petit sourire rusé. « Bizarre, non ?

— Je ne suis pas juif, si c'est à ça que vous faites allusion. »

Le colonel pencha brusquement la tête de côté :

« Je vous demande pardon ?

— Je disais que je ne suis pas juif, quoi que vous puissiez penser.

— Je n'ai pas l'impression que je pensais à ce genre de chose. Mais maintenant que vous le mentionnez, Stern est indiscutablement un nom juif.

— C'est un nom très répandu chez les protestants allemands, éluda sèchement Stern. Or il se trouve que je suis protestant. Enfant, je faisais partie d'une chorale de l'Église luthérienne à Saint Louis.

— Alors pourquoi ne pas l'avoir indiqué sur votre demande de visa ? »

Dounskoï était visiblement déconcerté.

« Je vous l'ai dit, cette question est déplacée et ne vous regarde pas.

— La même question figure sur la demande de passeport américain, dit le colonel, de plus en plus perplexe.

— C'est exact. Et je n'y ai pas répondu non plus », s'énerva Stern, agacé par l'incrédulité manifeste du colonel.

Dounskoï poussa plus avant :

« Il n'y a rien de mal à être juif.

— Rien du tout. Mais, comme je vous l'ai dit, je ne suis pas juif. Je suis protestant.

— Pouvez-vous le prouver ?

— Je vous demande pardon ? fit Stern, interloqué.

— Pouvez-vous le prouver? Vous avez des documents ? Un certificat de votre paroisse ? Des attestations ?

— Bien sûr que non ! Pourquoi trimbalerais-je ce genre de paperasse ? »

L'expression d'incrédulité de Dounskoï se transforma en sourire insolent :

« Ah, oui... je vois. Vous voulez dire que, si vous étiez vraiment juif, vous seriez traité autrement que les autres voyageurs ?

— Cela ne me surprendrait pas. »

Dounskoï étudia un moment cette réponse :

« Plus mal, si j'ai bien compris, que les autres ?

— Oui... infiniment plus mal. » Stern vit le sourire du colonel se durcir, et l'affabilité qu'il avait montrée jusque-là se modifier. « Mais je ne suis pas juif.

— C'est vous qui le dites, fit observer Dounskoï d'un ton lourd de sous-entendus. En Union soviétique nous traitons les juifs comme tout le monde. Mais, à voir votre expression, il est inutile de vouloir vous en convaincre. »

Il s'ensuivit un moment de flottement durant lequel chacun des deux hommes chercha à assurer ses positions.

« Vous savez, Mr. Stern » — Dounskoï se cala dans son siège et croisa les jambes — « nous pourrions rester ici vous et moi à discuter pendant des heures, en n'échangeant que des vérités dûment reconnues, sans qu'aucun de nous ne croie un mot de ce que l'autre aurait dit. »

Stern réfléchit :

« C'est navrant, n'est-ce pas ?

— Pour tout le monde », concéda Dounskoï.

Un long silence troublé tomba sur la pièce. Les fenêtres aux rideaux tirés laissaient filtrer les voix des soldats qui faisaient l'exercice en bas, dans la cour.

« A supposer que vous soyez juif... reprit Dounskoï.

— Ce que je ne suis pas...

— D'accord. » D'un geste, Dounskoï écarta l'objection. « Mais à supposer que vous le soyez, je pourrais passer des heures ici à vous donner des garanties écrites que, malgré votre religion, vous ne serez pas traité autrement que les autres...

— Et je ne vous croirais toujours pas. »

Dounskoï sourit. Ses paupières plissées, tombantes, lui donnaient le regard torve d'un limier :

« Vous voyez à quel point la situation est insoluble ? »

Stern ne répondit pas. Ils semblaient avoir atteint une impasse. Les yeux fixés au plafond, le colonel se grattait le menton d'un air absent.

« Il est de mon devoir de vous informer, Mr. Stern » — les yeux de Dounskoï exploraient attentivement le plafond tandis qu'il parlait — « que notre enquête s'est à présent resserrée sur trois ou quatre personnes dont nous croyons qu'elles ont tenté de faire sortir des documents secrets d'Union soviétique. Parmi ces trois ou quatre personnes, vous figurez en tête de liste. »

C'était comme si Stern l'avait toujours su, comme s'il avait vécu et revécu cet instant dans les innombrables cauchemars qui avaient marqué les années récentes ; des événements qui prenaient un tour inexorable, capricieux, qui vous laissaient dans l'incapacité d'avancer des arguments plausibles pour vous défendre.

« Quand avez-vous décidé que j'étais le principal suspect... ? Quand vous avez décrété que j'étais juif ? »

Dounskoï ignora la remarque.

« Pourquoi moi plutôt qu'un autre ? s'obstina Stern.

— Parce que jamais les soupçons ne seraient tombés sur vous. Un homme si agréable, si sympathique qu'il semble absurde qu'il puisse être impliqué dans une affaire aussi stupide que le vol d'informations pour des services d'espionnage.

— Ça ne vous paraît pas un peu tiré par les cheveux ?

— Si, bien sûr... mais personne n'a jamais pu accuser les activités d'espionnage d'être particulièrement logiques. Et, là encore, allez donc savoir. Peut-être vous avons-nous choisi comme principal suspect parce que, comme vous le dites, il se trouve que votre nom a une consonance juive. »

Ils se dévisagèrent en silence. L'espace d'un instant, ils ressemblèrent à deux hommes embarqués sur un morceau de banquise au beau milieu de l'océan Arctique. La plaque de glace s'était soudain brisée en deux, les séparant. L'eau noire et glacée avait creusé l'écart entre eux, submergeant les bords de la glace, et ils voyaient à présent cet écart grandir dans l'obscurité envahissante.

Peu après le déjeuner, la température atteignit les 38° aux abords du train. Dans les wagons, la chaleur était devenue intenable. Si intenable que les Soviétiques revinrent sur leur décision et permirent aux voyageurs de ne pas regagner leurs compartiments pour l'après-midi.

Un peu plus tard, à la stupéfaction générale, des instructions arrivèrent de Vyborg, invitant les passagers à se rafraîchir dans l'étang voisin. Compte tenu de la chaleur accablante, rares furent ceux qui ne sautèrent pas sur l'occasion. L'offre posait néanmoins un problème. Seuls quelques voyageurs avaient songé à se munir d'un maillot de bain, et ceux ou celles qui avaient la chance d'en avoir dans leurs bagages ne furent pas autorisés à remonter dans le train pour les prendre. Le capitaine déclara qu'on procédait encore à un certain nombre de « fouilles spéciales » et que les passagers ne pouvaient regagner les wagons sous aucun prétexte avant qu'on n'en eût fini.

La seule solution consistait donc à se passer de maillots de bain ou à se baigner en sous-vêtements. Le tout était de savoir jusqu'à quel point vous souffriez de la chaleur et aviez désespérément besoin d'un peu de répit.

Pour les Américains, en particulier pour les plus provinciaux, comme les Keck, l'idée de se déshabiller en public sur le bord de l'étang était impensable. Même des spécimens plus évolués, comme les Blanton, qui mouraient d'envie de se plonger dans ces eaux rafraîchissantes, eurent du mal à s'y faire. Des gens moins conventionnels, tels les Shapley et Jane Blaylock, n'hésitèrent pas à se dévêtir partiellement ou à remonter leur pantalon.

Pour la grande majorité des Européens, bien sûr, le fait de s'exposer en public ne posait aucun problème. Très vite, donc, un nombre appréciable de membres du groupe Intourist 409 folâtraient sur le bord de l'étang à des stades divers de nudité. Témoins de leur plaisir, plusieurs voyageurs appartenant à la catégorie des Blanton, par exemple, qui avaient d'abord affiché quelques réticences, finirent par renoncer à toute pudeur en même temps qu'à une première couche de vêtements et plongèrent tête la première dans l'immodestie ambiante.

Un peu plus loin, des soldats russes qui n'étaient pas de service combattaient la canicule de la même façon. Quelques heures plus tôt, ces mêmes soldats, paradant autour du train fusil au poing et revolver à la ceinture, gueulant des ordres et escaladant les wagons, vous glaçaient les sangs. Privés de leurs armes et de leur uniforme, dépouillés de tout emblème national ou professionnel, en maillot de bain ou, dans certains cas, simplement en slip, ils ressemblaient à n'importe quels adolescents turbulents — des garçons qui avaient à peine vingt ans ou moins, chahuteurs, n'ayant pas fini de muer, poussant des hurlements et s'éclaboussant, lorgnant sans vergogne les jeunes étrangères.

Plusieurs étaient montés dans l'arbre où pendait ce pneu attaché à une branche, au-dessus de l'eau. Hurlant à pleins poumons, ils s'y accrochaient, prenaient leur élan et se laissaient tomber dans le vide en des plongeons maladroits qui s'achevaient sur les fesses et soulevaient de grandes gerbes d'eau.

Quelques éléments particulièrement audacieux se donnaient en spectacle pour la plus grande joie des voyageurs, s'élançant d'avant en arrière et décrivant des oscillations de plus en plus amples au-dessus de l'eau. Parvenus au sommet de leur élan, ils lâchaient tout et fusaient dans l'espace en direction des baigneurs qui suivaient du regard, ravis, la trajectoire gracieuse des corps s'enfonçant sous la surface trouble de l'étang. Une brève attente, puis la tête des plongeurs réapparaissait, déclenchant des applaudissements nourris. Une grande marmite en aluminium remplie de limonade avait été apportée du wagon-restaurant, en même temps que des tranches épaisses d'un gâteau assez indigeste, à base de farine de maïs, auquel bientôt tout le monde goûta.

Sans se soucier de la distance, Serja Inusen nageait loin du groupe. Blonde et mince, elle ressemblait à un rameau flottant sur l'eau. D'une blancheur de lait, tout en mouvements et en apesanteur, elle semblait raser l'eau sans en troubler la surface. Elle progressait sans bruit, pareille à un frêle oiseau, le menton au-dessus de l'eau, sa lèvre inférieure protégeant sa lèvre supérieure en une drôle de petite grimace, comme si cela eût suffi à lui conserver le reste du corps au sec.

Cela faisait une vingtaine de minutes qu'elle nageait ainsi et barbotait quand elle s'aperçut soudain qu'elle n'était pas seule. Du coin de l'œil, elle vit quelque chose bouger. Un mouvement léger, presque imperceptible, qui se révéla être, vu de plus près, une tête affleurant à la surface de l'eau à quelques mètres à peine derrière elle.

Une voix l'appela doucement en russe. Effrayée, elle rebroussa chemin en direction du rivage. Elle vit alors la tête de l'homme qui, en quelques brasses rapides, s'était interposé entre elle et le rivage.

Il se rapprocha et fut bientôt si près qu'elle vit qu'il était blond et avait les cheveux très courts, tondus presque à ras.

« Salut, *mouchka !* », lui dit-il d'un ton taquin, un sourire bêta découvrant ses grandes dents chevalines. « Hé, princesse ! » s'écria-t-il, comme elle s'éloignait. « Ne t'en va pas ! Attends, je vais t'apprendre à nager ! »

Elle reconnut aussitôt le lieutenant qui avait trafiqué sa déclaration de devises le matin précédent. Il se rapprocha, plongea sous elle et la tira par les orteils au passage. Elle poussa un cri et lui expédia un coup de pied.

« Idiot ! » lui lança-t-elle quand il refit surface, chassant l'eau avec un claquement humide de ce qu'il lui restait de cheveux.

Serja s'émerveilla de sa propre témérité. S'il avait été en uniforme, comme l'autre matin, elle aurait été terrifiée. Mais là, tandis qu'ils nageaient tous les deux dans l'onde tiède et soyeuse de l'étang, il la faisait rire.

« Tu ne sais pas compter, mais je peux t'apprendre à nager, dit-il d'un ton moqueur.

— Je nage mieux que vous, répliqua-t-elle.

— Tu ne veux pas jouer avec moi, *mouchka ?*

— Allez plutôt vous amuser avec vos copains ! »

Elle fit demi-tour et se mit à nager en direction du rivage. Il parut étonné et un tantinet vexé, aussi préféra-t-elle ne rien dire quand il la rejoignit.

Plusieurs soldats russes les avaient observés depuis le rivage ; à présent ils poussaient des miaulements et des sifflements à l'adresse des deux nageurs, à la fois pour encourager leur camarade et se moquer de lui. Les jeunes gens glissaient doucement, en silence, à travers l'image inversée de la cime des arbres qui se reflétaient dans l'eau, le garçon décrivant autour d'elle de larges cercles dont les ondes se perdaient au loin ; son crâne tondu et luisant rappelait celui d'une otarie.

L'espace d'un instant, ils eurent l'impression d'être complètement seuls, silhouettes immobiles gravées sur quelque entablement antique. L'eau portait jusqu'à eux les cris et les rires des baigneurs distants d'une quinzaine de mètres. La seconde suivante, il nageait droit sur elle, effleurant sa joue de ses lèvres quand il la dépassa. Un geste si timide, si maladroit et gamin qu'elle éclata de rire.

« Au revoir, *mouchka !* »

Il sourit et fit brusquement demi-tour, nageant jusqu'à l'autre bord, où ses camarades acclamèrent son retour.

Quand Serja reprit pied sur le rivage, ses compagnons de voyage l'applaudirent, tandis qu'elle rougissait et faisait semblant d'être furieuse. Tout cela ressemblait plus à une partie de campagne en compagnie d'une bande de paysans truculents qu'à un agréable interlude coupant la vie routinière et angoissante d'otages politiques.

Sur la cinquantaine de membres que comptait le groupe Intourist 409, seuls les Keck avaient refusé de se baigner. Ils avaient préféré s'asseoir à l'écart dans un bosquet ombragé, à l'abri des regards mais à portée de voix.

Mr. Keck avait entamé la journée dans son inévitable costume sombre, avec une chemise appropriée et dûment cravatée. Il finit tout de même par se laisser aller (avec l'accord de Mrs. Keck) et retira sa cravate et sa veste, étalant celle-ci sur l'herbe haute, afin que tous deux puissent s'asseoir. Du coup, elle ôta ses chaussures pour mieux étirer ses orteils coincés dans ses bas.

Ils restèrent ainsi, immobiles, sans parler, dos à dos, raides et empruntés, absolument pas surpris de se retrouver seuls. Comme toujours, non ? Seuls. Ils formaient un tableau mélancolique, elle le visage levé, observant les branches des arbres, lui la tête baissée, fixant ses mains inutiles croisées sur ses genoux, tellement silencieux tous les deux, tellement solitaires malgré les cris joyeux des baigneurs de l'étang tout proche qui retentissaient dans l'air étouffant du bosquet.

Pour rien au monde Mrs. Mukherjee n'aurait enlevé son sari. Bébé Muk perché sur son épaule, elle s'avança d'un pas hardi dans l'étang. Elle fit une dizaine de mètres tout habillée, de l'eau jusqu'aux hanches, et plongea l'enfant piaillant dans l'eau, tandis que le madras rouge vif de son sari se gonflait tout autour d'elle, s'enroulant et se déroulant comme une énorme anémone de mer. C'était une scène charmante — la mère et l'enfant, ayant déposé un instant les armes, qui riaient et jouaient, prenant plaisir l'un à l'autre.

Mr. Mukherjee, lui, n'avait éprouvé aucun scrupule à quitter ses vêtements. Bien au contraire, il parut sauter sur l'occasion. Sans la moindre gêne, il s'attardait sur la rive vêtu d'un slip bleu électrique arborant la marque d'un styliste français renommé. Pour un sous-vêtement, ce slip semblait excessivement étroit et ajusté — plus fait pour l'admiration des foules que pour le confort. Arpentant l'étroite bande de plage, s'arrêtant ici et là pour bavarder avec les autres voyageurs, glissant en douce un regard de feu vers les ravissantes cuisses laiteuses de Katrina Van Meegrin et vers les belles Italiennes qui avaient retroussé leur combinaison au moyen d'épingles pour se faire un maillot de bain, il se pavanait tout ventre rentré.

Grant Shapley avait roulé les jambes de son pantalon ; équipé de son chapeau à large bord et de sa canne, il barbotait, de l'eau jusqu'aux genoux. De temps à autre, il marquait une pause pour se baisser et examiner attentivement un objet qu'il avait repéré sous la surface de l'eau. Parfois il s'agenouillait et récupérait quelque spécimen de faune marine.

Assises dans trente centimètres d'eau près du bord, Wilma Shapley et Nell Blanton bavardaient. Leur conversation était animée et portait essentiellement sur les choses de la maison et sur ce qu'elles feraient une fois rentrées chez elles. Mrs. Shapley débordait de projets pour l'automne. Ils allaient construire un muret tout autour de leur jardin. A Noël, ils iraient voir leurs enfants et petits-enfants dans l'Est. Tandis qu'elle parlait, ses yeux ne quittaient pas une seconde le professeur. Elle observait le mouvement lent, pesant, de sa silhouette corpulente alors qu'il longeait la rive ; ses cuisses blanches et volumineuses avaient quelque chose d'un peu ridicule sous les bords roulés de son pantalon. Il s'arrêta pour échanger quelques mots avec une poignée de jeunes Espagnols qui couraient et s'éclaboussaient tout autour de lui. Il parut leur montrer quelque spécimen vivant qu'il tenait dans le creux de la main. Elle nota comme il lui était facile et naturel de retomber dans son rôle de professeur dès que de jeunes esprits se trouvaient à sa portée.

A un moment, il parut trébucher. Sans cesser de sourire ni d'écouter Nell Blanton, Mrs. Shapley fit le geste de se lever, mais elle se rassit aussitôt quand elle le vit reprendre son équilibre. Nell n'y prit pas garde et continua à parler, décrivant longuement et en détail une vieille recette de famille, une terrine de crabe Maryland.

Et c'est ainsi que les heures passaient. Plusieurs soldats s'aventurèrent jusqu'aux baigneurs sous prétexte de se servir de la limonade, mais plus vraisemblablement pour voir de plus près ces créatures venues d'ailleurs. Parmi eux se trouvait le jeune lieutenant qui nageait avec Serja.

Malgré la barrière de la langue, tout ce monde semblait très bien s'entendre. Shapley parlait un russe plus qu'acceptable, et puis bien sûr il y avait l'accompagnatrice. Très vite, la conversation fut générale ; on buvait de la limonade, on échangeait des cigarettes, tout cela en sous-vêtements et tenues de fortune. (Personne n'avait de vrai maillot de bain.) On entrevit quelques seins et un peu de poils du pubis plus ou moins apparents sous les sous-vêtements plaqués par l'eau. Mais personne ne parut s'en soucier. Ils faisaient songer à une bande de pré-adolescents se baignant en groupe, riant et jacassant, glissant à l'occasion un regard furtif vers les parties les plus intimes du corps de leur voisin.

« Et qu'a-t-il dit ?
— Il m'a posé des questions sur la fac. Sur mes études.
— La fac ?
— Oui.
— Et puis il t'a dit que tu étais suspecte ?
— Oui.
— Juste comme ça ?
— Comme ça.
— *Incroyable !* »

Desfargue se frappa le front du plat de la main. Kate Dubbin et lui s'étaient éloignés du groupe. Ils avaient déniché un boqueteau de hêtres derrière une petite élévation ; là, ils avaient quitté leurs vêtements et fait l'amour.

Allongés dans les hautes fougères, leurs deux corps encore partiellement enlacés, ils étiraient langoureusement leurs membres avec cette merveilleuse sensation de plénitude qui suit l'acte amoureux.

Desfargue redressa de nouveau la tête.

« Mais ça ne t'a pas paru curieux ? Bizarre ?
— Quoi ?... Que je sois suspecte ?
— Cette question ! Ça te laisse froide ?
— Plus que toi, on dirait. »

Elle éclata de rire et le gratifia d'une petite gifle amicale.

Il secoua la tête d'un geste incrédule. C'était un garçon brun, dégingandé, avec un nez français assez important et ce genre de traits plus souvent qualifiés d'intelligents que de beaux. Il terminait tout juste ses études à la faculté de droit de Paris ; comme beaucoup de garçons frais émoulus de l'université, il avait tendance à se prendre très au sérieux. Il venait d'une famille de commerçants prospères de la bonne bourgeoisie et, bien entendu, s'estimait socialiste.

« Un officier du KGB t'accuse d'espionnage contre l'Union soviétique », continua-t-il, de plus en plus contrarié, « et c'est tout ce que ça te fait ! »

Elle lui lança un regard amusé dans lequel on lisait une sagesse infinie.

« Que veux-tu que je fasse ? Que j'aie une dépression nerveuse ?

— Oh, merde, lâcha-t-il. Petite idiote. Tu ne vois pas tout ce que ça sous-entend ? Comment peux-tu rester si calme ?

— Si tu veux savoir, je ne l'ai pas pris très au sérieux. »

Le garçon écarquilla les yeux.

« Non ?

— Non. Et je vais te dire quelque chose encore. Quelque chose d'étrange. Alors même qu'il m'accusait, j'ai eu l'impression très nette que lui non plus ne voulait pas que je le prenne au sérieux. Il était vraiment » — elle chercha un mot précis, mais opta pour la simplicité — « vraiment chouette. C'est tout ce que je peux dire. Il était très chouette. »

Desfargue la dévisagea sans rien dire.

« Parfois tu me sidères, Kate. Tant d'intelligence et tant de naïveté. Évidemment, c'est très américain.

— Et voilà ! » Avec un soupir las, elle se détacha de lui. « On remet ça avec mes malheureux benêts de compatriotes.

— Mais c'est vrai, ma chatte ! La vérité vraie. En matière de diplomatie internationale, il n'y a pas plus ballots que les Américains, plus simples d'esprit. » Il vit qu'il l'assommait. « Je te jure. Demande à n'importe qui.

— A un autre Français, par exemple ? Oh, Claude... » Elle tourna d'un mouvement brusque, les bras en croix de désespoir. « Écoute, mon chéri. Je veux que tu saches une chose, parce que je pense que c'est important pour nous deux. J'adore la France. J'adore Paris et la Provence. J'adore Monet et Satie. J'adore le fromage de chèvre et le beaujolais. Et même toi, je t'adore, encore que tu mettes parfois ma patience à rude épreuve. Vous avez eu l'Indochine bien avant que nous n'ayons eu le Viêt-nam, et vous ne vous êtes pas exactement couverts de gloire pour votre comportement d'un humanisme éclairé en Algérie, pas plus que nous au Salvador. Alors, mon cœur, pourquoi continuer à adopter ce ton paternaliste dès qu'il s'agit de l'Amérique ? A nous traiter de fauteurs de guerre, d'obsédés des missiles et je ne sais quoi encore ! Quand les armées du pacte de Varsovie déferleront sur l'Europe de l'Ouest et entreront dans Paris, vous ferez un raffut d'enfer en nous suppliant de venir vous dépanner ! » Elle s'interrompit. « Excuse-moi. C'est un peu mesquin de ma part. Mais tu passes ton temps à m'exciter en me disant à quel point ma patrie est imbuvable. Vous êtes très doués pour accuser les gens et leur dire où sont leurs responsabilités morales. Il n'empêche que vous prenez votre bâton de pèlerin pour aller vendre des surgénérateurs à Mrs. Gandhi et aux Irakiens, et des Exocet aux Argentins. Qu'est-ce qui vous fait croire que vous valez mieux que nous ? Je sais qu'il y a un tas de choses qui ne vont pas en Amérique, mais pourquoi tout le monde ne rêve-t-il que d'y aller ? Et pourquoi tout le monde essaie-t-il par tous les moyens de sortir d'URSS ? Pourquoi sommes-nous coincés derrière ces barbelés ? Pourquoi ne puis-je passer la frontière et aller en Finlande de la même façon que je traverse toutes les autres frontières ? Réfléchis un peu à tout ça, mon amour. » Elle lui passa la main dans les cheveux. « Réfléchis bien, et un jour, quand on en aura fini avec toute cette histoire, on en reparlera. Je t'aime beaucoup, Claude, même si tu as l'esprit étroit, et si tu la ramènes, et si tu es terriblement content de toi. Je ne peux m'empêcher de t'aimer beaucoup. Je crois même que je suis un peu amoureuse de toi. Mais si tu continues à tomber à bras raccourcis sur l'Amérique et à parler de nous en Europe comme si nous étions des Wisigoths, je vais commencer à trouver ça lassant. » Sa voix était calme et mesurée. Elle bouillait d'indignation, mais sans rien de strident ni de désagréable. « Il n'empêche » — et sa voix s'adoucit — « que, quoi qu'il arrive entre nous, j'aimerai toujours la France. La France, c'est un état d'esprit, et tellement beau que je ne permettrai à personne, pas même à toi, de me le gâcher. »

Elle lui prit le visage entre ses deux mains. Comme il protestait, elle lui imposa silence en posant ses lèvres sur les siennes.

« Et maintenant » — sa voix n'était plus qu'un chuchotement troublé — « si on s'arrête d'être si français et si bêcheur et si on se concentre, si on fait simplement l'amour, ce en quoi on excelle, je suis sûre que tout ira bien. »

Le señor Gonzaga fit une apparition remarquée au bord de l'étang à 3 heures de l'après-midi, marchant de son pas glissé au bras de Thomas. Un sourire radieux aux lèvres, il paraissait presque majestueux, malgré son étrange accoutrement de couleur indécise, fait de pièces et de morceaux bien trop grands pour lui et visiblement rassemblés par les Russes pour couvrir sa nudité. Sur un simple mortel, ce costume aurait produit un effet grotesque. Mais Gonzaga, avec son allure d'échalas et ses longues enjambées, saluant de la tête et de la main à mesure qu'il se rapprochait, ressemblait à quelque monarque banni retrouvant sa patrie après des années d'exil. Le mélange de crânerie et d'affection qu'il manifestait à tous ceux qu'il apercevait était curieusement émouvant. Mais en permettant à Thomas de l'exhiber çà et là tel un trophée nouvellement conquis, il laissait entendre que c'était le journaliste qui avait miraculeusement tiré les ficelles et obtenu sa libération.

Stern arriva peu après en compagnie de la señora Gonzaga, d'Isabel et de Consuelo. Tout ce petit monde s'était retrouvé un peu plus tôt, au milieu de larmes, de baisers et de sévères mises en garde contre ce genre de fredaines à l'avenir.

Les gens se précipitaient sur le vieil homme, l'accablaient de poignées de main et de bourrades chaleureuses. Les questions fusaient de partout, auxquelles Gonzaga répondait en détail. Où on l'avait emmené ? Eh bien, dans un petit hôtel de Vyborg, « pas le “ grand luxe ”, certes, mais tout à fait convenable ». On l'avait fait dîner. Il avait pris un bain dans une vraie baignoire, regardé la télévision (sans rien comprendre du tout) et bénéficié d'une bonne nuit de sommeil. « Il n'était pas question de passer un jour entier consigné dans une des petites cellules étouffantes de ce fichu train ! »

Oui, il se mettrait de nouveau en costume d'Adam et se promènerait dans cette tenue pour marquer le coup. S'il croyait à cette méthode, pourquoi pas ? Un éclair rusé lui fit pétiller les yeux, donnant à tous les assistants l'impression que le militantisme pacifique du vieux Castillan tenait plus de la ruse que de la démence, et qu'il était éminemment préférable aux tourments qu'ils avaient endurés avec tant de passivité.

Car, après tout, n'importe qui pouvait pardonner ce genre d'activisme. Il ne faisait de mal à personne. Il ne mettait personne en danger, sauf éventuellement Gonzaga, et il avait permis à son auteur d'obtenir ce qu'il voulait.

« Je suis ravie de vous voir de nouveau parmi nous » — Jatta lui tapota l'épaule — « mais ne vous risquez plus à des fantaisies de ce genre !

— Soyez sans inquiétude, lui assura la señora Gonzaga. Je l'enfermerai à double tour ! »

Isabel prit un air consterné.

« Une nouvelle geôlière, *madrecita* ? Nous avons la mémoire bien courte ! »

Un éclat de rire salua cette boutade. L'humeur était au beau fixe, et le retour de Gonzaga allégeait visiblement le climat de tension qui régnait depuis son départ. La façon dont il avait été emmené d'autorité la veille avait créé une impression désastreuse. Sa réapparition, dans un état somme toute satisfaisant (et peut-être même meilleur qu'avant) ranimait l'espoir.

La libération de Gonzaga parait Thomas d'un éclat nouveau. S'en attribuant tout le crédit, il rayonnait devant l'approbation de ses compagnons. Peut-être avait-il déjà rédigé dans sa tête la façon dont il allait dépeindre l'incident dans la série d'articles qu'il projetait d'écrire dès son retour à Londres. Il était suffisamment malin pour voir qu'il pourrait toujours les refiler à un diffuseur, à moins qu'il n'eût la matière d'en faire un livre, coiffant tous ses concurrents au poteau.

Stern, qui aurait pu largement prétendre à une bonne part de cette gloire, semblait étrangement indifférent à toute cette agitation. Il fut soulagé de pouvoir rester seul sur la petite plage, assis sur un rocher, à contempler l'eau. Perdu dans de sombres pensées, il paraissait avoir complètement oublié la foule qui s'agglutinait autour de Thomas et du vieux.

Stern n'estimait pas avoir intercédé auprès du colonel Dounskoï en faveur du vieux. Et, si on lui avait demandé de raconter cette entrevue, il en aurait sans doute attribué tout le crédit à Thomas. Pour lui, l'épisode était de l'histoire ancienne. Ce dont il gardait le souvenir, c'était de son entretien avec Dounskoï, en particulier la dernière partie, après le départ de Thomas. Un entretien terrifiant. Lorsqu'il avait enfin quitté le bureau du colonel, escorté par un robuste sergent jusqu'à la voiture d'état-major qui l'attendait, il avait brutalement compris ce qui venait de se passer, avec tout ce que cela sous-entendait d'abominable. Tandis qu'il descendait l'allée en béton conduisant à la voiture, son cerveau bouillonnait, et il chancelait comme un vieillard.

Comme il prenait place sur la banquette arrière, l'attitude crâne qu'il avait affectée dans le bureau de Dounskoï s'était effondrée, et il avait cédé à une vague de panique qui lui donnait la nausée. Le pire, bien sûr, c'est qu'il était lui-même à l'origine de tout ça. La prétention et l'insolence de ce geste de bravade — l'omission d'un renseignement sur sa demande de visa —, qui lui avait semblé partir d'un si noble principe à l'époque, lui paraissait à présent digne d'un potache, et d'une inexplicable bêtise. C'était lui, non Dounskoï, qui avait remis le sujet sur le tapis. Lui qui avait adopté une position de défense telle qu'il avait éveillé les soupçons du colonel.

Et l'atrocité d'être le principal suspect. Même au moment où

Dounskoï avait prononcé ces mots, Stern savait, avec une certitude terrifiante, que l'officier venait de tout inventer, là, à cet instant précis, et que lui, avec ses dénégations irritées, son insistance à déclarer qu'il n'était pas juif, s'était sabordé. Il avait prêté le flanc à son adversaire, il était devenu la proie idéale en lui permettant de jouer si pleinement de ses craintes qu'il s'était incriminé lui-même. Il avait servi au colonel un agent secret américain sur un plateau d'argent. Un agent secret de chair et de sang.

Des cris et des exclamations le tirèrent de ses réflexions moroses. Des gens passaient à côté de lui, refluant en vague vers l'extrémité de la plage. Il aperçut la silhouette massive de Kariolainen.

« Que se passe-t-il ? »

Le Finlandais se retourna.

« Le vieux ! » lui cria-t-il, puis il montra quelque chose devant lui.

Debout dans une fourche de l'arbre auquel se balançait le pneu à une dizaine de mètres au-dessus de l'eau, il aperçut le señor Gonzaga en petite tenue, un caleçon long et douteux qui révélait son anatomie décharnée. Il avait escaladé l'échelle faite de bûches grossièrement coupées qui menait à une petite plate-forme coincée au centre de la fourche.

« Bon Dieu ! »

Stern se leva et suivit les autres jusqu'à l'arbre.

« Descendez ! hurlait Jatta, les mains en porte-voix. Espèce d'idiot ! Voulez-vous bien descendre ! »

La señora Gonzaga arrivait en boitillant, hors de souffle. Elle agita frénétiquement ses mains en direction de son mari et se mit à gémir :

« Enrique, Enrique ! »

Un son pitoyable.

Les soldats russes qui se baignaient à l'autre extrémité de l'étang l'avaient vu eux aussi et arrivaient en courant le long de la rive. Ils avaient parfaitement conscience du problème — un homme d'un âge avancé qui folâtrait en tenue légère à dix mètres au-dessus de l'eau et n'avait certainement pas toute sa tête. S'il ratait son plongeon, il risquait de se casser la colonne vertébrale.

« Enrique, descends ! glapissait la señora Gonzaga. *Ven aquí, pronto !*

— Papa ! cria Isabel, les mains toujours en porte-voix. Vous êtes fou ! Descendez tout de suite ! »

Gonzaga semblait indifférent au chaos qu'il surplombait. Son visage portait la marque d'une concentration démente, presque illuminée. Il récupéra le pneu et tira un bon coup, comme pour en vérifier le poids et s'assurer du jeu de la corde.

« Pour l'amour du ciel, beugla Thomas, n'essayez pas ! Vous allez vous tuer ! »

Les soldats gesticulaient, secouaient la tête d'un air incrédule, baragouinaient quelque chose d'incompréhensible en russe. La señora Gonzaga n'était plus qu'une masse effondrée et gémissante au pied de l'arbre. Consuelo, accroupie à côté d'elle, faisait entendre de petits jappements plaintifs.

Furieuse, Isabel invectivait son père en tapant du pied :

« Imbécile ! »

Mr. Mukherjee trouvait la scène du plus haut comique. Il gloussait de joie et applaudissait comme s'il allait voir un artiste de cirque effectuer son numéro de la mort. Sandro Lambrusto se précipita vers l'échelle et commença à escalader les barreaux.

Stern le tira en arrière :

« Surtout pas ! Il est capable de sauter ! »

Il sauta. A la seconde suivante. Agrippant le pneu (d'une main pas tellement ferme, pour autant qu'on pût en juger d'en bas), les jambes tendues, la poitrine gonflée, il prit appui sur la plate-forme et se lança dans le vide. Pétrifiés, ils virent la corde se tendre sur toute sa longueur et décrire un arc au-dessus de la surface de l'eau placide et résignée. Elle n'alla pas très loin. La chose (il aurait été difficile de l'appeler autrement) s'abattit en gigotant comme un ver au bout d'un hameçon. On entendit un claquement sec, sur quoi la corde, le pneu et la chose en question se séparèrent en plein ciel, chacun partant dans une direction différente.

« Aaaaaayyyyyyyy ! »

Dans l'après-midi estival, le cri dément de Gonzaga déchira le crissement tranquille des sauterelles, tandis qu'il effectuait un vol plané avant de venir frapper l'eau en un plat sonore et terrifiant.

Dans un silence de mort, le souffle coupé, ils regardèrent le clapotis des cercles concentriques qui s'élargissaient à partir du point où il avait disparu. Comme il ne refaisait pas surface, Karl Heinz plongea et se dirigea à la nage vers l'endroit en question. Keith Wales et Sandro se jetèrent aussi à l'eau, en même temps que plusieurs soldats russes.

La señora Gonzaga avait perdu la tête. En contrebas, sur le bord, Isabel, de l'eau jusqu'aux chevilles, s'enfonçait dans la vase.

Karl Heinz, arrivé le premier sur les lieux, plongea. Les autres entourèrent l'endroit où le vieil homme avait disparu et plongèrent à leur tour. Une minute plus tard, la tête de Gonzaga jaillissait hors de l'eau, à une bonne quinzaine de mètres de l'endroit où les sauveteurs le cherchaient.

« Aaaaaayyyyyyy ! »

Une fois de plus, le vieil homme, triomphant, exubérant, indomptable, lança son ridicule cri de guerre à vous glacer les sangs. Il nagea d'une brasse allongée et élégante jusqu'au rivage et escalada la berge avec des allures de crabe ; des herbes vertes s'accrochaient à sa tête et à ses narines, et son caleçon lui tombait sans rien d'héroïque au-dessous des fesses.

Rameutée sur la rive, la foule convergea vers lui avec de nouveaux rires et serrements de main. Un peu en retrait, les soldats russes le regardaient bouche bée avec admiration.

« Bravo ! Bravo ! »

Madariaga étreignit le vieil homme et lui glissa quelque chose à l'oreille. Si fou et suicidaire que fût son acte pour un homme de soixante-seize ans, Gonzaga savourait l'ivresse de la victoire. Pour lui, c'était un beau geste, une sorte d'affirmation, et peut-être un acte de défi à l'intention de ses geôliers, témoignant avec éloquence de l'élan vital de ceux qui ne cédaient ni à l'âge ni aux infirmités physiques, refusant jusqu'au bout de s'avouer vaincus.

« Voyons si je vous ai bien compris. Vous dites que c'était vous qui transportiez ces documents dans le train et qui les avez cachés dans la vidange des toilettes ?

— Oui.

— Et qu'il y avait un autre individu, un chercheur de Polyarnyy, qui vous a transmis les documents en question à Gatchina ?

— Oui.

— En vous ordonnant de les remettre à un certain général major Breen au siège de l'OTAN, à Bruxelles ?

— Oui.

— Où l'on devait vous verser deux mille dollars ?

— Oui.

— Et vous ignorez le nom de l'homme qui vous a transmis les documents ?

— Il ne m'a pas été précisé. »

Junji Asawa répondait d'une voix apathique et monocorde, les yeux rivés au sol, l'air contraint. Sur son siège qui faisait face au colonel Dounskoï, il semblait petit et tassé. Faisant curieusement songer à une poupée. Il remuait à peine, et il y avait chez lui quelque chose d'atone, de glaçant.

On approchait des 5 heures quand le jeune Japonais avait été introduit dans le bureau du colonel. Il avait été convoqué à proximité du train, avec l'ordre de se tenir prêt pour 3 heures. Il s'était présenté à l'heure dite, mais Dounskoï, pour des raisons personnelles, avait fait attendre le garçon pendant près de deux heures.

S'ils s'agissait là d'une tactique du colonel relevant d'un plan de harcèlement soigneusement orchestré, destiné à jouer avec les nerfs d'Asawa pour le rendre plus vulnérable, le colonel avait réussi au-delà de toute espérance. Le fait qu'Asawa, lorsqu'on l'informa qu'il était suspect de haute trahison contre l'Union soviétique, passa et même s'empressa de passer aux aveux désarçonna complètement Dounskoï.

« Dites-moi, Asawa, pourquoi vous êtes-vous laissé embarquer dans cette histoire ?

— Je savais que ces documents étaient de la plus haute importance pour l'Union soviétique et j'étais résolu à ne pas les laisser tomber en de mauvaises mains.

— De mauvaises mains ?

— Les États-Unis. »

Asawa avait prononcé ces mots sans sourciller et avec une franchise désarmante, comme pour se valoir l'admiration réticente du colonel. De toute évidence, conclut Dounskoï, le garçon était fou à lier — il avouait des crimes entièrement imaginaires. Mais dans quel but ?

Le colonel changea de position.

« Je ne suis pas sûr de vous avoir bien compris. Ce que vous me dites, c'est que vous avez subtilisé ces documents non pour les vendre aux Américains, mais pour déjouer un complot des Américains contre l'Union soviétique ?

— C'est exact. » Le regard de jeune chiot d'Asawa quitta lentement le sol, implorant le colonel. « Je réclame l'asile politique à l'Union soviétique. »

Cette fois encore, le colonel resta sans voix. Penché sur son bureau, Dounskoï dévisagea le garçon d'un œil circonspect :

« Pour vous protéger de qui ?

— Des agents du gouvernement japonais, répliqua celui-ci sans hésiter.

— Pourquoi vous recherchent-ils ?

— Pour trahison.

— A l'encontre de qui ?

— Du gouvernement impérial du Japon. Je me suis enfui il y a sept mois.

— Une trahison de quelle nature ?

— Je préfère ne pas le révéler pour le moment. »

Dounskoï fronça les sourcils :

« Je suppose que vous avez mûrement réfléchi ?

— Oui.

— Et vous êtes sûr de vouloir vous réfugier en Union soviétique ?

— Oui. »

Dounskoï se passa lentement la langue sur les lèvres. Une terrifiante lassitude s'était emparée de lui. Il se sentit soudain trop épuisé pour creuser plus avant.

« Parfait », dit-il en refermant d'un geste sec le dossier ouvert devant lui. « Ces questions relèvent de la police d'État et du ministère de l'Immigration. Je vais vous procurer les formulaires nécessaires, mais je vous préviens, c'est une procédure très longue, et, si vous êtes recherché pour trahison par un gouvernement étranger, il y a peu de chance que votre demande aboutisse. Vous pouvez partir. »

Asawa se leva d'un geste vif ; plus exactement, il bondit presque sur ses pieds. Il fit une courbette, marmonna quelques mots et sortit d'un pas mal assuré. Pendant quelques minutes, Dounskoï fixa la porte que venait de franchir le jeune homme, le regard hébété, légèrement effrayé, comme s'il avait vu quelque présage surnaturel, pas spécialement rassurant, d'événements futurs.

Il procurerait les formulaires au garçon, comme promis, et irait même jusqu'à lui fournir quelqu'un pour l'aider à les remplir. Bien entendu, il était hors de question que ces formulaires atteignent les services intéressés. Une bévue de cette taille pouvait lui coûter sa carrière.

Le colonel se sentait lessivé. La masse acide d'un repas partiellement digéré lui donnait des brûlures d'estomac et une haleine fétide. Il avait reçu un autre appel téléphonique de chez lui ce jour-là, considérablement plus alarmant. Il devait rentrer sur-le-champ à Leningrad pour affronter la police, qui accusait officiellement sa fille d'actes « hostiles » envers l'Union soviétique et « inacceptables » de la part d'une citoyenne de l'URSS.

Dehors, devant les bâtiments bas et trapus de la caserne de Vyborg, une voiture attendait Asawa pour le reconduire au train. Le garçon affichait une attitude calme ; mais le feu couvait, et il allait bientôt se déchaîner.

Asawa était sûr qu'on lui refuserait le droit d'asile en URSS. Le colonel ne voulait pas de lui. Il l'avait lu dans ses yeux, et aussi dans l'expression de mépris qui s'était inscrite sur ses traits quand il avait formulé sa demande. Le colonel allait sûrement le remettre au consul japonais à Leningrad, qui le renverrait à Tokyo et à son père, et à ces agents japonais qui le recherchaient pour trahison. Mais trahison contre qui ? Et pour quelles raisons ? Et quels agents ? Mais il y avait bien des agents, non ? Son esprit divaguait. Sur la route qui serpentait dans une forêt de hêtres, il se sentit bizarrement désorienté. Il n'était plus en Russie. Plus du tout. Mais au Japon, enfilant la superbe route de Tokaido sur laquelle se profilait l'ombre du mont Satta.

Mais le colonel était de nouveau là. Dans son esprit, Asawa ne cessait de le confondre avec son père. Tous deux arboraient le même masque de cordialité légèrement railleuse. L'instant suivant, l'image d'une petite boîte rougeâtre dissimulée dans la cloison au-dessus de sa couchette passa brièvement devant ses yeux, puis s'évanouit. Ils ne l'avaient pas trouvée. Ils avaient passé leur matinée à fouiller le wagon, mais ils n'avaient rien découvert. Il les avait dupés. Lui, tout seul. La redoutable, la presque légendaire police d'État russe.

Paradoxalement, leur échec le décevait. Il avait élaboré dans son esprit un scénario compliqué, génial, pour en expliquer la présence. A présent, il regrettait de ne plus avoir l'occasion de rouler ses geôliers. Ils lui refusaient le droit d'asile ? Ils le regretteraient. Amèrement.

Jetant un regard dans le rétroviseur, le conducteur y vit le reflet d'un visage jeune de type asiatique, si lisse et impassible qu'il semblait une énigme. Rien ne pouvait lui indiquer que derrière ce regard catatonique, dans cette petite silhouette mince et nerveuse rencognée sur la banquette, quelque chose d'étrange et d'encore indistinct pulsait sauvagement.

# VI

CBS News *vient d'apprendre de source bien informée, à Helsinki, les noms des Américains toujours retenus en Union soviétique à bord du train de jour de la Finn-Sov, plus connu sous le nom de Train Vert.*
*Il s'agit des personnes suivantes :*
*— Mr. et Mrs. Paul Blanton, de Lexington, Kentucky*
*— Miss Jane Blaylock, de New York*
*— Mr. et Mrs. Theodore Kariolainen, de Shasta, Californie*
*— Miss Corine Kariolainen, de Shasta, Californie*
*— Mr. Christopher Kariolainen, de Shasta, Californie*
*— Mr. et Mrs. Ralph Keck, d'Ames, Iowa*
*— Mr. Peter Stern, de New York.*
*Pour en savoir plus, nous nous rendons maintenant en direct aux Nations unies, où l'Assemblée générale siège en session extraordinaire d'urgence depuis midi...*

*Répondant aux accusations lancées aujourd'hui à New York par l'ambassadeur soviétique auprès des Nations unies, le porte-parole du département d'État, Richard Graylin, a fait cette brève déclaration :*
*« Le gouvernement des États-Unis dément catégoriquement l'existence d'une action secrète, ou de quelque nature que ce soit, ayant pour objet de dérober des documents confidentiels de la base navale de Polyarnyy, à Kola. Par ailleurs, il considère que l'immobilisation prolongée du train de jour de la Finn-Sov constitue un fait de la plus haute gravité. Rien ne saurait justifier la restriction de mouvement de cinquante et une personnes innocentes. Cette action, si elle devait se poursuivre, ne peut qu'entraîner des conséquences particulièrement néfastes pour les relations américano-soviétiques. »*
*C'était Roger Mudd, pour* CBS News. *Merci et bonsoir.*

*Bonsoir. Ici la Voix de l'Amérique, qui diffuse son bulletin d'information de la soirée à l'intention des peuples des pays de l'Europe de l'Est et de l'URSS.*

*Ce soir, cinquante et une personnes appartenant à divers pays du monde libre et qui se trouvaient dans le train de jour de Leningrad à destination de Helsinki achèvent leur troisième jour de détention en Union soviétique.*

*L'URSS affirme détenir la preuve qu'un des passagers essayait de subtiliser des informations navales de nature hautement secrète. Mais un diplomate soviétique passé depuis peu à l'Ouest, interrogé aujourd'hui à Genève, a déclaré que cette action de l'Union soviétique constituait en réalité un prétexte pour retenir des otages jusqu'à ce qu'elle obtienne la restitution de son sous-marin T30 et la libération de son équipage, actuellement retenu en Norvège pour espionnage.*

*Des Occidentaux qui ont eu récemment l'occasion de se rendre à Moscou et à Leningrad ont dit avoir fait l'objet de réactions hostiles et de harcèlements dans les rues ainsi qu'à plusieurs points de contrôle de la frontière. Ce soir, les autorités soviétiques ont rejeté une demande de la Croix-Rouge qui souhaitait se rendre sur les lieux, affirmant que tous les passagers sont en bonne santé...*

*Compte tenu des mauvaises récoltes enregistrées cette année encore en URSS, Moscou a demandé aux États-Unis six millions de tonnes de blé supplémentaires, livraison à laquelle le département d'État américain a déjà donné son accord...*

« I-23.. B-15... G-60... B-12... N-31. »

Janet Kariolainen égrenait les chiffres avec application.

« B-9... N-45... O-66... I-29... »

Les joueurs de bingo avaient l'air abattu de gens coincés dans une réunion mondaine manquant d'ambiance. Ils avaient dîné tôt ce soir-là, un dîner avalé sans appétit dans l'éblouissante lumière du crépuscule de l'été russe. On avait renoncé à éclairer le wagon-restaurant pour pouvoir ouvrir les fenêtres, mais on ne sentait pas le moindre brin d'air dans la voiture. D'un index raide, Grant Shapley poussa un jeton dans la case I-17. S'il entendait les chiffres, c'était seulement au niveau subliminal.

A ce moment précis, son esprit vagabondait à des milliers de kilomètres de là, dans un espace marécageux peuplé de chevaux pas plus grands que des colleys. Ils étaient immobiles dans une mare d'eau saumâtre, de l'eau jusqu'au ventre. De l'endroit où ils se tenaient, la terre ressemblait à un disque plat et aride qui s'étendait sur des kilomètres jusqu'à une chaîne lointaine de montagnes basses et violacées. Plusieurs petites créatures — des rongeurs, des carnivores, des marsupiaux — s'attardaient au bord de l'eau et se désaltéraient. Il y avait là des animaux aux allures de musaraignes ou de hérissons, et de grandes chauves-souris qui fusaient bruyamment des arbres rabougris.

Assis dans un coin de la mare, un petit primate faisait lentement glisser ses pattes griffues sur la surface de l'eau, comme pour y apposer sa signature dans une ample calligraphie continue.

Cette image mentale ressemblait à un tableau — une scène de sérénité primordiale sous laquelle frémissait une violence imminente. Les chevaux avaient un nom ; c'étaient les *Hydracotherium,* les « chevaux de l'aube » de l'Amérique du Nord, et la créature simiesque, ou *Shoshonius,* amorçait peut-être la lignée du moderne *Tarsus* d'Asie du Sud-Est.

Un tableau vieux de quelque quarante millions d'années, un paysage de la fin de l'éocène. Les animaux qui peuplaient le marais venaient y mourir, ou avaient été déposés là par les courants ou encore par les mâchoires des carnivores, avant de disparaître sous l'accumulation des strates marécageuses.

Shapley savait que ces espèces archaïques s'étaient développées après la disparition des dinosaures et qu'elles avaient déjà largement entamé leur processus d'extinction. Celui-ci se poursuivrait pendant plusieurs millions d'années encore, jusqu'au moment où émergeraient les espèces modernes et où celles-ci amorceraient leur grande migration depuis l'Europe et l'Asie jusqu'au nord du continent américain.

C'était dans l'immobilité oppressante, sans ombre portée, de cette scène que se perdait l'esprit de Grant Shapley, même si son index ankylosé poussait les jetons de bingo sur son carton tandis qu'il entendait sans l'entendre la litanie monotone des numéros.

Encore quelques millions d'années, et les forêts et marais subtropicaux de cette période deviendraient les déserts d'aujourd'hui, et les créatures qui les peuplaient se fossiliseraient en pierre et en ambre. Œufs, crânes, squelettes, mâchoires, redoutables mandibules qui jadis déchiraient et arrachaient les chairs, à présent édentées, objets desséchés, piégés dans le rictus ironique de la mort.

Du haut d'un petit escarpement, Shapley dominait la scène ; le vent fouaillait les espaces désolés. Il connaissait bien l'endroit. Le Wind River Basin, à environ quatre-vingts kilomètres à l'ouest de Casper, au pied des Big Horn Mountains, que parcouraient encore de grands troupeaux de chevaux sauvages. A deux kilomètres tout au plus de sa cabane de rondins.

Des nuages bas et noirs accourus du nord s'amoncelaient dans le ciel. On entendit le tonnerre gronder au loin, et les feuilles, légères comme des plumes, des grands trembles qui bordaient la voie ferrée frémirent en prélude à la pluie imminente. Plusieurs voyageurs se regroupèrent dans le passage entre la voiture et le wagon-lits pour fumer une cigarette et aspirer une bouffée d'air frais par la portière ouverte.

Paul Blanton secoua la tête d'un air écœuré :

« C'est à croire que le monde nous a complètement oubliés ! »

Thomas gratta une allumette et l'approcha de l'extrémité de sa cigarette.

« Vous vous attendiez à quoi ? A ce que le président envoie sa 5e division de *marines ?*

— Tony... », intervint Stern.

Jane Blaylock marmonna quelque chose et fixa l'ouverture de la portière ; le garde avait allumé sa lanterne pour la nuit et pris position.

« J'ai bien essayé de vous le dire, mais vous n'avez rien voulu entendre ! Les rouages de la diplomatie, surtout dans cette partie du monde, tournent avec une lenteur exaspérante. Inutile de nous bercer d'illusions !

— D'après vous, on en a encore pour longtemps comme ça ? demanda Ted Kariolainen.

— Je ne suis pas médium, répondit Thomas d'un ton las.

— Pourquoi ne pas organiser une réunion de prière ? » lança soudain Ralph Keck.

Isabel le regarda, sidérée :

« Mais enfin, pourquoi ? »

Keck lui jeta un coup d'œil agacé :

« Parce que nous sommes captifs en terre païenne. Nous avons besoin de réaffirmer notre foi.

— Nous ferions mieux de créer un comité d'action pour discuter avec ces gens à un niveau officiel quelconque et défendre nos droits », déclara Paul Blanton.

Un murmure d'approbation parcourut le groupe.

Myra Keck vola à la rescousse de son époux :

« Quelle action pourrait être plus efficace que d'en appeler au Tout-Puissant ?

— M'est avis qu'il préfère les chrétiens aux athées ! persifla Isabel.

— Nous sommes tous les enfants de Dieu, Miss Gonzaga, répliqua Keck d'un ton pincé.

— Vous peut-être. Mais je crains de ne pouvoir prétendre qu'au statut de fille adoptive... »

Cette repartie déclencha un éclat de rire général.

Keck préféra l'ignorer :

« Ces petites réunions auraient un caractère œcuménique. Nous ne cherchons pas à convertir, nous voulons seulement permettre à notre foi de s'exprimer.

— Notre foi... en quoi exactement ? demanda Jane Blaylock.

— De grâce, Jane, il s'agit juste de prier ! intervint Sonia Conti. Rien de bien grave.

— Mais je n'en ai rien à foutre, de la prière ! »

Janet Kariolainen lui tapota le bras d'un geste apaisant :

« Ça ne peut sûrement pas faire de mal. Et peut-être même que ça aide. »

Isabel se hérissa aussitôt :

« Je n'ai pas besoin d'aide, merci. Et, au cas où cela m'arriverait, je me réserve le droit de la chercher auprès de quelqu'un de mon choix. »

Keck semblait interloqué par ce déchaînement de passions. Dans son esprit, il s'agissait tout simplement de rendre service. Son cœur était empli de bonnes intentions. Cela sautait aux yeux. Comment ne le comprenait-on pas ?

« Mais c'est vous qui décidez, Miss Gonzaga. » Il fit de son mieux pour rester calme. « Personne ne vous oblige à quoi que ce soit.

— Merci. C'est fort chrétien de votre part », rétorqua Isabel.

Il y eut des ricanements et des rires à peine réprimés.

Keck s'efforça de redonner un peu de gravité à l'entreprise.

« Qui, parmi vous, souhaiterait se joindre à notre petit groupe ? »

Son visage arbora une expression neutre et figée tandis qu'il attendait que les volontaires se désignent. Le silence devenait gênant. Janet Kariolainen se dévoua :

« Je ne demande pas mieux, déclara-t-elle de sa voix flûtée. Corrie et Buddy aussi. Et toi, Ted ? »

Kariolainen jeta un coup d'œil autour de lui. Il parut se redresser et se déployer de toute sa carrure :

« Pourquoi pas ? On peut toujours tenter le coup.

— Vous aussi, Margarita ? »

Mrs. Keck regarda la señora Gonzaga droit dans les yeux, la prenant totalement au dépourvu.

« Euh... oui, bien sûr », acquiesça celle-ci sans paraître autrement emballée par cette perspective.

Isabel se renfrogna.

« Personne ne t'y oblige, maman. Tu sais que tu acceptes par pure politesse.

— Non, non, ma chérie, affirma la señora. Je pense qu'après tout cela me fera du bien. »

Mrs. Keck rayonnait d'un éclat intérieur ; elle triomphait des forces du mal :

« Et le señor Gonzaga ? »

Son regard plongea dans celui du vieil homme.

Gonzaga affichait une expression d'ennui et de légère impatience. Il fixa le vide un instant, pesant la question, puis toussota pour s'éclaircir la voix :

« Au moment même où nous parlons, une bonne moitié du monde s'emploie à se massacrer réciproquement dans une guerre religieuse ou une autre. Toute cette boucherie au nom de la dévotion. Franchement... c'est répugnant. Je suis incapable de faire aujourd'hui la différence entre l'homme pieux et le premier égorgeur venu. Pour ma tranquillité d'esprit personnelle, je m'abstiendrai de prier.

— Moi aussi ! s'écria Isabel en prenant son père par le bras.

— Moi, je vais avec maman », déclara Consuelo.

Gonzaga fit un clin d'œil à l'assemblée :

« Vous voyez ! La foi a déjà semé la zizanie dans ma petite famille ! »

Un éclat de rire accueillit cette boutade. Keck supportait mal le ton de plaisanterie que prenait la réunion. Il se tourna brusquement et dévisagea le reste de l'assistance.

« Quelqu'un veut-il encore se joindre à nous ? »

Sonia Conti leva la main. Max Conti regarda sa femme d'un air interloqué. Voyant que sa meilleure amie se joignait au groupe de prière, Silvana leva également la main.

« Et vous, professeur ? »

Myra Keck tourna un regard sans indulgence vers Shapley. Il lui adressa un sourire empreint de tolérance :

« Merci, mais je crois que je vais remettre la chose à plus tard.

— Nous aussi », déclarèrent les Blanton.

Les Keck essayèrent de rameuter d'autres adeptes. Mais cela ressembla vite à une partie de bras de fer, les résistances se faisant plus vives.

« Eh bien, parfait », conclut Keck avec une affabilité inusitée. Il lança un regard complice à ceux qui avaient accepté de se joindre à lui. « Nous nous retrouvons au wagon-restaurant dans vingt minutes. Si d'autres parmi vous changent d'avis, nous les accueillerons les bras grands ouverts. »

Il plut cette nuit-là, une pluie brutale et drue. Cela commença peu après qu'ils furent allés se coucher. Des éclairs zébraient le ciel, de grands coups de tonnerre roulaient et claquaient. La pluie serrée, battante, crépitait sur le toit, voilait les vitres crasseuses d'un épais rideau. Elle apportait une fraîcheur divine. Allongé en caleçon et T-shirt sur son étroite couchette, Stern tâtonna dans ses bagages et dénicha un vieux sweat-shirt qu'il enfila comme il put.

Le vent soufflait par rafales et se colletait avec le train immobilisé, envoyant le long des vitres des cascades d'eau qui se faufilaient sous les appuis et gouttaient sur la couchette, si bien que Stern dut coincer une serviette dans l'angle de la fenêtre pour éponger l'inondation. Tandis qu'il écoutait, allongé, le bruit non déplaisant de l'orage, une profusion d'images défilaient devant ses yeux... Constance, sa femme, enfin celle qui avait été autrefois sa femme, à l'autre bout du monde, à Santa Barbara. A l'heure qu'il était, son fils et sa fille l'avaient sûrement prévenue. Elle avait dû trouver la situation comique, et d'une certaine façon elle l'était. Mais absurde aussi — cet homme avec qui elle avait vécu trente ans durant, avec qui elle avait partagé ses repas et s'était chaque soir retrouvée au lit, soudain au centre d'une grave crise internationale. Et elle le connaissait — sa nature méticuleuse, son impatience au moindre écart de l'horaire fixé, au moindre imprévu. C'était à se tordre de rire.

*Il est de mon devoir de vous informer, Mr. Stern...* Les intonations slaves, chaudes et rocailleuses, de la voix du colonel Dounskoï emplirent l'espace restreint de son compartiment. *Parmi ces trois ou quatre personnes, vous figurez en tête de liste.*

Qu'il n'en crût pas un mot ne changeait rien à la chose. Cela le terrifiait toujours autant de savoir que cet homme qu'il n'avait jamais vu, avec lequel il n'avait aucun compte à régler, aucune cause de conflit, pouvait, du seul fait de les avoir prononcés, et d'un trait de plume ou d'un coup de téléphone, faire de ces mots une réalité.

Mettre en œuvre ce qu'il fallait pour qu'ils deviennent une réalité. Manipuler la vérité pour l'utiliser à son avantage. « Vous êtes juif, n'est-ce pas ? » Les mots vibraient dans le compartiment.

Un éclair illumina sa couchette d'un bref éclat agressif. Lorsque l'obscurité revint, Stern tremblait de froid sous ses couvertures. Venu de l'est, un grondement de tonnerre rageur roula jusqu'à eux.

COMMANDEMENT SUPRÊME — NOVOGORSK
Quartier général — Vyborg

Vif déplaisir suscité par les comptes rendus récents des médias occidentaux, qualifiant l'endroit où est retenu le train de « station de vacances ». Baignades, chants, vin chaque soir au repas, soldats du Soviet suprême fraternisant ouvertement avec les détenus — et ce n'est qu'une partie des informations qui ont été fournies aux sources occidentales, manifestement par des membres de ton propre état-major.

Ces fuites ont eu pour effet de saper notre pouvoir de négociation dans les entretiens actuellement en cours à Helsinki, Oslo et Washington. Tu es bien placé pour savoir que, dans ces tractations extrêmement délicates, les conditions dans lesquelles ces gens sont retenus constituent notre principal moyen d'action. S'ils estiment que ces individus ne courent aucun danger dans l'immédiat, nos adversaires ne se sentiront pas tenus de régler rapidement la situation. Le temps joue pour eux : plus nous retiendrons ces voyageurs, plus nous risquons de voir se produire dans l'opinion mondiale un revirement en leur faveur, dont nous ferons les frais.

Il est donc capital d'annuler cette impression de sortie dominicale par l'application à tous les détenus d'un traitement rigoureux mais humain. Par *rigoureux,* camarade, comprends *austère,* notamment en matière de nourriture et de conditions de vie. Par *humain,* comprends *sans usage de la force physique;* il n'est pas question de toucher aux voyageurs, sauf dans les cas d'extrême nécessité, où la contrainte physique serait la seule façon d'avoir raison de leur indiscipline. Nous te recommandons très vivement d'utiliser l'intimidation psychologique.

Les yeux de Dounskoï parcoururent lentement, minutieusement, le rapport. Il l'avait déjà lu deux fois, vite, pour le sens général. Il recommençait à présent avec plus de soin, explorant les nuances, ce qui avait moins été dit que sous-entendu dans certaines formulations, le choix et la juxtaposition de certains mots, l'enchaînement de la présentation des faits, accumulés l'un après l'autre et orchestrés de manière à laisser entendre qu'il contrôlait à peine la situation. « Tu es bien placé pour savoir », par exemple, empestait le mépris. Pire encore, « des membres de ton propre état-major » avait déjà des relents de cour martiale.

A l'extérieur de son bureau chichement éclairé, l'orage se déchaînait, mais ce n'était rien comparé à la tornade de terreur et de fureur qui le secouait. Il poursuivit sa lecture :

> Dès que tu auras lancé ton action de « durcissement », nos services laisseront filtrer dans les médias occidentaux des informations sur les « sinistres conditions de séquestration dans le train de jour de la Finn-Sov ». Ceux-ci nous accuseront alors de comportement inhumain, voire d'atrocités, ce que naturellement nous nierons avec la dernière énergie, nous assurant ainsi que toute l'histoire sera gobée en bloc à l'Ouest. D'où une nouvelle pression qui s'exercera sur tous les pays douloureusement émus, en particulier ceux qui ont des ressortissants dans le train, et les incitera à s'asseoir sans plus tarder à la table des négociations.
> Par ailleurs, et dans un tout autre domaine, nous déplorons profondément les nouvelles concernant ta fille. Son expulsion de l'université peut paraître d'une rigueur excessive, mais nous ne doutons pas que tu comprennes la nécessité de cette mesure. S'il n'est pas jugulé, le virus de la sédition se propage vite. Or il semble, malheureusement, que ce virus ait contaminé certains de nos jeunes. Peut-être doit-on y voir le résultat du climat de permissivité qui s'est nouvellement établi au sein de nos établissements d'enseignement supérieur...

Dounskoï grinça des dents. « ...nous ne doutons pas que tu comprennes la nécessité... » L'onction doucereuse de la phrase, en même temps que ce plaisir pervers de châtier. Son poing se crispa sur la lettre ; il en fit une boule qu'il lança violemment contre le mur. Un claquement de tonnerre coupa le courant et plongea le bureau dans l'obscurité. Quand l'électricité revint quelques minutes plus tard, il arpentait d'un pas pesant son bureau. Il avait terriblement besoin de se perdre dans la fatigue de l'effort physique pour dissiper la bile qui bouillonnait en lui.

« *Gavno !* » Il marmonna le mot qu'il avait interdit à Jane Blaylock d'utiliser. « *Chort poderee...* »

Il éructa d'autres qualificatifs dans l'air fétide, puis shoota dans la boule de papier froissé qu'il avait lancée dans un coin.

« Les porcs, fulmina-t-il. Ils veulent ma peau. Je les vois jubiler, comme si j'y étais. M'envoyer leurs condoléances les plus vives, les plus chaleureuses. " Cher Dimitri Alexandrovitch, quelle malchance ! Comme il est navrant d'en être arrivé là... Mon cher collègue. Sois assuré que tu peux toujours compter sur nous... " *Gavno !* Merde ! »

Qu'ils puissent s'interroger sur sa loyauté, mettre en doute sa compétence en tant qu'officier... Après trente ans de services. Quelle impudence ! Et penser qu'à présent on voulait le punir pour les activités de son enfant, quelque répréhensibles qu'elles fussent !

Une veine, engorgée et gonflée, pulsait dans sa nuque. La pièce vacillait. Il était près de 1 heure du matin, mais il ne pouvait attendre l'aube. Il allait l'appeler sur-le-champ. Lui demander des comptes sur ce dont on l'accusait. Régler ça avec elle maintenant. Et puis oui, s'il le fallait, s'il devait en arriver là, cesser une fois pour toutes de la couvrir. Elle devait comprendre qu'elle ne pouvait plus compter sur sa protection. Qu'elle avait à présent l'âge d'assumer la responsabilité de ses actions. Et que lui s'en lavait les mains. Définitivement.

Allongé sur sa couchette, Asawa rêvait du Pavillon d'Or. Il scintillait à la surface d'un étang, image inversée sur le reflet immobile de nuages blancs floconneux. Le tonnerre qui venait de claquer au-dessus de sa tête pulvérisa l'image. Elle se désagrégea en mille morceaux, en milliards d'éclats de bois et de fragments de tuile qui jaillirent dans le ciel. Cela avait un petit air de fête, de feu d'artifice fusant dans le ciel, s'épanouissant au sommet de sa trajectoire en un dais somptueux d'étincelles multicolores avant de retomber lentement en pluie.

Un sentiment d'exultation indicible l'habitait, assez voisin des sensations qu'il avait éprouvées à l'école en mâchant certaines herbes avec des camarades. Cette même allégresse, bien sûr, mais avec en prime une acuité renforcée des perceptions — mystique et terrifiante, l'imprégnation de quelque chose venu d'ailleurs, et aussi... oui, c'était ça, l'approche d'un formidable danger.

« Je suis né sur une pointe isolée qui s'avance dans la mer du Japon, au nord-est de Maizuru. » Il connaissait le texte par cœur, entendait dans sa tête l'énonciation limpide, à la pointe du souffle, des phonèmes. Ils véhiculaient le flux et le reflux des marées, le murmure engourdi de deux voix dans les minutes qui suivent l'amour.

Asawa pensa au Pavillon et au jeune acolyte, et il se dit qu'il était heureux. La logique de son action s'inscrivait dans la même nécessité que celle du jeune homme. Une relation de cause à effet si conforme à la nature, si ordonnée, précise. La liberté de choisir, d'agir, tellement insaisissable de prime abord, ne disparaît jamais. Il suffisait de tendre la main dans sa direction et de la saisir, comme l'acolyte du Pavillon d'Or de Kyoto.

Une lanterne à la main, un garde pataugeait le long de la voie, si proche qu'il entendit la respiration rauque et essoufflée de l'homme. Les ombres projetées par sa lanterne tanguèrent au plafond au-dessus de la couchette, et pendant un instant Asawa regarda les éclats de lumière et d'ombre se fragmenter puis se réunir et prendre l'aspect très reconnaissable des yeux de son père posés sur lui. Des yeux dont toute tendresse n'était pas absente.

Mais, lorsque la lumière eut disparu et que le crissement des bottes se fut perdu au loin, les yeux étaient toujours là, comme incrustés dans le plafond. Si près qu'il aurait pu les toucher du bout des doigts. Ou n'était-ce que la mince flamme mouvante d'un des feux auprès desquels campaient les soldats derrière un rideau d'arbres ? Dans ce cas, pourquoi frissonnait-il tant dans l'obscurité ? Mais oui, bien sûr. Il faisait frais dehors, et même froid. La température avait chuté, glaçant l'air dans le wagon-lits. L'acier des parois intérieures et les enjolivures en cuivre et en chrome de la couchette étaient soudain devenus froids et humides au toucher.

« Je suis heureux », chuchota Asawa à l'intention des yeux, comme pour tenter de les apaiser. « Je voudrais que vous le soyez aussi. »

Il se produisit alors un phénomène étrange. Les yeux n'étaient plus ceux de son père, mais plutôt ceux du colonel Dounskoï, avec qui il avait eu cet entretien le jour même. Et ces yeux-là étaient pénétrants et impitoyables.

Asawa resta quelques minutes à frissonner sous sa couverture, bizarrement réconforté par le bruit de la pluie qui fouettait le wagon, contemplant au plafond les yeux qui devenaient alternativement ceux de son père et ceux du colonel russe.

« Je suis heureux », leur répétait-il. Au bout d'un moment, sa voix se changea en une litanie incantatoire, une berceuse qui l'assoupit. « Je voudrais que vous le soyez aussi. »

Lorsqu'il n'eut plus la force de raisonner avec les yeux ni de se disculper, le sommeil le prit, et il ferma résolument les paupières pour se protéger. Et de nouveau l'image inversée du temple du Pavillon d'Or flotta à la surface de l'étang.

A un moment, dans l'aube incertaine, la tête de Katrina Van Meegrin se souleva de l'oreiller, comme si la jeune femme avait entendu un bruit et s'attendait plus ou moins à le réentendre. Une vague de cheveux dorés glissa sur sa joue tandis qu'elle tournait la tête vers la fenêtre, attentive. Encore à demi endormie, elle n'aurait pu dire si ce qu'elle avait entendu n'appartenait pas au rêve qui précède immédiatement l'éveil.

Il s'agissait, du moins en avait-elle l'impression, d'un bruit sourd, d'un son pesant et étouffé, quelque chose qui serait tombé près de sa tête. A présent, enroulée dans ses draps et tentant de voir d'un œil ce qui se passait, elle ne se rappelait qu'à peine, et même plus du tout, ce qu'elle cherchait à entendre.

Les ronflements de Keith qui montaient de la couchette inférieure la rassurèrent. Elle laissa vite retomber sa tête sur l'oreiller et se rendormit aussitôt.

Peu après, Max Conti, se tournant sur le côté, perçut le même bruit — une explosion mate, assourdie, pesante et voilée à proximité de sa tête. Mais, comme cela faisait quelque temps qu'il était réveillé, attendant l'aube allongé sur sa couchette, lui ne se méprit pas sur la source du bruit. Celui d'une fenêtre, la sienne, qu'on fermait de l'extérieur.

Avant de se coucher, il avait remonté la vitre d'une quinzaine de centimètres pour avoir de l'air. Par mesure de sécurité, ces vitres étaient conçues de façon à ne pas s'ouvrir davantage.

Il avait tout observé, et il entendit le grognement de l'homme, sans doute l'un des gardes, sur la voie battue par la pluie quand celui-ci leva les bras et baissa la vitre. Ce geste fut suivi d'une sorte de chuintement bref, puis du crissement lourd des bottes qui s'éloignaient.

Sur le moment, il n'y prêta pas autrement attention, pensant seulement que les gardes avaient peut-être décidé de fermer toutes les fenêtres du wagon-lits ouvertes pour éviter que les couchettes et leurs occupants ne fussent mouillés. Il se rappela s'être dit que c'était là une attention courtoise. Et il se rendormit.

Claude Desfargue changea de position, puis se retourna sur l'étroite couchette. Entortillé dans ses draps, il rêvait qu'il était mort. Quelque chose venait de passer à quelques centimètres de sa tête, mais de l'autre côté de la paroi faisant face au couloir. Il entendit un frottement pressé de chaussons dans le couloir, suivi de petits rires juvéniles. Agacé, il se redressa en maugréant, veillant à ne pas se cogner contre le matelas qui s'incurvait au-dessus de lui et dessinait la forme du corps endormi de Kate Dubbin.

Comme il accommodait son regard à la lumière matinale, Desfargue eut vaguement conscience que quelque chose bougeait dehors, de l'autre côté de la fenêtre du compartiment. Il tourna la tête et vit seulement la blancheur ouatée de la brume qui s'accrochait aux vitres. Une brume si épaisse qu'elle paraissait pesante, palpable. Elle se lovait et s'appuyait contre le wagon comme quelque créature orpheline qui aurait voulu rentrer. La visibilité, dehors, était pratiquement nulle.

Le bruit précipité de chaussons reflua. Il fit glisser la porte du compartiment sur quelques centimètres et fut accueilli par une explosion de rires et le courant d'air laissé derrière eux par plusieurs jeunes qui filaient à toutes jambes. A leur suite apparut la silhouette en robe de chambre, affolée, du señor Madariaga lancé à leurs trousses :

« Moins de bruit, bon Dieu ! Il est 5 heures ! »

Le visage épuisé, ravagé du señor Madariaga le dévisagea dans l'entrebâillement de la porte, comme s'il ne le reconnaissait pas. Il semblait hors d'haleine et heureux de pouvoir reprendre souffle.

« Ils nous ont enfermés ! lâcha-t-il avec une expression d'incrédulité.

— Comment ça, enfermés ?

— Ces salopards nous ont bouclés comme des sardines avant de foutre le camp.

— Vous êtes sûr ? »

Les adolescents avaient continué leur course jusqu'au wagon de jour, les laissant seuls, à se dévisager d'un air stupéfait.

La tête endormie de Kate Dubbin apparut au bord de la couchette supérieure :

« Que se passe-t-il ? »

Desfargue agita la main d'un geste impatient :

« Rien, dors. »

La tête s'abaissa d'un cran :

« Mais enfin, qu'y a-t-il ?

— Il dit qu'on est bouclés et que les cocos ont filé », répondit Desfargue avec un geste vif de la tête en direction de l'Espagnol.

Au bout du couloir, une porte de compartiment glissa, révélant une frêle apparition fantomatique en pyjama blanc. C'était Serja.

« Que se passe-t-il ? »

Plusieurs jeunes Espagnols revenaient en se bousculant. Madariaga tendit prestement le bras et harponna l'un d'eux au passage ; il entreprit de l'invectiver copieusement dans un espagnol rocailleux qui mit en joie ses camarades, réfugiés à l'autre extrémité du wagon.

Entre-temps, six ou sept têtes supplémentaires étaient apparues aux portes partiellement ouvertes des compartiments, sur toute la longueur de la voiture. Il y eut un feu croisé de voix exaspérées, suivi d'un tir rapide de questions et de réponses. Ce fut le moment que choisit Tony Thomas pour glisser nonchalamment son grain de sel. Il arborait un peignoir en soie. En même temps que son fume-cigarette allumé, il tenait une grande tasse remplie de café et un petit pain rassis.

« Le petit déjeuner est prêt ! » annonça-t-il d'une voix de soubrette.

Stern fit passer ses jambes sur le côté de sa couchette et les laissa pendre dans le vide :

« Tony, Madariaga nous dit qu'on nous a enfermés ?

— Exact.

— Et que les Russes sont partis ? Évaporés ?

— Exact. » Thomas hocha la tête et attaqua gaillardement son petit pain. « J'ai entendu les camions démarrer au milieu de la nuit.

— Moi aussi ! s'écria Trina Van Meegrin à l'autre extrémité du train. Enfin, je crois.

— Cette nuit, quelqu'un s'est approché de mon compartiment et a baissé ma vitre, déclara Max Conti.

— La mienne aussi », confirma Stern.

Thomas mâchonnait son petit pain d'un air concentré. Il paraissait savourer cet instant. Ses yeux pétillèrent de malice :

« Essaie donc d'ouvrir ta fenêtre, Peter. »

Stern reprit position sur sa couchette et se mit à genoux devant la vitre pour avoir le maximum de champ. Grognant et soufflant, il tenta plusieurs fois de la relever. Ce qui avait fonctionné jusque-là avec une relative aisance semblait à présent résister à tout effort.

« Impossible, n'est-ce pas ? » Thomas eut un sourire désabusé. « On les a scellées en vaporisant un produit quelconque. Sans doute une résine plastique.

— Ce doit être ça, le sifflement que j'ai entendu, réfléchit Stern tout haut. Et les portières ? Fermées aussi ?

— Toutes celles qui donnent sur la voie. Mais on peut aller librement d'un wagon à l'autre. »

Ralph Keck, en robe de chambre et un brin flapi, sortit en pantoufles dans le couloir. Ses yeux flambaient de triomphe :

« Je vous l'avais bien dit ! Ils nous ont plantés là ! Abandonnés !

— Nous n'avons pas cette chance, le rassura Tony. Je parierais que des dizaines de tireurs d'élite sont toujours là, tapis dans les fourrés et l'œil fixé sur nos moindres mouvements.

— Mais enfin, pourquoi ? » La voix de Nell Blanton résonna comme une plainte. « Dans quel but ?

— Action psychologique. Ils nous ont laissés seuls pour que nous méditions sur nos erreurs.

— Nos erreurs ? tempêta Jane. Quelles erreurs ? »

Au bout du wagon, Isabel Gonzaga avait suivi cet échange d'un air maussade :

« Ce que veut dire Mr. Thomas, c'est que nous ne nous sommes pas pliés à leur désir en sacrifiant l'un d'entre nous. »

Thomas lui adressa un large sourire moqueur :

« Je dirais que c'est une hypothèse assez plausible, Miss Gonzaga.

— Ma foi, tonna Keck, si c'est tout ce qu'ils veulent, nous découvrirons vite le coupable !

— Et s'il n'y a pas de coupable ? demanda Ted Kariolainen d'un ton ironique.

— Nous pouvons toujours en désigner un de service, grommela Grant Shapley. Je voterais assez pour Keck. Il ne serait pas mal dans le rôle d'espion.

— Plaisantez si le cœur vous en dit, professeur » — Keck s'énervait — « mais il y en a parmi nous qui comptent bien sortir vivants de toute cette histoire !

— Et qui se fichent pas mal des moyens qu'ils emploieront pour y parvenir. » Isabel remonta le couloir central. « Si quelqu'un ici a volé des documents confidentiels, je le conjure de ne pas le dire. Cela ne regarde que lui.

— Rien ne peut justifier que notre sécurité à tous soit menacée ! » lui lança Keck, furieux.

Jatta Palmunan apparut soudain, venant du wagon-restaurant. Elle se fraya un passage au milieu du groupe :

« Je dois vous demander, Mr. Keck, de cesser d'alarmer les gens par vos propos. Il semble en effet que nous ayons été enfermés. Ne me demandez pas pourquoi. Il semble aussi que les Soviétiques aient bel et bien disparu. Là encore, ne me demandez pas pourquoi. En revanche, le wagon-restaurant a été approvisionné et contient de quoi manger pour plusieurs jours. Il y a toute l'eau qu'on veut dans les réservoirs. Les toilettes sont utilisables. Autant d'éléments qui ne donnent guère l'impression qu'on veuille attenter à nos jours.

— Alors ayez la bonté de nous dire exactement quelles sont leurs intentions », demanda Kyle Van Meegrin.

La jeune Finlandaise ouvrit la bouche, puis se ravisa. Les yeux résolument fixés au sol, elle hocha lentement la tête.

Une atmosphère lugubre, aussi épaisse et tangible que le brouillard extérieur, plana sur les occupants du wagon-restaurant lorsqu'ils prirent leur petit déjeuner ce matin-là. Mrs. Shapley, Kate Dubbin et Frau Kunkel jouèrent le personnel de cuisine intérimaire. Elles firent une quantité prodigieuse de toasts et de café. On découvrit dans une des grandes armoires froides une caisse d'œufs portant la mention *Product of Fiume,* mais, fait étrange pour un wagon-restaurant, il n'y avait que deux poêles à frire. Il y avait aussi plusieurs caisses d'oranges, et l'inévitable nectar de fruits, tellement sirupeux, tiède et épais que d'en boire vous donnait la nausée.

La préparation du petit déjeuner ne posa aucun problème, mais, lorsque les aliments arrivèrent sur les tables, les gens les boudèrent, et personne ne songea à parler. Peu après, les voyageurs exploraient le train et se livraient à un inventaire fébrile des lieux.

« On dirait un salon réservé aux voyageurs de marque », émit Thomas en se penchant à l'intérieur du compartiment.

Il s'écarta pour laisser les autres jeter un coup d'œil. Jusque-là, l'endroit était resté fermé et hors du périmètre accessible aux passagers.

Compte tenu de l'absence de prétention du Train Vert, le vaste compartiment privé situé derrière le wagon-restaurant paraissait somptueux. Il occupait une superficie équivalente à trois compartiments normaux du wagon de jour. On y trouvait des toilettes individuelles, une kitchenette et un réfrigérateur, ainsi qu'un bar entièrement équipé. Pendant la journée, il servait de salon, avec un canapé sympathique et des fauteuils capitonnés, alors que la voiture de jour de seconde classe n'offrait que de dures banquettes en bois. Le soir, il se transformait astucieusement en chambre à coucher, avec quatre larges couchettes qu'on dépliait du mur.

« Ma parole, on a tapé dans le mille ! » dit Thomas, qui s'agenouilla devant le petit bar portable, d'où il sortit des bouteilles de vodka, de whisky et de champagne.

Dans le réfrigérateur, ils découvrirent des boîtes de caviar iranien et du saumon fumé. Thomas tendit par-dessus son épaule ces douceurs aux mains avides de ceux qui attendaient juste derrière lui.

« Je dirais même plus. »

Stern ne regardait pas ces trésors. Quelque chose dans sa voix fit que les autres se tournèrent, puis suivirent la ligne de son regard jusqu'à l'une des fenêtres du compartiment, au-dessus de la couchette ; un rideau diaphane ondulait doucement devant une vitre ouverte.

Un large sourire illumina le visage de Paul Blanton, mais il n'eut pas le temps d'ouvrir la bouche : la grosse main spatulée de Tony Thomas l'en empêcha. Un doigt sur les lèvres, Thomas désigna d'un mouvement de tête le grillage de la ventilation surmontant la kitchenette, puis le haut-parleur vissé au-dessus d'une des couchettes.

Stern s'approcha de la fenêtre. La vitre était relevée sur une quarantaine de centimètres, mais il eut beau essayer, il ne réussit pas à l'ouvrir davantage. Tandis que les autres poursuivaient d'une voix forte une conversation faussement animée, Kariolainen d'un côté et Stern de l'autre s'évertuèrent à remonter la vitre. Elle ne bougea pas d'un pouce.

De retour dans le couloir, ils se mirent à chuchoter avec excitation.

« Ça ne fait pas plus d'une trentaine de centimètres » — Thomas s'exprimait rapidement — « mais quelqu'un peut passer.

— Quelqu'un de très menu, répondit Kariolainen, l'air dubitatif.

— Et de très malin, ajouta Thomas. D'assez malin en tout cas pour comprendre l'importance de sa mission.

— Sa mission ? Quelle mission ? » Blanton fronça les sourcils. « Que fera exactement cette personne ensuite ? En supposant qu'elle évite les gardes et traverse la frontière, que devra-t-elle faire ?

— D'abord et avant tout » — Kariolainen s'enflammait — « informer de la situation les autorités et nos familles. Donner très exactement nos coordonnées et informer le monde libre de ce qui se passe ici.

— Soumettre les Soviétiques à une pression accrue », ajouta Thomas.

Blanton commençait à comprendre :

« Quelle est la ville finlandaise la plus proche de la frontière ?

— Vainikkala, dit Thomas. Juste de l'autre côté.

— Combien de kilomètres ? » demanda Stern.

Thomas haussa les épaules :

« Dix. Onze ou douze peut-être en courant plein ouest à travers bois. Un adolescent peut faire ça en quelques heures. »

Blanton secoua la tête d'un air sceptique :

« A condition qu'il réussisse à passer ! Vous l'avez dit vous-même, Tony. Ils sont sûrement là, même si nous ne les voyons pas.

— Sûrement. Mais en revanche eux non plus ne nous voient pas. »

Ils se tournèrent vers la fenêtre, où le brouillard s'enroulait et se déroulait comme un serpent contre la vitre.

Thomas adressa un clin d'œil aux autres par-dessus son épaule :

« Pour l'instant, en tout cas, ils en sont bien incapables. »

Les voix des choristes espagnols s'enflaient au rythme d'un chant folklorique catalan. On les avait regroupés dans un angle du wagon-restaurant, exactement sous la grille d'une autre bouche d'aération. Le señor Madariaga battait la mesure, un œil sur ses élèves, l'autre sur un groupe de personnes qui discutaient avec animation à l'une des tables.

Dehors, la pluie avait repris et le brouillard s'était épaissi. Des tasses de thé et de bouillon circulaient entre la cuisine et les voyageurs massés dans le wagon. Le bruit avait vite couru qu'une fenêtre était restée ouverte. Et la curiosité et l'espoir les avaient attirés par fournées jusqu'au wagon-restaurant.

Le gros de l'activité restait centré autour de la table où Blanton, Kariolainen, Stern, Thomas et une demi-douzaine d'autres personnes avaient pris place. Chaque fois que le ton montait, les chanteurs du señor Madariaga lançaient des décibels supplémentaires pour couvrir les voix, au cas, plus que probable, où des micros auraient été dissimulés derrière la grille d'aération.

Le désarroi de Paul Blanton n'avait cessé de grandir devant le tour que prenaient les événements :

« Je crois qu'on devrait lui dire.

— Lui dire quoi ? Qu'il ou elle risque de se faire prendre ? » Thomas écarta l'idée d'un geste méprisant. « Tout ce qu'il peut lui arriver, c'est d'être ramené dans le train.

— Et si ce volontaire se perd ? demanda Isabel. Cette forêt n'en finit pas.

— Impossible. Il suffit de garder le cap sur l'ouest.

— A condition d'y parvenir à travers bois et avec un brouillard pareil !

— Même si on n'y arrive pas, intervint Kariolainen, on peut toujours suivre la voie. »

Thomas secoua la tête :

« Pas si simple. La zone qui borde la voie grouille de russkoffs. Il faut rester à couvert tout en gardant la voie à sa droite. »

Jusque-là, Jatta Palmunan s'était cantonnée dans le silence. Mais ses mains se levèrent soudain avec un geste de désespoir :

« Je regrette, mais je ne puis permettre ça. Pas tant que j'ai la responsabilité de vous faire sortir vivants d'ici. Quels que soient les avantages qui puissent découler de cette initiative, je trouve inacceptables les risques qu'elle comporte.

— Alors c'est que ces avantages vous échappent », répliqua Thomas d'un ton sec. Il jeta un coup d'œil rapide aux autres. « Quelqu'un voit-il des objections à ce plan ?

— Oui, moi, s'énerva Blanton, mais je n'ai aucune solution de rechange à proposer.

— Il n'y en a pas, dit Stern.

— Justement ! » Thomas rayonnait de satisfaction. « Sauf celle que suggère Miss Palmunan, que nous restions ici à ne rien faire et à attendre. »

La jeune femme comprit alors, et seulement, que son autorité était fort limitée :

« Il faut attendre, insista-t-elle. Nous n'avons pas le droit de mettre des vies en danger. »

Des paroles passionnées, sincères, mais inutiles. Même elle savait qu'à présent la décision était prise.

Un long soupir s'échappa des lèvres de Blanton.

« Parfait, la question est réglée. Qui part ? »

Thomas hocha la tête ; son regard remonta toute la longueur du wagon où les autres avalaient leur bol de café ou de bouillon :

« Il nous faut quelqu'un de mince.

— Et de jeune, ajouta Stern.

— Un gosse de la chorale ? » Le regard de Kariolainen se concentra sur le groupe des Espagnols, qui à ce moment précis interprétaient à pleine voix *la Paloma.* « Ou bien mon gamin.

— Trop jeune, dit Thomas. Nous avons besoin de quelqu'un de plus vieux, mais pas d'un croulant non plus.

— Moi. »

Van Meegrin s'avança.

Thomas fronça les sourcils, le doigt pointé vers l'abdomen du jeune Hollandais :

« Vous ne passerez jamais par la fenêtre. Pourquoi pas M. Conti ? Il a l'âge voulu, et la ligne.

— Pourquoi pas vous ? lui renvoya aussitôt Max.

— Je n'hésiterais pas une seconde si j'avais la forme nécessaire pour ce genre de randonnée.

— Ou le cran », fit observer cruellement Isabel.

Les mots portèrent, mais Thomas les ignora.

« Peter, s'empressa-t-il d'enchaîner, je sais que Blanton et toi n'êtes plus de toute première jeunesse. Mr. Kariolainen et Mr. Mukherjee — ne m'en veuillez pas, gentlemen — sont un peu trop enveloppés...

— Pourquoi pas moi ? lança la voix flûtée d'Isabel. Ou Miss

Blaylock ? Nous avons toutes les deux l'âge et la taille voulus. »

Jane Blaylock, qui était restée étrangement silencieuse durant cette conversation, parut soudain renaître :

« Non merci. Je crains de ne pas faire partie de la foule moutonnière. »

Isabel se raidit :

« Dans ce cas, je serai ravie d'y aller seule. »

Il y eut un long silence embarrassé. Thomas alluma une de ses insupportables Balkan Sobranie, envoyant une lente volute de fumée grise en direction du plafond :

« Je pense que ce n'est pas très indiqué. »

Isabel s'insurgea :

« Vous pensez, vous pensez ! »

Sous la bouche d'aération, les voix des choristes s'enflèrent aussitôt.

« Pourquoi semblez-vous passer votre temps à penser pour les autres ? »

Stern la tira doucement en arrière :

« Tony a raison. Je crois qu'un homme, jeune de préférence, a plus de chances de s'en sortir. »

Grant Shapley se tapota l'estomac avec un geste de mépris amusé :

« J'ai bien peur que les excès de la chère ne me disqualifient quelque peu pour la course de fond. Mais si c'est utile, je pense que cela vaut vraiment la peine de tenter le coup. Ne serait-ce que pour rappeler aux copains que nous sommes toujours dans la nature ! »

Ils restèrent un moment à écouter le crépitement de la pluie sur le toit et le sifflement furieux des arbres qui se débattaient avec violence dehors.

« Il semble donc » — la voix de Thomas se fit coupante — « que nous manquions de volontaires pour se faire la belle. »

Une voix hésitante et à peine audible s'éleva derrière le groupe :

« J'y vais. »

Plusieurs silhouettes, parmi les plus éloignées, s'écartèrent, et la forme petite et fragile d'Asawa apparut ; elle se porta en avant avec la raideur empruntée d'une marionnette. Asawa s'immobilisa, incertain, face à la table devant Thomas. Lorsqu'il s'adressa à l'Anglais, son regard passa au-dessus de sa tête pour fixer le vide dans une sorte d'absence rêveuse :

« Ce serait pour moi un honneur. »

Thomas parut à court de mots. Il toussota et quêta de l'aide du regard.

« C'est très gentil à vous, Asawa », dit-il enfin.

Suivit un silence contraint, gênant. Asawa comprit vite ce qu'il signifiait. Sur une impulsion, Keith Wales saisit la chance qui s'offrait à lui :

« Je suis volontaire. »

Ce fut comme si Asawa n'avait jamais proposé sa candidature. Au milieu des soupirs de soulagement, on l'oublia complètement. Pour Wales, l'occasion présentait de multiples avantages. D'abord, ce qui sautait aux yeux, la liberté. Ensuite, depuis un jour ou deux, en tout cas depuis l'incident pénible avec Silvana, il était conscient d'une tension très nette dès qu'il se trouvait en compagnie des Italiens. Comme si tous étaient à présent au courant et vibraient de colère rentrée. Autour d'eux, l'air se chargeait d'accusations silencieuses et de regards pleins de reproches. Il ne pouvait bien sûr s'en prendre qu'à lui, et il venait seulement de commencer à le comprendre. Et il n'avait pas la moindre envie d'affronter Sandro ou Max à ce sujet.

Mais la proposition séduisait aussi ses penchants romanesques. Peut-être lui permettrait-elle même de se racheter. Il imagina Silvana tremblante et languissante jusqu'au moment où elle apprendrait enfin son évasion héroïque. S'il échouait, le pire qu'il pouvait lui arriver, comme l'avait dit Thomas, c'était d'être reconduit au train par les Russes. Même cela ne manquerait pas de panache, pensait-il. Par ailleurs, s'il réussissait, alors tous les espoirs étaient permis.

« Vous êtes sûr ? demanda Thomas.

— Absolument.

— Pas de doute ? Pas la moindre objection ?

— Pas la moindre.

— Personne ne vous y oblige, intervint Jatta d'un ton suppliant. Ces gens peuvent devenir de vraies brutes. Réfléchissez. Personne ici ne vous accusera de lâcheté ! »

Pendant un instant, il parut examiner sérieusement la proposition. La seconde suivante ils l'entouraient tous, avec force claques dans le dos et congratulations, tandis que les voix de la chorale montaient triomphalement jusqu'au plafond arrondi du wagon. Il lui fut tout bonnement impossible de résister à l'appel de la gloire.

Alors qu'ils se précipitaient tous sur Wales, ils ne virent pas Asawa faire demi-tour et se glisser le dos rond vers la sortie, la tête légèrement décalée en avant par rapport au corps, boitant bas.

Ce ne fut pas une mince affaire que de mettre Wales sur la ligne de départ. Il fallait faire vite. Personne n'aurait pu dire si l'on bénéficierait encore longtemps de la protection du brouillard. Et il eût été naïf de croire que les Soviétiques étaient partis en abandonnant le train et son chargement tant disputé.

Le gros de la troupe et ses unités logistiques avaient manifestement quitté les lieux. Mais il restait de toute évidence un minimum de forces, d'un type ou d'un autre, quelque part dans la forêt. Le brouillard agissait contre les Soviétiques autant qu'il travaillait pour Wales. Il fallait à présent tirer le meilleur parti de cette aubaine.

Stern donna son imperméable à Wales. Ralph Keck extirpa une paire de bottes en caoutchouc de ses bagages. Juste avant le départ du Canadien, plusieurs membres du groupe fourrèrent dans ses poches les adresses et numéros de téléphone de leurs familles et autres êtres chers. Tandis qu'on échangeait des adieux et des instructions de dernière minute, plusieurs voyageurs arpentèrent bruyamment les wagons en discutant avec animation, afin de neutraliser tous les éventuels systèmes d'écoute.

Le pire fut de faire passer la tête de Wales par l'entrebâillement de la vitre. Évidemment, on aurait pu essayer tout simplement de la briser. Mais c'était une vitre épaisse en verre incassable. Ils n'avaient aucun objet lourd et déplaçable sous la main, et de toute façon le bruit occasionné par ce genre d'activité aurait très certainement rameuté les effectifs militaires encore stationnés dans les parages.

Malgré sa silhouette mince et musclée d'athlète, il fallut bien des efforts et des ahanements pour réussir à glisser Wales dans les quelque quarante centimètres d'espace disponible entre le rebord de la fenêtre et le bas de la vitre. Il finit par atterrir sur le sol humide et spongieux avec un bruit mouillé et se remit debout, la tête levée vers eux, stupéfait de voir leurs visages anxieux alignés derrière les vitres ; un soupçon de doute glaçait déjà son enthousiasme initial. Son nez et son front saignaient légèrement, là où la peau avait été écorchée lorsqu'il s'était faufilé dans l'étroite ouverture.

Un paquet de provisions et une grande gourde d'eau le rejoignirent bientôt. On agitait des mouchoirs, les larmes affleuraient. Tout en tamponnant avec un Kleenex les régions lésées autour de son nez, Wales parut explorer du regard les fenêtres, cherchant un visage en particulier. Mais s'il avait eu ce beau geste pour impressionner Silvana, c'était en vain. Elle demeurait invisible. Sandro aussi, d'ailleurs.

Thomas passa un long doigt osseux par la fenêtre ouverte :

« Il n'y a qu'à suivre la voie, mais n'oubliez surtout pas de rester à couvert ! »

« Quelles sont ses chances ? » demanda Stern après que Wales eut disparu d'une foulée rapide dans les bois et que les autres se furent dispersés dans leurs compartiments respectifs.

« Une sur dix à tout casser », marmonna Thomas avec l'objectivité brutale du spécialiste. « Mais, même s'ils l'attrapent, ils ne lui feront rien. Il est canadien ; c'est un pays auquel ils veulent acheter davantage de blé, et ils tiennent plus que tout à éviter des accusations les taxant de comportement inhumain et s'étalant à la une dans toute la presse occidentale. »

Stern rumina ces informations un moment. Son regard fouilla la forêt recouverte d'un suaire de brouillard, comme s'il cherchait à apercevoir la forme fantomatique de Wales s'éloignant entre les arbres.

« Ce que je ne saisis pas bien, dit-il tout haut, comme se parlant à lui-même, c'est ce qui les a soudain poussé à reprendre leurs billes. Et pourquoi, bon Dieu, après nous avoir bouclés hermétiquement là-dedans, il a fallu qu'ils laissent cette fenêtre ouverte ? »

Il se retourna et regarda Thomas droit dans les yeux ; l'Anglais lui rendit son regard, avec une expression étrange.

« Pure négligence, répliqua ce dernier d'un ton abrupt. Mais j'y pense, où diable est passé le jeune Asawa ? »

A partir de là, la situation se dégrada à un rythme accéléré. Peu après le départ de Wales, Bébé Muk se mit à geindre. Cela démarra lentement, gagna en ampleur et en sonorité, jusqu'au moment où ses hurlements déchirèrent l'air. Il poursuivit impitoyablement sur sa lancée pendant toute la matinée, ce qui eut pour résultat de clouer les gens dans les compartiments où ils se réfugièrent, toutes portes closes, pour se couper des cris perçants et incessants.

Vers le milieu de la matinée, on avait sorti les Monopoly et les Scrabble, et les parties de poker battaient leur plein. Quand Bébé Muk s'était mis à piailler, les Van Meegrin, qui partageaient le compartiment des Mukherjee, ainsi que Kate Dubbin et Desfargue, trouvèrent leur salut dans la fuite. Ils prirent aussitôt la direction du wagon-restaurant et passèrent la matinée à bridger, tandis que la pluie morose pilonnait inlassablement le toit.

Peter Stern essaya de s'absorber dans un de ses Maigret, tandis que Paul Blanton se réfugiait dans son compartiment-couchette et tentait de dormir. Anxieux et hargneux, Thomas faisait les cent pas entre les deux wagons, tirant sans fin sur son fume-cigarette et laissant derrière lui un sillage inquiet de ianidzé noir empestant la bouse cramée.

La matinée coulait avec une lenteur exaspérante ; le temps semblait vouloir rester exécrable. Après une tentative de bridge au wagon-restaurant, le quatuor italien s'était débandé au bout d'une heure. Sonia se glissa dans un poker à la table voisine. Sandro avait calé et était parti traîner ses guêtres ailleurs. Jane Blaylock avait déserté le compartiment 2 une demi-heure plus tôt et demeurait invisible. Seuls restaient Max et Silvana, ostensiblement plongés dans leur lecture et chacun ignorant superbement l'autre. La place 7C, fief de Keith Wales, leur tenait lieu de ligne de démarcation. Les bagages du jeune homme, toujours empilés dans le filet au-dessus de la banquette, dégageaient une odeur de vieille toile et semblaient renvoyer une foule d'accusations et de souvenirs déplaisants.

Chaque fois que Silvana levait les yeux de son livre, c'était pour rencontrer le regard critique de Max. Il ne détournait pas les yeux, mais la fixait, comme s'il attendait quelque chose. Elle croisa les bras et contempla les arbres prisonniers du brouillard.

« Tu es ignoble, Max, dit-elle enfin.

— J'aimerais que l'ignominie dont j'ai l'autre jour été témoin n'existe que dans mon imagination.

— Eh bien, c'est le cas, mais j'aurai beau faire, je ne pourrai jamais t'en convaincre. » Elle fixait la vitre avec animosité. « Je ne l'ai pas encouragé, quoi que tu puisses penser, continua-t-elle. Et je n'essaierai pas de m'excuser ni de me disculper. Surtout à tes yeux.

— Tu admets donc qu'il s'est passé quelque chose...

— Je n'admets rien ! » répliqua-t-elle d'un ton cinglant avant de se replonger dans son livre.

Max garda le silence.

« Sandro est mon plus cher et mon plus vieil ami, reprit-il au bout d'un temps.

— Et c'est pourquoi je ne doute pas que tu brûles d'aller lui raconter ce que tu as vu. » Elle l'attaqua avec un petit rire méprisant. « Tu es un infâme hypocrite, Max. La pauvre Sonia pourrait écrire des volumes entiers sur tes escapades sordides. Moi-même je pourrais y ajouter un chapitre ou deux. Ton “ plus cher ” et “plus vieil ” ami serait étonné, hein ? Mais là non plus, je n'ai rien fait pour encourager ça.

— Tu n'encourages jamais rien, n'est-ce pas, Silvana ? » Son ton était sarcastique. « On dirait pourtant que tu passes ton temps à te retrouver dans ce genre de situation.

— Je ne l'ai pas encouragé. » La vague de cheveux cuivrés qui suivait le dessin de sa joue tourbillonna lorsqu'elle rejeta d'un mouvement vif sa tête en arrière. « Si tu tiens à le dire à Sandro...

— Comment as-tu pu amener ce garçon à...

— Oh, merde. »

Elle voulut se lever, mais il l'obligea à se rasseoir :

« Et maintenant ce jeune crétin surexcité est parti à l'aveuglette dans la nature pour essayer de t'impressionner. En mettant les choses au mieux, il y a toutes les chances que les chiens de garde et les soldats lui tombent dessus... »

De sa place, Max vit la gorge de la jeune femme se marbrer de plaques rouges.

« Je crois qu'il vaut mieux que je m'en aille. » Elle bondit sur ses pieds, puis se retourna brusquement. « Et si je te disais que ce que tu as vu l'autre jour, c'était lui qui m'y obligeait ?... »

Conti parut réfléchir.

« Ce n'est pas l'impression que j'ai eue. »

Le jugement paraissait sans appel. L'avocat général rendait son verdict. Un verdict tellement entaché de solidarité masculine qu'elle l'eût volontiers frappé. Elle faillit se précipiter sur lui. Au lieu de quoi, elle leva les bras en signe d'impuissance :

« Eh bien, raconte tout à Sandro. Fais ce que tu veux et qu'on n'en parle plus.

— Sandro a des yeux pour voir. Il n'est pas né de la dernière pluie et il sait ce qu'il a à faire. »

Avec un soupir, il reprit sa lecture.

Mr. Mukherjee traînait dans le couloir, sans grande envie de regagner son compartiment. Il avait dit à M^me^ Muk qu'il allait se dégourdir les jambes pendant quelques minutes et revenait aussitôt. En fait, comme tous les occupants du compartiment 5, il souhaitait surtout fuir les glapissements de l'enfant.

Une fois la porte franchie, il aspira avec avidité l'air vicié du couloir, comme s'il avait eu la fraîcheur tonique d'une brise marine. La moue boudeuse qu'il arborait toujours en présence de sa femme s'était vite transformée en un sourire étincelant. On aurait dit un môme ayant réussi à berner ses professeurs et à s'offrir une journée d'école buissonnière.

Pour l'instant, le couloir du wagon de jour était vide. A l'autre bout, Jane Blaylock venait de sortir des toilettes. Peu pressée de se retrouver cloîtrée dans son compartiment, elle s'attardait à proximité du samovar, caressant l'idée de se verser une tasse de thé sans en avoir vraiment envie. Ce qu'elle espérait, en réalité, c'est qu'un imprudent tente d'entamer la conversation pour envoyer l'intéressé sur les roses.

« Ah, Miss Blaylock ! » Mr. Mukherjee se porta vers elle d'un pas ondulant, exsudant de charme et de grâces. « Il semblerait que nous ne soyons pas au bout de nos peines ! Qu'en pensez-vous ? »

Elle marmonna quelque chose et lui jeta un regard irrité qu'il prit pour un acquiescement sans réserve. Et qui l'encouragea à poursuivre. Mais au même moment un hurlement de son fils déchira l'air, suivi d'un feu nourri d'épithètes bien senties, proférées en hindi par M^me^ Muk.

« Je vous fais toutes mes excuses pour la gêne que vous occasionne mon fils. Les circonstances, vous me le concéderez, sont pénibles, pour ne pas dire anormales, pour un enfant d'un âge si tendre, et... »

Tout en pérorant, il se rapprochait dangereusement, l'effleurant de temps à autre. Il lui parlait en pleine figure, laissant tomber à l'occasion son regard sur ses seins. Toute sa personne diffusait d'écœurantes émanations de chypre.

Il parlait de l'Inde et de sa maison à Bombay. Connaissait-elle l'Inde ? Non ? Quel dommage ! Un si beau pays ! Jane se mit à bouillir lorsqu'il en arriva aux castes et à leurs vertus. Les Occidentaux ne parvenaient pas à en saisir vraiment la nécessité. Certes, lui aussi en mesurait les insuffisances. Il admettait qu'on pût injustement souffrir du système. Si elle venait un jour à Bombay, ce serait un privilège pour lui que de lui faire visiter la ville, le Palais du gouvernement, et le Royal King's Club dont il était membre fondateur.

« Réservé à l'élite, vous savez... »

Plusieurs fois, il la toucha de la main — une manche, un coude, une autre fois ce fut l'épaule —, et il apparut à Jane que cette main s'attardait trop longtemps tandis qu'il la régalait sans faiblir des beautés et des plaisirs de sa terre natale. Durant tout ce temps, ses longs doigts osseux exerçaient sur elle une pression insistante, ambiguë. Sa regrettable habitude de se gratter toutes les cinq minutes les testicules à travers ses poches de pantalon n'arrangeait pas les choses non plus.

Trop ébloui par l'impression qu'il était convaincu de produire, il ne remarquait pas l'irritation grandissante de l'Américaine. Elle finit par regarder carrément cette main qui semblait vouloir s'installer définitivement sur son épaule.

« Je vous admire tant ! »

Il se pencha beaucoup trop près pour lui glisser ces mots dans l'oreille.

« Voulez-vous une tasse de thé ? » demanda-t-elle pour en finir avec cette situation ridicule.

La question parut le déconcerter :

« Non... je ne crois pas. »

Bien décidée à faire cesser ces enfantillages, elle souleva la main de Mr. Mukherjee et l'ôta de son épaule d'un geste net, comme on se débarrasse d'une saleté.

« Alors, dégagez », dit-elle, et elle s'éloigna dignement dans le couloir.

Mr. Mukherjee resta planté là, perplexe. Il ne savait pas trop ce qui s'était passé, mais en tout cas il ne considérait pas la chose comme une fin de non-recevoir.

Une fille jeune, innocente, pensa-t-il. Sans doute troublée par les attentions d'un homme plus âgé et plus expérimenté. Il soupira. Son regard fut attiré par un groupe de voyageurs dans le wagon-restaurant. Il passa plusieurs fois un peigne dans son épaisse chevelure de jais et mit le cap sur eux.

Il regarda un moment les joueurs de cartes et accepta une tasse de thé. Il y a avait là Consuelo Gonzaga, et, de nouveau, il entama la conversation.

Cette fois, il avait mieux visé. Sentant vite qu'elle était terrifiée par le cours des événements, il exploita avec habileté ce registre. De la dentelle, tout en finesse. Son langage fleuri et ses gestes trop vite intimes qui avaient irrité Jane flattèrent Consuelo et la rassurèrent.

Connaissait-elle l'Inde ? Non ? Quel dommage ! Si elle venait un jour à Bombay, elle devait absolument lui permettre de lui faire visiter la ville. Consuelo, jolie au demeurant, débordait d'une sensualité bovine trop mûre qui excitait les hommes. C'était une fille petite et très brune. Elle semblait toujours à l'étroit dans ses vêtements et, comme sa mère, elle avait cette réserve et cette timidité dont les gens abusent toujours.

Mr. Mukherjee sentit s'éveiller ses instincts de chasseur. Après un regard sur les joueurs et sur les autres voyageurs qui restaient là au milieu du brouhaha incessant des conversations, il feignit d'avoir mal à la tête :

« Vous ne trouvez pas que c'est très bruyant ici ?

— Si.

— Il y a de quoi devenir fou ! »

Le bruit ne la gênait pas spécialement, mais elle acquiesça.

« Peut-être, dit-il, les yeux rivés aux rondeurs qui gonflaient le chemisier, pourrions-nous trouver un coin plus tranquille pour bavarder ? Qu'en diriez-vous ? »

Elle contempla le sol comme si elle ne l'avait pas entendu.

« Si vous voulez », fit-elle enfin.

Il lança un coup d'œil par-dessus son épaule, avec l'air de quelqu'un qui s'apprête à commettre un larcin, cherchant du regard un petit nid d'amour discret. Les yeux de Consuelo restaient obstinément baissés tandis qu'il l'emmenait.

Une fois sortie du wagon-restaurant, elle retint sa respiration lorsqu'il la serra de près dans le passage entre les deux voitures, l'œil caressant. Ils se faufilèrent entre les voyageurs debout dans le couloir du train de jour, s'efforçant d'avoir l'air naturel. Mukherjee redoutait plus que tout l'apparition, toujours possible, de son épouse. Mais lorsqu'ils passèrent devant la porte du compartiment 5, le silence régnait, un silence béni et curieusement troublant.

A cette heure de la journée, le wagon-lits était complètement désert. Consuelo et Mr. Mukherjee marquèrent un temps d'arrêt pour inspecter cette vacuité fraîche et ombreuse. On aurait dit deux enfants craintifs s'apprêtant à entrer en douce dans une propriété privée.

Les portes de nombreux compartiments béaient sur un chaos général de pyjamas abandonnés à la diable, de draps froissés et de lit défaits.

« Voulez-vous m'accompagner jusqu'à mon compartiment ? »

Il parlait doucement, le souffle légèrement court. Lorsqu'elle le regarda, il lui sourit d'un air étrange :

« J'aimerais vous montrer une photo de ma maison à Bombay. Je l'ai dans mon sac. »

Une lueur de bon sens circonspect s'alluma dans les yeux de la fille, puis s'évanouit aussitôt. Fort de cette absence de résistance, Mukherjee sentit sa respiration s'accélérer.

Elle l'autorisa à lui prendre la main et à la conduire d'un petit pas sautillant dans le couloir. Les Mukherjee occupaient le compartiment 8, au bout du wagon.

« Voyons si je la trouve. »

Il ouvrit d'un geste vif la porte du compartiment et fit semblant de fourrager dans des papiers :

« Ah, la voilà ! » Il eut un petit rire nerveux. « Ma maison à Bombay. »

Faisant un pas de côté, il l'invita à entrer. Il avait éparpillé plusieurs instantanés sur la couchette défaite. Elle se pencha pour les examiner ; debout derrière elle, il admirait la courbe de ses hanches.

« Tenez, regardez celle-là, avec la piscine. »

Il se pencha, moulant son corps contre celui de la fille. Quand ses mains se refermèrent sur ses seins, elle ne dit rien. Enhardi par son silence, il plaqua sa paume sur sa fesse généreuse et la fit doucement basculer.

A midi, les voyageurs avaient commencé à converger sans hâte vers le wagon-restaurant, attirés par une sympathique odeur d'œufs et de pâtisserie, et par un simple besoin de contacts humains. Nombre d'entre eux avaient passé le plus clair de la matinée cloîtrés dans leur compartiment.

Plusieurs parties de bridge et de poker se poursuivaient encore. Requinqué par un seau de glace et deux litres de Russkaïa soustraits au pillage des placards du compartiment salon, Tony Thomas, le moral au beau fixe, présidait à une tablée d'auditeurs enthousiastes et captivés. Stern avait entendu la plupart de ses histoires à Leningrad — les aventures véridiques de Mr. Anthony Beech Thomas, infatigable correspondant devant l'Éternel, kremlinologue, bon vivant et beau conteur qui avait couvert l'histoire au moment précis où elle se faisait, intime des rois et des chefs d'État, et même des vedettes de cinéma.

Stern mit le cap sur la cuisine et passa la tête à l'intérieur. Nell officiait, seule, tournant une louche dans une casserole où fondait du chocolat. Des gouttes de sueur perlaient à son front tandis qu'elle jurait entre ses dents.

« C'est pour le déjeuner ? demanda Stern.

— Avec un peu de chance, oui. » Les mains protégées par un grand torchon, elle ouvrit la porte du four et sortit un grand gâteau au chocolat. « Ils ne sont pas vraiment équipés pour quelque chose de trop ambitieux. »

Elle mit le gâteau à refroidir sur une planche à découper.

Stern se pencha, aspirant l'odeur chaude de la pâte. Il regarda d'un œil intéressé le chocolat frémissant dans une sauteuse, qui vint le napper. Lorsqu'il voulut goûter, Nell écarta sa main téméraire d'un coup de torchon adroit :

« Je suis désolée, mais vous attendrez.

— J'attendrai quoi ?

— Le déjeuner.

— C'est-à-dire ?

— Une vingtaine de minutes si le ciel ne nous tombe pas sur la tête d'ici là. »

Stern sourit. Nell était tout ébouriffée. Ses joues luisaient de chaleur, et elle avait entortillé plusieurs fois un tablier de chef cuisinier autour de sa taille de jeune fille.

« Qu'avons-nous au menu ? demanda-t-il.

— Œufs à la diable, toasts de pain de seigle à la russe, jambon en tranches, tomates, sardines, poissons indéterminés à la sauce piquante, café, thé et...

— ... gâteau au chocolat !

— Si vous êtes sage. »

Elle partit en direction d'une armoire.

Il jeta un coup d'œil au fouillis ambiant. Des assiettes, des bols, plats, fouets, louches et plusieurs éléments d'un mixer s'empilaient dans les grands éviers en aluminium.

« Vous n'avez personne pour vous aider ?

— Irma Kinkel était là il y a une dizaine de minutes. » Elle souffla sur une mèche qui lui tombait sur le visage, tandis qu'elle se livrait à la tâche périlleuse consistant à extraire le gâteau du plat sans le casser. « Les élèves du señor Madariaga ont fait la vaisselle du petit déjeuner.

— Vous n'envisagez pas de plan de carrière à long terme dans cette cuisine ?

— Dieu m'en garde ! Je suis venue ici en guise de psychothérapie. Il fallait à tout prix que je sorte de ce compartiment. Paul n'a toujours pas bougé ?

— Je crois qu'il dort. »

Elle eut un rire sans joie :

« C'est bien lui ! Le monde peut crouler, il ne renoncera pas à sa sieste. » Avec un petit gémissement, elle posa le gâteau sur la paillasse de l'évier, près de la fenêtre. Puis elle ôta son tablier d'un geste décidé et écarta les cheveux qui la gênaient. « Que diriez-vous d'un petit coup de chablis ?

— Vous plaisantez ? Où l'avez-vous déniché ?

— Dans un des placards. Il est au frais depuis le début de la matinée. »

Elle sortit une bouteille du réfrigérateur en même temps que deux verres qu'elle avait également mis à rafraîchir.

« Mes compliments. » Il était plein d'admiration. « Vous avez tout ce qu'il faut sous la main !

— Pas vraiment tout. » Elle lui tendit un verre. « Mais pas mal de choses. Du fromage, du lait, des céréales. Et même de la viande, enfin si l'on veut.

— Précisez.

— Ce n'est pas exactement ce que vous choisiriez.

— Mais encore ?

— Une bestiole indéfinissable. Du blaireau peut-être. Impossible à dire. » Elle but une gorgée de chablis, ferma les yeux et laissa le vin descendre dans sa gorge. « Superbe, n'est-ce pas ? Du vin français. Y a que ça de vrai ! »

Elle lui lança un coup d'œil en biais :

« Quand avez-vous couché avec une femme pour la dernière fois ? »

Stern sursauta :

« Pardon ?

— Quand avez-vous couché avec une femme pour la dernière fois ?

— Ça ne vous regarde pas ! »

Nell haussa les épaules :

« Inutile de vous mettre en rogne. Ma question est amicale.

— Trop amicale. » Stern prit un air sévère. « Et vous, quand avez-vous couché avec un homme pour la dernière fois ? »

Il n'attendait pas de réponse.

« L'autre nuit, à Leningrad.

— Très drôle.

— Je n'ai pas dit que c'était avec Paul. »

Il fut un instant troublé.

« Mais c'était pourtant le cas », s'empressa-t-elle d'ajouter.

Un silence gêné s'ensuivit tandis qu'il la regardait pétrir de nouveau de la pâte et cherchait désespérément quelque chose à dire. Ce fut Nell qui finit par combler le vide :

« A vrai dire, ce n'était pas l'autre nuit à Leningrad. » Son regard fixait intensément la pâte. « Mais il y a quelque temps. »

Stern, figé, observait le mouvement lent et rythmé des mains qui étiraient et abaissaient la pâte.

« Et vous ? » demanda-t-elle sans lever les yeux.

Il soupira, comme pour dire : « Seigneur, on ne va pas s'embarquer là-dedans », puis il haussa les épaules, un geste comique et dérisoire :

« Il y a quatre semaines. Juste avant de quitter New York.

— Avec qui ?

— Une veuve. Une de nos vieilles amies, à Connie et à moi. Elle a perdu son mari il y a quelques mois.

— Et vous vous sentiez largués tous les deux ?

— Si l'on veut. » Il se sentit soudain agacé. « Écoutez, pourquoi parler de ça ?

— Parce que nous sommes tous les deux légèrement émoustillés. » Elle leva la tête en souriant, et le regarda avec une franchise déconcertante. « C'est juste une façon inoffensive de se faire du bien. »

Stern avait du mal à regarder Nell dans les yeux ; il se sentit rougir.

« Inutile d'avoir l'air si inquiet, fit-elle.

— Inquiet, moi ?

— Je ne vais pas vous violer, si c'est ce que vous craignez. D'ailleurs, les trains ne sont pas l'idéal pour ce genre de divertissement.

— Le cadre laisse en effet à désirer, acquiesça-t-il en faisant un effort pour se mettre au diapason. Les compartiments sont trop petits, les couchettes trop étroites, les parois trop minces.

— Surtout si l'on est du genre bruyant.

— Vous l'êtes ?

— En général, je suis très silencieuse et je sais ce que je veux. » Elle était sérieuse comme un pape. « Mais quand je suis vraiment excitée, je mords. »

Un silence alarmant les enveloppa, et soudain tous deux furent pris d'une crise de fou rire.

« Qu'est-ce qui nous prend ? demanda-t-il. Des conversations cochonnes, comme deux adolescents !

— On s'amuse », dit-elle en vidant son chablis.

C'est alors qu'il remarqua qu'elle était légèrement empourprée elle aussi — un éclat rosé, visible sous son chemisier ouvert, et qui se diffusait sur sa gorge. Il savait que ce n'était pas seulement le vin ou la chaleur du four.

« Vous avez couché avec beaucoup de femmes ? demanda-t-elle soudain avec une ingénuité subite et curieusement touchante.

— Pas en trente ans de mariage, répliqua-t-il aussitôt, presque trop vite. Je suis incurablement bourgeois. Et vous, beaucoup d'hommes ?

— Un seul... au Palmer House à Chicago.

— Que faisait-il dans la vie ? »

Elle donna quelques tours à la pâte, puis modela des formes allongées et tubulaires :

« Des études de théologie. »

Un petit rire affleura au coin des lèvres de Stern ; il le refoula aussitôt en s'apercevant qu'elle ne plaisantait pas.

« De théologie ?

— Il était deux fois plus jeune que moi. Il m'avait draguée dans le hall d'entrée. Ou bien était-ce moi ? Je ne sais plus qui avait pris l'initiative.

— Vous sûrement, fit Stern, amusé.

— Sûrement. Quoi qu'il en soit, il voulait pécher.

— Et vous l'avez aidé ?

— Presque. Mais, en pleine action, je me suis vue par hasard dans une glace à côté du lit. »

Il la fixait intensément :

« Et ?...

— Le sens de l'humour fait mauvais ménage avec une vie sexuelle intense. Cet enchevêtrement de bras et de jambes s'agitant en tous sens, ces grognements, ces halètements, les pets qui vous échappent... Bref, j'ai éclaté de rire. Il a été ulcéré. Si bien que je me suis levée, je me suis rhabillée et je suis partie. Sans avoir attenté à sa pureté.

— De justesse ! »

Elle but une gorgée de chablis et se mit à rire :

« Je ne crois pas qu'il se souciait vraiment de théologie. S'il est à présent pasteur, je crains pour ses jeunes brebis.

— Je crois que c'est une vocation. Comme d'être dentiste, fit observer Stern d'un ton posé. C'est inné. »

Ils rirent de nouveau et elle remplit les verres.

« Dites-moi, que cherchiez-vous vraiment ? demanda Stern.

— Dans le hall du Palmer House ? »

Il fit un signe d'assentiment et vit les yeux de Nell se rétrécir au-dessus du bord du verre.

« A me venger », répondit-elle, comme si elle n'y avait encore jamais pensé. « J'étais là avec Paul. Théoriquement pour célébrer en beauté notre vingtième anniversaire de mariage. Or il passait son temps à voir des clients. »

Quand elle le regarda de nouveau, ses yeux semblaient pleins de gaieté, mais il se dégageait d'elle quelque chose d'inexprimablement triste.

« Moi aussi, je suis très bourgeoise. Pas l'Emma Bovary classique. Je ne suis pas du genre à traîner dans les bars, les motels ou les halls d'hôtel. Je suis simplement une femme de quarante-six ans qui a un peu peur de vieillir. J'aime encore qu'un homme me caresse et me tienne dans ses bras. Les besoins sexuels de Paul sont devenus plus capricieux et pas toujours fiables. »

Elle parlait sans gêne aucune. Sa voix était calme, monocorde, sans trace d'émotion. De celles qu'on entend dans un confessionnal.

« Pourquoi me racontez-vous tout cela ? » demanda-t-il.

Elle disposa les rubans de pâte dans une tourtière qu'elle enfourna bruyamment. Il crut un instant qu'elle était fâchée. Mais quand elle se retourna, un sourire tranquille, légèrement coquin, voletait au coin de ses lèvres :

« Nous n'allons pas croupir indéfiniment dans ce train, j'espère. Et je voulais simplement vous donner des idées. »

Keith Wales s'arrêta et faillit tomber, emporté par son élan. Cela faisait cinq heures qu'il marchait sans avoir pris le temps de souffler ou presque, et il n'avait pas la moindre idée de la distance qui le séparait encore de la frontière. Il progressait à présent dans une forêt de pins dense, scrutant désespérément le brouillard. Une chose surtout l'inquiétait : il n'était plus très sûr d'aller dans la bonne direction. Plusieurs fois, il lui avait fallu faire un détour pour contourner des obstacles, en l'occurrence un lac et une gorge encaissée. Wales était parti du principe qu'il devait rester à couvert tout en conservant la voie sur sa droite. Mais à plusieurs reprises des bruits de voix dans la forêt l'avaient éloigné des rails, et ses efforts pour repartir dans la bonne direction avaient surtout réussi à le désorienter encore plus.

Tout semblait simple lorsque, quelques heures plus tôt, Thomas avait lancé l'idée. Mais sa montre indiquait maintenant 1 : 14 P.M. Or il marchait depuis, en gros, 9 heures du matin. Si l'Anglais ne se trompait pas et que Vainikkala ne se trouvait qu'à dix kilomètres du train, il devait avoir traversé la frontière depuis une bonne heure.

Il ne pleuvait plus, mais les arbres ruisselaient. Sa course en sous-bois lui avait valu des cascades d'eau glacée dans le cou et le long du dos. Ses vêtements et ses chaussures étaient trempés, et, pour ajouter encore à ses tourments, la température dans la forêt avait chuté brutalement. Soudain l'air était glacé, mais il n'en sentait pas moins la sueur sous ses vêtements.

Immobile au milieu des arbres auxquels s'accrochait la brume épaisse, haletant comme un animal traqué, il lui vint soudain l'idée qu'il faisait peut-être fausse route. C'était pourtant peu probable. Quelque chose lui disait que la voie ne pouvait être très loin sur sa droite. En admettant qu'il eût changé de cap et obliqué par inadvertance vers le nord-est, il l'aurait déjà coupée. Or, pour autant qu'il le sût, ce n'était pas le cas.

Restait une autre possibilité, qu'il n'osait envisager : il avait tourné en rond dans le brouillard et se dirigeait à présent vers le sud-est, ou pis, carrément vers l'est ; autrement dit, il revenait vers le train.

On lui avait déjà parlé de cas de ce genre. Sans être au bord de la panique, il était de plus en plus conscient de l'incertitude qui commençait à le gagner, une inquiétude sourde, lancinante, qu'il tentait résolument de réprimer.

Il se remit en route, cette fois en accélérant la cadence. L'heure du déjeuner était passée depuis longtemps ; il avait faim. Il prit une pomme dans le sac de provisions qu'on lui avait donné et, tout en progressant et trébuchant dans les fourrés, il la mangea sans en sentir le goût, crachant la peau et les pépins.

Les branches et les fougères le fouettaient au passage. Ses vêtements étaient hérissés d'épines qui le piquaient à travers son pantalon. Mais il y avait pis, la boue épaisse et spongieuse, qui collait à ses bottes et manquait à chaque pas de le déchausser.

Songeant à ceux du train, il les envia. D'accord, ils étaient toujours prisonniers, mais au moins au sec et au chaud. Il évoqua aussi l'image de Silvana et se demanda si elle pensait à lui. Dommage qu'elle ne pût le voir à cet instant précis.

Il marchait la tête baissée, marmonnant tout seul, maudissant l'humidité et le froid, les branches qui lui cinglaient le visage. Il se posait des questions sur la forêt, n'ayant aucune idée de son étendue ni de sa profondeur. On n'y voyait pas à cinquante centimètres. Pouvait-on disparaître comme ça, tout simplement, de la surface du globe, happé par des étendues sauvages qui n'avaient jamais été explorées ni balisées ? Escamoté ?

Il n'y avait pas encore songé parce que cette éventualité lui paraissait trop peu probable, mais peut-être devait-il envisager à présent de passer la nuit dans les bois. Wales était mal équipé pour l'aventure. Presque rien à manger, une gourde d'eau en tout et pour tout, et pas d'allumettes. Personne n'avait pensé à lui donner des réserves : l'expédition paraissait brève et d'une relative facilité.

Surgit soudain devant lui une formation rocheuse qu'il était sûr d'avoir rencontrée une heure plus tôt. Pourtant, la logique lui soufflait que c'était impossible. Il avait marché plein ouest. Évidemment, il avait obliqué une fois ou deux, mais en ayant l'impression d'être toujours reparti dans la bonne direction. Les arbres, à cet endroit, étaient gigantesques et serrés, des masses imposantes de hauts conifères dont émanait une malveillance presque humaine. Ils vous appâtaient, vous aguichaient, pour mieux vous piéger.

Une seconde plus tard, pour une raison que lui-même ignorait, il courait, ne sachant plus dans quelle direction il fonçait. Ses pieds s'enlisaient jusqu'aux chevilles dans la boue avec un bruit de succion, l'obligeant à de terribles efforts pour se dégager.

Lorsqu'il s'était mis à courir, il avait depuis longtemps renoncé à atteindre la gare fontière de Vainikkala. Il ne souhaitait qu'une chose : retrouver le monde civilisé, les gens.

Hors d'haleine il courait toujours, terrifié à l'idée de s'arrêter, ne se rendant pas compte qu'il pleurait. C'est alors qu'il entendit les aboiements des chiens, le craquement sonore des branches dans les fourrés, les appels rauques des gardes russes qui venaient dans sa direction.

Il écouta de nouveau, appuyé contre un arbre, le cœur cognant contre ses côtes. Quand les aboiements et les cris se rapprochèrent, il s'aperçut avec étonnement qu'il ne cherchait pas à fuir. Au contraire, il fit demi-tour et se précipita en hurlant à la rencontre de ceux qui le traquaient.

« “ Pourquoi ces nations en tumulte, ce vain grondement des peuples ? Les rois de la terre se lèvent, les princes conspirent... ” »

La voix monotone de Ralph Keck dévidait les mots dans l'air vicié et stagnant. Debout à l'avant du wagon-restaurant, il dominait sa maigre paroisse derrière une chaire improvisée, une petite desserte en aluminium où l'on empilait la vaisselle sale. Il lisait son texte dans une bible de voyage qui ne le quittait jamais ; ses vieilles mains tremblantes et piquées de taches brunes maintenaient le petit livre ouvert à la bonne page.

« “ Celui qui siège dans les cieux s'en amuse, Yahvé les tourne en dérision. Puis dans sa colère il leur parle, dans sa fureur les frappe d'épouvante... ” »

Sonia Conti fixait d'un air distrait la fenêtre et la forêt ; son regard s'immobilisa sur un corbeau perché au faîte d'un arbre lointain. Elle pensait à Max tout en étant terriblement consciente de la présence de Silvana, qui, assise à côté d'elle, suivait le mouvement des lèvres de Keck et répétait, dans un murmure presque inaudible, les mots après lui.

La famille Kariolainen s'était regroupée à la même table. Le jeune Buddy s'appuyait contre la cuisse de son père, rêvant de canoës et de torrents en altitude dans les Cascades. La señora Gonzaga et Consuelo avaient pris place de l'autre côté de l'allée et tentaient courageusement de suivre le sens de ce que lisait Keck. Mrs. Keck, assise sur le côté, solitaire, semblait présider. Elle avait le regard alerte et vigilant d'un chien de garde.

Toute l'assemblée, officiant et fidèles, paraissait prise au piège. Et l'on craignait à présent que le roi de la chaussure d'Ames ne pût résister à la tentation de faire une homélie à la fin de sa lecture.

Orateur médiocrement doué, Keck avait une voix fluette et haut perchée qui, lorsque l'émotion le gagnait, faisait songer au grincement de gonds rouillés. Mais il souhaitait sincèrement réconforter ses ouailles et leur redonner courage. S'il ne s'apercevait pas de son échec, ce n'était pas de sa faute.

« " Et maintenant, rois, comprenez, instruisez-vous, juges de la terre ! Servez Yahvé avec crainte... " »

Ce dernier mot jaillit comme un cri perçant arraché à l'air. Surprise, Sonia sursauta avec une exclamation étouffée, au moment précis où le corbeau prit lourdement son vol et partit vers l'ouest en poussant un croassement sinistre.

Convaincue que Keck et elle-même accomplissaient l'œuvre du Seigneur, Myra Keck suivait le déroulement de la célébration dans une aura de triomphe. Quelles que fussent les épreuves qui les attendaient, la force du Seigneur, elle le savait, les soutiendrait.

Comme elle l'avait d'ailleurs toujours fait, notamment tout au long des premiers temps incertains de leur ménage, où Myra avait été le pivot et l'élément moteur de leur petite cellule familiale. A cette époque, l'ivrognerie de Keck et son oisiveté étaient devenues un objet de scandale dans la ville, mettant en péril non seulement lui, mais aussi sa femme et ses enfants. Un magistrat avait fini par accepter de l'éloigner des siens pendant presque un an, par crainte des risques physiques qu'il leur faisait courir. Il n'était même pas question qu'il pût travailler.

Dans l'institution où il avait été placé, à quelque quatre-vingts kilomètres d'Ames, et où elle allait le voir trois fois par semaine sans jamais manquer une de ces visites, elle lui lisait la Bible — lui qui n'avait jamais touché une bible de sa vie — sur la grande véranda ; les vieux et majestueux hêtres pourpres les enveloppaient de leur ombre fraîche et bienfaisante. Elle lui lisait surtout les Psaumes et les Proverbes, et aussi saint Marc et saint Matthieu, revenant inlassablement sur les passages qui décrivaient le ministère du Christ en Galilée, la façon dont il imposait les mains et guérissait les lépreux, les boiteux et les estropiés. Elle faisait ainsi la lecture à Ralph avant et après le dîner, jusqu'au moment où il s'endormait ; elle éteignait alors, laissant le saint livre ouvert sur sa table de chevet à la page qu'il lirait dès son réveil. Et puis elle partait sur la pointe des pieds et refaisait ses quatre-vingts kilomètres en voiture jusqu'à Ames.

Ralph sortit au bout de onze mois. Durant ce temps, il avait exorcisé ses démons et appris à prier. De retour à la maison, il trouva du travail chez un petit marchand de chaussures de l'endroit. Au bout d'un an, il achetait la boutique. Cinq ans plus tard, il possédait une demi-douzaine de magasins dans tout l'État et posait les fondations de la première usine qui approvisionnerait la chaîne qui ne cessait de grandir.

Pendant toute cette période, il n'avait pas avalé une goutte d'alcool ; en revanche, il avait trouvé Dieu et l'avait définitivement gardé. En fait, il éprouvait une peur panique de le perdre, et de perdre aussi Myra. Il savait ce qu'il lui devait, et jamais elle ne lui permettait de l'oublier.

« Vous ne comprenez donc pas que c'est inévitable ? Marx a prédit tout ça il y a plus d'un siècle. Tout !

— Mais ce n'est toujours pas arrivé...

— Ça arrivera, ne vous faites pas d'illusion.

— Dans ce cas, je fiche le feu à tout ce que j'ai, plutôt que de laisser l'État poser ses sales pattes dessus !

— Tout plutôt que de partager avec les plus défavorisés... C'est bien la charité chrétienne !

— Le communisme n'a rien à voir avec les bonnes œuvres.

— C'est là que vous vous trompez ! Si le Christ vivait, il aurait sa carte du parti et afficherait une loyauté à toute épreuve.

— Allez donc raconter ça à un prêtre polonais ! Si Jésus-Christ vivait, les communistes seraient obligés de le crucifier une fois de plus. »

Isabel et Jane Blaylock croisaient bruyamment le fer. Elles avaient pris place dans le compartiment 3, en compagnie de Kate Dubbin, de Desfargue et de Gonzaga père qui ajoutaient leur grain de sel.

« Avez-vous jamais vécu dans un État totalitaire, Jane ? demanda Kate Dubbin.

— J'ai vécu ma vie durant dans un État totalitaire ! L'Amérique !

— Oh non ! gémit Kate, vous ne pensez tout de même pas sérieusement...

— Tu ne comprends pas ? » Desfargue se pencha vers elle. « Ce n'est pas du fascisme de l'État dont elle parle, mais du fascisme de la technologie. De la déshumanisation des gens transformés en robots. C'est ça, le fascisme de l'Ouest. »

Kate eut un geste d'impuissance :

« Ce que je ne saisis pas, c'est que, puisque vous ça vous plaît tant, vous ne soyez pas venue ici plus tôt, que vous n'y soyez restée plus longtemps, que vous n'ayez pas appris la langue... Au lieu de vous contenter de cette visite pépère de cinq jours, de cette petite incursion nostalgique dans la bonne vieille Russie impériale. " Visitez la patrie des tsars. Flânez dans les somptueux jardins où musèrent Pierre le Grand et Catherine. Contemplez Leningrad la nuit depuis le pont d'un bateau descendant la Neva au clair de lune. " C'est ça, la Russie ? Ce baratin fétide sur papier glacé ? " Visitez les grandes cathédrales, Kazan et Saint-Isaac. Les splendeurs et les trésors insoupçonnés de l'Ermitage. Admirez ce que les tsars et les Églises ont donné à la sainte Russie. Mais, si vous cherchez ce qu'a produit cette terre depuis 1918, depuis le prétendu miracle de la Révolution du peuple, vous risquez d'être déçu ! "

— Je suis venue, comme vous, juste pour voir, répondit Jane. Je ne suis pas bouchée au point de croire que tout ce que j'ai vu était parfait. Mais je suis convaincue que c'est le seul espoir d'égalité et de justice qu'ait encore le monde. La seule ouverture réelle pour tous.

— Autrement dit, intervint Isabel, faisons main basse sur la partie de la planète qui est productive et autosuffisante, celle qui produit les biens et les emplois, et démolissons tout pour que tout le monde ait faim et soit malheureux à égalité. Car c'est bien ce que vous proposez ? »

Gonzaga applaudit :

« Bravo, Isabel ! Je suis entièrement d'accord avec toi. Donnez donc aux gens la possibilité de posséder quelque chose. D'entreprendre. Donnez-leur un pion dans le jeu, et vous verrez vite de quoi est capable l'ingéniosité humaine. »

Jane Blaylock était furieuse :

« Vous verrez surtout une poignée d'accapareurs pleins aux as et des milliards de pauvres types trimant pour eux comme des esclaves !

— Peut-être est-ce dans l'ordre des choses », répondit Gonzaga avec un sourire devant l'expression de mépris qui marquait la bouche de Jane. « Finalement, nous ne sommes pas tous faits sur le même modèle, et aucune législation ni aucun tour de passe-passe ne réussiront à nous rendre identiques. Toute ma vie, j'ai eu des gens à mon service. Dans mes propriétés et dans mes vignobles. Ils sont depuis des générations dans ma famille. Nous connaissons chacun d'eux comme s'il était notre chair et notre sang. Chaque famille est autorisée à garder pour elle et à vendre au marché la moitié de tout ce qu'elle produit. Beaucoup ont prospéré. D'autres, qui avaient moins d'esprit d'entreprise, sont restés à la traîne. Mais tous sont traités avec respect et dignité. Si vous leur offriez aujourd'hui d'aller s'échiner dans une structure collective gérée par l'État, en vertu de l'égalité de chances pour tous, je suis sûr qu'ils vous prendraient pour une folle.

— Parce qu'ils sont idiots et ignares ! » rétorqua aussitôt Jane.

Gonzaga lui adressa un sourire de commisération.

« Votre immense estime des masses laborieuses, Miss Blaylock, est émouvante. Vous qualifiez l'Amérique d'État policier. Vous me stupéfiez ! Vous, une femme intelligente, dotée d'un sens aigu de la justice sociale, vous venez de vous voir confisquer votre passeport sans la moindre explication ; vous êtes immobilisée ici, enfermée dans un train qui ne peut quitter le pays ; vous portez encore la marque du coup de poing d'un soldat. Je vous pose la question, Miss Blaylock, et à vous aussi, monsieur Desfargue : rien, dans ce qui nous est arrivé ici depuis cinq jours, ne vous donne à réfléchir ? »

« Tu crois qu'on va mourir ici ?

— En voilà une idée !

— Mais pourquoi sont-ils partis en nous laissant en rade ?

— Corrie, tu as trop d'imagination.

— Tu n'as pas la frousse ?

— Bien sûr que si !

— Je suis contente que tu le reconnaisses. Si tu avais dit le contraire, j'aurais su que tu mentais et je t'aurais détesté à cause de ça ! »

Karl Heinz se mit à rire et secoua la tête d'un geste incrédule :

« Je n'arrive pas à te suivre, Corrie. Tu es trop compliquée pour moi. »

Karl Heinz Kunkel et Corrie Kariolainen s'étaient réfugiés dans le compartiment 9, au milieu des traces de chocolat et des miettes du gâteau du goûter. Ils avaient bavardé passionnément comme savent le faire les jeunes, échangeant des secrets, étonnés et ravis de constater à quel point leurs pensées les plus intimes semblaient se rejoindre.

« Il faut avoir une vocation, déclara Karl Heinz d'un air éminemment solennel. La vie ne veut rien dire si on ne se bat pas pour quelque chose.

— C'est exactement ce que je pense. Avoir la foi, s'engager vraiment... C'est ça qui compte. La plupart de mes amis ne s'intéressent qu'à la sécurité matérielle. Ils n'ont aucune idée de ce qu'est le travail intense ou le sacrifice personnel. »

Ils restèrent silencieux un moment, chagrinés par la vacuité de la vie des gens, eux exceptés.

Un sourire intérieur illuminait Corrie, un sourire vieux comme le monde.

« Je n'arrive pas à croire que tu n'as jamais mis les pieds aux États-Unis ! » dit-elle.

Non, en effet, mais il projetait de le faire dans un proche avenir. Peut-être s'inscrirait-il dans une université là-bas. Il la regarda, guettant un encouragement. Alors il devait absolument venir dans le nord de la Californie, dit-elle. Remonter jusqu'à Shasta, là où elle habitait, pas très loin de la frontière de l'Oregon. Elle lui montrerait les vergers paternels, avec leurs abricots fabuleux et leurs énormes bigarreaux. Et elle avait des chevaux aussi. Aimait-il faire du cheval ? Il était monté sur des poneys quand il était petit, mais jamais sur un vrai cheval. Jamais sur un de ces mustangs qu'il avait vus dans des westerns, à Würzburg. Ceux que montait John Wayne. L'Ouest américain était-il vraiment aussi grand que dans les films ?

« Bien plus ! dit Corrie en éclatant de rire. Infiniment plus. Tu ne peux même pas essayer d'imaginer. Le Wyoming. L'Utah. Le Dakota du Nord et le Dakota du Sud... »

Pourquoi ne viendrait-il pas l'été prochain ? Elle lui ferait visiter Palo Alto. Elle lui montrerait Stanford, et aussi l'université de Californie, où elle espérait bien aller. Il y avait une école vétérinaire réputée. Elle adorait les bêtes et c'était ce qu'elle voulait faire. Plus que tout.

Il ne pleuvait plus. Le brouillard commençait à se lever. Derrière les vitres striées de pluie, les arbres semblaient sombres et menaçants. L'espace d'un instant, ils se sentirent terriblement seuls. Les doigts de Karl Heinz jouaient avec un fil de sa chemise. Il semblait réfléchir à quelque chose — cherchant des mots pour le dire.

« Tu sais, fit-il, inspectant du regard les arbres dégouttant d'eau de l'autre côté de la vitre. Ça peut sembler dingue...

— Oui ?

— ... mais j'aimerais que les Russes ne reviennent pas et que nous restions éternellement ici, comme ça. » Il lui jeta un regard interrogateur. « Tu comprends ce que je veux dire ?

— Oui, dit-elle en riant. Moi aussi, j'aimerais. »

Le garçon eut un rire heureux, râpeux comme si une scie s'était soudain déchaînée dans sa gorge :

« Tu vois, même un truc aussi pourri » — ses yeux reconnaissants firent le tour du compartiment — « eh bien, quelque chose de super peut en sortir ! »

Asawa passa la journée entière allongé sur sa couchette. Il n'avait pas pris la peine de s'habiller, préférant rester en pyjama à fumer un nombre incalculable de cigarettes et à couvrir de notes son carnet. De temps à autre, il dormait, d'un sommeil haché, une sorte d'engourdissement hébété. Des images de sa maison, spectres d'un passé inquiet, s'inscrivaient brièvement sur le plafond du compartiment.

Il se redressa sur un coude et jeta un coup d'œil dans le petit miroir ovale fixé à la paroi, au-dessus de sa couchette. Le visage qu'il y aperçut n'était plus le sien. Mais celui de Mizoguchi, l'acolyte au bégaiement irrépressible, le jeune paria aux cheveux gras et à la peau acnéique qui tentait d'être accepté et reconnu parmi les autres servants du temple.

A l'heure du déjeuner, Asawa entendit des voix dans le couloir et un bruit de pas devant sa porte. La paroi laissa filtrer le bavardage fiévreux des jeunes Espagnols, puis, à un moment, les voix de Jane Blaylock et d'Isabel Gonzaga prises dans une altercation bruyante.

Il avait faim, mais pour un empire il n'aurait quitté son compartiment. Il n'entendait pas se joindre aux autres dans le wagon-restaurant, car il n'aurait pu faire autrement que de s'asseoir à table avec eux, peut-être même de leur parler. Asawa se révoltait à la simple idée d'ouvrir la bouche, certain d'avance que, comme Mizoguchi, il se mettrait à bégayer. Et puis aussi, bien sûr, il savait qu'ils le méprisaient et avaient pitié de lui, qu'ils avaient été témoins de son humiliation devant le Canadien ce matin-là, et même que, en cet instant précis, ils se moquaient de lui derrière son dos.

A un moment, pendant ces longues heures qui coulaient, interminables, entre midi et le crépuscule, il se redressa sur sa couchette pour dévisser de nouveau la plaque de la cloison, près du plafond. Il fourragea à l'intérieur de la cavité avec son crayon jusqu'à ce qu'il entendît le bruit métallique de la boîte. Imprimant au crayon un mouvement de va-et-vient, il souleva le couvercle et plongea la pointe dans la substance rouge et gélatineuse. Il porta ensuite le crayon à ses narines, inspirant les émanations presque inodores avec la même volupté que le musc de quelque exquise fleur léthale.

Il faisait gris dehors lorsqu'ils s'étaient retrouvés au wagon-restaurant pour le dîner. Huit heures avaient largement sonné, et, après avoir un peu cherché, ils découvrirent les boutons qui commandaient l'éclairage de la voiture. Ils arrivaient par groupes de deux et de trois, entraient un peu en désordre, silencieux, jetant un regard inquiet autour d'eux comme s'ils attendaient que le capitaine ou un maître d'hôtel vînt les conduire à leur place.

Van Meegrin, Stern, Jatta et Isabel s'attaquèrent avec énergie à la préparation du repas. Il y avait assez de provisions dans le garde-manger du train pour improviser rapidement un frichti acceptable.

Baignant encore dans une angoisse contre laquelle il se défendait mal, Stern s'absorba dans la confection d'un semblant de sauce pour le bœuf bourguignon. Il prit du concentré de bœuf en boîte, auquel il ajouta des oignons hachés, des carottes râpées et des petits pois. En panne de bourgogne correct, Thomas découvrit les clés de l'armoire où étaient entreposées des caisses de vin bulgare, dont il fallut se contenter.

Jatta découpa des morceaux d'une viande grisâtre en petits cubes qu'elle mit à mariner dans des saladiers remplis de vin. En bras de chemise, Van Meegrin touillait le contenu de la grande marmite avec une longue cuillère de bois. Ce fut lui qui servit les portions fumantes dans la vaisselle grossière qu'ils avaient sortie du placard où elle était entassée.

On parla peu. Le seul bruit du dîner fut le tintement nerveux de l'acier inoxydable contre la faïence. Tony Thomas tenta à plusieurs reprises de lancer la conversation, mais il régnait une atmosphère de découragement trop dense pour être dissipée.

Ils en avaient presque fini avec le dîner et le dessert, quand le bourdonnement électrique du haut-parleur se déclencha soudain, suivi d'un chapelet de grésillements sonores. Saisis, la bouche encore pleine, tous levèrent les yeux, fixant l'appareil comme s'ils s'attendaient à voir le son lui-même en sortir. Une seconde plus tard, une voix leur parlait.

« A tous les membres du groupe Intourist 409, bonsoir. Ici le colonel Dounskoï. Je profite de l'occasion qui m'est donnée de m'adresser à vous en cette cinquième nuit de votre détention en Union soviétique. Nous espérons que vous êtes installés aussi confortablement que possible, compte tenu des circonstances.

« Il est regrettable », poursuivit Dounskoï, sa voix fatiguée et compatissante dominant les crépitements du système électrique, « ... qu'un membre de votre groupe ait profité de notre absence momentanée pour essayer de s'enfuir. Une tentative des plus inconsidérées, comme vous pourrez vite le constater. Cet individu est actuellement sous bonne garde. Il s'est excusé de son acte et a, en outre, reconnu être de collusion avec des agents américains de la CIA et avoir tenté de subtiliser des documents secrets à la station navale de Polyarnyy, dans la presqu'île de Kola. »

Des exclamations étouffées et incrédules montèrent vers le haut-parleur.

« Nous avons maintenant des raisons de croire que cet individu ne travaillait pas seul. Il avait un ou une complice dans ce train, dont il a, jusqu'à présent, refusé de révéler le nom. Dès qu'il se décidera, nous procéderons immédiatement à votre libération. Ce sera une simple question d'heures. Vous avez donc tout avantage à découvrir l'identité de cette personne et à la persuader de faire ce que non seulement la sagesse, mais l'honneur exigent. Sinon, vous risquez d'être indéfiniment retenus ici. »

« Et voilà, grommela Blanton, nous avons l'explication de ce mystérieux départ !

— Et de l'unique fenêtre restée ouverte, ajouta Stern d'un ton encore plus lourd de sous-entendus. C'était un coup monté pour trouver un bouc émissaire, et nous avons marché comme un seul homme. Maintenant, ils en veulent un autre.

— Chut ! ordonna Thomas. Il n'a pas fini. »

« Notre souci restant votre bien-être » — la voix de Dounskoï continuait sur le même ton au milieu des craquements des haut-parleurs — « des médecins viendront vous examiner demain matin. Veuillez vous tenir prêts pour 7 heures. »

Il y eut un déclic audible, et la voix de Dounskoï disparut soudain, en même temps que le sifflement et les crépitements des haut-parleurs.

« Il n'est pas question qu'un de leurs médecins me touche ! déclara Nell Blanton dès que le système se tut.

— Je crois que vous constaterez vite que vous n'avez pas le choix, dit Thomas. Quand ces gens-là ont décidé de s'intéresser à votre bien-être, ils sont capables de déployer la plus grande énergie. »

Il y eut soudain un choc en tête du wagon, suivi d'invectives et d'une vague impression de mouvement. La porte du wagon-restaurant fut brutalement rabattue contre la paroi, et l'on poussa quelque chose à l'intérieur. C'était Keith Wales.

Mais il fallait le savoir. Il était emmailloté de pansements blancs, la tête bandée comme celle d'une momie ; on voyait seulement le bout de son nez encore marqué des éraflures très reconnaissables qu'il s'était faites en s'extirpant de la fenêtre le matin même. Des trous avaient été découpés dans les bandes pour lui permettre d'y voir. Et dans ces trous roulaient deux yeux terrifiés.

« Mon Dieu ! » Nell porta la main à sa bouche. « Oh, mon Dieu...

— A croire qu'ils lui sont passés dessus avec un brise-mottes ! » s'exclama Ted Kariolainen.

Le cœur de Stern cognait dans sa poitrine. Il ne parvenait pas à associer la chose gémissante et brisée qui les fixait d'un air hagard derrière les bandages à l'image du jeune homme rayonnant de santé, sûr de lui, qui s'était enfui dans les bois ce matin-là.

La forme massive de Wilma Shapley se pencha sur le garçon :

« Que s'est-il passé, mon enfant ? Pouvez-vous parler ? »

Ils se portèrent tous vers lui, l'entourèrent, tendant l'oreille. Ce qu'ils virent était peu fait pour les rassurer. Un tas informe de vêtements boueux et déchirés ; un corps inerte et épuisé, comme dépourvu d'ossature. Une botte avait été arrachée, exposant la moitié d'un talon nu sous une chaussette à demi enlevée. Outre la tête entortillée de bandes, la main gauche était prise dans un garrot de fortune d'où suintait du sang.

Wales essayait de répondre à la question de Wilma Shapley ; sa bouche se tordit dans un rictus étrange, et ils virent qu'une dent avait sauté et qu'une autre avait été brisée, dont ne restait que le chicot. Lorsqu'il voulut parler, il ne put contrôler le mouvement de ses lèvres. Il s'efforça de former des mots, mais ne réussit qu'à émettre un bruit de crécelle, sec et rauque.

« De l'air ! Il lui faut de l'air ! » Shapley bataillait pour écarter les gens. « Bon Dieu, laissez-le respirer ! »

Kariolainen entreprit de refouler les curieux :

« Conduisez-le dans son compartiment ! » lança-t-il à Stern par-dessus son épaule. « Lavez-le et fourrez-le au lit.

— Attention... il a peut-être quelque chose de cassé. »

Wales gémit quand ils le relevèrent. Stern, titubant légèrement sous le poids du corps affaissé, crut qu'il allait vomir. Max et Karl Heinz unirent leurs mains pour faire une sorte de chaise sur laquelle Wales, hurlant presque de douleur, fut soulevé et emporté dans le wagon-lits.

Lorsqu'ils eurent disparu derrière les portes vitrées du couloir, les voyageurs restèrent un moment indécis, sans voix. Ils étaient terrifiés, incapables de rassembler leurs idées. Silvana semblait en état de choc. Sandro passa un bras autour de sa taille et la traîna plus qu'il ne la porta jusqu'à leur compartiment.

« Ils reviennent ! »

Le cri lancé par la voix juvénile de Buddy Kariolainen les fit refluer précipitamment vers les fenêtres. Le garçon demeurait collé à la vitre, incapable de s'en détacher. Jouant des coudes, les voyageurs s'agglutinèrent aux autres fenêtres.

Dans le crépuscule laiteux, ils virent des dizaines de camions envahir le terrain, des soldats, des centaines de soldats débouler des transports de troupe, grouiller au milieu des feux croisés des projecteurs qui balayaient le périmètre. Et puis soudain, engin infernal surgi d'un cauchemar, un énorme char d'assaut, un T54, jaillit du sous-bois, brisant tout sur son passage, remontant vers le train, révélant son canon de 60 mm dont la gueule béante était pointée droit sur leurs gorges.

Les chiens aboyaient, les gardes hurlaient et couraient, se postaient autour du train à chaque issue. Des bottes martelaient le toit des wagons, prenaient, aurait-on dit, un plaisir pervers à les piétiner. Puis il y eut le vacarme pesant de pieds qui escaladaient les marches des voitures, et les soldats se ruèrent à l'intérieur.

# VII

*Un épais voile de mystère est tombé ce soir sur la frontière finno-soviétique. Les autorités soviétiques ont pris des mesures pour fermer tout accès entre les deux pays. Aux trois postes de contrôle répartis le long des neuf cents kilomètres de frontière, Vyborg, Priozersk et Vyartsilya, la circulation des voyageurs et des marchandises est entièrement paralysée. En Union soviétique, le trafic aérien d'entrée et de sortie ne semble pas touché pour l'instant. On a récemment appris que des éléments de la flotte de la Baltique, stationnés à la base navale de Severomorsk dans la presqu'île de Kola, ont été mis en état d'alerte. Qualifiant cette action d' « injustifiée » et d' « acte de terrorisme », la Finlande a officiellement fermé son consulat de Leningrad et rappelé tout son personnel.*

*John Roland,* Channel 5 News.

*... des dépêches en provenance du Kremlin rapportent ce soir qu'un agent américain de la CIA a été capturé dans un train finlandais en fin de journée, alors qu'il tentait de faire passer des documents soviétiques ultra-secrets à l'Ouest. Voyageant avec un faux passeport canadien, l'individu a avoué avoir accepté deux mille dollars d'un général américain en poste à Bruxelles. Un autre passager voyageant avec un passeport américain, mais qu'on soupçonne d'être un agent israélien, a également été placé en garde à vue.*

*C'est là un nouvel exemple du jeu de bras de fer auquel se livrent les complices de l'Amérique, et la démonstration de l'impitoyable détermination avec laquelle ce pays utilise les laquais de l'impérialisme pour parvenir à son but impie : dominer le monde.*

*C'était un communiqué spécial de l'Alerte révolutionnaire, Radio Téhéran.*

Un détachement de chasseurs monta tôt dans le train, ce matin-là. Les voyageurs qui n'avaient pas encore fini leur petit déjeuner durent l'abandonner et se répartir dehors en deux rangs — les hommes d'un côté, les femmes de l'autre. Ils furent conduits en bon ordre, chaque colonne flanquée de soldats, vers un groupe de grands camions caravanes qui avaient été installés dans les champs au cours de la nuit.

L'ampleur des forces militaires déployées sur le terrain s'était considérablement accrue, ainsi que la quantité et la diversité du matériel logistique. D'innombrables camions stationnaient en longues files sur tout le périmètre — ambulances, transports mobiles de troupes, camions d'intendance, camions-citernes contenant de l'eau, plus trois hélicoptères tournant presque sans discontinuer au-dessus de l'endroit, sans parler de la présence gigantesque, incompréhensible du T54 immobilisé juste de l'autre côté de la clôture nouvellement érigée pour contrôler les activités de cinquante et un hommes, femmes et enfants sans armes.

Les bois avoisinants fourmillaient également de soldats qui patrouillaient chaque centimètre carré, mais le spectacle de loin le plus démoralisant de tous était cette clôture de barbelés haute de près de quatre mètres, édifiée pendant leur sommeil, qui prenait le train comme dans une sorte de petit nœud coulant étroit, asphyxiant. Un garde flanqué d'un chien policier était posté dans une guérite, près d'une haute porte prise dans les barbelés.

Le personnel médical se composait essentiellement de femmes. Des matrones massives, carrées, peu portées à plaisanter, vêtues de blouses blanches, la cheville épaisse, et des chaussures orthopédiques aux pieds. Elles ressemblaient, pour la plupart, davantage à des préposées au vestiaire d'une station thermale qu'à des médecins.

On procéda aux examens dans les caravanes, une personne à la fois. Chaque caravane était équipée de tables d'auscultation, d'unités radiologiques et d'un laboratoire de campagne permettant d'effectuer immédiatement des analyses de sang et d'urine. La procédure durait environ quarante minutes, tandis que les autres attendaient dehors, dûment alignés dans l'herbe haute.

C'était un examen assez singulier, effectué avec compétence, mais rudimentaire et simpliste, comparé aux critères occidentaux. On prélevait des échantillons de sang et d'urine, et l'on réalisait toute une série de radios du cœur et des poumons. Le matériel de radiologie semblait terriblement archaïque, au point d'en être pittoresque et, de l'avis de Stern, dangereux.

La femme qui l'examinait était une personne enjouée et rougeaude qui parlait anglais; elle lui dit que sa tension était élevée et lui demanda ce qui le tracassait. Qu'elle fût capable de lui poser cette question sans broncher faisait honneur à son détachement — c'était peu dire — professionnel. Il y avait quelque chose de très sain dans cet examen, ainsi que dans la façon presque guindée dont il était mené. La doctoresse le palpa et le malaxa d'une main ferme et allègre, mais l'ausculta tout habillé.

Ce n'est qu'à la fin, lorsqu'elle enfila un gant chirurgical en caoutchouc, que les choses devinrent un brin plus délicates.

Stern lui lança un regard torve :

« Est-ce vraiment nécessaire ?

— Moi vérifier hémorroïdes et prostate.

— Tout va très bien de ce côté-là.

— Moi être juge.

— Je ne vois pas à quoi ça rime.

— Moi pas aimer ça non plus. S'il vous plaît, vous baisser pantalon.

— Je chie et je pisse sans problème », déclara sèchement Stern.

La doctoresse ne se laissa pas impressionner. Elle sourit, un sourire fatigué mais implacable. C'était une femme jeune aux formes imposantes, qui semblait avoir été nourrie de pommes de terre et de gâteaux à la crème. Ses vêtements étaient imprégnés d'une odeur de transpiration séchée. Elle avait un visage rond et charmant, et, bien qu'elle parût d'un âge moyen, elle n'avait sans doute pas plus de trente ans.

Elle plongea son doigt gainé de caoutchouc dans un pot de vaseline et se tourna vers lui avec un soupir :

« S'il vous plaît. Vous être gentil garçon maintenant. Vous vouloir bien vous pencher. »

L'heure du déjeuner était largement passée, et ils attendaient toujours. Ceux qui, comme Stern, avaient été dans les premiers à être appelés devaient attendre dans le champ que les autres eussent été examinés à leur tour. Surveillés par deux gardes armés, ils n'étaient pas autorisés à se promener à leur guise mais devaient rester sur place, accroupis, à genoux ou assis, en deux colonnes impeccables, afin de pouvoir, le moment venu, se relever aussitôt et se mettre en marche en bon ordre.

Les gardes affichaient une attitude maussade, à la limite de l'hostilité. Lorsqu'ils s'adressaient à eux, pour une raison ou pour une autre, c'était en hurlant et parfois en les menaçant du poing ou du fusil. Un revirement spectaculaire comparé à ce qu'on avait pu voir quelques jours plus tôt seulement, quand ces mêmes hommes se baignaient dans l'étang avec eux, échangeaient des cigarettes et partagaient limonade et gâteaux.

Max Conti faillit même prendre un méchant coup. Aligné avec les autres, il alluma une cigarette. Un garde s'approcha et commença à l'injurier en russe. La violence des invectives semblait hors de proportion avec le délit. Le garde beuglait et tapait du pied, gesticulant comme un fou. Max le dévisagea d'un air intrigué. Il n'avait pas la moindre idée de ce qu'il avait fait de mal.

« Votre cigarette, expliqua Grant Shapley. Il veut que vous l'éteigniez. »

Ne voyant vraiment pas ce que sa cigarette avait à faire avec une pareille diatribe, Max devint de plus en plus perplexe. Il haussa les épaules à l'intention de Sandro, debout à côté de lui. Sandro haussa les épaules à son tour.

Le geste parut ulcérer le garde, qui, peu familiarisé avec le langage corporel italien, crut qu'on se moquait de lui. Il se mit à hurler et s'approcha de Max, qui leva la main. Ce dont il aurait visiblement dû s'abstenir. Le garde saisit son fusil et commença à en agiter dangereusement la crosse. L'autre garde s'en mêla. C'est alors que Tony Thomas cria quelque chose en russe. Les mots, quels qu'ils fussent, produisirent l'effet désiré. Peut-être la surprise d'entendre un Anglais leur parler dans leur langue. Toujours est-il que le fusil du garde s'arrêta à mi-course, la partie métallique de la crosse à quelques centimètres seulement de la joue de Max. Si elle l'avait frappé en plein élan, elle lui ouvrait la pommette.

Décidé à faire un exemple, le garde pouvait difficilement tourner les talons sans avoir sévi. Il tendit le bras, arracha la cigarette des lèvres de Max et la jeta. Puis il resta immobile un moment, dévisageant avec rage l'Italien vêtu de sa veste de lin élégamment froissée et de son pantalon tilleul. Le garde semblait attendre quelque signe de défi. Comme rien ne venait, il remit son fusil à l'épaule, grommela quelque chose et fit mine de partir. Une seconde plus tard il faisait brutalement demi-tour, agitait un doigt sous le nez de Max et lui décochait un nouveau chapelet d'injures russes qui crépitèrent comme un tir de mitraillette. A l'exception de Thomas, et peut-être de Shapley, personne ne savait ce qu'avait dit le garde. On ne pouvait se méprendre, toutefois, sur le ton ni sur l'intention.

Le hasard avait placé Gonzaga à côté de Desfargue. Blanc comme un linge, le garçon se tourna et lui adressa un long regard d'incompréhension. Le vieil homme lui sourit et hocha la tête comme pour dire : « Vous voyez ? »

A l'autre bout du champ, les femmes n'étaient guère mieux loties. Les gardes ne les traitaient pas, par égard pour leur sexe, avec moins de rudesse, au contraire. On ne les touchait pas, mais on les invectivait nettement plus ; on leur lançait davantage d'ordres ; on leur demandait de faire toutes sortes de choses sans importance et parfaitement inutiles, sans doute en fonction d'une politique délibérée d'intimidation et de harcèlement, destinée à obtenir d'elles la plus grande docilité.

Quand c'était au tour de l'une d'elles d'entrer dans l'une des caravanes médicales, les gardes hurlaient et gesticulaient à qui mieux mieux. Cela pour inciter chacune de ces dames à se précipiter dans le véhicule avec un maximum de célérité. C'était absurde, et pour plusieurs des plus âgées d'entre elles, comme Myra Keck ou la señora Gonzaga, tout bonnement impossible. Mais les gardes ne semblaient s'embarrasser d'aucune distinction d'âge. Dans des cas comme ceux-ci, ils les poussaient avec la pointe de leurs fusils, pas méchamment mais avec insistance, jusqu'à ce que le rideau à l'arrière de la caravane se fût refermé sur elles.

Peu après que Mrs. Mukherjee eut disparu à son tour derrière le rideau protecteur, on entendit une explosion de cris et de hurlements. Ce fut d'abord une voix mâle, bourrue et autoritaire, bientôt dominée par les glapissements de M$^{me}$ Muk. Un torrent d'hindi se déversa derrière le rideau.

Plusieurs gardes se précipitèrent vers la caravane. Ils écartèrent le rideau et plongèrent dans le véhicule. Suivirent quelques minutes de silence. Bébé Muk, qui avait été confié à Nell Blanton, se mit à pleurer.

Comme le silence à l'intérieur de la caravane persistait, Sonia Conti fit un pas en avant, avec l'idée d'aller voir ce qui se passait. Un garde bondit aussitôt et la repoussa brutalement de la main.

Tout le monde avait pu observer le geste, et le fait qu'il se fût produit changea pour eux la face du monde. Jusque-là, ils avaient tous plus ou moins pris pour acquis qu'il existait des lois internationales, des commissions vigilantes qui protégeaient leurs droits et les mettaient à l'abri de la violence physique. Cette bourrade suffit à faire table rase de cette réconfortante conviction.

Une autre explosion de colère secoua la caravane. Elle provenait indiscutablement de Mrs. Mukherjee. Un officier qui se trouvait à proximité l'entendit, et lui aussi escalada à toute allure les marches du véhicule. Les femmes qui attendaient à l'extérieur se portèrent lentement en avant, comme tirées par une longe invisible. Des gardes furieux, hurlant, les obligèrent à reculer. Bébé Muk se tortillait dans les bras de Nell Blanton. Comme s'il devinait l'épreuve que subissait sa mère, il lança une série de bêlements pitoyables.

Une minute plus tard, M^me^ Muk réapparaissait. L'officier russe l'escortait. Il la reconduisit jusqu'à sa place dans la file, la salua et s'éloigna d'un pas vif. Les autres femmes s'agglutinèrent autour d'elle. Elle était visiblement bouleversée et déconfite. A mesure qu'elle parlait, sa voix retrouvait sa combativité habituelle, seulement brisée à l'occasion par un demi-sanglot qu'elle ravalait aussitôt.

Le docteur, dans la caravane, était un homme, raconta-t-elle, et il l'avait insultée avec ses mains. Il n'était pas question pour elle de se plier au genre d'examen qu'il voulait lui faire subir ! Aucun médecin en Inde n'aurait osé prendre de telles libertés. Elle était proche des larmes à présent, mais elle vit soudain son enfant dans les bras de Nell Blanton et fit un effort héroïque pour se dominer. Elle saisit son bébé et, riant et gémissant, le serra contre elle avec passion et lui chatouilla le menton jusqu'à ce qu'il glousse et frétille de plaisir.

Soudain, elle aperçut les hommes alignés à l'autre bout du champ, qui attendaient d'être examinés.

« Babu ! »

Elle agita frénétiquement la main dans cette direction, mais ils étaient trop loin pour qu'elle fût sûre que Mr. Mukherjee se trouvait parmi eux. De toute façon, il ne pouvait absolument pas se rendre compte de ce qu'elle venait de subir.

« Babu ! Babu ! » appela-t-elle de nouveau.

Cette fois, les gardes s'approchèrent et lui intimèrent de se taire. Bébé Muk poussa aussitôt un ululement perçant.

C'est alors qu'une assistante fit signe, depuis la caravane, à la personne suivante de monter. C'était Frau Kunkel. Elle regarda ses compagnes, un peu émue, mais résolue à ne pas faiblir.

« Si cet homme a des gestes malhonnêtes, je lui brise les doigts ! »

« C'est insensible ?

— Parfois.

— Le matin ?

— Surtout le matin. Au lever.

— Votre jambe ne vous répond plus ?

— Cela arrive. »

Le médecin marqua une pause et, la tête penchée, parut faire un pas en arrière comme pour mieux observer son patient :

« Et des tremblements ?

— Quand je suis fatigué, répondit Shapley. Quand j'en ai trop fait. Quelquefois aussi après un bain chaud.

— Les yeux ?

— Je vous vois parfaitement si vous êtes en face de moi. Un garçon jeune, sympathique, au sourire agréable.

— Et la vision périphérique ?

— Pratiquement nulle. Ce qu'il en reste est négligeable.

— Ce que mes collègues américains appellent une “ vision tunnel ”. Classique. L'ophtalmoscopie ?

— Les résultats sont formels.

— Le liquide céphalo-rachidien ? Les encéphalogrammes ?

— Formels aussi. »

Le jeune médecin croisa les bras :

« Depuis quand savez-vous que vous souffrez de démyélinisation ?

— Huit mois. Je pense qu'en réalité je l'ai su il y a deux ans environ. Mais je n'avais pas le courage de me l'entendre confirmer.

— Bien sûr. » Le jeune homme soupira comme s'il cherchait quelque chose à dire. « Vous semblez prendre ça avec beaucoup de calme.

— Je ne vois pas pourquoi je m'énerverais. Ça ne changerait pas grand-chose. »

Le médecin eut un rire bizarre et hocha la tête.

« Je le crains en effet. Mais vous avez au moins le droit d'être en colère. Le nerf optique a perdu la plus grande partie de son enveloppe myélitique.

— Je sais. Je serai bientôt complètement aveugle.

— C'est probable. » Le médecin haussa les épaules. « Mais ce n'est pas sûr. J'ai vu des cas de rémission remarquables.

— Trente pour cent, à ce que j'ai compris, ne recouvrent jamais aucune fonction.

— Mais soixante-dix pour cent, si. Les chances sont presque à trois contre un en votre faveur.

— Je crois que c'est une question d'appréciation, comme l'histoire du verre à moitié vide ou à moitié plein.

— Et, à ce que je comprends, vous avez toujours opté...

— ... pour la première évaluation. Le pessimiste classique ! »

Tous deux se mirent à rire ; en quelques minutes, ils étaient parvenus à un curieux degré d'intimité.

« J'ai entendu dire que vous aviez beaucoup de cas de sclérose en plaques, en Union soviétique, dit Shapley.

— En effet. C'est ce qui a suscité ma vocation de neurologue. Ma mère en était atteinte. Elle a eu une vie longue et heureuse. Elle est morte l'année dernière seulement, mais pendant les dix dernières années, c'était un légume. »

Shapley vit soudain le médecin changer d'expression en s'apercevant de sa gaffe. Il faillit rire.

« Pardonnez-moi, professeur. C'est vraiment maladroit et idiot de ma part !

— Pas du tout. Je dirais même que c'était parfaitement amené ! »

Shapley eut un petit rire, comme s'il se moquait de lui-même. Son calme était si naturel que le jeune médecin rit aussi.

« Comment vous appelez-vous ? demanda Shapley.

— Spassky. Ivan Spassky.

— Où avez-vous appris un si bon anglais ? »

Le visage du jeune homme s'éclaira :

« En Amérique. J'ai passé un an là-bas. A North-Western University.

— A Evanston ?

— Vous connaissez Evanston ?

— Et comment ! J'y ai été chargé de cours pendant un an. L'endroit m'a laissé de bons souvenirs. Nous habitions au bord du lac.

— Moi, j'étais à Chicago. Mais je passais le plus clair de mon temps à l'école de médecine. Un programme d'échanges. Je voulais travailler en particulier avec le docteur Ruysdale, qui fait autorité en matière de maladies de démyélinisation. Un homme de premier ordre. Que vous devez à tout prix consulter. C'est avec plaisir que je vous écrirai une lettre d'introduction.

— Je ferai tout mon possible pour aller le voir. » Les yeux de Shapley pétillèrent de malice. « A condition que je remette un jour les pieds aux États-Unis... »

Gêné, le médecin baissa les yeux. Il regarda autour de lui, puis murmura :

« C'est absurde. Complètement absurde ! »

Un silence contraint s'établit tandis que tous deux cherchaient un autre sujet de conversation.

« Comment cela se passe-t-il, dans le train ? s'enquit Spassky. « Êtes-vous bien installés ?

— Autant qu'on puisse l'être, je suppose, après six jours passés là-dedans, à vivre et à dormir dans les mêmes vêtements.

— Je vois. » Le jeune homme allait ajouter quelque chose mais il se reprit. « Eh bien, mis à part ce problème, le cœur est bon. Les poumons, la tension, tout est nickel ! » Il employa le mot avec un plaisir presque enfantin, comme ravi de faire étalage de ses connaissances. « Avant de partir, laissez-moi vous donner quelque chose pour ces tremblements. »

Le médecin farfouilla dans un petit meuble en métal et en ressortit plusieurs flacons de comprimés. Ensuite, il griffonna quelques mots sur un bout de papier :

« Essayez ça. Ce sont des stéroïdes. Et des antispasmodiques pour les tremblements. »

Les yeux plissés, Shapley examina les étiquettes des flacons :

« J'ai déjà deux de ceux-ci dans mes bagages. »

Le jeune médecin parut déconcerté :

« Ah, évidemment. Vous avez des années-lumière d'avance sur nous !

— Mais j'en aurai certainement l'usage », se hâta d'ajouter Shapley, plus par souci de ne pas le blesser que par foi dans le traitement prescrit.

« Et voici l'adresse et le numéro de téléphone du docteur Ruysdale. »

Il glissa un petit bout de papier dans la paume de Shapley. Celui-ci jeta un coup d'œil au papier, puis le fourra dans la poche de sa veste. Il prit la main du jeune médecin :

« Vous avez été très gentil, docteur Spassky... Un nom que je n'oublierai pas.

— Tout le plaisir a été pour moi. Grâce à vous, j'ai pu rafraîchir mon anglais. » Le jeune homme s'interrompit ; ses yeux souriants devinrent rêveurs. « J'ai de bons souvenirs de votre pays. »

Shapley nota qu'il avait prudemment baissé la voix en disant ces mots.

« J'en garde aussi d'excellents du vôtre », dit-il.

Et puis, lorsqu'ils se serrèrent la main :

« Essayez de nous comprendre, dit le jeune médecin d'un ton

pressant. Toute cette affaire, notre sous-marin et nos hommes. Ce que vous nous avez fait. C'est grave ! Très, très grave ! »

Les hommes et les femmes furent reconduits au train en deux colonnes séparées. Les hommes arrivèrent les premiers, les femmes vingt minutes plus tard. L'opération avait été soigneusement minutée, et ils comprirent vite la raison de ce décalage lorsqu'ils atteignirent le site. En leur absence, un autre wagon-lits avait été raccroché à l'arrière du train. Derrière la locomotive, les wagons se présentaient à présent dans l'ordre suivant : le wagon-restaurant, suivi du premier wagon-lits, puis le wagon de jour, et enfin le nouveau wagon-lits.

Les hommes passèrent près de la guérite et franchirent la porte flanquée de barbelés. A l'intérieur de l'enclos, plusieurs panneaux fléchés avaient été érigés en hâte sur des trépieds en bois branlants. Chacun était rédigé en plusieurs langues, mais leurs messages, écrits à la main, étaient identiques — Messieurs/Dames, Herren/Damen, Caballeros/Damas, Gentlemen/Ladies —, accompagnés de flèches rouge vif qui orientaient impérativement les sexes dans des directions opposées.

Leur mouvement naturel fut d'aller, bien sûr, vers leurs places habituelles dans le train de jour. Mais, lorsque la colonne amorça un mouvement dans cette direction, les gardes se mirent à crier et à agiter le canon de leurs fusils vers la dernière voiture.

« Bon Dieu, qu'ont-ils encore inventé ? demanda Kariolainen, l'œil mauvais.

— Vous ne comprenez donc pas ? marmonna Paul Blanton. Ils vont nous séparer des femmes ! »

Kariolainen fit une étrange grimace.

Un détachement de soldats appartenant aux unités du matériel lavait au jet les wagons ; un autre pelletait les déjections qui s'étaient accumulées sur la voie au-dessous des toilettes et les déchargeait dans des camions. Le train, poussiéreux, gris-vert, paraissait petit et irréel dans cet invraisemblable décor de barbelés grouillant de soldats en armes.

Sur les quinze hommes qui étaient partis ce matin-là en direction des caravanes médicales, quatorze seulement revenaient. Ralph Keck s'était plaint de douleurs intenses dans la poitrine pendant l'examen et avait été expédié séance tenante à l'hôpital militaire de Vyborg. Keith Wales, lui, n'était pas en état d'aller où que ce fût. On l'autorisa à rester dans son compartiment, un médecin venant l'ausculter sur place. Depuis qu'il avait été ramené au train, il faisait l'objet d'une surveillance spéciale et était gardé vingt-quatre heures sur vingt-quatre. Personne n'avait encore pu le voir.

« Ils ne me sépareront pas de Janet, déclara Kariolainen avec une expression qui ne laissait présager rien de bon.

— Du calme, mon vieux, répondit Thomas qui se trouvait à sa hauteur. Ne tentez surtout rien d'inconsidéré ! »

Kariolainen regardait droit devant lui, comme s'il l'ignorait. Mais, une seconde plus tard, il répondait, la voix posée, résolue, lourde de menaces :

« Ce que je ferai n'aura rien d'inconsidéré. »

Ils marchèrent d'un pas contraint jusqu'à la porte arrière du wagon-lits. Plusieurs gardes les attendaient. Équipés de blocs et de listes, ils entreprirent de faire l'appel et de redistribuer les couchettes. Leur attitude était cassante et ouvertement hostile. Témoignant sans ambiguïté de la nouvelle politique d'un régime lui aussi nouveau.

« Conti, Maximilliano. »

« Kunkel, Karl Heinz. »

« Lambrusto, Sandro. »

« Desfargue, Claude. »

« Gonzaga, Enrique. »

« Asawa, Junji. »

Les noms fusaient, coups de canon dans l'air vif et lumineux. Lorsqu'il s'avançait, l'homme dont le nom venait d'être appelé se voyait assigner une nouvelle couchette dans le wagon. Ceux qui mettaient trop de temps à répondre avaient droit à une bordée d'injures et étaient renvoyés au bout de la file pour attendre qu'on appelle de nouveau leur nom. Eût-elle été moins déconcertante, songea Stern, que la procédure aurait été risible, voire banale, une tyrannie de petits chefs qui s'apparentait aux brimades des moniteurs pendant la première semaine d'une colonie de vacances fière de sa discipline.

« Thomas, Anthony Beech. »

« Kariolainen, Theodore. »

« Kariolainen, Christopher. »

« Keck, Ralph. »

Comme personne ne répondait pour Keck, le sergent-major gueula le nom. Thomas tenta d'expliquer que Keck avait été emmené à l'hôpital. Cette précision suscita un tel état de rage chez le sergent-major qu'il les obligea à se remettre en rang et à rester dehors une demi-heure de plus pendant qu'il procédait à un nouvel appel.

De l'autre côté de la clôture, les femmes durent attendre en rang que tous les hommes eussent disparu à l'intérieur du train. Après quoi, on les fit entrer en bon ordre, abasourdies et débraillées, dans l'enclos, où la même procédure recommença. Elles furent confiées à trois surveillantes plutôt bien en chair, qui portaient des blouses grises et s'adressaient à elles d'une voix sonore et impérative. Pour la plupart d'entre elles, la matinée avait été terrifiante. D'apprendre à présent qu'on les séparait des hommes n'arrangeait rien. M^me^ Muk, encore sous le coup de son algarade dans la caravane, n'était guère en mesure d'affronter de nouvelles surprises. Depuis l'incident, elle éprouvait un besoin désespéré, qui touchait à l'angoisse, de voir son époux, ne fût-ce que pour le réconfort de déverser sur lui des torrents d'injures parce qu'il l'avait abandonnée aux avanies que lui avait infligées un médecin salace.

Quand elle apprit qu'elle ne serait pas autorisée à le voir, des sanglots bruyants, déchirants, s'échappèrent de ses lèvres. Leur son était si insupportable, il vous fendait tant le cœur qu'il ajouta au désarroi des autres femmes et rendit furieux les gardes. De partout, ils convergeaient vers elle, affrontant cette femme avec son enfant dans les bras comme si elle les défiait et essayait d'éveiller leur honte.

Ils tapaient du pied, gesticulaient, l'injuriaient à pleins poumons. C'est alors que Jatta s'interposa. Elle se précipita vers les gardes et les apostropha vivement, discutant pied à pied. Mais la retenue qui avait caractérisé leur comportement les premiers jours faisait place à présent à un front d'hostilité unifié et à de l'agressivité directe. Il ne se produisit toutefois aucune violence physique, mais les femmes sentaient qu'elle planait dans l'air et qu'elles vivaient à présent sur le fil du rasoir.

Lorsqu'une nouvelle couchette fut assignée à Myra Keck, un jeune lieutenant, superbe et compatissant, la prit à part pour lui expliquer la situation en ce qui concernait son mari. Les choses avaient été présentées avec tact et sous le jour le plus rassurant possible. Mais Mrs. Keck ne s'en effondra pas moins aux pieds du jeune officier et dut être accompagnée jusqu'à sa couchette par deux solides gaillards qui ployaient sous ces affaissements de chair.

Dans l'intimité de son compartiment, Trina Van Meegrin pleurait. Pendant son absence, on avait apporté ses bagages restés dans le train de jour. Elle vit que les affaires de Kyle manquaient, sans doute transférées dans le wagon-lits des hommes.

Un sentiment de désespoir l'envahit. Elle continuait à regarder autour d'elle, s'attendant pour un peu à le voir apparaître. Émergeant à peine de l'adolescence, elle n'était jamais sortie de chez elle — elle n'avait jamais quitté la Hollande, et encore moins franchi le « rideau de fer », comme on disait. Elle aurait voulu appeler Kyle, lui crier de venir, de la ramener à la maison. Elle avait désespérément besoin d'être avec lui, en sécurité dans ses bras. Elle n'aimait pas ces gens ; certainement pas les Soviétiques, ni même, en l'occurrence, ses compagnons de voyage. D'accord, il y en avait de sympathiques, mais, même avant cette horrible histoire de train, elle avait atteint un point de saturation qui ne confirmait que trop le vieil adage sur les inconvénients de la promiscuité. Elle voulait rentrer dans leur petit appartement douillet de Rotterdam, retrouver leur minuscule chambre qui donnait sur le canal, où le chat dormait avec eux sur le lit quand ils reposaient dans les bras l'un de l'autre.

Vingt minutes plus tôt, elle délirait de joie. Elle mourait d'impatience de regagner le train pour annoncer à Kyle qu'elle était enceinte. Le médecin qui l'avait auscultée avait confirmé ses espoirs. Elle entamait sa douzième ou sa treizième semaine, avait-il calculé. Mais là, dans le silence empestant le moisi, sans air, sur sa couchette, ses bagages bouleversés éparpillés autour d'elle, elle était convaincue qu'elle ne verrait jamais cet enfant encore à naître, qu'elle ne reverrait même plus son mari.

Irma Kunkel était une femme dure, solide, qui ne se laissait pas facilement intimider. Elle supportait mal les imbéciles et n'avait que faire de notions dépassées sur la délicatesse du beau sexe. Fille d'un boucher de Munich, le spectacle et les bruits de l'abattoir l'avaient aguerrie depuis l'enfance contre la brutalité. Son seul point vulnérable, à supposer qu'elle en eût, était Karl Heinz.

Lorsqu'elle prit soudain conscience qu'on le lui avait enlevé, la panique la saisit. Avec la disparition de Karl Heinz, une terreur profondément enfouie en elle, longtemps refoulée, datant de son enfance, quelque chose qui était resté à l'état latent pendant des dizaines d'années dans les tréfonds de son être, avait bondi comme un animal craintif à découvert.

De le savoir à cinquante mètres à peine, seulement séparé d'elle par la longueur du wagon de jour, ne calmait pas sa peur. Elle était convaincue qu'il ne pouvait se débrouiller seul, qu'en son absence, sans elle pour pourvoir à ses besoins, le garçon se désintégrerait.

Karl Heinz avait dix-sept ans, bientôt dix-huit. Il irait sous peu à l'université. Il s'apprêtait déjà à prendre son envol. Jamais encore elle n'avait songé à cette évidence. Elle l'avait ignorée parce que cela l'arrangeait. Le fait qu'il fût particulièrement doué pour les études, intelligent, bourré d'idées, entreprenant, hautement motivé lui avait en quelque sorte échappé. Même lorsqu'elle le regardait à présent, elle ne voyait pas un garçon au seuil de la maturité, mais un enfant de cinq ou six ans, bêta et incapable, qui pleurait et quêtait son aide.

Or quelque chose avait tout changé. Ces vacances peu orthodoxes, qu'elle avait elle-même rêvées (surtout parce que son mari avait insisté pour qu'ils ne partent pas) en exigeant que Karl Heinz l'accompagne, étaient devenues l'instrument qui la coupaient de son enfant. Pas plus tard que ce matin-là, elle avait pris son petit déjeuner avec lui au wagon-restaurant. Elle était encore une mère alors, lui beurrant sa tartine grillée et veillant à ce qu'il boive son jus d'orange. Et voilà qu'on lui avait enlevé son fils. Comme ça. L'acte, le décret, l'impulsion de quelque auguste personnage, arbitraire et impersonnelle, l'avait délogée de la place qui lui revenait dans l'univers. Elle se retrouvait seule soudain, aux prises avec une terreur qu'elle comprenait à peine.

Avec une perversité presque inspirée, ils avaient mis la señora Gonzaga avec Mrs. Keck. Estimant de toute évidence que leur âge presque identique garantissait qu'elles feraient bon ménage. Isabel et Consuelo avaient été séparées aussi — Isabel dans le même compartiment que Silvana Lambrusto, et Consuelo, à sa grande mortification, dans celui de M^me^ Muk.

Grâce à quelques frictions alcoolisées et à un flacon de sels ammoniacs agité sous son nez, Myra Keck avait retrouvé ses esprits après le choc provoqué par les nouvelles qu'on lui avait données de son mari. Mais ce n'était plus que l'ombre de la femme autoritaire et maîtresse d'elle-même qu'elle aimait à se croire. Elle tremblait. Elle geignait. Elle restait affaissée sur la banquette comme une poupée de chiffon, le regard vide, ou s'accrochait lamentablement à la petite aristocrate espagnole assise à côté d'elle.

La señora Gonzaga, quant à elle, avait ses propres sujets de préoccupation. Ses ennuis de santé, elle y songeait à peine. Isabel et Consuelo seraient forcées de se débrouiller. Mais qui prendrait soin du *conde ?* Qui le persuaderait de se lever et de s'habiller ? S'occuperait de ses repas et veillerait à ses besoins ? Sûrement pas lui. Il faudrait que quelqu'un s'en charge. Mais qui, chez les hommes, accepterait de consacrer du temps à ce vieil Espagnol un peu fou ? Le journaliste anglais l'avait bien aidé à une occasion, mais quelque chose au fond d'elle-même se méfiait. Elle l'imaginait tenant le compte des belles paroles qu'il prodiguait, des attentions qu'il déployait, entendant bien rentrer dans ses frais un jour ou l'autre et même réclamer des intérêts.

Il y avait Mr. Blanton, un homme sérieux et prévenant. Mais avec cette bienveillance de surface, sporadique, inégale, qui s'écaillait aux premières difficultés.

Il y avait aussi le vieux professeur. Elle savait, par Mrs. Shapley, qu'il souffrait de graves problèmes de santé. Pauvre femme. Elle devait se ronger d'inquiétude. Et puis, naturellement, il y avait Mr. Stern, qu'elle appréciait plus que n'importe qui et à qui elle accordait une entière confiance. Il avait pris la peine de les aider un jour. Pouvait-elle de nouveau faire appel à lui ? Ces derniers jours, il paraissait lointain et soucieux. Alors qu'il s'était montré d'un abord si facile à Leningrad. Bien qu'il parût toujours émaner de lui une certaine tristesse, il parlait facilement et avait toujours quelque anecdote amusante à raconter. Mais, depuis quelques jours, on notait quelque chose de nouveau et de tout à fait fâcheux dans sa façon d'être — quelque chose qui décourageait l'approche. De tous, cependant, il semblait le seul auquel on pût avoir recours en faisant appel à des valeurs plus hautes que l'intérêt personnel. Elle n'aimait pas y songer en ces termes, mais il fallait se rendre à l'évidence : il était le plus utilisable.

La señora Gonzaga ignorait si on les autoriserait à avoir un contact avec les hommes. Personne ne s'était soucié de les éclairer sur ce point. Un simple wagon les séparait, mais, compte tenu des gardes postés à chaque extrémité, ils auraient aussi bien pu se trouver aux antipodes. Comment le joindre ?

Myra Keck fixait toujours la fenêtre, le visage morne et vide. Elle serrait dans sa main un mouchoir roulé en boule avec lequel elle se tamponnait, par intermittence, les lèvres. La señora Gonzaga se rapprocha d'elle et lui prit la main.

« Comment vous sentez-vous ? »

Il était plus facile d'aimer une Myra dans l'affliction, pensa-t-elle, que lorsque celle-ci se sentait en forme et affichait son insupportable prétention.

« Puis-je vous apporter quelque chose ? Aimeriez-vous une tasse de thé ? Un verre d'eau ? »

Mrs. Keck tourna les yeux vers elle avec une expression hébétée, pitoyable. Elle tenta de bouger les lèvres, mais aucun son ne sortit.

Lorsqu'elle parut enfin reconnaître la señora Gonzaga, ses yeux se remplirent de larmes. Elle entoura de ses bras son aînée et sanglota, inconsolable. La fragile vieille dame, si peu liée à Mrs. Keck, serra celle-ci contre elle et la berça comme une enfant. Elles formaient un tableau curieux, toutes les deux, une géante pituitaire confiée aux soins d'une fillette.

La señora pensait à son mari, négligé, abandonné par les autres, et elle aussi éprouvait une forte envie de pleurer.

Mrs. Keck émettait des chuintements incompréhensibles.

« Que dites-vous, ma bonne ? demanda la señora Gonzaga, essayant de deviner leur sens.

— Ralph... Pourrais-je voir Ralph ?

— Bien sûr ! Dans un jour ou deux, dès qu'il ira mieux. » En fait, elle en doutait fort. Son visage s'éclaira soudain. « J'ai une idée. Nous allons lui envoyer une lettre à l'hôpital, tout de suite. Cela lui remontera le moral.

— Une lettre ? » Mrs. Keck se raccrocha avidement à cet espoir. « Oui, c'est ça, une lettre. C'est permis, n'est-ce pas ?

— Bien entendu, répondit la señora Gonzaga avec le ton de qui essaie d'apaiser un enfant désespéré. Bien entendu que c'est permis. J'ai du papier à lettres dans mon sac. »

Elle alla vers ses bagages empilés sur la banquette et trouva le petit sac de voyage dans lequel elle gardait ses affaires de toilette, médicaments et objets divers.

Mais à peine l'eut-elle ouvert que quelque chose la frappa. Le désordre — pas spectaculaire, mais suffisant pour révéler que le sac avait été fouillé pendant son absence. Il ne manquait rien, toutefois, sauf le papier à lettres et le stylo ; elle se souvint qu'on les lui avait confisqués quelques jours plus tôt.

Elle chercha un autre sac, celui qui contenait la plupart des affaires d'Enrique — ses médicaments, sa trousse de toilette et ses sous-vêtements. En vain. Elle supposa, ou du moins espéra, qu'on les avait transférés dans le wagon assigné aux hommes. Ses bagages à elle n'avaient pas été déplacés. Mais à présent l'anxiété qu'elle éprouvait sur le sort de son mari grandissait.

Lorsqu'elle releva la tête, elle tremblait. Elle n'avait rien à cacher dans ses bagages ; mais l'idée qu'un regard étranger eût inspecté ses affaires éveillait en elle un sentiment de viol extrêmement pénible.

Elle se rappela soudain Mrs. Keck. Elle se retourna et la vit, toujours assise, fixant de nouveau la fenêtre, toute sa personne dégageant cette terrifiante impression d'apathie, de vide. L'enthousiasme puéril qu'elle avait manifesté quelques minutes plus tôt à l'idée d'écrire à son mari s'était évanoui. Elle semblait l'avoir complètement oubliée. Tant mieux, pensa la señora Gonzaga, car il n'y avait plus ni papier ni stylo.

Dans l'intimité de sa couchette, Stern avait lui aussi exploré ses bagages. Qui consistaient en un grand sac de voyage en toile. Comme dans le cas de la señora Gonzaga, son contenu avait été fouillé. Mais, et cela faisait toute la différence, pas simplement fouillé : bouleversé. On n'avait rien pris, mais on ne s'était pas donné la peine de remettre les choses à leur place ni de leur redonner un semblant d'ordre rappelant un tant soit peu leur disposition initiale. La façon dont ses affaires avaient été complètement chamboulées, disséminées partout et traitées sans ménagement aucun semblait intentionnelle et particulièrement inquiétante.

Kyle Van Meegrin occupait le compartiment voisin. Stern pianota sur la mince cloison qui les séparait.

« Kyle, ont-ils fouillé vos bagages ? »

De l'autre côté de la cloison, Kyle jeta un regard autour de lui. Son sac était posé normalement sur la banquette.

« Attendez, fit-il à l'intention de Stern. Je vérifie. »

Il avait un vieux sac de voyage en cuir usé. Il ouvrit la fermeture à glissière de la partie supérieure et inspecta rapidement l'intérieur.

« Tout me paraît en ordre », dit-il de nouveau.

Stern réfléchit un moment.

« Ils n'ont rien retourné ? »

Van Meegrin regarda de nouveau :

« Non — rien de particulier. »

Stern éprouva un creux à l'estomac. Un frisson prémonitoire l'envahissait, semblable à ces vaguelettes pressées du rivage qui annoncent l'arrivée d'une houle beaucoup plus redoutable.

Gonzaga apparut dans le couloir et passa la tête dans le compartiment. Il jeta un coup d'œil amusé aux divers articles disséminés un peu partout.

« Bonjour ! A quoi jouez-vous ?

— Ils sembleraient avoir fouillé mon sac, expliqua Stern tout en continuant à réfléchir.

— Les porcs ! Ça ne me paraît guère un contrôle de douane classique.

— A moi non plus. Vos bagages ont été fouillés ?

— Très certainement. Mais je n'arrive pas à mettre la main dessus. Vous ne les auriez pas vus par hasard ? »

Stern lui adressa un long regard inquisiteur :

« Ils ne sont pas dans votre compartiment ? »

Le vieil homme eut un curieux petit sourire :

« Je suis sûr que si. Mais j'aimerais bien trouver mon compartiment. »

Avec un sens peu commun des affinités de chacun, ils avaient trouvé moyen de mettre Nell avec Sonia Conti et Serja avec Jane Blaylock. Ces deux dernières, l'air morose, s'appliquaient à s'ignorer. Jane était assise, genoux croisés, sur le bord de sa couchette, l'œil furieux, ne cessant de balancer un pied.

« Et maintenant, nous sommes censées faire quoi là-dedans, hein ? Quelqu'un aurait-il la bonté de me le dire ? »

Serja semblait sur des charbons ardents.

« Vous croyez qu'on peut sortir ?

— Vous voulez dire dehors ? Ça m'étonnerait !

— Non, juste dans le couloir. » Serja ne tenait plus en place. « Il faut absolument que j'aille aux toilettes.

— Eh bien, pour l'amour du ciel, allez-y !

— Vous croyez qu'ils vont me laisser ? »

Jane contenait mal son impatience :

« S'ils refusent, je suppose que nous aurons tous de gros problèmes ! » A peine eut-elle prononcé ces mots qu'elle regretta son ton moqueur. « Écoutez, commença-t-elle en faisant un effort de politesse peu convaincu, pourquoi ne demandez-vous pas à ces lutteuses de sumo qui arpentent le couloir ? »

L'idée ne séduisait visiblement pas Serja. Elle paraissait malheureuse comme les pierres :

« C'est que... » Elle pataugeait. « C'est que je me sens si impuissante d'avoir à demander la permission d'aller aux toilettes ! Comme si j'étais une gamine ou une pauvre gâteuse ! C'est leur façon de nous humilier ? »

Jane se leva et alla vers la porte. Elle l'ouvrit et inspecta le couloir dans les deux sens. Il était pratiquement désert, à l'exception de quelques surveillantes qui fumaient à l'autre bout du wagon.

« Toilettes ! cria-t-elle. Toilettes ! »

Une des femmes se dirigea lourdement vers elle.

« Toilettes », répéta Jane quand la femme s'immobilisa à sa hauteur.

La surveillante eut une expression d'incompréhension. Elle avait le type moujik, bourrue et robuste, avec un visage rougeaud et des avant-bras qui n'en finissaient pas.

« Toilettes, toilettes. » Jane désigna d'un geste la Finlandaise. « Madame... toilettes.

— Ah, toilettes ! Madame ! »

La surveillante hocha la tête, avec l'air de vaguement percevoir ce qu'on attendait d'elle. Elle saisit le bras de Jane dans sa grande patte et entreprit de l'extraire du compartiment. Jane s'arracha à sa poigne d'un geste vif :

« Non, pas moi ! Madame ! Là ! Elle ! »

L'explication fut suivie d'un geste du doigt encore plus impatient en direction de Serja. Celle-ci se leva et s'approcha des deux femmes avec hésitation. Elle était mortifiée.

Lorsqu'elle fut près d'elle, Jane prit la main de la surveillante et la plaça fermement sur celle de Serja. Les deux femmes restèrent plantées là, gauches, ébahies, à la dévisager.

« Toilettes ! Toilettes ! » répéta Jane, les pressant comme une guêpe furieuse, un sourire idiot vissé aux lèvres.

Main dans la main, elles s'enfuirent dans le couloir ; on aurait dit une vieille douairière et sa dame de compagnie.

Jane resta seule, assise sur sa couchette, les jambes croisées, agitant son pied dans un mouvement qui reflétait très exactement son agitation intérieure. Jane n'était pas de nature à se laisser torturer par le doute, mais son assurance avait été largement entamée au cours des derniers jours. Elle avait peur et se sentait trahie par tout le monde. Trahie par les Soviétiques. Trahie par les Américains. Trahie par sa famille et ses professeurs. Elle avait consacré beaucoup de son temps à militer, le plus souvent pour des causes pourries. Tony Thomas, prophète pourtant des plus douteux, avait raison. Toutes ses théories étaient de seconde main. Elle n'avait pas eu une idée à elle dans la tête depuis des années. Elle avait exploré bien des voies, mais qui s'étaient toutes révélées des impasses. A qui la faute ? Au système ou à elle-même ? La seconde possibilité semblait à présent la plus probable, et cette évidence lui restait sur l'estomac. Elle avait voulu servir, être utile dans un contexte plus large, plus important. Mais, comme révolutionnaire et réformatrice, elle était nulle.

Solitaire, les mains croisées sur les genoux, surprise dans un moment de réflexion qui ne lui ressemblait guère, elle avait l'air, paradoxalement, d'une petite fille docile, aux manières impeccables et au comportement irréprochable. Elle se mordillait l'intérieur de la lèvre, s'acharnant jusqu'à se faire saigner, savourant la douleur aiguë. Elle aurait voulu pleurer, mais n'y parvenait pas.

Pendant que s'effectuait cette douloureuse remise en question, Jane percevait, mais très vaguement, une odeur bizarre, pas immédiatement reconnaissable. Quelque chose de chaud, d'un peu caoutchouteux, et de fugace. Elle flotta comme une bouffée d'air fétide dans sa conscience troublée et disparut très vite.

Jane ignorait, et n'avait aucune chance de jamais l'apprendre, que la couchette qu'elle occupait maintenant était celle de Junji Asawa.

Personne n'avait vu Keith depuis la veille au soir, lorsqu'on l'avait ramené au train. Il avait été aussitôt conduit dans son compartiment, gardé en permanence. Personne n'avait été autorisé à le voir ni à lui parler. A la demande insistante de leurs compagnons, Tony Thomas et Ted Kariolainen avaient néanmoins tenté d'entrer en contact avec lui.

Des médecins militaires étaient passés voir Keith deux fois déjà ce jour-là pour changer ses pansements. A l'heure des repas, un soldat lui avait apporté un plateau d'« aliments non solides » provenant du wagon-restaurant.

Une fois, Sandro Lambrusto était passé près du compartiment au moment précis où le soldat entrait avec son plateau. Il avait nettement vu Keith assis sur sa couchette, alors que le médecin venait de lui retirer ses bandages. Son visage était violet et tuméfié. Sandro s'arrêta. Il voulut passer la tête pour lui dire bonjour, prendre de ses nouvelles. Mais, lorsqu'il s'y risqua, le garde se mit à l'invectiver et referma brutalement la porte.

Un peu plus tard, Thomas réussit à coincer un des médecins qui sortait du compartiment de Keith. S'adressant à lui dans son russe le plus aimable et désarmant, il essaya d'extirper des nouvelles à l'homme. Le médecin desserra à peine les lèvres et ne donna aucun détail. Ils continuèrent néanmoins à bavarder. Thomas lui offrit une de ses Balkan Sobranie et l'homme fut bientôt suffisamment détendu pour se laisser aller à quelques généralités.

Oui, dit-il, leur jeune ami avait été pris dans les bois. Cet imbécile s'était somptueusement perdu. Il offrait un triste spectacle quand on l'avait découvert. Il devait très certainement courir et avait buté contre quelque chose, tombant la tête la première contre un rocher.

Le nez cassé. Un œil au beurre noir et quelques dents en moins. Lorsqu'on l'avait ramené au quartier général pour le nettoyer un peu et panser ses blessures, il avait avoué qu'il avait tenté de voler des documents secrets. Qu'il les avait cachés dans le train. Et puis, quand les documents avaient été découverts — certains dans les cabinets, d'autres dans ses bagages...

Thomas en resta bouche bée :

« Ses bagages ?

— Affirmatif. Comme connerie, on ne fait pas mieux. C'est alors que le gosse a paniqué et qu'il a lâché le morceau. » Le médecin partit d'un grand rire. « Il lui reste maintenant à signer ses aveux.

— D'après eux, il aurait un complice dans le train ? risqua Thomas.

— Affirmatif. Et croyez-moi, mon vieux, ils n'auront de cesse qu'ils n'aient trouvé ce pauvre diable ! » Le médecin tira profondément sur sa cigarette et souffla un long panache de fumée au-dessus de leurs têtes. « Alors comme ça, vous êtes de Londres ? J'y suis allé. Une belle ville. »

Ils firent sortir les femmes en rang par deux. On était peu après midi et elles crurent qu'on les emmenait déjeuner. Mais cette fois on leur ordonna de descendre du wagon-lits et de se mettre en file dehors. Il leur fut nettement précisé qu'elles ne devaient pas se parler ni essayer de communiquer de quelque façon que ce fût pendant le trajet.

La manœuvre fut dirigée par le corps de surveillantes en blouse grise, qui lançaient leurs ordres d'une voix rauque et tonitruante. Si elles avaient pensé être conduites au wagon-restaurant, elles comprirent vite leur erreur. Elles longèrent la voiture et obliquèrent vers les installations nouvellement construites qui servaient à présent de douches.

A l'intérieur, on leur ordonna de se déshabiller et de se rendre deux par deux dans les huit cabines. Elles eurent quatre minutes en tout et pour tout pour se laver le corps et les cheveux, puis on leur ordonna de sortir et de se sécher.

C'est alors qu'elles s'aperçurent que leurs vêtements avaient disparu et trouvèrent à la place des blouses grises raides d'empois, semblables à celles que portaient les surveillantes. Pour remplacer leurs chaussures et leurs bas, elles reçurent chacune une paire de socquettes blanches et de sandales de caoutchouc.

Ce fut un déchaînement de protestations et de cris outrés. Jatta exigea une explication et s'entendit répondre par les surveillantes que leurs vêtements avaient été emportés pour être désinfectés et nettoyés. Chaque article avait été dûment marqué et serait retourné à sa propriétaire dans quelques jours. L'opération était dictée, leur dit-on, par un souci d'hygiène. Lorsqu'elles demandèrent pourquoi elles devaient toutes se laver en même temps, elles furent promptement informées que, la présence d'un espion dans le train étant à présent établie et un membre du groupe ayant déjà tenté de s'enfuir, le passage de tout le monde à la douche en une seule fournée s'imposait pour de simples raisons de sécurité.

Les femmes écoutaient, partagées entre le mépris et l'incrédulité. Isabel ne put retenir un commentaire sur l'hygiène des blouses grises. Qui les avait portées avant elles ? Et étaient-elles vraiment propres ? En toute honnêteté, elles paraissaient avoir bouilli et dégageaient une forte odeur d'eau de Javel. Et elles conservaient une telle quantité d'apprêt qu'une fois qu'on les enfilait on avait l'impression d'être pris dans un plâtre à séchage rapide plaqué directement sur la peau.

Il fallut extraire Serja de la cabine ; elle était en larmes, à deux doigts de la crise de nerfs.

« Nous n'en finirons jamais ! criait-elle. Ça continuera indéfiniment ! Ils trouveront tous les prétextes pour nous garder !... »

Les surveillantes convergèrent vers elle et la sortirent sans douceur du box. Nue, le corps ruisselant, des traces de savon glissant de ses épaules frêles et ses petits seins légèrement tombants lui donnaient un air fragile, pathétiquement enfantin. Tandis qu'elle ruait et se débattait sous la poigne de deux surveillantes à la carrure de catcheuses, ses cris se répercutaient atrocement dans le bâtiment vide, caverneux. Ce bruit, ces gémissements et jappements plaintifs eurent un effet dévastateur. Quelques jours plus tôt, les autres femmes auraient volé à son secours. A présent, elles ne bougeaient pas, muettes, appuyées aux murs dans leurs blouses grises informes, essayant d'oublier ce qui se passait. Paralysées par la peur.

Elles ne revinrent pas en ligne droite vers le train. Le circuit qu'on leur fit prendre décrivait un large cercle autour du périmètre des barbelés, et elles arrivèrent au wagon-restaurant par l'autre côté. Le but de ce détour compliqué ne leur apparut pas immédiatement ; il était clair, toutefois, qu'il n'avait pas pour objet de leur faire prendre de l'exercice. A mesure qu'elles approchaient, elles comprirent. Par cette curieuse manœuvre, les gardes empêchaient purement et simplement les hommes et les femmes de se voir — le mari de voir son épouse, les parents de voir leur enfants, l'ami de voir son amie.

Les femmes ayant été conduites en bon ordre dans le wagon-restaurant, les hommes reçurent à leur tour l'ordre de sortir de leur wagon et de former deux colonnes à l'arrière du train. De là, on les dirigea vers les douches, où l'on appliqua la même procédure que celle que venaient de subir les femmes.

S'ils avaient eu le sentiment jusque-là que les repas laissaient à désirer, ce qu'on leur servait à présent les faisait paraître, en comparaison, dignes de Lucullus. Le menu consistait en un brouet tiédasse au goût indéfinissable, suivi d'un petit pilchard mariné bourré d'arêtes et si salé qu'il était immangeable. Il fut servi tête comprise, ses yeux gris et glauques leur adressant un regard circonspect au-dessus d'un lit de laitue marronnasse. Des morceaux de pain noir rassis, vieux de plusieurs jours, s'empilaient n'importe comment sur des assiettes placées au bout de chaque table. Il ne fallait pas compter sur du beurre pour les rendre plus comestibles : on n'en apporta pas. Avait également disparu le vin bulgare ; et même le nectar sirupeux et écœurant qui semblait pourtant intarissable leur fut enlevé. On le remplaça par de l'eau plate dont la couleur et l'aspect éveillaient instantanément l'inquiétude, et par un thé pâlichon et insipide que la plupart burent en présumant, sans garantie aucune, qu'il avait au moins bouilli.

Le repas s'acheva sur de petites poires encore vertes et dures, qui rappelaient des seckels à la chair farineuse, trop vieilles et trop peu juteuses pour rafraîchir.

Là non plus, on ne pouvait se méprendre sur le message que leur envoyaient ainsi leurs geôliers. Grossièrement traduit, il semblait dire : « Vous vous croyiez dans le pétrin, mais vous n'avez encore rien vu. » Message que venait encore renforcer l'attitude des jeunes soldats qui faisaient le service et remportaient les assiettes sales. Les premiers jours de détention, ces jeunes gens s'étaient montrés sur la réserve, ne cachant pas leur méfiance des étrangers, mais jamais ils ne leur avaient manqué de respect. Leur attitude avait viré à l'hostilité déclarée, une hostilité unanime dont on concluait automatiquement qu'elle résultait d'une politique officielle s'exprimant dans les consignes toutes fraîches qui émanaient du quartier général.

Que signifiait ce revirement ? Ils en étaient réduits aux hypothèses. Cela ressemblait fort à ces manœuvres d'intimidation qu'on ne peut taxer de brutales, mais qui parviennent à un résultat identique ; autrement dit, à la stratégie de la douche écossaise destinée à rendre les gens plus souples et à faire taire chez chacun des velléités de rébellion déplacées.

Lorsqu'ils s'interrogèrent, un peu plus tard, sur la signification de ce durcissement, celui-ci leur apparut directement lié à l'allocution prononcée la veille au soir par le colonel Dounskoï, lorsqu'il avait parlé notamment de la nécessité d'obtenir des aveux signés et accusé Keith Wales d'avoir agi non pas seul, mais de collusion avec un complice.

« C'est impossible !

— Je vous garantis pourtant que si.

— Je ne vous crois pas. Quelles preuves avez-vous ? Sur quoi vous fondez-vous ?

— Je vous l'ai déjà dit.

— Une ligne non remplie dans une demande de visa ? Absurde ! Montrez-moi ces prétendus documents.

— Vous les verrez en temps opportun.

— C'est-à-dire ? Qu'appelez-vous " opportun " ?

— Je vous le répète : en temps opportun. »

Stern lui jeta un regard exaspéré :

« Bon Dieu, exprimez-vous clairement !

— Je pense l'avoir déjà fait. »

Le capitaine soviétique ne semblait pas autrement troublé. Stern reconnut vite le jeune interprète qui suivait Dounskoï comme un caniche.

« Nous avons à présent des raisons de croire que vous êtes un agent du Yad Vashem. »

Stern le regarda, l'air abasourdi :

« Le Yad quoi ?

— Vashem. Le Yad Vashem. »

Stern eut un petit rire sans joie :

« Je ne sais même pas de quoi il s'agit.

— Allons, allons, Mr. Stern » — l'homme lui adressa une grimace suffisante, amusée — « vous ne savez vraiment pas ?

— Je vous assure que je n'ai jamais entendu ces mots !

— Vous savez très bien qu'il s'agit des services secrets israéliens.

— Je vois que vous remettez ça. Que je suis juif !

— Nous savons également que vous êtes un officier du Yad Vashem hautement spécialisé dans les interrogatoires. Votre travail consiste à constituer des dossiers.

— Seigneur ! » Stern secoua la tête avec incrédulité. Épuisé, il eut un sourire morne à sa propre intention. « Je vous le répète : je ne suis pas juif. Je l'ai déjà dit au colonel Dounskoï. »

L'officier russe lança un regard en biais à Stern. C'était un garçon jeune, presque un gamin, avec un visage rose et imberbe, et les yeux scrutateurs et dépourvus d'humour du technocrate de métier. Il s'appelait Gritchkov.

« Où est le colonel Dounskoï ? Je veux voir le colonel Dounskoï !

— Le colonel Dounskoï a été rappelé au quartier général.

— Quand reviendra-t-il ?

— Je n'en ai pas la moindre idée.

— Vous le savez très bien. Mais vous ne voulez pas me le dire.

— Je ne souhaite pas poursuivre cette discussion. »

Le capitaine fourragea dans une pile de papiers, ignorant ostensiblement Stern.

La contrariété de Stern fit place à la stupéfaction :

« Vous me convoquez ici, et vous me dites maintenant que vous ne souhaitez pas poursuivre !

— Je vous l'ai déjà dit. » L'homme détacha sèchement les mots avec une répugnance manifeste. « Nous avons toutes les raisons de croire que vous êtes un agent israélien, complice de l'agent canadien Wales.

— Wales est à peine sorti des langes ! Il ne serait pas fichu de trouver un âne dans un moulin ! » Stern avait la tête qui tournait. « J'exige de voir ces documents.

— Vous les verrez, je vous le promets. En temps opportun.

— Vous vous répétez. Quand exactement ?

— Comme je vous l'ai déjà dit... »

Stern acheva la phrase à la place du capitaine :

« En temps opportun. Je sais, je sais !

— Toutefois », poursuivit le jeune officier, ignorant l'éclat de Stern, « si vous désirez faire une confession par écrit maintenant, je suis sûr que nous sortirons rapidement de cette impasse. De toute façon, même en admettant que vous optiez pour cette solution et que vos compagnons soient relâchés, n'envisagez pas, quant à vous, de quitter l'Union soviétique dans un proche avenir. »

Cette dernière phrase fit à Stern l'effet d'un coup dans l'estomac. Il sentit la nausée monter et eut un bref éblouissement.

La veille au soir, quand ils avaient entendu la voix de Dounskoï graillonner dans le haut-parleur alors qu'ils dînaient au wagon-restaurant et les informer de la capture de Keith Wales, le colonel se trouvait à plus de cent cinquante kilomètres de là, à Leningrad. On leur avait en fait diffusé un texte enregistré quelques heures plus tôt.

Dounskoï était rentré chez lui. Auprès de sa femme. Il avait vu sa fille et lui avait parlé. Ce qui s'était produit pendant ces brèves heures avait eu pour effet de mettre des années-lumière entre lui et les otages pris au piège de ce train immobilisé dans l'immense forêt de bouleaux, près de Vyborg.

Le colonel n'était pas revenu de son propre chef. Il avait été convoqué par ses supérieurs. Un télex comminatoire qui lui était parvenu de la Stavka par une ligne spéciale, lui ordonnant de déléguer son commandement à un de ses officiers. Il devait immédiatement régler ses problèmes domestiques, afin que le quartier général pût procéder sans plus attendre à son élévation au rang de général de division des forces armées du Soviet suprême. Les activités de sa fille, « ... peu compatibles avec celles d'une citoyenne de l'Union des républiques socialistes soviétiques », avaient déjà compromis sa nomination. Son supérieur, au quartier général, lui avait lu le brouillon de la mise en accusation que le ministère de la Justice envisageait de prononcer d'une façon imminente s'il ne parvenait pas à un règlement satisfaisant du conflit opposant sa fille à l'État.

Car de nouveau, après des avertissements répétés, elle avait été appréhendée avec cinq ou six autres étudiants de l'Académie des sciences, à l'université. Comme leurs jeunes homologues d'innombrables universités occidentales, ils avaient formé un piquet de protestation, scandant sur un rythme funèbre des slogans antisoviétiques, cela sous le regard de centaines de badauds muets et passifs. Ils demandaient le rejet du marxisme classique comme idéologie officielle de l'État. Ils réclamaient que les sages du Kremlin renoncent à leur mainmise sur l'Europe de l'Est. Ils exigeaient la liberté intellectuelle et culturelle, et notamment la liberté de culte. Ils demandaient la libération de Sakharov.

Les policiers en civil du KGB furent vite sur les lieux et interrompirent la manifestation. Les manifestants furent regroupés et fourrés sans ménagement dans des Volga noires, tandis qu'on dispersait rapidement la foule des curieux. Les Volga les avaient aussitôt conduits au siège de la police, où ils avaient tous été inculpés. Tous, sauf Macha Feodorovna, qu'on avait emmenée dans une pièce à part et à qui on avait offert du thé et des sandwichs en la traitant avec la plus grande courtoisie.

Ce qui l'avait mise hors d'elle. Peut-être était-ce là le but de l'opération. Elle voulait être traitée exactement comme ses camarades. Car eux, elle le savait, avaient été fourrés en cellule en attendant qu'on leur signifie officiellement leur inculpation, que les familles soient prévenues, et les avocats désignés.

Macha, elle ne le savait que trop, devait à son père ce traitement de faveur, très probablement à son ordre exprès. C'était sa façon de minimiser tout ce pour quoi elle militait. Même lorsqu'il s'agissait d'actes aussi graves que des « crimes contre l'État », elle devait être traitée comme une enfant égarée qui s'était mal conduite.

Ces attentions la rendaient encore plus amère, plus hostile à son égard. Elle n'entendait accepter aucun traitement de faveur sous prétexte qu'elle était sa fille. Le système de passe-droits et de privilèges réservé aux apparatchiks, dont elle faisait partie intégrante, la révoltait. Elle exigea d'être mise dans une cellule, comme ses amis. Ce qu'on lui refusa.

Quelques jours plus tard, quand Dounskoï la vit enfin, elle lui parut petite et fragile, plus âgée, curieusement, que dans son souvenir, alors que leur dernière entrevue datait de six mois seulement.

Cela se passa dans leur maison de Kammeny Ostrov, en dehors de Leningrad, sur la route de Peterhof. C'était une petite datcha du siècle dernier, de quatre pièces seulement mais charmante, avec des jardins qui descendaient jusqu'à un vieux pont de fer enjambant un étroit bras de rivière. Du salon aux proportions harmonieuses, haut de plafond, où s'ouvraient des fenêtres majestueuses, on apercevait le miroitement des eaux de la Baltique au travers de hêtres et de bouleaux de toute beauté.

La datcha avait été donnée à Dounskoï pour ses éminents services pendant les événements de Tchécoslovaquie, en 1968. Il avait joué un rôle capital dans la répression de l'insurrection. Grâce à sa bonne conduite, il jouissait d'une qualité de vie dont la plupart des officiers de son grade auraient à peine osé rêver. Une belle maison, dans un endroit privilégié, meublée avec goût des productions les plus récentes du design contemporain finlandais — mobilier en teck, tapis coûteux tissés à la main, cuisine tout équipée avec placards incorporés, surface de travail en Formica, buffets et étagères Poggenpohl, le tout acquis avec des rabais ahurissants dans des magasins de produits importés accessibles seulement à la caste la plus hautement favorisée, aux élus : bref, aux apparatchiks. Et le tout tellement plus beau, plus raffiné que tout ce que l'homme de la rue pouvait trouver sur le marché soviétique !

A Moscou, ils avaient droit à la section spéciale des grands magasins du Goum. Et là, dans une réserve à l'abri des regards où ils pénétraient par une petite porte que rien ne signalait à l'attention et qui ne s'ouvrait qu'aux personnes munies d'une carte spéciale, ils achetaient des vêtements occidentaux, des produits gastronomiques de luxe comme du caviar, du saumon fumé, de l'esturgeon en boîte de la qualité la plus exquise, des vodkas d'importation et des crus millésimés de Géorgie et de Moldavie, sans compter toute la viande, les fruits et les légumes qu'ils pouvaient désirer.

Tout ce qu'abhorrait Macha. Le pire, c'est qu'elle en voulait à ses parents, donc à elle-même. Elle refusait toute cette nourriture raffinée. Elle n'amenait pas d'amis chez elle pendant les vacances, parce que l'opulence de sa maison la gênait et qu'elle craignait les comparaisons qu'ils ne manqueraient pas de faire avec leur propre style de vie.

Dans cette pièce majestueuse, au luxe ostensible, aux murs couverts de livres et de tableaux, où la lumière de la côte entrait à flots par les hautes fenêtres imposantes, face à cet étranger qu'elle savait être son père, elle sentait que toute cette richesse et cette beauté ne la rendaient que plus amère.

Pendant deux heures, ce fut un affrontement sans pitié. Derrière la haute porte à double battant, M^me^ Dounskoï guettait les éclats de voix furieux qui lui parvenaient, étouffés par les murs de plâtre ; elle craignait pour sa fille. Elle-même n'aurait jamais songé à parler à Dounskoï sur ce ton, à lui renvoyer la balle aussi sec, à lui tenir des propos si incendiaires.

« Et tu acceptes tout ça, sans protester ! » Les mots fusaient, provocateurs, exigeants. « L'obéissance aveugle, inconditionnelle ! Et tu voudrais que j'en fasse autant, comme un robot ? »

Incapable d'en entendre davantage, M^me^ Dounskoï s'enfuit vers la sécurité relative de sa cuisine et tenta de s'occuper. Mais elle ne pouvait s'abstraire du bruit, de l'insupportable tempête des voix, des menaces, des récriminations, des souvenirs déplaisants déterrés du passé, sans aucun rapport avec le conflit présent, sinon qu'ils se chargeaient de rancœurs refoulées depuis des années, le tout formulé en mots si durs que, une fois prononcés, ceux-ci ne pouvaient être oubliés.

A plusieurs reprises, elle faillit entrer dans la pièce, se jeter entre eux pour les obliger à cesser. Mais chaque fois le cœur lui manqua.

Dimitri se battait pour sa vie professionnelle, pour ce qui avait fait l'objet d'un combat long de trente ans. Macha se battait pour des principes auxquels elle tenait profondément. Son sentiment de l'équité et de la justice résistait aux appels au patriotisme et aux slogans chauvins. Quitte à compromettre l'élévation de son père au grade glorieux de général de division. Elle jugeait qu'il ployait déjà sous les honneurs. Son inféodation à un système qui reprochait à l'Ouest son élitisme et son matérialisme cupide tout en se félicitant d'être parvenu à l'égalitarisme idéal était risible.

Lorsqu'elle avait pénétré dans la pièce pour voir son père, Macha était terrifiée. Elle avait la bouche sèche et les jambes tremblantes. Lorsqu'elle en ressortit au bout de près de deux heures, les joues écarlates, la tête haute, elle semblait sinon avoir vraiment triomphé, au moins s'être justifiée. Dounskoï, lui, était ébranlé.

Elle avait quitté le champ de bataille — la bibliothèque — et s'était directement dirigée vers la porte d'entrée, qui se referma derrière elle avec un bruit net, aussi définitif qu'une condamnation. Elle ne s'était même pas arrêtée pour rassembler ses affaires ni même pour dire au revoir à sa mère. Elle avait pourtant pris congé de son père, ne laissant planer aucun doute dans son esprit quant à sa décision. Rien n'avait été réglé. Il n'avait pas modifié d'un iota sa détermination de défier l'autorité de l'État.

Après son départ, Dounskoï s'attarda dans la bibliothèque. Aucun bruit n'en parvenait, sinon un silence de mauvais augure. Plusieurs fois M^me^ Dounskoï se dirigea vers la pièce et hésita devant la porte. Sans se résoudre à entrer. Elle ne pouvait supporter de voir la colère de son mari, ou, pis encore, son humiliation. Lorsqu'il en émergea trois quarts d'heure plus tard, son visage était couleur de cendre, son expression terrible.

Sa seconde entrevue à la Stavka fut encore plus éprouvante que son algarade avec sa fille. Elle se déroula dans un calme presque sinistre. A la différence de son entretien avec Macha, les problèmes furent résolus, d'une façon très simple et avec une célérité foudroyante.

Un document avait été préparé et placé devant lui. Il n'avait plus qu'à le lire et à le signer.

> ... En raison de sa conduite inconvenante et incompatible avec la qualité de citoyenne de l'Union des républiques socialistes soviétiques...

« Comprends-nous, Dimitri. Nous avons essayé par tous les moyens de lui faire entendre raison. N'eût été ta position extrêmement privilégiée... »

Le tribunal estime donc que Maria Feodorovna Dounskoï...

Les yeux de Dounskoï couraient sur la page ; les mots tanguaient devant lui.

« Qu'est ceci ? Je ne comprends pas. Qu'est-ce que cela signifie ? Tu n'envisages tout de même pas de lui retirer sa citoyenneté ? »

L'homme assis en face de lui derrière une énorme surface de noyer cirée à mort était un grand maréchal de l'armée, une silhouette au thorax volumineux, avec une peau marquée d'excroissances charnues, des yeux bouffis révélateurs d'une consommation exagérée de vodka, et un nez qui produisait un son sifflant lorsqu'il respirait. Sur sa tunique était épinglé un placard de médailles et de décorations, de vingt centimètres sur vingt. S'y ajoutaient chevrons, galons, épaulettes, insignes sur les manches, feuilles de chêne sur les revers et les manchettes, et même un ruban de tireur d'élite. Il y en avait tant que cela sentait l'opéra bouffe — le général d'une république d'opérette. Mais tout ce vaudeville militaire était contrebalancé par un calme, une résolution inflexible proprement terrifiants.

Le pis était qu'il avait fait l'école de guerre de Moscou avec Dounskoï. Ils avaient été cadets ensemble. Mais Ievtchenko, qui ne s'était pas particulièrement distingué pendant ses études, était à présent maréchal du Soviet suprême, alors que Dounskoï végétait au grade de colonel et attendait avec impatience l'annonce de sa nomination à celui de général de division. Ievtchenko avait appris très tôt à cultiver ses relations haut placées. Une stratégie à laquelle Dounskoï s'était refusé, par fierté.

« C'est exactement ce que cela veut dire, répondit Ievtchenko, sauf si tu arrives à la convaincre...

— Mais je t'ai déjà tout dit, camarade ! »

Il ne se résolvait pas à prononcer son nom, Arkady, bien qu'il l'eût appelé ainsi pendant toutes leurs études.

« Tu vois bien, mon cher. Il n'y a rien à faire. Je ne peux rien pour elle. Le tribunal va la déchoir de sa citoyenneté.

— Mais enfin, pourquoi ? Ce n'est qu'une enfant ! Elle manque de maturité !

— Elle a vingt et un ans, et, d'après ses instructeurs à l'université, ses idées ont déjà commencé à contaminer ceux qui l'entourent. »

L'immobilité pâteuse du visage de Ievtchenko faisait penser à du plâtre en train de prendre. « Je suis désolé, mon cher... Toute cette histoire est particulièrement navrante.

— Oui, évidemment. Je vois.

— S'il s'était agi de quelqu'un d'autre que toi... avec ta position privilégiée et tout... il y a des mois que l'affaire serait close ! Elle aurait été envoyée dans le Nord et on n'en parlerait plus. »

Dounskoï hocha sèchement la tête :

« C'est une éventualité à laquelle on ne songe sûrement pas ?

— Sûrement pas ! » Le maréchal Ievtchenko écarta cette idée d'un large geste. La plaque de médailles accrochée à sa poitrine cliqueta. « Je te signalerai néanmoins que certains ici, et aussi au ministère... » Cette petite décharge adroitement envoyée, Ievtchenko ne termina pas sa phrase. « Chasse cette idée de ta tête, camarade. Ce sera toutefois le sort de ses collègues, qui n'ont pas la chance d'avoir pour père un héros national. »

Dounskoï crut détecter une note de sarcasme dans la voix du maréchal.

« Pour ce qui est de Maria Feodorovna, poursuivit Ievtchenko, elle pourra conserver sa nationalité, mais elle sera priée de quitter le pays.

— Quitter le pays ? marmonna Dounskoï sans comprendre. Quitter le pays ? » Pour lui, mieux valait être mis contre le mur et fusillé. « Mais, Arkady... »

Au moment où le nom lui échappa, il vit le maréchal lever ses sourcils broussailleux d'un air réprobateur.

« Quitter le pays ? Pour aller où, exactement ?

— Là où vont les gens de sa sorte. Paris, Londres, Genève... Bien entendu, nous ferons tout ce qui est en notre pouvoir pour aider à sa réinstallation. On s'occupe déjà du dossier d'expulsion.

— Du dossier d'expulsion ? »

Tout allait trop vite pour Dounskoï.

Maintenant qu'il avait pris son élan, Ievtchenko poursuivit inexorablement sur sa lancée :

« Nous prendrons en charge son transport et nous lui fournirons un petit pécule. Mais tu comprends bien, mon cher, que, les choses étant ce qu'elles sont, nous ne pouvons l'autoriser à rester ici. On ne diffame pas impunément l'État ! »

Dounskoï eut un éblouissement. « Mais c'est mon enfant ! aurait-il voulu crier. Que veux-tu dire, elle ne peut rester ici ? » Or, tel un soldat, il demeura impassible et figé, la tête inclinée, écoutant les ordres. Comment avait dit Macha ? Ah oui, l'obéissance aveugle, inconditionnelle.

« J'ai bien peur que tout cela ne survienne à un moment particulièrement mal choisi, continuait Ievtchenko sur le ton de la fausse compassion. Ta promotion et toute cette histoire... »

Le découragement gagnait Dounskoï :

« Bien sûr, je comprends...

— Je ne dis pas qu'elle soit définitivement compromise. La mère patrie est loyale et n'oublie pas ses fils préférés. Mais tu comprendras que les apparences...

— Oui, oui, les apparences... bien entendu...

— Nous avons préparé un papier à ton intention.

— Un papier ? »

Dounskoï eut du mal à prononcer le mot. Des sirènes d'alarme se déclenchèrent dans sa tête.

« Un document. » Les yeux de Ievtchenko l'observaient froidement tandis qu'il faisait glisser avec lenteur le papier sur la vaste surface luisante du bureau en noyer. « Lis, Dimitri. Vois un peu ce que tu en penses. »

Dounskoï avait la bouche sèche ; il lui semblait que son haleine aigre puait la peur. Il ne souleva pas le papier, mais le laissa bien à plat sur le bureau, afin que Ievtchenko ne vît pas sa main trembler. Il sentait très nettement que son vieil ami, qui l'observait à travers les volutes de fumée de son cigare, prenait un intense plaisir à la chose.

> Moi, Dimitri Dounskoï, colonel de l'armée du Soviet suprême, ayant dûment considéré les actions de ma fille, Maria Feodorovna, et les jugeant contraires aux intérêts et au bien des peuples soviétiques, et incompatibles avec la qualité de citoyenne de l'Union des républiques socialistes soviétiques, désavoue et renie...

Dimitri interrompit sa lecture. Non seulement ils la bannissaient de son pays, mais ils lui demandaient, à lui, de renier son propre enfant ! Il leva un œil perplexe sur les traits placides, empâtés, de son vieux camarade. Ce n'était pas dans la nature de Dounskoï de demander une faveur, mais, s'il cherchait de la pitié dans ces yeux-là, ce fut en vain.

« Emporte ça chez toi et relis-le ce soir avec ton épouse. » Ievtchenko affichait une sympathie factice. « Rien ne presse dans l'immédiat. Mais si nous devons continuer à faire le nécessaire pour ta promotion, il nous faudra ce document signé d'ici à la fin de la semaine. »

Ievtchenko se leva comme pour signifier que l'entretien était terminé.

Dounskoï, lui, ne bougeait pas, abasourdi, perdu dans une méditation profonde.

« Pourra-t-elle revenir un jour ? » demanda-t-il enfin, levant la tête vers son supérieur.

« Bien entendu ! C'est une possibilité. Rappelle-toi qu'elle conserve sa citoyenneté, Dimitri. Toutefois, où qu'elle réside... à Paris, à Genève... elle restera sous la surveillance constante de notre personnel consulaire. Et si l'on a la preuve de son repentir sincère, alors naturellement... »

Dounskoï éprouva pour son ami une soudaine bouffée de gratitude dont l'ignominie ne lui apparut que plus tard. Il s'était levé et serrait avec reconnaissance la main de Ievtchenko.

Le maréchal avait l'air satisfait, content de lui-même, de qui vient de laisser tomber une obole particulièrement généreuse dans le chapeau d'un mendiant. Et c'est alors seulement, pour la première fois depuis qu'avait débuté cette longue entrevue, qu'il s'autorisa l'humanité d'un léger sourire :

« A propos, Dimitri, comment va M$^{me}$ Dounskoï ? »

La mouette décrivit des cercles, puis piqua vers l'eau et fila en direction du rivage. Pattes dépliées, l'oiseau effleura la surface houleuse, s'inclina légèrement sur la gauche et s'enfonça sans avertissement dans une vague. Un petit jet d'écume monta à l'endroit exact où l'oiseau avait touché l'eau avant de fuser de nouveau dans l'air en traçant une oblique régulière, la fine courbure noire d'un poisson se tortillant dans son bec.

Dounskoï regarda la mouette s'éloigner, point noir qui remonta la courbe de la plage, jusqu'au moment où elle parut se fondre dans le paysage, puis disparaître, tandis que son cri résonnait dans le crépuscule laiteux.

Il longea la petite anse, suivant la courbe de terrain qu'avait prise la mouette, face au vent. Il avait retiré ses chaussures et les serrait sous son bras, et lorsque l'eau glaciale lui éclaboussait les pieds, ceux-ci s'enfonçaient dans le sable jusqu'à la cheville.

Une douzaine de bateaux de pêche bondissaient au rythme de la houle. Dépourvus de peinture et pour la plupart inoccupés, ils ressemblaient à des embarcations miniatures en papier dérivant sur une mare. Plus loin, nettement plus au large, on apercevait toute une flottille de bateaux stationnaires, égrenés le long de la grande cambrure grise du golfe de Finlande.

Dounskoï goûtait ses promenades le long du rivage. Il les faisait seul, convaincu de leurs vertus curatives et voyant là le moyen de se retrouver après l'agitation des tâches quotidiennes. De brusques bouffées de vent jaillies de l'eau lui emmêlaient les cheveux et faisaient claquer son pantalon. L'odeur de l'air salé et du varech en décomposition avait quelque chose d'étrangement réconfortant. Il l'aspirait avidement, comme un homme privé de nourriture depuis plusieurs jours.

Le cri soudain d'un pêcheur dans sa barque, non loin de là, le rappela à la réalité. On hissait les filets gonflés, ployant sous le poids de pilchards et de harengs. Pour une raison inexplicable, il avait cru entendre un cri de détresse. Une fois de plus, Macha occupait ses pensées, et aussi sa femme, à qui il n'avait rien dit de son inquiétante entrevue de l'après-midi avec Ievtchenko.

C'était à présent seulement qu'il comprenait l'entière signification de leur entretien. Arkady, si suffisant et huileux, si froidement imbu de sa personne, affichant tant de fausse compassion pour un vieil ami, prenant tellement à cœur ses intérêts...

*Tu comprends bien, mon cher, que, les choses étant ce qu'elles sont, nous ne pouvons l'autoriser à...*

Dounskoï grinça des dents; penché en avant, il luttait contre le vent. On approchait de 10 heures du soir. Katerine devait se demander où il était. Il la savait déjà passablement inquiète, consciente de quelque chose. En haut de la plage, pas très loin, il y avait un bistrot fréquenté par des pêcheurs qui venaient là boire une vodka ou un kwas, ou faire une partie d'échecs avant d'aller au lit. Les notes tristes et tendres d'une mandoline lui parvinrent, portées par le vent; elles s'échappaient de l'éclat orangé des fenêtres, et c'est vers cet îlot de vie lumineux et accueillant, profondément enchâssé dans le gris du rivage, qu'il se dirigea.

Le bistrot était bourré de pêcheurs bruyants et braillards, au coude à coude. Dans l'atmosphère enfumée, Dounskoï but plusieurs vodkas, pris entre sa fureur contre Ievtchenko et sa pitié pour Irena. A quoi s'ajoutait, plus que jamais, l'exaspération qu'il éprouvait pour sa fille.

Il ne lui avait pas fait faire des études pour qu'elle conteste les règles de l'État! Jamais ils n'en auraient eu l'idée, ni lui ni Irena. Et maintenant, compromettre ainsi sa carrière, tout ce à quoi il avait travaillé pendant des années ! Quelle inconséquence ! Quelle ingratitude ! Elle n'avait pas d'excuse.

Que lui avait donc dit cette Américaine du train, quelques jours plus tôt ? Pas cette fille aussi mal embouchée qu'un charretier. Non, l'autre, cette charmante étudiante qui voulait être diplomate. Il avait oublié son nom, mais il se rappelait qu'ils avaient parlé des jeunes, et elle avait dit quoi exactement ? Ah oui, que c'était « typique des jeunes de changer », et puis elle avait ajouté quelque chose sur les « prérogatives » de la jeunesse, un privilège pris pour acquis à vingt ans et qu'on vous retirait brutalement à vingt et un.

Une charmante enfant. Car c'est bien ce qu'elle était, une enfant, pensa-t-il, comme Macha, malgré tout son matérialisme désinvolte et ses beaux raisonnements. Comme si le seul fait de voyager à l'étranger en compagnie d'un garçon suffisait à vous donner vos lettres de créance d'adulte responsable !

Il se demanda si Macha avait, elle aussi, des amants. Des étudiants qui commençaient par imposer leur emprise intellectuelle sur l'esprit des jeunes filles pour mieux les séduire ensuite. La dissidence politique pouvait présenter un attrait puissant pour une fille jeune et sensible. Mais ce n'était pas rendre justice à Macha, il le savait. Elle montrait bien plus de discernement.

Et pourtant, elles se ressemblaient tant, ces deux-là, Macha et la jeune Américaine — comment s'appelait-elle ? —, intelligentes, curieuses, généreuses, bourrées d'idéaux et de principes pour lesquels elles se battraient à mort ! Et si « changeantes ».

Derrière lui, la mandoline égrenait une vieille mélodie russe d'une merveilleuse nostalgie. La mandoline était un instrument si ineffablement russe. Puéril, naïf, mélancolique. Quelque chose en lui adorait les vieilles chansons tristes, les berceuses et les chants qu'il entendait en Oural, du temps de sa jeunesse. Et il aimait tout autant ces vieilles tavernes russes près du front de mer, tout imprégnées de l'odeur âcre et vineuse du kwas et du tabac fort, de la camaraderie de ces travailleurs à l'âme simple et rugueuse qui buvaient trop et se mettaient à pleurer, non de chagrin, mais de pur bonheur d'être là dans la chaleureuse lumière orangée, au milieu des mandolines et de leurs compagnons.

Cela lui rappela un fragment de l'époque où ils étaient jeunes et commençaient tout juste à vivre ensemble, Irena et lui. Il était un jeune officier fraîchement promu, cantonné à la caserne Smolny, non loin de l'église du Marin. Ils habitaient en bas de la perspective Nevsky, là où elle devient moins élégante, plus misérable. Leur immeuble était situé dans une rue étroite et fangeuse qui se terminait brusquement par un mur de pierre derrière lequel se trouvait la mer. On traversait une ruelle et on arrivait derrière le monastère Nevsky. Après quoi on franchissait un petit canal, et l'on tombait pile sur leur petit appartement minable.

Il faisait si froid à l'intérieur, l'hiver, que de la vapeur s'échappait de leur bouche quand ils parlaient. Ils faisaient l'amour dans un lit étroit. En été, l'appartement se chargeait d'une telle condensation qu'ils ne pouvaient y dormir. A marée basse, les canaux empestaient. Au lieu d'aller se coucher, ils passaient leurs nuits à la belle étoile ; ils prenaient la perspective, longeaient les arcades du quai Moïka, s'asseyaient sur un banc au bord de la Neva, mangeaient une glace et regardaient les bateaux-mouches faiblement éclairés qui remontaient le fleuve. Comme ils étaient jeunes et sans grands moyens, une de leurs distractions consistait à contempler des heures durant les larges silhouettes sombres des Colonnes rostrales, la bosse écrasante de la forteresse Pierre-et-Paul et la haute flèche de la tour de l'Amirauté qui se détachaient sur l'éblouissant coucher de soleil des nuits blanches.

Pouchkine, se rappelait-il, avait essayé de décrire une de ces nuits. Mais même lui, malgré tout son génie, n'avait jamais pu restituer quelque chose qui s'approchât de la réalité. Dumas disait de ces vers qu'ils n'étaient que le poème d'un homme, mais que les nuits de Saint-Pétersbourg étaient le poème de Dieu en personne.

Ils n'étaient pas bien riches à l'époque, mais chaque fois qu'ils avaient un peu d'argent devant eux, ils allaient au Kirov. Ils prenaient des places au poulailler, et c'est ainsi qu'ils avaient vu Oulanovna, Doudinskaïa et Constantin Serguéïev.

La naissance de Macha fit suite à une grossesse difficile, problématique ; Katerine ne passait pas une journée sans être malade et déprimée. Plusieurs fois, ils faillirent perdre l'enfant. Finalement, le médecin voulut interrompre cette grossesse. Dounskoï était d'accord. Il ne supportait plus de voir Irena souffrir. Mais, si malade qu'elle fût, elle ne voulut pas en entendre parler. Elle avait déjà fait plusieurs fausses couches et avait le sentiment profond, l'intuition que c'était peut-être sa dernière chance.

L'enfant naquit le jour de l'anniversaire de sa mère. C'était une fille, toute maigrichonne et fripée, mais qui piaillait vigoureusement. La première fois qu'ils la regardèrent, ils furent pris d'un fou rire, mais elle était pour eux une source d'enchantement. Leur raison de vivre. A peine avait-elle vu le jour que la fortune sourit à Dounskoï, et depuis lors il n'avait jamais vraiment pu dissocier son bien-être du sien.

Ce soir-là, allongé à côté d'Irena, tous deux éveillés, chacun écoutant l'autre respirer, il repassa inlassablement dans son esprit les détails de son entrevue avec Ievtchenko. Avait-il bien tout entendu, et était-il reparti en ayant su correctement déchiffrer la véritable portée du message ? Y avait-il quelque chose qu'il n'avait pas saisi ? Une échappatoire capitale ?

Plus tard, ce même soir, après avoir cherché des forces dans le réconfort de la vodka, il lui relata les événements de la journée. Tandis qu'il tentait de tout lui expliquer, il s'entendait patauger lamentablement à mesure qu'il se répétait avec des variantes qui ne faisaient que tout embrouiller. Il restait trop d'inconnues, trop de questions non posées. Il lui montra enfin le document, apostillé du sceau en relief du ministère de la Justice, bruissant du sentiment de son importance.

Ils le lurent ensemble plusieurs fois, et quand il voulut lui expliquer qu'il devait le signer ou renoncer à tout espoir de promotion, sa voix s'enroua.

« Évidemment que tu signes ! » dit-elle sans hésiter.

Sa réponse le stupéfia. Il s'attendait à tout, sauf à cela. A des pleurs, des menaces, une crise de nerfs, du défi, et tout aurait été justifié, parce que, au fond de lui-même, il la savait à la torture.

« Évidemment ? » Il répéta le mot avec un sourire bizarre, perplexe, comme s'il venait d'entrevoir dans la personne avec qui il vivait depuis près de trente ans quelque chose d'encore inconnu. « Pourquoi " évidemment ", Katerine ?

— Parce que c'est à toi que tu dois penser à présent. Elle a fait son choix. A elle de se débrouiller. »

Il la dévisagea sans voix, partagé entre l'admiration et le découragement :

« Tu parles sérieusement ?

— Mais bien sûr ! Absolument ! Tu as fait tout ce que tu pouvais pour elle. Que peux-tu faire de plus ?

— Quelque chose, je ne sais pas... Il y a sûrement une possibilité...

— Tu as fait plus, beaucoup plus qu'aucun père n'est tenu de le faire.

— A t'entendre, je devrais espérer de la reconnaissance de sa part !

— Pas de la reconnaissance, Dimitri. De la loyauté ! C'est le moins qu'elle te doive.

— Elle ne me doit rien ! » Il secoua vigoureusement la tête et écarta l'idée d'un geste violent de la main, comme si quelque chose de répugnant y restait collé. « Rien, je ne veux rien d'elle ! »

Il arpentait lourdement la pièce tandis qu'elle le suivait des yeux.

C'était une femme petite, jolie, de quarante-cinq ans environ, mais sa silhouette naguère juvénile s'était épaissie. Elle conservait toutefois une peau splendide, et, avec ses yeux verts, légèrement saillants, elle ressemblait à une madone byzantine.

« C'est toi qui comptes à présent, Dimi. Tu as travaillé trop dur pour que tout te soit enlevé, comme ça. Pour une chose dont tu n'es même pas responsable ! Ce n'est pas juste. Et si elle est incapable de s'en rendre compte par elle-même... »

Il se retourna et la dévisagea. Une seconde plus tard, il éclatait de rire :

« Franchement, tu me sidères. Je ne sais pas quoi dire. En arrivant, je m'attendais à...

— Je sais à quoi tu t'attendais. Parce que tu crois que je l'ai toujours fait passer avant toi. Je me trompe ? »

Il resta abasourdi, non qu'il jugeât cette interprétation peu vraisemblable, mais parce que c'était exact. Il n'en avait jamais eu conscience. Jusqu'au moment où sa femme l'avait formulée avec tant d'à-propos.

« Oui, admit-il avec un croassement d'épuisement. Mais je ne te l'aurais jamais reproché. Elle est ton sang...

— Le tien aussi ! s'écria-t-elle, impartiale. Bon sang ne saurait mentir, même s'il s'exprime à sa façon. Tu as suffisamment donné, Dimi. Et tu vas maintenant récolter ton dû. Tu le mérites. Tu n'es pas responsable des actions de ta fille. Ils le savent très bien. Nous devons oublier Macha. Faire comme si elle n'existait plus. »

« Comme si elle n'existait plus... » Allongé dans le lit, les mots ne cessaient de se heurter dans sa tête, telle une litanie funèbre.

« Est-ce que tu comprends, lui demanda-t-il d'un ton insistant lorsqu'il éteignit la lampe de chevet, est-ce que tu comprends ce que tu dis ? Ce que ces mots signifient ? Ne plus la voir ? Paris... Londres... Genève... c'est au diable. C'est cher. On obtient difficilement des visas.

— Je comprends », dit-elle. Il y avait quelque chose d'étrangement définitif dans sa voix. Et puis elle se tourna vers le mur. Pour la première fois ce soir-là, elle parut consciente de l'étendue de sa perte.

Plus tard, il sut qu'elle pleurait, non au bruit, car l'oreiller étouffait ses sanglots, mais aux mouvements du lit qui répercutaient son déchirement intérieur.

Il la prit dans ses bras et ils restèrent ainsi l'un contre l'autre, sans parler, enveloppés dans leur chagrin mutuel pendant leur longue nuit sans sommeil. Des images de Macha traversaient fugitivement l'esprit de Dounskoï, en désordre, comme des diapositives projetées sur un écran. Une série d'instantanés d'une enfant blonde aux beaux cheveux et aux yeux étonnés, une expression qu'elle avait gardée depuis son enfance jusqu'au seuil de l'âge adulte.

Aux abords de l'aube, lorsque le premier rai de lumière déchira le ciel à l'est, Irena s'endormit enfin. Mais lui demeurait éveillé, l'esprit vigilant, plus nerveux que jamais. Un million de pensées, telles des étincelles fusant vers le ciel, faisaient rage dans sa tête. Il imagina mentalement une bonne douzaine de scénarios, examinant toutes les possibilités, les amenant à leur conclusion logique, dont aucune n'était particulièrement réconfortante. Après s'être ainsi épuisé, après que son insoutenable sentiment de culpabilité à l'égard de Macha se fut érodé de lui-même, il reporta ses pensées sur le train et sa cargaison de passagers impuissants, immobilisés dans les épaisses forêts de bouleaux qui cernaient Vyborg.

Les nouvelles du soir, à la télévision, avaient été alarmantes, traduisant l'imbroglio diplomatique dans lequel on s'enlisait inexorablement à mesure que les jours se succédaient. De part et d'autre, on avait changé de registre, et ce qui avait été jusque-là consigné dans un jargon dont on cultivait avec soin l'ambiguïté passait à présent à un stade plus concret. Selon l'agence Tass et les *Izvestia,* des éléments de la 6e flotte américaine avaient quitté les ports de la Méditerranée et de l'Adriatique, ostensiblement pour placer leurs pions et prendre des positions stratégiques dans la Baltique et à proximité de celle-ci. En regardant le bulletin d'informations, Dounskoï s'était senti de plus en plus inquiet. Les Norvégiens et les Américains le mettaient hors de lui. Car ils jouaient, pensait-il, à un jeu particulièrement cynique avec les vies de gens innocents. Couché dans son lit, il imaginait le visage de nombreux otages à ce moment précis. Sans pouvoir mettre de nom sur ces visages, il savait qu'il aimait bien le vieux professeur américain. Le jeune couple hollandais lui semblait assez sympathique. Et puis il y avait aussi cet Américain qui espionnait ses concitoyens et constituait des dossiers sur eux pour le compte du gros capitalisme.

Un type bien, se dit-il, et il réussit même à se rappeler le nom de l'homme. Un nom juif, Stern. Il avait eu la bêtise d'essayer de cacher ce fait. Quelle idiotie de laisser en blanc son affiliation religieuse ! Car c'est ce qui avait attiré son attention.

Une erreur insensée, en tout cas. Certainement pas ce qu'on attendrait d'un espion professionnel. Sûrement pas la bourde qu'on associerait à une organisation comme le Yad Vashem. Impossible d'y croire, mais si c'était le genre de niaiserie que la Stavka voulait donner en pâture au public, pourquoi chicaner ? L'affaire n'était plus de son ressort à présent. Il avait bien d'autres soucis. Il appellerait Gritchkov à la première heure. Il voulait un rapport sur l'état de santé de tous les détenus, en particulier sur le vieux qui avait eu une crise cardiaque pendant les examens médicaux.

Et puis il y avait ce cinglé de comte espagnol. On n'en avait pas fini avec celui-là. Dounskoï se souvint que la comtesse souffrait elle aussi de problèmes cardiaques. La situation deviendrait des plus délicates si quelque chose de fâcheux lui arrivait. A elle ou à n'importe lequel d'entre eux, tant qu'ils se trouvaient sous sa responsabilité.

Une fois encore, l'image de Macha traversa son esprit, suivie aussitôt de celle de ce Stern, le type qu'ils avaient choisi pour marquer un point. Il savait que lorsqu'on isolait ainsi un individu, pour prouver une chose ou une autre, il était très difficile, une fois la machine en marche, d'en inverser le mouvement. Cela le troubla de voir qu'il identifiait à présent la situation périlleuse de Stern avec celle de sa propre fille.

Intellectuellement, il comprenait sans peine la nature des difficultés auxquelles se heurtait Macha. Mais, viscéralement, il n'acceptait pas l'idée qu'ils puissent lui retirer son enfant. L'envoyer si loin qu'il avait peu de chance de la revoir un jour ! L'État, il ne le savait que trop, était capable d'agir froidement, sans faire de place au moindre sentiment, dans les affaires de sécurité nationale — affaires parmi lesquelles, naturellement, les actes de trahison venaient en tête de liste.

Mais ils ne pouvaient être à ce point insensibles ! Il pouvait y avoir des exceptions ! Il était un héros, tenu en estime toute particulière par l'État ! Oui, ils feraient une exception. Au moins dans son cas à lui. Il y avait encore des voies à explorer, des possibilités d'appel auprès de tribunaux qui sauraient se montrer équitables et impartiaux. Il n'aurait de cesse d'avoir épuisé toutes les possibilités de recours.

On finirait bien par voir que lui, Dounskoï, était un soldat loyal et un bon citoyen ; et, alors qu'il ne lui serait jamais venu à l'idée de défier les ordres de ses supérieurs et les désirs du Soviet suprême, il n'était pas tout à fait prêt cependant à sacrifier son enfant unique sur l'autel de l'ambition personnelle.

Personne n'avait bien dormi dans le Train Vert. D'abord, tout le périmètre avait été éclairé par des projecteurs dont l'éclat les avait éblouis la nuit durant à travers les fenêtres des wagons-lits. Une mesure, leur précisa ce soir-là le capitaine Gritchkov au dîner, destinée à décourager tous ceux qui auraient voulu renouveler la bêtise commise par le jeune Canadien. Ensuite, il y avait eu le vacarme des soldats et du matériel lourd, qui n'avaient cessé de manœuvrer aux abords du train. Comme si l'on avait sciemment et tacitement décidé de briser encore plus leur résistance en les privant des bienfaits d'un sommeil réparateur.

Dans la demi-obscurité de son compartiment, Jane Blaylock, incapable de dormir, regardait d'un œil circonspect la relève des gardes postés à intervalles réguliers le long de la haute clôture. Leurs allées et venues étaient faciles à observer. Elle voyait aussi la sentinelle perpétuellement en mouvement dans le mirador qui dominait l'enclos. Exactement en face de sa fenêtre et juste derrière la clôture, le T54 dressait sa masse inquiétante ; l'énorme bouche de son canon de 60 mm était pointée droit sur elle.

Jamais elle n'avait vu un tel engin. Laid, d'une grosseur incroyable ; et, quand il se déplaçait ou tournait les projecteurs de sa tourelle, il faisait un bruit de métal infernal et arrachait la terre autour de lui, comme un animal furieux prêt à charger.

Elle aurait donné n'importe quoi pour dormir, mais c'était pratiquement impossible. Quand bien même tout serait retombé dans l'obscurité et que le vacarme dehors eût cessé, la chaleur et l'absence d'air dans le compartiment étaient intenables. Depuis la tentative d'évasion de Wales, toutes les vitres du train étaient restées hermétiquement fermées.

Pire encore que la chaleur et le bruit, il y avait cette odeur désagréable qui semblait imprégner tout ce qui se trouvait à sa portée immédiate. Elle l'avait vaguement perçue l'après-midi, la première fois qu'elle était entrée dans le compartiment. Mais, à présent que les portières avaient été verrouillées pour la nuit, et dans la touffeur oppressante du train immobile et clos, l'odeur s'était accentuée. Une forte odeur de caoutchouc, aurait-elle dit — qui évoquait celle de fils électriques surchauffés.

« Tu n'es pas couché, à une heure pareille ?
— Je pourrais te poser la même question !

— Comme si on pouvait dormir avec leurs foutus projecteurs qu'ils n'ont pas éteints de la nuit ! Ça te dirait, un schnaps ? »

Debout près de Tony dans le noir, Stern perçut une chaude fumée fruitée. Ils se trouvaient dans le petit vestibule non éclairé du wagon-lits. Chaque fois que le projecteur du mirador balayait la longueur du train, Stern apercevait fugitivement le visage de Thomas, rigide et étrangement transfiguré dans la lumière blafarde. Puis, l'obscurité revenue, il ne distinguait plus le journaliste qu'en ombre chinoise. Il semblait moins debout qu'appuyé contre la paroi du wagon, dans un équilibre très relatif.

Thomas agita la bouteille sous le nez de Stern comme s'il s'était agi d'une crécelle :

« Une p'tite rincée ? »

Un peu agacé, Stern hésita, puis saisit la bouteille que lui tendait l'Anglais :

« Pourquoi pas ? »

Il la prit par le goulot et l'inclina vers ses lèvres. L'obscurité faussait son sens des distances et une partie du liquide poisseux et tiède lui éclaboussa le menton et dégoulina le long de son col de chemise.

« Pas mauvais, bredouilla-t-il.

— VSOP. Rien n'est trop bon pour vous, mon brave. La journée a été rude à ce qu'on m'a dit ?

— Bof, rien de spécial. » Stern opta pour la désinvolture. « On m'a juste accusé d'être un espion israélien et désigné comme conspirateur en cheville avec Wales... »

Thomas avala une rasade généreuse et se mit à rire :

« C'est ce qu'on m'a dit.

— Et tu trouves ça drôle ?

— Je m'excuse d'avoir ri, vieux frère.

— Ne te gêne surtout pas. » Stern faisait la gueule. « Tu peux te le permettre, ce n'est pas toi qu'on expédiera au goulag ! »

Thomas était presque plié en deux de rire :

« Écoute, dit-il en s'étranglant à moitié, tandis que des larmes d'hilarité coulaient sur sa figure. Si c'est ça qui te tracasse, n'y pense plus. C'est du vent, de la foutaise ! Du théâtre d'amateur ! Leur façon de foutre la trouille à tout le monde. »

Stern regarda d'un air peu convaincu la forme vacillante renverser la bouteille et boire un bon coup :

« Je ne suis pas sûr que leur technique soit si mauvaise... »

A un peu plus de trois mètres de là, à travers une cloison en verre, il apercevait la tête et les épaules d'un garde posté à l'entrée du wagon ; le canon de son fusil luisait dans l'éclairage de la porte.

« Comme si nous étions un ramassis de terroristes, marmonna-t-il d'un ton misérable.

— Mais nous le sommes ! Ils se sont déjà dégoté un agent de la CIA et un espion israélien. » Thomas rota et se mit à rire. « Dieu sait ce qu'ils iront chercher la prochaine fois ! »

Stern, le visage lugubre, scruta l'obscurité :

« Je peux me resservir ?

— Je t'en prie. » Thomas tendit la bouteille dans sa direction. « T'inquiète pas, il ne va rien t'arriver.

— Je t'envie ton optimisme !

— Quand ils auront tous suffisamment fait joujou, quelqu'un à Washington ou à Moscou passera un coup de fil, et on nous relâchera dans les minutes qui suivront.

— C'est comme ça que ça fonctionne ?

— Essentiellement. Comme un concours entre mômes. Dès qu'ils ont trouvé qui pouvait pisser le plus loin, la partie est finie et tout le monde rentre chez soi.

— Comment va Wales ? demanda Stern pour changer de conversation.

— Personne ne le sait. Il est gardé en permanence. Le toubib passe deux fois par jour, et ensuite deux officiers de la sécurité entrent et ressortent. Des types avec une sale gueule.

— Ils ne lui ficheront pas la paix tant qu'il n'aura pas signé ces foutus papiers. »

Thomas but de nouveau. Le rayon du projecteur balaya le vestibule et illumina quelques secondes ses traits avachis. Il leva vivement le bras pour se protéger les yeux :

« Les salauds ! Je suppose qu'ils veulent te faire signer aussi des aveux ? demanda-t-il quand le rayon eut disparu, tel un doigt traînant sur toute la longueur du train.

— Oui. Reconnaissant que je suis moi aussi dans le coup. Au service du gouvernement israélien. Ils croient que je suis juif. »

Stern vit Thomas tourner la tête, et il fixa les trous sombres où il savait que les yeux se trouvaient et le dévisageaient.

« Ce n'est pas vrai ?

— Eh bien ! non. Je suis protestant, figure-toi.

— Protestant ? » Thomas émit un petit bruit rauque, sans joie. « Avec ton nom, j'aurais juré que tu étais un fils de l'une des douze tribus !

— C'est une erreur très courante. En fait, Stern est un nom aussi répandu, en Allemagne, chez les protestants que chez les juifs. J'ai été assez bête pour ne pas mentionner mon appartenance religieuse sur ma demande de visa.

— Tu as omis un truc pareil ?

— Plutôt con, hein ?

— C'est présenter les choses sous leur jour le plus aimable !

— Question de principes, vois-tu, poursuivit Stern, s'énervant à mesure qu'il parlait. J'avais l'impression d'une intrusion dans ma vie privée.

— Dans ta vie privée ? Ça signifie quoi, exactement ?

— Je croyais le savoir... Tout ça pour une question de principes », dit Stern d'un ton sinistre.

Thomas lui tendit la bouteille dans le noir :

« Bois un coup...

— Non, merci. » Stern écarta la bouteille. « J'ai entendu parler de gens... de gens dans la même situation... qui avaient été retenus prisonniers pendant des années. »

Thomas soupira :

« C'est rare. Mais de temps à autre il se produit une absurdité de ce genre. Il y a deux ans, deux diplomates américains ont été placés en résidence surveillée à Leningrad. Ils y sont encore, pour autant que je sache. Comme ça, sans explications. Et puis il y a eu un Anglais... un toubib. Il est passé à l'Est il y a quelques années. S'est fait naturaliser russe. Est allé travailler à l'Institut des sciences appliquées... jusqu'au jour où on l'a accusé d'être un agent double. L'ambassadeur de Grande-Bretagne a nié avoir été en contact avec lui. Ils négocient toujours pour essayer de le faire sortir. » Thomas leva les yeux vers Stern. « Ça doit faire cinq ans au moins.

— Où est-il ?

— Personne ne sait vraiment. » Un silence inconfortable s'installa. « Désolé, Peter, je ne voulais pas...

— Ça va, ne t'en fais pas. Bien sûr, j'ai entendu raconter des choses de ce genre. Mais, bon Dieu, qui aurait pensé...

— Exactement ! » Les traits ravagés de Thomas furent brusquement illuminés par l'allumette qu'il appliqua au bout de sa cigarette. « Qui aurait pensé, la première fois que j'en ai entendu parler à Leningrad, que ça traînerait six jours, sept jours ! Je m'imaginais que c'était seulement une question de... »

Il y eut une pause, assez longue et embarrassante. Stern vit la silhouette avachie changer de position :

« Répète ?

— Quoi ?

— Ce que tu viens de dire. Que tu aurais entendu parler de ça à Leningrad.

— Mais non. En réalité, je n'ai entendu parler de rien. »

Stern sentit une bouffée de chaleur lui monter brutalement à la figure :

« Qu'as-tu entendu exactement ?

— Rien.

— Il y a une minute, tu disais que tu avais entendu parler de ça à Leningrad. Avant notre départ. Je n'ai pas rêvé !

— Des rumeurs, protesta l'Anglais. J'ai entendu des rumeurs. Une vague idée. Simple intuition de journaliste...

— Des rumeurs selon lesquelles ce train allait être retenu ? s'obstina Stern. Démantelé de part en part ? Immobilisé pendant Dieu sait combien de temps ?

— Non ! Bien sûr que non ! Simplement qu'ils cherchaient un moyen de pression quelconque pour récupérer leur sous-marin.

— Quel sous-marin ?

— Il semblerait que les Norvégiens aient mis la main sur un sous-marin russkoff dans la mer de Barents. Qu'ils aient retenu le capitaine et tout l'équipage en garde à vue, en les accusant d'espionnage.

— Quand ?

— Il y a quelques jours. Juste avant que nous ne quittions Leningrad.

— Et ce train allait leur servir de moyen de pression ?

— Pas nécessairement.

— Alors qu'allait-il être exactement ?

— Rien ! Une des dizaines de possibilités qu'ils examinaient... Sincèrement, je ne sais pas. Ça rime à quoi, cet interrogatoire en règle ? »

Stern sentit sa gorge se soulever :

« Où as-tu appris ça ?

— Des amis. Des sources, des contacts haut placés.

— Donc, tu as entendu des allusions ? Il y a eu des fuites ?

— En quelque sorte.

— Tu aurais pu nous prévenir ! Nous suggérer d'essayer de repartir par un autre itinéraire ! De prendre le train pour Moscou ou de rentrer en avion !

— Je te l'ai déjà dit... » Thomas semblait de plus en plus acculé, évasif. « Je ne savais rien de sûr. Des fuites provenant de quelques sources. Je n'y ai pas vraiment attaché d'importance. Mais c'est mon boulot de suivre ce genre de piste.

— Ton boulot ? explosa Stern, estomaqué. Laisser des innocents s'embarquer dans un merdier pareil, alors que tu pouvais... Nous avons un garçon battu à mort ou presque, un vieillard à l'hôpital avec ce qui semble être une crise cardiaque, des gens à moitié fous de terreur, et moi sans doute plus que n'importe qui ! Et tu me dis que c'est ton boulot ? Si je ne me trompe pas, c'est ce que tes confrères appellent un scoop !

— Tu n'as rien compris, Peter. » Thomas vacilla vers lui dans l'obscurité. « A t'entendre, on croirait que j'ai tout manigancé ! Que j'étais en quelque sorte de collusion avec eux. Je n'ai strictement rien à voir dans leur décision d'arrêter ce train ! D'accord, j'ai entendu des rumeurs...

— Plus que des rumeurs ! » Stern était hors de lui. « Ce que tu avais, c'étaient des tuyaux. Des tuyaux solides émanant de “ contacts haut placés ”. Ce sont tes propres mots, Tony !

— Écoute, n'essaie pas de me coller ça sur le dos ! Je te le répète, j'avais juste des tuyaux. Rien de précis. »

Thomas voulut passer pour regagner l'intérieur du wagon. Stern lui barra la route :

« Tu avais juste des tuyaux, une information privilégiée, mais à aucun moment il ne t'est venu à l'idée que tu étais peut-être moralement tenu de nous faire part de cette information !

— Pourquoi l'aurais-je fait ? On aurait abouti à quoi ? A créer la panique. Tout le monde aurait couru changer son billet de train contre une place d'avion. C'est ça que tu aurais voulu ? » Son haleine chaude, fruitée flottait lourdement dans l'air qui les séparait. « Ça aurait éveillé l'attention des russkoffs sur le fait que nous allions... »

Les mots restèrent en suspens au milieu de la phrase tandis qu'il comprenait qu'il s'était condamné lui-même.

« Éveillé l'attention des russkoffs. » Stern répéta les mots d'un ton amer. « Et ils risquaient d'annuler ton grand spectacle, et alors tu pouvais dire adieu à ton scoop ! »

Stern lui avait barré le passage, l'empêchant de battre en retraite dans le wagon-lits. A présent il écartait violemment la forme branlante. Lorsqu'elle heurta sans douceur la paroi opposée et s'affaissa, Stern avait déjà tourné les talons et s'éloignait d'un pas raide.

Pas très loin de là, Asawa s'agitait dans son compartiment, incapable de trouver le sommeil. Lui aussi observait les soldats, la sentinelle dans le mirador et la relève des gardes. Un peu plus haut, le long de la voie, il apercevait le T54 et voyait l'équipage, à intervalles réguliers, s'extraire de la tourelle, marcher un peu, fumer et se dégourdir les jambes. De temps à autre, la tête d'un officier apparaissait par l'écoutille du tourelleau. Il jetait un coup d'œil circulaire sur ses hommes, échangeant quelques remarques avec eux, riant à l'occasion.

Asawa était exaspéré par leur morgue, leur suffisance. Leur air d'invincibilité. Il se demandait d'où ils tenaient leur assurance. Ce n'était qu'un équipage d'ordinaires mortels, comme lui. Jetés en uniforme au milieu d'un formidable arsenal, ils trouvaient moyen de parader, tapant des pieds pour se dégourdir, faisant des mouvements d'assouplissement. Affichant leurs airs bravaches et mourant d'envie d'en découdre !

Mais, s'il les méprisait, il avait l'honnêteté de reconnaître qu'il les enviait aussi. A en crever ! L'uniforme, la formation sévère, le sentiment de valeurs partagées, cette mystique d'hommes vivant ensemble, liés par des codes tacites, cette camaraderie pour laquelle il aurait donné n'importe quoi ! Pourtant, il avait toujours rejeté avec dédain l'idée d'une étroite amitié. Il ne pouvait être longtemps l'ami intime de quelqu'un sans éprouver le sentiment d'étouffer, d'être pris au piège.

Couché sur le dos, il contempla le plafond au-dessus de la couchette et pensa au compartiment qu'il occupait précédemment, dans l'autre wagon. Impossible de savoir qui l'avait remplacé ni de communiquer avec la personne en question. Il ne craignait pas tellement qu'on trouve la boîte en métal qu'il avait cachée derrière la paroi. Ils avaient déjà fouillé le compartiment sans la découvrir. Pourquoi procéderaient-ils à une nouvelle fouille ?

De même ne redoutait-il pas une explosion subite du contenu de la boîte. Bien sûr, c'était un explosif. C'était d'ailleurs la raison pour laquelle il l'avait avec lui. Mais il n'exploserait que si quelqu'un, comme lui familiarisé avec son maniement, l'enclenchait. Là encore, inutile de s'en faire.

Une chose pourtant le tracassait. Le contenu de la boîte était inflammable, et il n'y avait strictement aucune parade en cas de surchauffe.

# VIII

*Bonjour. Ici Bob Moon,* AP News. *On apprend aujourd'hui qu'une force d'intervention de la marine américaine, composée des porte-avions* Hornet *et* Kitty Hawk, *des navires de combat* Arizona *et* New Jersey, *ainsi que de nombreux croiseurs, dragueurs de mines et bâtiments de débarquement, a discrètement quitté ses ports d'attache en mer du Nord la nuit dernière et se dirige actuellement vers une zone de stationnement à proximité de la Baltique, où elle doit rencontrer des contingents de la flotte britannique et de la flotte française.*

*Des porte-parole du département d'État ont pris soin de souligner aujourd'hui que ces mouvements, qui n'avaient pas été annoncés, n'étaient que des « manœuvres navales de routine », affirmant que le fait qu'elles se déroulent dans le contexte de crise actuel à la frontière finno-soviétique n'était que pure coïncidence.*

*...ainsi que des contingents de la flotte soviétique du Nord convergent vers la presqu'île de Kola ce soir. Du port de Mourmansk, du quartier général de la flotte de la Baltique de Severomorsk et de la grande base de sous-marins de Polyarnyy, les forces navales soviétiques se sont mises en mouvement, cela à la suite de rapports selon lesquels de nombreux éléments de la 3^e^ et de la 6^e^ flotte américaine auraient quitté les ports de l'Atlantique nord et de la Méditerranée pour rejoindre des contingents de la flotte de l'OTAN, afin d'effectuer des manœuvres dans la Baltique.*

*Cet après-midi, le ministère de la Défense et l'amirauté de Leningrad ont qualifié ce mouvement de provocation inacceptable et ont souligné que la marine soviétique prendrait toutes les mesures nécessaires pour défendre la souveraineté soviétique dans ces eaux. On a également appris que la Stavka a mis en alerte spéciale des éléments de la*

*8e division de l'Armée rouge, qui font actuellement mouvement vers la frontière finlandaise.*

*Bonsoir. Ici se termine le bulletin d'information* Novosti.

Tout avait commencé au wagon-restaurant avec Ted Kariolainen. Lorsqu'on lui servit son petit déjeuner, il se contenta de saisir sa fourchette et sa cuillère et de les poser sur le côté. Il n'y avait rien de provocateur, ni de particulièrement héroïque non plus, dans ce geste, mais on ne pouvait se méprendre sur son caractère irrévocable.

L'instant suivant, son fils Buddy, assis à côté de lui, l'imitait, de même que Karl Heinz qui avait pris place en face d'eux. De l'autre côté de l'allée, le señor Madariaga commençait à rompre un petit pain ; il arrêta soudain son geste, comme s'il venait de se rappeler un point absolument vital. Il se redressa et reposa aussitôt le petit pain sur son assiette. Plusieurs de ses jeunes élèves qui l'entouraient interrompirent leur bavardage et, comme à un signal donné, cessèrent de manger.

Le mouvement se propagea de table en table, sur toute la longueur du wagon. On ne sentait pas l'action préméditée. Tout le monde fut pris par surprise. C'était une manifestation spontanée et absolument unanime. Comme si tous avaient cherché à protester d'une façon ou d'une autre. Il fallait seulement que quelqu'un fît le geste approprié. Rien qui sentît le défi ou la révolte : simplement écarter sa fourchette et sa cuillère, et rester silencieux, immobile, devant les plateaux d'aliments intacts.

Si les soldats russes chargés du service s'en aperçurent, ils ne parurent pas autrement impressionnés. Ils continuèrent à circuler dans l'allée et à faire passer les pichets de café et les plateaux de nourriture, auxquels strictement personne ne toucha.

Tout au plus d'infimes quantités de liquide — jus de fruits ou eau — furent-elles absorbées par ceux qui eurent la sagesse de prévoir que la matinée risquait d'être longue et chaude. Après quoi on les conduisit en bon ordre dans l'étroit enclos de barbelés encerclant le train. Là, ils furent répartis en trois groupes assignés chacun à un instructeur visiblement chargé de leur faire faire de l'exercice.

La constitution des groupes fut déterminée par l'âge. Le groupe le plus jeune comprenait Karl Heinz, Van Meegrin, Desfargue, les Italiens, le jeune Buddy Kariolainen et les choristes masculins de Madariaga au grand complet. On trouvait dans le groupe intermédiaire les gens de l'âge de Stern, Blanton et Thomas, le troisième groupe étant constitué par des éléments d'âge plus certain, comme Shapley, Madariaga et le señor Gonzaga.

Cette discrimination par tranche d'âge avait sans doute pour objectif de moduler la rigueur des exercices en fonction des capacités physiques de chaque groupe.

Un des sergents instructeurs parlait un anglais très rudimentaire. Ce solide gaillard imperturbable, aussi haut qu'un poteau télégraphique, se planta devant eux et entreprit de gueuler des instructions pour toute une série de mouvements dont il faisait en même temps la démonstration.

Les deux autres instructeurs attendirent, le visage impassible, qu'il eût fini ses explications. Puis chacun prit position devant le groupe dont il avait la charge. On ne demanderait pas des prouesses à Gonzaga ni au vieux Shapley ; en revanche, la série d'exercices prévue pour les deux autres groupes s'annonçait nettement plus sévère.

Une fois de plus, Kariolainen donna le signal de la rébellion. Lorsque le sergent instructeur commença à compter tout haut d'une voix de stentor, les autres s'exécutèrent comme un seul homme. Kariolainen, lui, ne bougea pas. Si bien que ceux qui avaient démarré s'arrêtèrent net.

Il fallut une minute ou deux au sergent pour comprendre qu'il s'époumonait dans le vide. Quand il s'en aperçut, il cessa de compter, l'air surpris. Il ne vit pas là l'expression d'une révolte, mais crut qu'on avait mal compris ses instructions. Il reprit son catéchisme, expédiant des regards furieux aux hommes alignés devant lui. Puis il bondit en l'air, tapa dans ses mains, les deux bras levés au-dessus de sa tête, et recommença à compter d'un ton impérieux. Personne ne bougea.

Il y eut un long silence contraint. Les deux autres instructeurs échangèrent des regards inquiets avec leur chef. Déconcertés, ils attendirent une indication pour savoir comment réagir.

Le sergent instructeur était un homme peu habitué à ce qu'on discute ses ordres. Perplexe et furieux, son autorité ouvertement défiée sous le regard de deux de ses subordonnés, il fut assez malin pour voir que tout le problème venait du grand blond, dans le groupe des moyens. Rouge de colère, il fonça sur Kariolainen en hurlant. Son anglais, déjà très médiocre quand tout allait pour le mieux, devint pratiquement incompréhensible. Il gesticulait comme un fou et continuait à invectiver Kariolainen. De cette tirade assourdissante, deux mots ressemblant vaguement à « vous, avancer » commencèrent à émerger.

Il eut beau hurler, Kariolainen ne bougea pas d'un pouce.

L'instructeur approcha sa tête sous le nez de Kariolainen, bafouillant de rage. Il n'avait rien d'un avorton, mais ce fut seulement lorsqu'il se retrouva devant Kariolainen, obligé de renverser la tête pour l'injurier, qu'il se rendit vraiment compte de ses proportions.

Indépendamment de sa taille — près de deux mètres —, Kariolainen en imposait à divers titres. Avec son torse massif, sa carrure impressionnante, ses mains comme des raquettes de squash, le tout revêtu de cette enveloppe rude, nerveuse qu'on acquiert seulement après des années de travail de force, il douchait par sa seule présence les esprits les plus combatifs.

« Vous, avancer ! Avancer ! » glapissait le chef instructeur, trépignant de rage. « Avancer ! Avancer ! Avancer ! »

Kariolainen n'eut pas un cillement :

« Je veux voir ma femme, dit-il calmement.

— Vous, avancer ! Sortir du rang !

— Je veux voir ma femme », répéta Kariolainen du même ton calme qui ne laissait augurer rien de bon.

Le chef instructeur commit l'erreur de ne pas s'en méfier. Une seule chose comptait pour lui à ce moment précis : on défiait son autorité. Il y voyait une atteinte personnelle, un outrage direct qu'il était dès à présent tenu de laver.

Il plongea brusquement vers Kariolainen et essaya de le sortir du rang. Une erreur de calcul. Ce fut Stern, placé juste à côté de Kariolainen, qui eut peut-être la vision la plus claire des événements — le sergent vitupérant, exaspéré, les yeux lui sortant de la tête, s'escrimant maladroitement sur cette masse. On aurait dit qu'il tentait de déraciner un énorme chêne. Du coin de l'œil, Stern vit le bras de Kariolainen se lever avec lenteur, avec une sorte de grâce hypnotique, puis amorcer sa descente. Mais il n'eut pas le temps de le voir frapper. Ce fut trop rapide. Ce qu'il distingua parfaitement, en revanche, ce fut l'expression sidérée, voire blessée, du chef instructeur qui levait un regard implorant vers l'Américain. Ses jambes flageolantes faisaient penser à un ruban élastique encore vibrant. Alors qu'il s'efforçait de retrouver l'équilibre, sa cheville tourna ; il pivota d'un quart de tour, puis s'effondra aux pieds de Kariolainen.

Une seconde plus tard, les coups de sifflet se déchaînaient, les sirènes hurlaient, et les gardes, fusil à la main, jaillissaient de partout et refluaient vers l'enclos.

La grève de la faim se poursuivit au déjeuner malgré l'absence de Kariolainen. Peut-être le fait même qu'il ne fût pas là en assura-t-il le caractère définitif. Quelques minutes après qu'il eut envoyé au tapis le sergent instructeur, une demi-douzaine de gardes s'étaient rués sur lui et l'avaient entraîné hors de l'enclos sans qu'il opposât de résistance. On le fourra dans une voiture d'état-major et on l'évacua.

Trop tard. Le virus de la rébellion se propageait déjà. Même si Kariolainen n'était plus là, son exemple persistait. Il avait ouvert la voie. Il ne s'agissait pas d'un coup de tête, d'héroïsme de mélodrame. Cette action exigeait simplement la tranquille détermination qu'ils entendaient bien, pour la plupart, manifester désormais. Les esprits les plus timorés suivaient le mouvement, craignant d'être traités de tire-au-flanc. Et c'est ainsi que la grève de la faim se transforma en une épreuve de force entre geôliers et prisonniers. Les soldats chargés du service allaient et venaient dans l'allée centrale, accompagnés du cliquetis des plateaux de victuailles, auxquels personne ne toucha. Même s'ils ne le montraient pas, les Russes considéraient cette rébellion comme extrêmement dangereuse. Non seulement elle constituait un défi à l'autorité et devait être écrasée sur-le-champ, mais elle posait l'épineux problème de la santé d'otages de l'État. Dans l'incessante guerre psychologique Est-Ouest, des accusations d'inhumanité et de brutalité contre des individus sans défense pouvaient opérer le maximum de dégâts. L'image de marque de l'Union soviétique n'aurait rien à gagner d'otages réduits à l'état de loques humaines. Le monde entier, même dans ses régions les plus neutres, ne resterait pas insensible à ce genre de chose et s'en souviendrait.

Le jeune Buddy Kariolainen, on le comprend, prenait terriblement à cœur les événements de la matinée. Un gamin de douze ans n'a guère l'habitude de voir des soldats foncer, l'arme au poing, sur l'image paternelle, de voir ce père cloué au sol, puis traîné jusqu'à une voiture et poussé à l'intérieur à coups de pied.

L'enfant ressentait durement sa solitude, et des gens comme Shapley et Madariaga s'empressèrent de combler le vide. Thomas essaya de convaincre le jeune Buddy que les soldats ne feraient aucun mal à son père, qu'il recevrait tout au plus une semonce bien sentie avant d'être reconduit au train.

« Je parie qu'il sera là pour le dîner ! » lui affirma-t-il avec un clin d'œil, en lui ébouriffant les cheveux d'une patte amicale.

Buddy n'en était pas moins bouleversé. Sur son visage, le doute le disputait à une forte envie de pleurer.

Karl Heinz assura d'office le rôle du grand frère. Il prit Buddy sous son aile protectrice et, avec Desfargue et les Italiens, joua pendant des heures au backgammon avec lui pour tenter de le distraire.

Après le déjeuner, Stern se laissa tomber sur sa couchette pour une petite sieste. Il rêva de son appartement situé au deuxième et dernier étage d'un petit hôtel particulier sans ascenseur, dont les grandes lucarnes donnaient sur la partie nord de la 63e Rue. Sept pièces d'un fouillis presque proustien, tissus brochés et similor, lampes en céladon, pots à gingembre chinois, paravents japonisants, une jarre d'arums artificiels se détachant sur les glaces teintées de l'entrée, des branches de chatons de saule disposées en éventail dans de hautes urnes en étain, de petits tapis d'Aubusson jetés çà et là sur les planchers marquetés, un canapé Chesterfield en cuir couleur d'ambre contre lequel s'adossaient des tables anciennes en ronce de noyer, et des fauteuils tapissiers rose pâle et aubergine. Plusieurs grands tableaux dans la veine de Watteau et de Fragonard étaient accrochés aux murs. Et partout des livres, des plantes et des disques.

Un décor chargé et étouffant, fermé à la lumière et au soleil par des doubles rideaux damassés et des voilages qui adoucissaient la ligne de gratte-ciel agressifs de la ville. Tout avait été conçu par Connie. Elle avait une âme de collectionneuse et de décoratrice. Il se jura de vivre sa prochaine vie dans une austérité monacale. Des murs nus et de larges baies. Le minimum de meubles. La solitude, une lumière nordique, et de l'air.

Un vase Ming débordant de pavots exotiques se brisa en mille morceaux, tandis que son regard trouble se fixait sur les traits indistincts d'un garde penché sur lui, qui le tirait par la manche.

« S'il vous plaît, vous venir avec moi. »

Stern lui jeta un regard méfiant.

« Nous partir maintenant.

— Où ?

— S'il vous plaît, vous venir. »

La conversation parut devoir s'enliser dans les variantes de ce jeu d'attaques et d'esquives.

« Nous partir maintenant ! Voiture être là ! »

Stern se leva, ankylosé, et jeta sur ses épaules son vieux blouson de cuir. Peu après, flanqué de deux gardes, il franchissait l'enceinte de barbelés ; une voiture d'état-major noire, immobilisée en dehors de l'enclos, les attendait.

Tandis que la voiture cahotait et hoquetait dans le champ, il fit une nouvelle tentative pour savoir où on l'emmenait :

« Vous ne pouvez vraiment pas me dire où nous allons ? »

Les gardes assis sur la banquette arrière avec lui ne bronchèrent pas ; chacun regardait par la vitre de son côté, comme si l'individu coincé entre eux deux n'avait émis aucun son. Stern répéta plusieurs fois sa question et reçut pour toute réponse un coup d'œil perplexe du conducteur, dans le rétroviseur.

Ils roulèrent pendant trois quarts d'heure environ ; Stern sentait son inquiétude grandir. Des images lui traversèrent l'esprit ; il se vit tour à tour relégué discrètement dans un camp de travail du Nord, où l'on perdrait définitivement sa trace, ou encore réduit en charpie, sanguinolent, jeté d'une voiture en marche et laissé à pourrir au bord de la route.

Dix minutes plus tard, la voiture amorçait un virage. Plusieurs flèches et dômes, ainsi que des immeubles de bureaux d'un gris blafard se profilèrent à l'horizon. Ils roulaient à vive allure sur une voie prioritaire, dans ce qu'il reconnut être le centre de la ville frontière soviétique de Vyborg. C'était là que le train s'était arrêté pour les formalités de douane et qu'avait débuté leur étrange aventure.

La voiture enfila une série de larges boulevards dépourvus d'arbres, bordés d'une succession apparemment sans fin de bâtiments préfabriqués gris, ternes, qui avaient tous l'aspect rébarbatif de casernes érigées à la hâte. Les rues dégageaient une impression fantomatique de vide que ne venait atténuer la présence d'aucun piéton ou voiture. On ne voyait même pas vaguer un chat, qui aurait signalé une habitation humaine.

La voiture piqua du nez et descendit une pente abrupte, coupée au bas par la gare et la douane. Stern reconnut immédiatement les barbelés et les miradors sur leurs hauts pilotis. Il aperçut, blottis le long des voies et s'étendant jusqu'aux bois avoisinants, les groupes de baraquements, de hangars et de petits bâtiments administratifs qui abritaient les unités de transport militaires et la police des frontières.

Le capitaine Gritchkov se leva quand il entra et désigna un siège en face de son bureau.

« Vous comprenez pourquoi vous êtes ici ? demanda-t-il une fois qu'ils se furent assis.

— Pas le moins du monde », répliqua Stern.

Sans daigner lever les yeux, le jeune officier fit glisser sur le dessus du bureau, à l'intention de Stern, un document d'une longueur appréciable :

« Vous savez ce que c'est ?

— Un papier quelconque. Rédigé en russe.

— Ayez l'obligeance de regarder la signature au bas de la page. » Ses yeux, vides d'expression et sans couleur définie, se levèrent pour rencontrer ceux de Stern : « Vous pouvez lire ? »

Le regard de Stern absorba les lettres cursives, indistinctes et tremblées :

« Je lis “ Keith Wales ”, suivi de la date.

— La date d'aujourd'hui ? »

Stern haussa les épaules :

« Je ne saurais dire avec exactitude quel jour nous sommes. On a tendance à perdre la notion du temps dans ce genre d'endroit ! »

Le capitaine ignora la pointe :

« Je peux vous assurer que c'est la date d'aujourd'hui.

— Je vous crois sur parole, répondit Stern, un peu accablé.

— Et c'est bien la signature de Mr. Wales.

— Puisque vous me l'assurez. »

Cette civilité forcée les enveloppa avec l'opacité d'un drap mortuaire.

« Ce sont les aveux de Mr. Wales relatifs à des actes d'espionnage exercés contre l'URSS.

— Il a signé des aveux rédigés en russe ? » Stern contempla la feuille d'un air sceptique. « Si je ne me trompe, sa connaissance de cette langue est sinon inexistante, du moins limitée.

— Le document lui a été lu à haute voix, rétorqua le capitaine Gritchkov. Je serai heureux de vous le lire aussi... En particulier les passages qui vous concernent directement. »

La mâchoire de Stern se crispa très nettement :

« Qui me concernent ?

— Vous remarquerez que votre nom apparaît à peu près au milieu, en bas de la page. Pour plus de facilité, il est écrit en caractères latins. »

Les yeux de Stern parcoururent fébrilement le document, jusqu'au moment où il vit son nom émerger d'un océan de cyrillique.

« En effet, dit-il.

— Souhaitez-vous que je vous traduise les lignes qui ont trait à votre personne ? continua le capitaine avec une cordialité réfrigérante.

— Si vous y tenez. »

Le coin de la bouche du capitaine se releva dans un sourire exaspérant :

« Puisque vous me le demandez si courtoisement, je m'acquitterai de cette tâche avec plaisir. »

Il se pencha sur le bureau et récupéra le document.

Les lèvres de l'homme remuaient sans bruit pendant qu'il lisait le texte, jusqu'au moment où il arriva aux lignes en question :

« “ ... dans lequel moi, Keith Wales, reconnais librement et sous aucune contrainte m'être entendu avec Mr. Peter Stern, connaissant pleinement sa qualité d'agent espion du gouvernement de l'État d'Israël, pour dérober des documents de nature hautement secrète et pour les faire sortir d'Union soviétique, dans l'intention expresse... ” » Il leva les yeux vers Stern. « Dois-je poursuivre ?

— C'est inutile. »

Le capitaine écarta le document et s'appuya au dossier de son siège :

« Je n'ai pas besoin de vous dire, Mr. Stern, que l'Union soviétique considère avec la plus grande sévérité les agents étrangers opérant au sein de ses frontières souveraines.

— Exact, dit Stern d'un ton sec. Inutile de me le rappeler. »

Le capitaine lui adressa un long regard en biais destiné à lui montrer que sa patience s'usait :

« Je vois... Vous ne comprenez pas la gravité de la situation.

— Au contraire, je ne la comprends que trop !

— Alors laissez-moi vous donner un conseil. Vous êtes d'un calme admirable pour quelqu'un qui a devant lui vingt-cinq ans de relégation dans un camp de travail... »

Le jeune officier prononça ces mots avec la solennité pompeuse qu'on associe aux magistrats et aux cardinaux. Il se sentait visiblement tout à fait à l'aise dans son rôle. Si elle avait eu pour objectif de terrifier Stern et de l'amener sans traîner à la soumission, cette déclaration aboutit en réalité à l'effet inverse. Par un curieux paradoxe, plus le capitaine Gritchkov peignait l'avenir sous des couleurs sinistres, moins Stern se sentait concerné.

« Qu'attendez-vous exactement de moi ? » demanda-t-il avec un détachement si glacial que le jeune officier fut un moment désarçonné.

Il lutta quelques minutes contre la colère avant de reprendre son calme :

« Un document identique à celui qui a été établi par Mr. Wales attend votre signature.

— Un document m'impliquant dans cette fable que vous avez inventée de toutes pièces au sujet d'espions et de vol de documents secrets ? »

Les yeux du capitaine n'étaient plus à présent que deux fentes minces et méchantes :

« Je vous préviens, Mr. Stern... que si vous essayez de mettre à l'épreuve la détermination du haut commandement du Soviet suprême...

— Je ne mets rien à l'épreuve, répliqua vivement Stern. Si le haut commandement du Soviet suprême a du temps à perdre avec de pareilles fariboles, c'est qu'il s'agit d'une équipe des plus inconséquentes et qui n'a pas grand-chose à faire ! Je voudrais voir le colonel Dounskoï. »

A peine eut-il prononcé ce mot qu'il sut qu'il avait touché une corde sensible.

« Pourquoi ?

— Je me suis déjà entretenu avec lui de ce sujet, et, si cette discussion doit se poursuivre, je préfère que ce soit avec lui.

— Il est évident que cette discussion se poursuivra, mais j'ai le regret de vous apprendre que ce ne sera pas avec le colonel Dounskoï. Il a été rappelé au quartier général, et c'est moi qui assume à présent le commandement. »

Le capitaine Gritchkov annonça la chose avec un plaisir manifeste. C'était à vrai dire un garçon séduisant, avec de hautes pommettes slaves et des traits superbement dessinés. Une fois de plus, il fit glisser le document vers Stern :

« Pourquoi ne signez-vous pas, tout simplement ? Cela vous faciliterait les choses ! »

Stern jeta sur le papier un regard dénué de toute expression, comme s'il ne le voyait pas. Extérieurement, son calme était impressionnant. Il était conscient de jouer lui aussi un rôle. Mais, à ce moment précis, il sentait qu'il distançait largement le capitaine.

« Je me méfie énormément de ce qui est trop facile, répondit-il avec une tranquillité polie. D'autre part, pour éviter tout malentendu, je dois vous avertir dès maintenant, d'une façon très nette, que je ne signerai aucun document. Vous pouvez me battre à mort comme vous l'avez fait pour ce malheureux garçon ; vous pouvez me bourrer de médicaments ou m'envoyer dans l'un de ces centres de vacances dans le Nord qui sont votre spécialité, je ne signerai rien. »

Rejeté en arrière sur son siège, se souriant étrangement à lui-même, le capitaine pesa les paroles de Stern. Lui aussi jouait un rôle et, comme Stern, lui aussi avait le sentiment de gagner.

« Très bien, soupira-t-il d'un air las, je vois que ce sera une partie de bras de fer... »

Dounskoï héla la vieille *babouchka* ratatinée. Elle poussait bruyamment un chariot d'eau potable.

« 10/24 Plekhanova ? » demanda-t-il.

Mettant la main en cornet à son oreille, elle le regarda d'un air interrogateur.

« 10/24 Plekhanova ! cria-t-il de nouveau.

— Prochain carrefour ! Derrière la Mir, juste après Dzerzinskogo. »

Sa voix faisait penser à un clou rayant une ardoise.

« *Dozvidanya* ! »

Il la remercia d'un geste de la main et fonça. Il était presque 8 heures du soir, et les rues grouillaient d'enfants et de vieux. Les étudiants qui habitaient ce vieux quartier se pressaient de rentrer, leur sac de livres jeté sur l'épaule.

C'était ce quartier proche de Sadobya, non loin de la place Mir. Avant la révolution, on le connaissait sous le nom du Marché-aux-foins, un quartier de taudis mal famé du vieux Saint-Pétersbourg où l'on trouvait ces asiles de nuit, ces tavernes et ces bouges qu'aimait tant Dostoïevski et qu'il avait immortalisés.

Dans les années trente, la place fut reconstruite et une grande partie reconvertie en parc, là où commence l'actuel boulevard de Moscou. A la limite de cette artère agressivement moderne, le charme vieillot des maisons vétustes hésite, pris entre le progrès et la nostalgie. Des rues étroites et tortueuses s'insinuent au milieu d'un dédale de ruelles, bordées de rangées de petites maisons tordues de deux ou trois étages datant du XVIII$^{e}$ siècle. Leurs toits pentus et dentelés qui se détachaient dans le crépuscule laiteux faisaient songer à des chicots.

La vie grouillait dans les venelles pavées surpeuplées. Des ménagères fatiguées, muettes et résignées, formaient de longues queues dans l'espoir d'acheter quelques haricots ou tomates. Les lumières faiblardes des petits kiosques et des bars à jus de fruits clignotaient, orangées, dans les volutes de brume qui montaient du fleuve. Non loin de là, l'énorme bazar Apraskin étincelait de tous ses feux, éclairant le ciel. Une forte odeur de poisson imprégnait l'atmosphère.

« Le Kafe Fregat ? demanda-t-il à un petit marchand de glaces.

— Sous ton nez, mon pote ! »

L'homme fit un signe du menton tout en égrenant quelques kopecks dans les mains d'un enfant qui attendait.

Dounskoï tourna à un coin de rue où la vitrine d'un débit de tabac s'avançait comme une proue. Il vit aussitôt l'enseigne et les fenêtres à petits carreaux du bar, juste un peu plus loin.

Le Kafe Fregat était un estaminet voûté que les étudiants fréquentaient volontiers pour son cadre et sa bonne cuisine traditionnelle peu coûteuse. Le champagne et la vodka étaient également bon marché et excellents. Pour entrer, on commençait par descendre une volée de marches. C'était un lieu enfumé, avec des poutres basses qui constituaient un danger même pour des gens de taille moyenne. Assis autour de petites tables rondes, les étudiants buvaient une bière, fumaient la pipe et s'embarquaient dans ces discussions animées, terriblement « sérieuses », que tous leurs homologues affectionnent. A l'arrière, quelques parties d'échecs étaient en train. Il régnait un brouhaha confus produit par les serveurs allant et venant dans un cliquetis de plateaux.

L'endroit était bondé, et il ne la vit pas tout de suite. Debout à l'entrée, il explora la pièce du regard, certain qu'elle n'était pas venue. Et puis il l'aperçut. Elle était assise près du fond, au milieu d'un groupe de jeunes — sans doute des étudiants eux aussi. Quand leurs regards se croisèrent, Macha détourna les yeux et il se rendit compte qu'elle l'avait déjà repéré mais était déterminée, en tout cas pour l'instant, à l'ignorer.

Le garçon le conduisit à un petit box éloigné de l'endroit où elle se trouvait. Il commanda une Russkaïa et un café, puis alluma une cigarette et attendit.

Elle ne vint pas tout de suite. Dounskoï comprit qu'en refusant de le voir immédiatement elle marquait un point. Il n'était pas vraiment sûr que ce fût de bon augure. Quand le garçon lui apporta sa seconde Russkaïa, elle se décida enfin.

Il se leva courtoisement tandis qu'elle se glissait à côté de lui.

« Tu prends quelque chose ? demanda-t-il. Un café ? Un cognac ?

— Juste un café. »

Elle alluma une cigarette et observa un groupe de jeunes qui descendaient bruyamment les marches et poussaient la porte.

« Des amis à toi ?

— Pas vraiment. Ils sont à l'université. Je les connais de vue. »

Il la regarda, assise là, menue, jolie, intensément sérieuse, tirant nerveusement sur sa cigarette ; il était incapable de l'associer à la fillette de la place Plisetskaïa qui habillait ses poupées et jouait aux palets.

« Ça me paraît un endroit fort sympathique, dit-il pour meubler le silence.

— Juste un petit bistrot.

— D'étudiants ?

— Surtout. Mais il y a aussi des gens du coin. Tu vas bien ? »

Il se mit à rire :

« Tu veux dire depuis avant-hier ?

— Si tu es venu ici pour poursuivre cette conversation... »

Il posa fermement sa grande main sur les siennes et jeta un coup d'œil rapide autour de lui :

« Ces deux types », murmura Dounskoï entre ses dents sans regarder dans leur direction.

Il les avait vus dès qu'il était entré.

« Lesquels ?

— Assis derrière moi... de l'autre côté. »

Elle regarda vivement dans la direction indiquée :

« La police... Tu as un flair aussi redoutable que moi ! »

Il ne lui fit pas remarquer que lui avait eu trente ans pour l'aiguiser.

« Ces jeunes avec qui tu discutais, reprit-il sans insister, ce sont tes amis ?

— Ils ne conspirent pas avec moi, si c'est ça qui te tracasse, répliqua-t-elle d'un ton mordant. Mais ce sont des amis. De bons amis. Ils risquent leur peau juste parce qu'on les aura vus avec moi.

— Arrête de dramatiser...

— Parce que ce qui m'arrive, pour toi, c'est de la comédie ? »

Quelque chose dans les yeux de Macha, qui dépassait la simple indignation, l'avertit qu'il valait mieux ne pas poursuivre sur ce terrain.

« Nous pouvons aller ailleurs, si tu veux », proposa-t-il.

Les yeux de Macha eurent une lueur de défi moqueuse :

« Depuis que j'ai quitté l'université, je ne me cache plus de la police.

— Tu aimerais retourner à l'université ?

— Pas dans les conditions que cela sous-entendrait. »

Ne sachant que dire, il inspecta la salle :

« Nous allions dans un vieux café près d'ici quand nous étions jeunes.

— L'Ogonyok.

— Bien sûr ! L'Ogonyok. Sur la Nevsky.

— Il n'a pas bougé. Il fait partie du Metropol.

— C'est exact. Ils avaient un coin pour les enfants. Un jour tu as été malade et tu as vomi sur moi tout ton gâteau et ta glace ! »

Il rit, mais on sentait quelque chose de forcé dans ce rire.

Elle se rembrunit et détourna les yeux :

« Papa, ne te donne pas tout ce mal. C'est inutile. »

Allongeant le bras par-dessus la table, il saisit son menton entre ses doigts et l'obligea lentement à tourner son visage vers lui :

« Ce n'est pas inutile. Et regarde-moi dans les yeux.

— Je te dis que si.

— Je trouve inutile que tu te sacrifies.

— Je ne considère pas ça comme un sacrifice. C'est un principe — très important... »

Elle rejeta la tête en arrière pour écarter les cheveux de sa figure.

« Pourquoi ne t'attaches-tu pas les cheveux avec un ruban ou une barrette, quelque chose ?

— Je passe mon temps à les perdre. Et, de toute façon, ça ne sert à rien. Rien ne sert à rien. »

Il lui prit la main et la serra fort jusqu'à ce qu'elle eût retrouvé sa voix.

« Je ne peux pas expliquer, reprit-elle.

— Que feras-tu pour ce principe auquel tu tiens tant une fois qu'on t'aura bouclée dans un camp de travail, ou exilée dans une capitale occidentale décadente ?

— Je ne veux surtout pas qu'on m'envoie à l'Ouest et je ne te pardonnerai jamais si tu intercèdes de quelque façon que ce soit auprès de tes copains haut placés pour qu'on m'envoie là-bas ! Je veux aller là où vont mes amis. Je veux être traitée comme eux. Pas de faveurs, je t'en prie !

— Tu veux aller dans un camp en Sibérie, rôtir en été en te faisant dévorer par les mouches et les moustiques et geler en hiver ? Quel héroïsme !

— Ce n'est pas pire qu'ici. » Le regard de Macha revint sur les deux policiers en civil qui les observaient, à l'autre bout de la salle. « Juste une autre prison. »

Une fois de plus, Dounskoï sentit son assurance fléchir, et il perdit le fil de son raisonnement. Il était venu bardé d'arguments puissants soigneusement organisés dans sa tête. A présent, arguments et enchaînements étaient partis en fumée. Même l'ultime plaidoyer qui aurait pu amener Macha à un compromis, à se sauver, s'était volatilisé. Il faillit lui proposer de l'argent, mais comprit qu'il n'achèterait ainsi que son mépris éternel. Toute tactique, en fait, semblait vaine et creuse face à cette détermination tranquille, inquiétante.

Ce sentiment d'impuissance éveilla sa colère. A la maison, ou dans son bureau, il aurait tapé du poing sur la table. Au Kafe Fregat, seuls ses yeux flamboyèrent :

« Ta mère dit que je devrais te renier. Ils m'ont déclaré que je dois publiquement désavouer tes activités. Je dois signer un papier.

— Sinon ?

— Sinon ma carrière militaire s'arrête là.

— Ils ont vraiment dit ça !

— Avec moins de mots. Mais suffisamment pour que je sache à quoi m'en tenir.

— Ah... » Elle s'appuya contre le dossier et aspira une profonde bouffée de sa cigarette. « Alors, maman a raison. Tu dois signer.

— Ce n'est pas à toi de me dicter mes actions, répliqua-t-il sèchement. Je sais parfaitement ce que j'ai à faire.

— Moi aussi, papa.

— Détrompe-toi ! »

Il avait élevé la voix. Des gens assis à côté d'eux les regardèrent. Dounskoï baissa le ton :

« Tu es encore une enfant, chuchota-t-il d'une voix furieuse. Quoi que tu puisses en penser ! Et tu ne sais pas ce que tu dis. Tu ne connais pas ces gens. Tu ne sais pas de quoi ils sont capables. »

Il parlait les poings serrés, les yeux fixés sur la table.

Cette fois, ce fut la main de sa fille qui se posa sur la sienne.

« Le simple fait que tu sois ici et que tu aies peur de ces types qui nous observent, que tu me supplies de mentir, me dit tout ce que j'ai besoin de savoir. Ils veulent que je me rétracte et que je promette d'être une gentille fille, que je n'aie plus de mauvaises idées sur le système, que je cesse de réfléchir et que je me remette au travail, enfermée ma vie durant dans un laboratoire sinistre de l'Académie, à consacrer tout mon temps à des recherches servant un but que je trouve ignoble !

— Ce n'est pas pour moi. » Il tentait d'égaler son calme. « Ne crois pas que ce soit pour moi. Je ne te demande pas ça pour garantir ma promotion. Qu'ai-je à faire d'une promotion si mon enfant n'est pas là pour en profiter avec moi ? Pourquoi penses-tu que je travaille ? M'enlever mon enfant, c'est m'enlever ma raison de vivre. Je veux mon enfant. Je ne veux pas qu'on me l'enlève. »

Il s'aperçut qu'il la suppliait, et ne put supporter cette idée. Quand il leva de nouveau les yeux, elle lui souriait, et il sut qu'il avait perdu.

« Que peux-tu dire d'un système qui t'oblige à choisir entre ta vie et celle de ton propre enfant ?

— Tu crois peut-être que c'est mieux à l'Ouest ? lui lança-t-il d'un ton cinglant.

— Ils sont aussi dingues à l'Ouest qu'ici. Ils veulent dominer économiquement le monde ; nous voulons le dominer idéologiquement. Et dans quel but ? Tu peux me le dire ? Nous adorons des dieux différents, c'est tout. Un jour, ils finiront par se rentrer dedans ! »

Dounskoï fit signe au serveur et sortit son portefeuille. Il prit plusieurs billets :

« Tu veux que j'aie honte d'être russe ? Eh bien, non. Je suis fier de l'histoire de mon pays. J'aime ma patrie. Tes ancêtres ont chassé de Russie Tamerlan et le Troisième Reich, et nous aussi nous écraserons les envahisseurs, quels qu'ils soient. J'aime les idéaux de mon pays. Je reconnais les failles du système. Tout système a ses injustices ! Ne crois pas que la justice et l'équité parfaites existent. Dans n'importe quel système conçu par l'homme, l'intérêt prime. Mais nous ne renonçons pas pour autant. Nous ne le rejetons pas parce que les choses ne sont pas telles que nous les voudrions ! Je suis fier du rôle que j'ai joué en Hongrie et en Tchécoslovaquie. Les troubles récents en Pologne...

— Pourquoi estimez-vous qu'il faille aller en Pologne ou dans ces autres pays ? Parce que ces peuples vous aiment ? Parce qu'ils ne supportent pas votre absence ? »

Les joues de Dounskoï s'empourprèrent. Quand il se remit à parler, sa voix était rauque et lasse :

« Si l'on me demandait de retourner là-bas, je n'hésiterais pas. Je suis russe, et je suis soldat. C'est mon devoir. »

Lorsqu'il se leva et se dirigea vers la sortie, elle le rappela :

« Signe ce papier, papa ! Et oublie-moi ! »

Il se retourna, furieux. Et il s'aperçut soudain à quel point elle ressemblait à la femme qu'il avait courtisée et épousée trente ans plus tôt. Tandis qu'il se précipitait dehors, quelque chose dans sa gorge se noua.

Buddy Kariolainen guettait le retour de son père. Il s'attendait à le voir arriver d'une minute à l'autre. Mr. Thomas et le vieux professeur lui avaient garanti qu'il serait de retour pour le dîner. Rien à craindre. Les Russes n'oseraient pas lui faire de mal. Cela leur ferait une trop mauvaise publicité. Ils voulaient simplement l'effrayer un peu, puis ils le reconduiraient au train.

Ce soir-là, Buddy prit place dans le wagon-restaurant avec les autres, à côté de la chaise vide de son père. Chaque fois que la porte en verre, à l'avant du wagon, s'ouvrait, le garçon levait des yeux pleins d'espoir, un sourire s'amorçant sur ses lèvres, certain de le voir apparaître. Mais son père demeurait invisible. Le jeûne que Ted Kariolainen avait lancé avec tant de calme continuait à présent avec une détermination d'autant plus opiniâtre. Comme si la vue de sa chaise vide et son absence physique amplifiaient encore sa présence symbolique. On n'oublierait pas de sitôt le spectacle de cet homme d'une taille peu commune, n'opposant aucune résistance, fourré sans douceur dans la voiture à l'arrêt.

Malgré son jeune âge, Buddy était particulièrement conscient du rapport qui existait entre ce père absent et ces hommes assis stoïquement devant les plateaux remplis d'aliments dédaignés. Il comprenait ce que signifiait leur attitude, et il en était fier. Mais il avait peur aussi. De plus, n'ayant rien avalé de la journée, il était affamé comme peut l'être un garçon de douze ans. Sans être à proprement parler appétissante, la nourriture placée dans son assiette — une pomme de terre bouillie agrémentée d'un brin de persil défraîchi et d'une saucisse à l'odeur douteuse, bourrée d'un hachis indéfinissable — lui aurait parfaitement convenu. Il mourait d'envie de manger la gelée de framboise de la coupelle en carton placée dans le coin supérieur de son plateau, mais le sens de l'honneur et la fierté que lui inspirait son père rendaient impensable une concession même si minime.

Et puis, qu'auraient pensé les autres ? Ils mouraient de faim, eux aussi. Pourtant, ce soir-là, aucun d'eux n'avait porté ne fût-ce qu'un morceau de nourriture à ses lèvres, tout cela pendant que les soldats russes allaient et venaient dans l'allée centrale et ramassaient les plateaux intacts en échangeant des regards perplexes.

Plus tard, enfoui dans sa couchette, il ne parvint pas à trouver le sommeil. Les images de l'arrestation de son père, les portières noires de la voiture violemment rabattues ne cessaient de lui apparaître, avec la régularité des pulsations du sang quand on est malade. Cela le tenait éveillé, bien qu'il fût épuisé, et lui donnait envie de pleurer. A douze ans, il avait déjà pleinement le sens des réalités, mâtiné d'une touche de fatalisme. Jamais encore il n'avait été séparé de ses parents. Il y avait eu bien sûr le camp de vacances, mais c'était volontaire, et puis tous ses copains y participaient. Là, il en allait autrement. C'était une situation imposée, et c'est ce qui la rendait si effrayante. Il mettait toutefois un point d'honneur à faire bonne figure et à crâner.

Longtemps après l'extinction des feux ce soir-là, il entendit Asawa parler tout seul. Cela faisait le même bruit que le trottinement d'une souris sur le plancher.

Allongé sur l'étroite couchette du haut, Buddy sentit la peur lui crisper les boyaux ; il avait mal au ventre. Il avait gardé des sous-vêtements — un T-shirt et un caleçon. Il n'avait pas de pyjama. Son linge, comme celui des autres, était parti au nettoyage quelques jours plus tôt et ne lui avait toujours pas été rendu. Les sous-vêtements qu'il portait à présent, les derniers, commençaient à sentir le fauve ; il était conscient de son odeur.

Les marmonnements qui montaient de la couchette d'Asawa avaient fait place à un silence si soudain qu'on ne pouvait l'ignorer. Pendant quelques brefs instants, Buddy en oublia de lutter contre le remue-ménage d'émotions et de peurs mêlées qui le tourmentait.

« Tu dors ? demanda Asawa d'en bas.

— Non. »

Il y eut un silence. Buddy attendit.

« Tu vas bien ?

— Quoi ?

— Tu vas bien ? » Asawa s'énervait. « Tu vas bien ?

— Ah... Oui, bien sûr ! » Buddy se força à rire. « Je me sens en super forme ! »

Il y eut une autre pause, et de nouveau le silence s'installa.

« Ton père...

— Oui ?

— Ton père... » reprit Asawa en commençant à bégayer.

Il s'arrêta.

« Mon père, quoi mon père ? »

Le cœur de Buddy battait la chamade ; le garçon était sûr qu'Asawa allait lui apprendre que son père était de retour, sain et sauf, là, dans le train.

Asawa parlait d'une voix étranglée :

« C'est un sale type.

— Hein ?

— C'est un sale type. »

Buddy se redressa dans le noir ; estomaqué, il scruta l'endroit d'où lui parvenait la voix d'Asawa. Il avait entendu les mots, mais sans en comprendre encore vraiment le sens.

« Mon père ?

— Oui. Un sale type. C'est mal, mal ! ce qu'il a fait ce matin. Refuser d'obéir aux ordres. Exposer tout le monde au danger. Très grave ! Très mal ! L'anarchie ! Il nous a trahis ! »

Pétrifié, Buddy écoutait les mots, psalmodiés comme une litanie dans un chuchotis grinçant. Les sons montaient vers lui, sifflés, bégayés.

« Maintenant nous avons des ennuis. C'est très mal, très mal ! »

Le matelas couina, comme si Asawa s'était brusquement laissé retomber sur sa couchette. Les mots et le chuchotement rauque, sec, cessèrent net, et le silence envahit l'obscurité.

Le garçon demeura quelques minutes assis, recroquevillé sous sa couverture, immobile, l'obscurité épaisse plaquée contre sa figure comme de la bourre de coton noire, certain qu'Asawa, tapi dans la couchette inférieure, restait à l'affût, à écouter chacun de ses mouvements. Buddy ne bougeait pas, paralysé par la peur, trop terrifié pour faire un geste.

Cela devait bien faire une heure qu'il était assis là, dans l'obscurité suffocante. A mesure que les bois cernant le train perdaient lentement la chaleur emmagasinée dans la journée, l'air, dans le wagon, fraîchissait et devenait glacial ; le garçon se recroquevilla dans son caleçon et son T-shirt, les bras croisés contre la poitrine, tentant de trouver un peu de chaleur dans cet enlacement.

Il entendit dehors les ordres rauques de la relève de la garde, puis la plainte d'un camion qui s'éloignait de l'enclos. De la couchette inférieure lui parvenait le bruit de la respiration rapide, agitée, d'Asawa, qui s'était peut-être rendormi.

« Sale type. Sale type... » Les mots ricochaient dans la tête de Buddy, et, lorsqu'il se mit à trembler, il ne sut pas si c'était dû au froid ou à sa peur larvée.

Ce tremblement, ajouté au froid ambiant, lui donna envie d'aller aux toilettes. Il sentait la pression vive et inconfortable du liquide de sa vessie et le besoin de se soulager. Mais l'idée de réveiller Asawa en bougeant et de déclencher un nouvel accès le terrifiait. Son esprit s'affola, cherchant désespérément un moyen de sortir du compartiment à l'insu du Japonais.

Sous son pied nu, l'échelon supérieur de l'échelle de la couchette était collant et glacé. Au moment précis où il avait fait passer sa jambe par-dessus sa couchette, la respiration précipitée, hachée, d'Asawa s'était interrompue. Le garçon se figea, une jambe sur la couchette, l'autre amorçant la descente. Pendant ce qui lui parut une éternité, il resta ainsi en équilibre, comme un danseur, dans cette posture délicate en haut de l'échelle ; son cœur battait la chamade, tandis qu'il scrutait sans oser respirer l'obscurité mouvante au-dessous de lui.

Les ronflements d'Asawa s'interrompirent soudain, et le garçon fut sûr qu'il était complètement réveillé et écoutait ses moindres gestes. Mais l'instant suivant la respiration reprit, plus rauque et plus agitée que jamais, le genre de respiration qui dénote un sommeil peu profond et troublé.

Quelque chose poussa le garçon à agir, à transcender l'inertie paralysante de la peur. Il croyait vouloir aller aux toilettes, mais quelque part en lui, dans les strates les plus lointaines de son inconscient, il savait que sa mère et sa sœur se trouvaient à une trentaine de mètres à peine, la longueur du train de jour. Mais elles auraient tout aussi bien pu être sur Mars, compte tenu de tous les pièges et chausse-trapes qui parsemaient la mince bande d'espace les séparant.

La descente des cinq échelons lui parut aussi périlleuse que celle d'un à-pic. Chaque fois qu'il descendait deux échelons, il en regrimpait un, convaincu qu'Asawa allait se réveiller dans une fraction de seconde, si ce n'était déjà fait.

Dans sa terreur d'enfant, Buddy était bien incapable de se rendre compte qu'Asawa n'avait eu aucun geste menaçant envers lui, et que le Japonais se fichait comme d'une guigne qu'il quittât sa couchette ou non. Buddy continuait seulement à entendre ces chuchotis étranglés, crachotants : « Sale type. Sale type. »

Lorsqu'il posa enfin le pied par terre, au bas de l'échelle, tournant le dos à Asawa, il s'attendait à sentir à tout moment une main lourde, brûlante s'abattre sur son épaule.

L'épreuve suivante de son odyssée consistait à entrouvrir la porte du compartiment et à se faufiler dans le couloir. Il s'était habitué au mouvement régulier du projecteur balayant le compartiment, et son sens aigu de l'observation lui avait fait comprendre intuitivement que les périodes d'agitation d'Asawa coïncidaient avec ces faisceaux silencieux. La lumière revenait avec la régularité du battement d'un pouls, à peu près toutes les deux minutes. Buddy eut la présence d'esprit de calculer qu'il devait sortir une minute environ après que le compartiment eut été éclairé, afin de laisser le temps à Asawa de retomber dans un sommeil troublé.

La porte, bien que lourde, glissa sans peine sur la cornière avec un crissement feutré. Lorsqu'elle fut enfin suffisamment ouverte, Buddy passa la partie supérieure de son torse à l'extérieur ; il inspecta de part et d'autre le couloir obscur, le souffle un peu plus court, rassemblant son courage pour s'y engager.

A chaque extrémité du wagon, le garçon vit l'éclat rougeâtre et fantomatique des veilleuses qui signalaient la sortie. Il entendit dehors les sentinelles rire et échanger quelques mots à voix basse pendant la relève. Il n'avait pas encore d'idée bien précise de l'endroit où il allait ni de ce qu'il faisait. Les toilettes ? Il ne savait plus bien. En tout cas, il partit dans cette direction avec l'instinct infaillible d'un pigeon voyageur.

Les cabinets se trouvaient à l'extrémité du wagon où les sentinelles s'étaient saluées avec des rires en prenant leur tour de garde. C'est là qu'il se dirigea, vers l'avant, ces toilettes étant plus proches que celles situées à l'autre extrémité du wagon.

La porte des cabinets s'ouvrit si facilement qu'il faillit tomber en avant. Il entra et referma la porte sur lui. Dedans, il faisait noir ; l'air était poisseux et sentait fortement l'urine. Pieds nus sur le carrelage humide, il hésita, dégoûté.

Il baissa son caleçon et s'accroupit sans s'asseoir, à un ou deux centimètres au-dessus du siège, comme sa mère lui avait appris à le faire lorsqu'il utilisait des toilettes publiques, afin d'éviter tout contact. Écoutant les gardes qui bavardaient dehors, à peine séparés de lui par la fine cloison métallique, Buddy se demanda ce qu'il allait faire ensuite. Il ne semblait plus avoir tellement le choix. Des sentinelles étaient postées à chaque extrémité du wagon. Il ne pouvait plus avancer ni reculer. Si désagréable que fût cette perspective, il ne paraissait pas avoir d'autre possibilité que de retrouver son compartiment et Asawa.

Pourtant il resta ainsi perché pendant ce qui lui parut près d'une heure, immobile, comme flottant au-dessus de la cuvette des cabinets, moineau prudent au bord d'une vasque ; et puis il s'aperçut que le murmure des voix, de l'autre côté de la cloison, avait cessé. Lorsqu'il sortit dans le couloir, il vit avec stupéfaction que celui-ci était vide, et l'entrée, où se tenaient un peu plus tôt les gardes, déserte à présent.

Il crut à une illusion, peut-être même à un piège. Cette idée l'angoissa. Quand il ouvrit la porte de séparation en verre et se risqua dans l'entrée du wagon, il était sûr qu'une sentinelle allait se précipiter sur lui et le houspiller. Il avait même une excuse toute prête pour expliquer sa présence. « Je cherchais de l'aspirine. J'ai mal à la gorge et c'est la seule chose qui me soulage. »

Mais personne n'apparut, et il resta quelques minutes dans le vestibule près de la porte ouverte, baignée de la lumière rouge, irréelle de la veilleuse.

Il se dit qu'ils avaient dû s'offrir une petite récréation. Aller boire un café et fumer une cigarette. Mais ils auraient abandonné leur poste ainsi, sans personne ? Non, c'était sûrement un piège, comme l'autre matin quand ils s'étaient volatilisés en enfermant tout le monde dans le train, mais en laissant juste une fenêtre ouverte pour pousser quelqu'un à s'enfuir.

Il posa le pied sur une marche, puis se baissa vivement quand le faisceau du projecteur balaya l'entrée et suivit sans bruit toute la longueur du train. La seconde suivante, il remontait prestement les marches et se perchait sur l'avant-dernière, entre les deux wagons.

Il avança la tête avec précaution, puis se redressa vivement en voyant les gardes à l'arrière, ainsi qu'à l'autre bout, à l'avant du wagon. Un peu plus haut, à la hauteur de la moitié du wagon, il aperçut l'énorme masse du T54 baignée dans la lumière blanche et fantomatique de son projecteur de tourelleau.

Buddy chercha désespérément où se cacher. Ce qu'il voulait avant tout, c'était sortir de là et trouver son père. Mais ils étaient complètement enfermés, ceinturés de barbelés. Et les gardes postés dans la guérite près de la porte semblaient nettement plus vigilants que ceux du train.

Le garçon frissonna dans l'obscurité du couloir qui sentait le moisi, s'attendant à voir les gardes revenir d'un instant à l'autre. L'idée de regagner son compartiment lui traversa l'esprit. Là, au moins, il serait au chaud. Mais il pensa de nouveau à Asawa et à ces horribles sons étranglés — pas vraiment des mots, pas vraiment des grognements —, et écarta définitivement cette idée.

Il entreprit une fois de plus de descendre les marches, le cœur battant comme un fou dans sa poitrine. Il se pencha et inspecta vivement le train dans les deux sens. Les gardes étaient toujours là, à droite et à gauche. Que croyait-il — qu'ils allaient déserter leur poste comme par enchantement et disparaître pour le laisser agir à sa guise ?

Il regagna prestement la sécurité du train et se dirigea de nouveau vers les portes de séparation en verre. Mais cette fois il crut voir quelque chose qu'il n'avait pas encore remarqué. A sa droite, dans l'espace de raccordement entre les deux wagons, une échelle était fixée à l'avant du wagon-lits et conduisait au toit.

Ce ne fut qu'à la fin du petit déjeuner, le lendemain matin, qu'on s'aperçut de son absence. Karl Heinz était attablé devant son plateau. Il avait juste bu une gorgée de thé. Cela faisait vingt-quatre heures à présent qu'il n'avait rien avalé de solide. Le petit pain et le fromage, et le thé fumant sur son plateau, le rendaient presque malade de désir. Il se demanda soudain comment allait le gamin et inspecta l'allée, pensant le voir dans l'autre travée. La place de Buddy était inoccupée. A côté, Asawa fumait une cigarette, le regard dans le vide.

« Vous n'avez pas vu Buddy ? » demanda Karl Heinz à Shapley, assis à la place voisine.

Shapley détacha lentement son regard du plateau et jeta un coup d'œil autour de lui :

« Je ne le vois pas. Il a dû retourner dans son compartiment. »

Karl Heinz se leva en essayant de ne pas se faire remarquer et remonta l'allée centrale, s'arrêtant çà et là pour échanger quelques mots avec les autres.

« Vous avez vu Buddy ? » demanda-t-il à Desfargue, puis à Conti.

Toutes les réponses furent négatives. Stern se rappelait l'avoir aperçu au dîner, et Van Meegrin juste avant d'aller se coucher. Mais personne ne se souvenait de l'avoir vu ce matin-là.

Bientôt tout le wagon-restaurant bruissait de murmures inquiets. Ils chuchotaient parce que les gardes, accoutumés à faire l'appel chaque matin au petit déjeuner et le soir juste avant l'heure du coucher, n'avaient pas encore découvert l'absence du garçon.

« Il doit être encore au lit, émit Blanton. Panne de réveil ! »

Karl Heinz secoua la tête d'un air dubitatif :

« Ce n'est pas son genre. Il est toujours le premier levé, le matin. Peut-être est-il malade. »

Stern se tourna vers Asawa, assis derrière lui :

« Vous n'auriez pas vu le jeune Kariolainen, ce matin ? »

Asawa parut perplexe. Ses yeux avaient un regard voilé, distant.

« Buddy, vous savez bien... Le gosse qui est dans le même compartiment que vous ! »

Asawa approuva vigoureusement de la tête :

« Oui. Le même compartiment.

— L'avez-vous vu ? demanda Shapley sans cacher son impatience.

— Oui, je l'ai vu.

— Il est reparti dans le compartiment ? demanda Karl Heinz.

— Oui. Dans le compartiment. »

La réponse manquait de conviction. L'avait-il même comprise ? Il y eut chez les autres un échange de regards qui en disaient long.

« Si on allait jeter un œil ? suggéra Thomas, tout en surveillant le sergent-major qui les observait d'un air soupçonneux à l'autre bout du wagon.

— Vite, il n'y a pas une minute à perdre », ordonna Gonzaga d'un ton pressant qu'on ne lui connaissait pas.

Karl Heinz se leva, repoussant sa chaise.

« Il vaudrait mieux que quelqu'un aille avec lui », dit Shapley.

Desfargue sauta sur ses pieds :

« Moi ! »

Tous deux prirent la direction du wagon-lits avec une nonchalance étudiée. Au bout du wagon, un garde s'interposa.

« Toilettes ! » lança Desfargue d'un ton dégagé avec un geste dans leur direction.

L'homme fit un signe d'assentiment et les laissa passer.

Une fois dans le wagon-lits, ils remontèrent vivement le couloir, longeant une succession de portes de compartiment ouvertes qui révélaient le désordre des lits non faits et des valises béantes.

Le compartiment que partageaient Buddy Kariolainen et Asawa avait lui aussi sa porte grande ouverte. Il était vide. La couchette du garçon semblait avoir été utilisée, mais elle pouvait être vide depuis plusieurs heures comme depuis quelques minutes.

Karl Heinz se pencha en hésitant dans la pénombre humide et fraîche qui dégageait une odeur oppressante de tabac froid et de linge sale.

Le frisbee rouge du garçon était posé au pied de la couchette, légèrement sur le côté, et une casquette de base-ball pendait sur le rebord de sa couchette comme si, quelques instants plus tôt à peine, il était entré en coup de vent dans le compartiment et l'avait jetée là. Il ne faisait pas froid dans la cabine, mais Karl Heinz et Desfargue, lorsqu'ils se regardèrent, sentirent un inquiétant frisson les parcourir.

« Quand l'avez-vous vu pour la dernière fois ? demanda Thomas à Asawa.

— Ce matin, je l'ai vu, bégaya Asawa. Au lit. Il est au lit. »

Thomas s'impatientait :

« Il n'y est pas. »

Shapley abaissa son regard sur le petit Japonais : « Personne n'est venu le chercher pendant la nuit ?

— Non, non. Moi j'étais là. Nous avons parlé. Toute la nuit. Personne n'est venu. »

Asawa était convaincu d'avoir parlé au garçon « toute la nuit ». Et il croyait réellement avoir vu le jeune Buddy ce matin-là. Dans son esprit, les événements des matins antérieurs se fondaient dans un présent indifférencié. Il ne pouvait plus séparer les détails de ce matin précis de ceux des matins précédents.

Comment les autres l'auraient-ils su ? Et même s'ils doutaient des allégations d'Asawa, rien ne garantissaient qu'elles fussent fausses.

Après le petit déjeuner, on les regroupa pour les conduire sur le terrain d'exercice, où, à leur surprise, un filet de volley avait été tendu entre la clôture de barbelés et un bouleau rachitique transformé en poteau. Un ballon neuf, d'un blanc éclatant, attendait par terre, sous le filet.

« Qu'ont-ils encore inventé ? grommela Blanton. Ils veulent nous faire faire du volley ?

— Je ne suis pas hostile à un peu d'exercice, déclara Desfargue.

— Alors je vous cède ma place ! » Van Meegrin avait l'air chagrin. « J'ai horreur de gambader ! »

Les yeux de Thomas parcoururent le terrain :

« Il ne s'agit pas d'une simple partie de bon vieux volley des familles... Regardez donc un peu ! »

Stern jeta un coup d'œil par-dessus son épaule, dans la direction qu'indiquait Thomas. Il avait le soleil en face et dut plisser les yeux. A l'autre bout de l'enclos, quatre ou cinq hommes, casque sur les oreilles, installaient une caméra assortie d'une girafe et d'un matériel de prise de son.

« Nous allons passer à l'écran, ce me semble, dit Thomas.

— Bon Dieu, marmonna Blanton. Une vidéo ! »

Shapley fixait un point quelque part au loin :

« Plutôt de la propagande bidon avec du matériel sophistiqué. Comme ça nos familles pourront voir comme nous nous portons bien.

— On nous filmera en couleurs ? » interrogea Mr. Mukherjee, qui reprenait nettement du poil de la bête à cette perspective.

Max Conti était furieux :

« En tout cas, ils se passeront de moi !

— Vous n'avez guère le choix, mon brave, ricana Thomas. Tiens, voici J. Arthur Rank ! »

Un homme grand, tout en bras et en jambes, très aryen, se dirigeait vers eux à grandes enjambées ; ses bottes de peau lainée soulevaient de petits nuages de poussière. Il était flanqué du capitaine Gritchkov qui trottait de son mieux pour se maintenir à sa hauteur. Tous deux discutaient avec animation.

Lorsqu'ils arrivèrent près du groupe, ils s'immobilisèrent tout en continuant de bavarder. Puis le capitaine interrompit sa conversation avec l'échalas, se tourna vers le groupe et fit un pas en avant.

« Bonjour, messieurs. » Un sourire aimable éclairait son visage. « J'aimerais vous présenter le camarade Vilhos, un réalisateur d'actualités télévisées de Prague. »

Gritchkov jeta un regard circulaire pour voir l'effet produit par la nouvelle. Mais personne ne broncha.

« Il aimerait vous prendre en film aujourd'hui, reprit-il, afin que chez vous vos familles puissent voir que tout va bien et que vous ne manquez de rien. Malheureusement, il ne parle que tchèque. Je lui servirai donc d'interprète. Tout ce qu'il demande, c'est que vous soyez naturels. Ne faites rien d'inhabituel. Nous ne voulons pas que ces images donnent une vision déformée de la réalité. Ce qui nous intéresse, c'est seulement de montrer la vérité. C'est pourquoi nous avons préparé tout ce qu'il fallait pour que vous puissiez tous jouer un peu au ballon, rire, plaisanter, bref prendre un peu de bon temps ce matin pendant qu'on vous filmera. »

Derrière Stern, quelqu'un ricana. Gritchkov interrompit net son boniment. Ses yeux furieux parcoururent les rangs.

Pendant les quarante minutes qui suivirent, ils jouèrent au volley par à-coups. Chaque fois qu'ils entamaient une partie, le réalisateur les interrompait pour rectifier les poses et les regrouper. Il tenait bizarrement à ce que les joueurs fussent répartis sur le terrain par ordre de taille. A un moment, Conti dut sortir du jeu parce qu'il affichait trop visiblement sa mauvaise humeur.

Un nombre incalculable de poses furent ainsi mises en scène, avec souvent quatre ou cinq prises de vues. Durant tout ce temps, le réalisateur leur donnait ses instructions à l'aide d'un porte-voix, tandis que le capitaine Gritchkov en effectuait la traduction simultanée.

La séance du tournage fut assommante et s'éternisa. Mais dès qu'elle prit fin, et avant même que l'équipe de tournage n'eût rangé son matériel, le filet fut enlevé, le ballon emporté et les hommes reconduits en rang au wagon-lits.

C'est à ce moment-là seulement que les Russes découvrirent la disparition de Buddy Kariolainen. On procéda en effet à l'appel du matin, et il apparut vite qu'il manquait un détenu par rapport au compte du soir précédent.

Cela leur paraissait invraisemblable d'avoir perdu quelqu'un pendant la nuit. Ils comptèrent de nouveau, puis recomptèrent, aboutissant chaque fois au même résultat. A chaque appel, Stern voyait leur inquiétude monter. Finalement, ils sortirent une liste et s'aperçurent que c'était le jeune garçon qui s'était volatilisé.

Mais ils n'étaient toujours pas disposés à reconnaître qu'un détenu manquait, que quelqu'un était passé entre les mailles de leur filet. Cela revenait à admettre que la surveillance s'était relâchée, insuffisance difficile à expliquer en haut lieu.

Par ailleurs, au cas, bien improbable, où il serait parvenu à se glisser hors de l'enclos, le garçon pouvait parfaitement se trouver aux abords de la frontière à l'heure qu'il était. Pis encore, s'il avait réussi à la franchir, les conséquences risquaient d'être des plus embarrassantes pour ceux qui en avaient la garde. Et, s'il lui arrivait quoi que ce soit dans la dizaine de kilomètres d'épaisse forêt qui séparait le train de Vainikkala, la réputation de l'Union soviétique aux yeux de l'opinion mondiale en prendrait un sérieux coup.

Bien que visiblement inquiets de leur découverte, les Russes entendaient bien ne pas donner l'alarme tant qu'ils n'auraient pas résolu le problème entre eux. A l'avant du wagon, plusieurs officiers conféraient à voix basse. Aucune question ne fut posée, aucune mention ne fut faite du garçon. Les hommes ne furent pas renvoyés dans leurs compartiments du train de jour comme la veille ; on leur ordonna de ressortir dans l'enclos et de s'asseoir ou d'aller et venir à leur guise tandis qu'on procédait fébrilement à une nouvelle fouille du train.

Dans le wagon des femmes, les rideaux de toutes les fenêtres étaient tirés. Cet exercice avait été exécuté par les surveillantes pendant que les détenues prenaient leur petit déjeuner. A leur retour, celles-ci trouvèrent leurs compartiments plongés dans une obscurité sinistre, les rideaux étroitement clos. On leur enjoignit de ne les ouvrir sous aucun prétexte. Cela, leur expliqua-t-on, pour assurer la fraîcheur des wagons pendant la journée. Mais, à supposer que ce fût la vraie raison, le ton menaçant de cette injonction semblait hors de proportion avec son but avoué.

Il semblait bien plus probable que les Russes, pour quelque motif inexplicable, voulaient empêcher les femmes de voir les hommes dehors. Car ils étaient incontestablement dehors. Elles entendaient non seulement les gardes aboyer des ordres, mais aussi de temps à autre les voix de leurs maris leur répondre. Elles avaient aussi entendu des cris et des hurlements pendant le match de volley.

Janet Kariolainen ignorait que son mari ne se trouvait plus dans le train, et que son fils avait disparu et faisait à présent l'objet de recherches frénétiques. Elle ne savait pas davantage que, douze heures plus tôt, elle était devenue grand-mère et que le nouveau-né, un minuscule poupon de quatre livres et demie, avait été appelé Janet Marie Kariolainen en souvenir d'elle.

L'histoire des rideaux créait une certaine émotion. Elle renforçait les inquiétudes et les soupçons. Une seule raison plausible pouvait expliquer qu'on les empêchât de voir les hommes : il était arrivé quelque chose à certains d'entre eux au cours des dernières vingt-quatre heures, peut-être même avaient-ils été emmenés. Dans l'atmosphère surchauffée, les spéculations allaient bon train.

Myra Keck n'avait eu aucune nouvelle de l'état de son mari depuis le moment où il s'était écroulé. Tout ce qu'elle savait, c'est qu'il avait été hospitalisé avec ce qu'on pensait être une crise cardiaque. Elle était folle d'inquiétude. Jatta Palmunan s'était adressée directement au capitaine Gritchkov pour lui demander d'autoriser cette femme à se rendre au chevet de son mari, à Vyborg. Le jeune capitaine avait fait preuve d'une intransigeance surprenante, congédiant l'accompagnatrice d'un geste de la main en lui affirmant sèchement que Ralph Keck allait bien.

La señora Gonzaga se faisait un sang d'encre, elle aussi, au sujet du « vieux *conde* ». Qui prenait soin de lui ? L'obligeait à s'alimenter, à prendre ses médicaments, à se reposer ? Sûrement pas ses geôliers ! Son seul espoir était que le señor Stern ou peut-être, mais elle en doutait, le señor Thomas ne le perdaient pas de vue.

Tout en affichant une attitude crâne, Wilma Shapley se rongeait d'inquiétude en songeant au « professeur ». Même les récriminations assassines de M^me^ Muk au sujet de « George » s'étaient transformées, en l'absence de l'intéressé, en mots affectueux. Elle se surprenait souvent à s'accrocher à son petit garçon, à lui gazouiller des tendresses et à lui chantonner sur un ton de comptine les louanges de son « Papa » à lui et de son « Babu » à elle avec la plus exquise tendresse.

Plus tard ce même matin, Jatta passa dans le couloir pour leur dire qu'elles devaient quitter sur-le-champ le wagon. Quelque chose de pressant, dans le ton de sa voix, laissait entendre que cet ordre sortait de la simple routine.

Une compagnie de chasseurs motorisés au grand complet, soit trente hommes, attendait dehors devant les portières, prête à monter dans le train. Tout le monde devait immédiatement vider les lieux. On allait procéder à une fouille. Pourquoi ? demanda une voix. N'y en avait-il pas eu déjà une quelques jours plus tôt ?

Oui, mais cette fois, c'était pour autre chose.

Alors que cherchait-on de plus à présent ?

La question resta sans réponse.

Jatta avouait ne rien y comprendre. Depuis douze ans qu'elle accompagnait des groupes de touristes en Union soviétique, elle n'avait jamais rien vu de pareil. Toutefois, la prudence et le simple bon sens dictaient de faire preuve de bonne volonté. Ils devaient éviter tout affrontement supplémentaire. Peut-être, déclara l'accompagnatrice en essayant de voir les choses sous un jour particulièrement optimiste, s'agissait-il enfin de ce contrôle douanier commencé sept jours plus tôt à Vyborg et jamais terminé...

Engoncées dans leurs blouses grises informes, les femmes descendirent péniblement les marches du wagon et s'éparpillèrent dans l'enclos aux herbes folles et sèches. Elles ressemblaient déjà aux pensionnaires d'un établissement pénitentiaire.

La première chose qu'aperçut Isabel fut le wagon des hommes. A l'exception des sentinelles postées à chaque extrémité, il dégageait une curieuse impression de vide. Mais les fenêtres aux rideaux parfaitement tirés laissaient deviner la présence de gens à l'intérieur, qui allaient et venaient.

Non loin de là, Kate Dubbin observait une activité inhabituelle dans les bois situés juste derrière la clôture de barbelés. Elle attira l'attention de Jane Blaylock sur ce fait. Des centaines de soldats fouillaient fébrilement les buissons avec le canon de leurs fusils et des pelles de tranchée, avec autant de vigueur que s'ils avaient battu le blé. Au-dessus d'eux, le ciel pulsait au rythme des pales de l'hélicoptère qui fouettaient l'air. Quatre ou cinq MI 26 volant à basse altitude tournaient sans relâche autour de la zone, allongeant parfois leur rayon de vol, puis revenant avec un raffut du diable surveiller de nouveau le périmètre immédiat.

Wilma Shapley étudiait leurs mouvements d'un œil averti :

« Ils cherchent quelque chose.

— Ou quelqu'un », rectifia Frau Kunkel.

Nell Blanton paraissait écœurée :

« Il faut être Houdini en personne pour sortir d'ici ! Regardez seulement la clôture ! »

Le fait est qu'à ce moment précis celle-ci semblait plus haute et plus hostile que jamais. Ses petits nœuds sombres de pointes d'acier luisaient méchamment, et le plan incliné du haut, piqué dans sa partie intérieure de lames de métal coupantes comme des rasoirs, donnait l'impression de pouvoir vous entailler les os.

M^me^ Muk errait dans l'enclos ; elle tapotait le dos de son bébé serré contre elle et jetait un regard mélancolique en direction du wagon des hommes. Les jours qui venaient de s'écouler avaient fait baisser le ton même à l'enfant. Il ne poussait plus ces hurlements perçants, mais semblait trouver son réconfort dans des couinements à peine audibles.

« Pa-pa revient bientôt, murmurait-elle à l'oreille de l'enfant. Pa-pa sera bientôt là. »

Les Italiennes arpentaient méthodiquement le secteur. Elles faisaient en silence tout le périmètre de l'enclos, d'abord dans le sens des aiguilles d'une montre, puis en sens inverse, s'appliquant à ignorer l'équipage du char d'assaut qui, de l'autre côté de la clôture, les observait avec fascination.

Kate Dubbin ne s'était pas éloignée du train. D'où elle était, elle pouvait même entendre, à intervalles réguliers, le vacarme que faisaient les soldats dans le wagon. Un effrayant tintamarre de bruits sourds, de coups violents, de grincements de métal. Comme si l'on éventrait le train. Elle entendait des choses qu'on arrachait et le cliquetis sonore du métal, les vociférations des hommes qui écumaient les wagons avec la férocité de hordes de fourmis guerrières dévorant tout sur leur passage.

Quelques mètres plus loin, Jane Blaylock regardait les soldats monter et descendre du train en se demandant ce qu'ils allaient bien pouvoir trouver dans son compartiment. Elle avait beau se creuser la tête, elle ne voyait rien qu'on pût juger même légèrement compromettant. Mais, se rappela-t-elle une fois de plus, son passeport aussi, elle l'avait cru en règle.

Les deux hommes vinrent chercher Stern un peu plus tard dans la matinée. Il était allongé sur sa couchette en désordre et essayait de tout oublier en compagnie de Maigret, devant un petit verre de calva chez Lipp.

Il n'était pas au mieux de sa forme. Son esprit ne parvenait pas à se fixer. Malgré tout son charme, Maigret ne réussissait pas à le distraire de l'inquiétude obsédante qu'avait éveillée en lui son entrevue de la veille avec le capitaine Gritchkov. Stern avait crâné, s'étonnant le premier de la maîtrise avec laquelle il bluffait. Intérieurement, il tremblait comme une feuille. Ces aveux écrits, avec son propre nom dactylographié au bas de la feuille, qui n'attendaient que sa signature, et aussi cette dernière phrase terrifiante : « N'espérez pas quitter l'Union soviétique dans un proche avenir », l'avaient rongé toute la nuit.

Ce fut curieux, et même drôle, la façon dont les deux hommes se matérialisèrent. Sans un bruit. Stern leva les yeux et les vit campés là — deux types impassibles, plutôt trapus, vêtus de costumes défraîchis, la barbe foisonnante. A la différence des hommes qui l'avaient emmené sans autre forme de procès à Vyborg la première fois, ceux-ci arboraient des vêtements civils (détail d'autant plus inquiétant en soi) et avaient l'allure de professionnels. Rapides, le geste sûr, brusques mais d'une politesse irréprochable. A leurs poignets épais et leurs silhouettes massives, il eut la très nette impression que c'étaient des gens avec qui on ne plaisantait pas.

Stern leur demanda où ils allaient et s'il devait prendre des affaires. Il n'obtint aucune réponse. Les deux hommes le firent descendre du train avec une telle dextérité qu'on remarqua à peine leur départ. Quelques instants plus tard, il se retrouvait de nouveau coincé sur la banquette arrière d'une de ces petites caisses qu'étaient les Volga et franchissait en douceur la porte de la clôture ouverte à deux battants, devant la sentinelle qui, dans sa guérite, leur adressait un salut martial.

« Je croyais avoir été clair.

— Vous l'avez été.

— La dernière fois, je vous ai dit que...

— C'est exact.

— Je vous ai dit que je n'avais pas l'intention de signer votre document. »

Le capitaine prit une expression revêche et fit mine de tripoter quelques papiers sur son bureau. Ses yeux évitaient avec un soin étudié ceux de Stern, et il paraissait encore plus coupant et gonflé de son importance que la veille :

« Mais vous avez eu le temps de réfléchir, reprit-il. De reconsidérer la question...

— Et je refuse toujours de signer quoi que ce soit. »

Le capitaine Gritchkov leva les sourcils :

« Quoi que ce soit ?

— Rien. Pas avant la saint-glinglin. »

La mâchoire du capitaine se crispa :

« Je vous demande pardon ?

— C'est une expression familière. Cela signifie *jamais.* » Stern entendit sa voix monter d'un ton. Il vit, à l'expression perplexe du capitaine, que la définition ne l'avait pas plus éclairé que l'expression. « Je veux simplement dire que je ne signerai pas ce document. Ni maintenant. Ni plus tard. Ni, je vous l'affirme catégoriquement et sans équivoque, dans aucune circonstance ! Je ne suis pas, je n'ai jamais été un espion. Je ne suis pas un agent israélien. Je ne suis pas juif. Je suis citoyen américain. Je n'ai pas volé de document confidentiel dans votre base navale. Je n'ai pas de complice dans ce train. J'ai des enfants, j'ai une femme, je paie mes impôts et je suis citoyen américain ! »

Pendant qu'il débitait sa harangue, Stern vit le capitaine ouvrir un classeur gris, farfouiller dans son contenu et en tirer quelque chose qu'il poussa vers lui. C'était une photographie, un petit cliché neuf-treize en noir et blanc, légèrement passé et terriblement flou.

« C'est quoi ? »

Les yeux de Stern inspectaient la photo en cherchant à comprendre.

« Peut-être pourriez-vous me le dire ? » répondit le capitaine Gritchkov avec une cordialité meurtrière.

Stern étudia de nouveau le cliché. Il avait sous les yeux un groupe de cinq hommes. Assis autour d'une table chargée de bouteilles et de verres, à ce qui semblait être la terrasse d'un petit bistrot de plein air. Ils étaient installés à l'ombre d'un store rayé, contre une balustrade blanche derrière laquelle on voyait scintiller un morceau de mer. On lisait des caractères hébreux sur le rabat d'un store voisin.

Stern voulut lui rendre la photo :

« Ça ne me dit strictement rien.

— Regardez plus attentivement, je vous prie. »

Il la reprit, scrutant chaque détail, la rapprochant et l'éloignant dans l'éclairage imparfait du bureau, cherchant la bonne distance entre ses yeux et l'instantané.

« Je regrette, mais je ne vois vraiment pas...

— Observez bien les personnages. L'homme en chemisette à carreaux... Le deuxième en partant de la gauche. »

Stern regarda ce qu'on lui indiquait.

« C'est très flou », dit-il ; mais tout en parlant il avait l'impression déconcertante de voir ses propres traits se préciser lentement. « C'est moi ?

— Incontestablement. »

Le capitaine Gritchkov se permit un soupçon de lueur amusée dans le regard.

« Mais... je..., bégaya Stern. Qui sont ces gens ? Qui sont-ils censés être ? »

Gritchkov se cala contre son dossier et croisa les mains sur son abdomen :

« Allons, allons, Mr. Stern. Ce n'est plus drôle ! Vous me faites perdre du temps, ainsi qu'à vous-même, en jouant les innocents !

— Je n'ai jamais vu ces gens.

— Vraiment ! » L'illumination transfigura soudain le capitaine. « Bien entendu ! Vous ignoriez complètement qu'on vous photographiait ! »

Un nerf se mit à vibrer sur la tempe de Stern :

« Je ne vois vraiment pas de quoi vous parlez.

— Vous vous trouvez dans un café au bord de la mer.

— Un café au bord de la mer ?

— A Haïfa. En septembre 1983. »

Un éclat de rire sans joie s'échappa des lèvres de Stern :

« Absurde. Je n'ai jamais mis les pieds à Haïfa. Je n'ai jamais mis les pieds en Israël. Ni en 1983 ni jamais.

— Les hommes attablés avec vous, reprit Gritchkov sans se laisser démonter, sont des agents du Yad Vashem.

— Ça tourne à l'idée fixe ! Je vous répète que je n'ai pas la moindre idée de ce qu'est le Yad Vashem !

— Comme je suis certain de vous l'avoir dit hier, c'est le corps d'élite des services secrets israéliens.

— Et comme je suis certain de vous l'avoir dit, j'ignore tout des services secrets israéliens et du reste ! Qu'est-ce que ça signifie ? A quoi jouez-vous ? Attendez... » Quelque chose dans la photo, quelque chose de familier et de pourtant insaisissable, commençait à prendre une forme plus identifiable. « Une minute... Je sais ce que vous avez fait ! »

Le capitaine Gritchkov voulut reprendre la photo, mais Stern l'en empêcha d'un geste vif.

« C'est ma photo de passeport, hein ? Vous l'avez retirée, puis superposée pour obtenir cet instantané complètement truqué ! »

Stern jeta la photographie sur le bureau avec une expression suprêmement méprisante.

« Je vous prierai de mesurer vos paroles, Mr. Stern ! Tout ce que vous voyez sur cette photo est authentique. Elle a été prise en septembre 1983 par des agents soviétiques. » La voix du jeune officier montait et il accélérait son débit en essayant de cacher son irritation. « Nous avons les noms des individus assis à cette table avec vous. Ce sont des espions israéliens bien connus de nos services. Et je vous garantis que c'est bien vous qui figurez sur cette photo !

— Et moi je vous dis que vous avez pris la photo de mon passeport ! Vous croyez vraiment que quelqu'un puisse être dupe ? »

Le capitaine se figea. Quand il se décida à rouvrir la bouche, le regard qu'il posa sur Stern était celui d'une fouine :

« Ne vous est-il jamais venu à l'idée, Mr. Stern, que je n'ai aucun besoin de duper qui que ce soit ? »

Cela fut dit avec une certitude profonde qui glaça les veines de Stern une fois qu'il en eut saisi tout le sens.

« Je vois », fit-il, la voix rauque. Il déglutit avec peine et voulut se lever. « Puis-je partir ?

— Rasseyez-vous, je vous prie. » Le jeune officier fit un signe de tête en direction du siège que Stern venait de quitter. « Il y a encore beaucoup de choses dont je veux discuter avec vous. »

Il rouvrit son classeur et extirpa cette fois une enveloppe de la chemise supérieure. Il la poussa vers Stern.

Celui-ci ne bougea pas et contempla d'un air circonspect le petit carré de papier.

Le capitaine attendit, pianotant d'un doigt léger la surface du bureau :

« Je crois que vous auriez tout intérêt à lire ceci.

— Je suis sûr que cela ne me causera aucun plaisir.

— En effet. Mais cela vous donnera peut-être une idée plus exacte de la gravité de votre situation actuelle. »

Stern fronça les sourcils et approcha sa tête de la lettre jusqu'à ce que les mots inscrits sur l'enveloppe lui sautent au visage. Elle était adressée à Mr. Keith Wales. Écrite en caractères d'imprimerie. L'adresse, 14 Foxwell Park Drive, Ottawa, figurait également en capitales. Près du centre, en haut, le cachet de la poste, de Tel-Aviv, portait la date du 10 septembre 1983. Dans le coin supérieur, à droite, on voyait trois timbres israéliens d'une livre réservés à l'affranchissement du courrier aérien qui représentaient un boqueteau de cèdres s'épanouissant en plein désert.

« Continuez donc ! Pourquoi vous arrêter maintenant que vous avez commencé ? le titilla Gritchkov. Lisez ! A moins que vous n'ayez peur de ce que vous risquez d'y trouver ? »

Stern retira lentement la feuille de papier à lettres pliée à l'intérieur de l'enveloppe. Il la fit glisser avec une infinie délicatesse, comme un homme qui s'attend à voir un diable jaillir de sa boîte.

« Cher Keith », commençait la lettre, cette fois d'une écriture cursive ample et coulante. « Tout est en place à présent pour notre petite expédition à Polyarnyy... » Le regard de Stern tomba, à peu près au milieu de la page, sur un petit croquis rudimentaire de la grande base de sous-marins du nord de Leningrad, dans la presqu'île de Kola. Plusieurs petits carrés et rectangles portant des inscriptions à la main, telles que « arsenal », « docks », « bassins de sous-marins »,

« entrepôt », « laboratoire I », « laboratoire II », émaillaient la page.

Le regard de Stern se posa de nouveau sur la lettre, cette fois sur la signature au bas de la page.

« Reconnaissez-vous l'écriture ? demanda le capitaine Gritchkov.

— C'est la mienne, répondit Stern, d'une voix si basse que les mots étaient à peine audibles.

— Je regrette, mais je n'ai pas bien entendu...

— J'ai dit que c'était la mienne. » Stern répéta les mots d'une voix plus forte. « Ou plutôt une imitation maladroite de la mienne.

— Vous prétendez que cette lettre est un faux ?

— Absolument ! Comme la photo. Une contrefaçon évidente des échantillons de mon écriture figurant sur mon passeport et ma demande de visa. N'importe quel graphologue décélerait la supercherie au premier coup d'œil. »

Le pianotement des doigts de Gritchkov s'accéléra ; ses yeux étaient profondément enfoncés sous son front proéminent. Pris d'une idée apparemment soudaine, il tendit le bras derrière lui et pressa ce qui semblait être le bouton d'un interphone. Aussitôt, comme si l'on avait guetté ce signal juste de l'autre côté de la porte, celle-ci s'ouvrit brutalement et deux individus entrèrent. L'un était un caporal bâti comme une armoire à glace. Il se tenait juste derrière un avorton aux cheveux noirs, de type slave, au regard affolé. Celui-ci s'avança d'un pas mal assuré dans la pièce et faillit s'étaler. Peut-être l'avait-on poussé.

La porte se referma et des phrases rapides et sonores furent échangées en russe. L'homme qui venait d'entrer restait planté au milieu de la pièce ; il gesticulait et parlait à toute allure, d'une voix trop forte, tandis que Gritchkov l'interrogeait. Plusieurs fois, il parut au bord des larmes. En réponse à ce qui était de toute évidence des questions, il dévisageait Stern, les yeux exorbités de terreur. On aurait dit un petit rongeur acculé.

« Connaissez-vous cet homme, Mr. Stern ? demanda le capitaine Gritchkov.

— Non.

— Vous ne l'avez jamais vu ?

— Jamais.

— Il affirme vous connaître.

— Ah ?

— Il fait partie de la sécurité aux installations navales de Polyarnyy. Ou plutôt il faisait partie, s'empressa d'ajouter le capitaine. D'après lui, vous lui auriez offert mille dollars en monnaie américaine, qu'il a refusés, pour qu'il vous transmette des informations concernant les nouveaux combustibles de synthèse utilisés dans les sous-marins soviétiques à propulsion nucléaire. »

Stern sentit ses poumons se vider subitement de leur air :

« Cet homme ment ! Je n'ai jamais... »

L'avorton, déchaîné, laissa échapper un torrent de cris sans cesser d'agiter le doigt dans la direction de Stern. Gritchkov fit un signe de tête à l'intention du gros caporal planté dans un coin, en retrait. La seconde suivante, le petit homme, toujours criant et agitant un doigt rageur vers Stern, fut emmené, ou plutôt éjecté de la pièce.

Suivit une longue pause durant laquelle le capitaine laissa le silence insistant mettre à mal les nerfs de Stern. Ses doigts s'attardaient sur ses lèvres trop rouges comme s'il réfléchissait :

« Je crains bien qu'il n'y ait pas d'erreur, Mr. Stern. Vous avez été bel et bien identifié. »

Le capitaine se pencha vers le tiroir du bas et récupéra une petite trousse en cuir marron avec une fermeture à glissière, un peu comme celles qu'utilisent les hommes pour leurs affaires de toilette. Elle était marquée à l'or de deux initiales qui avaient perdu leur éclat : P. S. Stern reconnut aussitôt son bien.

« Voilà pourquoi elle avait disparu... », dit-il en regardant d'un air circonspect le capitaine ouvrir la fermeture à glissière, écarter l'ouverture et déverser sans cérémonie le contenu de la trousse devant lui.

Deux épaisses liasses de dollars en petites coupures — des billets de cinq et de dix — atterrirent sur le bureau.

« Mille dollars, Mr. Stern. Comptez si vous voulez. Ils ont été trouvés dans votre sac de voyage. »

Stern se rappela son compartiment sens dessus dessous et ses bagages qui semblaient avoir été soumis à un pillage systématique.

« Échec et mat, comme on dit, hein, Mr. Stern ? » Gritchkov irradiait la bonne volonté.

Sans voix, Stern dévisageait l'homme, plus fasciné par l'impudence de sa performance que réellement effrayé. Pour l'instant, il avait encore du mal à tout saisir, tant les choses étaient allées vite.

« Une fois encore, Mr. Stern, je vous conseille vivement de signer ce document. » L'attitude du capitaine était devenue presque bienveillante tandis qu'il agitait le papier sous le nez de Stern. « Je vous assure que, avec ce que j'ai ici, je suis parfaitement en droit, aux termes de la convention de La Haye et des accords d'Helsinki, de demander que vous soyez emprisonné en tant qu'espion à la solde d'une nation hostile à l'Union soviétique. »

Le capitaine marqua un temps d'arrêt de mauvais augure ; il observait l'effet de ses paroles qui frappaient comme de la mitraille les traits de Stern :

« Maintenant que votre couverture est percée, Mr. Stern, vous êtes inoffensif en ce qui nous concerne et, de toute évidence, sans aucune utilité pour les phalanges américaines et israéliennes. Sans aucune utilité, d'ailleurs, pour qui que ce soit. En ma qualité d'officier assumant le commandement en ce lieu » — Gritchkov vibrait de suffisance — « je peux demander que vous soyez relégué pour le restant de vos jours, ou alors que nous fassions usage, dans le cas qui nous occupe, de clémence. »

Sa voix parut caresser le mot et s'y attarder complaisamment... Il agita les aveux devant Stern d'un geste provocant :

« Vous signez ces papiers, et vous repartez sain et sauf ce soir même. Nous vous garantissons que vous serez reconduit en toute sécurité à Vainikkala, en territoire finlandais. Mais si vous refusez de signer, Mr. Stern, alors attendez-vous à rester parmi nous pendant une période de temps indéterminée. »

Stern sentit que quelque chose craquait en lui :

« Vous faites ça parce que vous me croyez juif ! »

Gritchkov fronça les sourcils. C'était à présent à son tour d'être déconcerté :

« Je peux vous assurer que le fait que vous soyez juif...

— Je ne suis pas juif ! cria Stern, qui baissa aussitôt la voix. Je ne suis pas juif.

— Vous autres, vous passez votre temps à vous plaindre d'être persécutés !

— Nous *autres ?* se hérissa Stern. Auriez-vous l'obligeance de me dire à quels *autres* vous faites allusion ? Je suis chrétien, comme vous l'êtes aussi très certainement, ou l'étiez, et en l'occurrence... »

C'est alors qu'il entendit sa voix, pas la note de défi cinglant qu'il aurait cru, mais bien plutôt le ton implorant, cajoleur, pathétique d'un individu tentant de se gagner les bonnes grâces des autorités.

Il y avait presque trente-six heures maintenant que la grève de la faim durait. Pendant ce laps de temps, ils s'étaient tous contentés, sans exception, d'avaler du liquide — de l'eau plate ou, tout au plus, une gorgée de jus de fruits. Cela faisait quatre services que les aliments solides repartaient, intacts, sur les plateaux.

Si l'action les embarrassait, ou s'ils s'en moquaient éperdument, les

Russes ne le montraient guère. Mais, le soir du deuxième jour de grève, ils avaient fini par réagir et adopté une autre tactique. Au lieu des rations sans joie et sans imagination qui avaient été leur lot jusque-là, apportées dans de grands fait-tout et marmites en aluminium par les camions des services d'intendance de Vyborg, les rebelles virent arriver une succession de victuailles propres à briser la volonté des ascètes les plus incorruptibles. Des grillades de bœuf (et non le brouet filandreux qu'on leur servait habituellement) et des poulets rôtis, accompagnés de petites pommes de terre rissolées, des fruits frais, et une étourdissante variété de légumes à profusion.

Le dîner avait débuté par un assortiment de zakouskis : aubergines, œufs de poisson, harengs et petits pâtés, le tout bien relevé et vous mettant l'eau à la bouche. Pour des gens qui mouraient de faim, les odeurs qui parfumaient le wagon-restaurant étaient un supplice. Les Russes effectuaient le service sans plus de cérémonie, impassibles, comme s'il s'était agi du menu des jours précédents. Rien de spécial.

On lisait sur les visages le désir éperdu et les affres de la tentation. Certains regardaient ailleurs ; d'autres contemplaient le vide. D'autres encore fixaient la nourriture en face, avec une expression de défi, comme pour triompher d'elle par ce regard. Mais personne ne mangea.

Les soldats allaient et venaient, emportant un plat intact pour le remplacer par un autre. Personne ne faiblit. Les conversations s'étaient tues. Un silence irréel habitait le wagon : chacun s'expliquait avec sa conscience et sa détermination. On entendait seulement le cliquetis des plateaux et le bruit feutré des pas des soldats serveurs qui passaient et repassaient dans l'allée.

Le jeune Buddy Kariolainen était porté manquant depuis le début de la matinée. Bien que l'inquiétude fût sensible, personne n'en parlait. Avait-il réussi à s'enfuir, ou bien les Russes étaient-ils venus le chercher pendant la nuit, sans doute pour le mettre avec son père ? Dans ce cas, ils avaient indéniablement fait preuve d'humanité en comprenant la profonde anxiété du garçon et en y mettant un terme.

En revanche, s'il s'était enfui, avait-il pu gagner la frontière ou s'était-il perdu dans l'énorme forêt sans pistes qui s'étendait au nord et au sud de l'endroit ? Asawa avait juré que le jeune garçon se trouvait dans sa couchette le matin, quand il s'était réveillé. Mais, telles que les choses se présentaient, on pouvait en douter sérieusement, et la plupart des gens ne se fiaient plus trop aux affirmations d'Asawa.

Les Russes n'avaient toujours pas officiellement reconnu que quelqu'un manquait, alors qu'avec leurs deux appels quotidiens ils savaient de toute évidence à quoi s'en tenir. Mais, pour des raisons qui n'appartenaient qu'à eux, essentiellement de sécurité personnelle mêlées d'un sursaut de fierté endolorie, ils préféraient garder le silence. Les voyageurs n'avaient toutefois aucune possibilité de deviner s'ils savaient ou non. C'est pourquoi personne ne parlait trop haut du garçon, de crainte de révéler son absence et de déclencher des recherches.

Toutes les tentatives destinées à apprendre quelque chose sur l'état général de Ralph Keck ou de Ted Kariolainen s'étaient heurtées à un mur. De même n'avaient-ils pu échanger un mot avec leurs épouses ou leurs bien-aimées séparées d'eux par une douzaine de mètres à peine, dans l'autre wagon-lits. En fait, ils étaient complètement coupés les uns des autres.

Ce soir-là, à la fin du dîner, ils se levèrent au commandement d'un sergent-major et se mirent en rang pour sortir. Personne ne sut exactement comment cela commença, mais on entendit soudain des hurlements et une terrible bagarre éclata. Une brèche s'ouvrit dans la file, au milieu de laquelle Sandro et Mr. Mukherjee semblaient tourbillonner comme pris dans l'œil d'une tornade, accrochés l'un à l'autre, toutes griffes dehors.

Les assiettes et les couverts volèrent. De la vaisselle se brisa. Il y eut des coups de sifflet, et les soldats, arrivant des deux extrémités du wagon, convergèrent vers ce point. Ceux qui étaient le plus près tentèrent de séparer les deux hommes. Sandro crachait et ruait. Mr. Mukherjee poussait des glapissements de bête blessée.

Les soldats jouèrent de leurs fusils pour calmer leur fureur. Finalement, lorsque Sandro se releva, crachant toujours sa rage et expédiant des coups de pied au soldat qui le maintenait, on aurait dit qu'un chat sauvage lui avait lacéré le visage à coups de griffes. La chemise de Mr. Mukherjee était fendue jusqu'à la taille. Le sang coulait de sa lèvre entaillée et tachait son plastron.

« Je vous ai vu faire ! » rugit Sandro. « J'ai tout vu ! Regardez donc dans ses poches ! »

Il ne fut pas nécessaire de fouiller Mr. Mukherjee. Éparpillés sur le sol à l'endroit où ils étaient tombés de ses poches, on voyait quelques petits gâteaux salés desséchés et une poire, le tout complètement écrabouillé, car les deux hommes s'étaient roulés dessus pendant leur bagarre.

« *Porco !* hurla Sandro en se retournant, tandis qu'on l'éjectait du wagon. Tu n'as pas intérêt à te trouver sur mon chemin ! Si je t'attrape, je te bouffe les yeux ! »

Le haut commandement de la Stavka consiste en un grand bâtiment aux allures de forteresse occupant plus d'un kilomètre carré à la périphérie de Novossibirsk. Parfaitement conforme aux canons politiques du modernisme soviétique de l'après-guerre, il est, par son style, une construction rigoureusement utilitaire, de forme trapézoïdale et faite d'un bloc de béton. Il manque totalement de charme et souffre du trait national par excellence : un fort penchant pour le monumental.

Aucune pelouse, aucun jardin n'adoucit les lignes rudes de l'édifice. Les arbres, lorsqu'il y en a, sont rabougris et décharnés ; on pourrait croire qu'ils ont été plantés la veille, et encore à regret. Rien ne signale particulièrement l'immeuble, aucune plaque officielle ne vient même indiquer ce qui se passe à l'intérieur. Le seul détail indiqant que le ministère de la Défense et les chefs d'état-major du Soviet suprême ont là leur quartier général est une petite guérite rouge et blanc abritant un garde solitaire, à droite à l'entrée principale. Les autres portes donnant accès au bâtiment ou permettant d'en sortir restent closes nuit et jour.

Toutes les activités à bord du Train Vert étaient suivies de très près à l'intérieur de cet édifice. La poursuite de la grève de la faim, en particulier, préoccupait le haut commandement soviétique. Mais, si une simple grève de la faim avait provoqué une certaine inquiétude au sein de l'état-major, la nouvelle qu'un des passagers du train était porté « peut-être » manquant créait une situation de crise.

Au moment précis où il était engagé dans la phase la plus délicate de ses négociations avec l'Ouest, où un nombre appréciable de bateaux de diverses nationalités procédaient à des manœuvres navales de nature hautement suspecte dans la Baltique, où les frontières se fermaient et où l'on assistait à un déploiement de forces terrestres dont l'ampleur ne laissait présager rien de bon, la dernière chose que souhaitait l'état-major était d'avoir à expliquer la disparition d'un des otages. Le fait que l'individu manquant était un enfant de douze ou treize ans rendait cette révélation non seulement délicate, mais des plus gênantes.

Les messages codés faisaient douloureusement vibrer les fils télégraphiques reliant Novossibirsk et Vyborg. Les menaces et les récriminations s'abattaient comme la foudre sur la petite poste douanière voisine de la frontière finlandaise.

« Fouillez encore », telle fut la réponse codée de la Stavka au message en provenance de Vyborg certifiant que le train et ses abords immédiats avaient été fouillés à plusieurs reprises pour trouver le garçon. Le capitaine Gritchkov avait aussitôt câblé qu'il n'avait aucune idée de l'endroit où avait pu aller le gamin ni de la façon dont il avait réussi à s'échapper. Il en profita pour souligner que la sécurité s'était relâchée d'une façon déplorable au cours de ces dernières années, accusant ainsi son prédécesseur sans avoir à le nommer.

Mais Gritchkov s'empressait d'assurer à la Stavka qu'il assumait à présent l'entière responsabilité de retrouver le garçon et de le reconduire au train. La surveillance à la frontière avait été renforcée, mais pour l'instant le garçon restait invisible. C'était une simple question d'heures.

Entre-temps, plusieurs membres de l'état-major s'alarmaient de plus en plus du climat qui se créait autour de l'affaire. En quelques jours, on était passé d'une situation pleinement maîtrisée à une poudrière qui menaçait d'exploser. Bien que le train d'otages constituât un puissant moyen d'action dans une série de négociations extrêmement délicates, plusieurs membres de l'état-major préconisaient vivement, à présent, que tous les détenus du train fussent ramenés séance tenante à Leningrad pour y être placés en résidence surveillée dans une structure d'accueil plus spacieuse, un hôtel par exemple, ou un hôpital. En tout cas, quelque chose qui se prêtât mieux qu'un train de jour à la surveillance et à l'hébergement d'un nombre important d'otages politiques. Car c'est désormais ainsi qu'ils qualifiaient entre eux les passagers du train.

Les partisans de la ligne dure, toutefois, soutenaient qu'une telle mesure serait désastreuse. L'Ouest y verrait de toute évidence un manque de détermination. Cédant aux pressions de la propagande internationale, ils perdraient leur atout le plus puissant — les comptes rendus quotidiens, essentiellement de la désinformation, de la presse occidentale s'étalant sur huit colonnes à la une — et l'affolement des familles et des amis ignorant le sort de ceux qu'ils aimaient et imaginant le pire.

La ligne dure prévalut. Il fut donc décidé qu'on ne toucherait pas au Train Vert.

Ce soir-là, lorsqu'il avait escaladé le toit du wagon, Buddy Kariolainen entendait bien retrouver sa mère et sa sœur dans l'autre wagon-lits, deux voitures plus loin. Le train de jour, qui mesurait un peu moins de trente mètres, séparait les deux wagons-lits. Il savait que, pour l'atteindre, il devrait couvrir toute cette distance en rampant. Avec les projecteurs qui balayaient le train toutes les deux minutes environ, il n'était pas question de se relever et de marcher, ni même d'essayer de parcourir le toit à quatre pattes. Même s'il tentait de piquer un sprint pendant le bref intervalle d'obscurité, le bruit de sa course sur le toit attirerait immanquablement l'attention des gardes postés au-dessous.

Il rampa donc, toujours en T-shirt et en caleçon, sur trente mètres de toit cruellement rugueux, encore brûlant du soleil qui l'avait chauffé sans pitié toute la journée. Il s'écorcha le ventre et les genoux, tandis qu'il se propulsait par un mouvement de reptation vers l'avant. Les faisceaux lumineux rayaient l'espace au-dessus de sa tête, et les voix brutales des gardes retentissaient à intervalles réguliers autour du train, mais l'idée de retrouver les bras maternels l'armait de tous les courages.

La logique aurait pu lui souffler que les sentinelles étaient postées près de l'entrée du wagon-lits. Mais la logique n'était pas la pulsion qui l'animait à ce moment précis. C'était plutôt la peur — la peur des Russes, la peur de ce bizarre Japonais avec qui il partageait son compartiment, la peur surtout de ce qu'il était advenu de son père.

Alors qu'il avait réussi à traverser le toit du train de jour et ne se trouvait plus qu'à un mètre ou deux de son objectif, ce fut une cruelle plaisanterie pour lui que de découvrir deux gardes en faction juste dans l'entrée. Il avait pensé qu'eux aussi auraient déserté leur poste, comme les deux sentinelles censées garder le wagon-lits des hommes. Ce n'était malheureusement pas le cas.

Il attendit qu'ils s'en aillent, certain que ce n'était qu'une question de minutes. Mais son attente fut déçue. Et, pendant tout ce temps, le projecteur balayait le train avec une régularité terrifiante. Les deux dernières fois, il crut, ou imagina, que le faisceau lumineux s'était attardé un peu plus longtemps que d'habitude sur son corps plaqué contre le toit. A chaque passage, il était sûr que le rayon allait s'arrêter net sur lui, le clouer sur place ; il entendait déjà les sirènes se déclencher et les chiens hurler, les gardes avec leurs lourdes bottes gravir l'échelle et marcher vers lui d'un pas qui ébranlerait le toit des wagons.

Il se vit fourré sans ménagements, se débattant et hurlant, dans une de ces petites voitures trapues qui avaient emmené son père, puis conduit quelque part, dans un lieu lointain et désert, et jeté dans un trou noir et fétide où des rats trotteraient sur ses pieds nus.

Buddy avait attendu, bloqué ainsi pendant près de quarante minutes, convaincu que les hommes allaient s'offrir un temps de répit, comme ceux qui gardaient le wagon des hommes. Il y eut bien une pause, mais elle amena deux nouveaux gardes qui vinrent relever leurs compagnons.

Il savait que c'était de la folie que de rester plus longtemps, mais il n'arrivait pas à bouger. Il était tout près de sa mère et de sa sœur, mais plus près encore des gardes. Ceux-ci se tenaient juste au-dessous de lui à présent, invisibles sous l'avancée arrondie par laquelle se terminait le toit à l'arrière de chaque wagon, si proches qu'il entendait le murmure de leurs voix et sentait la petite odeur de soufre qui se dégageait de leurs allumettes lorsqu'ils allumaient une cigarette.

Lorsqu'il se décida à faire demi-tour, ce fut parce que l'air humide de la nuit le glaçait. Il était affamé et découragé, convaincu que, s'il restait une minute de plus, il se rendrait de lui-même aux gardes et les supplierait de le reconduire dans la chaleur et la sécurité relative de son compartiment.

Il n'avait d'autre choix que de refaire le même chemin en sens inverse. Sur le toit. Son seul recours à présent consistait à se faufiler sans se faire voir dans son compartiment. Asawa avait de drôles de tics, mais son comportement l'effrayait moins que celui des Soviétiques — tous ces gardes et ces camions qui n'arrêtaient pas de la nuit, ces petits feux dans les bois à l'extérieur du périmètre de barbelés qui marquaient l'emplacement où campaient les soldats, et le gros T54, avec ses phares de tourelle aveuglants et son allure d'insecte énorme et hideux sorti maladroitement de la forêt.

Il lui fallut presque un quart d'heure pour refaire sur le ventre la distance qu'il avait parcourue. Mais, et ce fut une surprise affreuse, démoniaque, lorsqu'il atteignit enfin l'autre extrémité du wagon de jour, il découvrit que les deux gardes qui s'étaient offert une petite récréation avaient repris leur poste.

De nouveau il attendit, les coudes et les genoux si profondément éraflés qu'ils saignaient carrément. Comme la température chutait, il tremblait de froid à présent. Apparemment, il n'y avait plus moyen d'avancer ni de reculer. Les projecteurs qui continuaient leur balayage régulier, toutes les deux minutes, lui interdisaient tout mouvement.

Buddy resta plaqué là, à bout de souffle, haletant, claquant des dents dans ses minces sous-vêtements ensanglantés. Il pensa à son père et se mit à pleurer — tout bas, parce qu'il mourait de peur de faire du bruit. Ses yeux étaient si pleins de larmes qu'il n'y voyait presque plus rien. Une ou deux fois, il les essuya d'un poing rageur. Et puis, à travers sa vision brouillée, il prit progressivement conscience de quelque chose qui avait échappé jusque-là à son attention. Il aperçut du coin de l'œil les feux de la petite locomotive qui luisaient d'un éclat chaud et orangé, un peu plus haut sur la voie. Elle ressemblait à celle du train miniature qu'on montait chaque Noël à la maison. La maison ! Comme elle paraissait loin à ce moment précis !

Buddy se trouvait à l'extrémité du wagon-lits, les gardes exactement au-dessous de lui, le corps si étroitement plaqué au toit qu'il en avait mal aux côtes. Pour passer d'une voiture à l'autre, il devait redescendre l'échelle du train de jour et remonter celle du train de nuit. Mais, avec les deux gardes juste là, il ne fallait pas y songer.

L'autre solution consistait à se relever et à sauter. L'espace qui séparait les deux wagons, un mètre cinquante peut-être, n'était pas considérable. Avec assez de recul pour prendre son élan, il y serait arrivé. Il avait sauté des distances pareilles de rocher en rocher quand il était là-haut, dans les Cascades, avec Bo. Ensemble, ils s'étaient livrés à quelques exploits imprudents sur les corniches et les escarpements. Il ne s'en était jamais vanté à son père.

Mais sauter, ici, signifiait qu'il se mettait debout et risquait d'être surpris par les projecteurs. Et aussi qu'il devait courir à toute allure sur une distance d'au moins six mètres. Courir faisait du bruit, de même qu'atterrir sur une surface dure après un saut pareil. Si les gardes ne le repéraient pas dans l'éclat des projecteurs, ils l'entendraient à coup sûr quand il foncerait sur le toit et retomberait avec un choc sourd sur l'autre wagon. A supposer, naturellement, qu'il retombe sur ses pieds et non sur une autre partie de son corps, et ne se casse pas le cou dans l'aventure !

C'était perdu d'avance. Mais plus il attendait ainsi allongé, gelé jusqu'à la moelle, tandis que le faisceau du projecteur passait au-dessus de lui, plus ce plan paraissait réalisable.

S'il se mettait debout et courait, toute l'action devrait être menée à bien dans le bref intervalle durant lequel le faisceau ne serait pas posé sur lui. Soit deux minutes. On devait pouvoir y arriver s'il n'y avait pas de pépins.

Le faisceau de lumière revenait, et cette fois il parut s'attarder sur son dos avec la cruauté d'un chat jouant avec une souris terrifiée et prisonnière de sa patte. Il sentit le cœur lui manquer et faillit se rendre aux gardes. Peut-être se contenteraient-ils de le reconduire dans son compartiment, où Asawa ronflait, perdu dans un sommeil agité. Après tout, on n'y était pas si mal. Il avait froid, il avait faim, et qui plus est aucune autre solution, à supposer qu'il y en eût, ne l'emballait.

Les feux de la petite locomotive l'appelaient de leur doux scintillement. Il n'aurait su dire pourquoi. Rien ne laissait supposer qu'il n'y avait pas, là-bas aussi, des sentinelles. Et puis même, qu'espérait-il trouver dans cette machine luisante, miroitante, qui ressemblait à un jouet ?

Il soupira tristement, avec une expression de résignation étrangement adulte, et entreprit de se relever. C'est alors qu'il entendit l'hélicoptère au-dessus de sa tête. L'appareil arrivait droit sur lui ; ses feux d'atterrissage et de position clignotaient, rouges et verts, dans le ciel à l'ouest ; les pales de son hélice fouettaient l'air devant lui.

Buddy n'eut pas le sentiment de réfléchir. Il n'y eut aucune prise de décision consciente, aucun temps d'arrêt pour évaluer les risques. Il ne savait qu'une chose : au moment où la grande forme noire jaillissait du ciel comme une énorme phalène traversant la nuit de son vol lourd, son hélice et ses moteurs barattant l'air, lui était debout et courait — d'abord vers l'arrière pour prendre son élan, puis vers l'avant pour sauter.

La fortune sourit aux innocents. Sans préparation aucune, sans même oser y croire, Buddy avait réalisé un minutage parfait. La route de l'hélicoptère et sa propre trajectoire se coupèrent à angle droit au moment précis où l'appareil volait bas et se trouvait très exactement à sa verticale, le vacarme des pales et du moteur étant au maximum de sa puissance.

Tandis qu'il courait vers l'extrémité du toit, l'écart entre les deux wagons, qui, quelques secondes plus tôt seulement, paraissait franchissable, s'élargit soudain et lui parut s'ouvrir démesurément. Il se sentit hésiter, mais il se trouvait à présent juste au bord, et l'élan qu'il avait pris annulait toute possibilité de retraite.

L'instant suivant, il était porté par l'air, cheveux au vent, l'air frais contre sa joue, petite créature fantomatique en sous-vêtements volant à travers la nuit. Au-dessus de lui, il entrevit la forme du pilote dans le cockpit illuminé. Il sentit, au creux du ventre, les vibrations des pales qui se déchaînaient au-dessus de sa tête.

Le temps que l'hélicoptère passe, il était déjà retombé sur ses pieds, effectuant son propre atterrissage de justesse et dans un équilibre précaire, à quelques centimètres à peine du bord de l'auvent de l'autre wagon. Il s'allongea aussitôt, la poitrine plaquée contre la chaleur du toit, au moment précis où le projecteur du mirador balayait l'endroit.

Il demeura quelque temps allongé ainsi, le visage et le torse collés contre la surface tiède et râpeuse du toit, un goût de métal et d'amiante dans la bouche. Il ignorait complètement si les gardes l'avaient entendu courir ou atterrir, ou même s'ils avaient vu une masse sombre bondir au-dessus d'eux. Le vacarme de l'hélicoptère volant bas avait été assourdissant, et l'apparition de l'appareil providentielle.

En tout cas, il n'avait pas l'intention d'attendre leurs éventuelles réactions. Dès que le faisceau du projecteur se fut éloigné, il se remit debout et sprinta sur le toit en direction du rougeoiement aguichant de la petite locomotive qui scintillait à l'avant.

Les deux conducteurs finlandais disposaient d'un coin de repos rudimentaire à l'arrière de la cabine : des lits de camp, quelques sièges et un petit poêle, et même des sous-verre — des scènes d'hiver locales — accrochés aux murs. C'était immaculé et confortable, un peu comme ce qu'on trouve dans le fourgon de queue d'un train américain.

Conformément au règlement très strict des chemins de fer finlandais, deux chauffeurs travaillant à plein temps étaient chargés d'assurer le fonctionnement du matériel durant toute la période où celui-ci restait sorti du dépôt d'Helsinki. Moyennant quoi, tant que le train était immobilisé, les deux conducteurs demeuraient à leur poste, dans leur cabine ou dehors, vingt-quatre heures sur vingt-quatre.

Il y avait plusieurs heures que les deux hommes avaient fini de dîner et de s'attarder sur leur pipe quand Buddy fit une apparition pour le moins surprenante, et sans y avoir le moins du monde été invité. Il avait traversé le toit du petit tender, juste derrière la locomotive, et s'était laissé glisser le long d'un tuyau pour jaillir, tel un lutin, dans la cabine.

Les conducteurs, qui avaient fait un sort à un litre presque entier de vodka au dîner, ronflaient, étalés sur leurs lits de camp, lorsque le garçon, trébuchant dans la cabine obscure, buta dans la porte d'une trappe. Il y eut un bruit bref et métallique, comme un signal d'alarme. Une veilleuse s'alluma près d'un lit, et les trois occupants de la cabine se dévisagèrent dans la lumière incertaine.

Buddy s'aperçut qu'ils avaient plus peur que lui. D'accord, il avait l'avantage, émergeant ainsi de la nuit sans crier gare. Ils dormaient du sommeil profond et sans rêve que seule peut produire une ample consommation de vodka. Et voilà qu'ils étaient soudain réveillés avec fracas pour voir ce petit spectre presque nu, tout taché de sang, se matérialiser dans le décor invraisemblable d'une cabine de locomotive.

Buddy marmonna quelque chose. Il tenta d'expliquer. En s'entendant débiter fiévreusement, à un rythme trop haletant, son histoire, et dans cette tenue, il avait une idée assez précise de l'impression qu'il produisait.

Ils ne comprenaient pas ce qu'il disait, mais devinaient sans mal la situation périlleuse dans laquelle il se trouvait. C'étaient des Finlandais, qui, après plusieurs guerres impitoyables, ne portaient pas les Russes dans leur cœur. Ils savaient, même à ses seuls sous-vêtements, que le garçon n'était pas russe. C'était visiblement un des otages, et si, comme il semblait, il avait réussi à s'enfuir Dieu sait comment, ils n'avaient pas l'intention de le livrer.

Dehors, ils entendirent un bruit de voix venant dans leur direction. Des gardes. Encore une minute ou deux, et ils seraient là, à vérifier si un gamin en fuite ne s'était pas réfugié dans la locomotive. En une seconde, les deux conducteurs étaient debout et poussaient Buddy plutôt qu'ils ne le guidaient vers une petite porte en métal située à l'arrière de la cabine ; elle devait faire dans les soixante centimètres tout au plus et s'ouvrait sur un petit placard étroit, juste devant le tender, qui servait de réserve à outils.

Ils eurent tout juste le temps de le fourrer à l'intérieur et de refermer la porte sur lui. Geste que le gamin aurait pu croire menaçant en soi. Mais lui aussi avait senti quelque chose chez ces deux Finlandais à l'allure plutôt rude. Et il était convaincu qu'ils ne lui voulaient pas de mal.

Deux grands gaillards escaladèrent bruyamment l'échelle et pénétrèrent dans la cabine. Les conducteurs étaient prêts à éluder toute question ayant trait aux allées et venues d'un fugitif. Ils n'eurent pas à le faire. Les gardes voulaient simplement savoir pourquoi il y avait encore de la lumière dans la cabine à une heure si tardive.

Un des conducteurs expliqua qu'il avait eu un besoin pressant. Ce qui lui valut une plaisanterie douteuse d'un des gardes, et tous éclatèrent de rire. Les conducteurs leur offrirent le fond de vodka qui restait dans la bouteille. Les Russes ne se firent pas prier, puis ils quittèrent rapidement les lieux.

Les deux hommes attendirent quelques minutes avant de revenir vers le placard, cette fois avec un plateau chargé des reliefs exquis de leur dîner.

« Je pense que tu as pris la bonne décision. Pénible, certes. Mais celle qui s'imposait et que te dictait ton devoir ! »

Le colonel Dounskoï observa son vieil ami avec un sentiment d'irréalité grandissant. L'homme qu'il connaissait depuis trente ans lui semblait soudain un parfait étranger.

« Je t'admire, Dimi. C'est vrai, tu sais. » Il agita la feuille de papier devant lui comme une baguette de chef d'orchestre ; on aurait dit qu'il dirigeait un passage particulièrement exalté d'une symphonie. « Je sais ce que ça a dû te coûter. »

Tu parles ! pensa Dimitri, et il fixa le sol de crainte de laisser deviner ses véritables sentiments. Son sens de la discipline militaire était si aigu qu'il redoutait en lui tout ce qui aurait pu passer pour de l'insubordination. Il ne lui était pas encore apparu qu'il était en colère. Et l'aurait-il compris, que cette colère restait encore imprécise, dirigée contre personne en particulier, sinon lui peut-être.

« Je ne peux pas en parler », s'entendit-il marmonner, pressé d'en avoir fini.

Ievtchenko exsudait la sollicitude :

« Bien entendu, mon cher. C'est parfaitement compréhensible ! Une enfant abusée, égarée... Tombant sur de mauvaises fréquentations. Épousant des idées dangereuses. C'est navrant... »

Dounskoï acquiesça sans réfléchir.

*Papa, ne te donne pas tout ce mal, c'est inutile,* entendit-il murmurer dans sa tête, au point précis qui commençait à le faire souffrir. Le charmant visage menu, ovale, avec ses yeux à lui, profondément enfoncés, lui rendit son regard.

« J'ai vérifié auprès de l'état-major ce matin. » Ievtchenko se frotta les mains avec l'air affairé d'un homme revenant à des choses plus sérieuses. « Le dossier est en bonne voie. Tu devrais être informé de ta promotion d'ici... »

*Signe, papa, et oublie-moi...*

« ... le premier du mois... »

*Maman a raison. Tu dois signer.*

*Ce n'est pas à toi de me dicter mes actions. Je sais parfaitement ce que...*

« ... tes projets à présent ? »

Dounskoï sursauta et leva les yeux vers l'homme assis en face de lui, tandis que les échos de sa propre voix furieuse s'éteignaient dans sa tête :

« Pardon ? »

Le maréchal Ievtchenko parut vaguement agacé :

« Je te demandais quels étaient tes projets dans l'immédiat. Ce que tu aimerais faire maintenant.

— Ah... » Dounskoï sourit avec une vivacité affectée. « Eh bien, reprendre mon poste au plus vite. Rejoindre mes hommes à Vyborg. »

Le maréchal tripotait d'un air absent un presse-papier en bronze représentant une baleine. Ses doigts s'immobilisèrent soudain et un petit sourire nerveux voleta sur ses lèvres :

« Oui, je vois. » Il s'éclaircit la voix. « C'est bien, Dimi. Admirable. Cela ne m'étonne pas de toi. D'un si bon soldat... Mais je crains que... »

Crispé sur son siège, Dounskoï écoutait son vieil ami ; des sirènes d'alarme commençaient à se déchaîner dans sa tête.

« ... une situation si incertaine encore... qui convient mal... compte tenu de la notoriété déplaisante qui s'y attache... »

Dounskoï ne bougeait pas, ne parlait pas, captant des paquets de mots, moins choqué qu'éberlué. Il avait compris, pour l'essentiel. Il devait retourner à Vyborg, mais on le relevait de son commandement. Promu, certes, mais limogé. On le laisserait vaquer à son poste, devenu une sorte de sinécure. Catapulté à des sommets où il n'était pas question de se compromettre. Son esprit chercha désespérément une réponse appropriée. Ce qu'il lui fallait à ce moment précis, c'était de l'éloquence, un esprit percutant, un sens aigu de la riposte. Mais il resta muet et réussit seulement à hocher la tête d'un air morne, incapable de trouver la repartie cinglante qui s'imposait.

« Tout à fait regrettable, mon cher, poursuivait Ievtchenko, intarissable. Cette lamentable histoire de train, d'otages et je ne sais quoi. Ça s'amplifie et ça se complique de jour en jour ! Non que tu ne puisses mener l'affaire de main de maître. Mais tu sors à peine d'une terrible épreuve personnelle et...

— Qu'essaies-tu de me dire, Arkady ? » Il entendit sa voix, faiblarde, hargneuse, très loin de lui. « Qu'en raison des activités politiques de ma fille, on ne peut plus me confier de commandement ?

— Mais pas du tout, mon cher ! » Le maréchal se leva, contourna le bureau et s'immobilisa juste devant lui. « Pas du tout ! Pourquoi aller penser une chose pareille ?

— C'est pourtant bien l'idée que j'en ai, s'obstina mollement Dounskoï.

— Un peu de bon sens, mon cher ! Si c'était le cas... Si l'on ne pouvait plus te faire confiance, toute cette histoire de promotion serait à l'eau ! Or elle ne l'est pas, comme tu peux toi-même le constater. Le dossier suit son cours. Dans quelques semaines, tu es général de division du Soviet suprême. Il sera alors temps de songer à une nouvelle affectation.

— Je connais plusieurs nominations à ce grade dans notre armée qui ne sont guère plus qu'un lot de consolation en cas d'échec, en cas de carrière s'achevant sur une disgrâce. Des promotions vides. Sans aucune utilité... Pratiquement un exil en province...

— Allons, allons, Dimi ! » Le maréchal partit d'un rire brusque et lui expédia une grande claque sur le dos. « Tu prends tout ça bien trop à cœur. Ce dont nous parlons ici, c'est d'une nouvelle mission en attendant que l'heureux dénouement de la crise actuelle...

— Qui me remplace ?

— Gritchkov. Il est promu colonel. Sa nomination prend effet demain, à 9 heures précises. »

Dounskoï accueillit la nouvelle avec un visage de pierre, glacial :

« Je vois. »

Il fixait les lèvres gonflées, légèrement cyanosées, de son vieil ami.

« Ce n'est plus de ton ressort à présent, mon cher. Crois-moi, ne t'en mêle plus ! » Une fois de plus, il agita devant lui le document portant la signature de Dounskoï.

« Maintenant que nous avons ça, tout rentre dans l'ordre. Fais-moi confiance, Dimi ! »

Dounskoï s'était levé, hochant la tête sans mot dire, tandis que Ievtchenko passait un bras sous le sien et le traînait plus qu'il ne le conduisait hors de la pièce. Ils restèrent un moment plantés devant la porte entrouverte, à se serrer vigoureusement la main. Dounskoï était vaguement conscient de la présence de gens dans l'antichambre, qui les observaient.

« Oui, marmonna-t-il, trop humilié pour regarder son ami dans les yeux. Oui, bien sûr. Je comprends à présent. Je retourne là-bas, mais je ne me mêle de rien. Si je peux être d'une aide quelconque à Gritchkov pendant cette période de transition, naturellement je... »

Si l'on se fiait aux apparences, et pour les gens qui attendaient d'être reçus en audience par le maréchal, ces deux hommes se serrant chaleureusement la main faisaient penser à deux bons copains prenant congé l'un de l'autre dans les meilleurs termes. Or, tandis qu'il franchissait d'un pas vif, la tête haute, la porte d'entrée, Dounskoï avait le sentiment qu'autour de lui le monde s'écroulait. Le doute n'était plus permis. Il serait nommé général de division de l'armée du Soviet suprême dans moins de deux semaines. Cela se traduirait par un bond appréciable en termes de traitement, de gratifications diverses et de qualité de la vie. Mais une seule pensée habitait son esprit tandis qu'il se dirigeait à larges enjambées vers la voiture en stationnement : Puisque, de toute façon, ils me retiraient mon commandement, pourquoi ai-je pris la peine de signer ce papier désavouant Macha ? Que vont-ils faire à présent de mon enfant ?

« On déménage.
— Hein ?
— Ils disent que nous allons être transférés.
— Qui ? Qui va être transféré ?
— Nous tous. Tous les gens qui se trouvent dans le train. Hommes et femmes. »

On entendait des bruits de pas dans le couloir, des portes de compartiment s'ouvraient, des gens se précipitaient. Il était 10 heures du soir tout juste passées et certains avaient déjà enfilé leur pyjama. Ils s'agglutinaient autour de Karl Heinz et pour un peu l'auraient piétiné.

« De qui tiens-tu ça ? demanda Paul Blanton.
— D'un garde.
— Mais où ? s'enquit Max Conti. Où nous transfèrent-ils ?
— Un peu partout. » Les yeux du garçon étincelaient de fureur. « D'après lui, on nous sépare ! On nous envoie dans tout le pays ! Dans des centres de détention différents !
— Seigneur... gémit Mr. Mukherjee.
— Fariboles, décréta Paul Blanton d'un ton sec. Je n'en crois pas un mot. »

Un brouhaha de commentaires exaspérés balaya le couloir.

« Taisez-vous donc ! gronda Shapley. Écoutons ce que ce jeune homme peut nous dire ! » Il se tourna de nouveau vers Karl Heinz. « Pourquoi ce garde a-t-il eu soudain l'idée de te raconter ça ? »

Karl Heinz parut gêné :

« J'essayais... je voulais juste savoir quelque chose.
— Savoir quoi ? insista Shapley d'un ton ferme.
— Ce qu'étaient devenus les Kariolainen.
— Tu veux dire le gamin ?
— Euh... pas exactement.
— Alors, Ted ? »

Les yeux de Karl Heinz allaient d'un visage à l'autre comme ceux d'un animal traqué.

« Je crois que ce qu'il essaie de dire, intervint Stern, c'est qu'il voulait avoir des nouvelles de Corrie. Pas vrai, Karl ? »

Le jeune garçon rougit et regarda autour de lui d'un air penaud.

Shapley leva les mains d'un air ébahi :

« Enfin, bon Dieu, il n'y a pas de quoi en faire un drame ! Elle est charmante, cette petite ! Bon, et alors ? Tu as donc demandé au garde s'il pouvait te donner des nouvelles à son sujet ?

— Oui, monsieur. Je lui ai donné de l'argent. »

Thomas haussa les sourcils :

« De l'argent ? »

Le petit groupe de spectateurs se pressa plus près.

« Oui.

— Et il a accepté ?

— Oui.

— Et il t'a dit quoi ?

— Il m'a dit ce qu'il avait appris au sujet de Corrie, et puis il m'a parlé de Mr. Wales.

— Et qu'a-t-il dit ? demanda Max Conti.

— Corrie et sa mère vont bien... »

La voix de Karl Heinz faiblit.

« Et Keith ? insista Max.

— Il est assez sonné. Il a un bras et la mâchoire de cassés... et plusieurs dents en moins.

— Pas tellement le genre de blessure qu'on se fait en butant contre un rocher ! » déclara Paul Blanton.

Shapley paraissait sceptique :

« Dans quelle langue vous êtes-vous parlé ?

— En allemand. Il semble avoir été en garnison près de Leibnitz. C'est là qu'il a appris l'allemand. Il parlait très bien. J'ai de la famille dans cette ville et nous avons commencé à discuter.

— Bon, bon, enchaîna Thomas, le souffle plus court. Et c'est alors qu'il t'a dit que nous allions être séparés et dispersés dans tout le pays ?

— Oui, monsieur », marmonna Karl Heinz d'une voix à peine audible.

Il jeta un regard autour de lui comme s'il se sentait personnellement responsable de ces mauvaises nouvelles.

Paul Blanton expédia un coup de pied dans le mur du couloir :

« Merde. »

Mr. Mukherjee se tordait les mains. Il roulait des yeux terrifiés :

« Mon Dieu, oh mon Dieu ! »

Van Meegrin hochait lentement la tête :

« Je n'arrive pas à y croire. C'est simple, je n'y arrive pas !

— Et pourquoi pas ? » demanda Shapley, parlant le langage de la raison. On aurait dit qu'il réfléchissait tout haut. « C'est parfaitement logique. Ne serait-ce que pour de simples raisons de sécurité. Une cinquantaine d'otages bloqués au même endroit... Cela représente une surveillance considérable. Nous avons déjà eu deux évasions. Il serait tout à fait sensé de nous répartir en unités plus petites, plus faciles à contrôler, et de nous évacuer sur différents centres de détention.

— Oh mon Dieu, bêla Mr. Mukherjee. Mon Dieu !

— Et puis, il y a toute cette histoire de grève de la faim, continua Shapley.

— Exact ! approuva Thomas. On vient plus facilement à bout de ce genre de chose dans des petits groupes que dans des grands. Je suis entièrement d'accord. De leur point de vue, il est absolument justifié de nous séparer. »

La certitude qui marquait le ton de l'Anglais était réfrigérante. Un silence opaque les enveloppa.

« Ce que j'aimerais savoir, dit Desfargue, c'est pourquoi ils nous retiennent ainsi ? A quoi peut bien leur servir de coincer des innocents, ici, jour après jour ?

— Ils recherchent des gens qui veulent passer à l'Ouest, des espions, et Dieu sait quoi encore ! dit Blanton qui explosait.

— Bon, maintenant qu'ils ont Wales, ils le tiennent leur espion ! dit Max. Pourquoi ne nous laissent-ils pas partir ?

— Parce qu'il leur en faut d'autres, déclara Stern d'un air sinistre. Et leur choix est tombé sur moi. »

Shapley sursauta :

« Sur vous ! »

Stern eut un sourire bizarre :

« Je crains bien que ce ne soit pas le seul point qui les intéresse... »

Il fixait Thomas.

« Pas le seul point ? Mais bon sang, expliquez-vous, Peter ! » s'énerva Blanton.

Stern dévisagea l'Anglais d'un air lourd de sous-entendus :

« Demandez donc à Tony. En sa qualité de journaliste, il a accès à des informations dont nous autres, pauvres mortels, n'avons vent que lorsqu'il est trop tard ! »

Blanton observa les deux hommes qui se lançaient des regards venimeux :

« J'aimerais que quelqu'un ait la décence de nous éclairer un peu. » Il se tourna de nouveau vers Stern. « Qu'est-ce que tout ça veut dire exactement ? »

Tony Thomas tira avec irritation sur sa cigarette :

« Rien. C'est juste du vent. Et toi, Stern, ça suffit. »

Blanton commençait à piaffer :

« Si vous savez quelque chose, Tony, vous feriez mieux de nous le dire.

— Je vous jure que je ne sais rien ! Rien de plus que vous autres ! Stern décompense, c'est tout. »

Un sourire pervers aux lèvres, Stern observait l'inquiétude de Thomas. Depuis leur altercation nocturne, Thomas et Stern avaient soigneusement observé leurs distances. Aucun n'avait reparlé de l'incident à l'autre, et Stern avait gardé pour lui ce qu'il avait appris. Non par égard pour Thomas. Mais il ne voyait pas l'intérêt d'alarmer encore davantage les autres en leur apprenant qu'ils servaient de pions à une montée des enchères politiques entre grandes puissances.

« Mon Dieu ! » Mr. Mukherjee luttait contre un sentiment de panique grandissant. « Je ne comprends rien à tout ça ! Je ne veux pas être séparé de ma femme, de mon enfant ! Ce n'est pas possible, pas possible !

— Il ne se passera rien de pareil », affirma Shapley, mais lui aussi était visiblement ébranlé. « Je vous assure que nous ne sommes pas seuls. Qu'on ne nous a pas oubliés ! En ce moment précis, on négocie. Je vous le garantis ! Ce qui prime, dans l'immédiat, c'est le sort de Wales et du jeune Kariolainen. Nous ignorons toujours ce qu'est devenu Ted, et dans quel état est Ralph Keck. »

L'intervention de Shapley eut pour vertu de les détourner de leur inquiétude sur leur propre sort et de reporter leurs pensées sur ceux dont la situation semblait bien plus alarmante. Mais, ce faisant, le professeur se rappelait les mots du jeune médecin russe lorsqu'ils avaient pris congé l'un de l'autre, la veille. « Cette histoire avec nos sous-marins et nos hommes... c'est très grave. » Il n'avait pas saisi le sens de ces mots, alors. Or ils se chargeaient à présent d'une signification évidente, et nettement plus menaçante. Pour l'instant, les autres avaient oublié Thomas et l'allusion de Stern à une possible trahison. Shapley ne tenait pas spécialement à éclairer leur lanterne.

A l'arrière de ce petit cercle où les nerfs étaient à vif, Junji Asawa faisait les cent pas, tirant sur sa cigarette, comme un félin depuis trop longtemps prisonnier de sa cage.

La señora Gonzaga peinait sur la lettre qu'elle aidait Mrs. Keck à rédiger. Une lettre adressée au colonel Dounskoï, qu'elles croyaient, à tort, toujours à la tête des opérations. Elle l'avait écrite sur une feuille de papier et avec un crayon qu'elle avait réussi à cacher derrière un miroir du compartiment, malgré les fouilles répétées du train.

« ... et c'est pourquoi je demande avec le plus grand respect », relut à haute voix la señora Gonzaga avec son accent espagnol haut perché, chevrotant, « à être autorisée, dans les plus brefs délais, à rendre visite... »

Sa voix baissa d'un ton quand elle s'aperçut que Myra Keck ne faisait plus attention à la lettre. Il faut dire qu'en trois jours elles en étaient à la sixième mouture, utilisant la même feuille de papier qu'elles effaçaient chaque fois. Il n'y avait pratiquement aucune chance que le colonel Dounskoï la vît, ni d'ailleurs son adjoint.

La señora Gonzaga avait été informée de ce fait par un jeune lieutenant, en termes des plus courtois mais dépourvus d'ambiguïté : toute communication écrite, de quelque ordre que ce fût, entre les détenus ou entre les détenus et le personnel de la poste, était strictement interdite. Elle n'eut pas le cœur, toutefois, de transmettre cette information à Mrs. Keck.

Les doigts tremblants de la señora Gonzaga effleurèrent la main de Mrs. Keck :

« Myra ? Myra, ma bonne. M'entendez-vous ? »

Mrs. Keck parut se réveiller, les cheveux en bataille, les yeux légèrement hagards.

« Myra ?... Myra, la lettre.

— La lettre ? »

Mrs. Keck répéta lentement le mot, comme si elle apprenait à le prononcer.

« Elle est finie.

— Finie ?

— Oui, ma bonne. Nous l'enverrons au colonel dans le courant de la matinée.

— C'est une gentille idée.

— Oui, ma bonne. »

Toutes deux hochèrent la tête en se regardant.

« Que diriez-vous d'un bon verre de lait avant d'aller au lit ? s'enquit la señora. Je pense pouvoir convaincre l'employé. »

Mrs. Keck acquiesça, toujours avec ce regard hébété.

« Avec un petit gâteau peut-être ? »

La señora parut elle aussi revigorée à cette perspective.

Mrs. Keck sourit avec une vivacité inattendue :

« Un petit gâteau ?

— Parfait ! » La señora Gonzaga battit des mains de plaisir. « Je crois en avoir un paquet dans mon sac. »

Isabel faisait semblant de lire. En réalité, elle tentait de se concentrer sur l'atroce petit livre de collection bon marché que, de désespoir, elle avait emprunté à Consuelo. Celui-ci, comme tous les ouvrages que semblait affectionner sa sœur, était une volumineuse et rutilante saga de neuf cents pages, dont tous les héros étaient riches et huppés — des comtes, starlettes et nababs de l'industrie cinématographique qui copulaient à qui mieux mieux, faisaient fortune en une seconde et recevaient tous en fin de parcours, bien entendu, la récompense ou le châtiment qu'ils méritaient.

Cela faisait trois fois qu'Isabel relisait la même page. Il y était question des frasques donjuanesques de Serge, Russe blanc de l'aristocratie, sans le sou mais d'une « séduction ravageuse », avec un penchant pour les molosses et les belles masochistes de la haute société. Les aristocrates la barbaient et ces superbes créatures l'exaspéraient, assommantes au-delà de toute expression avec leur façon incompréhensible de se prêter aux sévices de Serge. Tout ce beau monde n'avait rien à s'envier.

Indépendamment de la nullité accablante des dialogues, la véritable raison de l'attention défaillante d'Isabel était Silvana Lambrusto, assise en face d'elle dans le compartiment qu'elles partageaient.

Claire de peau, une minceur de liane, indiscutablement belle, Silvana aurait pu être une héroïne du genre de littérature que lisait Isabel — une de ces créatures pomponnées, blasées, qui avaient nom Danielle, Gabrielle ou Francesca et arboraient des visages ravissants, vides et ennuyés —, ce type de beauté qui vous conduit à rechercher désespérément des raisons de la mépriser.

La première impression d'Isabel sur cette belle jeune femme avait été une projection de tout ce qu'elle aurait exactement voulu qu'elle fût — vide, égoïste, narcissique, uniquement préoccupée de vêtements et des accessoires de la coquetterie. Dans son échelle de valeurs, la pire appréciation que pût porter Isabel sur une personne était de la juger « sans intérêt ».

Elle aurait bien aimé pouvoir ranger Silvana dans cette catégorie. Les choses s'en seraient trouvées considérablement simplifiées. Cela lui aurait permis d'adopter à son égard une condescendance protectrice, et même de se prendre d'amitié pour elle, pour cette « pauvreadorable-petite-Silvana », le genre d'affection qu'on réserve à un chiot.

Mais Silvana n'avait rien d'un chiot. Elle n'était ni fragile ni à plaindre, et Isabel était bien trop honnête par nature, d'une honnêteté impitoyable quand elle en venait au stade de l'examen de conscience, pour s'accrocher trop longtemps à ces fantasmes.

Soumise au même régime que l'Italienne par les circonstances, contrainte de partager son intimité, Isabel avait beau faire, elle ne trouvait pas en celle-ci le mannequin inconsistant qu'elle avait imaginé durant tout le voyage. A la place, elle découvrait une jeune femme fière, sensible et étonnamment timide, d'une intelligence peu commune et parfois sidérante.

Pendant tout leur voyage en Union soviétique, elles s'étaient appliquées à s'éviter, réaction qui trahit souvent une attirance mutuelle profonde. Soudain réunies, bloquées dans le même espace restreint, elles ne pouvaient plus s'ignorer. Il s'ensuivit un *pas de deux* * compliqué, une phase d'attaques et d'esquives dans laquelle un seul faux mouvement aurait définitivement compromis toute l'affaire. Rien de semblable ne se produisit. Au contraire, à mesure qu'elles continuaient à manœuvrer avec prudence, elles finirent par se découvrir progressivement des affinités tout à fait inattendues.

« Qu'est-ce qui te tracasse ce soir ? demanda brusquement Silvana.

— Moi ? Rien. Pourquoi cette question ?

— Ça fait une demi-heure que tu lis la même page.

— Comment le sais-tu ?

— Je le sais parce que tu ne bouges pas et que tu ne tournes jamais la page !

— Si tu veux savoir, ce livre est d'une idiotie sans nom », déclara Isabel d'un air écœuré.

Elles éclatèrent de rire comme deux vieilles copines savourant cette intimité qui naît des meilleurs souvenirs partagés.

Silvana cessa brusquement de rire :

« Pourquoi me regardes-tu de cette façon ?

— De quelle façon ?

— Avec cette expression bizarre.

— Je devais être en train de me dire que tu es vraiment ravissante, déclara Isabel après un instant de réflexion.

— Oh, de grâce, parlons d'autre chose ! » Silvana écarta le sujet d'un geste, comme pour chasser une odeur nauséabonde. « C'est

* En français dans le texte. (*N.d.T.*)

habituellement le prélude à une conversation qui se termine en général par : “ Je ne m’étais jamais rendu compte comme vous étiez intelligente malgré votre physique. ”

— Mais tu es intelligente ! La première fois que je t’ai vue, j’espérais que tu ne le serais pas tant.

— Comme ça, j’aurais pu t’être antipathique.

— Pas du tout ! Tu m’aurais été nettement plus sympathique ! »

De nouveau elles riaient, se sentant bien ensemble, complices comme deux sœurs apportant chacune à l’autre ce dont elle avait besoin. Et puis, l’une comme l’autre aussi, elles faisaient de leur mieux pour imposer silence à leurs craintes.

Silvana parla librement de Sandro ; elle finit par raconter le terrible épisode avec Keith Wales, et l’arrivée inopinée de Max. Elle était presque sûre que, si Sandro n’avait toujours pas deviné, Max s’était empressé de le lui dire de toute façon. Elle n’avait aucune idée des répercussions qui s’ensuivraient sur leur couple. Elle n’éprouvait pas le moindre penchant pour Keith et continuait à l’appeler « ce garçon » quand elle en parlait.

Isabel raconta les trois ou quatre amours malheureuses qu’elle avait connues. Chaque fois, il s’était agi d’un homme hors du commun. Beaucoup trop bien. En fait, avoua-t-elle, il y avait quelque chose en elle... une sorte de nécessité funeste de donner le coup de grâce à toute relation qui menaçait de devenir plus qu’une simple satisfaction charnelle.

Elle décrivit son atroce nuit avec Tony Thomas, son besoin de s’humilier devant un homme qu’elle estimait nettement de deuxième ordre. Sur ce, à son grand étonnement, elle se mit à pleurer.

Minuit approchait. Elles se turent et éteignirent les lumières du compartiment. Dans la couchette inférieure, Isabel contemplait le pâle anneau de la lune qui diffusait son éclat argenté à travers les cimes des hauts bouleaux, au-delà de l’enclos. Au-dessus d’elle, elle entendait Silvana respirer et savait qu’elle était encore éveillée.

« Silvana, chuchota-t-elle, tu ne dors pas ?

— Non.

— J’ai entendu quelque chose aujourd’hui. »

Il y eut un temps d’arrêt. Puis le matelas du dessus grinça tandis que Silvana se retournait et se penchait vers elle.

« Que dis-tu ?

— J’ai entendu quelque chose aujourd’hui.

— Oui ?

— D'une des surveillantes. Elle parlait espagnol. C'est affreux, et je ne sais toujours pas si je dois la croire. »

Elle voyait Silvana scruter l'obscurité dans sa direction.

« Elle disait... cette surveillante... qu'on allait nous séparer. Nous envoyer un peu partout. Dans différents camps et centres de détention...

— *Santa Maria nobile!* s'exclama Silvana d'une voix étouffée. Ce n'est pas possible!

— Ce n'est pas pour moi que je me fais du souci. Ni pour ma mère ou ma sœur. Mais pour mon père. Il ne survivra pas.

— *Santa Madonna!*

— Je ne voulais pas t'en parler. Je ne voulais inquiéter personne.

— Mais tu dis que tu te demandes s'il faut croire cette femme?

— Je ne sais pas... quelque chose en elle m'a paru étrange... Son espagnol, je crois. »

Une longue pause suivit, traduisant la perplexité d'Isabel.

« Quoi, son espagnol?

— Je ne sais pas... Il était presque trop parfait. Et elle m'a donné cette information spontanément, comme si ça lui brûlait la langue! »

Nell Blanton était entortillée dans les draps de son étroite couchette, écoutant le ronflement discret qui s'échappait de la couchette de Frau Kunkel, sous elle. Ce soir-là, Frau Kunkel avait ouvert son cœur à Nell. Elle se faisait un sang d'encre au sujet de Karl Heinz. Elle était sûre qu'il allait trépasser, dépérir comme une fleur délicate privée d'eau.

Pour la première fois aussi, elle parla de son mari, racontant qu'elle l'avait épousé sans jamais l'aimer. Le grand amour de sa vie avait été un soldat avec qui, à l'âge de dix-huit ans, elle avait voulu s'enfuir. L'histoire avait mal tourné. Ses parents les avaient rattrapés avec l'aide de la police, et ils l'avaient ramenée de force à la maison.

Peu après, elle épousait Herr Kunkel, un robuste *burgher* de Freiberg, de vingt ans son aîné. Elle n'avait eu qu'un enfant de lui, Karl Heinz. Herr Kunkel s'était montré d'une extraordinaire bonté à son égard, lui apportant plus qu'une vie simplement décente. En retour, elle était devenue une vraie mégère, l'accablant de son persiflage et de son mépris.

Nell écoutait en silence le torrent de venin et de haine de soi qui ne manqua pas de suivre. Par comparaison, son union avec Paul semblait presque idyllique. Pourtant, beaucoup de points de sa propre histoire présentaient une ressemblance troublante avec celle de Frau Kunkel.

Elle s'était mariée pratiquement pour les mêmes raisons. A vingt-trois ans, Paul Blanton s'était déjà distingué dans le petit monde des avocats d'affaires, où il faisait figure d'enfant prodige. Il venait d'une des premières familles de l'Old Dominion*, avait fréquenté les meilleures écoles, appartenu aux meilleurs clubs, et il amorçait une carrière brillante. Le mariage de la jeune et jolie « débutante » de Lexington avec un si beau parti fut considéré par tous ceux qui se préoccupaient sérieusement de ce genre de chose comme un joli coup.

A présent, presque trente ans plus tard, avec deux enfants mariés, trois fois grand-mère, encore dans la fleur de l'âge physiquement et moralement, Nell se sentait vide, terrifiée à la perspective d'un avenir qui serait plus vide encore.

A la différence de beaucoup d'autres membres du groupe, elle considérait sa détention — presque neuf jours maintenant — derrière les barbelés avec un détachement étrange, presque glacial. Elle ne se livrait à aucun pari sur leur libération prochaine. Bizarrement, elle ne s'en souciait pas vraiment. Ses petits-enfants lui manquaient, mais, et c'était là le paradoxe, pas ses enfants. Elle n'aspirait pas le moins du monde à rentrer chez elle. Son élégante maison d'avant-guerre, située dans une banlieue aisée de Lexington, lui était sortie de l'esprit. Maintenant que les enfants étaient grands et tous partis, c'était juste un endroit spacieux, tentaculaire, plein de pièces et de chambres bourrées d'objets de famille et de mobilier ancien, aussi froid et vide qu'un musée une fois le soir tombé. De la revoir ou non la laissait d'une indifférence renversante. Elle avait, somme toute, peu de chose en vue, une fois qu'elle serait rentrée là-bas. Quand elle y réfléchissait, elle s'inquiétait plus de son état d'esprit personnel que d'une simple période de détention en terre étrangère.

Avant de s'endormir, ce soir-là, elle pensa à Peter Stern. Le fait qu'elle abritât de pareilles pensées sur un homme qu'elle connaissait à peine la révoltait. Mais comme il était différent de Paul ! De tous les hommes, d'ailleurs, qu'elle avait connus à Lexington.

Il avait du charme, une manière d'être non conventionnelle qui lui conférait une agréable séduction. Pas du tout coulé dans le moule de l'idéal masculin héroïque, chevaleresque, de la réussite, qu'on lui avait appris à admirer dès son plus jeune âge. Elle se dit qu'elle avait à présent fait pratiquement le tour de tout ce que l'autre sexe avait à offrir. Stern en était certainement un bon exemple, de cet autre sexe,

* L'État de Virginie. (*N.d.T.*)

un exemple savoureux, mais il semblait inquiet et préoccupé — beaucoup trop personnel pour s'autoriser un brin de badinage avec une femme mariée d'âge mûr. Et puis d'abord, ce n'est pas ce qu'elle cherchait. Elle préférait penser qu'elle était surtout attirée par un compagnonnage plus confortable. Et lui, que cherchait-il donc, ce voyageur solitaire sans but précis qui ne savait trop quoi faire de lui-même ? D'accord, il y avait eu l'échec de son mariage au bout de tant d'années. Mais, à bien y réfléchir, depuis le peu de temps qu'elle le connaissait, il ne paraissait pas tellement anéanti. Que cherchait-il ? se demanda-t-elle de nouveau. Ou, plus exactement, que cherchait-*elle ?* Nell faillit éclater de rire en imaginant la tête de Paul s'il avait pu deviner à quoi elle pensait à ce moment précis...

Jane Blaylock se réveilla en sursaut. Comme si quelqu'un l'avait appelée d'un ton impératif. Le faisceau du projecteur, dehors, traîna sur la mince couverture avant de s'éclipser nerveusement.

Elle éprouvait un indéfinissable sentiment d'appréhension. Une impression de tristesse profonde s'attardait en elle, comme un arrière-goût légèrement déplaisant, et elle comprit qu'elle venait de rêver. A quoi, elle n'aurait pu le dire. Elle se demanda si c'était le rêve ou le projecteur qui l'avait brutalement tirée de son sommeil, mais cette sensation de tristesse l'oppressait tant qu'elle savait que c'était sûrement le rêve.

Allongée dans le noir, elle sentait des morceaux de ce rêve s'accrocher encore à elle tels des lambeaux arrachés à une pièce d'étoffe. Elle vit soudain la maison de ses parents à Southampton, et aussi Betty Corcoran, l'amie d'enfance tant aimée, morte depuis une dizaine d'années.

Le projecteur balaya la couverture ; des bottes crissèrent lourdement sur la voie, au-dessous d'elle. Elle se sentit soudain très petite et très seule. L'instant d'après, toutefois, ses songeries mélancoliques furent dissipées par une réalité plus présente. Cette odeur de caoutchouc brûlé qui l'incommodait depuis plusieurs jours. Cette fois, elle était nettement plus prononcée, et Jane s'aperçut qu'une petite poche de chaleur, qui n'avait rien à voir avec la chaleur naturelle accumulée dans la journée, irradiait de la paroi, juste au-dessus de sa tête.

Mrs. Mukherjee dormait ; ses bras entouraient le bébé niché contre elle. La respiration de l'enfant était paisible et régulière, celle de sa mère plus agitée, entrecoupée de soupirs et de mots incohérents qui s'échappaient par paquets de ses lèvres.

Sur la couchette opposée, Consuelo regardait la forme endormie se gonfler doucement à chaque inspiration et pensait à Mr. Mukherjee. Depuis ce pluvieux après-midi où elle était allée « voir des photos » dans son compartiment, elle pensait sans cesse à lui. Incapable de dormir, excitée, elle laissa affluer à son esprit toute une série d'images de Babu et d'elle au lit.

Consuelo n'éprouvait pas beaucoup de tendresse pour M^me^ Muk, et en la regardant là, endormie et sans défense, l'enfant dans ses bras, elle prenait un plaisir pervers à s'abandonner aux images lascives qui jaillissaient librement dans son imagination enfiévrée.

Pas très loin de là, dans le wagon des hommes, Stern rêvait d'un visage, vieux comme le monde, sculpté dans le roc d'une haute paroi. Au-dessous du grand front proéminent, les cratères des yeux fixaient d'un regard vide et indifférent les lointains sommets glacés.

Le golfe de Botnie à l'aube. Disque d'eau tranquille, grise, aussi immobile que celle d'un lac, qui s'étend dans l'espace gris perle. Sur sa surface plane et lisse, d'innombrables points noirs se détachent, statiques, sur la courbe de l'horizon.

Un examen plus attentif révèle le contour aigu de bateaux de guerre. Leurs pavillons sont multiples. Porte-avions américains, croiseurs britanniques et français, dragueurs de mines allemands, canonnières hollandaises, ravitailleurs italiens, croiseurs lourds et destroyers soviétiques et polonais — toute une panoplie de navires représentant les blocs de l'Est et de l'Ouest.

Tous semblent stationnaires. Au ras de l'eau, telles des mouettes attendant le début de la chasse matinale. On sent une agitation en suspens; on s'observe, on attend. Ces bateaux donnent l'impression d'avoir été dirigés sur un point bien précis pour quelque raison secrète; puis, une fois parvenus à destination, dans un décor des plus inquiétants, d'avoir reçu l'ordre de jeter l'ancre, d'attendre, de ne rien faire.

Au centre de cette immobilité de mauvais augure, on aperçoit toutefois une petite ruche d'activité. Deux grands bâtiments, distants, en gros, de cent mètres d'étrave à étrave, observent intensément leurs mouvements respectifs.

L'un est le croiseur lourd soviétique *Vladivostok,* le plus beau fleuron de la flotte du Nord basée à Severomorsk. L'autre est le dragueur de mines américain *Daytona,* appartenant à la base méditerranéenne de la 6e flotte, à Athènes. Et, un quart de mille plus loin, tout aussi attentif, on distingue le porte-avions américain à propulsion nucléaire *Nimitz.*

Le gaillard d'avant du *Vladivostok* est endommagé. Là où commence son numéro d'étrave, on voit nettement un enchevêtrement de débris, dont un affût avant et un lanceur ASROC.

Sur le dragueur de mines, juste au-dessous du pont de commandement et de la timonerie, un énorme trou dentelé bée dans la coque à tribord. Le mouilleur, prenant l'eau par la déchirure, qui doit bien faire dans les six mètres de large sur presque autant de haut, semble légèrement gîter.

Le long des lisses de couronnement des deux bateaux, les marins observent en silence les hélicoptères du *Nimitz* charger les blessés du *Daytona* pour les évacuer sur le navire-hôpital américain *Calvin,* stationné au milieu de la flottille des bâtiments de l'OTAN. Il y a treize blessés à bord du *Daytona,* et l'on parle d'un mort.

Rien ne permet de connaître l'étendue des dommages subis par le *Vladivostok.* Les commandants des deux navires ont déjà échangé des messages bien sentis. Le commandant du *Daytona* accuse le *Vladivostok* de ne pas avoir procédé aux avertissements d'usage pour le prévenir qu'il se rapprochait trop. Aux termes de la réglementation internationale, soutient le commandant américain, le *Daytona,* naviguant plein nord vers le large, avait le droit de passage. Le *Vladivostok,* affirme-t-il, a effectué plusieurs manœuvres hostiles et trompeuses durant les heures qui ont immédiatement précédé la collision.

Dans son message, le capitaine du *Vladivostok* réfute ces accusations, soutenant au contraire que la route suivie par le *Daytona* n'était pas nord, mais sud-ouest, et qu'il pénétrait ce faisant dans des eaux réservées aux manœuvres en mer des pays du Pacte de Varsovie. Lui accuse le dragueur de mines d'espionnage.

Le *Vladivostok* a commencé à prendre en chasse le *Daytona* pendant la journée. Il est resté à une distance respectueuse du bateau, laissant un demi-mille ou trois quarts de mille entre le bâtiment américain et lui-même.

Pendant la brève période d'obscurité totale, entre 1 heure et 2 heures du matin, l'étrave du croiseur soviétique est apparue soudain à la hauteur de la poupe du *Daytona* et l'a, intentionnellement ou non, éperonné.

Pour toute une quantité de raisons, c'est la dernière hypothèse qui paraît la plus plausible. Étant donné que le *Vladivostok* a subi des dégâts non négligeables, et aurait même pu sombrer, il est extrêmement peu probable que son commandant ait délibérément mis en danger son bateau et son équipage pour un résultat si douteux. Et puis, franchement, si l'on poursuit réellement un but de cet ordre, pourquoi s'en prendre à un dragueur de mines ? Pourquoi ne pas viser un plus gros gibier ? Un croiseur ou, pourquoi pas, un porte-avions ?

La seule explication satisfaisante, donc, pouvant rendre compte du comportement du *Vladivostok,* est qu'il avait l'ordre d'intimider le navire américain, mais sans réellement engager les hostilités. Dans l'obscurité, il a sans doute mal estimé la distance entre les deux bâtiments, et il est arrivé sur le dragueur de mines trop vite et trop près pour lui laisser le temps de modifier sa route.

Comme les premiers rayons du soleil raient le ciel à l'ouest, une volée de mouettes arctiques tournoient autour de l'étrave du *Vladivostok* et se posent d'un mouvement précis. Un petit vent surgit de l'ouest, formant une douce houle. Apparaissant et disparaissant doucement à la surface de l'eau, les mouettes regardent les hélicoptères qui descendent et se posent sur le pont du *Daytona,* chargent les blessés et repartent. Elles observent ces manœuvres avec le même air d'ahurissement tranquille que les jeunes marins alignés contre les lisses du *Daytona* et du *Vladivostok.*

# IX

*Le département d'État a sévèrement stigmatisé aujourd'hui l'attitude de Moscou au sujet d'un accident survenu dans la Baltique, qui a mis en cause un bateau américain et un bateau soviétique et tué quatre marins américains. L'accrochage s'est produit aux premières heures de la matinée d'hier, pendant des manœuvres navales simultanées des pays de l'OTAN et du Pacte de Varsovie.*

*Les sources américaines démentent que la présence de bateaux américains dans la Baltique soit liée à la détention de cinquante et un voyageurs, dont treize Américains, retenus depuis quinze jours en otages dans un train à la frontière finno-soviétique.*

*Le secrétaire d'État George Shultz a déclaré en fin d'après-midi que le refus des Soviétiques de s'efforcer sincèrement de parvenir à une solution était considéré par les États-Unis comme extrêmement grave. Déclarant que les Américains faisaient preuve d'une impatience grandissante face à ce qu'il a qualifié de « temporisation » de la part des Soviétiques, il a ajouté que le gouvernement américain prendrait toutes les mesures qui s'imposeraient pour assurer la libération non seulement des treize Américains retenus dans le train, mais de tous les autres otages.*

*Il n'a pas précisé si ces mesures revêtiraient la forme de représailles économiques, comme l'annulation des accords sur le commerce et l'agriculture déjà existants. Mais, sans le dire de manière directe, il n'a pas exclu la possibilité d'une intervention militaire des États-Unis si toutes les autres possibilités de règlement échouaient.*

*C'était Leslie Stahl,* CBS News, *qui vous parlait depuis la Maison-Blanche.*

*Dans une petite villa isolée des rives du lac Léman, des cohortes de voitures officielles n'ont cessé d'arriver et de repartir durant toute la nuit. On pense que la délégation soviétique négociant ici, avec les représentants occidentaux, la libération des otages toujours retenus dans le « Train Vert », comme on l'appelle, a été rappelée à Moscou.*

*Tandis que des rumeurs non confirmées sur les événements de ces derniers jours ont laissé entendre que la plupart des obstacles à une solution du problème avaient disparu, il semblerait à présent que les développements récents survenus dans la Baltique, où un bateau américain et un bateau soviétique sont entrés en collision, soient à l'origine d'un durcissement de l'affaire des otages. Avec le départ soudain de l'équipe de négociateurs soviétiques, tout espoir d'une prompte libération des cinquante et un otages semble s'être évanoui. Les craintes quant à la sécurité des otages grandissent à mesure que les nouvelles en provenance de cette région du globe...*

Züricher Zeitung

« Vous avez joué et vous avez perdu. Aucun de vous ne reverra jamais sa patrie. Ne conservez aucun espoir sur ce point. »

C'est par ces paroles que le capitaine Gritchkov prit congé des hommes pendant le petit déjeuner au wagon-restaurant, ce matin-là. Les mots crépitèrent dans un haut-parleur, tandis qu'ils les écoutaient dans un silence médusé. Maintenant que la grève de la faim persistait depuis près de quarante-huit heures sans donner de signe de faiblesse (sauf, peut-être, le petit larcin de Mr. Mukherjee), le capitaine sévissait sur les ondes. Il y eut d'interminables discours et diatribes ; le capitaine, du moins l'affirmait-il, était outragé et blessé par l'ingratitude des « internés » face à la prodigalité dont faisait preuve à leur égard le gouvernement soviétique, dans sa bienveillance et sa magnanimité.

« Ne vous y trompez pas, leur certifia-t-il au milieu des grésillements des haut-parleurs, cela pourrait être bien pire ! » Sur quoi, il se lança dans sa terrifiante diatribe : « Vous avez joué et vous avez perdu. Aucun de vous ne reverra jamais sa patrie... »

Personne ne savait exactement quel jeu avait été perdu, ni ce qui avait spécifiquement motivé cette tirade. De temps à autre, le capitaine fit allusion à des « événements extérieurs récents », mais jamais il ne mentionna l'incident survenu dans la Baltique. Peut-être était-ce intentionnel de sa part que de les laisser ainsi dans l'ignorance, réduits aux hypothèses et aux suppositions. Toujours est-il qu'il aboutit au résultat espéré : semer la confusion et la crainte.

De toute évidence les Soviétiques sentaient qu'une grève de la faim pouvait désastreusement compromettre leur image de marque. Elle vaudrait aux grévistes la sympathie internationale. Second point : libérer des gens en nettement moins bon état de santé que lorsqu'ils avaient été placés en garde à vue produirait, tout simplement, un effet déplorable.

Le señor Gonzaga, par exemple, un homme qui avait largement dépassé les soixante-dix ans, était à la diète hydrique depuis deux jours et demi. La privation de nourriture donnait à ce grand échalas, maigre comme un clou mais d'une résistance caractéristique, des allures de cadavre. Du jour au lendemain, le bout de son nez avait paru nettement plus aigu, et ses oreilles pointaient au-dessus de ses favoris comme deux poignards. Ses yeux semblaient s'être renfoncés au creux des orbites, ce qui tendait et pinçait la peau de ses tempes. Quant à sa peau, remarquablement jeune pour un homme de son âge, elle s'était fripée et flétrie et ressemblait aux feuilles de l'automne finissant, avec une pâleur cireuse et malsaine.

Mais si la chair fléchissait, l'esprit était plus fringant que jamais, l'intelligence plus acérée. Il bavardait intarissablement, et sans se lancer dans de vaines polémiques ou des encouragements lassants. Non, il régalait ses compagnons de misère de souvenirs précis, colorés, désopilants de son enfance madrilène. Il se dégageait quelque chose de revigorant du vieil homme, d'aussi tonique que de l'eau glacée. Il avait l'instinct d'un vrai militant. Pas facile à intimider. Ce caractère indomptable qu'il avait montré en jouant les Tarzan à quelque huit mètres au-dessus d'un étang marquait son comportement chaque jour de leur détention. Il avait l'étincelle des meneurs d'hommes. Mais il était visible que, d'un jour sur l'autre, il déclinait.

Shapley filait lui aussi un mauvais coton, mais cela se voyait moins. Bien décidé à participer au mouvement de résistance, il n'avait absorbé que du liquide au cours des derniers jours, moins pour se nourrir, d'ailleurs, que pour avaler ses divers médicaments. La suppression brutale de protéines et de minéraux exacerbait les spasmes de ses jambes. Aussi restait-il davantage assis et se déplaçait-il moins. Il évitait de se lever et de marcher, craignant de sentir sa jambe se dérober sous lui et de tomber. Si bien que le manque d'exercice l'affaiblissait et le rendait léthargique.

A mesure qu'il se prolongeait, le jeûne exigeait son dû. Les gens prenaient la mouche pour un rien. Bien sûr, certains le supportaient mieux que d'autres, qui, en retour, éprouvaient des doutes sur leur force d'âme. Les rumeurs allaient bon train, et le bruit courait que plusieurs d'entre eux s'étaient entendus avec des employés pour se faire apporter de quoi manger la nuit tombée, une fois que tout le monde était parti se coucher.

Avec une perversité exquise, les gardes abandonnaient des plateaux de victuailles provocants un peu partout. On tombait inopinément dessus non seulement au wagon-restaurant, mais dans des endroits plus insolites, comme le couloir du train de jour, où des assiettes de cake et de viande froide faisaient régulièrement leur apparition.

Ce qui ne manquait pas d'éveiller de nouveaux soupçons. On ne pouvait surveiller à chaque seconde les allées et venues des gens dans les couloirs. Impossible de savoir qui était capable de subtiliser une tranche de cake ou de rôti au passage et de la dévorer en secret derrière la porte verrouillée des toilettes. C'était précisément, bien sûr, ce climat de soupçon et de dissension que voulaient créer leurs geôliers.

Max Conti et Sandro Lambrusto, amis des plus intimes depuis des années, ne se parlaient plus depuis quelques jours. Ils s'étaient toujours assis l'un à côté de l'autre aux repas, et dégourdi les jambes ensemble dans l'enclos pendant les périodes d'exercice. A présent, ils s'évitaient ouvertement. Desfargue et Van Meegrin faillirent en venir aux mains un après-midi, tout cela à cause d'une chaussette dont chacun revendiquait la propriété.

Privé de sa ration quotidienne de vodka, Tony Thomas devenait de plus en plus renfrogné et irritable. Lui si sociable et qui aimait tant la compagnie préférait à présent rester assis seul dans son coin et jeter des regards noirs à tout le monde. Il ne disait pas un mot à Stern, qui avait pris l'habitude de s'installer à proximité et de le fixer avec l'intensité du chat qui guette une souris imprudente. Conscient de sa présence, mal à l'aise, Thomas tâchait de l'ignorer, mais cet effort créait chez lui une tension certaine.

Il hésitait à affronter ouvertement Stern, car alors les raisons profondes de leur querelle seraient sûrement devenues de notoriété publique, et Thomas ignorait dans quelle mesure sa position unique dans ce train résisterait à l'examen critique des autres. D'un point de vue purement professionnel, la révélation de ce qu'il avait fait juste avant le départ du Train Vert risquait d'être gênante.

Pour Stern, jeûner ne constituait pas une épreuve. De toute façon, il n'aurait rien pu avaler, tant l'accusation d'espionnage et les menaces de procès et d'emprisonnement l'angoissaient. La preuve d'une collusion avec Wales paraissait des plus ténues. Les lettres et photographies présentées comme pièces à conviction étaient des faux si manifestes que personne ne pouvait prendre trop au sérieux leur valeur de preuve. Néanmoins, Stern se levait chaque matin avec l'idée que ce jour allait être le dernier dans le Train Vert, convaincu qu'il était d'aller moisir, oublié de tous, dans quelque camp de travail du Nord glacé.

Dans le sillage immédiat de la grève de la faim, et peut-être en conséquence de celle-ci, arriva un nouvel oukase du capitaine Gritchkov. Au lieu de se lever à 7 h 30 comme ils le faisaient depuis le début de leur incarcération, ils étaient désormais réveillés chaque matin à 4 h 30. Alors que les ombres obscures s'entortillaient encore autour des arbres, les haut-parleurs diffusaient à pleine puissance des disques aux accents martiaux — des marches de l'Armée rouge et même de John Philip Sousa, pour qui les Soviétiques ne cachaient pas leur faible. Pendant le restant de la journée, ils avaient droit à du rock russe (à titre de punition, non de gâterie) interprété à des niveaux de décibels insupportables. Cette musique ressemblait beaucoup au rock américain ou anglais, mais elle prenait des allures bizarres et extraterrestres dans le contexte surprenant des paroles russes.

A l'heure du dîner, on leur diffusait une sorte de musique d'ambiance lénifiante, bête, des berceuses et des mélodies populaires russes qui faisaient songer à du Mantovani, pour terminer sur un mot de bonsoir du capitaine Gritchkov dominant les crachotements des haut-parleurs — un laïus sur l'obéissance et l'esprit de coopération, mi-cajoleur, mi-grondeur, dans le plus pur style guimauve agrémenté de coups de trique.

Le troisième soir de la grève de la faim, quand ils prirent leurs places au wagon-restaurant pour le dîner, Paul Blanton saisit sa fourchette et son couteau et se mit à manger. Il n'essaya pas de se cacher, et pas davantage de pousser les autres à en faire autant. Il semblait simplement être parvenu, au cours des dernières heures, à la conclusion que le jeûne ne servait aucun objectif constructif et que, pour sa part, il y mettait fin.

Au début, son geste passa inaperçu. Ses compagnons étaient trop absorbés par l'activité qui avait été la leur durant les huit derniers repas — raides sur leur chaise, les mains sur les genoux, ils fixaient d'un regard vide leurs plateaux intacts. Ce fut finalement le bruit tranquille des couverts se déplaçant sur le plateau en acier qui attira l'attention de Shapley. Desfargue, assis à proximité, le remarqua aussi. Le Français se renversa sur sa chaise, une expression de mépris sur le visage. Shapley, lui, ne prit pas position. Il observa calmement Blanton et parut comprendre. S'abstenant de tout jugement moral.

Lentement, les regards des autres convergèrent sur la scène. Blanton continuait à manger. Il manifestait une indifférence presque surhumaine à la sensation qu'il causait. Son comportement, à ce moment précis, était celui d'un individu faisant la chose la plus naturelle du monde. Lorsqu'il se décida à lever les yeux, mastiquant la fin de sa bouchée d'un air concentré, un sourire de gamin espiègle se dessina sur ses lèvres.

« Je ne suis pas un héros, messieurs ! » déclara-t-il d'un ton plaisant. Il enfourna une autre bouchée. « Comme vous tous, j'ai essayé la méthode de Ted, et ça ne marche pas. Ce matin, quand je me suis levé, je me suis senti faible. Je ne pense vraiment pas que, si je tombe malade, les choses s'arrangeront. Donc, comme vous le voyez, je me nourris. Je sais ce que vous devez tous penser de moi, et j'en suis navré. Mais cette décision s'imposait, et je l'ai prise. »

Immobiles, silencieux, ils le regardèrent avec une fascination morbide couper un autre morceau de viande dans son assiette, puis suivirent le trajet de la fourchette qu'il portait à sa bouche.

Les jeunes soldats serveurs qui se trouvaient dans l'allée l'observaient aussi. Ils n'avaient pas compris un traître mot, mais d'après les réactions des autres ils avaient deviné que quelque chose d'important venait de se produire.

« Je suis d'accord avec Mr. Blanton », déclara Thomas avec un soulagement évident, et il saisit sa fourchette. Il fut suivi par Mr. Mukherjee. Max Conti, assis à côté de lui, leva ses deux paumes en signe d'impuissance, haussa les épaules et se mit à manger. La résistance semblait à deux doigts de péricliter.

Ce fut alors au tour du señor Gonzaga de saisir sa fourchette. Il tapota plusieurs fois son verre avec, comme pour rappeler à l'ordre l'assistance :

« J'ai bien peur, Mr. Thomas » — il eut un signe de tête à l'adresse de l'Anglais et lui sourit avec cordialité — « de ne pouvoir, pour ma part, être d'accord. Vous avez bien plus le sens des réalités que moi. Mais quelques bribes de nourriture, même si elles semblent synonymes de survie, n'ont pas suffisamment d'attraits pour moi pour me conduire à brader ma liberté. »

Gonzaga reposa sa fourchette sur le plateau et croisa les bras, reprenant son attitude de défi tranquille. Ses mots eurent l'effet d'un signal. Plusieurs de ceux dont la détermination flanchait imitèrent le vieillard et croisèrent les bras pour montrer qu'ils se rangeaient dans son camp. Stern fut de ceux-là, ainsi que Desfargue et Van Meegrin. Asawa, qui suivait la scène avec cet air d'attention figée, presque animale, qui était le sien, croisa brusquement les bras lui aussi. La mâchoire de Mr. Mukherjee ralentit son mouvement de mastication, comme s'il reconsidérait sa position. Une minute plus tard, il avalait ce qu'il avait dans la bouche et reposait sa fourchette. Il regarda les autres d'un air penaud, puis croisa les mains sur ses genoux et fixa son plateau.

Blanton mangeait toujours. L'affaire ne le concernait pratiquement plus. Comme il l'avait dit, il avait fait son choix. Un choix fondé non sur de hautes considérations morales ou des raisonnements torturés, mais sur ce qu'il sentait lui convenir. Il n'était pas homme à se laisser troubler par sa conscience.

Thomas continua lui aussi à manger, mais il paraissait nettement moins à l'aise avec la sienne. Il tenait à son image de marque et craignait ce qu'on pourrait dire de son attitude une fois l'affaire terminée.

Stern observait l'Anglais avec un air de satisfaction intense. Ses yeux pétillaient d'un éclat moqueur, mais la faim avait beau lui ronger les entrailles, pour rien au monde on ne lui aurait fait avaler une miette de nourriture pour la calmer.

A mesure que s'accumulaient les jours de détention, Myra Keck devenait plus indifférente et plus apathique. Elle s'était complètement repliée sur elle-même, et la señora Gonzaga devait parfois faire appel à toute son imagination pour sortir la pauvre femme de son hébétude grandissante. Au repas, elle se chargeait elle-même de la faire manger. De temps à autre, un médecin venait l'ausculter dans le compartiment. Il avait des manières brusques et semblait surmené. Il passait dix minutes avec Mrs. Keck, tandis que Jatta tentait de lui faire comprendre la nature du problème. Après avoir procédé à l'examen des fonctions vitales, il concluait invariablement qu'elle se portait comme un charme. Tout au plus la trouvait-il légèrement abattue, mais « compte tenu des circonstances, c'était parfaitement normal ».

En partant, il laissait de l'aspirine et des tranquillisants. Il n'avait rien de plus approprié à prescrire.

« Voulez-vous que je vous brosse les cheveux, Myra ? » demanda doucement la señora Gonzaga.

Mrs. Keck se tassa contre la fenêtre du wagon, apparemment inconsciente de la question qu'on venait de lui poser.

« Laissez-moi faire. Comme cela vous serez belle pour aller voir Mr. Keck demain, à l'hôpital. »

Mrs. Keck bougea son immense masse. Ses paupières battirent :

« Oui, ce serait bien... »

La vieille *condesa* se mit debout dans un équilibre incertain. Elle fouilla dans le sac de voyage de Mrs. Keck et en retira un peigne et une brosse. Lentement et avec un soin infini, elle ôta les épingles du chignon gris étain et entreprit de lui brosser les cheveux avec de longs mouvements réguliers.

« Quels beaux cheveux vous avez, Myra ! »

Mrs. Keck hocha la tête d'un air vague. « Ce sont les cheveux de ma mère. J'en ai encore une boucle quelque part au grenier. Mais où donc ai-je bien pu...

— Nous allons vous faire belle pour demain, quand vous irez voir Mr. Keck. » La señora prenait peu à peu plaisir à sa tâche. L'effort qu'elle lui demandait paraissait bien peu de chose, comparé à l'expression de bonheur tranquille qui s'était inscrite sur le visage de Mrs. Keck. Elle ne bougeait pas, docile, attendant avec une impatience enfantine la visite du lendemain matin, qui, naturellement, ne se produisait jamais.

Tous ces mensonges pesaient lourd sur la conscience de la senõra Gonzaga. Mais c'était pour une bonne cause, se dit-elle, et, de toute façon, le lendemain Myra Keck aurait oublié tout ce qu'on lui avait promis la veille.

« Cette foutue saleté de bonne femme ! » Isabel entra en trombe dans le compartiment et referma la porte avec violence. Ses lèvres lancèrent un torrent d'injures espagnoles. « Ma pauvre mère devient chèvre à s'occuper d'elle ! »

Elle interrompit cette envolée au beau milieu d'une phrase en voyant Silvana :

« Que se passe-t-il ? Qu'est-ce qui ne va pas ?

— Rien.

— Comment, rien ? Je vois bien que tu pleures !

— Je ne pleure pas. » Silvana détourna son visage vers le rideau tiré de la fenêtre. « Ça va passer. »

Isabel resta là sans bouger, clouée là où elle s'était arrêtée en claquant la porte :

« Ma chérie ! » L'instant d'après, elle avait traversé l'étroit compartiment et s'était agenouillée près de la jeune Italienne, lui tapotant la

main comme si elle calmait une gamine qui s'était écorché le menton.
« Silvana, dis-moi, que s'est-il passé ? »

Silvana ouvrit son poing serré, où un papier roulé en boule se déplia avec la douceur d'une fleur. C'était une serviette jetable — cette chose rêche et jaunâtre qu'on pouvait prendre dans des distributeurs d'acier sur les tables du wagon-restaurant.

Elle portait quelques mots — un gribouillage léger, ténu, que les plis du papier rendaient presque illisible.

« Ma chérie... » Isabel ne parvenait pas à déchiffrer les mots suivants. La suite était un peu plus nette ; le message semblait avoir été griffonné à la hâte, et certainement pas dans des circonstances idéales.

« ... le bruit que nous allons être transférés ... séparés ... Demain ... si ... Pas de regrets ... t'aimerai toujours... Sand... »

Toujours agenouillée, Isabel paraissait furieuse :

« Qui t'a donné ça ?

— L'employée.

— L'employée ?

— La grosse, avec un gentil sourire et des joues rouges.

— Sandro doit avoir acheté un des gardes pour te faire passer ça. »

Silvana approuva, les yeux pleins de larmes :

« A ton avis, cela signifie quoi ?

— Rien de plus que ce que je t'ai déjà dit. Je suis sûre qu'on va nous transférer.

— Oui, mais où ?

— Là où ils mettent les gens comme nous. Ils ont des camps de travail, des camps de transit, tout un réseau d'un bout à l'autre du pays.

— Mais ils ne vont tout de même pas...

— Qui les en empêcherait ? Et ce ne serait pas la première fois, je te le garantis !

— Oui, mais nous sommes...

— Rien du tout ! » Isabel se hâta d'anéantir cet espoir : « Si c'est l'idée que tu en as, tu ferais mieux de te sortir ça de la tête une fois pour toutes ! »

Silvana s'était redressée, les mains croisées sur les genoux. Elle baissa la tête et se mit à pleurer.

Isabel quitta sa position agenouillée et s'assit à côté d'elle. Elle lui prit la main et la tint étroitement serrée :

« Pleure. Ça te fera du bien. »

Les digues se rompirent et pendant quelques minutes Silvana

s'abandonna complètement à ses émotions. Celles-ci prirent la forme de sanglots hoquetants qu'elle étouffait dans son mouchoir roulé en boule :

« J'ai été horrible ! Pauvre Sandro. Pourquoi supporte-t-il tout ça ?

— Il ne me paraît pas si malheureux, risqua Isabel. Et il te supporte parce que visiblement il t'adore.

— Je ne lui ai jamais été infidèle, bégaya Silvana entre deux sanglots.

— Je sais, je sais.

— Ça fait neuf ans que nous sommes mariés. Et jamais... pas une seule fois...

— Ma chérie... je te crois sur parole.

— Il y en a qui prennent plaisir à dire le contraire... Mais je te jure...

— Je te crois. Et maintenant, tu arrêtes.

— Ce salaud de Max ! Et cette connerie avec le Canadien...

— N'y pense plus. Ça ne vaut même pas la peine d'en parler ! »

Silvana tomba en sanglotant dans les bras d'Isabel, tandis que celle-ci lui tapotait maladroitement le dos, avec un sentiment de gêne croissant.

« Tu crois qu'ils vont vraiment nous séparer ? Nous envoyer dans ces affreux... comment appelles-tu ça... dans ces affreux goulags !

— Bien sûr que non ! lui certifia Isabel, avec une conviction qu'elle était bien loin d'éprouver.

— La douleur me terrifie. Tu crois qu'ils vont nous faire du mal ?

— Sors-toi ça de la tête ! Rien de pareil ne se produira. »

Les larmes de Silvana s'apaisaient. Elle reprit lentement le contrôle de sa voix :

« Je suis si contente qu'on nous ait mises ensemble, Isabel... »

Isabel rit de son rire aigu, légèrement embarrassé :

« Moi aussi. Tu imagines un peu s'ils m'avaient mise avec ma sœur ? »

Pliées en deux de joie à cette idée, elles étouffèrent le bruit de leurs rires, de la même façon qu'elles avaient étouffé celui des sanglots un peu plus tôt.

« Écoute... dit Isabel d'un ton animé. Un jour, quand tout ça sera fini, si on se donnait rendez-vous dans une ville quelconque ? Juste nous deux. Un endroit gai et où il y ait du monde. De préférence au bord de la mer, et on se soûlera ensemble ! »

Les yeux de Silvana étincelèrent de plaisir :

« Pourquoi pas ? dit-elle. J'adorerais ça ! D'autant plus que je serai sûrement une femme seule à ce moment-là...

— Ça, j'en doute. Mais si tu l'es, tant mieux. Nous sortirons et nous dénicherons deux types super.

— Et nous dépenserons tout leur argent !

— Tout ! » Isabel renversa la tête et rit en regardant le plafond. « Encore une chose, ma belle... » Sa main entoura la taille de Silvana, et elle l'attira lentement contre elle. Silvana se laissa faire, souple, ployante, infiniment docile. « Pour ce qui est de Sandro et de ce qu'il t'écrit » — elle indiqua du regard le papier froissé — « ce ne sont que des rumeurs. Tu comprends ? »

Silvana acquiesça, soudain effrayée .

« Oui, je vois...

— Connaissant l'état d'esprit qui règne dans le coin, nous n'en dirons rien aux autres.

— Mais... »

Sans laisser à Silvana le temps de protester, Isabel posa un doigt ferme sur ses lèvres :

« Tais-toi... » chuchota-t-elle, puis elle baisa ces lèvres.

« 39°4. »

Plissant les yeux en direction de la lumière, Wilma Shapley lut le thermomètre.

Une lueur d'appréhension passa dans les yeux de Nell Blanton.

Mrs. Mukherjee vit cette lueur et poussa un petit gémissement. Le bébé était allongé ; il ne bougeait pas, à l'exception d'un frisson occasionnel qui le traversait. Cela faisait plusieurs heures qu'il demeurait ainsi prostré, comportement tout à fait anormal chez un enfant particulièrement actif et bruyant.

« Ils auraient déjà dû envoyer un médecin ! », chuchota Nell à Mrs. Shapley. Puis elle se tourna vers Mrs. Mukherjee. « Quand dites-vous que vous l'avez appelé ? »

L'Indienne parut complètement déroutée par la question.

« Quand a-t-elle demandé le médecin ? s'enquit Mrs. Shapley.

— Ça fait deux heures. » Nell consulta sa montre. « Non, trois. Mrs. Palmunan a demandé à la surveillante, qui a dit qu'elle l'appelait tout de suite.

— Peut-être devrait-on encore essayer, suggéra Frau Kunkel. Ces gens-là comprennent tout de travers. Le bébé est brûlant ! »

De nouveau, un long gémissement étouffé monta de M$^{me}$ Muk :

« Babu, Babu..., haletait-elle.

— Que dit-elle ? demanda Mrs. Shapley.

— C'est son mari, expliqua Nell.

— Je croyais qu'il s'appelait George ?

— Pas quand elle a des problèmes, semble-t-il. Il devient alors Babu ou Nagu, ou quelque chose d'approchant.

— Nagu... Nagu... » psalmodia doucement M^me^ Muk tout en contemplant d'un œil fixe la forme immobile, sans ressort, de son enfant.

Mrs. Shapley jeta un coup d'œil aux autres femmes, puis reporta son regard sur Mrs. Mukherjee :

« Avez-vous de l'aspirine pour enfants ? »

La malheureuse n'était pas en état de formuler une réponse cohérente.

« Nous lui avons donné deux aspirines pour bébé une fois par heure depuis trois heures, dit Nell Blanton. Ça n'a strictement rien fait. Il nous faut quelque chose de plus fort.

— Ce n'est pas d'aspirine dont a besoin cet enfant, ronchonna Frau Kunkel. Mais d'antibiotiques. »

Nell Blanton commençait à montrer des signes d'irritation :

« Dites-moi donc où en trouver ! Nous ne pouvons apparemment rien obtenir du dispensaire tant qu'un médecin n'aura pas vu l'enfant. »

Wilma Shapley croisa les bras sur son ample poitrine :

« Nous sommes donc clouées ici ?

— Jusqu'à l'arrivée d'un médecin.

— Mon enfant... mon bébé ! se lamenta Mrs. Mukherjee. Il a des convulsions ! »

Des frissons, semblables à une série de petits tremblements visibles, parcouraient à présent, avec une régularité inquiétante, la silhouette fragile du bébé.

Mrs. Shapley s'impatientait, mais conservait tout son sang-froid. Elle avait élevé quatre enfants, parfois dans des conditions plus critiques que celles-là. Il n'y avait pas grand-chose, dans tout le répertoire des maladies infantiles, qu'elle ignorât. Elle se tourna vers M^me^ Muk, qui s'était réfugiée dans un coin et se tordait les mains :

« A-t-il absorbé du liquide ? »

L'Indienne secoua la tête, comprenant à peine.

« Elle a essayé de lui donner un peu de jus de fruits tout à l'heure, expliqua Nell, mais il ne l'a pas gardé. Il vomit tout ce qu'on lui donne.

— A-t-on encore de l'aspirine ? demanda Mrs. Shapley.

— Nous lui avons donné le dernier comprimé qui restait il y a une heure environ. »

Mrs. Shapley se pencha et posa sa main sur le front brûlant de l'enfant, puis jeta un regard par-dessus son épaule en direction de Frau Kunkel :

« Pourriez-vous demander à la surveillante de venir un instant ? »

Frau Kunkel se glissa hors du compartiment, laissant les autres attendre dans le petit espace confiné. Mrs. Mukherjee pleurait en silence. Elle semblait flapie. Ce qui avait été un joli sari aux couleurs vives, nettes, pendait lamentablement, chiffonné et souillé de sueur. Le khôl qui débordait au coin de ses yeux laissait des traces noires sur ses joues mouillées de larmes.

Quelques minutes plus tard, un bruit de pas pressés retentissait dans le couloir. La porte s'ouvrit brusquement, révélant Frau Kunkel escortée de Jatta et d'une surveillante. Le compartiment devenait trop exigu. Il y eut une légère bousculade, tandis que les occupants sortaient dans le couloir pour laisser la place aux nouveaux arrivants.

La surveillante était une fille jeune et robuste, au regard effrayé. Elle jeta un coup d'œil au bébé, puis à Mrs. Mukherjee dans son coin, sentant immédiatement que quelque chose n'allait pas.

Mrs. Shapley entreprit d'interroger Jatta. Elles se parlaient en étouffant le bruit de leur voix :

« C'est elle qui a appelé le médecin ?

— Je crois que c'est une autre fille, répondit Nell. Il y a eu un changement d'équipe après le déjeuner.

— Est-elle au courant ? La première équipe a-t-elle laissé un message ? »

Jatta transmit la question en russe à la surveillante, puis se retourna :

« Aucun.

— Autrement dit, nous ignorons si la première équipe a appelé le médecin. »

Mrs. Shapley bouillait doucement.

Les yeux de Frau Kunkel eurent une lueur de triomphe :

« Vous voyez ? Je vous l'avais bien dit !

— Cet enfant est brûlant. » Mrs. Shapley se tourna avec une force inattendue vers la surveillante. « Il a de la fièvre. Il est très malade. »

Jatta traduisait les phrases brèves, simples, aussi vite que Mrs. Shapley les lançait à la fille. La Russe subissait stoïquement le tir, les yeux fermés, le menton légèrement relevé, comme si on la giflait.

« Nous devons voir le docteur immédiatement ! poursuivit Wilma Shapley sans mollir. Cet enfant a des convulsions. S'il lui arrive quoi que ce soit, il y aura une enquête, et c'est vous qui serez tenue pour responsable ! »

Elles virent la peur s'inscrire dans les yeux de la fille. A peine avait-elle filé qu'elle revenait avec son chef, une femme plus âgée et plus aguerrie — dont le visage était un masque de peau grise et soufflée, avec de larges pores. Elle avait l'allure de quelqu'un qui a appris à dire non depuis des lustres et à en jouir à chaque instant.

Mrs. Shapley repartit dans ses explications, Jatta assurant la traduction simultanée. M^me^ Muk restait tapie dans son coin et poussait de petits gémissements.

« *Niet... Niet... Niet...* » La surveillante la plus âgée ponctuait chaque *niet* d'un mouvement de tête. Elle se dirigea à plusieurs reprises vers la porte, mais dut chaque fois revenir pour répondre à un nouveau tir d'artillerie de Mrs. Shapley. « Je vous ai déjà dit qu'on a appelé le docteur, il y a plusieurs heures. Il était en consultation. Maintenant il opère. On ne peut pas le déranger.

— Et je vous ai déjà dit, insistait farouchement Mrs. Shapley, que cet enfant a commencé à avoir des convulsions ! »

La surveillante, qui ne le cédait en rien à Mrs. Shapley en stature et en obstination, resta sur ses positions.

« Cet enfant... » Mrs. Shapley agrippa la femme par le bras et la traîna plutôt qu'elle ne la conduisit jusqu'à l'autre bout du compartiment, là où M^me^ Muk ne pouvait l'entendre. Elle baissa la voix. « L'enfant peut mourir ! lança-t-elle, les dents serrées.

— *Niet ! Niet !* » répétait implacablement la surveillante, visiblement impressionnée par sa propre force de caractère.

Émanation stricte et doctrinaire du parti, elle trouvait qu'on avait déjà bien trop dorloté ces Occidentaux. Elle ne rappellerait pas le médecin. L'enfant allait guérir. Elle avait déjà vu des cas de ce genre chez les petits : en quelques heures, ils étaient de nouveau sur pied !

Pouvait-elle alors leur trouver un antibiotique quelconque ? Et sinon, au moins de l'aspirine ?

« *Niet ! Niet !* »

Aucun médicament ne pouvait être obtenu sans l'autorisation préalable du médecin. Il leur faudrait attendre. Elle partit d'un air offusqué, sa cadette sur les talons, tandis qu'un terrible silence tombait dans le compartiment.

Dans son jeune temps dans le Montana, à l'époque des années vingt, Wilma Shapley avait vu des enfants emportés par des convulsions dues à une trop forte fièvre. C'était, naturellement, avant les antibiotiques et autres fébrifuges. Si l'on avait pu se procurer le moindre médicament, tout serait vite rentré dans l'ordre. Mais elles n'avaient rien sous la main, en tout cas pas avant que le médecin ne soit passé, et rien ne permettait de savoir quand il viendrait.

Mrs. Shapley regarda l'enfant ; elle n'aimait pas le tremblement qui l'agitait. Et plus inquiétant, il y avait ce léger ton violacé qui commençait à foncer ses lèvres habituellement roses. Il était brûlant, sans doute une fièvre due à une infection généralisée. A la façon dont l'enfant semblait légèrement cligner des yeux chaque fois qu'il avalait, il y avait de fortes chances qu'on fût devant un cas d'angine à streptocoques.

Le problème était simple. Il fallait faire baisser la fièvre au plus vite. Elle connaissait les mesures à prendre en attendant l'arrivée du docteur. En admettant qu'il vînt. Le tout était de savoir si elle assumait cette responsabilité. Elle prit soudain conscience des regards fixés sur elle. D'une façon tacite, presque imperceptible, le bâton de commandement venait de lui être transmis. Personne ne semblait d'ailleurs en vouloir. A l'autre bout du compartiment, recroquevillée dans son coin, l'air terriblement perdu, M$^{me}$ Muk lui adressait un regard implorant.

Kate Dubbin passa la tête par la porte, étonnée de les voir toutes là. Elle saisit vite la gravité de la situation :

« Y a-t-il quelque chose que je puisse faire ? »

Tout en parlant, ses yeux intelligents examinaient soigneusement l'enfant, dont la respiration était devenue irrégulière et bruyante.

« Vous n'auriez pas de l'eau de Cologne ? demanda Wilma Shapley.

— Moi non, mais je cours voir si j'en trouve ! »

L'enfant émit un drôle de petit gargouillis.

« Inutile, l'interrompit Mrs. Shapley. Apportez-moi plutôt des serviettes imbibées d'eau froide. Vite ! »

En se rendant au terrain d'exercices ce matin-là, Van Meegrin était passé devant le compartiment juste comme la porte s'ouvrait et que le médecin partait. Il avait entrevu une forme étriquée, quelque peu était emprisonné depuis sa capture. Un garde armé restait devant sa porte vingt-quatre heures sur vingt-quatre.

En se rendant au terrain d'exercices ce matin-là, Van Meegrin était passé devant le compartiment juste comme la porte s'ouvrait et le médecin repartait. Il avait entrevu une forme étriquée, quelque peu solitaire, assise dans une blouse ou une chemise de nuit blanche au bout du lit, les pieds ballant dans le vide. Quelque chose dans l'attitude de la silhouette affaissée, qui semblait rassembler ses forces pour se redresser, donnait une impression d'épuisement terrifiant. Tout le crâne et l'avant du visage étaient pris dans une sorte de cage qui ressemblait à un atroce instrument de torture médiéval.

Plus tard, lorsque Van Meegrin raconta aux autres ce qu'il avait vu, Shapley dit qu'on lui avait très certainement ficelé la mâchoire. Plusieurs d'entre eux, dont Shapley et Tony Thomas, avaient demandé officiellement à le voir. Mais leur requête avait été refusée. Wales était à présent considéré comme un ennemi de l'État, leur avait-on précisé, et se voyait retirer de ce fait tout droit aux visites de ses compagnons, ainsi qu'à n'importe quelle autre forme de communication, d'ailleurs.

Stern aurait donné cher pour le voir. Il était capital pour lui de s'entendre confirmer par Wales ce qu'affirmait le capitaine Gritchkov, à savoir qu'il avait reconnu que Stern et lui-même conspiraient contre l'État soviétique.

La requête de Stern se heurta à un refus catégorique. Et, pour ajouter à sa consternation, il s'aperçut que, depuis sa dernière entrevue avec le capitaine, il était surveillé plus étroitement que jamais. Lorsqu'il se promenait dans l'enclos pendant la période réservée à l'exercice ou lavait ses chaussettes et ses sous-vêtements dans les douches, il ne pouvait plus ignorer que, partout où il allait, quoi qu'il fît, un garde se trouvait invariablement dans les parages et ne le quittait pas des yeux sans même essayer de se cacher.

Stern faisait partie du groupe d'irréductibles qui poursuivaient la grève de la faim. Avec lui, on comptait Shapley, Gonzaga, Sandro, Claude Desfargue et Asawa. Les autres, peu à peu et avec une certaine gêne, avaient recommencé à s'alimenter. Blanton était devenu leur leader officieux. La faille entre ceux qui mangeaient et ceux qui ne mangeaient pas s'était élargie au point qu'il existait à présent une autoségrégation tacite entre les deux groupes. Ceux qui ne mangeaient pas ne s'asseyaient plus avec ceux qui mangeaient, ne frayaient plus avec eux. La désunion entre des gens jusque-là amis était à l'ordre du jour. Les sentiments de trahison et d'amertume s'exacerbaient. Pour un oui ou pour un non, le mot de « collaborateur » fusait.

Ce jour-là, au déjeuner, ceux qui ne mangeaient pas étaient assis devant leur plateau, impassibles et immobiles, tandis que ceux qui mangeaient le faisaient ouvertement. Les rancœurs atteignaient des sommets. Max Conti accepta de se resservir de bœuf bouilli. A un moment, il se pencha sur la table pour demander à Blanton de lui passer le sel. Asawa, assis dans le groupe des irréductibles, bondit sur ses pieds tel un dieu vengeur et, le regard fou, lança une salière de l'autre côté de l'allée en visant la tête de Conti. Par bonheur, l'objet l'atteignit seulement au bras.

Tout le monde fut debout d'un même geste. Il y eut une convergence des corps vers la travée. Des bras se levèrent. Plusieurs coups furent échangés avant que les gardes ne fissent irruption en masse dans le wagon pour séparer les combattants. Le déjeuner s'arrêta là, et tout le monde fut éjecté du wagon-restaurant. Les groupes furent dispersés, et les détenus firent le pied de grue d'un air maussade sur le terrain d'exercices en attendant la fin de la pause-repas.

Ils regagnèrent un peu plus tard leurs compartiments, où quelques parties de poker démarrèrent sans enthousiasme. Les employés du train distribuèrent des magazines russes que personne, sauf peut-être Shapley et Thomas, ne pouvait lire, en même temps que de la propagande soviétique pure et dure, rédigée en anglais par le ministère des Affaires publiques.

Stern fit une tentative peu convaincue pour se replonger dans un Maigret qu'il avait lu quelques semaines plus tôt. Mais il était incapable de se concentrer sur quoi que ce soit. Son esprit restait fixé, à la limite de l'obsession, sur sa dernière entrevue avec le capitaine Gritchkov. Personne n'ignorait que les Soviétiques avaient une dent contre les juifs, or il ne pouvait prouver qu'il n'était pas juif. Pour la première fois de sa vie, il en voulut aux enfants d'Israël, ayant le sentiment d'avoir été fourré injustement dans leur foutu « merdier ». L'idée qu'il risquait d'être bel et bien emmené à Moscou et d'y être jugé pour espionnage le mettait au bord de la panique.

Mais non, ils bluffaient. Un procès de ce genre tournerait à la farce, se dit-il, essayant d'apaiser ses craintes. Leur dossier ne tenait pas, et toutes leurs preuves étaient manifestement des faux.

Juste comme il commençait à se sentir un peu rassuré, il eut la vision du sourire supérieur, suffisant, de Gritchkov lorsque celui-ci lui avait déclaré au moment où ils s'étaient séparés : « Je n'ai pas à prouver quoi que ce soit. » Stern sentit le sang se figer dans ses veines.

Un peu plus tard dans l'après-midi, il eut un autre choc. Deux hommes en civil, du même genre que les deux types courtauds et carrés qui l'avaient conduit à Vyborg, firent leur apparition dans son compartiment. Ils dégageaient une impression de brutalité à peine contenue.

L'un d'eux parlait un anglais convenable. Il ordonna à Stern d'ouvrir ses bagages et d'en étaler le contenu sur la couchette devant eux.

« Mais enfin, pourquoi ? » voulut protester Stern. Ses affaires avaient déjà été passées au peigne fin à deux ou trois reprises. Quelque chose dans leurs yeux, toutefois, lui imposa vite silence. Maigret ne se serait pas laissé intimider, mais Stern n'était pas Maigret. Il obtempéra.

C'était un simple sac de voyage en toile. Il l'attrapa dans le filet, défit les deux courroies et déversa ce qu'il contenait sur sa couchette.

Les deux hommes en civil, plantés juste derrière lui, les mains dans les poches, ne le quittaient pas des yeux.

On aurait difficilement imaginé un bric-à-brac plus inoffensif — objets de toilette, sous-vêtements, plusieurs chemises complètement chiffonnées et grises de saleté, un pull avec un trou à la manche, deux mouchoirs et un pantalon de toile kaki.

Mais il y avait aussi un petit rouleau de pellicule — une Kodak 230. L'un des hommes, le type qui parlait anglais, mit prestement la main dessus, l'extirpant de tout ce fouillis comme s'il avait trouvé un diamant dans la vase.

« C'est quoi, ça ? demanda-t-il.

— Une pellicule.

— Une pellicule de quoi ?

— Des photos que j'ai faites à Leningrad. L'Ermitage, Saint-Isaac, Petrovorets. Ce genre de chose. Dites donc, laissez... »

Il fit un geste pour récupérer le rouleau, mais l'homme l'en empêcha et le fourra dans sa poche.

« Où est l'appareil ?

— On me l'a confisqué. »

Stern lança un regard mauvais à l'homme :

« Quand me rendra-t-on ma pellicule ?

— Vous n'êtes pas autorisé à avoir de pellicule ici. » L'homme grommela quelque chose en russe à son collègue. La seconde suivante, il s'adressait à Stern d'une voix forte et solennelle :

« Tenez-vous prêt avec toutes vos affaires pour le transfert qui aura lieu demain matin, à 8 heures précises. »

Stern sentit ses boyaux se tordre :

« Où dois-je être transféré ?

— Veuillez être prêt à l'heure dite. »

Il n'y eut pas d'autre réponse. Les deux types firent demi-tour d'un même mouvement et sortirent.

« Quand me rendra-t-on ma pellicule ? » leur cria Stern.
Ils ne prirent pas la peine de répondre.

Junji Asawa était allongé sur sa couchette. Appuyé sur un coude, il regardait Van Meegrin et Desfargue essayer de se concentrer sur un de ces petits échiquiers de voyage qui se replient ingénieusement dans un petit étui en similicuir.

Il semblait suivre la partie — les manœuvres de la tour, du cavalier et du fou poursuivant le roi et la reine. Chaque fois qu'un pion était pris, il riait doucement en lui-même. Cela ne changeait pas grand-chose qu'il fût noir ou blanc. Asawa ne se rangeait dans aucun des deux camps, mais paraissait prendre un plaisir secret à leur double stratégie.

Il éclata de rire, puis parut glisser dans une semi-somnolence langoureuse, tandis qu'un sourire s'attardait sur ses lèvres. Son esprit vagabondait à présent dans un espace irréel, qui ressemblait à ces pittoresques villages miniatures enfermés dans un globe de verre. Dans ce globe précis, la scène consistait en un temple bouddhiste à trois galeries, posé sur la rive d'un lac minuscule ; une chaîne de montagnes couronnées de blanc rêvait dans le lointain. La neige coulait lentement, chuchotant sur la surface immobile du lac et se prenant dans l'avant-toit incurvé de la pagode. Tout était paisible là, et froid — l'air si clair et si cristallin qu'on entendait les branches gelées des arbres se casser net dans la forêt. Le paysage vira au violet empourpré à mesure que le crépuscule venait.

A l'intérieur, les prêtres devaient préparer les tables pour le thé. Les fragiles bols en porcelaine étaient sortis, et la bouilloire en fonte sifflait sur le brasero. Un feu crépitait dans l'âtre, et, dans un coin, le chat somnolait sur le dos, griffant l'air de ses pattes au rythme de ses rêves félins. Dehors, l'éclat doucement orangé qui émanait du temple frémissait comme des bougeoirs enflammés sur la surface à demi gelée du petit lac engourdi poudré de neige.

« Soyez prêtes à 8 heures précises.
— Mais pour aller où ?
— Là où ils mettent les gens comme nous !
— Des camps de travail ? Vous voulez dire des prisons ?
— Personne n'a parlé de camp ou de prison. » Jatta Palmunan était épuisée. « Si je savais exactement où nous allons être transférées, je

vous jure que je vous le dirais avec plaisir ! Mais, dans l'état actuel des choses...

— De toute façon, l'interrompit Jane, furieuse, où que nous allions, nous gagnerons énormément au change !

— Je n'en suis pas si sûre, dit Kate Dubbin.

— Et les hommes ? demanda Wilma Shapley.

— Les hommes bougent aussi.

— Et moi, je deviens quoi dans tout ça ? s'énerva Mrs. Mukherjee. Avec un enfant malade, bouillant de fièvre ?

— Je suis sûre qu'ils prendront des dispositions, dit Jatta d'un ton apaisant.

— Ils n'ont même pas pris la peine d'envoyer un médecin ! protesta Nell Blanton. Comment pouvez-vous être si sûre qu'ils feront le nécessaire ? »

Il était 10 heures du soir. Elles avaient envahi le couloir, répondant à l'appel de l'accompagnatrice, qui venait d'être informée de l'imminence du transfert.

« Et cette pauvre Mrs. Keck. A-t-on prévu quelque chose pour elle ? » s'enquit la señora Gonzaga, forçant la voix pour se faire entendre au-dessus du brouhaha.

« Elle peut marcher ? Elle est capable de se déplacer, n'est-ce pas ? demanda Jatta.

— Elle va craquer d'une minute à l'autre ! répliqua vivement Isabel. N'importe quel idiot s'en rendrait compte ! »

Ce fut un tollé. Il y avait de la peur. De la colère. Jatta frappa dans ses mains pour obtenir le silence :

« Je vous en prie, je vous en prie ! Je vous transmets seulement les ordres qu'on m'a donnés ! »

Les protestations redoublèrent. On s'indignait.

« Je suis certaine qu'ils prendront des dispositions pour les personnes ayant un problème. » Jatta ressemblait à un professeur assiégé par la meute de ses élèves. « Quant à nous, nous devons être prêtes à 8 heures.

— Allons-nous tous au même endroit ou bien serons-nous séparés ? » demanda Silvana.

Jatta détourna les yeux, ne sachant trop comment affronter ce regard terrifié.

« Alors ? la pressa Jane Blaylock.

— D'après l'impression que j'ai eue en écoutant le capitaine » — la voix de Jatta faiblit — « ce serait plutôt la seconde hypothèse. »

Il y eut un grondement d'incrédulité.

« Oui. Séparés... Transférés dans des endroits différents. Le capitaine dit que c'est pour notre sécurité.

— Quand on est expédié dans ces camps, marmonna Isabel, autant dire qu'on est rayé de la surface du globe. On cesse d'exister.

— Ils n'ont même pas de dossiers, ajouta Silvana. J'ai entendu dire que, une fois qu'ils vous envoyaient là, même eux étaient incapables de vous retrouver. »

Consuelo se mit à pleurer. Mrs. Mukherjee se lança dans une de ses longues mélopées déchirantes, et en une seconde le vacarme fut général.

« S'il vous plaît ! S'il vous plaît ! » Jatta tapa dans ses mains d'un air implorant. « Ce n'est pas ainsi que nous arriverons à quelque chose !

— Alors que faire ? » demanda Janet Kariolainen.

Personne ne semblait trop savoir.

Dans le wagon-lits qui leur était assigné, les femmes regagnèrent leurs compartiments, firent leurs bagages, gémirent, s'énervèrent, incapables de rester en place, ayant déjà l'air d'apatrides en route vers l'inconnu. Leur incertitude quant à l'avenir et au sort des êtres qui leur étaient chers créait un climat dangereusement proche de la panique.

Wilma Shapley et Nell Blanton s'occupaient alternativement de faire leurs valises et de veiller sur Bébé Muk. Il n'était pas question de laisser Madame Muk se débrouiller seule. Elle était tout bonnement incapable d'action responsable.

Environ toutes les heures, elles changeaient les serviettes, les trempaient dans de l'eau froide et en remmaillotaient l'enfant. Elles restèrent près de la couchette à l'éventer avec les coussins de la banquette jusque vers minuit, heure à laquelle la fièvre céda. Avec un petit gargouillis satisfait, l'enfant s'enfonça dans le sommeil, tandis qu'une touche de rose fleurissait sur ses lèvres.

Jane Blaylock s'était affalée sur sa couchette. Elle n'avait pas pris la peine de se mettre en pyjama. Elle savait qu'on les réveillerait tôt, avec le jour, aux accents de marches de Sousa, et qu'on les laisserait ensuite se morfondre des heures durant, à attendre une directive un tant soit peu cohérente.

Il était minuit passé, et, à l'exception de l'unique veilleuse rouge de la sortie qui luisait au bout du couloir, toutes les autres lumières étaient éteintes. Le silence enveloppait le wagon ; pas le silence qu'engendre la paix, mais un silence de peur.

Des compartiments voisins provenait de temps à autre un bruit de toux ou un raclement de gorge. Le faisceau du projecteur pénétra dans le compartiment, tailla une large brèche blanche et disparut ailleurs. Au-dessous d'elle, des bottes firent crisser le ballast ; un gros chien aboyait dans la forêt proche. Où serait-elle demain à la même heure ? se demanda-t-elle. Sa situation serait-elle pire qu'à présent ? Elle n'avait toujours pas récupéré son passeport ni son visa, mais, entre-temps, les autres s'étaient vu eux aussi confisquer les leurs. Toutefois, c'était le sien qu'ils avaient gardé dès le début. Quel recours aurait-elle là où on l'envoyait ? Serait-ce un endroit où elle ne connaîtrait absolument personne ? Même la présence de Trina Van Meegrin se parerait alors de vertus réconfortantes !

Elle songea à ses parents et à Southampton, et éprouva une sorte de nostalgie pas déplaisante quand elle sombra enfin dans le sommeil, rêvant de la vieille maison à pignon au bord de la plage. Elle entendait le rugissement des rouleaux qui battaient le rivage et respirait cette odeur âcre et propre, tonique, de sel et d'algues en train de sécher à la morte-eau.

Cela avait débuté par une sorte de sifflement. Une succession de points-traits pianotant un méchant petit message en morse. Elle l'entendit près de sa tête et, dans son sommeil agité, fit un geste pour l'écarter, croyant que c'était une mouche.

Cela s'éloigna un moment, puis recommença. Cette fois avec nettement plus d'insistance. Mais elle ne s'en inquiéta pas. Pas assez en tout cas pour bouger et aller voir. Elle se sentait la gorge désagréablement sèche, et une impression de picotement la fit tousser plusieurs fois.

Ce fut ce picotement qui l'éveilla, pas le bruit, bien que celui-ci constituât une gêne plus persistante. Lorsqu'elle ouvrit les yeux, elle était couchée sur le ventre, tournant la tête à la cloison. Si elle avait regardé cette cloison, elle aurait vu au-dessus de sa tête des étincelles fuser comme un feu d'artifice, crachées par la grille d'aération vissée dans la paroi.

Le bourdonnement qui accompagnait les étincelles continuait, et, à mesure que la réalité s'imposait à sa conscience, elle perçut de nouveau l'odeur de caoutchouc brûlé. Le compartiment avait toujours senti le caoutchouc brûlé, mais pas à ce point. Là, l'odeur vous prenait à la gorge.

Ses yeux avaient commencé à pleurer et une quinte de toux subite la fit s'asseoir brusquement. Elle aperçut, dans l'angle de son champ de vision, les étincelles qui pleuvaient sur sa couchette, avec un petit air de fête insolite et joyeux. Derrière ces étincelles, de minces flammes bleues et orange léchaient la grille.

Une seconde plus tard, il y eut une sorte de souffle, suivi d'une lumière aveuglante qui illumina le compartiment d'un éclat insensé et terrifiant.

Cela ne dura qu'une fraction de seconde, mais qui parut des siècles. Tout dans le compartiment — boîtes, bagages, médicaments, produits de beauté —, tout le fouillis qu'il renfermait se détacha avec un relief saisissant. La bouche de Jane s'ouvrit, formant déjà un cri, mais ce fut un cri mort-né qui ne passa pas ses lèvres, car c'est alors que se produisit l'explosion. Pas vraiment une explosion, plutôt une sorte d'exhalaison sonore, le bruit qu'aurait fait un gros ballon se vidant d'un coup de son air. Quelque chose lui brûla le visage, et elle éprouva une impression de chaleur sur tout le corps.

Le jaillissement d'étincelles qui s'échappait de la grille s'était interrompu, de même que le bourdonnement intense, mais les petites langues de feu qu'elle avait aperçues juste derrière les étincelles pointaient à présent comme autant de doigts affairés entre les interstices étroits. C'est alors qu'elle vit que son oreiller brûlait. L'instant d'après, la paroi du compartiment était happée par les flammes.

Ce ne fut pas l'incendie qui réveilla Grant Shapley, mais les cris et l'agitation dehors. La stridence d'une sirène trouait la nuit par rafales. Il aperçut le long de la vitre un défilé pressé de calots qui allaient tous dans la même direction. Des chiens aboyaient. Des gardes vociféraient.

« Qu'est-ce que c'est que tout ce boucan ? demanda la voix plaintive et ensommeillée de Thomas, dans la couchette du haut.

— Aucune idée. Quelque chose qui se passe là-bas. »

Shapley fit passer ses jambes par-dessus le bord de la couchette et ne sentit rien sous lui, sinon le choc de l'espace béant. Il tomba avec un bruit sourd, écœurant.

En deux temps trois mouvements Thomas était levé et descendait de sa couchette. Quand il mit le pied par terre, il faillit s'effondrer sur la forme prostrée de Shapley. Dans le couloir, le martèlement des bottes se rapprocha et il entendit qu'on tambourinait aux portes des compartiments.

« *Von !... Natoozshoo !... Pozhar !...* » cria une voix dans un russe brutal. Des poings frappaient violemment les portes. « Dehors ! Tout le monde dehors ! *Pozhar ! Pozhar ! Vse-Na-Vyxod !* »

Thomas était penché sur Shapley et tentait de le remettre debout. Le professeur avait les bras tendus au-dessus de la tête, comme s'il émergeait d'un pull, tandis que Thomas essayait de le soulever par les aisselles. Chaque fois qu'il réussissait à le relever à moitié, la jambe droite de Shapley, prise d'un tremblement incontrôlable, se dérobait sous lui, et il retombait. Autant essayer de soulever un poids mort.

« Qu'est-ce qui se passe, avec votre jambe ? s'exclama Thomas.

— Trop long à raconter, haleta Shapley. Le type ne disait pas qu'il y avait le feu ?

— Si... On a intérêt à filer. Là... passez votre bras autour de mon cou.

— Vous feriez mieux de me laisser, Tony.

— Et puis quoi encore ! s'énerva l'Anglais. Vous venez avec moi. Faites un effort, bon Dieu ! »

A quelques compartiments de là, Stern savait qu'il se passait quelque chose ; quoi, il n'en avait aucune idée. De sa fenêtre, il voyait parfaitement bien l'agitation et les allées et venues le long de la voie. Mais, pour quelque étrange raison, il crut à un problème avec la locomotive. Derrière sa porte, le vacarme était affolant. Il enfila son pantalon et ses chaussures, ouvrit violemment la porte et mit le pied dans le couloir. Celui-ci était encombré de gens que les gardes poussaient vers la sortie. Une fumée dense, suffocante, moutonnait au-dessus de cette scène de démence.

Presque la moitié d'un côté du wagon des femmes était en flammes. Isabel et Silvana, en peignoir, avaient quitté leur compartiment. Les surveillantes et les gardes passaient et repassaient dans le couloir, ouvrant les portes des compartiments et hurlant à leurs occupants de sortir. Dominant le tohu-bohu à l'intérieur du wagon et les déchaînements de la sirène dehors, on entendait les hurlements terrifiés de Mrs. Mukherjee, que deux gardes des unités motorisées tiraient et traînaient vers une des sorties. Un autre garde suivait avec Bébé Muk emmailloté dans une couverture, qui hurlait à pleins poumons.

Deux gardes apparurent immédiatement après, peinant sous la

masse de Myra Keck à demi endormie ; elle boxait vaguement la fumée devant elle.

« Ne restons pas là ! » s'écria Silvana, prise d'une quinte de toux.

Elle saisit Isabel par le bras.

« Pars. Moi, je vais chercher ma mère et ma sœur.

— Ta sœur est dehors. Je les ai vus la faire descendre avec M^me^ Muk.

— Il faut que je trouve ma mère !

— Elle est sans doute déjà dehors. Allez, viens. Viens donc !... » Silvana vit avec effarement les flammes jaillir de ce qui avait été leur compartiment. « Mais viens ! Pour l'amour de Dieu, partons ! »

Elle entreprit de remorquer Isabel derrière elle.

Leur compartiment se trouvait dans le premier quart du wagon. Mais, avec la fumée, la chaleur et tous les gens qui voulaient avancer en même temps dans le couloir, la veilleuse rouge signalant la sortie semblait à des années-lumière.

Silvana joua des coudes dans cette direction :

« Je me demande si Sonia... » cria-t-elle à l'intention d'Isabel en toussant comme une folle.

Elle se retourna pour la regarder, mais celle-ci avait disparu. Évanouie tel un fantôme dans les tourbillons de fumée brune.

Isabel s'était volatilisée en beauté. Dans la fumée et la confusion, ni les gardes, ni les surveillantes, ni aucune des autres femmes qui tentaient de sortir à l'arrière du wagon ne l'avaient vue.

Mais Frau Kunkel, qui remontait péniblement le couloir, luttant contre la fumée et les gens qui n'avançaient pas, la repéra immédiatement :

« Pour l'amour du ciel, n'allez pas par là ! La portière arrière est fermée !

— Ma mère... Avez-vous vu ma mère ? »

Peut-être y eut-il une réponse, mais Isabel ne l'entendit pas. Frau Kunkel avait déjà disparu dans les nuages de fumée.

Isabel avait atteint le dernier quart du wagon ; ses yeux la brûlaient et elle étouffait. En temps normal, elle aurait immédiatement localisé le compartiment que sa mère partageait avec Mrs. Keck. Mais, dans l'obscurité et la fumée tourbillonnante, elle perdait complètement ses repères. Elle n'avait aucune idée de l'endroit où elle se trouvait par rapport aux deux sorties du wagon, et on venait de lui dire que la sortie arrière, par mesure de sécurité, avait été verrouillée pour la nuit. Impossible à ouvrir de l'intérieur, elle le savait.

« *Mama!... Mamacita!* » Elle se mit à courir au hasard, d'un compartiment à l'autre. « *Mama... Dónde estás?* »

La chaleur devenait intenable. Des craquements sonores déchiraient l'air brûlant. Elle crut à une série de détonations de fusil dehors, ignorant que c'était le bruit des vitres que la chaleur faisait exploser.

Quand elle fut parvenue pratiquement au bout du wagon verrouillé sans apercevoir aucune trace de sa mère, elle fit brutalement demi-tour et jeta un coup d'œil affolé autour d'elle. Le plafond, au-dessus de sa tête, commençait à se déformer et à se lézarder. Dans quelques minutes, il serait lui aussi en flammes. Si elle voulait sortir, c'était maintenant ou jamais.

« *Mama! Mamacita! Por Dios!* C'est moi, Isabel! »

Elle refit le chemin en sens inverse, s'arrêtant pour regarder dans chaque compartiment, les bras levés pour se protéger le visage contre l'éclat et la chaleur aveuglante des flammes.

« *Mierda!* marmonna-t-elle. *Vaya tontería!* »

Comment savoir si sa mère se trouvait encore dans le train? Et son père, sa sœur, qu'étaient-ils devenus? A ce qu'on lui avait dit, les gardes les avaient déjà évacués.

« *Mama, Mamacita!* »

Elle criait, pleurait et toussait à la fois, refaisant toute la longueur du couloir comme une créature démoniaque obsédée.

Elle avait l'impression d'avoir exploré chacun des treize compartiments. Compte tenu de l'éclat aveuglant des flammes et du peu de visibilité, elle avait fort bien pu avoir inspecté un compartiment et ne rien voir, en particulier une petite silhouette terrifiée, recroquevillée dans un coin.

« *Mama!* » continuait-elle à crier, tandis que ses espoirs s'amenuisaient rapidement.

Et puis, à peu près à mi-parcours, alors que la sirène hurlait frénétiquement dehors, elle entendit quelque chose qui ressemblait à un léger appel résigné.

« Isabel? C'est toi, Isabel? »

Juste cela, comme une question.

Cet appel ne trahissait ni peur ni impatience. Témoignant simplement, sans protestation, sans exigence, d'une présence, comme si la personne dont il émanait ne voulait pas faire d'histoires.

Isabel la trouva assise, bien droite, dans un des compartiments, les mains croisées sur les genoux. Par bonheur, ce compartiment n'était pas encore en flammes comme les autres. Elle avait son sac et un petit paquet à côté d'elle, comme si elle s'apprêtait à faire des courses.

Isabel se jeta à son cou :

« Maman, pour l'amour du ciel !... Mais que fais-tu ?

— J'attends Myra. Je suis sûre qu'elle va arriver d'une minute à l'autre. »

Isabel leva les yeux au ciel et émit un curieux grognement :

« Je t'en supplie, oublie Mrs. Keck. Elle est en sécurité. Ils l'ont emmenée il y a deux minutes. »

La señora parut un tantinet vexée :

« Tu es sûre ?

— Évidemment que j'en suis sûre ! *Dios mío !...* Il faut absolument sortir d'ici ! Tu peux marcher ? »

La question agaça encore plus la señora :

« Bien entendu que je peux marcher ! Pourquoi me demandes-tu ça ? »

Isabel obligea doucement sa mère à se lever :

« Tiens-moi par la main, ma petite maman. Il fait un peu chaud dehors. » Saisissant une serviette de toilette abandonnée sur une chaise, elle en entoura la tête de sa mère. « Couvre-toi la figure avec ça. Il y a beaucoup de fumée. Tout va bien se passer. Viens ! »

Seigneur... allaient-elles mourir là, dans cette fournaise ? L'idée traversa l'esprit d'Isabel comme une possibilité très réelle.

« Ce serait vraiment trop con ! marmonna-t-elle. Mon Dieu, qui que vous soyez, où que vous soyez... aidez-nous à aller jusqu'à ces idiotes de veilleuses rouges qui clignotent là-bas au bout, près de la porte ! »

Elle sentit une main docile, confiante, presque enfantine, aussi froide que le marbre, se glisser dans sa paume, et elles entamèrent leur périple, progressant pouce par pouce dans l'air embrasé.

En descendant du train, Stern eut d'abord l'impression d'arriver en retard à un gala. Il y avait quelque chose d'étonnamment gai dans tout ça. Il jeta un coup d'œil autour de lui pour voir s'il y avait là quelqu'un de connaissance. A sa gauche, à une centaine de mètres, le wagon des femmes disparaissait dans les flammes. Un véritable feu de joie. Des étincelles crépitaient et fusaient, inondant le ciel d'une lumière orange surnaturelle. L'enclos grouillait de monde — soldats, gardes, détenus, employés du train —, des centaines de personnes qui s'agitaient vaguement en cercle, impossibles à distinguer les unes des autres. Un petit convoi de camions faisait inlassablement la navette par l'unique sortie, déchaînant leurs avertisseurs chaque fois qu'ils se croisaient.

Il ne semblait y avoir aucune coordination dans les opérations. D'abord, l'eau manquait, ou bien alors les équipements de pompage pour l'acheminer en quantité suffisante jusqu'au train. Si l'on était allé chercher du matériel de lutte contre l'incendie, il restait invisible pour le moment. Peut-être s'était-il embourbé dans la médiocre petite piste qui reliait la ville à l'endroit où le train était immobilisé.

Pour l'instant, on charriait des seaux d'eau depuis les douches jusqu'au train. Mais comme on ne disposait, en tout et pour tout, que d'une demi-douzaine de récipients, la quantité d'eau et son acheminement jusqu'au lieu du sinistre étaient hors de proportion avec l'ampleur de la tâche.

Du wagon-lits, les flammes gagnaient maintenant le wagon de jour. De nouveaux camions pénétraient dans l'enclos, de nouveaux soldats en jaillissaient. La sirène hurlait toujours. Un jeune officier doté d'esprit d'initiative avait eu l'idée géniale de faire une chaîne entre l'étang et le train. On avait plus de mains qu'il n'en fallait ; manquaient malheureusement les seaux. Qu'à cela ne tienne : une cinquantaine de chasseurs motorisés foncèrent aussitôt dans les bois pour mettre en place la chaîne. Entre-temps, on téléphona pour avoir de toute urgence un supplément de seaux.

Les gardes, les surveillantes et les employés du train s'efforçaient de séparer les voyageurs de la troupe. Mais, quand on demanda du renfort pour la chaîne, les voyageurs furent réquisitionnés eux aussi. Après quoi, tout ce qui ressemblait de près ou de loin à l'organisation qui avait précédemment existé disparut. Les ordres lancés par un groupe d'officiers étaient immédiatement contredits par un autre groupe. Le chaos régnait.

Dans la confusion qui s'était établie chez les otages, on notait un sentiment de soulagement général, presque de joie malveillante. Ils riaient carrément, comme si quelque divinité déchaînait sa juste vengeance sur leurs geôliers. Les Mukherjee, enfin réunis, s'étreignaient au milieu des sanglots et des rires. Les Van Meegrin s'accrochaient l'un à l'autre comme un couple d'orphelins se retrouvant. Désespérant de repérer Nell dans la cohue, Paul Blanton courait dans tous les sens, l'œil hagard, arrêtant les gens au passage pour leur demander s'ils l'avaient vue. Il imaginait déjà le pire lorsqu'il la découvrit en compagnie des Shapley près du wagon-restaurant ; elle admirait, avec une excitation puérile, les acrobaties des soldats perchés sur le toit qui déversaient des seaux d'eau sur celui-ci pour l'empêcher de s'enflammer.

Au milieu de la fumée et de la chaleur, Thomas marchait sans but précis, en peignoir de soie, tétant une de ses Balkan Sobranie. Jatta Palmunan se précipita vers lui, dans tous ses états :

« Tout le monde est là ? Vous les avez vus tous ? Il ne nous manque personne ? Il faut absolument que je fasse l'appel. »

Elle ne cessait de se passer les mains dans les cheveux, jusqu'au moment où il s'aperçut que ceux-ci avaient pris feu — ils ne brûlaient pas vraiment, mais allaient s'embraser, et elle, sans en avoir conscience, mais sentant une gêne, essayait de les éteindre. Ses sourcils avaient été méchamment roussis.

« Je n'arrive pas à localiser Miss Gonzaga ni sa mère ! »

Sa voix était presque plaintive.

En une seconde, Thomas avait ôté sa robe de chambre et lui en couvrait les cheveux. Surprise, elle n'avait pas la moindre idée de ce qu'il voulait. Elle s'affola, le bourrant de coups de poing, et tous deux se retrouvèrent en train d'exécuter une drôle de petite danse apache au milieu de l'indifférence quasi générale. Elle comprit soudain qu'il essayait de l'aider, qu'il ne lui voulait pas de mal. Ensuite, quand il fut sûr que ses cheveux ne brûlaient plus, ils s'immobilisèrent, haletants, se dévisageant d'un air interloqué.

« Qui n'arriviez-vous pas à localiser, disiez-vous ?

— Miss Gonzaga et sa mère.

— Isabel ?

— Oui.

— Bonté divine ! » gémit Thomas.

L'instant suivant, il repartait vers le train.

Il y eut un énorme bruit de déchirure, puis un formidable fracas, suivi de l'effondrement de la paroi extérieure du wagon des femmes. Des étincelles, soudées en plaques compactes, rugirent et fusèrent comme des comètes en colère vers le ciel orange. Ceux qui se trouvaient à proximité furent projetés en arrière par la pression du souffle embrasé.

La brigade préposée à la chaîne avait désormais abandonné tout espoir de sauver le wagon des femmes et faisait à présent mouvement vers le wagon de jour pour tenter, dans un ultime effort, de l'empêcher d'exploser.

Stern se retrouva pressé contre la clôture de barbelés à la lisière externe de l'œil de la tornade, tel un voyeur. Bizarrement, il se sentait complètement étranger au climat de joie et de soulagement général. Il éprouvait, en fait, un sentiment d'indifférence voisin du mépris.

Il s'appuyait presque sans y penser contre la clôture. Les pointes des barbelés, petit supplice chinois, lui entraient dans le dos. Il restait planté là, les bras ballants ; quelqu'un qui, dans toute cette confusion, l'aurait regardé à cet instant précis lui aurait trouvé l'air passablement idiot, comme choqué ou simple d'esprit, ou peut-être cinglé. Pourquoi ne réagissait-il pas comme les autres ? se demanda-t-il. Pourquoi ne participait-il pas à l'effort général pour éteindre l'incendie qui les menaçait tous ? Pourquoi était-il incapable d'exprimer une émotion humaine, quelle qu'elle soit ?

Dans le coin de son œil, quelque chose bougea. Un mouvement subit et furtif. Surpris, il se retourna et ne reconnut pas tout de suite la haute silhouette penchée de Gonzaga, à moins de deux mètres de lui.

Il avait les cheveux en bataille et était en robe de chambre. Le dos au feu, il fixait Stern avec un petit sourire ambigu au coin des lèvres. Stern fit un pas vers lui, puis s'arrêta net, intrigué. C'était ce sourire, bien sûr, vide et vague, et pourtant curieusement parlant, qui l'avait retenu. De nouveau il s'avança. Dans la lumière irréelle des miradors et des flammes, il avait la nette impression que non seulement le vieil homme ne le reconnaissait pas, mais qu'il ne voyait absolument pas qui il était.

« Señor Gonzaga... » Stern progressa d'un pouce, comme s'il se rapprochait avec infiniment de précaution d'un papillon rare. « Tout va bien ? »

Il devait crier pour se faire entendre dans le tintamarre de l'incendie et de la sirène.

Pour toute réponse, le vieil homme lui sourit gentiment.

« C'est moi... Peter Stern... »

Il le tira doucement par la manche comme s'il réveillait quelqu'un d'assoupi. Le vieil homme hocha la tête :

« *Sí,* Peter Stern... *Seguro que sí...* »

Mais il ne semblait toujours pas vraiment le connaître. L'instant suivant, il se retourna. Ou plutôt pivota d'un quart de tour sans souplesse, se rétablit de justesse en levant brusquement le bras, et se retrouva face à la clôture, tourné vers l'extérieur de l'enclos. De nouveau il regarda Stern et sourit de ce gentil sourire lumineux, puis fixa la clôture en hochant la tête.

Stern se sentait de plus en plus mal à l'aise :

« Qu'y a-t-il ? »

Une lueur coquine s'alluma dans les yeux de Gonzaga. Il hocha de nouveau la tête en direction de la clôture, un geste presque solennel, chargé d'une signification évidente qui réussissait à échapper totalement à Stern.

Celui-ci le prit par le bras dans l'intention de le ramener vers les autres. Mais, comme il commençait à le tirer doucement, le vieil homme se dégagea :

« Regardez ! » Gonzaga agita un long doigt tremblant à travers la clôture. Au même moment, une gerbe de feu fusa derrière eux. On entendit un grand sifflement. Stern baissa automatiquement la tête ; le vieil homme ne cilla même pas. « Regardez ! » insista-t-il d'un ton plus pressant, dans un frémissement de ses cheveux gris emmêlés. « Regardez ! »

Les yeux de Stern revinrent sur le doigt crochu qui montrait avec insistance la clôture. Ils se trouvaient à huit mètres tout au plus de la porte. Soudain, Stern vit ce qui agitait tant le vieillard. Là où il y avait eu une incessante noria de camions, la porte était grande ouverte, et la petite guérite, occupée jusque-là en permanence par un garde armé, était vide et non surveillée.

Lorsqu'il regarda de nouveau Gonzaga, celui-ci souriait et hochait la tête. « Comprenez-vous à présent ? » semblaient dire ses yeux.

Stern n'était pas le genre d'homme à songer, en temps normal, à s'évader d'un établissement pénitentiaire. Cela pour une raison bien simple : il n'était pas fait de ce bois. Confronté à une possibilité si romanesque, il aurait instinctivement posé plusieurs questions concrètes destinées à décourager toute folle équipée. Il n'avait pas la moindre idée de la distance à laquelle ils se trouvaient de la frontière finlandaise et ignorait tout autant, si l'occasion s'en présentait, comment on l'atteignait. Une fois là, on se heurterait de toute évidence à des barrières et à des gardes-frontière pourvus d'armes puissantes, bruyantes et des plus redoutables. Et puis, à supposer que quelqu'un fût assez fou pour nourrir des idées d'évasion, l'image de Keith Wales, de sa tête bandée et de sa mâchoire ficelée, donnait sérieusement à réfléchir.

Avec un petit rire silencieux, Gonzaga entreprit de tirer Stern en direction de la porte :

« Venez !

— Attendez une minute... »

Stern cala solidement ses pieds sur le sol ; ses yeux remontèrent jusqu'en haut du mirador, où un garde, lointain et impersonnel, s'occupait de diriger le projecteur sur l'incendie. Juste en face, immobile, l'énorme T54 baignait dans la lumière blanche et aveuglante de ses phares de tourelle. On ne distinguait aucun membre de son équipage.

Un instant plus tard, Stern avait rejoint Gonzaga devant la porte, à l'intérieur de l'enceinte. Gonzaga restait planté là, en pantoufles, jambes écartées ; les pans de sa robe de chambre ouverte volaient doucement derrière lui.

« Vous voyez ? Vous voyez ? »

Stern jeta un coup d'œil inquiet derrière lui. A vrai dire, il n'avait conscience que d'une chose à cet instant précis, c'était du danger de rester là, près de la porte ouverte, avec sa guérite abandonnée. Rien que pour cela, ils risquaient d'être abattus par un garde trop zélé qui les croirait sur le point de filer.

« Allons-y, dit Gonzaga.

— Vous êtes fou ! »

Ils s'étaient arrêtés juste au-dessous de la sirène, et le niveau de bruit était intenable.

« Regardez, regardez ! » hurla Gonzaga. De nouveau, son doigt crochu et tremblant montrait quelque chose. Il saisit soudain Stern par le bras et le fit brutalement pivoter. « Regardez ! »

Ce mouvement de rotation l'avait amené juste de l'autre côté de la porte. Momentanément étourdi, Stern essaya de faire marche arrière, convaincu qu'il allait être descendu sur-le-champ. Mais Gonzaga lui barrait le passage. C'est alors qu'il vit le gamin.

A une dizaine de mètres environ, il parut se matérialiser soudain, sortant de la forêt, petite silhouette incertaine, hésitante, fantomatique. Il demeurait immobile, tel un daim jailli du néant, l'oreille aux aguets, prêt à bondir.

Une sorte de communication s'établit instantanément entre Stern et Buddy Kariolainen. Comme si un fil électrique invisible les reliait. Le garçon, qui l'observait d'un air perplexe, les yeux agrandis par la peur, semblait l'appeler.

Stern amorça involontairement un pas dans sa direction, puis, perdant courage, fit demi-tour et voulut repartir. Mais Gonzaga, juste derrière lui, ayant lui aussi franchi la porte, l'en empêcha.

Une autre gerbe de feu jaillit du toit du wagon-restaurant. Il y eut un bruit assourdissant. Les grands bidons de propane utilisés pour les cuisinières de l'office avaient commencé à exploser. Au-dessus du train, le ciel passa de l'orange foncé à une délicate nuance rosée, tandis qu'au sommet des flammes un énorme panache de dendrites incandescentes ruisselait avec la grâce rêveuse et languide d'un sédiment s'abîmant dans l'onde.

Ce fut une rafale de cris et de hurlements. On entendit des sirènes, sans doute les camions de lutte contre l'incendie qui convergeaient enfin vers le site par le petit chemin de terre, derrière eux.

Gonzaga plaqua ses paumes contre la poitrine de Stern et poussa :

« Allez-y, bon Dieu ! Allez-y ! »

Celui-ci faillit tomber en arrière, puis il aperçut de nouveau le garçon qui attendait un peu plus bas, sur la route. Il avala péniblement sa salive et regarda de nouveau autour de lui avec un air de résignation lugubre. Bien malgré lui, ses jambes se mirent en mouvement, et il commença à s'éloigner de l'enclos. Il ne luttait plus. Il marchait d'un pas vif, décidé, quand il s'aperçut soudain qu'on le suivait. Il se retourna et faillit buter dans le vieil homme qui arrivait sur ses talons :

« Qu'est-ce qui vous prend ? »

Gonzaga lui fit un clin d'œil en lui décochant son sourire coquin :

« Je vous accompagne ! »

« Mon cœur battait de joie et mes mains moites tremblaient. De plus, mes allumettes étaient humides... »

Asawa était assis en lotus par terre, près de la clôture. Sa tête roulait d'un côté et de l'autre. Il regardait les flammes consumer ce qu'il restait du wagon-lits et semblait rire. Les mots jaillissaient sans effort dans sa tête, franchissaient ses lèvres sans bruit, incantatoires. A présent, ceux qui luttaient contre le sinistre avaient réussi à mettre en place un système de fortune permettant de pomper l'eau de l'étang. Plusieurs silhouettes, en équilibre sur le toit du wagon de jour, déversaient sur celui-ci le filet d'eau qui arrivait dans les tuyaux. A l'intérieur du wagon, les flammes léchaient les fenêtres avec un petit air guilleret. Le toit dégageait une chaleur intense. A peine l'eau des tuyaux le touchait-elle que des geysers de fumée montaient violemment en spirale dans l'air.

La simple litanie des mots donnait à Asawa une enivrante sensation de puissance. Tout en la dévidant, il laissait rouler sa tête d'un côté et de l'autre et se balançait d'avant en arrière contre la clôture. Par moments, il éclatait de rire. Le bruit de ce rire montait des profondeurs de son corps, brusque grognement de joie violente qui s'interrompait net.

Il avait oublié l'agitation démente qui l'entourait. Le feu qui dansait devant son regard halluciné le clouait au sol.

Il se releva en titubant. Le vacarme de la sirène qui se répercutait à travers la nuit sylvestre retentissait quelque part dans sa tête, très loin.

Bien qu'il se trouvât presque juste au-dessous d'elle, il avait réussi, au milieu du rugissement des flammes et de l'agitation générale, à faire retraite dans quelque région intérieure, dans un lieu de calme polaire, de froid glacé et de silence infini.

Il ne pouvait décrire le sentiment enivrant de puissance qui s'était emparé de lui. Tout ce qu'il savait, c'était qu'il lui apportait l'apaisement de la victoire. Un sentiment de bonheur à la lisière de la béatitude. Asawa croyait distinguer dans ces colonnes de fumée les traits du visage de son père. Il avait envie de hurler de joie. Que n'aurait-il donné pour que son père fût là, à partager son triomphe...

Depuis longtemps, ils n'entendaient plus le feu crépiter et rugir, mais, s'ils se retournaient, ils voyaient toujours l'intense lumière rose qui baignait le ciel au-dessus de la cime des arbres.

Cela faisait bien trente minutes qu'ils marchaient, plein cap sur l'ouest, progressant à travers la forêt. Stern avait décidé de rester aussi près que possible de la voie, en la gardant toujours sur la droite sans sortir du couvert que leur offraient les bois. Il savait qu'à mesure que le jour naîtrait et que le ciel s'éclaircirait ils devraient s'enfoncer plus avant dans la forêt. Le risque de tomber sur des gardes ou des cheminots était bien plus grand à proximité de la voie que dans les sous-bois. Mais pour l'instant, en tout cas tant qu'il était sûr d'aller dans la bonne direction, ils ne s'éloigneraient pas des rails.

Ils progressaient sans mot dire ou presque, Buddy Kariolainen ouvrant la marche, Stern et le vieux Gonzaga suivant derrière. Stern se faisait surtout du souci pour le vieil homme. La frontière se trouvait, en gros, à dix kilomètres. D'après lui, ils avaient fait un peu plus d'un kilomètre et demi. Le vieux devrait en parcourir huit ou neuf de plus avant qu'ils n'arrivent en vue de la frontière. Le sol était inégal, mais Dieu merci pas accidenté. Jusque-là, Gonzaga avait réussi à maintenir l'allure.

Il semblait douteux, néanmoins, qu'il pût continuer. A tout moment, Stern s'attendait à entendre derrière eux un bruit de poursuite, des arbres et des branches craquer, des gardes vociférer, des chiens aboyer. Mais le silence régnait. Dans l'immense obscurité qui les cernait, ils n'entendaient que les sauterelles, le ululement des chouettes et le battement d'ailes occasionnel d'un engoulevent qui faisait la navette entre les branches. Ils progressaient donc, muets, à travers la nuit, chacun concentré sur le poids de son épreuve solitaire.

Le jeune Buddy, qui les précédait de quelques mètres en éclaireur, les prévenait lorsqu'il rencontrait des rochers ou d'autres obstacles, ou quand le sol n'était pas stable. Depuis qu'ils étaient partis, il avait imposé son rythme. Mais, à mesure que la nuit rapetissait, l'allure était devenue éreintante pour Stern, sans même parler de ce qu'elle avait dû être pour Gonzaga. Ni l'un ni l'autre n'arriveraient à suivre le gamin, et Stern prévoyait déjà un temps de repos dans l'heure suivante. Or il était presque 3 heures déjà et le soleil se lève tôt à cette latitude.

Stern ignorait complètement où le garçon avait passé les quelques derniers jours. Les vêtements qu'il portait lui fournissaient quelques informations. La veste de cheminot, la salopette trop grande, les gros godillots non lacés qu'il perdait sans cesse semblaient indiquer qu'il avait trouvé des protecteurs dans le train. Pendant le reste de la nuit, Stern apprit peu à peu l'histoire des conducteurs finlandais et comment le gamin avait passé deux jours et deux nuits caché dans un tender de locomotive. On s'était bien occupé de lui, et il était visiblement en bonne santé. Mais sa présence était devenue une source de conflit entre les deux hommes. Ils avaient commencé à se disputer. L'un d'eux, craignant d'être impliqué dans une tentative d'évasion, voulait remettre le garçon aux Russes. L'autre, un homme peu commode et qui n'avait peur de rien, qui avait perdu des cousins et des frères lors de la dernière invasion soviétique, était prêt à mourir plutôt que de le livrer. Par chance, ce dernier était taillé comme un géant, puissant argument de persuasion en soi, si bien que dans l'immédiat le garçon n'avait rien à craindre. Et puis il y avait eu l'incendie. Une chance fantastique. Ils avaient réveillé le garçon, l'avaient habillé de leur mieux, puis poussé de la cabine en lui montrant du geste la direction de la frontière. A ce moment-là, même le Finlandais qui rechignait à garder le gamin avait aidé celui-ci à s'enfuir.

Quand Buddy eut terminé son récit, il demanda anxieusement à Stern et au vieil homme s'ils avaient entendu parler de son père. Stern lui répondit que non. Le garçon fixa le sol un moment, puis, sans mot dire, tous trois se remirent en route, l'air sombre.

L'idée de Stern était de couvrir la plus grande distance possible avant le lever du soleil. Dès la première lueur de l'aube, des équipes de recherche et des hélicoptères fouilleraient les bois entre le train et la frontière. S'ils réussissaient à atteindre celle-ci avant le lever du soleil, leurs chances de la franchir seraient plus grandes. Sinon, Stern envisageait de rester à couvert dans la forêt pendant la journée et de se remettre en route le soir, avec la protection de l'obscurité.

« Ça va ? demanda Stern au vieil homme par-dessus son épaule.

— Parfaitement bien », répondit-il, mais on notait quelque chose d'essoufflé, de résigné dans sa voix.

Gonzaga était parti dans une tenue des plus excentriques pour une marche nocturne en forêt — une robe de chambre bleu pâle jetée sur son pyjama et une paire de pantoufles en feutre souple qui lui quittaient les pieds à mesure qu'il progressait dans la boue et les ronces. Dans la nuit d'un noir d'encre, une lueur bleuâtre spectrale émanait de son vêtement. D'où il était, Stern entendait la respiration rauque, rapide, du vieil homme. Il distinguait aussi, dominant légèrement cette respiration, un cliquetis qu'il n'arrivait pas à identifier. Un peu plus tard seulement, il comprit que c'était le dentier de Gonzaga.

« Dites donc, je suis crevé ! » Stern tenta d'avoir l'air contrit. « Si vous êtes d'accord, j'aimerais autant souffler un peu. »

Même dans cette obscurité impénétrable, Stern vit la haute silhouette décharnée se raidir.

« Pas question de s'arrêter maintenant. Ils seront à nos trousses dès qu'il fera jour », répondit Gonzaga.

Stern ne le savait que trop, mais il les voyait mal continuer avec le vieux dans cet état :

« Je regrette beaucoup, mais je ne crois pas que vous soyez en condition de...

— Ayez l'obligeance de laisser ma condition là où elle est ! Nous continuons. »

Gonzaga fit une embardée ; en arrivant à la hauteur de Stern, il chancela. Stern le rattrapa au moment où il tombait et reçut tout l'impact du poids du vieillard, qui s'affaissa contre lui.

Gonzaga se redressa, tira sur sa robe de chambre et retrouva sa dignité :

« On continue.

— Écoutez, sincèrement...

— J'ai dit : on continue ! »

Cette fois, le message fut d'une brusquerie à la limite de la grossièreté. Il semblait inutile de discuter. Stern savait que Gonzaga s'écroulerait quand il voudrait et parce qu'il l'aurait décidé. Et peut-être cela valait-il mieux pour tout le monde.

Ils se remirent en route, mais à un rythme résolument plus lent. Cette fois, le garçon fut assez fin pour comprendre que la fatigue se faisait sentir non seulement chez le vieil homme, mais aussi chez Stern.

Stern voulut prendre Gonzaga par le bras, mais celui-ci se dégagea d'un geste sec, refusant toute aide. Stern ne dit rien, mais continua d'avancer, et une fois de plus ils reprirent leur morne et incessante progression vers la frontière. Personne ne parlait ; on entendait seulement le bruit de l'effort physique soutenu, exténuant — des halètements et des soupirs —, tandis qu'ils entamaient une légère mais longue montée.

A un moment, Stern aperçut des lumières au loin, sur la droite, et entendit ce qu'il crut être des voix. Ils avaient dû rester trop près de la voie et étaient peut-être tombés sur un des hangars des cheminots.

Ils virèrent à quarante-cinq degrés sur la gauche et se retrouvèrent en train de peiner sur une autre pente interminable, qui paraissait s'élever jusqu'au sommet de la forêt. Il était 3 heures un peu passées quand ils arrivèrent en haut de la crête et débouchèrent dans une grande clairière. L'air était glacé à présent. De la vapeur s'échappait de leurs lèvres, tandis qu'ils s'enfonçaient dans l'herbe haute et mouillée.

Le ciel s'étendait au-dessus d'eux, immense. De grosses étoiles étaient accrochées aux arbres entre les branches. Des étoiles plus petites parsemaient le firmament comme des pâquerettes dans un champ d'été. L'air, qui embaumait le trèfle et le foin, était aussi délicieux que tout ce qu'avait pu respirer Stern les nuits d'été, dans le Missouri. Ils formaient tous trois un spectacle étrange, dépenaillés, les vêtements déchirés, hérissés de chatons de bardane, cherchant leur chemin comme des vagabonds égarés essayant de s'orienter.

Lorsqu'ils eurent traversé la clairière et entreprirent de rentrer dans la forêt, Stern s'aperçut soudain que Gonzaga restait à la traîne, loin derrière. Il revint sur ses pas.

« Ça va ?

— Ça va, haleta le vieil homme, tanguant légèrement.

— Vous êtes sûr ?

— Naturellement que j'en suis sûr ! »

Il fit un pas, trébucha, se rétablit sur un pied. La pantoufle déchirée et boueuse qui s'y accrochait fila vers le haut, décrivit une courbe ombreuse et chut dans les broussailles.

Le vieil homme grommela quelque chose d'indistinct, dérapa, tomba sur son genou et s'effondra en douceur ; il demeura là comme un pugiliste au tapis, à attendre que ses forces reviennent pour se relever.

« Maintenant, on s'arrête, décréta Stern.

— J'ai dit non.

— Vous ne pouvez pas continuer. Et nous aussi, nous sommes fatigués.

— ... faut continuer », lâcha Gonzaga dans un souffle, et il essaya de se relever.

Stern fut inflexible :

« Vous tremblez de froid. Vous êtes épuisé... Un peu de repos ne fera de mal à personne. Buddy, va voir si tu ne retrouves pas la pantoufle du señor Gonzaga. »

Avec un soupir, le vieil homme se laissa tomber dans l'herbe haute, qui parut se refermer comme de l'eau au-dessus de sa tête. Stern s'agenouilla près de lui. Dans la lumière de cet espace presque entièrement dégagé, il vit la boue et le sang coagulé sur son pied ; du sang coulait au-dessus de la cheville :

« Comment pensez-vous pouvoir continuer pieds nus, dans cet état ? »

Gonzaga, les bras en croix dans l'herbe, agita furieusement les jambes, exaspéré et momentanément vaincu :

« On ne s'arrête pas maintenant. Nous allons bientôt les avoir sur le dos.

— De toute façon nous les aurons, que nous nous arrêtions ou non. Ça change quoi ? »

Le vieux avait raison, bien sûr, mais il n'était absolument pas en état de poursuivre. Il était éreinté et ne continuait qu'en prenant sur les nerfs.

« Ça ne fait plus qu'un petit kilomètre ou deux », implora Gonzaga.

Stern ne dit rien, mais, d'après ses calculs, ils en avaient peut-être encore pour deux bonnes heures. En mettant les choses au mieux, ils avaient fait quatre kilomètres. Il en restait encore quatre ou cinq jusqu'à la frontière, et Dieu sait ce qu'ils trouveraient là-bas... Encore des gardes, encore des miradors. Encore des barbelés... A ce moment-là, leur absence aurait très certainement été repérée. Pourtant, pour autant qu'on pût en juger, personne ne semblait encore les poursuivre. Mais ce n'était guère un problème pour les Russes. Il leur suffisait de téléphoner à la frontière pour demander d'envoyer une ou deux compagnies supplémentaires de chasseurs motorisés afin de bloquer le secteur. Ce qui les attendait n'était pas tellement encourageant. Mais il n'était pas question de faire demi-tour.

Stern sursauta en entendant un bruit de branches cassées et de buissons remués. Buddy Kariolainen émergea de l'obscurité et se dirigea vers eux. Il brandissait la pantoufle.

« Brave petit ! »

Gonzaga saisit son bien et fourra son pied dedans avec une grimace de douleur. De nouveau, il essaya de se relever. Cette fois, Stern le coucha de force sur le sol et l'immobilisa.

« Mais lâchez-moi ! piaffa Gonzaga.

— Non. »

Le garçon attendait, un peu en retrait, et les observait en silence.

« Je hurle !

— Ne vous gênez pas », dit Stern, ne le croyant pas une seconde.

Or il y eut bien un hurlement, ou plutôt une amorce de hurlement. Il jaillit, sonore et clair, jusqu'à ce que Stern plaquât sa main sur la bouche du vieil homme ; le hurlement se transforma brutalement en gargouillis étranglé.

« Vous êtes cinglé !

— Il faut continuer.

— Vous allez y laisser votre peau ! C'est ça que vous voulez ?

— Pas dans cette saloperie de pays oublié de Dieu ! Lâchez-moi, crétin ! Lâchez-moi donc ! »

Toujours couché sur lui, Stern le maintenait au sol.

« Je crie. Je vous jure que je crie ! Vous feriez mieux de me lâcher. »

Au ton auquel furent prononcés ces mots, Stern sut qu'il avait perdu. Ils ne pouvaient courir le danger de le laisser de nouveau lancer un de ces hurlements perçants dont il avait le secret.

Stern soupira et se releva :

« C'est bon. Vous avez gagné. »

Le garçon et lui remirent le vieux sur ses pieds et l'époussetèrent.

Gonzaga écarta leurs mains et démarra si soudainement que les deux autres furent pris de vitesse. Il fit deux ou trois enjambées, eut un petit dandinement étrange, et s'effondra de nouveau.

« Vous voyez ? » dit Stern. Il souleva le vieil homme et passa son bras autour de ses épaules. « Et maintenant, accrochez-vous. »

Cette fois, Gonzaga n'ergota pas.

A partir de là, les choses se gâtèrent vraiment. Ce n'étaient pas les dix kilomètres. Une distance qui n'a rien d'héroïque en soi. Mais plutôt le terrain — ce mélange de grands arbres et de genêts bas, ces épines et ces ronces qui se détendaient à leur passage et s'accrochaient à leurs vêtements. Et puis la boue — elle les aspirait chaque fois qu'ils posaient le pied dessus, et à chaque pas il leur fallait extraire un pied tandis que l'autre enfonçait. Et puis, il y avait les collines, ces montées jamais franchement escarpées mais d'une longueur interminable, si bien que chaque escalade tournait au calvaire.

Stern n'était pas un sportif ; pas un athlète en superforme physique. Juste un homme de la cinquantaine aimant les bons repas et les plaisirs sédentaires, responsable à présent d'un vieillard d'un quart de siècle son aîné et d'un gamin qui aurait pu être son petit-fils.

Gonzaga n'ignorait pas la charge qu'il représentait. Non qu'il abandonnât et se contentât de se laisser porter. A chaque pas de ce trajet épuisant, il apportait sa propre contribution. Il poussait et sautillait ; il se penchait de façon à moins peser sur les épaules de Stern et, ce faisant, s'appuyait davantage sur ses jambes instables et ses pieds en lambeaux.

Le garçon, en revanche, était infatigable. Tel un limier attaché à sa proie, il précédait toujours de loin les chasseurs, visiblement impatienté par les limites physiques de ses aînés.

Plusieurs fois, rebroussant chemin, il les trouva appuyés contre un arbre, couple indissoluble, crevés et à bout de souffle. Il s'accroupissait à côté d'eux sur ses talons, petit clown dans ses vêtements trop grands, attendant qu'ils reviennent à la vie.

Vers 4 heures du matin, lorsque la première touche de gris marbra le ciel nocturne, il apparut que Gonzaga ne pourrait pas continuer. Il se laissa tomber sur ses genoux :

« Laissez-moi ici. Je me repose un peu, et je vous suis. »

Mais à présent, c'était Stern qui refusait de s'arrêter. Il avait atteint un point où plus rien n'avait d'importance. Aidé du garçon, il souleva le vieil homme et repartit.

Stern avait perdu le sentiment du temps. Il ne se rappelait plus depuis combien d'heures ils marchaient ni combien de kilomètres ils avaient couverts. Rien ne garantissait qu'ils allaient bien vers l'ouest. A plusieurs reprises, pendant la nuit, des obstacles importants — des formations rocheuses, et aussi un lac de dimensions respectables — les avaient obligés à faire de larges détours et à rectifier ensuite leur route.

Quand le ciel, dans leur dos, commença à s'éclaircir, Stern sut enfin qu'ils marchaient toujours vers l'ouest. A mesure qu'il progressait, traînant le poids du vieux Gonzaga sur ses épaules, chaque pas devenait à lui seul une douloureuse petite odyssée. Et pourtant, à sa surprise inquiète, rien n'indiquait qu'on les poursuivait. Il s'attendait à chaque instant à entendre retentir dans la forêt, derrière eux, l'aboiement redouté des chiens et les cris des gardes. Mais non, rien. Le silence devenait angoissant.

Avec l'arrivée de l'aube, les nombreuses étoiles parurent scintiller encore davantage sur la voûte bleu pâle du ciel. Stern avait dépassé depuis longtemps le point où il avait conscience de son épuisement. Son corps lui faisait mal jusqu'à la moelle des os ; pour l'oublier, il laissa son esprit vagabonder. Il était à New York, dans un restaurant. Constance et lui dînaient là avec des amis. C'était un restaurant chinois de l'East Side. Un de ses points de chute favoris. Des sampans descendant le Yang-tsé glissaient sur une fresque argentée. Les pagodes peintes sur la porcelaine bleu et blanc ; les couvercles tachés de sauce posés de travers sur les dessertes en aluminium comme des canotiers tordus ; les bouteilles vides de Tsing-Dao ; les tasses à thé. Les baguettes. Les nappes froissées éclaboussées de sauce à la prune. Les sorbets à demi fondus dans les coupes en forme de tulipe. Les petites assiettes avec les papiers de bonne aventure chiffonnés. Les histoires sur les uns et les autres et les bavardages. Les rires discrets. Le confort des vieilles habitudes qui, tels de vieux amis, devenaient plus chères avec l'usage.

Pourquoi avaient-ils cessé de s'entendre ? A quel moment tout avait-il commencé ? Au début, ou bien imperceptiblement, quelque part à mi-parcours, pour ensuite arriver à un point de non-retour ? Ils étaient restés ensemble pendant trente ans — une éternité dans l'Âge d'or de l'Éphémère si l'on y réfléchissait. Était-ce une fois les enfants partis, quand Constance, après avoir passé sa vie à faire un foyer pour les autres, avait trouvé un certain épanouissement dans le monde routinier du travail ?

Oh, il n'allait pas lui reprocher sa joie de se sentir de nouveau bonne à quelque chose. Mais, alors qu'elle essayait de repartir à neuf, lui commençait à se détacher de sa vie professionnelle, et peut-être était-ce là que leurs chemins s'étaient séparés.

Tout cela lui revenait dans les bois et le silence de mort d'une forêt russe, à quelque huit mille kilomètres de l'endroit où s'était jouée la vraie comédie. Il pouvait se la repasser indéfiniment dans la tête, avec une puissance d'évocation stupéfiante — chaque dispute, chaque insulte, une fois dite jamais retirée, aussi anodine qu'ait pu en être la cause.

Gonzaga s'était endormi sur son épaule, mais ses jambes continuaient à bouger mécaniquement, comme celles d'un somnambule. Il marmonnait, à peine conscient semblait-il, et sa salive dégoulinait dans le cou terriblement irrité de Stern. Les mots paraissaient être de l'espagnol ; Stern ne les comprenait pas, mais un revenait avec insistance : *patria.*

Stern fit passer son fardeau sur l'autre épaule et, tête baissée, continua à marcher. Pendant tout ce temps, le ciel s'éclaircissait derrière eux. A 4 h 45, de longs rubans de rose et de jaune citron rayèrent le ciel à l'est. Devant eux, la forêt était grise et ténébreuse. Des lambeaux de brume s'accrochaient aux branches basses des grands pins et des hêtres. La visibilité était réduite.

Le garçon continuait ses allers et retours, les regardant d'un air exaspéré. Il voulait foncer. Il n'arrivait pas à comprendre pourquoi ces types, même si on tenait compte de leur âge avancé, ne s'en sortaient pas mieux. Seul, il aurait atteint la frontière depuis des heures.

« Continue, continue. » Stern agita faiblement sa main. Il était si exténué qu'il apercevait à peine la petite silhouette râleuse qui les attendait dans les arbres. « Nous te suivons. Continue. »

Ce fut au moment précis où le gamin fit demi-tour et partit en flèche qu'il l'entendit. Un bruit qui lui arrivait de très loin, si faible qu'on pouvait douter de sa réalité. Dans son esprit embrumé, divaguant, une sorte de roulement assourdi s'imposait peu à peu. Il semblait les suivre, s'arrêtant parfois pendant plusieurs minutes, puis reprenant. Pendant ces interruptions, Stern finissait par croire qu'il avait tout inventé.

Mais le bruit recommençait peu après, et chaque fois un peu plus fort, un peu plus insistant. Il n'avait aucune idée de sa nature. Bien qu'à un niveau de conscience plus souterrain, subliminal, il sût exactement à quoi s'en tenir. Cette certitude refusée eut pour effet d'accroître son efficacité : il accéléra l'allure.

Les jambes de Gonzaga ne le portaient plus. Elles étaient devenues du caoutchouc et ne faisaient même plus semblant de fonctionner. Stern portait maintenant le vieillard, ou plutôt le traînait, pas à pas. Un supplice.

Ils progressèrent ainsi pendant encore une demi-heure environ ; durant tout ce temps, le grondement sinistre parut gagner du terrain sur eux. Stern observa le gamin pour voir s'il l'entendait aussi. En tout cas, il ne le montrait pas. Quant au vieux, il était sans doute hors d'état d'entendre quoi que ce soit.

Le soleil jaillit enfin des nuages obscurs qui traînaient encore dans le ciel, devant eux, et envoya une colonne de lumière au travers des frondaisons. La brume demeurait dense, montant en volutes vaporeuses de la boue. Elle ralentissait leur progression, mais elle était aussi une bénédiction. Tant qu'elle subsistait, elle les cachait. Mais bientôt le soleil la dissiperait, et alors, Stern ne l'ignorait pas, les hélicoptères rempliraient le ciel, volant bas, passant au peigne fin les bois sous eux.

Stern concentrait à présent l'énergie qui lui restait sur un seul point : la frontière. Par un effort mental considérable, il avait réussi à neutraliser ce cliquetis satanique. Mais, dès que sa concentration faiblissait, le bruit s'imposait de nouveau avec l'obstination exaspérante d'une mouche bourdonnant. A présent, il ne se faisait plus d'illusions sur ce qui le produisait.

Capitaine d'infanterie en Allemagne après la guerre, il était suffisamment familiarisé avec ce genre de bruit pour reconnaître un tank. Le vacarme des gros blindés américains fonçant dans les forêts gelées, la nuit, vous glaçait les sangs. C'était un bruit infernal, pas de ce monde. En l'entendant de nouveau dans cette clairière primordiale, il éprouvait exactement les mêmes réactions viscérales. L'accumulation des années n'avait pas calmé sa peur. C'était un bruit atroce. En un éclair, il revit une pluie orange de fusées dans le ciel et entendit le grondement et le martèlement sourd des mortiers, comme si, à trente ans d'intervalle, tout recommençait.

Au cours des dix dernières minutes, le bruit derrière eux s'était dangereusement amplifié. Il ne semblait plus y avoir de temps de répit. Stern crut entendre aussi les gémissements et les craquements des arbres renversés au passage et de la terre cruellement labourée. Le bruit insupportable de quelque chose de dévoré vivant.

Ce que Stern éprouvait à ce moment précis était difficile à définir. Il avait atteint un degré d'épuisement qui s'exprimait sous la forme d'une curieuse allégresse, comme si l'exercice physique prolongé lui avait en quelque sorte oxygéné le cerveau. Il éprouvait une bizarre sensation d'étourdissement. Il avait commencé à rire doucement, et ce rire montait en lui, se transformait en mugissements de joie. Le sel de la sueur qui ruisselait de son front lui brûlait les yeux, et, avançant toujours, il ne retenait plus ce rire joyeux, thérapeutique.

Le gamin, devant lui, se retourna et le regarda d'un air inquiet. Le bruit du rire et les sursauts du corps qu'il agitait ranimèrent Gonzaga.

« On est arrivés ? » marmonna-t-il.

Sa tête pendait sur l'épaule de Stern.

« Encore un p'tit bout d' route ! » haleta Stern.

Il remonta un peu le vieux sur ses épaules. C'est alors qu'il vit Buddy agiter frénétiquement la main, les yeux brillants d'excitation.

« Une barrière ! Une barrière ! » s'écriait-il.

Les yeux larmoyants, Stern leva la tête et saisit obscurément ce que le gamin disait :

« Où ça ?

— Là-bas ! Juste devant nous ! »

Buddy montra d'une main excitée une petite lumière qui semblait luire derrière de hauts buissons.

Stern ne pouvait s'empêcher de douter. Il fit quelques pas vacillants, le vieil homme collé à son dos :

« Pas de gardes ?

— Pas un ! Il n'y a personne ! »

Stern s'était arrêté, hésitant, incrédule :

« On va aller voir. » Il déposa le vieil homme dans un fourré, le dos appuyé contre un arbre. « Señor Gonzaga... » Il le gifla gentiment jusqu'à ce que ses yeux s'ouvrent. « Señor Gonzaga... Vous m'entendez ? »

Gonzaga avait la mâchoire pendante, mais ses yeux étaient étonnamment alertes.

« Écoutez, continua Stern sans prendre le temps de respirer. Nous avons peut-être atteint la frontière. Je vais en avant avec le gamin pour jeter un coup d'œil. Je vous laisse une minute, mais je reviens tout de suite. »

Le vieil homme fit un signe de tête ; sa main parut mollement les bénir. Ils firent demi-tour et filèrent.

Cette fois, le bruit d'un tank derrière eux était très net et parfaitement reconnaissable. Au seul bruit de ses chenilles, Stern pouvait dire qu'il se déplaçait rapidement, quinze, seize kilomètres à l'heure ou plus. Alors qu'eux en faisaient trois à tout casser.

Le gamin entendait aussi et, comme tous les jeunes de cet âge, il ne savait pas tricher avec la réalité :

« C'est le tank, Mr. Stern ?

— J'en ai bien peur... »

Ils contournèrent une courbe de terrain par ce qui parut être un sentier, puis traversèrent une dernière bande de fourrés et débouchèrent avec précaution dans une zone sans arbres. Devant lui, Stern voyait le ciel matinal. Sur cette toile de fond, courant vers le nord et le sud aussi loin que le regard pouvait porter, se dressait une clôture de barbelés haute de quatre mètres environ. Comme celle qui entourait le train, elle se terminait par un plan incliné d'une soixantaine de centimètres, agrémenté de copeaux de métal limé, tranchants comme des lames de rasoir.

Le garçon voulut s'approcher, mais Stern l'en empêcha. Ils attendirent un peu, accroupis à la lisière des taillis, tendant le cou pour essayer de voir à gauche et à droite. S'il s'était attendu à tomber sur une patrouille, Stern fut déçu. Mais plus loin sur la droite, cloué sur la clôture, il vit un écriteau. Bien que ce ne fût pas si loin, les lettres étaient trop petites pour qu'il parvînt à lire.

« Tu peux voir ce qui est écrit ? demanda-t-il au garçon. C'est du russe ? »

Buddy se souleva légèrement et essaya de déchiffrer :

« Je ne sais pas. C'est écrit trop petit.

— Bon, suis-moi... Tu rampes. Compris ? »

Le garçon fit signe que oui, et, Stern en tête, ils se risquèrent dans l'espace dégagé.

De l'autre côté de la clôture, Stern aperçut une prairie et des champs. De l'autre côté, c'étaient la Finlande et la liberté. Entre eux, barrant le passage, il y avait ces quatre mètres de barbelés qui semblaient d'une légèreté et d'une absence d'épaisseur d'autant plus inquiétantes. On aurait dit qu'on pouvait les traverser, comme une toile d'araignée. Mais les pointes des barbelés coupaient comme un rasoir et les copeaux d'acier qui s'enroulaient au sommet pouvaient taillader les chairs avec l'efficacité d'un hachoir. Du côté finlandais, une tranchée suivait la clôture tout du long. On n'en comprenait pas immédiatement l'utilité.

Et, plus loin, la Finlande déployait ses étendues riches et verdoyantes. Le monde libre, si proche et si inaccessible. Stern pouvait sans mal jeter une pierre par-dessus la clôture — une pierre russe volant vers la liberté —, mais il ne voyait vraiment pas comment lui pourrait suivre cette pierre...

L'espace entre la lisière de la forêt et la clôture consistait en une étroite bande de terre, deux mètres cinquante, trois mètres tout au plus. Suffisante pour des patrouilles à pied et même pour les allées et venues d'un petit camion. Parvenu au milieu, il réussit enfin à lire l'écriteau. C'était un de ces panneaux de frontière typiques, rédigé en plusieurs langues : « ACHTUNG. ATTENTION. BORDER CROSSING. DÉFENSE DE PASSER SANS AUTORISATION. LES CONTREVENANTS SERONT POURSUIVIS. »

En dessous, en lettres plus importantes et dans les mêmes langues : « ATTENTION. HAUTE TENSION. 75 000 VOLTS. STRICTEMENT INTERDIT AUX PERSONNES NON MUNIES D'UN LAISSEZ-PASSER. »

Le garçon regagna, toujours en rampant, la lisière de la forêt. Stern demeurait à plat ventre, le corps en travers du chemin ; il scrutait les barbelés et cherchait comment passer de l'autre côté, un point vulnérable dont on pût tirer parti.

Lorsqu'il revint, le garçon l'attendait, accroupi dans les fourrés, raide de terreur.

« Qu'y a-t-il ? » demanda Stern.

Buddy pencha la tête en arrière. C'était de nouveau ce roulement et ce cliquètement de métal, cette fois plus forts et plus proches. Stern estima que le tank se trouvait dans les parages immédiats. Ses moteurs ronflaient. Les arbres qu'il renversait sur son passage faisaient un tapage infernal.

« Viens ! » dit Stern en se relevant.

Plié en deux, il fila dans les bois, en direction de l'endroit où il avait laissé Gonzaga. Lorsqu'ils arrivèrent au buisson, il n'y avait plus personne.

Ils restèrent plantés là, ahuris, se demandant s'ils ne s'étaient pas trompés. Ils explorèrent le coin, décrivant des cercles, donnant des coups de pied dans les feuilles et les branches mortes pour voir s'ils découvraient un indice. Au moment où ils renonçaient à comprendre, ils entendirent une sorte de sifflement étouffé. Ils se retournèrent et eurent juste le temps d'apercevoir un poignet sans force, sans corps, sortir de l'herbe haute et s'agiter faiblement dans leur direction.

Ils se précipitèrent et le trouvèrent couché sur le ventre, spectacle incroyable que celui de ce vieillard gisant dans un trou comme dans une tombe, à plus d'un mètre au-dessous de la surface du sol, en peignoir de soie et pyjama, qui leur souriait :

« Vous feriez mieux de descendre là-dedans ! Nous sommes encerclés. »

C'était une fosse humide et étroite, creusée semblait-il, par un tracteur ou un bulldozer, puis abandonnée à la végétation sauvage, le genre de chose que Stern avait vu faire par des trappeurs et des chasseurs dans le Missouri pour entreposer momentanément le gibier. Gonzaga leur adressa son élégant sourire tout en roulant sur le côté pour leur faire de la place ; on aurait pu croire qu'il leur souhaitait la bienvenue dans sa somptueuse *estancia*. En une seconde, ils l'avaient rejoint dans le trou ; l'instant d'après, la forêt explosait dans un bruit d'arbres broyés, sous l'affreux tonnage de métal en marche. Pour Stern, le bruit était si énorme et si écrasant qu'il crut un moment l'avoir imaginé. Derrière l'enchevêtrement des buissons, ils virent le gros T54 se tailler pesamment un chemin. Grondant, craquant, il se rapprochait dans un épouvantable fracas. Bien qu'à huit mètres de là au moins, ils sentaient le sol trembler sous eux, et à un moment la terre, au fond du trou où ils étaient tapis, commença à s'effriter et à céder du fait des vibrations.

Un soldat à pied précédait le char d'assaut ; tel un chien de chasse, pensa Stern. Sur la tourelle, l'écoutille était ouverte, et Stern distingua nettement la tête casquée du chef de char qui pointait au-dessous. Il passa de profil, silhouette droite réduite au torse qui inspectait la forêt à la jumelle et criait des ordres à son éclaireur.

Un instant plus tard, le tank avait disparu dans la brume qui montait du sol, tel un spectre jailli des profondeurs qui se laisse seulement entrevoir avant de s'évanouir de nouveau. Il se dégageait une impression fantasmagorique de tout cela ; en revanche, les émanations huileuses de diesel qu'il laissait dans son sillage étaient on ne peut plus réelles.

Sans dire un mot, ils écoutèrent le bruit décroître, puis revenir, comme si le tank tournait en rond, puis de nouveau décroître vers la gauche, parallèlement à la clôture, en direction du nord.

Avec toutes ces émotions, Gonzaga revivait. Il semblait étonnamment alerte.

« Ils s'en vont », chuchota-t-il.

Stern, l'air sombre, scruta l'endroit d'où le son leur parvenait toujours :

« Ils vont revenir... »

Gonzaga expédia une petite gifle gentille à Buddy :

« On s'amuse bien ! Pas vrai, *muchacho ?* »

Le gamin lui sourit sans trop savoir.

« Nous avons intérêt à nous remettre en route ! » Stern hissa son corps endolori hors du trou. « Ils vont revenir dès qu'ils auront perdu notre trace.

— A quelle distance se trouve la frontière ?

— Juste à quelques mètres en haut de la pente. »

Gonzaga eut un sourire radieux :

« Pas mal ! Pas mal du tout ! »

Il avait noué un mouchoir autour de son pied. Une tache sanglante suintait par-dessous. Stern jugea que cela n'avait pas bonne mine, mais le vieil homme ne semblait pas affecté. Il avait retrouvé le moral et semblait prêt à se remettre en route. Son entrain était communicatif, en tout cas pour le garçon, qui s'extirpa lui aussi du trou.

« Peut-on passer ? demanda Gonzaga. Avez-vous repéré un point faible dans la clôture, une brèche ?

— Même s'il y en avait, nous ne passerions pas... Tout est électrifié. »

Le sourire du vieil homme s'effaça.

« Soixante-quinze mille volts. Nous serions grillés ! »

Ils entendirent soudain le couinement des moteurs du tank juste derrière eux.

« La boucle est bouclée. Ils reviennent... »

Le regard du garçon allait désespérément de Stern à Gonzaga ; il attendait des instructions.

« On ferait mieux de bouger », dit Stern.

Le vieux le regardait ; il pouvait lire ses pensées.

« Nous ne réussirons jamais à franchir cette clôture. La seule chose que je puisse suggérer, c'est que nous changions continuellement de place. Pour brouiller la piste. Pour les désorienter. Ils mettent plus de temps à repérer nos traces que nous à nous déplacer. C'est un point en notre faveur ! » dit Stern, tentant de communiquer, sans conviction, un enthousiasme qu'il n'éprouvait pas.

Le scepticisme inonda les yeux du garçon, tandis qu'une bonne quantité de sang suintait à travers le mouchoir garrot du pied du vieil homme.

Quand Stern leva de nouveau les yeux, Gonzaga lui souriait :

« Vous et le garçon, vous partez. Moi, je reste ici. Peut-être serai-je plus utile sur mon dos que sur mes pieds. »

Le vieillard gloussa à l'idée de quelque image évoquée par ses propres paroles. Sa remarque était toutefois suffisamment sibylline pour éveiller l'inquiétude de Stern.

Le tank mâchait la forêt juste derrière eux à présent. Pour un peu, ils auraient senti la chaleur de cette créature. Le feuillage alentour semblait jaunir et se flétrir. Stern saisit la main de Gonzaga et la serra fort. C'était une vieille main, aussi noueuse qu'une serre. Les os paraissaient près de se briser.

Le vieil homme lui rendit sa pression de main :

« Si vous voyez ma femme... mes filles... »

Stern ne le laissa pas finir :

« Nous reviendrons. Ne bougez pas d'ici ! »

Le sol trembla sous leurs pieds. Dans leur dos, un énorme bruit de ferraille gronda.

Le vieil homme les repoussa avec agitation :

« Vite, vite ! »

Stern hésita un peu, puis partit. Le garçon l'avait déjà distancé. Il fit plusieurs pas, se retournant une dernière fois pour voir Gonzaga agiter faiblement la main. Et puis, comme avec un soupir, la tête embroussaillée disparut derrière le bord du trou, le couvercle de fougères se remit en place, et une fois de plus la fosse se confondit avec le plancher sylvestre.

Stern et le garçon foncèrent dans la direction par laquelle était arrivé le tank. S'il venait de ratisser cette zone, il ne repasserait sûrement pas tout de suite. En tout cas, pas avant que ses nouvelles recherches ne se fussent révélées infructueuses.

Buddy bondissait ; les pans et les revers de la veste du conducteur de locomotive claquaient follement derrière lui. Stern suivait, peinant. Il pouvait tout au plus courir en boitillant. Ses jambes et son dos se ressentaient durement d'avoir trimbalé Gonzaga toute la nuit.

Plusieurs fois, le garçon s'arrêta pour voir où il en était, piaffant de ne pouvoir aller plus vite mais trop terrifié pour le perdre complètement de vue.

Stern lui fit un geste impatienté :

« Vas-y, vas-y ! Je te suis ! »

Très vite, ils n'entendirent plus le tank. Ou ils avaient couvert une distance appréciable, ou le tank s'était arrêté quelque part dans les bois et l'équipage avait mis pied à terre. En tout cas, ce pesant fracas avait cessé, et c'était autant de gagné.

Les minutes suivantes, leur progression ralentit. Le terrain devenait bourbeux et accidenté. Il était couvert de broussailles robustes et bourrées d'épines qui les lacéraient. L'imbrication des lianes les obligeait parfois à se plier en deux pour dégager leurs pieds avec les mains.

Ils avançaient parallèlement à la clôture, à cinq, six mètres d'elle peut-être, juste sous le couvert des bois, quand arriva le premier hélicoptère. Ils l'entendirent approcher de très loin, les pulsations sourdes de ses pales frappant l'air au-dessus de leur tête. Il volait bas et remontait la clôture dans la même direction qu'eux. Stern eut l'impression que le pilote les avait repérés.

Au bout d'un moment, l'hélicoptère vira de bord et partit faire du raffut dans la direction opposée. Cette fois, ils distinguèrent son ventre à travers une découpure de la voûte feuillue de la forêt ; il glissait au-dessus des arbres. Comme il répéta cette manœuvre à plusieurs reprises, Stern ne douta plus que l'appareil restait en liaison radio constante avec le tank. A bout de souffle, il fit signe au garçon de revenir vers lui :

« Faut que je m'arrête un peu. Trop risqué pour continuer. »

Il agita une main épuisée vers le ciel, dans lequel battait l'hélicoptère.

Ils aperçurent un peu plus loin, sur la droite, un épais petit bois de hêtres dont la cime était couronnée d'un feuillage touffu. D'en haut, on aurait du mal à les voir ; quant au tank, à supposer qu'il arrivât jusque-là, les arbres l'empêcheraient de manœuvrer. C'étaient, pour la plupart, de vieux arbres jamais touchés par l'homme — immenses et d'un diamètre impressionnant.

Stern saisit la main du garçon :

« Viens ! »

Ils plongèrent ensemble dans le petit bois, Stern conduisant le gamin par la main, jusqu'au moment où les grandes branches duveteuses se refermèrent sur eux.

Il faisait frais dans le bois. Les dernières brumes de la nuit s'accrochaient encore légèrement aux branches. Le sol était dégagé de ces terribles ronces tenaces, et ils avançaient sans peine à présent sur un tapis moussu, élastique, couvert d'aiguilles de pin odorantes.

A un point que Stern jugea être le milieu du bois, ils rencontrèrent une pile de grumes, visiblement sciées et entassées là par des bûcherons. Les branches, le long des troncs, avaient été coupées, et les troncs eux-mêmes étaient constellés de toute une végétation de champignons indiquant qu'ils gisaient là depuis longtemps ou qu'on les avait mis de côté pour en faire du bois à brûler.

« On s'arrête ici. »

Stern se laissa tomber près de la pile de bois. Le garçon en fit autant. Stern était allongé sur le dos, bras en croix. La terre, humide et spongieuse, mouillait sa chemise et rafraîchissait son corps en nage.

« Ça va ? » demanda-t-il au bout d'un moment.

Accroupi à côté de lui, le garçon fit signe que oui. Mais il y avait dans ses yeux une lueur inquiète de doute qui démentait cette affirmation.

Stern capta cette lueur.

« Tout ira bien. Ne te fais pas de souci ! »

Quelque chose dans ses mots ou son attitude produisit un déclic chez le gamin et ouvrit les vannes. Il détourna la tête pour cacher ses larmes.

Faisant comme s'il n'avait rien vu, Stern laissa le garçon libérer ses émotions. Ce fut vite fini, et peu après tous deux s'étaient redressés et inspectaient les environs en essayant de s'orienter.

« Je parierais qu'il y a de quoi manger dans le coin », décréta Stern. Son regard chercha des buissons de myrtilles ou des artichauts sauvages. Il se rappelait que, lorsqu'il était enfant, dans le Missouri, il allait chercher des champignons dans les bois autour de chez lui. « Si on allait voir ? »

Buddy repoussa les cheveux qui lui tombaient dans les yeux et bondit sur ses pieds avec enthousiasme. Stern se leva moins prestement et, s'appuyant d'une main sur l'épaule du garçon, entreprit d'explorer avec soin le petit bois. L'idée de chercher quelque chose avait immédiatement enflammé l'imagination du gamin. C'était une sorte de jeu, une chasse au trésor ou une partie de cache-cache.

Pendant une vingtaine de minutes, ils explorèrent minutieusement l'endroit, ne trouvant rien de comestible, sauf peut-être un buisson de baies caoutchouteuses dans les fourrés. Elles luisaient, comme si on les avait cirées, et leur rouge était si agressif qu'il paraissait mortel.

Ils ne touchèrent pas aux baies, mais découvrirent un ruisseau où courait une eau limpide, dont ils burent et s'arrosèrent copieusement. A l'exception des oiseaux et du grésillement des sauterelles, la forêt était devenue d'un calme qui ne présageait rien de bon. Ils n'entendaient plus le tank, et l'hélicoptère avait cessé de les survoler.

Stern ne se faisait pas d'illusions. Leurs poursuivants avaient juste marqué une pause pour se regrouper et repenser leur stratégie. Ils reviendraient, c'était sûr, et cette fois avec des soldats à pied et des chiens, nettement plus efficaces sur ce genre de terrain que le matériel lourd.

Ils revinrent près du tas de bois et s'assirent, découragés, le dos appuyé contre les troncs coupés. Stern se creusa la tête pour trouver quelque chose à raconter. Il savait que l'enfant pensait à son père, à sa mère et à sa sœur. Paradoxalement, Stern n'avait pas de pensées bien précises. Son instinct de survie avait brutalement chuté en même temps que son degré d'énergie, à présent égal à zéro ou presque. Il s'inquiétait surtout pour l'enfant. Dans son esprit, l'idée de le conduire en lieu sûr, de le remettre à sa famille, ou à ce qui en restait, primait sur tout le reste. Une idée qui le réconfortait, car elle le sortait de ses propres préoccupations. Il s'y mêlait aussi l'écho lointain de ces années qu'il avait vécues avec son fils, des années à la fois difficiles, étonnantes, merveilleuses pendant lesquelles il l'avait conduit à la maturité.

« Tu crois que tu peux tenir un jour de plus ? » demanda soudain Stern.

Une expression inquiète traversa le visage du garçon.

« Je veux dire, nous deux, bien sûr, s'empressa d'ajouter Stern. Simplement jusqu'à ce qu'il fasse nuit.

— Bien sûr ! »

Stern s'allongea sur la terre humide :

« Bien. Je crois que j'ai un plan. »

Ils passèrent le reste de la journée à se reposer, à rassembler leurs forces. Ils mouraient de faim, et plusieurs fois ils se relevèrent et recommencèrent à chercher quelque chose à se mettre sous la dent. Il y avait des sauterelles en quantité. Stern savait, d'après les vieux manuels de survie de l'armée, qu'en cas d'urgence ces insectes constituaient une source de protéines parfaitement saine. Il en attrapa une sur une bûche et la tendit à Buddy ; ses ailes battaient follement :

« Si je la mange, tu en fais autant ? »

Le garçon fit une grimace de dégoût et regarda Stern comme s'il plaisantait. Quand il comprit que non, il haussa les épaules d'un air gêné :

« Je ne crois pas. »

Ils regardèrent la sauterelle battre désespérément des ailes pour se dégager des doigts de Stern.

Stern se mit à rire et expédia d'une chiquenaude l'insecte dans un fourré voisin, où il atterrit sur une feuille et disparut d'un saut :

« Ce n'est pas moi qui te le reprocherai ! »

Ils se levèrent brusquement et retournèrent au ruisseau ; là, ils se baignèrent les pieds et cherchèrent s'il n'y avait pas des poissons qu'ils auraient pu attraper à la main dans le lit peu profond du petit cours d'eau. Mais ils ne virent rien, et, une fois de plus, ils remplirent d'eau leurs estomacs creux.

A plusieurs reprises pendant la journée, ils entendirent la pétarade d'une patrouille motorisée qui passait à proximité, sur le chemin de terre longeant la clôture. Mais rien d'autre — pas de tank, pas d'hélicoptère, pas de chiens. Juste les stridulations des cigales, le cancanement occasionnel de canards sauvages filant au-dessus de leur tête, le murmure incessant du ruisseau un peu plus bas et, toujours, le silence profondément angoissant de la forêt.

Comme le crépuscule commençait à tomber, un bruit plutôt comique mais pour le moins inattendu les fit sursauter.

La tête de Stern se redressa brusquement :

« Tu as entendu ?

— On dirait une vache.

— Ici ? En plein bois ? »

Le bruit se reproduisit, plus audible cette fois.

« Je vais jeter un coup d'œil, dit Stern.

— Je peux venir ? » cria Buddy.

Stern vit que le gamin n'avait pas envie de rester seul :

« D'accord. Mais tu ne fais pas de bruit et tu ne t'éloignes pas. »

Ils émergèrent de la forêt à peut-être un kilomètre et demi au nord de l'endroit où ils avaient laissé Gonzaga un peu plus tôt, ce matin-là. Devant eux, s'étendant au nord et au sud aussi loin que portait le regard, la clôture était là, avec ses innombrables pointes acérées. Elle portait le même écriteau que celui qu'ils avaient vu le matin, affichant en quatre langues sa mise en garde dépourvue de toute ambiguïté.

De l'autre côté de la clôture, des vaches pâturaient dans un long pré en pente. Leurs cloches sonnaient, tandis qu'elles broutaient les genêts bas. Stern comprenait maintenant la raison du fossé qui longeait ce côté-là de la clôture. Il empêchait les vaches de s'électrocuter. Sur une colline, un peu plus haut, les lumières d'un chalet rouge luisaient dans le soir tombant. Cela aurait pu être une colline du Connecticut ou du sud du Vermont, mais c'était la Finlande.

Ils observèrent la scène jusqu'au moment où le bruit lointain d'un moteur les fit tressaillir. La patrouille motorisée repassait, comme elle le faisait à intervalles réguliers. Ils plongèrent sous le couvert des bois et s'accroupirent, attendant, retenant leur souffle. Une moto équipée d'un side-car passa dans un vrombissement de moteur. Ils aperçurent une silhouette dans le side-car, droite comme un i ; à côté d'elle, le canon d'un pistolet-mitrailleur était pointé vers le ciel.

Ils restèrent tapis dans les fourrés pendant quelques minutes, sachant que la patrouille reviendrait dans deux heures environ. Il était 7 heures et quelques, mais il faisait encore très clair. La nuit ne tomberait vraiment qu'après 11 heures largement passées.

« Viens », dit Stern.

Il se releva avec une vivacité qui surprit le garçon.

Ils regagnèrent rapidement le petit bois. Là, Stern retira son blouson et le jeta sur la pile de grumes. Il saisit un long tronc mince.

« Tu peux attraper l'autre bout ? »

Sentant que le plan qu'il attendait depuis si longtemps commençait à prendre forme, le garçon courut de l'autre côté du tas et saisit l'extrémité du tronc.

« Attention, le prévint Stern. C'est lourd ! »

Le gamin le souleva avec une facilité déconcertante :

« On fait quoi ?

— On construit une passerelle.

— Où ça ?

— Juste contre cette fichue clôture. »

Portant la branche à deux, trébuchant, ils sortirent du bois et repartirent vers la frontière. L'heure suivante se passa à extraire un tronc après l'autre du bois et à le traîner jusqu'à l'endroit où la forêt rencontrait le chemin de terre. Ils cachaient chaque tronc dans les broussailles et repartaient en chercher d'autres. Un travail de Romains. Pénible et laborieux. C'étaient de grands arbres qui avaient été abattus, et leurs troncs pesaient des tonnes. Pas une fois le garçon ne se plaignit.

Quand ils eurent transporté une douzaine de troncs qu'ils dissimulèrent dans les fourrés près du chemin, ils étaient en nage. Le soleil avait disparu, et les ombres gris velours du crépuscule s'épaississaient. Mais il faisait encore trop jour pour qu'ils prennent plus de risques.

« Que fait-on maintenant ? demanda le garçon.

— Il faut que je retourne voir comment se porte le señor Gonzaga. » Stern observa le gamin. « Tu crois que tu peux m'attendre ici ? »

Buddy le regarda d'un air inquiet.

« Je ne serai pas long, ajouta Stern. Tu restes ici, dans ce fourré. Je serai de retour dans une heure. »

Il lui fallut une bonne partie de la première demi-heure pour localiser le trou. Dans cette lumière, le terrain était moins reconnaissable et tout paraissait différent. Mais il le trouva. Il n'y avait pas trace de tank dans le coin, ni, plus inquiétant, du señor Gonzaga. Ce qu'il découvrit au fond du trou, ce fut une pantoufle de feutre bleu, maculée de boue et de sang. Rien d'autre. A côté, à un mètre cinquante tout au plus, il vit les cicatrices profondes creusées dans la terre par les chenilles du tank. Il pouvait deviner le reste.

Quand il revint, la nuit était presque complètement tombée. Le garçon était assis dans le fourré, exactement là où il l'avait laissé ; il parut infiniment soulagé de le voir :

« Vous l'avez trouvé ?

— Non. Aucun signe de lui. Mais il y avait des traces de tank tout autour de l'endroit.

— Ils ont dû l'attraper !

— On le dirait. » Stern essaya de ne pas avoir l'air trop pessimiste. « Et toi, qu'as-tu fait ?

— J'ai regardé les vaches. Ce sont de belles bêtes. Ça me rappelle la maison.

— Tu as des vaches ?

— Papa en garde deux à la ferme. Juste pour le lait et le beurre. »

Stern laissa son regard se perdre au loin. Il pensait au vieux Gonzaga et à son sort probable.

« A votre avis, ils font quoi maintenant, au train ? » demanda le garçon.

Stern secoua la tête. Il n'en avait pas la moindre idée et n'arrivait pas à imaginer quelque chose d'agréable.

« Vous croyez qu'on peut vraiment passer par-dessus la clôture ? demanda Buddy.

— En tout cas, on va essayer ! Le mieux, c'est que nous nous reposions en attendant qu'il fasse nuit. »

Cela faisait vingt-quatre heures qu'ils n'avaient pas fermé l'œil, et quand le long crépuscule se termina enfin, peu avant 11 heures, le gamin s'endormit. Stern resta éveillé, tendu, épuisé, les nerfs à fleur de peau. Son esprit remontait le long torrent des années, il réfléchissait à l'incertitude de ses projets pour celles qu'il lui restait à vivre, quel qu'en fût le nombre, et à sa grande surprise il pensa aussi à Nell Blanton.

Elle ne l'avait pas laissé indifférent pendant tout ce voyage. La détention dans le train les avait naturellement rapprochés. Il n'était pas resté insensible à son charme manifeste ni au fait qu'elle semblait plus ou moins s'intéresser à lui.

Ce fameux après-midi de pluie, dans l'office du wagon-restaurant, quand elle l'avait embrassé (pas vraiment embrassé, juste un baiser léger des plus innocents), il l'avait désirée, mais d'une manière très ambivalente. Après tout, c'était une femme mariée, et, après plusieurs mois de procédure au bout desquels il avait réussi à liquider ses propres affaires matrimoniales, il n'avait pas terriblement envie de se mêler de celles du voisin. Mais elle était gaie et drôle, se dit-il, et jolie. Ce ne serait pas désagréable.

Juste comme il allait s'assoupir, un bruit, lointain mais désormais bien trop familier, le ramena brutalement à la réalité. Moulu de courbatures, il s'assit. L'obscurité totale enveloppait le bois d'un noir manteau. Au-dessus d'eux résonnait tout un concert de bruits nocturnes — oiseaux, sauterelles, grenouilles coassant dans un étang voisin. Mais ce fut le grondement et le fracas de métal du T54 revenant dans leur direction — infatigable, obstiné, avec l'acharnement malveillant d'une créature presque humaine — qui le fit bondir sur ses pieds et secouer le garçon.

Buddy ouvrit un œil.

« Ils reviennent... » Stern essaya de garder un ton calme. « Nous ferions mieux de partir. »

Le garçon se releva, et un instant plus tard ils remontaient en trébuchant la pente, en direction de la clôture.

Le premier tronc fut celui qui posa le plus de difficultés. Stern ne savait pas trop ce que cela allait donner. Les troncs étaient longs et souples. Il ignorait quel poids ils pouvaient supporter. Ils étaient difficiles à déplacer, et puis aussi le voltage de la clôture le terrifiait. D'accord, le bois était un isolant. Mais si eux trébuchaient ou faisaient un faux pas, s'ils touchaient la clôture par inadvertance, cela pouvait très bien être fatal.

« Surtout, quoi que tu fasses », dit Stern au garçon, tandis qu'ils soulevaient le premier tronc, « ne t'approche pas des barbelés ! »

Chaque fois qu'ils saisissaient un tronc et le mettaient en place, Stern s'attendait à voir jaillir des flammes bleues et une pluie d'étincelles. Ils les appuyèrent contre la clôture, cherchant l'angle d'inclinaison qui leur permettrait de les escalader sans trop de peine. Lorsqu'ils l'eurent trouvé, ils s'aperçurent que l'extrémité des troncs dépassait à peine l'endroit où la partie verticale de la clôture finissait et où commençait le plan incliné, avec les copeaux de métal. S'ils avaient voulu que les troncs surplombent la clôture à cette hauteur, l'angle aurait été beaucoup trop accentué pour pouvoir escalader la passerelle.

« On va faire ça en deux temps. » Stern ajusta le tronc. « On grimpe, et une fois qu'on est en haut, on saute par-dessus les ferrailles. Passe-moi le suivant. Vite ! »

Ils finissaient de mettre en place le troisième tronc quand le bruit du tank secoua la forêt tout autour d'eux. A travers le feuillage dense, ils virent l'éclat sinistre de sa tourelle qui se diffusait doucement à travers les arbres.

« Au suivant ! » haleta Stern, un œil sur la passerelle qu'il construisait, l'autre sur le faisceau du projecteur qui décrivait des cercles rapides, irrités.

D'où ils étaient, Stern estima que le tank s'était immobilisé parallèlement à eux, à une centaine de mètres dans les bois, pas très loin du tas de grumes où ils s'étaient cachés durant le jour. Il entendait ses gros moteurs diesel tourner au ralenti et voyait le rayon de son projecteur se déplacer à travers les arbres. Le soldat précédant le tank avait de toute évidence découvert quelque chose à proximité des grumes, et ils avaient dû descendre examiner la chose de plus près.

Stern et le garçon n'avaient pas pris la peine de dissimuler leurs traces. En traînant les troncs depuis le bois de hêtres jusqu'à la clôture, ils avaient sûrement tracé une piste large comme une avenue. Encore quelques minutes, et les autres allaient la repérer.

Stern saisit un autre tronc, le cinquième ; il le projeta vivement contre la clôture et le fit rouler à côté des autres, calant solidement l'extrémité qui reposait sur le sol.

« Apporte-m'en un autre ! s'énerva-t-il. Allez ! Presse-toi ! »

Le garçon bondit dans les fourrés et se dépêcha de traîner un autre tronc jusqu'à la clôture. Stern l'attrapa avec un air de frénésie démoniaque. De l'autre côté de la clôture exactement, une vache qui broutait avec entrain observait leur activité fébrile avec une curiosité bonasse.

A peine le tronc était-il venu rejoindre les autres que le gamin se précipitait vers Stern, traînant le suivant. Cela faisait sept troncs dressés côte à côte le long de la clôture, comme une sorte de radeau vertical. La passerelle mesurait un peu plus de soixante centimètres de large, un brin trop étroite, non pour le garçon mais pour Stern.

Il restait trois troncs à placer. Stern n'apercevait plus le tank à travers les feuilles, mais il était sûr qu'il avait tourné et fonçait sur eux. Le vacarme grandissait.

Quand le neuvième tronc fut en place, la terre autour d'eux se mit à trembler. Stern entendit les voix du soldat à pied et du chef de char qui se criaient alternativement quelque chose dans l'obscurité.

Ils n'avaient plus le temps de poser le dixième tronc. La passerelle faisait à présent plus d'un mètre. Stern saisit le garçon :

« Vas-y ! Vite ! Tu cours jusqu'en haut et tu sautes ! »

Le garçon resta cloué sur place.

« Vite ! » hurla Stern, et il le poussa vers la passerelle. « Vite ! Je te suis ! »

Buddy fit un pas, puis hésita et se retourna.

« Bon Dieu, vas-y ! Et saute bien haut pour que tes pieds ne touchent pas les barbelés ! »

Les yeux terrifiés, paraissant soudain très petit, le garçon fonça sur la passerelle. Quand il fut à mi-hauteur, les deux troncs du milieu s'incurvèrent et commencèrent aussi, du moins Stern en eut-il l'impression, à s'écarter. Mais, encore deux pas, et Buddy atteignait le sommet. Il y eut un moment atroce, une fraction de millième de seconde pendant laquelle il parut hésiter. Le cœur de Stern s'arrêta aussi. Le garçon se raidit visiblement. Il se cambra, et soudain il s'envola, porté par l'air, s'élevant avec la grâce immatérielle d'un acrobate. Il franchit aisément l'obstacle et atterrit dans un parfait roulé-boulé de l'autre côté du fossé. Pas un pouce de sa petite personne n'avait frôlé le redoutable plan incliné, bardé de copeaux d'acier laminé.

Stern savait que les choses allaient être moins faciles pour lui. Il n'avait ni les jambes alertes ni ce sentiment inné d'indestructibilité qui caractérisent un jeune de douze ans. Derrière lui, il entendait ce terrifiant fracas de machine et d'arbres écrasés. Il sentait sur son dos la chaleur du tank, telle l'haleine de quelque animal hideux forçant sa course. Soudain, le faisceau du projecteur tomba sur lui et s'arrêta, l'immobilisant dans sa lumière. Cela eut momentanément pour effet de le paralyser. Il entendit la voix du soldat à pied lancer un cri rauque, et celle du gamin, douce et aiguë, qui l'appelait de l'autre côté.

L'instant d'après, le tank faisait exploser la lisière de la forêt dans une avalanche de jeunes hêtres malingres qui se cassaient avec un craquement sec en une ligne bien nette devant lui. Ils tombaient à l'unisson, d'un coup, comme si une masse invisible s'était appuyée contre eux.

L'avant du tank s'ouvrant une brèche au milieu des arbres se cabra au-dessus d'un monticule de terre, si bien que, pendant un moment, ses chenilles tournèrent à vide avec un grincement strident. Et puis il sortit à l'air libre, sur le chemin de terre, et obliqua pesamment vers lui dans un vacarme assourdissant.

Il entendit la voix aiguë du garçon qui criait derrière lui.

« Sautez ! Sautez ! »

Le tank avait jailli de la forêt à un peu plus de vingt mètres. Stern le regarda opérer un quart de tour avec une raideur comique ; le faisceau de son projecteur tournait sur la tourelle comme un dragon miniature.

« Sautez ! Sautez ! » criait toujours le garçon.

Immobilisé par le rayon lumineux qui lui dardait la poitrine, Stern restait cloué sur place. Le chemin était trop étroit pour la largeur du tank, qui arrivait vers lui penché sur le côté, en formant un angle à donner le vertige.

Il vit l'écoutille du tourelleau s'ouvrir lentement, et le sommet d'un casque en émerger. La terre tremblait sous lui : la vache, dans le pré derrière, se mit à mugir.

Stern partit du pied gauche. Ce pied se leva, se détendit, retomba sur la passerelle et glissa exactement entre deux troncs qui s'étaient écartés. Il traversa la passerelle et frappa brutalement le sol. Stern tomba à genoux avec un craquement sinistre, essayant avec l'énergie du désespoir d'extraire son pied, tout cela pendant que la masse effrayante remontait le chemin dans un fracas d'enfer.

Il se releva en un clin d'œil, donna un coup de pied dans les troncs pour les rapprocher, puis escalada à quatre pattes, avec une grâce simiesque, les troncs qui ployaient dangereusement. A mesure qu'il avançait, les troncs frémissaient sous lui, menaçant à tout moment de s'écarter et de le laisser choir sur le sol ou, pis encore, de le projeter contre la clôture.

Quand il atteignit le plan incliné du haut, il avait déjà décidé d'abandonner. La passerelle oscillait et se déportait, si bien qu'il devait rester courbé pour garder son équilibre. A présent, le tank n'était qu'à quelques mètres, le soldat qui le précédait criait, gesticulait et courait vers lui. Stern sentit les troncs rouler et commencer à s'écarter du haut de la clôture. C'est alors qu'il sauta.

C'était moins un acte volontaire et conscient qu'un sursaut spontané — le besoin de se rattraper à quelque chose de solide. Au moment précis où les troncs se débandaient, il s'élança, les bras tendus vers un point d'ancrage. Le fait que la seule chose à sa portée fût la clôture électrifiée ne changeait rien. La passerelle était en train de s'écrouler sous lui. Il n'avait plus d'autre choix que de sauter.

Il partit tête la première, comme d'un plongeoir de compétition. Par bonheur, il n'en eut pas conscience. Il entendit le garçon crier un peu plus loin et sentit quelque chose accrocher brutalement son pantalon. Il y eut un bruit de déchirure au moment où il franchissait de justesse le plan incliné. Son corps se tordit bizarrement dans l'air et prit un nouvel élan, comme alimenté par un foyer de propulsion supplémentaire. De l'autre côté, l'herbe était verte et luxuriante, mais pas rembourrée. Il y eut un choc sourd, une douleur fulgurante. Son épaule et son bras supportèrent tout l'impact de la chute.

Stern était tombé en arrière, face à la clôture. Il eut vaguement l'impression que le garçon courait vers lui et que la vache observait la scène d'un regard rêveur, indifférent.

Un affreux bruit de déchirure retentit, suivi d'une averse d'étincelles bleues. Stern entendit un embrayage patiner tandis qu'il regardait, fasciné, la clôture s'effondrer devant lui. Il eut l'impression étrange de voir la scène au ralenti — les étais d'acier arrachés du sol, les fils de fer barbelé claquant dans le vide avec une vibration métallique aiguë, et sur dix, douze mètres, la clôture s'affaissant comme quelque créature infiniment lasse. Il y eut un sifflement et de nouvelles gerbes d'étincelles bleues, qui ne parurent pas incommoder le tank ; c'était de toute évidence un blindé équipé de système de masse lui permettant de neutraliser des fils à haute tension.

Là où le tank avait pratiqué une brèche, une large ouverture béait.

A chaque extrémité, les barbelés emmêlés vibraient follement dans l'air immobile.

Étendu sur le dos, la tête légèrement levée, Stern observait avec un curieux détachement le tank qui se rapprochait. Sa vitesse et sa position, et la manière dont il venait, tout indiquait qu'il voulait lui passer sur le corps. Et si telle était son intention, Stern n'avait ni la force ni l'envie de l'en empêcher. Il resta là, haletant, à bout de souffle, les jambes en plomb ; une douleur vrillante des plus intolérables lui remontait tout le bras.

Sur le tank, dans la tourelle ouverte, se tenait le chef de char casqué. Il criait et agitait les bras, à l'intention de Stern semblait-il. Celui-ci entendait l'aboiement rauque de sa voix dominer le grondement du moteur, tandis que l'engin tanguait vers lui, comme pris de boisson.

Et puis, sans raison apparente, le tank pila net ; son moteur ralentit, et la chaleur des émanations de diesel se dispersa dans l'espace étroit et vint gentiment lécher la joue de Stern.

A l'endroit où le T54 s'était immobilisé, des nuages de poussière s'élevaient le long de ses flancs, gommant par intervalles ses contours. Une brume jaune indistincte flotta jusqu'à Stern, se déversa sur lui sous la forme de grains râpeux, jusqu'à ce que son visage fût maculé de boue tandis que les larmes ruisselaient de ses yeux brûlants.

De nouveau lui parvint la voix de la forme casquée. A présent que les moteurs étaient coupés, Stern l'entendait un peu plus distinctement. Le chef de char criait et gesticulait, ordonnant sans doute à Stern de revenir vers le tank et la captivité, de l'autre côté de la frontière. Stern, en tout cas, n'avait pas la moindre intention d'obéir. Tout terrorisé et faible qu'il fût, il préférait l'anéantissement sous les chenilles du tank à un interminable internement dans un camp de travail, tandis que des diplomates marchanderaient son sort à n'en plus finir dans un château genevois.

Stern et le tank en étaient donc là, acculés à une impasse, ni la machine ni l'homme ne consentant à céder d'un pouce. Six mètres tout au plus les séparaient. Stern eut la conscience très vive de la présence du garçon derrière lui. L'injonction « Courez ! », prononcée plusieurs fois derrière lui, lui parvint comme de très loin. Il ne pouvait ni se retourner ni réagir. Il ne supportait pas l'idée de quitter des yeux, ne fût-ce qu'une seconde, le tank ni la silhouette casquée dans sa tourelle.

C'est alors qu'une chose étrange se produisit. Le chef de char s'immobilisa soudain, comme un jouet mécanique parvenu en fin de course. Une seconde plus tard, il leva les bras et, d'un geste délibéré, précis comme une chorégraphie, défit la jugulaire de son casque, ôta celui-ci et resta là, sans bouger, le regard posé sur Stern.

Tout se figea ; un silence surnaturel les enveloppa. A travers les larmes qui lui brouillaient la vue, Stern distingua un spectacle étrange. La brume jaune qui le prenait à la gorge flottait encore, hésitante, au-dessus d'eux, et la silhouette dressée sur le tank apparaissait et disparaissait derrière ses ondulations mouvantes.

Par moments, la poussière s'affinait et semblait s'éloigner, mais seulement pour revenir, plus dense qu'avant. Et pendant ces moments-là, la silhouette apparaissait à Stern avec un relief accru, et il avait le sentiment bizarre de voir quelqu'un qu'il connaissait. Qui, il ne savait pas exactement. La seconde suivante, la forme était happée par des pans de fumée et de poussière. Stern était bien trop accablé par la situation périlleuse dans laquelle il se trouvait pour se pencher sur la question.

De nouveau, le garçon cria. Stern se souleva à demi, avec un atome de velléité, puis retomba le visage en avant dans l'herbe fraîche et humide du pré. Tout autour de lui régnait une odeur sucrée, propre, de trèfle et de bouse de vache. Quelque part au loin, il entendit mugir une sirène, et il sentit les mains de Buddy qui tentaient frénétiquement de le traîner hors du passage du tank.

Lorsqu'il ouvrit les yeux, le garçon était penché sur lui, tandis qu'une solide silhouette réconfortante en uniforme militaire s'était agenouillée près de lui, de l'autre côté. Ils le prirent chacun sous un bras et le soulevèrent. Stern faillit s'évanouir de douleur.

Derrière eux, le tank avait remis ses moteurs en marche ; il attendait, à cheval sur la clôture enfoncée — une moitié en Finlande, l'autre moitié encore en Union Soviétique. Il semblait hésiter. Le chef de char casqué sortit de la tourelle, brandissant le poing dans leur direction et criant.

Impossible de dire, à ce moment précis, ce qu'ils allaient faire ni s'ils avaient réellement l'intention de tirer. Une autre patrouille motorisée qui bringuebalait le long de la clôture, précédée d'un tourbillon de phalènes dans le rayon de ses phares, les avait rejoints.

« Ça va ? » demanda l'homme en uniforme à Stern.

Il parlait avec un accent qui aurait pu être français ou belge, mais était plus vraisemblablement suisse. C'est alors que Stern vit le brassard de la Croix-Rouge sur sa manche :

« Je crois que je me suis cassé le bras.

— Pouvez-vous marcher ?

— Je pense que oui. »

Stern entreprit de se relever. Sous son épaule gauche, Buddy faillit fléchir, mais il se carra sur ses pieds et tint bon.

« Faites demi-tour et dirigez-vous vers la Jeep qui est en haut de la colline. » L'homme en uniforme parlait entre ses dents d'un ton pressant, mais sans s'affoler. « Je reste exactement derrière vous. Ne dites rien. Ne vous retournez pas. »

Ils partirent en file indienne, d'abord le garçon, puis Stern, l'officier de la Croix-Rouge fermant la marche. Durant tout ce temps, ils entendaient les cris de fureur du chef de char qui leur ordonnait de rebrousser chemin.

« Continuez à avancer. » L'homme parlait avec un air de calme étudié. « Ne vous retournez pas. »

Le faisceau lumineux du projecteur balayait à droite et à gauche le chemin devant eux ; il les accompagna jusqu'au sommet de la pente. Le tank, lui, ne bougea pas.

Stern aperçut les contours d'une Jeep. Le fanion de la Croix-Rouge, qui battait doucement son pare-chocs, luisait dans l'éclat des phares. Dans la lumière de ceux-ci, plusieurs silhouettes apparurent et dévalèrent la colline dans leur direction. Soudain, la nuit s'emplit de l'éclair blanc des flashes. Stern se sentait sur le point de s'évanouir, tant son bras et son épaule le faisaient souffrir.

Quelqu'un s'agitait autour d'eux, prenant photo sur photo, criant des instructions pour les faire poser. Un autre homme, grand et aux manières affables, arriva en biais vers eux, la main tendue. Il se présenta, un reporter de *l'Express,* et il les félicita d'être rentrés sains et saufs à l'Ouest. C'est alors que Stern perdit connaissance.

# X

Une fois que la Jeep eut commencé à rouler et que l'air frisquet du petit matin leur fouetta le visage, Stern reprit rapidement ses esprits. Pendant le trajet, l'officier de la Croix-Rouge, un Suisse, lui expliqua qu'on était parvenu durant la nuit à un accord permettant de sortir de l'impasse. Le gouvernement soviétique acceptait de relâcher tous les détenus du train, le gouvernement norvégien libérait le sous-marin soviétique et son équipage.

Il avait fallu l'action d'intermédiaires. Les deux camps souhaitaient régler le conflit, mais aucun ne voulait faire le premier geste de crainte de perdre la face et, ce faisant, de son pouvoir de négocier. C'est ainsi que, pour des raisons d'*amour-propre* *, trois pays — l'Italie, la Belgique et la Malaisie —, ainsi que la Croix-Rouge internationale, s'étaient entremis. Ils avaient fait les premières ouvertures et canalisé les pourparlers, tandis que les deux supergrands, chacun boudant dans son coin, aspirant à une solution rapide mais décente, revenaient s'asseoir à la table de négociations et acceptaient de discuter.

Bref, une affaire du plus haut comique si elle n'avait été si lamentable et terriblement inutile, déclara l'officier helvétique en riant de bon cœur. Il dit avoir appris la nouvelle de l'incendie aux premières heures de la matinée. La dépêche était arrivée de Bucarest, de l'agence Reuter. Y avait-il des victimes ? demanda Stern. On n'en parlait pas, mais c'était typique des Russes que de donner aussi peu d'informations négatives que possible. D'après lui, un des éléments qui avaient vraiment précipité le règlement était l'incendie, et le fait que les Soviétiques ne tenaient pas à s'attirer les foudres de la communauté internationale à cause du train. Le sujet était désormais

* En français dans le texte. (*N.d.T.*)

trop brûlant pour leurs doigts. Ce qu'il restait du train roulait, à ce moment précis, en direction de Vainikkala.

« Vous n'auriez pas aperçu un vieillard ? » demanda Stern, tandis que la Jeep cahotait sur la route descendant vers la petite ville frontière. « Un Espagnol. Soixante-dix ans bien sonnés. En robe de chambre et pyjama. »

L'officier suisse lui jeta un regard ahuri :

« Nous n'avons vu personne qui réponde à cette description.

— Il était avec nous », expliqua Stern.

A ce moment, ils heurtèrent une bosse. Stern hurla et agrippa son bras.

« Désolé ! dit l'officier.

— Je crois que j'ai le bras cassé. »

L'officier se pencha et tapota l'épaule du chauffeur en lui ordonnant de conduire plus doucement. Il se retourna vers Stern et le garçon :

« Nous allons vous arranger ça dès que nous arriverons à Vainikkala. »

Vingt minutes plus tard, ils atteignaient la ville frontière finlandaise. Le soleil brillait depuis près d'une heure, mais la brume montait toujours de l'herbe humide qui entourait la petite gare faisant office de poste de douane.

Bien qu'il ne fût que 5 heures du matin, la gare grouillait déjà de reporters, d'équipes de télévision et de curieux qui avaient entendu les nouvelles de la nuit et étaient venus jeter un coup d'œil sur toute cette agitation. Des voitures et des camionnettes ne cessaient d'affluer dans un concert d'avertisseurs. Le train était attendu d'une minute à l'autre.

Lorsqu'ils arrivèrent, un chargé d'affaires britannique remontait en courant le quai, zigzaguant au milieu de la foule et agitant frénétiquement la main. Les ambulances et le personnel de la Croix-Rouge encombraient la petite aire de stationnement vers laquelle ils se dirigèrent. Un peu à l'écart, des médecins volontaires français se mêlaient aux antennes médicales de l'armée finlandaise. Il y avait des religieuses et des ecclésiastiques de toute confession. Des représentants de l'ONU, de solides femmes en blouse bleue appartenant à quelque organisation civique locale, distribuaient des verres en carton remplis de café et des *doughnuts* saupoudrés de sucre. Les services consulaires américains d'Helsinki avaient installé un stand. Il était surmonté d'un grand drapeau étoilé, et l'on avait placé là des membres des services de renseignements chargés de diriger les opérations.

Les Finlandais avaient dressé en toute hâte un hôpital de campagne. Les informations qui avaient filtré au sujet de l'incendie, rares et soigneusement censurées, ne leur permettaient pas de savoir à quoi s'attendre exactement. La salle d'attente de la gare elle-même avait été transformée en centre de presse de dimensions tout à fait correctes. Des escouades de techniciens des télécommunications finlandais installaient des lignes interurbaines et des lignes directes avec les capitales mondiales qui canaliseraient le flot des appels en direction de l'étranger — non seulement ceux des journalistes voulant faire la une des dernières éditions de la soirée, mais ceux, plus pressants, des otages désirant joindre au plus vite leur famille et leurs amis.

Le quai de la gare fourmillait de reporters. Plusieurs équipes de télévision s'étaient postées un peu plus haut sur la voie, juste à côté de la frontière, afin de filmer les premières images du retour du train. Toute l'affaire avait cessé d'appartenir aux terribles incertitudes de l'histoire et tombait à présent entre les mains efficaces des agents de presse et des tsars des réseaux télévisés, où elle prendrait plus ou moins des allures de farce destinée au divertissement en chambre. D'abord un *son et lumière* * ; exploitée à des fins éducatives et traitée avec le plus grand sérieux et la plus grande piété, elle tournerait au vaudeville, à une mixture de rires et de larmes dûment orchestrés qui prendrait place entre le whisky et les chips avant que vous ne vous attabliez devant un bon dîner, rassuré : tout allait bien dans votre petite portion d'univers.

Stern fut directement conduit à l'hôpital de campagne. Ce n'était guère plus qu'un grand carré délimité par des panneaux coulissants blancs, à côté de la gare. Il comportait plusieurs cabines placées sous la responsabilité de médecins volontaires, pour la plupart français et finlandais, assistés de toute une équipe d'infirmières ; il y avait une pharmacie, et même une petite salle d'opération en cas d'urgence.

Un jeune médecin français examina Stern et lui confirma qu'il s'était cassé le bras droit et esquinté l'épaule. Il se porterait bientôt comme un charme, lui assura-t-il en lui mettant un plâtre et une attelle provisoires.

« Où est le gamin ? demanda soudain Stern pendant qu'on s'occupait de lui.

— Le gamin ?

— Le jeune garçon avec qui je suis arrivé. »

* En français dans le texte. (*N.d.T.*)

Le médecin eut un large sourire :

« Ah, lui... ! Il est là-bas, il vous attend ! »

Stern, allongé sur la table d'auscultation, tourna la tête et aperçut Buddy dans un coin, qui le couvait d'un œil anxieux :

« Ne bouge pas ! Je n'en ai pas pour longtemps. »

Buddy lui fit un petit geste de la main. Il paraissait petit et perdu dans tout ce vacarme et cette confusion.

Stern fut capable de descendre de la table et de repartir sans l'aide de personne. Le médecin lui avait donné une petite provision de Demerol en cas de douleur tout en lui recommandant de se faire plâtrer le bras convenablement dès qu'il pourrait mettre le pied dans un hôpital digne de ce nom.

L'officier suisse l'attendait dehors lorsqu'il sortit avec Buddy :

« Souhaitez-vous aller tout de suite à Helsinki ? » Il était obligé de crier pour se faire entendre. « Je peux vous trouver une voiture.

— Merci, mais je crois que je vais attendre le train, dit Stern. Nous avons des amis dedans. »

Sur le quai, la foule avait grossi. Malgré le cordon de sécurité établi par la police autour de la gare, il y avait une quantité terrifiante de voitures sur la route, qui, dans un concert assourdissant d'avertisseurs, tentaient de pénétrer dans le périmètre.

Ils trouvèrent une place juste au bord du quai. Stern avait passé solidement son bras valide autour des épaules du garçon pour ne pas être séparé de lui par la foule. Il le sentait au bord des larmes, d'épuisement et d'anxiété :

« Nous devrions voir ta maman et ta sœur d'une minute à l'autre », dit-il avec un entrain de commande.

Le garçon leva les yeux vers lui. Il eut un sourire vague, étrangement accusateur :

« Et papa ? »

Stern ne trouva rien à répondre. Son bras cassé commençait à le faire souffrir, et il essayait de le protéger de la bousculade. Il aurait donné cher pour quitter cet endroit, mais était déterminé à y rester, au moins jusqu'à ce qu'il pût remettre le garçon à un membre de sa famille.

On entendit trois coups de sifflet au loin, sur la voie, ce qui déclencha un mouvement soudain d'excitation. Sur le quai, les gens poussaient. Stern et le garçon durent lutter pied à pied pour conserver leur place, tandis qu'ils tendaient le cou pour ne rien perdre de l'arrivée du train.

La voie dessinait une grande courbe à plusieurs centaines de mètres de la gare, et soudain toute la longueur du train parut remplir cette courbe. En premier venait la petite locomotive électrique, clopinant le long des rails, glissant vers la gare. Bien qu'il fît plein jour à présent, ses trois phares avant étincelaient et son klaxon lâchait une incessante série d'appels, comme pour proclamer son indestructibilité. « Je suis là ! Je suis vivante ! Je suis toujours avec vous ! » disait-elle.

La locomotive n'avait absolument pas souffert de l'incendie. Juste après venait le wagon-restaurant, avec ses vitres éclatées, des morceaux et des débris de verre encore accrochés comme des dents cassées aux encadrements d'acier, mais intact pour l'essentiel.

Un peu plus loin, toutefois, les dégâts causés par le feu étaient nettement plus visibles. Le wagon-lits des femmes et, derrière, le wagon de jour étaient complètement détruits. Leur revêtement de métal avait été consumé par les flammes, et l'on voyait pointer au-dessous l'ossature carbonisée des voitures, dont seuls les châssis étaient restés intacts. Le dernier wagon, le wagon-lits des hommes, n'avait plus une seule fenêtre. Ses flancs étaient brûlés et zébrés par la fumée. Sous l'effet de la chaleur intense à laquelle elle avait été soumise, la peinture gris-vert était boursouflée de bulles, comme une fondue.

Ils virent tout cela d'un coup, tandis que le train suivait la courbe en penchant dangereusement, menaçant tel un interminable cigare consumé de se désintégrer à la moindre secousse.

Les entrailles des deux voitures du milieu étaient à nu. A mesure que le train approchait, on distinguait l'intérieur des compartiments au travers de son squelette. Il y avait quelque chose de curieusement indécent là-dedans, les pyjamas, les literies ravagées, le contenu des bagages éclatés — chapeaux, peignoirs, sous-vêtements — éparpillé en lambeaux, flottant comme des oriflammes aux lattes et aux barres d'acier qui avaient constitué l'ossature des compartiments.

Le train arrivait lentement sur eux dans un vacarme de métal. Des jets de vapeur s'échappaient par saccades sifflantes des patins de la locomotive, jaillissaient à travers les rayons et les interstices de ses roues conductrices. Les gens se portèrent vers lui, l'effroi plaqué sur leur visage, humant la puanteur de caoutchouc brûlé et de bois carbonisé, l'acier que la chaleur infernale avait tordu et transformé en caricature de ce qu'avait été le train.

Le klaxon de la locomotive continuait à mugir, tandis que le train remontait jusqu'au butoir en tanguant doucement. Il y avait quelque chose de majestueux dans sa grâce sereine, tranquille, dans toute la dignité de sa superbe dévastation. Des visages tendus, fantomatiques, défilèrent, collés aux vitres noircies par la fumée ; ils avaient tous ce curieux air mélancolique qui semble flotter sur les arrivées et les départs dans les grandes gares ou aéroports.

Le klaxon continua à retentir à pleine puissance même lorsque le convoi se fut immobilisé. On voyait un des conducteurs, dans la cabine, tirer d'un bras sur la poignée, tandis que de l'autre il saluait à travers la vitre.

Tous les voyageurs avaient quitté les wagons intermédiaires pour se regrouper dans le wagon-lits des hommes. Quand les portières s'ouvrirent, plusieurs reporters tentèrent de monter, mais furent aussitôt refoulés par la police et la sécurité. Il y eut un mouvement dans la foule. Les officiers consulaires vinrent les premiers, escortés jusqu'aux portières par des gardes de la sécurité armés. Un appareil photo s'écrasa sur le sol, une bagarre éclata. Toute civilité fut oubliée durant les minutes qui suivirent.

Les premiers à apparaître aux portières furent les employés soviétiques du train, qui déplièrent les marches. Nell et Paul Blanton se tenaient derrière eux, prêts à descendre. Leurs vêtements étaient en loques. Nell, toujours affublée de sa blouse grise de surveillante, semblait désorientée et légèrement gênée. Ils furent aussitôt submergés par les reporters.

Paul avait le bras en écharpe. Il avait été sérieusement brûlé. Ses commentaires aux journalistes qui lui demandaient ses « premières réactions » furent laconiques, à la limite de la grossièreté. Ses blessures le faisaient souffrir et nécessitaient des soins. Son pansement était l'œuvre d'une surveillante russe compatissante, mais dont la compétence en ce domaine était de toute évidence limitée.

Un officiel anonyme, mais par bonheur malin, comprit vite la situation, écarta d'une main ferme la foule qui les entourait et les conduisit au petit hôpital de campagne installé à proximité.

Venaient ensuite Serja et Jatta. Serja arborait pour l'occasion un petit canotier orné d'une fleur en plastique qu'elle avait récupéré dans ses bagages. Un bloc à la main, l'accompagnatrice semblait aux abois. Elle tentait courageusement d'imposer un semblant d'ordre à la descente des voyageurs sur le quai, mais la tâche dépassait de beaucoup ses maigres possibilités. Même les agents des services de renseignements américains et finlandais, qui s'emparaient aussitôt des passagers et les isolaient de la foule, furent rapidement submergés par la quantité de spectateurs qui poussaient et se bousculaient.

Stern aperçut Jane Blaylock, pâle et inquiète, à la portière. Elle avait un pansement sur le côté droit du visage. On aurait dit qu'elle hésitait à quitter la sécurité relative du train pour les dangers qui l'attendaient là. A peine son pied toucha-t-il le quai qu'elle faillit faire demi-tour et remonter. Un opérateur de télévision lui cria d'agiter le bras en direction de l'objectif, mais elle se contenta de hausser les épaules et s'enfonça dans la foule sans trop savoir où aller. Un officier des services de renseignements suédois s'approcha d'elle et la conduisit jusqu'à une aire de regroupement provisoire qui avait été aménagée dans la gare.

Les Mukherjee et les Shapley descendirent ensemble. Mrs. Shapley mit pied à terre la première et réclama aussitôt un infirmier. Plusieurs auxiliaires de l'hôpital de campagne, équipés de fauteuils roulants, avaient été postés à proximité. Ils tentèrent de se frayer un passage au milieu de la cohue. Finalement, la police de sécurité s'en mêla; écartant sans douceur les curieux, elle réussit à ouvrir un semblant de couloir au milieu de la foule pour laisser passer le fauteuil.

Shapley descendit du train, porté par deux employés russes qui le déposèrent avec précaution dans le fauteuil. Les employés s'empressèrent de remonter dans le train, car la police de sécurité soviétique, restée à bord, surveillait leurs moindres mouvements. Stern s'approcha aussitôt du professeur. En apercevant Buddy, Mrs. Shapley fondit en larmes. Elle s'agenouilla et serra le garçon contre elle :

« Oh, Buddy... ta pauvre maman et ta pauvre sœur...

— Elles savaient qu'il avait disparu ? demanda Stern.

— Elles s'en sont aperçues quelques minutes après qu'on nous eut fait évacuer le train. Quelqu'un nous a dit qu'on l'avait vu partir avec vous, mais elles ignoraient complètement que vous étiez ici ! Elles mouraient d'inquiétude. »

Shapley, dans son fauteuil, avait un large sourire. Il semblait pâle et un peu étourdi, mais il riait et ébouriffait les cheveux de Buddy :

« Ta maman était juste derrière nous ! »

Buddy se retourna, tendant le cou, la cherchant. Mais à ce moment précis, une foule de reporters reflua vers eux, et les infirmiers finlandais emmenèrent le professeur, suivis de près par Mrs. Shapley.

Plusieurs membres de la presse acclamèrent Tony Thomas lorsqu'il descendit du train. Il leur fit un signe de la main et s'avança dans le groupe de ses admirateurs, arborant l'air le plus canaille qu'il put trouver, compte tenu des circonstances.

Il fut suivi du quatuor italien, Frau Kunkel et Karl Heinz sur les talons. Frau Kunkel repéra Stern et Buddy et joua des coudes pour les rejoindre. Pour une fois, elle avait renoncé à ses commentaires acides et ne pestait pas. Elle papillonna autour d'eux. Karl Heinz saisit le gamin et le fit sauter en l'air :

« Bon sang, où étais-tu ? » Il se mit à rire, de son rire nerveux et enroué. « Corrie ! Corrie ! » cria-t-il au-dessus d'une marée de têtes, en direction des Kariolainen.

« Ils ont relâché tout le monde ? demanda Stern à Frau Kunkel.

— Tout le monde ! » Elle baissa la voix. « Sauf le Canadien. Ils ont refusé de le libérer. Ils disent qu'ils vont faire un procès. J'ai entendu dire que le vieux Gonzaga s'était enfui avec vous ?

— Oui. Jusqu'à la frontière. Mais nous l'avons perdu. Il était incapable d'aller plus loin. Nous avons dû l'abandonner.

— L'abandonner ? » Son visage se rembrunit. « Où ça ?

— Je ne sais pas », murmura Stern, conscient de l'inanité de sa réponse.

Elle remarqua soudain son plâtre :

« Votre bras... ?

— Ce n'est rien... rien du tout. »

Une expression de réprobation traversa le visage de Frau Kunkel :

« Vous n'auriez pas rencontré par hasard les Van Meegrin, ni le Français et la jeune Américaine ? »

Stern la regarda sans comprendre :

« Pourquoi les aurais-je rencontrés ?

— Ils vous ont vu partir avec le vieux bonhomme. Quelqu'un a dit qu'ils vous avaient suivis un peu plus tard. » Frau Kunkel haussa les épaules. « La porte est restée non gardée pendant près d'une heure après que l'incendie eut été maîtrisé.

— Autrement dit, ils sont peut-être encore dans les bois, réfléchit Stern tout haut. Sauf s'ils ont été pris par une patrouille. »

Tous deux se turent, spéculant sur le sort de Gonzaga et des deux jeunes couples. Il y eut soudain un cri aigu : Janet Kariolainen fondait sur eux et saisissait Buddy dans ses bras. Corrie arrivait juste derrière elle, luttant contre la foule ; elle portait une petite valise carbonisée sur sa tête.

« Mr. Stern, Peter... » Janet Kariolainen voulut le prendre dans ses bras ; elle vit le plâtre et s'effondra contre sa poitrine en sanglotant. « Je ne sais pas quoi dire... je ne sais pas...

— Sans votre fils, nous n'aurions jamais réussi ! déclara Stern en riant. C'est lui qui nous a guidés. Qui nous a donné la force de le faire.

— Où est papa ? demanda Buddy, rayonnant de fierté. Il est ici ? »

Il y eut un silence, tandis qu'ils échangeaient des regards embarrassés. Le sourire de Buddy s'effaça net.

« Nous n'avons pas encore de nouvelles de lui », dit Corrie.

Elle allait poursuivre, mais juste à ce moment-là Tony Thomas apparut, agitant frénétiquement la main dans leur direction. Il remorquait une grande femme mince aux joues roses.

« C'est elle... Mrs. Kariolainen », expliqua-t-il à la géante, qu'il poussa presque dans les bras de l'intéressée.

« Vous êtes bien Mrs. Kariolainen ? demanda la femme. Mrs. Theodore Kariolainen ?

— Je... oui...

— Je suis Jane Mosher, du consulat américain. Voudriez-vous m'accompagner, je vous prie ?

— Mon mari...

— Là-bas. » On reconnaissait la façon de s'exprimer des gens du Maine, laconique, sans mots inutiles. « Dans une voiture d'état-major russe. Ils viennent de l'amener de Vyborg, mais exigent la présence d'un membre de sa famille pour le relâcher. »

Janet la suivit.

« Je viens aussi ! » s'écria Corrie.

Buddy bondit à leur suite :

« Moi aussi ! »

Karl Heinz les regarda partir d'un air songeur. Il se tourna brusquement vers sa mère :

« J'y vais. Juste pour lui dire bonjour. »

Il fila sans laisser à Frau Kunkel le temps de protester.

« Ne t'éloigne pas trop ! » cria-t-elle à l'intention de la silhouette qui s'éclipsait.

Puis elle se tourna vers Stern avec l'air de quelqu'un qui se sent trahi.

« Elle est délicieuse, dit Stern, compréhensif.

— *Ach...* » Frau Kunkel écarta cette idée d'un geste de la main. « Vous croyez que je pourrai téléphoner à Hambourg ? A mon mari ?

— D'après ce que j'ai compris, on a installé un centre téléphonique à l'intérieur de la gare. Mais on s'y écrase ! »

Le vacarme, aux abords immédiats du bâtiment, était assourdissant, et ils devaient crier pour se faire entendre l'un de l'autre. Frau Kunkel demanda quelque chose à Stern, sans doute de dire à Karl où elle était, et puis elle plongea dans la foule, se taillant un passage vers la petite gare. Stern resta seul.

Non loin de là, les Mukherjee formaient un petit cercle excité avec Madariaga et son groupe. Un photographe italien du *Messaggero* les mitraillait. Les jeunes choristes agitaient les bras et cabotinaient sans vergogne. Mukherjee, souriant de toutes ses dents, posait, un bras autour des épaules de M$^{me}$ Muk. Bébé Muk, bien entendu, avait récupéré suffisamment de forces pour brailler comme un veau.

Juste à côté, Consuelo Gonzaga observait discrètement la scène. Elle regardait Mukherjee déployer des grâces pour le photographe. Un petit sourire rêveur flottait sur ses lèvres — un sourire empli de craintes et d'espoirs pathétiques, déjà celui d'une femme évincée. Les officiers consulaires et le personnel des services de renseignements tentaient de les soustraire à l'appétit des journalistes, mais Nagu était visiblement trop à son affaire.

Un peu plus haut sur le quai, Isabel et la señora Gonzaga semblaient perdues. Elles avaient l'air triste et dérouté de gens qui se retrouvent par hasard dans une fête qui n'est pas la leur.

Stern se dirigea rapidement vers elles.

« L'avez-vous vu ? demanda Isabel sans lui laisser le temps d'ouvrir la bouche.

— Il était avec nous », dit Stern.

La señora Gonzaga se força à sourire :

« C'est ce que nous savons. On nous l'a dit. Mais où est-il à présent ? »

Elle avait le visage gris d'inquiétude.

« Il était incapable d'aller plus loin. Il nous a suppliés de le laisser. » Stern tenta de présenter les choses sous un jour optimiste, conscient de l'ineptie de ses efforts. « Il était en assez bonne forme. Je suis sûr que les patrouilles russes l'ont retrouvé.

— Mais pourquoi, grand Dieu, l'avoir laissé venir avec vous ? s'écria Isabel.

— Vous connaissez votre père mieux que moi, Miss Gonzaga, répondit Stern, avec une expression d'impuissance. Ce n'est pas un homme à qui il est facile de dire non ! »

La señora Gonzaga lui tapota la main :

« Bien sûr, bien sûr. » Elle prononça ces mots avec une douceur soumise, presque fataliste. « Merci encore pour tout.

— Les Russes viennent de relâcher Kariolainen. Si le señor Gonzaga a été pris par une patrouille, comme j'en suis presque sûr, ils le relâcheront aussi.

— Oui », murmura-t-elle sans grande conviction. Sa vieille main piquetée de taches brunes se posa sur la sienne. « Vous êtes sûrement au courant pour ce pauvre Mr. Keck ?

— Non, je...

— Il est mort, lâcha Isabel. A l'hôpital militaire de Vyborg.

Mrs. Keck a été emmenée ce matin pour identifier le corps. Le gouvernement soviétique a proposé de rapatrier sa dépouille par avion. »

Stern parut consterné :

« Depuis quand était-il mort ?

— Depuis toute une semaine, répondit la señora Gonzaga les yeux pleins de larmes. Et il ne leur est pas venu à l'idée de la prévenir... Ma pauvre, ma chère Myra ! »

Elle se mit à pleurer. Soudain Kate, Desfargue et les Van Meegrin firent leur apparition ; elle se tamponna les yeux avec un mouchoir de dentelle.

Van Meegrin étreignit Stern, submergé de joie :

« Nous vous avons suivis ! Nous étions juste derrière vous ! A cinq cents mètres à peine ! Vous ne vous en êtes pas aperçus ?

— Non ! Tout ce que nous savions, c'est que nous avions un tank aux fesses !

— Et nous, nous suivions le tank ! ajouta Trina Van Meegrin.

— C'était aussi facile que de suivre un éléphant ! » ajouta Kyle Van Meegrin.

Ils éclatèrent tous de rire, s'émerveillant de s'en être si bien tirés.

« Nous étions avec Claude et Kate, reprit Van Meegrin. Nous sommes arrivés devant un énorme trou dans la clôture. Il n'y avait pas un chat ! On est passés, comme ça !

— C'est à cet endroit que le tank nous a foncé dessus, expliqua Stern. J'étais avec Buddy Kariolainen.

— Mais lui, où était-il ? demanda Trina.

— Dans la locomotive. Les conducteurs finlandais l'ont caché. Moi, je me suis cassé le bras en sautant de l'autre côté de la clôture.

— Je viens d'apprendre que je vais être père ! » annonça fièrement Van Meegrin.

La señora Gonzaga s'empara de la main de Trina :

« Il faut absolument que vous vous reposiez ! Marcher toute la nuit, comme ça, dans les bois...

— Je me porte comme un charme ! » Trina se mit à rire et respira un grand coup. « Merveilleusement bien !

— Pour quand est le bébé ? s'enquit Isabel.

— Février », répondit Van Meegrin.

La señora Gonzaga se rembrunit soudain :

« Mon malheureux époux, Enrique, était de février lui aussi. J'ai bien peur de ne jamais le revoir. »

Van Meegrin eut une expression stupéfaite :

« Ne jamais le revoir ? Comment ça ? Mais il est là ! A l'hôpital !

— L'hôpital de campagne ? demanda Stern.

— Évidemment ! Il était avec nous ! »

Van Meegrin était aussi ahuri que les autres.

« Avec vous ! s'écrièrent en chœur les dames Gonzaga.

— Pourquoi ne disiez-vous rien ? demanda Isabel, furieuse.

— Mais je pensais que vous le saviez ! Nous l'avons trouvé errant dans les bois en pyjama, expliqua Trina. Nous sommes allés jusqu'à la clôture ensemble. Un camion de la Croix-Rouge nous a récupérés dans un pré et nous a conduits jusqu'ici. Nous l'avons emmené directement à l'hôpital. »

Van Meegrin les dévisagea d'un air incrédule :

« Vous ne l'avez pas encore vu ?

— Nous ignorions qu'il était là ! dit Isabel.

— *Por Dios* ! » La señora Gonzaga joignit les mains. « Où est ce vieux fou ? Attendez un peu que je lui mette la main dessus. Isabel, tu me suis ! »

La vieille dame partit sans attendre une seconde.

« Je vous accompagne, dit Stern à Isabel.

— Où est Consuelo ? » La señora Gonzaga se retourna, cherchant au milieu de la foule. « Consuelo ? Consuelo ! *Dónde estás ? Ven aquí ! Inmediatamente !* »

Et bien entendu ils le trouvèrent, juste comme l'avait dit Trina. Il était installé à une petite table, entouré de trois robustes infirmières finlandaises aux joues comme des pommes d'api. Tous semblaient prendre du bon temps. Gonzaga buvait du café dans un verre en carton et régalait son auditoire du récit de son évasion. Même dans sa robe de chambre en loques et son pyjama constellé de boue, il avait l'allure d'un vieux libertin.

Il allait mordre dans une grande tartine quand ils firent irruption sur les lieux. Son pied avait déjà été bandé dans un pansement monumental, ce qui ne l'empêcha pas de se lever, un peu en porte à faux, avec l'extrême courtoisie qui était la sienne :

« Margarita ! »

La señora avait préparé une diatribe percutante. Mais elle n'eut pas le cœur de continuer. Au lieu de quoi, elle fondit en larmes, l'embrassant et lui boxant faiblement le crâne. Gonzaga, le cheveu en bataille et légèrement hagard, parut agacé. Il fit un clin d'œil à Stern.

« Dès que nous aurons deux minutes, je vous raconterai ma nuit dans les bois...

— Je pense que j'en ai déjà une petite idée. Nous vous avons cherché sans réussir à vous trouver. Où étiez-vous donc ? »

Comme son bras le faisait terriblement souffrir, Stern demanda à l'une des infirmières un verre d'eau pour avaler son Demerol.

Entre-temps, les officiers consulaires américains et finlandais avaient réussi à rassembler la plupart des voyageurs et à les mettre à l'abri des journalistes dans la partie de la gare réservée à cet effet, en attendant de pouvoir les emmener dans un lieu tenu secret.

Jatta apparut soudain, flanquée de deux officiers des services de renseignements américains. Ils se dirigèrent vers eux.

« Nous partons tout de suite, annonça-t-elle, les joues luisantes ; son jogging blanc était noir de suie et de fumée.

— Où allons-nous ? demanda Isabel.

— Dans nos services, non loin d'ici, expliqua un des officiers, qui se présenta comme étant le capitaine Lantz. On procédera à une vérification des passeports et l'on recueillera vos témoignages. Vous y resterez une nuit tout au plus. »

On les ramena sur le quai, où la confusion touchait au chaos. Plusieurs équipes de photographes avaient pris d'assaut ce qui restait du Train Vert, l'envahissant comme une nuée de sauterelles, usant des mètres de pellicule au milieu des cliquetis des obturateurs et des éclairs des flashes, se disputant bruyamment le privilège territorial à l'intérieur des wagons. Une odeur âcre et écœurante de bois et de capitonnages brûlés flottait à présent sur le quai.

En revenant vers l'aire de regroupement, ils passèrent près de Madariaga et de ses élèves. Madariaga avait déployé sa chorale sur le quai, et les adolescents avaient entonné les hymnes nationaux — ils les connaissaient tous — hollandais, français, américain, britannique, allemand. Tandis qu'ils chantaient, Madariaga arpentait leurs rangs, comptant et recomptant pour s'assurer que tous ses poussins étaient bien là. Il en embrassait certains au passage, ou expédiait une légère taloche sur la tête des autres pour les rappeler à l'ordre le cas échéant.

L'aire de regroupement consistait en une sorte de périmètre protégé, qu'on avait équipé de plusieurs lits de camp et de chaises. Il était délimité par une épaisse corde de chanvre, avec une demi-douzaine de superbes spécimens de la police de sécurité finlandaise postés à intervalles réguliers au cas où la corde n'aurait pas suffi à produire l'effet de dissuasion escompté.

A l'intérieur de ce périmètre, plusieurs lignes de téléphone spéciales avaient été installées à l'usage exclusif des voyageurs du Train Vert. On faisait déjà la queue devant chacune d'elles.

Ted Kariolainen se trouvait devant la première, penché pour être à la bonne hauteur ; il paraissait amaigri et un peu fatigué, mais en bonne forme. Il se bouchait l'oreille d'une main, tandis qu'il essayait d'avoir l'étranger. Janet, Corrie et Buddy se pressaient autour de lui et se passaient à tour de rôle l'écouteur.

Stern découvrit là les Blanton. On avait soigné les brûlures de Paul à l'hôpital, et les deux hommes éclatèrent de rire en se voyant l'un comme l'autre le bras en écharpe.

Ils se racontèrent leurs aventures de la nuit. Stern décrivit leur évasion et le tank fonçant dans la clôture à leur suite. Nell ne le quittait pas des yeux, un sourire léger et énigmatique aux lèvres. Stern ne réussissait pas à déchiffrer la signification exacte de ce sourire, mais il semblait dire : « Allez, oubliez tout ça ! Reposez-vous, maintenant. C'est fini. »

On les conduisit en car jusqu'à une petite auberge finlandaise dans la montagne, au-dessus de Vainikkala, un long châlet rouge et bas comportant plusieurs annexes ; des animaux de ferme déambulaient un peu partout.

Durant le temps qu'ils restèrent là, Consuelo tenta de renouer ses rapports avec Mukherjee. Elle était parvenue à se convaincre qu'il existait quelque chose entre eux. Mais chaque fois qu'elle cherchait son regard dans le petit salon ou à la salle à manger, Mukherjee réussissait à l'éviter. Invariablement au milieu de la foule ou déversant ses attentions sirupeuses sur M^me^ Muk ou Bébé Muk, Babu était trop occupé pour lui accorder le moindre intérêt.

Depuis leur relégation dans des wagons séparés, Consuelo s'était imaginée qu'il viendrait la trouver en lui proposant de quitter sa femme et en la suppliant de s'enfuir avec lui. Il guettait simplement l'occasion propice, le moment où ils pourraient se retrouver seuls et combiner leur avenir commun. Mais ce moment ne semblait jamais venir, et elle comprit lentement que Mukherjee n'était guère pressé de le susciter.

Ce soir-là, Stern eut sa fille au téléphone, à New York. Elle se trouvait chez lui et elle lui assura que le chat et les plantes se portaient bien. Sa mère, dit-elle, avait appelé plusieurs fois de Santa Barbara. Elle avait soudain lu son nom sur l'écran, à la télévision, avec ceux des autres otages, dans un bulletin d'informations en fin de soirée.

Quelques jours plus tôt, elle l'avait vu dans une autre émission d'informations. C'était un morceau d'actualités diffusé en Union soviétique. Il jouait au volley avec d'autres hommes.

« Maman disait que tu n'avais pas l'air de tellement t'amuser ! »

Elle rit, et puis se mit à pleurer.

Ce soir-là, ils eurent droit à une nappe empesée et à de la vaisselle « Arabia » dans la charmante petite salle à manger qui donnait sur les prés et les grandes forêts de pins de la Finlande. Au menu figuraient du saumon frais, du lagopède et de la langue de renne. On servit de la vodka finlandaise et du vin de framboise, ainsi que des myrtilles fraîchement cueillies et une énorme roue de roquefort pour dessert.

On rit beaucoup, on plaisanta ; il y eut aussi des moments plus graves, quand ils se remémorèrent ce qu'ils avaient vécu et les événements de la nuit précédente. Lorsque le nom de Ralph Keck fut évoqué, il y eut quelques larmes. Personne ne pouvait prétendre lui avoir porté beaucoup d'affection, mais sa mort semblait injuste et un peu incongrue au milieu de la joie générale.

« Vous n'étiez donc pas loin du tout », dit Stern à ceux qui étaient assis à sa table.

Ils se reparlaient de leurs aventures de la nuit.

« Non, en effet, acquiesça Van Meegrin. Un kilomètre, un kilomètre et demi à tout casser. »

Stern semblait intrigué :

« Et ils ne vous ont pas vus ?

— Nous sommes sûrs que si », dit Desfargue.

L'étonnement de Stern grandit :

« Et ils n'ont pas essayé de vous arrêter ?

— Au contraire ! intervint Kate Dubbin. Nous avons même eu l'impression très nette qu'ils nous escortaient jusqu'à la frontière. Qu'ils voulaient être sûrs que nous passions bien de l'autre côté !

— J'en doute fort, déclara Paul Blanton, écartant l'idée d'un geste.

— Je sais bien que ça paraît dingue, insista Desfargue, mais c'est vraiment l'impression que ça nous a fait !

— Et je vais vous dire quelque chose d'encore plus incroyable », ajouta Kate. Elle avait l'expression de quelqu'un qui va révéler un secret extraordinaire. « L'homme qui commandait ce tank n'était autre que notre ami le colonel Dounskoï ! »

Il y eut un instant de stupéfaction incrédule.

« Je vous jure que si ! s'entêta Kate. Aussi vrai que je suis ici ! Le type, dans la tourelle de ce tank, était Dounskoï !

— Tu ne crois tout de même pas ça ? dit Isabel.

— Voyons, Kate, la gronda gentiment Nell, il n'était même plus là !

— Nous avons entendu dire qu'il avait été rappelé à Leningrad », renchérit Van Meegrin.

Mais Kate n'en démordait pas :

« Je sais bien. Mais je l'ai vu, sur ce tank. Je sais reconnaître Dounskoï quand je le vois ! Faites-moi confiance, c'est un visage qu'on n'oublie pas... »

Van Meegrin secoua la tête d'un geste sceptique :

« Moi aussi, je le connais. Et j'ai vu aussi ce type dans la tourelle. Il ne m'a absolument pas rappelé Dounskoï.

— Comment peux-tu l'affirmer ? demanda Trina. Son casque lui couvrait la moitié de la figure. »

Kate ne se laissait pas démonter :

« Je l'ai vu plusieurs fois de profil et une fois de face. On distinguait suffisamment bien sa figure. Croyez-moi, c'était le colonel Dounskoï ! »

Ils restèrent un moment silencieux, échangeant des regards peu convaincus. Desfargue rompit enfin le silence :

« Dans ce cas, Kate, pourquoi ne l'as-tu pas dit plus tôt ?

— Parce que je n'arrivais pas à en être sûre. Je veux dire jusqu'à maintenant... Ce matin, nous étions rudement près du tank. J'ai entendu cette voix, j'ai vu ce visage. Cela fait des heures que ça me tracasse, mais à présent j'en suis certaine. »

Plus elle s'enflammait, plus le scepticisme des autres croissait.

« Moi aussi j'en suis sûr, Kate », dit soudain Stern.

Les conversations cessèrent net ; tous se tournèrent vers lui.

« Je l'ai vu sans son casque. C'était Dounskoï. »

Ils avaient arrêté de manger et le regardaient avec attention, partagés entre le doute et l'étonnement.

« Je l'ai vu à travers une quantité de fumée et de poussière alors que j'étais par terre, sur le dos, expliqua Stern. Je savais que je l'avais reconnu, mais à ce moment-là je n'avais pas les idées très claires. »

Buddy Kariolainen, qui était resté silencieux pendant toute cette discussion, s'écria soudain :

« C'était lui ! Moi aussi je l'ai vu. Il était là, il ne bougeait pas. Et puis il a retiré son casque, juste comme le raconte Mr. Stern. C'était bien lui. C'était le colonel ! »

Cette confirmation fit l'effet d'un coup de tonnerre. Curieusement, elle en imposait plus que les affirmations de Kate ou de Stern.

« Vous ne voulez pas dire sérieusement » — Blanton retrouvait son meilleur style d'avocat du ministère public — « que cet homme que nous avons tous été amenés à bien connaître au cours de ces douze derniers jours...

— ... bien plus que nous ne l'aurions souhaité ! s'exclama Van Meegrin.

— ... entendait favoriser votre fuite ? »

Kate parut troublée :

« Je ne sais pas. Une chose est sûre en tout cas : il a renversé la clôture, puis il est reparti sans laisser de gardes. Il savait que nous le suivions à une cinquantaine de mètres.

— Mais c'était Stern qu'il poursuivait ! s'énerva Blanton. Ils ont dû arriver trop près de la clôture pour pouvoir arrêter ce satané tank qui a carrément foncé dedans !

— Ils auraient pu m'épingler comme ils voulaient ! objecta Stern. J'étais une cible en or sur cette foutue clôture !

— Mais n'est-ce pas étrange qu'il se soit cru obligé d'ôter son casque ? » réfléchit Nell tout haut.

Stern haussa les épaules :

« Je ne comprends vraiment pas. Mais il y a tellement de choses qui sont arrivées cette nuit que je ne comprends pas ! » Il leur jeta un regard perplexe. « Sait-on comment le feu a pris ? Et où ? »

Asawa but beaucoup de vodka, ce soir-là. Pendant la plus grande partie de la journée, depuis l'arrivée du train, il avait paru morose et s'était tenu à l'écart des autres. A présent, la vodka aidant, il parlait sans contrainte et d'une voix retentissante. Il se vantait de sa réussite, déclarait que ses ancêtres auraient été fiers de lui en ce jour, et ses amis aussi. Il s'embarqua dans un interminable discours sur la façon dont son plan pour les libérer avait été un grand succès. Toutes ces élucubrations ne semblaient pas très logiques, mais de toute manière presque personne ne l'écoutait. A la moitié du dessert, il s'endormit brusquement à table et dut être emmené dans sa chambre.

Comme ils s'attardaient autour de leurs cafés et de leurs cognacs, le señor Madariaga se leva ; il ne tenait pas très bien sur ses jambes. Il avait bu trop de vin au dîner et devenait sentimental.

Jetant un regard sur tous ceux qui l'entouraient, en particulier ses dix-sept jeunes pupilles, il prit la parole d'une voix tremblante que l'émotion enrouait :

« Aujourd'hui, j'ai dit à tous mes enfants... à tous mes petits » — il les engloba d'un grand geste du bras — « que nous ne ferions plus qu'un pour le restant de nos jours. La catastrophe et la tragédie nous ont unis pour la vie. Je pense que c'est également vrai pour nous tous ici... » Il regarda l'assistance en souriant, avec la bienveillance sans façons des âmes vraiment humbles. « D'un mal sort toujours un bien. Nous ne ferons toujours qu'un, mes amis ! *Siempre seremos uno !*

— *Olé !* » s'écria Gonzaga en tapant sur son verre avec un couteau pour marquer son approbation.

Stern savait qu'il reparlerait de ces événements, qu'il en rirait même, des années durant. Dans toute tragédie humaine, il y avait toujours bien des choses dont on riait après coup. C'était une bénédiction que de pouvoir se remémorer de tels moments et d'y tenir comme à la prunelle de ses yeux. Il ne saisissait pas encore tout à fait ce qui lui était arrivé, ni ce par quoi il était passé. Il comprenait une chose, pourtant, c'est que désormais rien ne serait plus pareil. Il avait irrévocablement changé — pour le meilleur ou pour le pire, ça, il n'aurait su dire.

Cette nuit-là, Stern dormit dans des draps blancs amidonnés qui fleuraient bon la lessive, et sous une couette légère comme une plume qui lui parut merveilleuse dans la fraîcheur nocturne. Il s'assoupit, bercé par le tintement des cloches des vaches et le doux bêlement des chèvres dans le pré, sous sa fenêtre. Il rêva d'un visage de pierre, là-haut, dans les montagnes de certains cieux nordiques.

En bas sur la route, sur un rayon de plusieurs kilomètres, les abords de l'auberge étaient défendus par un cordon de policiers. Ils étaient là pour protéger l'intimité des otages récemment libérés contre les meutes de reporters qui avaient campé toute la nuit dans le coin, attendant le scoop de leur vie.

Dans la matinée, un autocar les amena jusqu'au poste de l'armée finlandaise à la périphérie d'Helsinki, où ils subirent les interrogatoires de routine. Cela consistait en un entretien de pure forme avec les agents des services de renseignements finlandais, suivi de discussions avec plusieurs officiers consulaires. Les passeports et les visas, qui avaient été récupérés auprès des autorités soviétiques pendant le transfert officiel à Vainikkala, furent restitués à leurs propriétaires, qui reçurent également de nouveaux billets air/rail, plus une allocation destinée à couvrir les frais de leur retour. L'argent liquide et les chèques de voyage, les appareils photo, les pellicules et les billets d'avion confisqués par les Soviétiques au tout début de leur détention ne leur furent jamais rendus.

En fin d'après-midi, ils regagnèrent l'auberge sous bonne garde et dans les conditions de sécurité les plus strictes, et là ils échangèrent leurs adresses et prirent congé les uns des autres. La majorité d'entre eux restait pour la soirée, avec l'intention de repartir le lendemain aux premières heures de la matinée. Le contingent des Américains, moins les Keck, devait être conduit en autocar à l'aéroport international d'Helsinki ce même soir. De là, il serait acheminé par avion militaire jusqu'à Francfort, puis transféré à la base aérienne américaine de Wiesbaden pour un examen médical et un dernier interrogatoire.

Quelques autres — les Van Meegrin, les Kunkel et les Conti — acceptèrent de se faire déposer également à Francfort. Les Lambrusto, pour des raisons n'appartenant qu'à eux, décidèrent de regagner Milan par leurs propres moyens. Karl Heinz jubilait, on s'en doute, à l'idée de passer quelques précieuses heures de plus avec Corrie. Il avait déjà informé plusieurs membres du groupe qu'après ses examens il envisageait de s'inscrire dans une université californienne — Stanford ou Berkeley si possible. Frau Kunkel écouta sans rien dire, le visage de marbre.

Stern se tenait au milieu d'un petit groupe de personnes qui échangeaient des adresses. Gonzaga l'avait invité à venir avec lui à Aranjuez, le berceau de ses ancêtres. Lui-même n'avait pas l'intention de rentrer en Argentine. Il avait suffisamment goûté aux gouvernements militaires. Il allait voir à quoi ressemblait la vie chez ces « prétendus nouveaux socialistes » espagnols. Même si l'on vivait mal, déclara-t-il, « ce ne serait rien comparé à la monstruosité de l'endroit d'où nous venons ».

« Si vous passez un jour par l'Espagne, señor Stern, venez donc à Aranjuez ! Ma maison est la vôtre.

— Merci infiniment, mais je ne pense pas aller de ce côté-là pendant un certain temps.

— Enfin, le jour où vous vous déciderez » — le vieux lui adressa un clin d'œil — « vous me trouverez là ! »

Dans un coin, Stern aperçut Tony Thomas qui semblait le guetter et attendre le moment opportun de s'approcher, ou que Stern lui fît signe. Quand il le vit quitter Gonzaga, il arriva vers lui de son pas chaloupé, le regard ailleurs :

« Ah, Stern... A propos... »

Il y eut un moment de flottement ; Stern attendait la suite, mais ce fut finalement lui qui parla le premier :

« Où étais-tu passé ? Je ne t'ai pas beaucoup vu ces temps-ci. »

Thomas parut reconnaissant de la perche qui lui était tendue :

« Un boulot monstre... Pas une minute à moi... Mon journal...

Des éditeurs en pagaille... Ils semblent tous vouloir que j'écrive un livre !

— Je suis sûr que ça sera un succès. Tu as tous les matériaux voulus. »

S'il y avait un brin de sarcasme dans la voix de Stern, Thomas tint surtout à l'ignorer :

« Écoute, je ne sais pas comment te dire... »

Stern le laissa chercher ses mots, l'observant.

« Je te suis reconnaissant de n'avoir parlé de ça à personne.

— J'y ai songé. Mais ça n'aurait pas servi à grand-chose. Le mal était déjà fait.

— Je sais ce que tu dois penser. Et j'admets qu'on puisse trouver contestable ce que j'ai fait...

— Ou omis de faire !

— Si l'on veut, concéda Thomas. Ce que j'ai omis de faire.

— Donc, tu savais ?

— Jusqu'à un certain point, oui. Je savais, avant notre départ, que quelque chose se préparait. Je n'avais aucune idée de là où ça nous mènerait ni du temps que ça durerait. Et c'est pourquoi, bien sûr, j'ai pris ce train. De toute façon, si je vous avais prévenus, un autre groupe vous aurait remplacés...

— Ça, nous l'ignorons, dit Stern d'un ton ferme.

— Ils cherchaient un prétexte... n'importe lequel ! Et puis... écoute, c'est un gros coup, Stern. Sans doute le plus gros de ma carrière. Les choses n'ont pas tellement marché pour moi, ces dernières années. C'est exactement ce dont j'avais besoin ! Le coup de pouce qu'il me fallait ! Tu comprends... c'est mon boulot... »

Ses yeux imploraient la compréhension de Stern.

« Un homme est mort. Le destin d'un autre, battu presque à mort, reste incertain. Si vraiment tu avais pu empêcher ça et que tu t'en sois abstenu, alors c'est qu'il y a quelque chose de pourri dans ton boulot ou dans la façon dont tu le fais ! »

Thomas détourna les yeux. Ses lèvres remuèrent, mais aucun son n'en sortit. Puis :

« Écoute, Stern... je te fais confiance pour ne pas en parler aux autres. Je veux dire, ne pas leur parler de moi... aux reporters, ni écrire quoi que ce soit ni rien ? »

Stern avait une injure particulièrement méchante sur le bout de la langue, mais il la retint lorsqu'il vit la peur de Thomas, ses yeux suppliants.

« Tu n'as rien à craindre ! » lança-t-il d'un ton cinglant.

Thomas tendit une main tremblante dans sa direction. Stern la regarda, puis tourna les talons et partit.

Ce furent des adieux larmoyants et légèrement gênants. Le petit groupe s'empila dans deux camions avec les bagages qu'ils avaient réussi à sauver et partit en convoi. A l'aéroport, ils ne passèrent pas par l'entrée principale, mais firent le tour par l'arrière jusqu'à une piste obscure désaffectée et montèrent directement dans le gros avion de transport de l'armée de l'air américaine qui les attendait.

Le vol pour Francfort durait un peu moins de deux heures. Ils atterrirent à l'aéroport international, où de nouveaux journalistes les attendaient. L'avion se posa sur la piste centrale et roula lentement jusqu'à une porte. Non loin de là, il y avait un dais illuminé par des projecteurs et bourré d'officiels.

Le personnel des services de renseignements et les forces de sécurité se précipitèrent aussitôt à bord. Ils distribuèrent des badges avec les noms de chacun, des messages des membres de leur famille proche, et un message de bienvenue général émanant du président des États-Unis, les informant qu'ils avaient tous été très courageux et que le pays était fier d'eux.

Ils crurent que, cette fois, ils allaient débarquer sous la protection de la police militaire américaine. Pas du tout ! Un homme en trench-coat monta dans l'avion, se présenta — Mr. Bradwell (je vous en prie, appelez-moi Buzz), producteur d'actualités télévisées d'un grand réseau américain. Il leur dit en termes extrêmement chaleureux et enthousiastes qu'ils allaient descendre de l'avion non en groupe, mais un par un.

L'ambassadeur américain à Bonn attendait dehors sous le dais, expliqua-t-il. Il appellerait chaque nom au micro. A ce moment précis, un projecteur serait dirigé sur la porte de l'avion, et l'individu en question franchirait alors cette porte derrière laquelle il aurait attendu.

« Vous saluez et vous souriez ! Vous envoyez des baisers si ça vous chante ! » Mr. Bradwell s'enflammait à mesure qu'il parlait. « Ensuite, vous descendrez la passerelle métallique jusqu'à la piste et vous serez emmené séance tenante par un officier de la sécurité jusqu'à un camion. Retour du projecteur sur l'avion, et on passe au suivant ! »

En même temps, une fanfare de jeunes Allemands d'une école locale jouerait *Tie a Yellow Ribbon Round the Old Oak Tree.*

Le producteur souriait de toutes ses dents tandis qu'il mettait au point la chorégraphie de sa séquence, convaincu qu'ils seraient tous ravis de faire une entrée si fracassante dans les nouvelles du soir. Il fut quelque peu déconcerté par le silence consterné qui accueillit sa proposition.

« C'est Madison Garden ou quoi ? pesta Paul Blanton. Nous ne sommes pas les Boston Celtics, vous savez ! »

L'humour de la remarque échappa à Mr. Bradwell :

« Ça n'a rien à voir !

— Précisément ! » rétorqua Blanton.

Les Blanton, Stern et Jane Blaylock refusèrent de se donner en spectacle ; ils ne sortiraient de la cabine qu'une fois les projecteurs enlevés. Les autres acceptèrent, mais sans saluer ni envoyer de baisers ou quoi que ce soit de la sorte.

Mr. Bradwell était déconfit :

« L'Amérique va être très déçue ce soir, déclara-t-il, comme s'il s'adressait à une bande de traîtres.

— L'Amérique a déjà eu des déceptions, dit Jane Blaylock d'un ton sarcastique. Elle survivra. »

Les jours qui suivirent furent une masse confuse d'activités diverses. Les médecins de l'armée. Les interrogatoires des services de renseignements. Les examens médicaux. Le bras de Stern fut enfin correctement soigné par un major à cheveux blancs qui ressemblait plus à un professeur d'anglais d'une université de la côte Est qu'à un chirurgien orthopédique. On lui mit le bras dans le plâtre et on lui donna une longue liste d'instructions pour les soins que nécessiteraient son bras et son épaule lorsqu'il serait rentré chez lui.

La procédure de l'interrogatoire parut interminable, minutieuse à l'extrême et inutilement répétitive. Stern resta plusieurs heures avec un des officiers chargés de l'interroger, puis il passa aux mains de deux autres. Ceux-ci reprirent exactement les points qu'il avait abordés avec le premier. Pourquoi Stern s'était-il rendu en Union soviétique ?

« Un coup de tête. J'étais si près que je me suis dit : pourquoi pas ? »

Comment avait-il été traité par ses geôliers ?

« Comme un prince ! » déclara Stern d'un ton désinvolte. En voyant le visage de marbre de l'homme qui l'interrogeait, il regretta ses paroles dès qu'il les eut prononcées. « Il y a eu cet incident au cours duquel j'ai reçu un coup de poing. » Stern essaya de retrouver un peu de sa réputation de citoyen posé, responsable. Il décrivit l'épisode avec Jane Blaylock, qui avait déclenché toute l'histoire. « Et puis, bien sûr, il y a eu cette accusation d'espionnage. »

Les sourcils de l'officier dessinèrent un accent circonflexe :

« Poursuivez, je vous en prie. »

Il parlait d'une voix feutrée.

« Eh bien... ils voulaient à tout prix que je fasse partie d'une sorte de conspiration avec ce Keith Wales.

— Le Canadien qu'ils détiennent toujours ?

— C'est cela.

— Pourriez-vous m'en dire plus à ce sujet ?

— J'ai déjà tout raconté aux deux personnes qui m'ont interrogé. »

La mâchoire du capitaine se crispa :

« J'en ai bien conscience, Mr. Stern, et je suis désolé d'avoir à y revenir, mais ce point est de la plus haute importance. »

Stern recommença donc son récit, partant de ce fameux matin où les Russes s'étaient volatilisés et où Wales avait fait sa tentative d'évasion avortée.

Ensuite, il parla de cette histoire absurde, le fait qu'ils l'avaient pris pour un juif. Le capitaine leva les yeux du bloc sur lequel il inscrivait des notes, et c'est alors que Stern s'aperçut, au badge épinglé à sa chemise, qu'il s'appelait Bloom.

Gêné, Stern s'embarqua dans une description maladroite de l'épisode ; le capitaine, les yeux baissés sur son bloc, prenait une profusion de notes.

« Que fait-on pour Keith Wales ? demanda Stern quand l'entretien fut terminé.

— Les gouvernements canadien et américain élèvent de sérieuses protestations auprès des Soviétiques, répondit le capitaine Bloom. Mais ce ne sera pas facile. Vous avez eu beaucoup de chance. »

Lorsqu'il sortit du bureau, au bout d'une heure et demie, Stern était épuisé, et il se sentait légèrement humilié.

Vingt minutes plus tard, il était de retour dans sa chambre dans un bâtiment de la base réservé aux officiers quand il fut pris d'une crise d'angoisse. Alors qu'il se remémorait le cours de l'entretien, il lui sembla que le capitaine en savait bien plus sur l'accusation de conspiration lancée par les Soviétiques que ce que lui-même avait pu lui en dire.

Bien sûr, Bloom avait sûrement discuté avec les deux officiers chargés de l'interroger. Dans l'intervalle, ils avaient parfaitement eu le temps de comparer leurs notes. Mais Stern avait l'impression que Bloom savait des choses, qu'il connaissait certains détails dont il ne se souvenait pas d'avoir jamais parlé. Il avait subi environ douze heures d'interrogatoire, ce jour-là. Difficile de se rappeler avec précision ce qu'il avait dit aux deux autres types, et puis d'ailleurs il s'en fichait.

Stern avait prévu de reprendre l'avion le lendemain et de rentrer chez lui. Le plus tôt serait le mieux. Il quitterait Francfort par un vol normal à 10 heures du matin et arriverait le samedi midi, heure locale, à Kennedy Airport, où sa fille l'attendrait. Le samedi soir, il dormirait dans son lit, dans la 63e Rue. Les Kariolainen devaient prendre le même vol.

Kate Dubbin et Jane Blaylock partaient toutes les deux le lendemain, mais par des vols différents. Les Shapley mettaient le cap sur Boston pour voir leurs enfants et petits-enfants. Les Blanton resteraient là quelques jours encore pour se reposer et rendre visite à de vieux amis dans le Rheingau.

Ils se réunirent pour un dîner d'adieux au Nassauerhof, à Wiesbaden, juste en face du parc et du casino. C'était un charmant petit restaurant voisin de l'hôtel, le Die Ente.

Pendant tout le repas, Buddy leur fit le récit détaillé de leur nuit dans la forêt et de sa longue expédition nocturne avec Stern et le señor Gonzaga jusqu'à la frontière. Sa description de Stern piquant une tête de l'autre côté des barbelés et se retrouvant nez à nez avec une vache obtint un franc succès. Ce fut une des rares choses dont ils réussirent à rire ce soir-là.

Stern se trouva assis à côté de Jane Blaylock et juste en face des Blanton. Nell avait fait un tour chez le coiffeur et s'était acheté une nouvelle robe dans une des boutiques chics de la principale artère de Wiesbaden. Jane apparut en pull et en jupe. Elle lui sembla différente, ce soir-là, moins combative, plus douce, et étrangement réservée. Pendant tout le dîner, ils parlèrent de ce qu'ils comptaient faire dans l'immédiat.

Stern n'avait aucun projet — sinon cultiver l'art de ne rien faire qui pût répondre à ce qualificatif, dit-il.

Kate prenait l'avion le lendemain matin et rentrait chez elle, à Washington. Desfargue avait déjà pris le train de nuit pour Paris. Ils avaient décidé de se donner un temps de réflexion de quelques mois.

Pour l'instant, ils envisageaient de se revoir à New York, à Noël.

Quand on en fut au café et aux alcools, Jane se tourna brusquement vers Stern, avec un sourire timide, légèrement embarrassé :

« Je suppose que j'ai été vraiment chiante !

— Oh, il y a eu pire !

— Par exemple ?

— Je ne le dirai jamais !

— De toute façon, c'est inutile, dit-elle en buvant une gorgée de cognac. Je crois savoir à qui vous pensez.

— Vous êtes contente de rentrer ? demanda Stern.

— Pas spécialement. Et vous ?

— Oh que oui ! dit-il avec conviction. Je projette de passer beaucoup de temps en tête à tête avec moi-même ! »

Nell avait suivi la conversation :

« On dirait que vous êtes prêt pour le monastère, Peter.

— Seulement si c'est un de ces endroits où ils fabriquent un bon digestif et chantent du grégorien toute la journée ! »

Il avait répondu sur ce ton désinvolte qui était le sien, mi-sérieux, mi-blagueur, mais elle parut prendre la chose au pied de la lettre :

« Pourquoi détestez-vous tant les gens ? »

Il tenta de protester.

« Extérieurement, vous êtes si gentil, si disponible, poursuivit Nell, mais c'est juste une façade, n'est-ce pas ?

— Je ne suis pas sûr de vous suivre.

— Vous me suivez très bien. »

Elle lui décocha un sourire malicieux.

Elle avait raison. Bien sûr qu'il comprenait ce qu'elle voulait dire. Mais il ne souhaitait pas poursuivre sur ce terrain. Et il avait conscience du regard scrutateur de Blanton posé sur eux.

« Je pense que j'irai voir mes parents quand je serai rentrée », dit soudain Jane.

Elle parut aussi surprise que les autres à cette idée.

« Quand avez-vous décidé ça ? demanda Kate.

— Juste maintenant !

— Quelque chose que j'ai dit ? demanda Stern.

— Pas vous... Nell. »

Nell se mit à rire :

« J'ai dit quelque chose qui a eu de si heureux effets ? Vite, dites-moi quoi avant d'oublier !

— C'est un secret.

— Seigneur ! fit Nell avec une moue. Voilà que nous devenons tous aussi réservés que Stern !

— Cela fait deux ans que je ne leur ai pas parlé, reprit Jane. Et ils habitent à deux heures de chez moi !

— Il est grand temps de réparer ça ! dit Janet Kariolainen avec un sourire réjoui.

— Je ne sais vraiment pas quoi leur dire...

— Telle que je vous connais, Jane, la taquina Nell, vous trouverez bien quelque chose ! »

Il était 11 heures, et Buddy dormait contre l'épaule de son père quand ils se séparèrent pour la nuit.

« Si je ne vois pas Paul demain matin, transmettez-lui mon meilleur souvenir, dit Stern sur le chemin du retour.

— Je n'y manquerai pas... c'est-à-dire, si je le vois. » Elle eut un drôle de petit rire. « A vrai dire, je ne l'ai pas beaucoup vu ces derniers temps. Il a passé son temps à téléphoner à l'étranger depuis que nous sommes sortis d'Union soviétique. Vous partez tôt ?

— A la première heure. Ils veulent que nous soyons tous à l'aéroport avant que les journalistes n'aient vent de notre départ. Et vous ?

— Nous restons quelques jours de plus. Paul a des clients à voir. »

Le taxi qu'ils avaient appelé s'arrêta devant la porte cochère. Un groom ouvrit la portière à Stern.

« Vous proposerai-je de vous raccompagner à la base ? demanda-t-il.

— Je rentre avec les Shapley. »

Ils n'avaient plus rien à se dire. Stern chercha comment finir en beauté.

« Quand nous serons rentrés, je vais demander le divorce », dit-elle soudain.

Il eut l'impression qu'il n'était pas dans son intention d'en parler, mais qu'elle avait changé d'idée à la dernière minute. Elle se mit à rire :

« Ne craignez rien ! Cela n'a rien à voir avec vous. C'est une chose qui couvait depuis des années. Cette horrible histoire de train... La façon dont on nous a séparés... En fait, c'était presque une bénédiction. C'est la première fois que nous n'étions pas ensemble depuis des années. Ce que je veux dire, c'est qu'on a le temps de penser.

— Vous ne lui avez rien dit ?

— Il l'ignore complètement. » Elle regarda le taxi qui attendait et le groom. « Vous feriez mieux d'y aller. Votre avion part tôt demain. »

Il lui tendit la main pour lui dire au revoir. Elle la saisit fermement : « Un jour, quand tout ça sera fini, vous m'autoriserez peut-être à vous inviter à dîner ? dit-elle.

— Quand vous voudrez.

— Sans doute aux environs de Noël. Je pense aller à New York.

— J'en serais ravi », dit-il.

Il n'en était pas tout à fait sûr. Encore trop près de la fin d'une chose pour être vraiment capable d'envisager le début d'une autre.

Elle se pencha et leva la tête. Ses lèvres effleurèrent la joue de Stern. Il fut conscient de la chaleur soudaine qui l'envahissait. Et du parfum d'héliotrope.

# Épilogue

Vol de retour au-dessus des sombres étendues marines de l'Atlantique. Seul avec ses pensées. Épouses et maîtresses. Brèves rencontres destinées à un prompt oubli. La vie. Si capricieuse, insaisissable, tellement au-delà de l'emprise des simples mortels. En tout cas, il avait tenu bon. Il était parti vers la liberté avec la main d'un enfant dans la sienne et un vieillard sur les épaules. Héros d'une légende antique, éternelle... laquelle ? Impossible de s'en souvenir.

Les pensées obsédantes ne lâchaient pas prise. Les actes et le comportement de Dounskoï en cette ultime nuit restaient toujours aussi déroutants. Jamais il ne se serait posé la question si Kate ne l'avait pas fait la première. Et puis, au moment où elle en avait parlé, il avait su, sans l'ombre d'un doute, que c'était vrai. Il avait bel et bien reconnu la silhouette debout sur le tank cette nuit-là, partiellement voilée par un écran de fumée et de poussière. Une forme familière. Mais, dans le tumulte, le chaos, la douleur de cet instant, il avait été incapable de mettre un nom sur ce visage.

Certes, ses dernières entrevues avec le colonel avaient été terrifiantes. Il était difficile d'imaginer un acte de générosité de la part de quelqu'un qui vous accusait de « trahison contre l'État » et menaçait de vous livrer aux bons soins de la justice soviétique.

La question, gênante, se posait pourtant. Pourquoi Dounskoï avait-il pris la peine de conduire un tank jusqu'à la frontière, de démolir la clôture, pour faire ensuite marche arrière et permettre à cinq fugitifs supplémentaires de rejoindre sans autre difficulté la liberté ?

Était-ce une rage aveugle qui lui avait fait enfoncer la clôture alors qu'il poursuivait Stern ? Dounskoï aurait pu les faire abattre cent fois quand ils s'escrimaient, le gamin et lui, à escalader la passerelle ! Ils étaient faits comme des rats ! Or il s'en était abstenu

Peut-être savait-il qu'un règlement était imminent et avait-il reçu l'ordre de faire en sorte que ceux qui s'étaient enfuis du train ravagé par l'incendie regagnent l'Ouest sans dommages, afin d'éviter toute nouvelle exploitation de ce fait par la propagande. Quelle que fût sa vraie nature, le colonel n'était certainement pas une tête brûlée agissant sur une impulsion. Soldat et technocrate, professionnel jusqu'au bout des ongles, il était bien trop discipliné et calculateur pour s'être laissé emporter par la fureur. Blanton avait bien cadré le personnage : « C'est de l'eau glacée qui lui coule dans les veines. Personne n'est dupe. Et il ne fera de cadeau à personne. »

Mais alors, pourquoi enlever son casque et rester planté là, à le regarder ? Pourquoi cette impulsion étrange, dangereuse, naïve, dans un moment pareil ? Voulait-il se faire reconnaître ? Était-ce une sorte de beau geste de sa part ? Dans ce cas, difficile d'y voir de l'hostilité ; plutôt quelque chose du style : « Adieu et bon vent », aurait-on pu penser si on ne le connaissait mieux. Mais juger ainsi les actions de Dounskoï et les forces qui l'animaient à ce moment précis relevait de la pure spéculation. Stern ne saurait jamais le fin fond de l'histoire.

Les yeux de Tartare aux paupières lourdes flottèrent devant Stern dans la cabine obscure, où des passagers engourdis par un repas trop copieux regardaient les silhouettes spectrales d'un film dériver silencieusement, tels les poissons d'un aquarium, sur un écran blanc qu'on avait déplié. Au-delà de ces yeux froids, indifférents, se cachaient d'autres yeux, des yeux sans âge et encore plus indifférents. Des yeux de pierre, durs comme le silex et taillés dans une roche jaillie de la fournaise d'une éruption primale.

Ils pénétrèrent dans l'étincelant matin. Au-dessous d'eux s'étendait une mer grise piquetée d'îles innombrables — la froide et inhospitalière désolation de Terre-Neuve. Plus loin surgit la côte du Maine, suivie de Boston et de la pointe la plus extrême de Cape Cod, que leur signala le pilote. Et puis ce fut la dernière étape, la descente sur New York par le long corridor est. Le sentiment qu'on arrivait. Les gens debout dans les travées. Allant aux toilettes. Se rafraîchissant le visage. Attrapant les bagages à main dans les casiers au-dessus des sièges.

Ils survolaient à présent le sud de Long Island. Stern jeta un coup d'œil par le hublot et suivit la crête blanche des rouleaux qui remontaient vers les plages de minuscules agglomérations de bord de mer. De si jolies petites plages, si sûres de leurs privilèges et de leur immunité. Si éloignées de Vyborg.

L'avion obliqua doucement sur la gauche et décrivit une grande boucle en direction de la mer. Ils tournaient dans un couloir d'attente, avec cinq autres avions ; bientôt leur tour viendrait d'atterrir.

Il y eut comme une puissante plainte, suivie d'un choc sourd ; on descendait les volets et l'on sortait le train d'atterrissage. Avec un de ces piqués qui vous remontent l'estomac dans la gorge, l'avion commença à perdre de l'altitude, tandis que l'hôtesse de l'air annonçait en trois langues qu'ils avaient entamé leur descente sur Kennedy. On leur communiqua la température et les conditions météorologiques. On leur donna l'heure de New York pour que chacun pût régler sa montre. Puis l'hôtesse remercia tout le monde, toujours en trois langues, pour avoir choisi un vol de sa compagnie. « C'était un grand plaisir que de vous avoir à notre bord ! »

Suivirent des instructions pour ceux qui avaient des correspondances.

En descendant sur Kennedy, il vit des bateaux de pêche dans Jamaica Bay, mais déjà, dans la brume gris-jaune, c'étaient les menhirs en verre et en acier de la ligne de gratte-ciel de Manhattan qui montaient à l'horizon.

Demain, on serait dimanche. Il ferait la grasse matinée. Traînerait au lit jusqu'à 10 heures. Des petits pains et du café en fin de matinée. La lecture du *Times* jusqu'à midi. Il espérait qu'il pleuvrait, comme cela il ne bougerait pas de la journée. Un après-midi long et sans rien de particulier. Des mazurkas de Chopin sur la chaîne. Une bouteille de bon bordeaux tandis que la pluie de fin d'été éclabousserait inlassablement les vitres. Un cinéma en début de soirée et, si possible, un restaurant chinois. Le crépuscule au Pearl's. Le paisible dimanche d'un célibataire. Une perspective somme toute agréable.

Soudain ce furent les portes et la foule. Essentiellement des gens de la sécurité et des journalistes munis d'une autorisation spéciale, qui avaient sans doute appris par la bande que plusieurs passagers du Train Vert se trouvaient dans ce vol. Le bruit courait que d'autres encore arriveraient par des vols différents dans la journée. Ils se précipitèrent, bousculant Stern, le cou tendu, explorant des yeux la foule des voyageurs, tandis que lui se glissait sans se faire remarquer vers le carrousel de bagages et récupérait son bien.

Il entendit au passage la voix de Janet Kariolainen qui tentait de répondre aux questions d'une demi-douzaine de journalistes tonitruants.

« ... oui... oui, nos geôliers étaient très gentils. Nous n'avons jamais été en butte à des sévices. Nous les aimions beaucoup, et eux aussi nous aimaient bien. Nous nous sommes même baignés avec eux un jour, et ils sont devenus nos amis... »

Stern poursuivit son chemin, soucieux d'échapper à ce genre d'interrogatoire.

« ... ils nous ont bien nourris et nous avons bénéficié d'une excellente surveillance médicale, poursuivait Janet avec enthousiasme. Ce que m'a appris cette expérience, et à toute ma famille aussi je crois, c'est que nous devons faire preuve de plus de tolérance et de compréhension à l'égard de ces gens-là. Après tout, si l'on réfléchit, ce sont des gens comme vous et moi... »

Stern jeta un regard par-dessus son épaule comme pour s'assurer qu'il avait bien entendu. Janet continuait à pérorer. Aiguillonnée par les reporters, elle avait trouvé son sujet et ne cessait de renchérir sur l'amour universel et la fraternité, atteignant des sommets vertigineux. Un peu à l'écart, Kariolainen l'écoutait d'un air incrédule, plutôt gêné. Il avait les traits tirés et était amaigri après ses quatre jours de détention à Vyborg. Si les journalistes lui avaient demandé comment il avait réagi, lui, à l'expérience en question, ils auraient peut-être entendu une version infiniment différente des événements.

Les deux membres du FBI, Gerd et McGrath comme ils se présentèrent, harponnèrent Stern à la douane. Ils lui donnèrent du « monsieur » et se montrèrent d'une politesse irréprochable tout en le conduisant jusqu'à un bureau privé et en l'interrogeant, tandis qu'un troisième homme, à l'arrière-plan, écoutait sans rien dire.

D'abord, tout parut parfaitement anodin. Ils lui demandèrent son passeport. La routine. Ensuite ils remirent ça, comme à Wiesbaden. Pourquoi était-il allé en Union soviétique ? Combien de temps était-il resté dans le pays ? Y était-il déjà allé ? Qui avait-il vu ? Et puis, le nom de Keith Wales ayant été prononcé, on passa aux choses sérieuses.

L'homme qui avait écouté sans rien dire l'interrogatoire préliminaire se leva brusquement et s'avança. Inspecteur Tokentine, annonça-t-il, de la police montée royale canadienne (section des enquêtes spéciales). Il désirait savoir quels étaient les rapports de Stern avec Wales.

« Je n'en avais aucun.

— Vous ne l'aviez jamais rencontré ? A Ottawa ? Ou peut-être en Israël ? »

Stern resta coi. Il crut d'abord à une plaisanterie. D'un goût douteux, mais enfin... Mais, de toute évidence, ce n'en était pas une. L'inspecteur ne blaguait pas.

« Je n'ai jamais rencontré Keith Wales auparavant. Je ne suis jamais allé à Ottawa. Je ne suis jamais allé en Israël. » Il s'aperçut qu'il répondait aux questions avec le ton bref et réservé de quelqu'un qui est sur la défensive. « Mais enfin, à quoi cela rime-t-il ? Je croyais en avoir fini avec ce genre de chose !

— Vous ignoriez les activités d'espion de Mr. Wales ?

— Les activités d'espion ? » Stern eut un rire de mépris. « Vous voulez rire ! Il avait à peine vingt ans. Un grand adolescent un peu excité. Pas terriblement intelligent. Il était incapable d'espionner quoi que ce soit !

— D'après l'ambassade soviétique d'Ottawa, il était impliqué dans une conspiration ayant pour objet l'achat de documents secrets.

— Ils ont déclaré la même chose à mon sujet, rétorqua Stern. Ne me dites pas que vous croyez une chose pareille ! Cela faisait partie de l'histoire qu'ils avaient montée pour nous retenir. C'est eux qui ont organisé la fuite de Wales ! Ça aurait pu être n'importe qui, d'ailleurs. N'importe quel voyageur capable de passer par cette fenêtre ce matin-là serait tombé sous le coup de la même accusation. Si vous aviez été là, cela aurait très bien pu être vous ! Le sort a voulu que ce soit Wales. Après l'avoir attiré dans ce piège, ils ont décidé d'élargir leur accusation et d'en faire un complot. C'est alors qu'ils m'ont accusé d'espionnage ! Ils ont réuni toute une série de photos truquées en utilisant la photo d'identité de mon passeport. Fabriqué des lettres supposées être écrites de ma main, prouvant ma collusion avec un groupe d'agents israéliens de Haïfa. Vous imaginez... »

La tirade de Stern perdit de sa vigueur quand il s'entendit soudain parler, avec la voix aiguë de quelqu'un qui se défend.

Un silence inquiétant s'était installé dans la pièce.

« Et ils avaient raison ? » demanda l'inspecteur Tokentine de sa voix douce, courtoise.

Stern lui jeta un regard furieux, comprenant à peine la question :

« Comment ça, ils avaient raison ?

— Êtes-vous présentement, ou avez-vous été, un agent du gouvernement américain ou du gouvernement israélien ? »

Stern secoua la tête, n'en croyant pas ses oreilles. Ce qu'exigeait la situation, c'était un démenti énergique, formulé avec aisance, sans mots inutiles. Il fallait leur opposer des contre-accusations, les menacer d'une action en justice rapide et qui leur coûterait cher. Les gouvernements, en tout cas les démocraties, se calmaient toujours lorsque le mot de « litige » dressait sa tête hideuse.

Mais ces mots qu'il aurait fallu, Stern ne les avait pas. Sa bouche était sèche et il avait le cerveau brouillé :

« Ce n'est pas possible. Pas possible... C'est une blague ! Ou un cauchemar ! Ce n'est pas vrai !

— Je suis absolument navré, Mr. Stern. » L'inspecteur semblait réellement désolé. « Il est de mon devoir de vous prévenir que le gouvernement canadien a été informé par le biais de l'ambassade soviétique à Ottawa que Keith Wales était retenu en Union soviétique pour des actes de trahison contre ce pays. Ils affirment être en possession de photos et de lettres comme preuves à l'appui. Votre nom figure en bonne place dans la déposition qu'ils nous ont remise, en tant que complice.

— Et leur parole vaut plus que la mienne... ? Que celle d'un citoyen américain ? D'un ancien combattant ? Vous ne voyez donc pas qu'ils ont forgé ça de toutes pièces !

— Peut-être bien. Mais le problème est que Mr. Wales est toujours retenu là-bas et qu'il va y être jugé. Nous essayons d'obtenir pour ses parents l'autorisation de le voir. Si vous n'aviez pas eu la chance de vous enfuir la nuit de l'incendie, il ne fait aucun doute que vous seriez encore en Union soviétique, dans la même galère que Mr. Wales, et vous vous apprêteriez à passer un mauvais quart d'heure...

— Pourquoi ne demandez-vous pas tout simplement au département d'État si je suis un agent ou, comme vous le dites, un espion ?

— C'est déjà fait. »

Stern se rasséréna :

« Alors ils ont dû vous rassurer ? »

L'inspecteur eut un soupir las :

« Je crains que ce ne soit pas aussi simple.

— Vous ne voulez tout de même pas dire qu'ils ont reconnu ma qualité d'espion !

— Au contraire. Ils ont déclaré qu'ils n'avaient jamais entendu parler de vous.

— Ah... »

Stern se sentit dégagé d'un poids.

« Mais c'est faux, bien sûr. Dans des cas aussi délicats que celui-ci, la chose la plus normale pour eux, pour n'importe quel gouvernement, est de mettre le maximum de distance entre eux et l'agent dont la couverture a sauté. »

Tout allait trop vite pour Stern :

« Mais vous disiez qu'ils n'avaient jamais...

— C'est exact. Mais ils l'ont affirmé, malheureusement, en des termes si ambigus qu'on ne peut que s'interroger sur les raisons qui ont motivé votre récent voyage en Union soviétique. »

De minuscules mouches noires commencèrent à fuser dans tous les sens devant les yeux de Stern :

« Écoutez ! » Il criait presque. « Je ne suis pas un espion ! Je suis un citoyen américain ! Je suis un ancien combattant de l'armée américaine ! Vérifiez auprès du Pentagone ! Ils ont mon dossier. Pourquoi ne viendraient-ils pas eux-mêmes vous dire à quel point toute cette histoire est ridicule ? »

Un long silence contraint s'établit, tandis que les trois hommes continuaient à étudier attentivement Stern.

« C'est vous qui le dites, Mr. Stern... » L'inspecteur parlait avec la satisfaction nigaude du procureur qui a bien fait son boulot. « Mais laissez-moi de nouveau vous poser cette question : êtes-vous présentement, ou avez-vous été, un agent du gouvernement américain ou du gouvernement israélien, ou, pour l'affaire qui nous occupe, d'un quelconque gouvernement étranger ? »

Le regard de victime acculée de Stern se transforma lentement en une expression de défi :

« C'est vous l'inspecteur, c'est à vous de trouver. Je ne dirai plus un mot sans la présence d'un avocat. Puis-je partir maintenant ? Ma fille m'attend.

— Vous êtes parfaitement libre, déclara un des types du FBI. Pour l'instant, on ne vous accuse de rien. Mais nous devons vous demander de ne pas quitter la région sans nous en informer. »

Il prit une carte dans son portefeuille et la tendit à Stern.

Stern y jeta un coup d'œil, puis la fourra dans sa poche de sa veste :

« Puis-je avoir aussi mon passeport, je vous prie ?

— Il fait actuellement l'objet d'une vérification. Dès que ce sera fini, nous vous le renverrons par la poste. Puis-je vous aider pour vos bagages ? »

Il fit un geste vers Stern, mais celui-ci l'écarta. Arrachant son sac aux mains de l'homme, il quitta la pièce d'un pas furieux.

Sa fille, Laura, attendait dehors. Elle restait immobile au milieu d'un tourbillon d'activité — voyageurs, porteurs, queues à la douane et aux guichets d'immigration. Elle regardait ailleurs, avec l'attitude perplexe et inquiète de quelqu'un qui commence à croire s'être trompé de lieu de rendez-vous.

Elle se retourna, fixant les yeux dans sa direction, mais sans le reconnaître. Et puis elle sourit et agita la main, courant vers lui.

« J'ai cru que je t'avais raté !... Je pensais que je m'étais peut-être...

— Je suis là. Tout va bien. »

Elle tomba dans ses bras et l'embrassa ; elle pleurait :

« Tu es sûr ? Vraiment sûr ? »

Elle le dévorait des yeux.

« Je vais bien... bien ! »

Elle l'inspecta plus attentivement :

« On dirait que tu viens de voir un fantôme. Qu'est-il arrivé à ton bras ?

— Je te raconterai tout ça dans le taxi. » Il eut un petit rire bizarre. « Comment va Ed ? Et les mioches ? »

Un grand échalas au cheveu rare, vêtu d'un costume froissé, s'approcha d'eux :

« Excusez-moi, mais vous êtes bien Peter Stern, n'est-ce pas ? Je vous ai reconnu d'après les photos. Je m'appelle Blakely. Du *Daily News.* » Il tendit une carte. « Pourriez-vous m'accorder quelques minutes ?

— Non », répliqua sèchement Stern. Il saisit sa fille par le bras. « Partons.

— Papa, il y a quelque chose qui ne va pas ?

— Je ne sais pas. Je n'en sais rien. Où es-tu garée ?

— J'ai retenu un taxi dehors. »

Ils émergèrent au milieu d'un flot de gens qui allaient et venaient dans un hall caverneux, mi-marchant, mi-courant. Dominant le vacarme, ils entendaient le grésillement des haut-parleurs qui annonçaient le flot régulier des arrivées et des départs.

« Une minute ! » Le reporter les rejoignit au petit trot. « Juste une question ! »

Ils foncèrent dans la foule sans se retourner, fuyant au milieu de la cohue aveugle.

*Bonsoir. Voici le bulletin d'information de 6 heures sur Channel 2, présenté par Jim Jensen.*

*Après l'heureux dénouement, il y a quelques heures à peine, de ce qu'on a appelé « l'affaire du Train Vert », un incident du même ordre risque déjà de se reproduire dans le ciel du Liban, où un avion des Émirats arabes unis, avec deux cent sept personnes à son bord, a été victime d'un détournement et a reçu l'ordre de se diriger vers l'Algérie. Cet acte a été revendiqué par un groupe se faisant appeler la Section Argos. Appartenant, pense-t-on, à une faction extrémiste des musulmans intégristes, la Section Argos est...*

IMPRIMERIE S.E.P.C. À SAINT-AMAND (CHER).
DÉPÔT LÉGAL : MAI 1988. N° 10152 (3597-242).